当代哈萨克斯坦小说精选

民族出版社

RÝHANI
JAŃǴYRÝ

"新世纪现代化哈萨克斯坦文化愿景"，
是在哈萨克斯坦共和国民族领袖首任总统努尔苏丹·纳扎尔巴耶夫
首倡的"精神振兴"国情咨文指引下得以实施。

如果我们要在21世纪的世界版图成为不同于任何民族，具有独特地位的民族，那么，就必须实现“新世纪现代化哈萨克斯坦文化愿景”规划。这个世界不仅需要通过石油、外交政策等各种重大举措认识哈萨克斯坦，更需要通过独特的文化成就来认识。要想通过联合国所使用的英文、俄文、中文、西班牙文、阿拉伯文和法文等六种语言文字来传播哈萨克斯坦文化，那么我们就必须具有鲜明的核心价值观。

只有这样，我们这个民族千百年来的悠久历史文化，才能通过上述主要语言文字传播到全世界。

哈萨克斯坦共和国首任总统，领袖努尔苏丹·纳扎尔巴耶夫

卷首语

哈萨克斯坦是我国近邻。中哈已宣布发展永久全面战略伙伴关系。哈萨克斯坦文学源远流长，前不久我用哈萨克语和中文向媒体朗读过《阿拜箴言录》节选，我的感觉是亲切与易于接受的。

现在，摆在我面前的是即将用中文出版的《当代哈萨克斯坦小说精选》和《当代哈萨克斯坦诗歌精选》，相信它们将对进一步推进中哈两国文化沟通、文学交流起到积极作用。这是中哈建交以来第一次在我国结集出版哈萨克斯坦当代文学作品精选集，它们由我国译者译出，最终经艾克拜尔·米吉提译审、润色、敲定。

“一带一路”是文明之路、文化之路，当然也是文学翻译和交往之路。相信中哈两国间的文学交流会越来越紧密，中哈两国的读者会通过文学作品彼此了解，彼此欣赏，加深友谊。

期待有更多的好作品在两国间翻译出版。

王蒙

目 录

谢尔汗·穆尔塔扎

（1932—2018年）

1955年毕业于莫斯科国立大学新闻专业。他从大学时期就开始翻译小说。1958年，他的第一部小说集问世，此后他陆续发表了《被发现的海洋》《无名战士的孩子》《没有硝烟的战场》《1941年的新娘》《永不老去的心》《战争中的最后一个寡妇》《缺口的世界》《黑珍珠》《月亮和阿依夏》等小说。他还写了许多文学评论、剧本、报告文学、杂文等。他的作品以俄文、德文、匈牙利文、乌克兰文翻译出版。

《写给斯大林的信》《五个人的信》《孤独的角落》等作品以舞台剧形式在哈萨克斯坦国家大剧院上演。他翻译了钦吉斯·艾特玛托夫的《再见！古利萨雷》《沿着海边奔跑的斑点狗》等中篇小说和《风雪水站》《奉献》等长篇小说。他的作品被收录在哈萨克斯坦的语文教材中。

获得哈萨克斯坦列宁勋章、哈萨克斯坦国家奖、哈萨克斯坦塔尔兰奖。哈萨克斯坦功勋作家。

护　身　符

清晨的觉是最酣甜的，怎么也不想醒来，更不想被打扰。然而，你也会不由自主地想道：“还是起来吧，要去田地干活，不然耽误活计，那很麻烦的……”可是，你还是醒不来，还想再睡一会儿……

睡梦中的我感觉有什么东西在触摸我，我想肯定又是那条红牛犊，它在舔我的头发。

“讨厌的红牛犊。”我半睡不醒地骂着。

“应该割了你的舌头。”我从被子里抽出手，准备对红牛犊来一拳……

“喂，我的勇士，你这是干什么……”这是一个熟悉的声音。我好不容易睁开眼，只见断臂斯亚库里坐在床上。他含笑注视着我，原来是他在叫醒我，而不是红牛犊。

天刚刚蒙蒙亮，旭日首先照亮了东边玛纳斯山的高峰。它是天山最高峰之一，每天迎接朝阳，也最后目送太阳落山。

七月末，骄阳似火，所以我在院子铺床，睡在外面。

我好不容易彻底醒来，看了看周围。

艾霞已经挤完牛奶了，她把红牛犊拴在桩子上。奶牛被赶到不远处的草场去了。艾霞这时从草场回来说：“队长啊，何必安排小孩子出远门呢，又不是没有其他人。”

一听说“出远门”，我不由自主又惊又喜，在这大热天，与其在麦场像毛驴一样打麦干活，不如出远门，见识见识外面的世界。我巴不得出远门呢。

断臂斯亚库里见我起床了，高兴地说：“我的勇士，我的卓里巴尔斯（老虎之意）。瞧，你已经是真正的男子汉了。你要与阿塔里克大爷一起去一趟托比里舍克林场。你不去谁去！”他拍拍我的肩膀。

“让阿塔里克的儿子去吧，他俩的岁数一样大，为什么不呢？”艾霞一边为我准备路上的食物，一边又说。

“哎呀，大嫂，你不是不知道，阿塔里克的儿子苏来曼有病。”队长说。

艾霞没有吭声。战争年代的妇女就是这样，一开始她们对队长的安排竭力提出疑问，然后又不得不服从。

我和断臂斯亚库里来到阿塔里克大爷家。牛车已经备好。见了我们，阿塔里克大爷高兴得像要伸直身子，但是他腰身不听使唤，无法伸直。

“你来了吗？你这个小子。”阿塔里克对断臂斯亚库里说。“你这个小子”是阿塔里克大爷的口头禅。

“来了，我给您带来了他，没有比他更合适的伴儿了。”断臂斯亚库里得意地说。

我们上路了。与我同岁的苏来曼靠着篱笆咳嗽着，因为不能一起前往而显得很伤心。他向我们挥手告别，好像要送我们上战场一样。阿塔里克大爷说我们要趁太阳还没有出来，尽量赶路。然而牛车慢腾腾的，我们还没有走出村子，太阳就出来了。

看来，今天天气会特别热。前面高高的山坡上弯弯曲曲的土路蜿蜒着，牛车左边的车轮发出“咯吱，咯吱”的声音。我转过身子，望着被我们甩在身后的村庄：秀美的千泉乡，一排排的山沟，错落有致的居民点……

一群蓝鸽试图与我们并排飞行，不过它们很快嫌牛车慢，不耐烦地一下飞了过去，落在灌木丛中。等牛车靠近时，它们又并排低空飞翔，好像催促牛车跑快点儿……

走着走着，到了一个蜿蜒的骆驼形山谷，山谷底部是向两边伸展的平原。车几乎推着牛下到谷底，到谷底平原后，我和大爷下车休息。河床到处是错落有致的石块，大概是被洪水冲到谷底的。谷底还有一眼银光闪闪的清泉。牛低着头专心致志地喝着泉水。我们坐在长满了斑叶兰、薄荷的泉水边吃了早饭。我突然看到不远处有几个土拨鼠在玩耍，我惊奇地站起来，目不转睛地注视着它们。

“怎么啦？”大爷感到很吃惊。

“土拨鼠，大爷，红色的土拨鼠。”

“哪儿呢？”大爷用一只手遮住阳光，向我指的方向望去。

“瞧，一个在石块上面，其他的一对一对地在摔跤玩耍。您看到了吧，大爷。”

“模模糊糊。”他微笑着说。

他若有所思地说：“现在是土拨鼠长膘的季节，如果我们能够捉住一个带回去给苏来曼用就好了。那是难得的药材呀。”

我眼前浮现出苏来曼消瘦的身影……

“我记得你和苏来曼几乎是同时出生的，大概就差几天吧。”大爷回忆起十三年前我和苏来曼的出生。

“苏来曼比你大一两天，或者你比他大一两天？反正那是收割小米的季节，应该是 9 月份。你看，你们刚好过了一个本命年。你们长大了，愿上苍保佑你们……对了，我还记得你父亲 13 岁就成家立业。你也该成家了，对吧？我们到托比里舍克后，给你物色一个姑娘带回来。”好像他顿时来劲了，有点兴奋地开起玩笑。

“不需要。”我说。

“什么？不需要？”大爷笑着说，眼泪都流出来。

“哎，你这个小子……”

我想转移话题："大爷，我们打土拨鼠吧，好带回去给苏来曼作药用。"

老人家确实很快忘记了刚才的玩笑。

"我眼睛不行，看不太清楚，万一走火怎么办。算了吧，别没事找事。"

"大爷，塔尔巴克拜老师教过我们打枪。"

"真的吗？他怎么能够教你们这些小孩儿打枪呢？"

"当然要教。战争继续打下去的话，我们也要参军，所以要教……"

"什么，你们也要去参军，那我们还剩什么了，不就绝种了吗？别胡说八道。"

看来大爷有点儿生气了。不过他还是同意了我的提议，把小心翼翼地藏在车上一堆干草中的旧枪递给了我。我拿着枪，顿时感觉自己长大了很多，一种自豪感油然而生。我想证明塔尔巴克拜老师没有白费功夫。我拉动着枪栓，子弹已经上膛。这是管筒，这是活塞，我重新装好，然后瞄准土拨鼠。刚才那个土拨鼠依然呆在石块上，它早已经习惯了我们的存在，注意力全不在我们身上，而是往别处眺望。其他几个土拨鼠还在玩耍。距离有点远，如果我要靠近的话，那它们会警觉地溜进洞里。

我毫不犹豫地依着牛车，瞄准了在石块上发呆的那个土拨鼠的下身。老师教我们打靶时，就是让我们瞄准目标下半部位打，"砰"的一声枪响，大地和山峰都好像晃动了一下。起初我什么也没有看清楚，只见大爷用双手捂住耳朵，口中念念有词。我往石块那边望去，土拨鼠被击中了，它一动不动地躺在那里，其他的土拨鼠都已经消失得无影无踪，早已钻进洞里。

它差不多有家犬那么大，我拖着它的后腿，扔到大爷面前。

"回去的时候我给您再打一只。"我有些自得地说。

"哎，你这不应该啊。"大爷翻转着查看土拨鼠的身躯，有些惋惜地摸着土拨鼠，说："是只母土拨鼠，不过，看来它的孩子已经长大了。"

"据说，可怜的土拨鼠的先祖是人，因为被造物主诅咒，就变成动物了。刚才你注意到了吧，它的孩子摔跤玩耍时，就像小人似的，憨态可掬啊。真可怜，我刚才真不该让你打。”

“大爷，你真是。它有什么好可怜的。”我着实不快地辩解说，“书上讲了，雅库特人和萨哈人坐狗拉雪橇，他们把鹿击毙，然后再宰杀它们，口中念念有词，说，‘请原谅，你不是被我们击毙的，你是被通古斯人击毙的，我们只是碰见你了。’我们也像他们那样，就说你不是我们打死的，是被卓里达斯汗打死你的，我们只是在路上捡到你了不就行了嘛。”

大爷笑着说着：“哎，你这个小子，把你干的坏事尽推给卓里达斯汗。苏来曼你们仨是同岁，你们也懂开同庚朋友的玩笑了。但是，你刚才说你看了什么书，经书上可没有那样说。”

“别说了，大爷，去年宰杀小羊时您不是说了吗：‘你是无辜的，但孩子们没有食粮。’”

“哎，你真是个聪明的孩子，拿你没办法，你会很有出息的。但愿你们都平平安安。但愿这个土拨鼠能够为我的儿子苏来曼带来好运。”说着，大爷把土拨鼠与枪一起放到车上的草堆下面。

我们过了一条河，又翻过一个山谷，沿着山脚向西走去。远方出现一片茂密的森林。

“大爷，托比里舍克还有多远？”

“看到森林没有？”

“看到了，远方。”

“谢天谢地，望得见的山不算远，看到森林那就不远了，我们下午就能赶到。”

老汉哼哼唧唧的，像是闭上眼睛在歌唱，手拿着鞭子，偶尔挥一挥，但是一次都没有抽打慢悠悠地拉着车的两头牛。不过，抽打它们也无济于事，慢慢悠悠的牛车，能快到哪里去？路边上是一团团红褐色的绣线菊，还有红色的毛蕊早已凋谢，春天时分开花时婀娜多姿的多穗草都已大不如前，天蓝色的牵牛花沿路到处可见，偶尔能看见蜀葵。草丛中黄麻雀鸣叫着。

大爷好像突然醒过来似的，闷声闷气地说："你的枪法好厉害呀。这么说，你们也真的要去参军？已经打了三年多了，今年是第四个年头儿了吧？头一次见这么漫长的战争。当年，我像你这么大的时候，发生过与浩罕的战争，我们乡的拜扎克·达特卡与浩罕军队打仗，大概也就打了一个礼拜，拜扎克·达特卡被浩罕军队打死了，战争也就结束了……这场战争太可怕了。对了，我家的凯依普好长时间没有来信了，我这儿有他的最后一封信……对了，你给我再念一遍。"

大爷解开他那黑色丝绒大衣的衣扣，从衬衫口袋里掏出了由黑珍珠串起的小荷包，那是护身符，护身符里面装了那封信。大爷小心翼翼地拿出那封快破成碎片的信，递给我。我小心翼翼地接过信打开，准备念给大爷听，然而牛车颠簸得很厉害，我好不容易看清，努力一行一行地大声念给大爷听：

我最尊贵的父亲、母亲，我可爱的弟弟苏来曼、妹妹汗扎达：

你们都好吧！相信你们都在顺利完成党和政府交给的各项任务……我和战友们一起英勇打击敌人，我们在库尔斯克击退了敌人，战争打得很惨烈。我大难不死，逃过一劫，应验了那句话：即使打四十年的仗，只有大限已到的人才会死亡。所以我觉得我不会死在战场上。没有时间多写了，我们又要准备发起一次进攻……等我们歼灭敌人后，我会给你们写信的，到时候我会尽量写长些。祝你们平安无事！

写于战壕。

青年近卫军队员凯依普·阿塔库洛夫

1943 年 8 月 17 日

我念完信了，大爷久久默不作声，我感到很奇怪。原来他在无声地哭着，眼泪浸透了他的白胡子。他默默地接过我递给他的信，然后又十分爱惜地放到小荷包里面，再把小荷包装进衬衣口袋里。过了好久，他才开口："今天几号了？"

“8 月 15 号。”

“是吗？整整一年了。啊！”

我无言以对，整整一年了，大爷的儿子没有音信……

大爷望着大山：“人嘛，说话不能说得太绝，可怜的孩子，他怎么能说‘我觉得我不会死在战场……’，死不死是上苍主宰的事，不是你能决定的……哎，你这个凯依普！”他声色俱厉而绝望地大声喊道，他的叫喊声使我不寒而栗。

他这么大喊大叫干什么呢？是想要让远在天边的凯依普听到吗？我心里想。

已经是中午时分了，太阳火辣辣的。你瞧，那栖息在路边荒凉的马厩墙上的乌鸦热得个个张开了嘴，气喘吁吁。

“啊！”大爷大声地又喊开了。随着“啊！”的一声大喊，他的嘴里好像喷出一股火焰，那栖息在马厩墙上的乌鸦也着实吓了一跳，立刻回过神来，惊飞而去。

那个“啊！”的喊声既带有不解的问询，也好像带有一种绝望的怨气。

我心里想着他不要再大喊了，感觉挺可怕的。

长满了狗尾草、棒头草、狐茅和野苜蓿的山脚，鹞子在低低飞着，它对付不了其他的鸟类，只能捕食鹌鹑，所以日子总是不好过。周围的一切好像都笼罩着哀伤，觅食的鸟类，驼背老汉，稚气未脱的小孩，只有大山巍然屹立，只有大山给人以力量和信心。弯腰驼背的大爷朝大山大喊大叫，用尽全身的力气好像他那一辈子都伸不直的身子能够一下子挺直一样。

过了好一会儿，大爷哼起了歌：

“谁知道谁的梦，
称知道物体的分量，
青春定会消失得无影无踪，

你切莫后悔。

你千后悔万后悔，
失去的哪里找得到。
青春若消失得无影无踪，
你从哪里寻回它。”

“明白了吗？假小子。”看我一直默不作声，大爷像是安慰我似的，微笑着说。我感觉心情好多了，原来周围的世界并不都是忧伤。

你看，鹞子在高兴地翻滚，路边被遗弃的破房子遗址上长满茂密的茴茴草和黑大麻，蠡斯科的叫声虽然有些单调重复，也不是那么凄惨。而燕子为了回到故乡不顾一切，宁愿做出一切牺牲。在这里出生的幼鸟，明年会为回到故乡而赴汤蹈火，它们中有很多在飞往故乡的途中，在无垠的大洋上空被斩断翅膀，而幸运地回到故乡的燕子会再次唱出动听的歌，跳优美的舞。

只要翅膀没有被斩断，大爷的儿子凯依普也一定会回到故乡的。然而，大爷有时突然大喊使我感到凶多吉少。

下午我们终于到了目的地——托比里舍克林场。可以看出，满面红光，长着漂亮的络腮胡子，穿着黑丝绒马裤的林场领导对大爷毕恭毕敬，他热情地接待了我们……

“萨格姆别克，我们该上路了，你赶快安排人把木料装车上吧。”

“啊，阿塔里克，您看现在太阳已经快下山了，今天就住下吧？牛车的速度像乌龟一样慢，你们什么时候才能到啊？”萨格姆别克知道大爷的耳朵背，所以大声说。

“兄弟啊，实在不能住，我们村里现在干什么活儿都离不开这两头牛。今天不赶回去，明天的活儿就要停下了，这些木料不能及时运到，那倒塌的学校重建就受影响。快开学了，拖不起啊。学生的父亲、哥哥都在战场，学校却倒塌了，需要赶快重建，不然说不过去啊。”

我这才知道，原来我们是为重建倒塌的学校拉木料来的。春天的时候有一次连续两三天下雨夹雪，之后有一天晚上学校一侧的房顶塌了。幸好那是在晚上，如果是白天上课时发生的话，那简直难以想象……我有时想，如果学校房顶白天上课时塌落，我们都会一命呜呼。那会怎么样？那我肯定不会和阿塔里克大爷在一起……妈妈艾霞会怎么哭……平时我稍微出去玩一会儿，她就拿上棍子收拾我，骂得我死去活来，如果我真的被学校房顶压死，看她会哭成什么样……不，不可能，人都死了还看什么看，如果死者能够目睹亲人哭得死去活来的情景，那他们会心疼地活过来的……当阿塔里克大爷一声“啊！”的时候，他儿子凯依普也一定会活过来的……不……别胡思乱想了，死可不是什么好玩的事……再说，谁说凯依普死了……我十分担心大爷发现我在胡思乱想，但看样子，他没有发现我的所思所想，他在专心致志地等待着萨格姆别克的回答。

很快，牛车上装满了一车木料，我们上路了。然而，还没有走多远，牛车左侧的轮子发出的“咯吱，咯吱”的声音似乎更频繁，也更刺耳了，显然是承受着更大的压力。车上大概装了三四十根木料。两头牛都是像大象一样有力的花白头牛，它们使劲负重拉着车。战争年代的牛多么忍辱负重，现在的小孩是根本体会不到，也是难以想象的。但是，在我的童年，牛就像现在的拖拉机一样，着实管用。

我们走了好远的一截路，托比里舍克林场隐隐约约地留在了远方。太阳落山了，它的余晖照耀着皑皑白雪覆盖的山峰，也照耀着托比里舍克上方的一片黑云。然而那块黑云似乎越来越大，越来越厚，它正在由西向东疾驰而来。

不一会儿，周围的一切都笼罩在黑暗之中，连巍峨的天山也看不见了。雨一滴一滴地下来了，这是夏天以来的第一场雨。我把头伸进衣领，像是在躲雨。两头牛吃力地拉着装满木料的车。不一会儿，黑幽幽的土路变成泥泞，增加了牛车和木料的重量。我想起装木料时阿塔里克大爷对萨格姆别克一而再再而三地要求多装，说："不怕多，就怕少……" 然后，大概多装了十多根木料。两头牛再有劲，此刻也显得步履艰难。

车也被重负压得咯吱咯吱响，感觉难以支撑下去。大爷默不作声，不知是不是后悔了。他时不时地回头看看车后。长长的白杨树干从牛车一直伸到路上，在路上留下深深的划痕。

终于到了白天打土拨鼠的那条山沟，大爷对我说："但愿先祖在天之灵保佑，我们只要从这个山沟顺利过去，前面的路是下坡路，就好走了。巴尔斯汗，求上苍保佑，求祖辈在天之灵保佑吧。现在你下车，然后抓住缰绳，牵着牛，我在车上赶牛。啊，对了，你把这个保管好。" 说罢，他把那个装有信封的小荷包和护身符递给我，让我套在脖子上。他说："我怕不小心弄丢它，所以交给你。"

"千万别弄丢了。还有那个土拨鼠，也别忘了带给苏来曼。"

"您自己给他呀。"

"哎呀，好孩子，我老糊涂了。别忘了！如果苏来曼像你一样健康的话，我现在死了也心甘情愿。我这个倒霉蛋，有什么法子呢。"

到下坡路了，我牵着牛鼻子走在前面，尽管两头牛竭力阻挡着车，但因为太陡，车推搡着两头牛，几乎要压过牵着的两头牛。我也差点儿被牛踩着……现在只有乘着惯性能走过这段下坡路，到达上坡路就好了……

到上坡路了，我费力地牵着两头牛往前走，好像要凭我的一己之力把两头牛和牛车拉到山坡高处似的，费力地牵着绳子……泥泞的路很滑，没有任何支撑点……

"啊！上苍，在天之灵……" 阿塔里克大爷口中念念有词，不停地抽打着牛。当爬到半山腰时，两头牛停下来，我费力地牵引着，然而无济于事。突然，我滑倒在地了。这时，发生了难以置信的事——牛车缓缓地往后退去……大爷已经下车了，我不知道他是怎样跳下车的。他使出浑身解数竭力试图从牛车的左侧阻止牛车往后退去……突然，听到一阵木头断裂的声响，接着，车往一侧倾斜，随着绑着木料的麻绳断裂，木料也开始掉落到地上了……

“快，解开铁棍，快！”我听到大爷声嘶力竭的喊声。我赶快把固定挽杆的铁棍一一解开了，以免倾斜的车扭断牛的脖子。两头牛总算脱险了，大爷在哪儿呢?

“大爷，大爷！”我喊着。

然而没有任何回应。木料都散落到地上，车轮朝天的牛车后轮的铁箍不见了，辐条也不见了，只剩下了轮毂。原来是后轮散架了。

“大爷，大爷！”

我心急万分地边喊，边在散落的木料堆中寻找着大爷。周围漆黑一片，大雨滂沱。我浑身是泥，感觉不到身上有衣服。我边寻找大爷，边一一推开木料，这些木料很沉，两个人才能抬得动。我终于触摸到大爷的头和背……

“大爷，大爷。”

奄奄一息的大爷在呻吟，下半身仍然被木头压着。

“大爷，您坚持住，我现在把木头推开。”

我使出浑身解数，把压在他身上的木头一一推开。

“大爷，大爷！”我声嘶力竭地喊着。如果真有上苍，一定能够听到我的喊声。

这时，远处传来疾驰的马蹄声。是的，后面传来沿着泥泞的路疾驰的马蹄声。

“都翻车了呀！看你们，让你们住下就是不听。你们走后我很不放心，担心出事，就赶过来了。”萨格姆别克大叔边说，边跳下马。我和萨格姆别克大叔一起把压在大爷身上的木头一一推开，解救了趴在地上的大爷。我们让他翻身后，他习惯地发出凄惨的“啊！”声。我觉得他的个头变长了，他的驼背似乎也被治愈了。

我和萨格姆别克大叔把翻在地上的牛车摆正，重新套好牛，用一根木头代替散架的轮子……然后一一把木料装到车上，牛车变成了三轮车……最后，我们把阿塔里克大爷抬到牛车上——这比木料装车要费力得多。稍微动弹，他就承受不了，而且他还很沉。我们好不容易把他抬到木料上躺下。下坡路上，两头牛用尽全力地拉着车。萨格姆别克大叔骑马跟着，我坐在装满了木料的车上。雨过天晴，皎洁的月亮照亮了弯弯曲曲的道路，深邃的天空繁星点点。

我脖子上挂着带黑色护身符的念珠项链。车上还有土拨鼠，我要把它带给苏来曼。对了，如果大爷他有个三长两短，那这个护身符我应该交给谁？我不知道。我想问大爷，于是看了看他，他好像跟那些长长的木头一样，伸展着长长的身躯躺着。好像他也和那些木料一样，成为横梁，用于学校的重建。

三轮的瘸腿牛车向村庄缓缓移动。我心里很难受，但没有眼泪，就好像从血腥的战场受伤而归的战士一样……

夏里甫汗·阿布达里译

艾克木·塔拉孜

（1933—）

原名为艾克木·艾西莫夫，艾克木·塔拉孜为笔名。杰出作家、编剧。1955年毕业于哈萨克斯坦国立师范大学语言文学系。1962年毕业于苏联电影学院。1956年，创作了第一部中篇小说《贪婪的星星》。之后陆续出版了《艾克拜尔的院子》《建在云端的巢》《山峦始末》《矿》《皇冠》《悲伤》《诬陷》《雨夜》《大雁，大雁，大雁……》《惩罚》等中长篇小说。作者的《没有笑声的喜剧》《好人》《好运的小伙》《作者、天使、爱情》等多部作品在国家级剧院上演。他还是《骏马的足迹》等电影的编剧。作者的大部分作品都曾在国外翻译出版。他对哈萨克斯坦文学做出了不可磨灭的贡献。曾获得哈萨克斯坦国家奖。2015年，获得“祖国”奖章。

惩 罚

坐落在莫里特克县第一小区的第二幼儿园一带响起了令人毛骨悚然的喊叫声。当时，正值清晨6点，这个时断时续、嘶哑沉闷的喊叫声就像一位没有经过准备就登台演唱的歌手的歌声那样延续了五六次以后，便渐渐地变得响亮起来了，然后叫着叫着，又变成了杀猪一般的尖叫声。

居住在第一小区的住户们纷纷打开窗户，小心翼翼地探头向窗外张望着。不明就里的住户们面面相觑，相互默默地示意询问，又默默地等待对方的回答。这时，那些已经退休的老太太们沉不住气走出了居民楼，三三两两地聚集在一起，心有余悸地走向了第二幼儿园那边。

不知是哪一个醒过了神儿的人打了电话，凌晨时分才打了个盹儿的某个警察好不容易才发动了那辆早已锈迹斑斑，被盗得只剩下空壳儿，孤零零地停在路边儿的瓦兹牌吉普车。等他驾着破车，沿着通往第二幼儿园弯弯曲曲的大街赶到那里时，那个杀猪一般的尖叫声还没有停止，就像一个熟睡的人反复按掉闹钟一般不停地在响。

一个响彻整个第一小区的尖叫声像一条钝锯一般惊扰了这里的住户们整整半个小时，然后戛然而止。被利刃割断喉咙的猪就是这样咽下最后一口气的。

那些身体臃肿的退休老太太们三三两两地聚在一起，又分分合合，一会儿加入这群人，一会儿一窝蜂地跑去加入那群人，就像一群自由自在地，在刚刚开花的向日葵花盘上吮吸花蜜的蜜蜂，嗡嗡了一会儿，便静了下来。晌午时分，那些喜好打听小道消息的人们原原本本地听到了在朦朦胧胧的清晨所发出尖叫声的原委：有人将幼儿园园长安娜·安德烈娃、县教育委员会主任拜巴克·玛勒什巴耶夫、势利眼努尔丁·赛义多夫三个人的头颅砍了下来，并将他们的尸体整整齐齐地摆放在一起了。中午时分，这件事被查了个水落石出：警察在家中逮捕了安娜·安德烈娃喝得酩酊大醉的丈夫。那一把要了三条人命的斧头就竖立在她家的门栏边上。

“我的心脏在发抖，不，我的心脏在流泪。心脏怎么会流泪？我为自己的想法感到很奇怪。正在熟睡的人怎么会思考？也许我的意识很正常，那我的灵魂又在哪里？难道……难道我已经去了那个世界吗？可我昨晚还活着呀？”他惊讶极了。

“看看这个大英雄熟睡的模样！喂！起来！快起来！”

“装睡！他在装睡！混账东西！”

那两个人的声音对他来说是那么熟悉，他们一个是卡伯，第二个是那个，那个……米拉！两个人的喉咙像被烟熏了很久，肺部嘶嘶作响。

“起来，喂，阿波，起来！你完蛋了，可怜虫！”

“别装蒜了！起来！混账！”

不论是男人，还是女人，他们的声音里充满着恐惧、冷酷，还有惶恐不安。

有一个东西重重地砸在了他的右侧胳肢窝，他想可能是卡伯的拳头，便暗暗窃喜：“啊，原来如此！我还活着呀！”自己还活着，他既没有为此高兴，也没有沮丧。他清醒过来，马上从床上跳了起来。但是，站起来之后，他马上就像刀刃一样僵在了那里。

“我在听您……同……同志……”他按照军规下意识地将右手放在了额头一侧，并说，“同志！”

现在，轮到他认不出眼前的卡伯和米拉这两个人了，两位一副失魂落魄，毛骨悚然的模样。尤其是卡伯，看起来就像一捆被旋风吹散的杂草。

“走！去看看你干的好事！你亲眼去看看！”

他仍不明白卡伯所说的话，只是跟着卡伯来到了宽阔的楼道。

他看了看身后的米拉，她一副气急败坏的样子，阴沉着脸，一口黄牙的缝隙中透着一股寒气。

“畜生！”米拉好像用枪对着他，左手伸了出来，右手短小的食指像准备扣扳机似的。

“畜生！”

“这个婆娘发疯了？还是喝醉了？”他在心里嘀咕道。

卡伯走路的姿势看起来很滑稽，原来他还是个罗圈腿。随着晃动的臀部，下身穿的那条破旧黑裤子也跟着晃动着，裤子的纽扣也掉了。他的手枪大概放在右侧裤兜里，那里鼓鼓囊囊的。因为手枪太重，被拉扯的裤兜走了样儿。

“这是他窝囊，还是?”想到这里，他的心颤抖了一下，又恢复了原样。

主任办公室里有一张黄色地毯，地毯上直挺挺地躺着三具尸体。三具尸体都很肥胖，头颅都歪到了左边，而且都睁着眼，三个人的舌头因为肿胀也被挤出了嘴巴。阿波看到此情此景，没有感到惊讶，也没有感到恶心，甚至没有感到害怕。他看来不大愿意接受眼前骇人的情景，或者即便接受了，也不想认可。或者，刚开始可怖的一秒钟，这时变成了难熬的一个小时了吧。这时，他观察到了滴落在黄色地毯上的一滴不那么起眼的暗红色血液。

卡伯使劲儿地戳了一下他的腰际说道：“喂，我在给你说什么呢？你是聋子吗？”

“什么？”

“是呀，这是什么？我说这是什么？”卡伯瞪大了眼睛问道。

从他的嘴里蹦出来的是一个匪夷所思的答案：“干得很漂亮！精湛的专业手法！”

卡伯暴跳如雷，跺着脚吼道：“什么工作！什么专业！你疯了吧？”

“畜生！你这个凶手！”米拉那个只有线团一般大小的拳头已经抵在了这个人的鼻子上。他也不知道自己何时用又粗又短的胳膊挥了过去。好在他心底似乎有人暗示他别下手太重了，她的骨头会断掉的。米拉用左手抚摸着右胳膊，蜷缩着矮小的身体僵在了那里。

“上天保佑！幸亏没有将她的手臂打断。”阿波在心里嘀咕道。

米拉并没有为此生气，也没有为此哭泣。这个刚才还咄咄逼人、满嘴粗话的女人这会儿收敛了许多，带着祈求的眼神看着眼前的这个人说道：“可别把我杀了，阿波，别杀我！”

“这女人在说什么胡话？我为什么要杀她？什么叫杀？杀……动物才会自相残杀呢，而人……人……只是互相……”他又在心里犯起了嘀咕。

他的心情有点沮丧，甚至没有觉察到卡伯和米拉很生气，闷闷不乐地看着他。

“谁都很专业呀。”他说完想离开办公室。在说出“专业”这个词后，他好像又说了一两句什么话，但自己又记不起了，心想：我还说了什么？

卡伯是他经常见到的人，原来没发现他是一个长着两撇高眉，一张瘦脸的家伙呀。如果将他的头颅砍下接在某一个吐沫星子乱溅的女性脖子上，天哪，那大概就是一张面目憔悴的脑袋呀。

走到门外后，卡伯审视地打量着他的神色。他看来很怜悯阿波，神情黯淡，那一双滴溜溜乱转的女人一样的眼睛直勾勾地看着地面问道：“人都被杀了，你怎么能睡大觉呢？”卡伯的语气中好像有一种谄媚、讨好的意味。

两个小时过后，县领导和警察来到现场进行了勘查、笔录，询问了目击者和听闻者，并告诉阿波，在案件调查没有结束之前，不能去任何地方，还让他签了保证书。这时，他才明白了卡伯脸上这种谄媚、讨好的意味。当聚集在此的人群准备散去的时候，警察局局长却出乎意料地向他大声喊道：“你要对这件事情负全部责任！你会被判刑的！会被枪毙的！”他说得唾沫横飞。

而卡伯随即用谄媚与讨好的眼神看着局长说道:“上校同志，上校先生……这个卡拉萨潘诺夫是从阿富汗回来的，阿富汗！他是值得信赖的人啊，值得信赖！”

卡伯并没有揣测上校的真实想法。这位上校动了肝火，马上就会吐沫星子乱溅，等心情好了，刚才还唾沫横飞的嘴巴马上又会恢复原样。

“啊，是吗？”上校张开了肥厚的嘴唇，露出一口黄灿灿的金牙。

“嗷，原来是值得信任的人啊，那之前为什么不提醒呢？”

而那个值得信任的人——阿波却被警察耽搁了三小时之久，直到居住在第二幼儿园附近的那些已退休的老太太们争先恐后地详细介绍了昨日清晨的案发过程后，才被放开。

这个小区的院落里，一棵高耸入云的大树树荫下，有一对相互抵着的木马。卡伯来到了坐在其中一只木马上的阿波身旁，然后就像知晓了什么了不得的独家新闻一样，突然笑了一下说道：“你回家去吧！你解脱了！”

“‘回家去’这句话的意思很明了，但‘解脱了’是什么意思呢？我到底要解脱什么呢？”他满是疑虑地望着卡伯说道。可怜的对方还没有及时收回笑脸，听了这话，他的脸色顿时变得蜡黄一片，小小的眯缝眼里满是恐惧。

“你回家去吧！我已经给上校先生说明了情况。”卡伯肥厚的双唇又蠕动了一下，语气中依然带着谄媚、讨好的意味。

他从木马上下来，慢慢靠近卡伯身边，又说道：“你是男子汉，卡伯！”说完就用拇指轻轻地弹了一下对方的鼻子。他再次说道：“你是男子汉！”

卡伯比他还要矮小，平时看起来总是很冷峻，眉头紧锁，但实际上是一个怯懦的人。当阿波大踏步地走到卡伯跟前时，对方立即显得心慌意乱，缩成了一团。而当阿波用手指轻轻弹了一下鼻子时，他的两只眼睛都快蹦出来了，愣在了那里。

阿波对自己突兀的行为感到惊讶。到了车站后，对自己的行为摇了摇头，又“噗嗤”地笑了笑，自言自语道：“愚蠢的阿波！吃了驴脑的家伙！”

一般情况下，77 路公交车总是一趟接一趟，来得很勤，可今天怎么会这般磨蹭。

阿波眼前出现了北斗七星，星星的排列看起来像一匹雪青马：因为两个后蹄打滑险些滑倒，两个前蹄和修长的脖颈向上昂着，它带着最后的嘶鸣挣扎着，仿佛越过了这座山崖后，那一侧就是平坦而又安全的地带了。他在心里说道：“好样的雪青马！”然后，又眺望着东北上空闪烁的北斗七星低语：“你也没什么好日子过啊，我的日子也不妙！”

他根据东北上空北斗七星的方位，推断这个时候已是夜晚十二点钟了。

“我躺在这里干吗？睡意呢？我明早还得早早起床呢！”

除了这十几个词之外，他的内心并没有什么起伏。他翻身下了床，趴在窗户上看了一眼无边无际的天空，那匹雪青马已经跃过了山崖，来到了平坦的地方，他总算放下了悬着的心。

“时间已经是凌晨两点了，时间怎么总是过得这么快？刚才……我到底想了些什么啊？”阿波估算着时间，再次对自己发问。

在他前往阿富汗参战之前，那时还健在的爷爷曾经这么对他说：“我的孩子，我的孩子，别避开陷阱，要避开苦思冥想。要记住：跌入陷阱，你会站起来，如果跌入苦思冥想中，那你将泪水涟涟！陷阱的底部是沙子，苦思冥想的底部是牢笼！”他心想：我可怜的爷爷啊！我当时嘲笑过他老人家竟将这样一个一文不值的胡说八道当成快板儿讲给我听！”

他继续趴在窗前眺望着天空，心想：雪青马伸着修长的脖颈，弯曲着两个前蹄，向远处的北冰洋奔去了。

“它已经焦渴难耐了吧，这个生灵！”

黄色地毯上的那三具直挺挺尸体的头颅被连根拧断放在了地板上，那三个人就像被掐断了脖子的鸵鸟。滑稽的是，安娜·安德烈娃生前总是将头发梳理成一个发髻固定在头顶上，现在这个发型依然保持原样。如果她的头颅不像现在这样歪着的话，如果深蓝双眸不像现在这样失去了原有的光泽，如果平常说话时吐露出来的又尖又红的舌头不像现在这样变得又黑又肿耷拉在外面的话，那么此时的她就像是一个喝足了美酒，醉倒在地上的酒鬼。

阿波躺在床上翻过了身，转向右侧。像往常一样，他依然将四肢收在腹部，蜷缩着身体睡觉。“小狗崽子！”阿波轻轻抱了抱儿子，闻了闻他的头发。这个小家伙从早到晚都在小溪中玩，浑身上下散发着黑色泥土和馕的味道。

他察觉到了这个狭窄房间的空气变得浑浊不清。每当凌晨三点至四点，这里都会变得如此压抑，春夏秋冬亦是如此。为什么会是这样呢？难道是地球自转放慢了吗？还是不停自转的星球换了一双已经疲惫了的脚。阿波察觉到自己傻傻地笑着。

就在这时，阿波感觉到右脚后跟一阵刺痛。“又开始了！”阿波这样想着，那种刺痛像是一根火红的针头扎进脑子里一般，“好吧，阿波，别倒下！”

别倒下，别倒下，他知道这不是一件简单的事情。他的牙齿开始发痒打颤。牙齿发出声响时，屋子里就会像开进了一部拖拉机一样。祖拉会被惊醒，她是一个很容易受惊的人，这样的时候会抱着孩子哭起来。只要她哭起来，阿依娜和波罗也会跟着哭闹，不会善罢甘休，可以说满屋子顿时就会鸡飞狗跳。“别倒下！阿波，别倒下！”他在心里给自己鼓劲。

现在只有一个办法了，还没昏过去之前，走到院子角落的一处长满绿草的洼地去，如果能走到那里的话。这时，阿波已是头晕目眩：“啊，造物主啊，请赐予我力量吧！”

阿波攥紧了左拳头，张开了嘴巴，狠狠地咬了一口自己的胳膊。阿波像回过了神一般，颤颤巍巍地站了起来，悄无声息、小心翼翼地从开着的窗户跳了出去，像一个酩酊大醉的醉汉一般，东倒西歪地穿过杂乱的树林，最终走到了想去的那个地方。“啊，造物主啊，请赐予我力量吧！今天别要了我的命！请让我有尊严地死去吧！请准许我完成自己未完成的心愿吧！啊，造物主，啊，造物主啊！”

此时的阿波已经神志不清。他知道不管怎么样都不能发出声响，绝不能惊扰到正在熟睡的妻儿和邻居们。“坚持！坚持！”阿波重重地跪倒在了长满青草的洼地上。这已是这个月的第四次发作了！这样的发作过于密集。也许，今天就是最后的痛苦了吧？就在倒下去的那一刻，一个念头闪了一下：“这可能是最后一次发作吧。”在倒下去的那一刻，他突然想到：“最后一次痛苦又能怎样？但是，我的造物主啊，请留给我最后的尊严吧！别让我在孩子们面前难堪！请给我力量，请给我力量！给我耐力，给我耐力！给我尊严！留给我尊严，留给我尊严啊！”

刺痛感烧灼着脚骨，犹如一根烧红了的针头直穿中枢神经，又插在大脑里。最恐怖的就是此时此刻，扎进大脑里的红针头开始膨胀起来，仿佛无法盛在大脑里，不断膨胀着。

“别忘记自己还是一个顶天立地的男人，阿波，别忘记你是一个人！要清醒！别丢掉意识！”阿波虽然无法忍受这样的痛苦，但还在给自己鼓劲儿。

他的神志开始变得模糊，但他绝对不能发出声音，不能把妻儿，还有邻居们吵醒，他不断说：“坚持住！坚持住呀！”他走到洼地之后倒在了铺在那里的干草堆上。他再次狠狠地咬了一口右手掌，他还想狠下心来连骨带肉地一口咬掉手掌。不知是牙齿用不上力了，还是胳膊没了劲儿，他只觉得嘴里满是鲜血，但没有感到疼痛。阿波现在已经明白没有任何办法了，即便大声喊叫，趴在地上放声大哭，他的痛苦也不能得到缓解吗？所以他依然在给自己鼓劲：“坚持，阿波，别像一条狗！”

无法忍受啊，苍天啊，无法忍受！如果能忍受，他一定会坚持住啊。

那种疼痛像一个残忍的嗜血魔鬼，又像一个恶人将他的两个脚拧来拧去，拧来拧去，像是在拧一条擦拭地板用的抹布一样，或者像将他的双脚狠狠摔在凹凸不平的石头上。然后那个嗜血魔鬼和那个恶人将他的头夹在双腿之间，继续挤压着，蹂躏着，敲打着，在凹凸不平的石头上继续碾轧着，分割着，用钝刀切割着，撕扯着，踩在脚下践踏着。

啊，如果这个时候向命运屈服，结束性命多好。不远处有一棵大树，如果他匍匐着到达那里，将头狠狠地撞向树干，一头撞死在那里……如果就这样死掉多好！啊，他此时痛苦万状的灵魂就会得到解脱，摆脱这个可怕的地狱啊！一个声音坚持说："就这么干吧！阿波，就这么干吧！"

"不能那样做！你的尊严呢？阿波，你的尊严呢？你的尊严和性命都是财富，不是吗？你不能就这么丢下自己的女儿和儿子，太残忍了！你这样将儿女丢下想怎么样？想怎么样？"

他像一个不小心掉进了蚁穴的毛毛虫，像是一块抹布被拧，被挤，被蹂躏，但没有失去意识。虽然遭受着连动物都无法承受的痛苦，充满了绝望，但他内心的智慧之光依然没有熄灭，依然在挣扎："请再给我一个星期吧，即使是一天也好，我的造物主！"阿波依然没有放弃祈求。在他的智慧天地有一道用鲜红的炭火写着的警示："坚持！继续坚持！坚持实现自己的目标！坚持实现！不要这样半途而废！如果你这样半途而废，你的结局就是进入地狱！地狱！我不怕地狱！我不怕！这样半途而废太可惜了，太可惜！"

阿波的意识深处有一个决不妥协的信念这样警示他：这个痛苦可能会持续二十至二十五分钟，今天持续的时间较长，可能以后还会这样。以后也许会永远这样吧，永远这样……

以后也会这样吧：或许是一个嗜血狂魔，或许是一个恶人，会将一根断了头的针头扎进他的后背，然后反复扎进他的胸腔，蹂躏着，挤压着，针头扎得更深，弄得他血肉模糊。他们反复做着同样的动作。然后将一把盐撒在新的伤口上，又将烧红了的烟头按在伤口上，或许是一个巫婆将毒爪扎了进去。

扎进胸腔的针头显得乱七八糟，不只是一个针头，而是一千个针头在穿肠破肚，然后开始攻击膝盖骨部位。那些个圆钝的针头专挑阿波最脆弱、最要害的地方撕扯、折腾、乱戳。啊，如果能大声喊出心中的痛苦该有多好，如果能舒舒服服地躺在地上该有多好，如果能将那些疼得要命的手和脚剁掉扔在一边儿该有多好，如果能用手将那些肠子扯出来扔掉该有多好。但不能那样做，在儿女面前，绝对不能表现出自己脆弱无能的一面啊。

还有一个比那些嗜血狂魔、恶人来得还要凶猛的刽子手。接下来这位刽子手要大显身手了。当这个刽子手出现的时候，刚才的那些嗜血狂魔、恶人都不算什么了。这个刽子手无所不能，他把刚才那些烧红了的针头扎进大脑里，又来回转动，将原本柔软的大脑慢慢打磨成了一块坚硬的石头，千万支针头就在这颗坚硬的大脑上来回转动、揉掐，为破开大脑不断地折腾着。

你会忍受这些痛苦，也会妥协，但是对于这个刽子手一边蹂躏，一边嘲讽的行为你是无法忍受的。在他的手里，柔软的大脑里好似爬满了由铁块儿制成的蚂蚁，刽子手将这些铁制的蚂蚁赶来赶去，又像一个婴儿在柔软布料一般的大脑上玩耍，又像一群参加完疯狂的叼羊竞赛后，来到你身边直喘粗气的人。这个家伙在戏谑你的天真，玩弄你的感情，随即又拎着铁器戳得大脑里边“咔嚓、咔嚓”直响。就这样，他一边蹂躏，一边戏谑。

临近清晨，祖拉从睡梦中惊醒，用手摸了摸丈夫所躺的位置，然后心中一惊：又是一次可怕的经历！她爬起来跌跌撞撞地跑过去靠在门上，门上的那个胳膊一般粗壮的挂锁还在那里。她知道每当痛苦不堪的时候，可怜的阿波都会从窗户跳出去，看来今天也是这样。她根本没有精力去思考了，她身着衬裙紧张地从睡在地铺上的孩子们身上跨了过去。她知道疾病发作第二天，丈夫会倒在那里，所以，她能很快找到自己的阿波。她跑过去一看，阿波已将自己的双臂啃咬得血肉模糊，而他自己还在冒热汗，并舒舒服服地躺在地上昏睡。阿波通常都会这样。

祖拉没有哭泣，只是她有一颗柔软的内心，双眸只盯着一个地方，身体就像一支刚刚射中靶心的弓箭一般微微颤抖着："我的天啊，天啊，你这到底是怎么了？"

祖拉能这样保持一动不动的姿势，一直到天明。

阿波这会儿可能在做梦，不知是对某个事情感到焦虑，还是对某个人耿耿于怀，此时的阿波正在磨牙。祖拉吓得丢了魂魄，心想如果他再次犯病，一天之内哪能经受得住两次打击呢。这时，祖拉就像一只母燕看见了一条灰蛇吐着舌信靠近燕窝中的雏燕一样感到非常焦虑。她飞快地跑过去跪坐在地上，亲吻丈夫的额头，并用手轻抚丈夫的额头。阿波像是感受到了来自妻子的温暖，急促的呼吸平缓多了，焦虑的心情也平稳了。现在，他俩陷入了平静。

祖拉并没有哭泣，只是柔弱的心都要碎了，就像毒辣的日头下拳头大小的冰块一般慢慢消融。如果阿波变得憔悴，那祖拉会感到愁肠寸断；如果阿波感到疲惫，那祖拉也会跟着愁眉不展。在最近的两个星期里，祖拉感觉到有一种莫名其妙的念头折磨着阿波，但她对此无可奈何，仿佛厄运正向他们的家悄悄袭来。厄运从哪里来？来自谁？为什么？造物主啊，为什么？这到底是为什么？

阿波躺着的地方曾是一条小溪，后来长满了草，变成了一片洼地，阿波曾经在那儿堆放了草垛。为了不惊吓到孩子们，犯病的时候，他总是跑到这里来："我的心肝啊！到底该怎么办才好！"

毒辣的日头已经爬到了树枝上，光影透过树叶间的缝隙照在阿波无辜而又饱受折磨的脸上。一些大苍蝇在他满是汗珠的额头上飞来飞去，不愿离去。难道是祖拉引来这些像酒鬼一样贪念深重的苍蝇吗？

祖拉的丈夫阿波是一个可爱的小伙子。看看阿波，多么可爱，将阿波比做一只雀鹰，或者比做一只隼也好。此时，酣睡的阿波很像一只随时准备飞奔的雪豹。他是一个可爱的人，非常可爱。在学校念书的时候，后来复员回乡的时候，都有不少姑娘一直对他紧追不舍。祖拉难道会是那种将手里的阿波拱手让给那些丑八怪的人吗？真是异想天开！

可以说，祖拉已经没有什么遗憾。因为心爱的阿波此时已经在自己的身边，一对儿女也慢慢长大了。如果上天保佑，阿波的健康……是的，直到现在，他们仍然租住在一个俄罗斯人的鸡舍……即便这样，生活还得继续，不要紧的……再说，阿波还去了切尔诺贝利三个月。政府还有一项专门为这样的人分配住所的法律。如果上天保佑，会有那么一天的，会得到一间屋子的，政府是不会骗人的。哎呀，这只大苍蝇啊！看看它无耻的嘴脸啊，这只苍蝇仿佛知道熟睡的人不会把它怎么样，便肆无忌惮地飞过去落到阿波冒着汗珠的鼻尖上……

阿波的眼睛清澈无比，黑白分明，让人以为那是婴儿清澈的双眸，这会儿也不像睡着了。过了一会儿，阿波睁开眼睛，望着祖拉露出笑容："哦，我善良的人儿啊！"

此时的祖拉已经被吓坏了，虽然嘴上没有说什么，但是内心有许多想法。她站起身像一只勤快的鸟儿一样开始忙起了家务。她烧了水，替阿波清洗了血肉模糊的两条胳膊，又抹上了药膏，并用纱布包了起来，还让阿波换上了一件长袖衬衫。忙完了这一切，她又转身去照顾那一对儿女。

今天可是星期天啊，否则，她会一大早起身忙活，并拉着两个孩子急急忙忙地奔向车站。开往一号火车站的公交车上总是有很多人，他们要苦等公交车进站，然后拼死拼活地挤上车，拨开人群好不容易找到位置坐下，沿着坑坑洼洼满是疮痍的公路前行好一阵子才能抵达目的地。从车上涌下来的人群不一会儿就会挤满车站前空旷的广场。总会有人占着人行道往后张望，挡着别人的路，磨磨蹭蹭。你都难以想象这辆破旧拥挤的车怎么会载着这么多的人行驶。当然，疲惫的祖拉通常都没有精力去想这些问题。祖拉领着被人群挤来挤去的两个孩子，穿过人群，匆匆地离开车站。全城只剩下几家没有私有化的铁路系统的幼儿园。祖拉在其中的一个幼儿园担任幼儿教师。她为了两个孩子的未来，艰难度日。虽然每月的工资很少，可以说杯水车薪，但总比没有好吧。除了门口的那一滩水，孩子们没有其他可以玩耍的地方。无论是女儿还是儿子，都有点儿玩腻了的样子。再说，看不到孩子们，阿波也会宁静许多。

在第二幼儿园担任夜间保安的阿波并不想让自己的一对儿女入读第二幼儿园。祖拉唠叨过一两次，而阿波总是紧锁眉头，还不让她询问原因。祖拉心想：孩子们的父亲可能有自己的想法吧！

今天是星期天，祖拉不用像往常那样忙碌，她想让孩子们好好地睡一觉，也不想让孩子们看到父亲今天早晨那副狼狈不堪的模样。

不管外面多么炎热，他们仅有的一间房子总是很清凉，水泥地板总是比较阴冷，铺着厚实的花毡，躺在上面，别提有多舒服了！

阿波只要看不到孩子，就会心静许多。阿波这时坐在外面树荫下的干草堆上，感到惬意无比，但当他走进屋看到还在熟睡的一对儿女的时候，心情又跌落谷底。

“别叫醒孩子们了，你休息一下吧。我去做饭。”祖拉轻声说道。

“我去一趟商店。”祖拉又说了一句。

说是商店，里边却是另一番景象。自从店主被判刑以后，这个三居室的平房就被政府接管了，其中一个房间是专门卖馕的，另外两个房间一个是卖生产工具的，另一个是卖食品的。无论早上来，还是晚上来，这里总是挤满了人，像是一个自不量力的酒鬼喝不下去了就会吐出来一样，将那些挤进去的人又挤了出去。

祖拉有自己的一套小计谋，即便排队买馕的时候，也会瞅一眼卖砂糖、茶叶、黄油的那一间屋子，顺便瞅一眼卖生产工具的空空的货架。

阿依娜和波罗的鞋子很破旧了，那些劣质鞋子勉强坚持一个星期。不到一个星期，那些鞋子就像搁浅在岸边张开嘴巴苟延残喘的瘦鱼，软塌塌地放在门口。看到那些鞋了，你的心情哪有不低落的。

当进入那个专门卖生产工具的房间时，祖拉的心颤抖了一下，她感觉到发生了什么不好的事情。近些日子里，她那敏感细腻的心总是感觉到有一种厄运逼近了。她立即跑到了外边，并一路狂奔来到了车站。她在那里还是感到不安，也没有了继续等待公交车的耐心，随即又跑了起来，连她自己都不知道为什么会如此拼命地奔跑，剧烈收缩的肺部让她上气不接下气，直到跌坐在地上时才明白了过来。

她站起身，缓慢地走向一棵被石灰水涂抹至树腰的大树旁，靠在了那里，两条腿瑟瑟发抖，根本不听她的使唤。无可奈何的她只好抱着大树一遍遍地嘀咕："我迟到了，迟到了。"

也许阿依娜和波罗的啼哭声传到了她的耳朵里，街上来来去去的汽车声逐渐消失了，仿佛整个世界陷入了一片寂静。院落里只有互相追逐玩耍的阿依娜和波罗俩人……阿依娜和波罗俩人的身影清晰地浮现在她的眼前。"上苍啊，请赐予我力量吧！"祖拉说着抬头遥望天空。一刹那间，她觉得自己倚靠着的这棵大树的一枝树杈不断加长，伸向了天空。这时，仿佛有一种神秘的力量在佑护着她，使她重新奔跑起来。

奔跑的祖拉甚至不知道自己的脚掌有没有接触到地面，也不知道自己的肺部是否在剧烈收缩，也不知跌倒了几次，爬起来几次。当人们看到这位奔跑的女人时，不知道在想些什么，想说些什么。但对于祖拉来说，这些并不重要。

不知跌倒了几次，也不知道爬起来几次，拉开那扇总是吱呀怪响的大门时，祖拉看到了正在做礼拜，念诵经文，跪在那里叩首的丈夫，随后便开怀笑了起来。

夜里十二点左右，家里来了两位警察将阿波带走了。次日清晨六点左右，昨天夜里来的两个警察又开着车将阿波送了回来。祖拉像一根捻紧的捻锤一样站在铺了一层花毡的地板上，问道："怎么了？"祖拉用一双红红的眼睛盯着丈夫。

这时，阿波像藐视眼前的祖拉，以及昨晚来的警察和还有什么人一样，轻蔑地笑着说："哼，一群狗！"说完就跪坐在了被褥上。

“那个谁，那个死掉了的女人，她的丈夫……”

“怎么了？”

“他昨天下午说要杀死老婆提着斧头，不是到幼儿园附近来了嘛？”

“是呀。”

有些时候，从阿波嘴里蹦出几句话是很难的，就像从一口枯井汲一桶水上来一样，会让人等很长时间。

“那个醉鬼手里有一根黑斧头，但倚靠在门廊边儿上的斧头却是白色的。”

疑惑不解的祖拉根本不明白什么白斧头、黑斧头，她没听懂阿波在说些什么。

“那么，他们为什么将你从家里带走呢？”

“不就是想让我当证人吗？不就是带我去问话，问我那个杀死老婆的醉鬼手上的究竟是白斧头还是黑斧头吗？！”

“怪不得！赶紧脱衣服上床睡觉吧！快休息吧！他们完全不用开车过来将你带走问话，在这里问话不行吗？他们太可笑了！”

“他们很可笑！”阿波说完将头放在了枕头上，很快就打着鼾进入了梦乡。

“他应该是累了吧，我的挚爱。”祖拉心里这么想着，将外衣轻轻盖在了丈夫身上，随后也将外衣盖在了露着身子正在熟睡的孩子们身上。祖拉想着刚才的对话刚刚躺下身，头还没有落在枕头上，关于白斧头和黑斧头的话语便再次涌进了脑海，她用恐惧的眼神望了一眼正在熟睡的丈夫，之后蹑手蹑脚地向门口走去，好不容易打开了黑色的门栓，轻轻地推开了房门，随后又轻轻地关上了门，出了门。橘红色的日头在屋顶上空照耀着，她根本没有抬头看一眼天空和屋顶。她双腿颤抖着，弯曲着，好不容易走到了鸡舍旁边，偷偷摸摸地巡视了一眼周围便走了进去。走进鸡舍，祖拉放下了悬着的心，再也不用避讳外人似的，借着光亮熟练地从墙角掏出了一个帆布袋子里被仔细包裹着的东西。祖拉小心翼翼地解开了那个帆布袋子，拿出了斧头，斧柄是白的。她来到了光亮处，仔细地看了看散发着寒气的斧刃，祖拉内心的挣扎这才平静下来。看过斧头之后，她又小心翼翼地将斧头包好装进帆布袋子放回原位。不知有多痛苦，她刚想叹一口气，便像被某个人打了一拳一般闷哼了一声。

阿波没有想到警方带走自己后，只一个晚上就又放了回来。他想自己没有达到目的，即使达到目的也需要很长的时间。他为此感到万分悔恨，气得直咬牙，差点将牙咬碎。

但是，调查人员并没有殴打阿波，有一个大个男人，两三次进入狭窄房间饶有兴趣地看着这一切。阿波虽然有点警觉，但没有表露出来。从小，那些愚蠢的人们就非常惧怕他。

前天，是的，已经是前天了。卡伯和那个米拉就显露出了特别怕阿波的神情，卡伯甚至有点讨好他的意思。这两位都是心狠手辣的人，诬陷他人是轻而易举的事情。这两位都是贪婪的奴隶，只尊重那些使他们感到害怕的人。

阿波早半晌就醒来，躺在那里想了很久。

阿波想：脑壳儿里塞满了垃圾！我应该出去走走，不定时清理一下脑壳儿里的垃圾恐怕不行了！为了不吵醒妻子儿女，他猫着腰蹑手蹑脚地向外走去。

阿波看了看手表，已经九点了，看来自己没有睡多久呀，即便这样，他也睡得很好。阿波心想着这些令人心神不定的事情，哪能让人好好休息呢？他无奈地笑了笑，又勉励自己：冷静！阿波，要冷静！不要紧张，不要气馁，将自己的事情处理好！下士伊万诺夫总是这样对他说："你，卡拉萨潘诺夫，是一个聪明的青年，我对你很满意！你可要仔细听我所讲的！只要按照我说的去做了，你就永远也不会受到欺辱！你要将我所说的话紧紧绑在你的胡子上！""可我没有胡子啊！"——阿波曾不明就里地说道。听到阿波这样的回答，那个人很是愤怒："唉，你，你这个愚蠢的人！我这不是在用俄语对你说话嘛！"如果当时是别人以这样的口吻说出这样的话，那阿波会一把将对方勒死的，但阿波没有对他生气。他对阿波的态度确实很特别，总是将他当作自己的孩子一样关照。另外，他还教会了阿波某种功夫的三百六十五个套路。

阿波正行走在一个名为“芝兰德”的马路上，就是蛇路的意思。就像这个名字一样，这条马路弯弯曲曲地一直伸向郊外。阿波沉浸在杂乱的思绪中，这才反应过来自己走得有点远了。虽然时间是清晨的九点半，但热辣辣的日头已经使地面变得燥热起来。随着一股西北风飘来的恶臭熏得阿波喘不过气来。这里离垃圾站不远，阿波双手抓着头，站在那里左右摇晃着。是的，垃圾站的垃圾可以用推土机清理掉，但是隐藏在脑壳儿里的垃圾该怎么处理呢？

突然发生了一个意外：从芝兰德大街街尾的一处地下防空洞里传来一阵刺耳的尖叫声。随着尖叫声，一个男人疯疯癫癫地从防空洞里跑了出来，一路小跑着从阿波身边闪过。

“我就知道，我就知道你今天会杀了我的！”从阿波身边跑过的男人大声喊道。此时阿波心中一怔：这可恶的家伙在说什么呢？我为什么要杀死他呢？

防空洞的一扇窗户是从地面打开的，那个窗户的窗框“唰”地一下被打开了，从外面可以看到里面一个女人的脑袋。

“回来！你给我回来，回家！”虽然女人的声音听起来清脆悦耳，但依然夹着一丝寒气。

“你给我回家，回家！如果你不回来，有你好看的！”

防空洞那扇破门擦着地面被打开了，门后站着一位穿着得体、年轻可爱的女人。你很难想象刚才那个散发着寒气的喊声是眼前这位柔弱的女人发出的。

“你给我回来！”女人喊着追了过去。

阿波回头望去，他那双犀利的眼睛在瞬间就捕捉到了被女人追赶的那个男人最滑稽的一面。那个男人长着一副扁脑袋与瘦长的黄脸颊，瘦弱的肩膀、矮小的身躯、干瘦的双腿显得很不般配。在遥远的阿富汗平原，有一种常见的黄蝎子，被它叮咬是非常痛苦的，但不会致命，在哈萨克语中管它叫“疙瘩头”。这个家伙长得就像这种疙瘩头。

女人不依不饶地追赶着，男人筋疲力尽地跑着。男人奔跑的动作可不像一个正常人，那是一个连常人都无法想象的动作。面对跑到跟前的女人，男人连连后退几步，又猛地跑向前来追赶的女人，一个箭步，恰似正在发情的大公鸡猛地扑向了一只母鸡一般，转过脖子，昂起头，俩人陷入了常人难以理解的厮打中。

这两个你追我赶的人这时仿佛在上演一场滑稽戏，那个年轻可爱的女人歇斯底里地说着一些很难理解的话语，喊叫了几声后说道：“哎呀！今天你不死，那我就去死！你这个狗娘养的！”女人说完便“扑通”一声跪坐在了地上。

这个长相甜美可爱的女人竟然对一个中年男人说出了如此粗鲁的话语，着实让阿波错愕不已。不仅如此，阿波还为自己的鲁莽举动，以及站在那里关注这对陌生人的戏剧表演感到羞愧不已。此时此刻，阿波虽然感到羞愧，却还是直勾勾地盯着那个跪坐在地上的女人。

阿波无法挪开自己的眼睛——那个年轻可爱的女人纤纤玉手中有一把小巧精致的刀子晃了一下，而且那把小巧精致的刀顶在了女人少女一般的胸膛上。

阿波怎么也没有想明白那把小巧精致的刀是怎样落入自己的手中，也不明白自己是怎么跑到十五步开外的地方，反正过了好一阵儿，阿波才回过了神——自己和那个女人纠缠着倒在了地上。看到眼前的景象，那个疙瘩头应该是受到了惊吓，正慌张地围着他们俩转来转去。那个男人不知是在取笑别人，还是自己在发笑，只见他摆动着身躯，双脚在地面上不停地跳着。

“谁见过这样的人啊！”阿波朝地面吐了一口痰。他没搞明白自己是因为被尘土呛着而气恼，还是因为眼前这个像兔子一样跳来跳去的中年男人的行为而气恼。

那一天，阿波在冥冥之中注定遇到那一对神秘的男女。那个中年男性已四十九岁，而那个年轻可爱的女人只有二十六岁，他俩是一对夫妻，身后还有五个将来会为他们养老的儿子，最大的九岁，最小的也不过两岁。

这五个孩子都长着一颗大脑袋，四肢却很瘦小。他们的模样简直就是按照父亲的模子刻出来的。

那对夫妻这时缠上了阿波："今天要不是您出现在这儿，我俩可能会倒在血泊中！您就是创世主派到我们身边的救命恩人，为了这份恩情，我们今天要款待您！"两人说完便缠住了他。阿波身不由己，只好答应了他们。

阿波无可奈何地答应了他们的请求，说好只坐五分钟，但没想到他竟坐了五个钟头。夫妻俩被阿波的应允高兴得冲昏了头脑，俩人进进出出、磕磕绊绊地忙碌了起来，在门口又互相争执了起来。

这个只能在偏远乡村才能看到的泥土房子里很潮湿，潮湿的地面上铺了一层不知是从哪里找来的干芦苇，干芦苇上又铺了一张羊角图案已经褪色、边角已经破了的花毡，花毡上放着破旧不堪的被褥。在这个潮湿的防空洞里，居然有两个与这里不相符的枕头，枕套被洗得发白，还被仔细地熨烫过了。这会儿，阿波的胳膊下放的正好是这两个枕头。

看着这对夫妻的样子，可能平常没有什么人来这里做客。他俩紧张得不知所措，只好走进厨房说些悄悄话。最终，那个疙瘩头（他的真实姓名是扎克尔丁·阿卜杜克里姆）拎了一个扔在地上的黑挎包走了出去，也不知道要去哪里，而祖拜达则在厨房开始生火。这是阿波在心里为她起的名字。

等渐渐适应了屋内昏暗的光线后，他才发现放在正堂中央的铁床和掉了漆的衣柜之间的编织筐里坐着主人用被子包裹起来的五个儿子。五个儿子都是光头，个个都长着一副尖下巴，突出的颧骨，宽大的额头，扁平的头顶。五个孩子胆怯地看着眼前的这位陌生人。五个孩子的眼神充满了恐惧，大概他们常年没见到过陌生人，差不多快成了野孩子了。

阿波对坐在编织筐里的五个孩子很是心疼，看着他们一个个可怜兮兮的模样，便对他们眨了一下眼睛。没想到他犯了一个重大的错误，五个孩子像喷涌的泉水一般不约而同地哭喊着站起了身，像提前约定好了一样，纷纷冲向了阿波，一个接着一个跳上了他的后背。这下阿波逃不掉了。

母亲嘟囔着嘴冲孩子们说了几句话，喝令他们安静下来，揪着他们的耳朵一个一个将他们带到铁床和木柜之间让他们坐在那里，甚至扇了他们几个耳光，还狠狠地掐了他们一顿。而孩子们就像看见黑鹰后胆怯地缩在地上的小鸡一般乖了一会儿，等母亲一转身走开，他们又像一个个盼着夜幕降临的跳蚤一般，又开始纠缠起了坐在那里的客人。

他虽然累，也竭力坚持着。那几个从黑暗的角落里冒出来的跳蚤没少打扰阿波，夫妻俩一会儿和好，一会儿争吵，使阿波不知所措。最终，阿波还是妥协，坚持吃完了手抓肉，喝完了茶。

可能是为了回报阿波在潮湿嘈杂的环境中始终忍耐、妥协、坚持的精神，上苍竟然使他摆脱了两个月以来令他寝食难安的痛苦。听着那个疙瘩头讲述的漫长故事，阿波有了一个新的想法。这两个月以来，被藏在地下河里的想法，这会儿就像洪水一样决堤了。

阿波明白自己已经无法阻拦这种来势汹汹的思绪浪潮，便离开了疙瘩头的家。他的两个孩子看出父亲高兴的神态便跑了过来，一个抱住了他的脖颈，一个抱住了他的大腿。

祖拉也是一副高兴的模样，麻利地从火炉上搬下刚刚煮好的饭，顺便带着训斥的口吻对着两个孩子说道："你们的父亲很累了，别打扰他！"说完抿着嘴笑了笑。

阿波直到今天才发觉自己的家也很潮湿，家里的地板也散发着寒气。相比那个疙瘩头的家，他的家境也不算太好。但是他并没有气馁，反而想着在伟大的目标面前，这种艰苦的生活不算什么！阿波盘着腿坐在花毡上，无语地笑了笑。他自己赞赏自己：好样的！阿波，好样的！

那个疙瘩头说话的时候，两眼发直，嘴角总有一些白花花的唾沫。讲到热闹的地方，还会跪坐在地上，左右摇摆，抑扬顿挫，差点就要坐到餐布上了。有时又像一位头面人物站在大厅里的讲台上，对下面的观众挥舞着双手高谈阔论。阿波认为他说得都对，自己解不了的死结，他总是很容易就能解开。“我以后会追随他，他可是我的引路人！”阿波想。

阿波直勾勾地盯着某个点，就像一条随时准备攻击的巨蟒一般定格在那里，回想着疙瘩头讲的那些话，情不自禁地站了起来，然后又坐了回去，并决定以后就跟定他了。阿波重复着脑海里的想法，脱口说道：“我以后不管你叫疙瘩头了，我以后叫你智者！”

从那以后，阿波再也没能从万千思绪中走出来，只记得自己吃完了饭，坐在那儿哄孩子们，可孩子们闹腾不已，他便厉声训斥孩子们，让他们安静下来。然后他又用温柔的眼神看着妻子，跟她商量养家糊口的事情，并保证多挣点钱回来。

阿波去第二幼儿园开始了夜间保安的工作。但是，从他到达车站等公交车，然后坐上公交车，忍受着拥挤好不容易到达工作地点这一系列情景都从他的记忆消失了。

晚上八点，那个米拉将值班工作交给了阿波。她曾经在部队服装仓库当管理员，还有中士军衔，她常常会乐此不疲地炫耀这些，唯恐天下不知似的。米拉对工作很投入，仔细检查过每个房间后就交接了工作。她好像担心小偷或强盗闯进幼儿园，其实幼儿园里没有什么贵重的东西，米拉一直以为自己还是军人，所以在检查每个房间的时候都要仔细清点所有的物品，还要求接班人员在物品清单登记簿上签字才肯罢手。可笑的是，每次与阿波交接工作的时候，米拉也会让他在物品清单登记薄上签字，而她自己和别人交接工作时，却不屑于在登记薄上签字。阿波对这个女人的小心思不屑一顾，只是在心里笑笑而已。

在阿波和米拉互相交接工作时，米拉会有一段神色黯淡吞吞吐吐的时间。让米拉沉默不语是第三十号房间。这是在近一个月里，因为意外的案件而显得很神秘的一个房间。

在慢慢靠近第三十号房间的时候，阿波的心颤抖了一下。当他知道了三十个孩子之所以被集中在第三十号房间的秘密时，他没有一点愤怒和仇恨，只是在心里想到：你们三个人会因为这三十个无辜孩子受到惩罚。

今天，站在第三十号房间的门口时，他迟疑了片刻，之后再次坚定了自己的想法，但没有幸灾乐祸。

当区教育局的局长拜巴克和很会来事的努尔丁从沙漠地带的偏远乡村带着一群五六岁的男孩来到幼儿园的时候，阿波很是惊讶，很是感动，甚至被安娜·安德烈娃的人性光辉所折服。但后来，这三个家伙却死了。

那三十个孩子现在只剩下十七个。这些已经从心里预感到有一种危险正在逼近的孩子像一群小鸡仔一样，竖起耳朵，睁大眼睛挤坐在地板上。他们惊恐地打量着米拉和阿波，仿佛在说：少了十三个孩子，那十三个孩子的命运会怎么样呢?

米拉若无其事地站在房间的正中央，伸出短粗的指头清点着孩子们。

“好了，上士！你来接收这十七个孩子吧！”米拉很愿意说军用词汇。她说上士，是想强调自己也是个中士。

阿波参战期间是一个从不向别人打听什么的人，即便有什么问题也会咽回肚子里。可今天，他的脑海里一直有一个疑问：“只有这十七个孩子吗？剩下的孩子呢？”阿波想这么问一句，但又克制住了自己。因为米拉是一个喜欢打小报告的人，是呀，这些人一般都有这样的嗜好。

阿波的工作是很轻松的，米拉交接完工作，将一切事情托付给阿波之后，两层空旷的大楼便交到了阿波手中，寂静笼罩着空旷的走廊和房间。

从外面推开大门走进来向左转有一间狭小的房间，里边放着一张破旧不堪的沙发，这个沙发便是阿波工作的地方。阿波会时不时地走出去，在院落里转一圈。他只是担心周围住户那些调皮捣蛋的孩子会从篱笆上爬进来。

在那个疙瘩头的家里产生的想法至今依然不安分地占据着他的脑海，他轻轻地吹着口哨——《牵牛花》，踏着有节奏的步伐巡视了长长的走廊，又巡视了一遍二楼。空空荡荡的楼房仿佛在等待一种危险的音讯。位于二楼的第三十号房间的门被打开了，两个孩子走出房间向洗手间走了过去。坐在一楼的阿波不用去看都精准地感觉到了两个孩子走出房间去了一趟洗手间，又回到了房间。这应该就是上天赐予我的一种敏感吧，阿波兴奋地唱起了小曲儿。

知道阿波这种敏感性格的指挥官们总是打扰他，总是给他分配一些棘手的任务，对他吆来喝去。有一次他又被派去执行这样的特殊任务，回来后他便开始反抗了。

阿波的工作很轻松，今天的心情也很轻松。差不多十点左右，阿波的心脏突然颤抖了一下。阿波预感到有人在说自己的坏话，因此越发不安宁了。十一点的时候，幼儿园院落的门铃声连连响了几声。他想，怪不得呢，我的直觉是不会骗我的！

阿波认出了眼前的这个黑皮肤的男人正是前些天晚上询问他的男人。他面带笑容，旁边还站着一个没精打采的男人，也应该是一个警察吧。要防备这种人，他们是最危险的。

“我们是来做客的，你有什么可以吃喝的东西吗？”黑皮肤的男人开着玩笑，提高嗓门这么说道。但对方假惺惺的内心早已被阿波看透了，所以他紧锁眉头，瓮声瓮气地回答：“我可不喝酒！”

“你这可不是好习惯，但我们可要喝上几杯的！少喝点就行。有些时候不放松一下，不寻点乐子是不行的，这个世界会憋死人！不是嘛？”黑皮肤的男人这样说道。

两个警察说完就径直走进了阿波的工作室，并从口袋中拿出了不多的一点白酒，还有包在报纸里的一些吃的，还从口袋中拿出了三个可以喝酒的杯子。

阿波在心里笑了笑：“哎呀，这两个愚蠢的野蛮人，好像把我也当成跟他们一样吃了驴脑的家伙呢！”

两个警察坐了很久，喝着他们自己带来的白酒，还不停地相互敬酒，但没有逼阿波喝酒。他们一边喝着白酒，一边口无遮拦地说了很多话，所说的那些故事没什么意思。阿波默默地坐在那里，但对他俩很是鄙视，在心里说："真是野蛮人！纯粹的野蛮人！哼，他们还以为自己有多聪明呢，真是的！"

临近午夜时分，两个警察的真实目的终于暴露了。阿波又一次对自己的预知能力感到极为满意，怪不得呢！一个警察假装喝醉了酒，对着黑皮肤的警察说道："喂，托罗，你什么都不知道！你就是糊涂蛋！"

"喂，玛洛。"托罗也假装喝醉了酒，"你不要忘记我可是个上校！不要践踏我的尊严！如果你敢侮辱我……我会把你的脑袋砍下来！"

"哎哟，说得真轻巧，还说自己是有尊严的人。如果你是上校，那我是谁？睁开你的狗眼好好看看！我可是……我，你知道吗？我，我……我知道三百六十五种杀人方法，三百六十五种！"

听到这里，阿波的心都要蹦出来了。心想这两个野蛮人可不简单啊！野蛮透顶！每次心情很好的时候，阿波总是一副乐呵呵的表情，在那种时候，他总是喜欢用野蛮人来形容傻瓜，还有那些煽风点火的小人。这不，阿波的嘴里又差点蹦出"喂，两个野蛮人！"这样的字眼，但他又克制了自己。阿波已经习惯了军纪，那两个家伙的头衔阻止了他。

在接下来的时间里，阿波刚才还很有兴致的心情跌落下来。那个玛洛用那双浑浊不堪的眼睛直勾勾地瞪着阿波问道："有一个叫萨热套十七号的秘密城市，你知道吗？"

阿波默不作声地想："这家伙还不知道我的厉害。"他也直瞪着对方。玛洛将双眼从阿波那双饱经沧桑的脸上移开，转向了坐在身旁的托罗，问道："或许你这个骄傲自大的家伙知道些什么吧？"

托罗那双发红的眼睛不停地转动着，犹如一台灵敏的计数器指针一般左右摇摆："不，我不知道！"

"你知道什么，你这个乡巴佬？！哼，还少校呢！还自诩为少校呢！可怜的少校同志！那个萨热套十七号城市住着一个下士伊万诺夫，他是我的朋友，你知道吗？下士只是他的小名而已，而他真正的头衔只有上苍才知道！”

这下就没有什么疑问了，这俩人都是野蛮人啊！阿波心想：“哦，你们这两个愚蠢的家伙，昨天还说什么白斧头、黑斧头让我摸不着头脑，原来你们是为了诬陷别人来找证据的呀。看来你们诬陷安娜·安德烈娃的丈夫还不够呀。莫里特克县第一小区可怜的‘福尔摩斯’们！”

两个“福尔摩斯”在阿波的办公室一直坐到了凌晨三点，让他晕头转向，愤怒不已。他俩的行为和言语都是虚伪的，到最后，两个人还发生了争执，互不相让。

“我才不会将那些不知道下士伊万诺夫的人看作是人！也就是说，你就是一个傻瓜！托罗！”玛洛说道。

托罗从椅子上跳了起来：“我倒要让你瞧瞧什么叫真正的傻瓜！”

屋里顿时变得乌烟瘴气，酒杯摔碎了，酒瓶摔碎了。那个猥琐瘦小的玛洛竟然将魁梧高大的托罗从这一边摔到了那一边。

“你这个众人皆知的贱货！你想和伊万诺夫下士的徒弟玩玩吗？”玛洛咬牙切齿地说道。

阿波看着两个大公鸡打斗的模样，坐在那里，笑而不语。阿波看到一股鲜血从托罗的鼻孔流出来了。阿波心想不管怎么样也要制止他们粗鲁的行为，便大声喊道：“这是工作场所！你们可以不尊重我，但一定要尊重工作场所！”

阿波说完了话，便掐住这两个愣头青的脖颈狠狠地撞在了一起，并将已经晕头转向的两个家伙拽向了屋外，然后径直走到了篱笆跟前，将他俩一个一个地扔了出去。

阿波觉得自己做得很对，没有感到一丝懊悔，反而觉得可以暂时避开一些麻烦。

虽然是暂时的，但他还是觉得自己避开了正在逼近的危险。

“无所谓，三天！只要三天！我的造物主！三天！最少也得给我两天吧！到了那时候，我的伟大目标要么顺利实施，要么破釜沉舟！”阿波恢复了平静，又重新回到了保安室坐了很久。随后来到二楼，径直走到了第三十号房间的门口。为不惊扰熟睡的孩子们，阿波没有开灯，而是借着过道里的灯光清点了一下正在熟睡的孩子们。“十七个孩子！我恐怕是疯了吧？”阿波这么想着，随后笑了笑，又想着，“他们的人数对我有什么用？他们本人对我有什么用？这所幼儿园对我有什么用？这座城市对我有什么用？这个国家对我有什么用？这个星球对我有什么用？这个星球对我到底有什么用？”

阿波艰难地控制着自己，巨大的愤怒和冲动涌满全身，他差点把自己扔到了楼外。阿波非常了解这种愤怒的力量，所以他不允许自己发怒。

阿波咬牙切齿的时候下巴颏儿会僵住，两只手会死死地攥成拳头。他轻轻关上了第三十号房间的房门，目光呆滞地在门口站了好一会儿。

阿波将自己对造物主的祷告在心里整整默念了二十一遍。大颗大颗的汗珠从他的额头滚落，攥成了拳头的手摊开了，僵硬的下巴颏儿也变得灵活了，他度过了最危险的时刻。

阿波再次恢复了平静，回到了工作间，坐在了沙发上眯了一会儿。当他突然醒过来时，已经是早晨六点钟了。他觉得心脏隐隐作痛，不，心脏在哭泣！阿波感觉到自己的一儿一女正在遭受痛苦，正在遭受常人难以忍受的苦难。阿波毫无目的、毫无方向地像一支射出的弓箭一般夺门而出。阿波好像又想起什么：“那是什么呢？”他马上又跑回了楼里。拖着他不放行的，就是在三十号房间床上熟睡的十七个孩子的灵魂。阿波跑过楼道时这样想道：“灵魂！他们将十三个孩子卖掉了！十三个孩子的灵魂能放过他们吗？！”

阿波没有打开第三十号房间的房门，而是僵在了原地。还是那些混乱的预感和想法紧紧震慑着他。“现在还不能回家，我必须等米拉来接班。如果我现在动身回家的话，那十三个孤儿失踪的案件就会扣在我的头上。夜里来的那两个野蛮人可不是好惹的对手！还有一双千里眼一直在监视着，千里眼！”

焦虑又席卷而来，阿波简直不知所措。他在楼道里来回跑了几次，跑出了楼外，又跑回了楼内。阿波清晰地感觉到自己的一儿一女正在遭受的苦难，甚至不是感觉到了，而是看到了。尤其是女儿阿依娜，作为一个女孩子，她会急疯的。波罗还稍微好一点，但无法忍受压力的时候他也会在自己的胳膊上乱咬一通。“我会拯救你们的！我会将你们从苦难中拯救出来的！”阿波咬着牙关痛苦地想着。

当米拉来接班的时候，阿波已恢复了平静。刚才汗流浃背的阿波这会儿感到一阵冰凉，一幅疲惫不堪的样子。这会儿，阿依娜和波罗早已经睡了吧。但他还在心里默念：“我要去拯救他们，说什么我都要去拯救！”

现在，阿波倒不急着回家了。他给米拉交接了工作，又帮着住在第三十号房间的十七个孩子们洗漱穿戴。米拉还抓住了在食堂偷窃食物的女人们，阿波以证人的身份在一些报告上签了字。他一直在幼儿园里忙碌着。

阿波中午时分才回到了家。祖拉的两侧脸颊瘦瘪，双眼深陷，一副憔悴不堪的模样，他知道自己预感到的那些事情已经发生了。阿波很敏感地看了看祖拉，祖拉好像看懂了丈夫心里无声的疑惑，然后沉浸在一种无声的恐惧当中。一刹那，这位母亲已经变得石头一般僵硬的脸上泪水纵横，阿波一生都没有看到过如此大滴大滴的泪水，仿佛一道水管子突然破裂了一般，她身上薄薄的连衣裙下的乳房顿时被泪水浸湿。

阿波的双腿变得软绵绵的，他无力地跪坐在了花毡上，像是给某个人低下了头颅：“造物主啊，我有什么罪过使你如此残酷地惩罚我？我可以承受您给我带来的苦难，但是我的两个孩子，他们也是您的臣民，两个孩子还很小，还没长大成人，他们又有什么罪过呢？最起码，你得给我一种理解这种苦难的暗示吧！”

阿波像在做祷告念经时那样将自己的额头贴在了花毡上。“确实，我参加过为期两年的战争。但是，我并不是自告奋勇地奔向战场的呀！确实，我拿起了武器射击、杀人。但这一切不都是用来自我防卫吗？只是用于自我防卫！不都是为了国家，国家啊！不都是为了报答祖国和完成任务嘛！确实，是我自告奋勇地前去切尔诺贝利的，但去了那里不也都是为了帮助当地的居民渡过难关嘛！不都是为了冲进熊熊大火中救人嘛！难道自己不如一只燕子会鞭策着自己继续前行嘛！为什么自己要在家乡舒舒服服地活着而去想那些为难自己呀？”阿波不由地抬起头，又将头贴在了地板上。在那之后的一年里，阿波时常会像这样将自己的头贴在地板上，每次贴在地板上，那些逝去的回忆总是清晰地浮现并徘徊在眼前。下士伊万诺夫抱着他，大声说道："我是来找你的！我是特意来找你的！”伊万诺夫想让当时所有聚集在办公室的师级、军级军官都听见，所以故意抬高声音说道。

“这是我最优秀的学生！我的徒弟！”伊万诺夫对着办公室里挤得水泄不通的司令和上校们信誓旦旦地继续说道，“就是这样，先生们！阿波是我最亲爱的，最聪明的徒弟！那么，请给我和徒弟留一点私人空间吧。”

阿波的内心满是疑惑。已经完全习惯了“同志们”这样词语的两只耳朵此时此刻对“先生们”感到陌生和不适应。如果你觉得这很可笑，那为什么这个穿戴普通的下士会对自己的上司发号施令似地说这些话呢？如果你觉得这很可笑，那为什么这些头戴巨大军帽，有着黄色衣领的人会齐刷刷地从办公室走出去呢？为什么？

阿波这才看到在正堂地板上铺着的被子上熟睡发出轻轻鼾声的孩子们，孩子们的额头上还沁出一层汗珠。在那种昏暗的房子里人肯定睡得很沉，阿波本人也经常这样沉睡。如果不去叫醒这样沉睡的人，那么他整日都会这样沉沉地睡着。

两个孩子的额头都很宽，脸颊又白又净，各自的嘴唇小巧精致，鼻子挺拔，很是漂亮。

他的心一阵绞痛："我的孩子们啊！”祖拉总是及时、精准地捕捉到阿波发自内心的话语，她带着充满感激与欣慰的心情看着阿波。

这时，阿波感到双眼发黑，脑袋昏昏沉沉的。他的头碰到了放在屋中央的圆形矮桌边上，冰凉的木头瞬间让他有了片刻歇息的感觉。

“冷静！阿波！冷静！不要往坏处想！如果往坏处想，祖拉会感觉到的！”阿波睁开眼偷偷瞥了一眼妻子，祖拉仿佛看到了他脸上的焦虑，气色明显变差了。“这家伙可真厉害呀！”阿波这么想着，偷偷笑了笑。

下士伊万诺夫将阿波搂在了怀里，像是表达“被我拥抱就等于赐予了你幸福”这种意思。他露出又黄又大的牙齿看着阿波笑着，随即带着一种慈祥的神情大声说道：“我的宝贝！”伊万诺夫说着将他狠狠拽进了怀里，又亲吻了他的脸颊三次。伊万诺夫的手硬得像石头，浑身像用铅水浇灌过一样硬邦邦的，浑身上下散发着一股汗水、俄罗斯白酒以及俄罗斯名贵香水的气味！阿波感到有点恶心。“无论他有多壮硕，如果要和他打起来，我肯定能赢。”阿波突然这么想到。

他想起当时突然产生的一个想法。这个想法清晰地印在了他的脑海里。然后，阿波的师傅伊万诺夫用肥胖的手背擦了一下鼻头，笑眯眯地说道：“阿波，我对你有一个小小请求！你以为我这个可怜的人会平白无故地从遥远的莫斯科来到这个偏僻的山区吗？”

下士伊万诺夫开怀大笑的时候，他肥胖身体的各个部位都在晃动，像一个空空的皮囊。学徒时期，他每次见到师傅的这副模样就觉得有点恶心。因为，每当这种时刻，他总会想：“如果和他打起来，我会赢的！我不是完成了我之前的想法吗？而且我完成得还不赖！”这时，他将已经贴在花毡上的额头抬了起来，一股怒火涌上心头。阿波看见祖拉因为噩梦惊醒了，他便这样想：“不要这样，阿波，要控制好自己！祖拉会被吓死的，不要让她察觉。”

实施伟大目标的时刻越来越近了。“你要比茅草还高，比茵陈还矮！要比绵羊还老实，比兔子还灵敏！不要后悔！阿波，不要后悔！”阿波在心里呐喊。

祖拉明白了，明白了所有的一切。自己所等待的时间正慢慢走来，已经临近了，甚至就在咫尺。祖拉弄清了坐在花毡上像一个虔诚的教徒一般做礼拜的阿波所有的情况。“就是那件恐怖的事件！就是它！”如果她苦苦哀求，极力挽回，让他悔改，他不会答应，反而会更加固执，更加偏激，会让事情恶化。无论如何，她都应该冒一次险。领着两个孩子去位于阔甘的娘家怎么样？阿波会放我们走吗？或者等阿波睡着以后再走。不行！还有其他办法吗？造物主呀，千万别让阿波发火！还是……

不知道“还是”的背后还有什么，一切显得含混不清。想一想“还是”的背后，让人感到恐惧。不知是为了战胜内心的恐惧还是出于真爱，祖拉从身后搂住丈夫，亲吻了他滚圆的脖颈：“你累了，好好睡一觉吧！”

阿波突然转过了身，用一副打量陌生人的模样看着她，好像在问“你是谁？你又是从哪里冒出来的谜一般的家伙？”这时的阿波就像一匹嘶鸣的马一样，准备踢飞或者咬死对方。祖拉的心脏怦怦直跳，堵在了嗓子眼。“我可能会死在这个地方吧！”她感觉到无数细小的颤抖占据了全身，眼前黑蒙蒙的。已经过世的父亲的水磨作坊浮现在了脑海里。在她印象中，两个像房子般大小的磨石相互摩擦，相互挤碾，使在小小的河流上用四块巨大的树干支起的房子随着水磨的转动而摇晃着。

距离河流较远的地方有一座红顶的房子，已经过世的母亲总是穿着一件红裙子站在门口，右手遮阳，并对着她喊道：“祖拉！祖拉啊！你愣在那里干什么呢？你难道没见过造物主的水磨在转动吗？”已经过世的母亲生前已经口齿不清。

这时，阿波直愣愣地望着自己！她感到很害怕。阿波既像感觉到了祖拉的恐惧，又像早已习惯，仿佛在说：我没生气。然后就扑了过来。

快窒息了的祖拉最后还是妥协了，她担心熟睡中的孩子们会惊醒，所以无声地忍受着。

阿波那如同干枝的身体折磨着祖拉，孩子们早被他们忘在了一边，避孕措施也被忘记了，城边儿上这座破旧的房子也被抛在了一边。一番云雨过后，沉浸在天空和山峦纯净而又清新的空气中，炊烟袅袅的城市也被搁置在了一边儿。

那之后，俩人一起进入了梦乡。不知过了多长时间，阿波从一种困惑的心境中惊醒了。虽然地板上很冷，但屋内燥热，空气憋闷。阿波小心翼翼地走到了外边，外边已经是艳阳高照的大中午，格外安静，像一个寂静的世界，仿佛一个拥有百万人口的大城市整体逃逸到了一个偏远的地方。阿波颤颤巍巍地走到了篱笆墙前，在那里，他看到了两座房子之间堆满了垃圾、杂草和枯树枝。

阿波不知道自己为什么来到了这里，也不知道来到这里在等待着谁，甚至不知道自己呆滞地站在这里多长时间。突然，一阵刺耳的“吱吱”声传了出来，随后这个声音便越来越密集了。

他小心翼翼地查看了一下，发现垃圾、杂草与枯树枝下边有一群鲜活的生命——一堆灰鼠。怎么没有早早发现它们呢，这里有一群大大小小的灰鼠正在欢快地玩耍。

一只灰鼠在跑，另一只灰鼠在追，像一匹匹马驹在玩耍。其中，有的灰鼠像怀胎的母马，有的则像鬃毛很长、野性十足的公马。“它们也有自己的世界啊！”阿波笑着刚准备转身，但又呆在了那里：传出了一声凄惨的叫声，原来两个老鼠的幼崽打了起来，一只幼鼠的身上流着血。不一会儿就有其他五六只肥硕的老鼠将那只流着血的老鼠大卸八块，吞食掉了。心惊胆战的幼鼠们顷刻间四散而逃。

不知是受到了惊吓还是疲惫不堪，还没来得及思考生与死这样的问题，他的脑海中就再次闪过了那个神秘的想法。这个想法被祖拉感知，再次扼住了她的脖颈。她感到呼吸困难，便跑进了鸡舍，找到了那个白色帆布袋子，并惊慌失措地解开查看——白斧头还在。那个寒光闪闪、锋利无比的白斧头使她如大梦初醒，一直被黑云笼罩的意识瞬间就清醒了："我这是在干什么，苍天啊！"

她为自己的行为感到了恐惧，感觉到额头上沁出了一层冷汗。她赶忙用白帆布袋子包好白斧头又放回了原处，并在心里念叨："请保佑我们！造物主！"

从鸡舍走出来时，她发现太阳已经偏西了，便嘟囔了一句："时间过得可真快啊！"

走进房间，她看到两个孩子和丈夫正在酣睡。

在外人看来，阿波十分严肃，但在自己的家里，他可是个很爱开玩笑的人。如果他的眉头舒展，那祖拉和两个孩子脸上也会带着笑容。一家四口人之间虽然常常有争执，却还有说不完的玩笑。

"喂，快减掉你的小肚子！"父亲这样说道。波罗是一个贪吃的孩子，常常吃得肚皮鼓鼓的。

调皮的儿子也会撒娇："那你也把自己的胡子刮掉啊！"波罗说着用小手揪着父亲漂亮的小胡子。

在父亲面前，阿依娜非常嫉妒波罗，常常跑过来夹在他俩中间，搂着阿波的脖子。

"爸爸就是爸爸！爸爸，要我把他昨天爬上邻居家篱笆的事儿讲出来吗？"

"那还用你说吗？你这不已经说出来了吗？！"祖拉这时也插了进来。

在外人看来，这是一场非常琐碎无味的对话，家人之间嬉笑打闹的时刻却就此开始了。他们个个都兴奋不已，扯着嗓子高声呼喊，在家人面前，尤其是在父亲面前展现着自己的才艺。

今天也是如此。只是玩到已经忘记时间，结束时已经是午夜时分。

"好了！该睡觉了！时间已经过了凌晨一点！"当阿波站起身的时候，两个孩子露出了没有尽兴的失落表情。

"喂，爸爸！"

“喂，爸爸，我们再坐一会儿吧！”俩孩子拉扯着父亲的手和脚说道。

“你们白天一直在……白天睡够了……这两孩子真是的！”

“你不也一样吗？”

“不要这么对父亲说话！”

皎洁的月亮又圆又亮，远处的阿拉套山仿佛逼近了他们的家，白雪皑皑的山峰不知是将山下的大城市踩在了脚下，还是吞了下去，它一步步逼近了，就像一只巨兽！

皎洁的月光使闪闪的星星黯然失色。“啊，月亮，你是大自然鬼斧神工的杰作，请助佑我吧！”阿波在心里这样想道。想着想着，他竟然轻蔑地对自己笑了笑：“月亮算什么？别说月亮了，大地又算什么？月亮很近，那些星星很远。你看那颗暗淡的星星，可能比我们所见到的太阳还要大千万倍吧！也许，我们所见到的太阳在它面前只是一粒尘埃吧。月亮很近，月亮遮掩着所有的一切。这荒谬的一切，怎能不让人发笑呢？！”

从阿富汗战争回来以后，那个占据着他整个心灵的阴暗忧思现在犹如一条找到了河床的河流，面向海洋涌去：“伟大造物主之力与被创造的人类之间是没有介质可言的！月亮也好，太阳也罢，它们都该知道自身的能力！它们都是造物主的玩物啊！我，我必须与造物主直接对话！只有我自己！造物主是你，我只是被创造出来的一个凡人！在你我之间，不能有其他的事物和人存在！”

最后几句话是阿波咬牙切齿地紧紧攥着拳头说出来的。如此用力地在心里想着这些话的时候，他还是在喉咙中发出了一样的声音。阿波环顾四周，没有发现其他人。这个可怜的人站在街道的正中央又说道：“啊，伟大的造物主！你我之间不能有其他的事物和人存在！好了，够了！”

步入正轨的思想犹如一把钥匙打开了阿波的心结，阿波行走在路上，最后来到了疙瘩头的家门口。这是疙瘩头的房子吗？怎么会这样？刚刚露出地面的那扇黑洞洞的窗户就像被敌人埋到了脖子的舒拉维（参加过阿富汗战争的人对自己的称呼）一样。

“我为什么来这里？”阿波很惊讶自己站着的地方，然后立即像一个严格遵守军规的军人一样向后转了过去。

就在此时，那个窗户仿佛在等待某个人似地“唰”的一声打开了，犹如一个被埋进土里的舒拉维一般睁开了眼睛。已经向前迈出两三步的阿波也停下了脚步。破旧的门吱吱呀呀地被打开了，门后孤零零地站着一个穿着白色睡裙的女人，她身材笔直。

“是您吗？”

“是我！”

“请进屋吧！”

“我是来找疙瘩头的！”

她没有为此而惊愕，也没有恼怒。

“出去闲逛去了，去咸海了，逃跑了。还说祖国正处在危机时刻，要没有他的话就完了！”

在寂静的夜晚，女人的声音犹如广播电台主播的声音那样清晰动人。

阿波激动地开口了：“也许是那样吧，别生他的气了，您的丈夫可是个智者，真正的智者！”

“什么智者！让那样的智者见鬼去吧！孩子们都快饿坏了！”女人的口气冷淡。从她的口气中阿波知道她对智者这个词的含义一无所知。

“对这样的女人来说，五个孩子犹如五个月亮，对那个疙瘩头来说，五个孩子却犹如遥远且依稀可见的星星而已。”

“我们站在外面干什么，您进屋里来吧！”

阿波的两只耳朵此时此刻却鸣叫起来了。

“谢谢！其实我来这里是想和疙瘩头商量一些事情。”

阿波的声音仿佛是从地底下发出的一样，小得可怜。“在咸海与阿特劳海之间有一个巨大无比的怪兽，吞噬我们这个国家的蛟龙就在那里！”疙瘩头滔滔不绝地说起这条蛟龙时那副模样浮现在了阿波的眼前。

下士伊万诺夫也曾在喝得酩酊大醉、心血来潮时说过同样的话。

“如果你的祖国飘摇不定，会有办法让它灰飞烟灭的！在咸海和阿特劳海之间躺着一条巨大无比的蛟龙！只需要一个按钮，一个按钮！”下士伊万诺夫曾经这样说过。

阿波露出嘲讽的笑脸。

“那是为什么？”

“那个，那个是怎么来着？”

四杯酒下肚后，伊万诺夫的舌头就会打结，他会瞪着血红的眼睛死盯着阿波。

“喂，我亲爱的徒弟！一定要远离政治！一定远离！”伊万诺夫这会儿就像一个已经清醒过来的人一样清清楚楚地说出了这句话。

“我的祖国灰飞烟灭就意味着整个宇宙都要毁灭！”

伊万诺夫听完顿时定了定神，惊讶地看着眼前的阿波。

“看看你有多厉害！哎，确实，我怎么想不到呢？确实！你的脑瓜子很厉害嘛！”伊万诺夫摇着头深思着说道。

伊万诺夫前仰后合、结结实实地笑了一阵子。

伊万诺夫的笑声犹如一辆缓慢爬上高地又急转而下的蒸汽机车一般。他足足笑了半个钟头吧。这时，急转而下的蒸汽机车在制动装置的作用下戛然而止。

“看看你有多厉害！你还爱动脑筋呀！虱子掉进你的脑袋里去了吧？”

伊万诺夫说完就将阿波搂在怀里拥抱起来。伊万诺夫看起来就像从黑色的铅水中流出来的黑虫子。

那时，阿波才会第一次产生那样的想法：如果要打起来了，我一定会赢这只黑虫子！从那以后，阿波总是带着欣赏的目光打量着这个伊万诺夫，总是想和他撕扯在一起，如果能拼命厮打一小时、一天，或者一个星期，那肯定会比个胜负的。后来，后来他心中的想法不是已经实现了吗？

“站着干什么呀？您倒是进屋啊！”

在只有一扇窗户的防空洞前，阿波想：我这么晚了为什么还站在这里呢？我为什么来到了这个地方？我是为了逃避什么才来到了这里的呢？难道我是来向疙瘩头祈求祝福的吗？疙瘩头，一个神秘兮兮的人……

“您可以骂您的丈夫，但别诅咒他啊！他是一个神圣的人，一个像神仙一样的人！”阿波很好奇这句话是怎么从自己的嘴里蹦出来的，他从来没有说起话来滔滔不绝的习惯。

阿波觉着自己陆陆续续说了很多，甚至有点咬文嚼字。他没有与邀请他进屋的女人告辞，就径直离开了那里。

阿波走过一段后，转回头望了身后一眼，只见那个身着白睡裙的女人依然孤苦伶仃地站在门口。阿波给她起了一个名字叫“阿依夏”。阿波好给每一位自己认识的人起个外号，而疙瘩头妻子的外号就叫阿依夏。

坐落于山脚下的城里有一个叫卡海德的小村庄，村里有一个叫木拉提的人，他的女儿就叫阿依夏。这个阿依夏和疙瘩头的妻子阿依夏都是扳直了腰直挺挺地走路的人，甚至在井边儿取水的时候，也没有弯过腰——你会看到她特别灵巧、特别神奇地将两桶水挂在扁担上提起来就走的情景。

伊万诺夫喝完了酒就会神秘兮兮地说道：“你常去的那户人家，那个谁来着？就是木拉提，就是那个有十八个儿子、十三个女儿的那个人，请把他们介绍给我！”

次日，阿波就带着伊万诺夫来到了木拉提的家里。伊万诺夫一动不动地坐在土耳其地毯上长达四小时，聚精会神地聆听主人所讲的故事，还很有耐心地接受了土耳其风格的待客习俗。伊万诺夫在聚餐结束后准备起身离开回到军部，便走出了屋，来到院子里请求与木拉提一家合影。在伊万诺夫的安排下，大家照了一张合影。

令人琢磨不透的事情是——这张照片并不是由伊万诺夫来拍。他对阿波说："现在由你来拍照！按下快门后向左走十五步！"上等兵一边将照相机递给阿波，一边对他说道。而阿波并不理解上等兵的用意，上等兵看出了阿波的疑惑便说："以后我会给你解释的！就按照我说的去做！"

阿波按照上等兵的吩咐拍摄了照片，并向站在远处的上等兵走去了。就在这时，阿波心中飘过了一阵莫名其妙的热辣辣的感觉。

阿波感觉到发生了可怕的事情，立即转身向右侧看去，只见一百五十二步开外的地方停着一辆黑色的轿车，一辆被黑色的金属紧紧包裹着的轿车，好像没有窗户，被包得严严实实的，安静且神秘。那辆车给人的感觉就像某个从地狱里跑出来的怪物，一个巨大的甲虫。它惊愕地打量着人们，咽着口水，仿佛在说："哦，原来人长着这么个模样啊。"

阿波准确无误地感觉到在眼前这个灰蒙蒙的景象中存在着一种隐秘的危险。阿波默默地、惊恐而疑惑地打量着上等兵：你这是干什么？为什么将我牵扯进这种罪恶的事情中来？他分明从上等兵那双深深的黑眼睛里看到了恐惧的火苗！到了这个时候，他才看到从黑色铅水中流出来的黑虫子——上等兵伊万诺夫所流露出的惊恐神态。

"以后，以后我会解释的！"上等兵伊万诺夫又说了一句。

他没有在意师傅的那些话，即便在意了也没有深究下去，只是从上等兵伊万诺夫那个就像马匹一样没有唇线的厚嘴唇里听到断断续续地蹦出了几个词：

"我自己所讲授的三百六十五种杀人的方法……都是非常珍贵的方法……这就是它的延续！也可以说这是第三百六十六种办法！"

"可以这么说吧！"阿波的回答充满讽刺意味。阿波对自己说出如此充满讽刺意蕴的话感到惊讶不已。他对师傅连连后退的样子感到惊愕，更对自己步步紧逼的样子感到惊愕。

阿波常常想与什么人揪斗在一起，纠缠在一起，撕咬在一起，扭打在一起。这时的阿波非常怀念被师傅的大拳头捶打，如果师傅再捶打他，他会欣然接受。他自己不会胆怯，反而会羞辱他，与他搏斗一个小时，搏斗一天，搏斗一个星期，到了第二个星期，彻底打掉他的气焰，折断他的脊椎，一根一根弄断从滚滚的黑铅水中滚出来的黑甲虫的肋条……顶顶重要的是让这个家伙苦苦地哀求，让他胆怯，让他承认自己不会永生不死，只是人世间一个匆匆过客而已。

阿波知道梦想成真的时刻即将来临，现在才明白这一刻已经来临了。现在是绝佳的机会！就是现在！只要抓住了造物主赐予的绝佳机会就好了。要利用这个绝佳的机会！要下定决心！否则，你将永远背负着罪责！那是一生的罪责！好了，开始吧！我的造物主！

在阿富汗地区的那个叫做卡海德的小村庄，什么都无法引起村民们的好奇与惊讶。即便直升飞机飞临每个屋顶扔下炸弹，即便脖子和鼻子连成一体的怪物——坦克开进屋里，他们也没有过这样的惊愕！来到村里德高望重的木拉提家中做客的两位舒拉维长达两个小时的争吵成了当地村民一代又一代人口耳相传的一段传奇。

那是纯粹的力量与阴谋的较量，即对纯粹的力量长达三十年的膜拜与始终保持清醒理智，保持心灵纯洁之间的较量。阿波不想被愤怒与仇恨控制，因为他深知愤怒与仇恨会让自己在还没开始较量之前就筋疲力尽，失去耐心。所以，他没有和仇敌较量，只是一直在调整着自己的情绪，玩着笑着计划着自己的阴谋诡计。

伊万诺夫一开始就恼怒起来，被愤怒和仇恨扼住喉咙。还没有开始较量，他就想将自己的徒弟踩在脚下碾轧，让他粉身碎骨，不见天日。但是，年长舒拉维的任何打击对年轻舒拉维都没起任何作用。随着一个个打击失败，年长舒拉维终于败下阵来。

“年长舒拉维的精神逐渐变得羸弱，逐渐变得羸弱起来了。”这是木拉提的原话。在生与死之间徘徊很久的阿波怎能将自己的言行举止和经验保存在自己的记忆中呢？那个疯子将烧开的热锅扔向了他，将炉子上的捅火棍也抛向了他，还打翻了院落里的铁炉子，从屋顶跳下来，从墙头上跳下想碾轧他。那个大拳头竟然一次也没有打中他。正是这些失利将他的意志彻底击垮了，他瞪着牛眼一般的两只眼睛。在开始打架之前，他所发现的不信任和恐惧感越发强烈了。

充斥着伊万诺夫心头的愤怒正是阿波的同盟——阿波使出来的无形力量。俩人周旋了很久，最终阿波赢了，他嬉笑着就将伊万诺夫打败了。他深知师傅最薄弱的地方。他窥视着，瞄准时机，用自己的手掌狠剁对方脖颈动脉经过的地方，使出阴招用自己的膝盖攻击了对方的阴部，当对方弯下腰，跪倒在地上的时候，阿波还差点动了恻隐之心。但是，如果他活下来，那阿波就没有安宁的日子。所以阿波又变得坚强起来了，再次集聚力量，首先弄断了对方的脊椎骨，然后又伸出四个指头掰开了后背的肩胛骨，并将自己的食指塞进了他的耳朵里。

他已经奄奄一息，发出“呼呼”的声音，随后脑袋着地，命丧黄泉。

前来观战的人们个个都像拴马桩一样僵在了那里。当人们明白年长的舒拉维已经命丧黄泉之后，立即像先前约定好了一样，一窝蜂地跑过来将地上的尸体抬走了。

一群男人将地上的尸体抬走了以后，一群女人包围了他，将他带到了某个地方。村边有一处破平房，下面有一个地窖，那些女人将他藏在了这里。

卡海德村的人们彻夜未眠地在商量对策。他们知道当年舒拉维们在村落的某一条小路上埋过一个重型地雷，他们即便知道这段历史，也装作不知道的样子，想着这以后会有用处的。这次，他们计划引爆这个地雷。他们将上等兵的尸体扔在了地雷之上，他“被炸得”粉身碎骨，而清晨吆赶着牲畜从这里走过的一个牧羊人恰巧在这里发现了那个已经不省人事的年轻舒拉维阿波。

“第三百六十六种杀人方法”的奥秘过了一个月后才被发现。木拉提因为无法承受常人难以承受的痛苦而上吊自尽了。宗教教义是不允许虔诚的教徒自杀的，可见他在命赴黄泉的路上经历了什么样的折磨？

从那之后，木拉提的孩子一个接一个地夭折了。家里的小孩子们总是哭泣着说：“我的脚跟呀，我的脚跟！”然后抽搐着缩成一团，随即死去。究竟是什么样的神秘力量将一个家族的命运统统拴在了一条绳子上？阿波绞尽脑汁，苦思冥想。直到今天，他才感觉自己明白了这一切。

而阿依夏就是哭泣着留下来的最后一个人。中午时分，她也在家里悬梁自尽了。

那是一棵亭亭玉立的杨柳呀，应该没有被折断就死去了吧。

阿波没有亲眼看到阿依夏的死，只是听说。当时，他被重新审讯调查，正待在郊区警备司令部的审讯室里。

他只是听说，令他羞恼的是自己竟然哭不出来。

世界末日就这样开始了。当他来到家里发现两个孩子正在顽皮地玩耍，祖拉已经筋疲力尽。

即便在外面转悠的时候，阿波也能准确无误地感知孩子们所要遭受的苦难，但今天却很反常。

疙瘩头所居住的防空洞和他的鸡舍之间的距离并不是太远，正常步行只需要十五分钟。现在是凌晨四点，这么长的时间过去了，他这段时间究竟在哪里？

“我的脑子是不是正常？我的脑子是不是正常？”——阿波总是反复这么想。他落魄地在门栏处站了许久，没有弯下腰，甚至没想到坐下来。

他落魄地站了许久，然后放弃了。两个孩子滚落在地上，缩成一团，竭力叫喊。他们喊着“爸爸”“妈妈”，使劲挠地，而祖拉坐在某个角落想着自己的不幸遭遇，也拼命叫喊着。

阿依娜和波罗伸出自己瘦小的胳膊，摊开自己的小手掌向阿波爬了过来。他惊恐地站起身，来到门外抵着房门站在了那里，并想：“我该怎么办？有什么办法？”他马上为这些疑问寻找起了答案。这时，头顶上传来了命令：“该怎么办？有什么办法？从这里离开！从这里逃走吧！赶紧到市中心，到人多的地方去！这样才能幸免于难！”

“我会免于什么苦难？”

他身心疲惫，脑子一片迷雾，恍惚觉得自己在火车站台上，再一看自己居然在飞机场，再一看，居然正走进自己的工作单位——第二幼儿园的院落。清晨八点，他准时来上班了。米拉艰难地移动着又短又粗的双腿出现在他的眼前。

“看看手表，你迟到了一分钟！”这就是她开的玩笑。

“可怜的人，她也是造物主的子民啊。”——阿波这么想着，讨好地冲她笑了笑。

“不是一分钟，我迟到了一分半钟！可别写在考勤本上啊！”

对他的调侃，米拉信以为真，她紧锁眉头说道：“那又怎样！我非要告诉领导不成吗？我可不会出卖你的！”她的语气中带着一丁点怜悯之情。

“领导？哪里来的领导？他们不是已经去了他们该去的地方了吗？”阿波心里想着。米拉仿佛看出了他的心思，又说道：“对了，你可能还不知道，新领导来了！”米拉就好像这个新领导是她提拔来的一样，一副美滋滋的模样。

阿波却显得漫不经心，看在米拉的面子上就随便问了一句：“嗯，是谁呢？”

米拉红润的脸颊瞬间变得一片苍白，两只深陷的眼睛也睁得很大：“嘘！过来，我给你讲！”

米拉说完就走在了他的前面。

他们先后进入办公室后，米拉环视四周低声细语地说道：“你知道来的是谁吗？”

“不知道呀。”

“那个努尔丁·赛义多夫的……就他那个总来我们这里的赖皮弟弟……卡玛尔丁·赛义多夫来了……”

“是吗？”阿波听完想笑，他在心里想，“谁来了都无所谓！反正对我和米拉来说都无所谓！”

“来的就是他！”

“哦，来就来呗！那又能怎样？”

米拉深陷的双眼直放着光：“你说什么呢？！糊涂虫啊！你难道什么都没听懂吗？你难道不知道这股邪风是从哪儿刮来的吗？你真是一个愚蠢的家伙！亏我们还将你看成是一位堂堂正正的军人呢！”

“到底怎么了？”

米拉用手指压着气喘吁吁的胸膛又说道：“黑帮！我说黑帮！”米拉刚刚泛着亮光的眼睛此时此刻又翻起了白眼。

“哪儿来的黑帮？！”

“可以给你说一下，我们都知道安娜·安德烈娃、努尔丁·赛义多夫、拜巴克·玛勒什巴耶夫是黑帮！可他们被歼灭了，现在来了其他人！”米拉说得更来劲儿了。

“你不是说来的人是努尔丁的弟弟吗？”

“只要钱到了，啥事也没有呗！”

阿波不知为什么感到欣喜，他想：“我看到了什么？”

他看到了。阿波的眼前浮现出了三具尸体，还有一摊洒在黄色毛毯上的血迹，三颗稍稍斜放着的头颅。这三颗头颅像是完成了某人的命令，统统朝向左方，这个恐怖的场面当时并没有影响到阿波。阿波回忆起了当时的情形，他曾经说：“干得漂亮！精湛的专业手法！”现在，这个想法又回到了阿波的脑海里。

突然，阿波的情绪平静了下来。他通常白天在幼儿园干一些琐事，从中还能获得一半工资，只不过这一半工资也用在了抚养孩子上。

“孩子们……”孩子们临近清晨要起床时痛苦不堪的模样就像幻影一样从他眼前掠过。他忘记了自己刚才还因此而感到愧疚，从家夺门而出的情景。他吹着口哨，哼着小曲儿巡视完了所有电路，这是他的工作职责范围之内的事情。新来的园长将他叫去谈话，算是互相认识了，但对于他而言，这并没有多大影响。第三十号房间的那十七个孩子昨晚消失得无影无踪，连这件事对他也没有造成太多的影响。

米拉对着他眨了一下眼睛，说道：“这个赖皮一来就……”她左右环顾了一下，“赖皮将那十七个孤儿全部卖了。别着急，肯定会有人将这个赖皮消灭掉的！”

米拉说完不动声色地看着阿波。一般情况下，米拉对他有点畏惧，可今天她讲得太多了，还很自信。阿波心想：“在上等兵伊万诺夫面前，不少将军都对他百依百顺，看来眼前这个女人也不简单！”

“我审视着各种时代 / 也审视着与时俱进的人们 / 我将他们做了一个比较 / 便像一个拖着鼻涕的牛一样转悠”——这是一首诗歌。孩童时代，阿波背诵过不少诗歌，这会儿他想起了其中的几句诗歌，但想不起来作者是谁。这些事情被遗忘了不知有多少年了。

中午时分，他又回了一趟家，跟妻子提起了夜晚要值班的事情，孩子们正在熟睡。

“让他们睡吧，好好地睡吧！”他说完轻轻地吻了吻他俩的额头。

祖拉预感到世纪末日来临了，她身为母亲的心灵已经敏感地感觉到了。当她看到中午时分走进屋里的丈夫冷静平和的模样时，近些日子一直困扰着她的疑虑与恐惧慢慢消散了，代之而起的是毫无疑问的决断——“好了，祖拉，现在你要拯救孩子们，拯救他们！”

祖拉并没有显得慌张、恐惧，她来到了鸡舍，解开白色帆布袋拿出那把白斧头抓在手里，站了好一阵儿。她没有多想什么，已经迟钝的脑海里没有一丝光亮。她不知道自己在那儿呆头呆脑地站了多长时间。

祖拉将帆布袋里的白斧头塞进了怀里，然后径直向厕所走了过去，并在做成心形的木板蹲坑上蹲了很久。

祖拉随后用右手的拇指试了一下白斧头锋利而寒气逼人的斧刃。非常锋利！太锋利了！她从心形的木板蹲坑看了看下边的茅坑，看到了在闷热的天气散发着恶臭的粪便。她在那里站了很久。

之后，她像在比较粪便与白斧头似的交替打量着它们，又站了许久。

祖拉重新解开了帆布袋，将白斧头抓在了右手上，又将白帆布袋夹在了胳膊下站了一阵子。

然后，祖拉微微笑了一下，摇了摇头，她舍不得将白斧头丢进下面黑乎乎的粪便里。她又摇了摇头，粪便的恶臭刺激着她的鼻子，让她窒息。

祖拉将白斧头塞进了怀里。随后又来到了鸡舍，将它重新包裹起来放回了原位。

祖拉显得异常冷静，不慌不忙，回到屋里叫醒了两个熟睡的孩子。随后，她给两个孩子洗漱了一下，给他们穿上一身干净的衣服，又给他俩梳了头发。不一会儿，两个孩子就变成了干干净净的天使。祖拉将两个孩子抱在怀里亲吻了他们的脸颊。

祖拉看了看手腕上精致小巧的手表，还有一些时间。开往阔甘的班车于四点三十分发车，可以赶上这趟班车。

必须赶上！

出门的那一刹那，阿依娜带着惊恐看着祖拉。

“我们去哪里呀？”

“我们去阔甘！”祖拉难掩内心的焦虑。

这时，波罗也带着疑惑的表情看着祖拉。

“爸爸允许我们去阔甘了吗？”

祖拉没有想到孩子们会这么问自己，她慌了神，怔怔地站在那里，语无伦次地回答说："你们的爸爸是知道的……我们去舅舅家，你们会与那里的山羊羔、绵羊羔、小牛犊、小马驹玩耍！还可以喝到牛奶，可以改善你们的身体状况！你们的爸爸就是这么吩咐的！"

波罗并不相信母亲祖拉所说的话，而祖拉也一眼就看出了波罗的怀疑。她很是内疚自责，显得更加慌张。而阿依娜是个小女孩，她虽然也看出母亲在撒谎，但还是顺着母亲说道："嗯，那里有小驼羔吗？我们能和小驼羔玩耍吗？"

"小驼羔？"不会撒谎的祖拉显得非常窘迫。她接着说道，"那里住着许多人家，如果找一找，说不定能找到呢！"

随后，祖拉带着两个孩子走上了街头，走之前还将房主的大门关好了。

"好了，阿依娜，波罗，咱们出发吧！我们要赶最后一趟班车！"

他们并没有赶上最后一班车，在他们赶往东车站的途中，由于换乘了一个又一个出租车，时间也飞快地过去了。在他们赶到车站的时候，通往阔甘的班车已经发车了。在这之前都显得很冷静的祖拉此时暴跳如雷。

"都怪你！扯了我们的后腿！"祖拉说着话，莫名其妙地拍了几下波罗的屁股。

波罗怨恨地看着母亲，祖拉有些自责，对自己无故打儿子感到懊悔。她难受极了，心脏突突直跳，嗓子眼就像塞了一块石头一样。但对她而言，现在需要一颗石头做的心。

别去想阿波了，忘记阿波吧，逃离阿波吧。在这个世界上，要么是阿波留下，要么就是两个孩子留下。阿波就是这样做出决定的。直到今天，祖拉才明白了阿波所做出的决定。今天中午，阿波来到家里的时候，祖拉就已经明白了。他的样子略显轻松，双眼闪烁着光芒。如果他闷闷不乐，那他的脑子里一定是塞满了疑问。如果他自在，那就说明那些疑问已经有了答案。现在的阿波就像准备奔跑的雪豹一样轻快。

祖拉痛苦不已，她牵着两个孩子走到了车站前的广场转了几圈，想从这里寻找着开往阔甘的车。在平日里，总会有三三两两拼车的人和小轿车，但今天却没有。这时，一个留着黑色小胡须的大个儿男人说道："你要去哪里？你是说去阔甘吗？"那个人色眯眯地打量着祖拉，然后又看了看她牵着的两个孩子，便改口说道："不，我不去阔甘。"

祖拉感觉到了这个男人语气中的犹豫，便跟着男人后面祈求说："您再考虑考虑吧。是的，我确实没有多少钱来支付车费。但您和我，还有孩子们都是同一个造物主创造的呀，不是吗？"

那个大步向前走去的男人听了这话停下脚步，转过身从头到脚将祖拉看了一眼说道："尽管如此，我也不能让你们搭车。我根本不需要钱！"

祖拉明白了他的话意，很是愤怒，热血沸腾。祖拉愤怒地吼道："混蛋！"

那个男人并没有生气，反而抖动着胡子惬意地笑着说："你自己看着办！反正我还会找到乘客！"

随后，祖拉紧紧牵着两个孩子的手，又来到了车站前转悠了起来。他们转来转去，逢车逢人就问："您去阔甘吗？"

在平日里，总是高高挂在天空，怎么也不挪动的日头，今天却仿佛在瞬间滚落了下去。有的时候，正在飞驰的小轿车轮胎的盖儿会突然脱落，而且还会赶在小轿车前面滚出去，祖拉现在的情况就是如此。夜幕早已降临，阿波也已经回到了家。他会在家里寻找着孩子们，如果找到了，那就完蛋了。

"完蛋了"——这句话背后的不祥意味，祖拉甚至不敢去想。

从那之后，阿波在这儿干干，在那儿干干，在幼儿园的院里耽搁了很久。临近下班之前，他找了个借口，来到了新任园长的办公室，他跨进门后，默不作声地站在了那儿。

这个名叫卡玛尔丁的人，只是个徒有虚名的园长，根本没有园长的模样。要是在大街上碰见了他，你肯定会以为对方只是个货车司机。他身上的衣服邋邋遢遢，褶皱不展，年纪轻轻的脸上堆满了皱纹，衬衫的领子脏兮兮的，看样子多日没有洗过。阿波心想：“瞧他这副模样，怎么能当园长，除非园长这个职务是他买来的……”

新任园长很不情愿地看了看阿波，问道：“是我叫你过来的吗？”

“不是。”

“那么？”

“我有个问题想问你。”

“你怎么用‘你’呢？”

“用了又怎样？”

“你知道我是谁吗？”

“我们刚才不是已经认识了吗……”阿波假装温顺了起来，话语也变得很轻松，而且极力表现出一副可怜的模样站在那里。

“卡玛尔丁先生，卡玛尔丁阁下，我有一个问题想问您。”说完，阿波心想：“称这样的人为先生的话，他们会趾高气扬起来的。”

卡玛尔丁立即摆出了一副领导的派头。之前他纳闷自己怎么坐在了这个宽大的办公室，并为此感到不适和陌生。但阿波的一句话又使他长了精神，趾高气扬起来了。

卡玛尔丁的嘴脸暴露无遗。阿波想这个家伙从没有在任何一个单位管过哪怕两个人！一副小市民的穷酸相……看看他的坐姿……就像从一头驴背上快要滑下来的一袋沙子似的。

“阁下，我是想问您……”阿波胆怯地问道。

卡玛尔丁又在瞬间神气起来了。这个刚才还在指责阿波擅自闯入办公室的人此时却摆出了一副很有底气，显得无所不能的模样。

“怎么？你姓什么来着？”

“我姓……我姓卡拉萨潘诺夫！”这时的阿波就像一个羞答答的姑娘。

卡玛尔丁好像不识字，但装模作样地在日程表上写着什么，拿笔的姿势也显得别扭、可疑。

“嗯，那问吧！”

“我想知道第三十号房间里的十七个孤儿在哪里？”

这时的阿波就像俄罗斯喜剧演员喀山诺夫一样显露出了一副调侃、戏谑的样子。

卡玛尔丁到这个时候才明白自己是个名副其实的领导，他立即从靠背椅上跳了起来：“什么？你说什么？”

阿波畏畏缩缩地站立在原地，用颤抖的声音重复了刚才的问题，好像既感到害怕，又感到懊悔。他频频眨动着眼睛，还不时地打着嗝。

“我……我……”他吞吞吐吐再也说不出什么了。

有的人看到别人担惊受怕的样子时，便会表现出一副幸灾乐祸的样子，眼前这个所谓的领导便是这样的人。他堆积在脸上的皱纹在瞬间舒展开来，阴着脸走到了阿波的跟前：“你再说一遍！可笑的人！”

仅仅凭着这样的羞辱，阿波就会让对方立即消失。但阿波在心里给自己鼓劲：“你要冷静，阿波！你只有冷静下来才能赢！他的末日也会到来的！”

阿波顿时表现出一副恐惧无比的样子，身子颤抖着，膝盖骨也跟着颤抖了起来。

“对……对不起，请您原谅！”阿波结结巴巴地说不出完整的句子，“孩……孩子。”

“那些孤儿跟你什么关系？”

“我……只是想说他们有些可怜。”

“谁可怜？为什么可怜？”

“我只是想说你们卖掉了那些孩子！”这句话就是阿波射出的子弹！子弹已经射出去了。新来的园长犀利的眼睛恶狠狠地盯着阿波。

“你在说什么呀？”卡玛尔丁的右手塞进了上衣左侧的口袋里，但是很快又从那里抽了回来。阿波这就明白了——这家伙平时也带着手枪用于防身吧。

浑身颤抖的阿波这时又变成了一个演技不错的演员，他的上下两排牙齿不时地颤抖着，嘴唇和下巴也跟着颤抖着，他迅速移开了自己充满恐惧的眼睛，并转向了别处。

阿波认为这会儿走为上计，但他没走出几步就停下来伸出了三个手指，随即又伸出了形似一头公牛角的拇指撞上了园长的鼻子。“给！闻闻看！”阿波让园长闻了闻大拇指就跑了，但没跑出去几步又回来了，就像前些日子的疙瘩头一样，从远处跑来，又向远处跑去。

卡玛尔丁顿时动了肝火，在办公室追赶着阿波，随即掏出了手枪对准了他。可他手里的手枪就像一个玩具，很难看到他握在手里的手枪。他好像明白用枪打死一个人是一件很难的事情，随即破口大骂了起来，举起身边的椅子扔了过来。园长到了这时才明白，像一个傻子左右晃动着身体的阿波这么做，就是在耍弄他这个脸憋得通红、气急败坏的园长。

卡玛尔丁更加疯狂了起来，阿波显露出一副可怜兮兮、几近哀求的模样走进了食堂。食堂里的两位女人看到他这副模样，尖叫着跑了出去。而卡玛尔丁抓过一个有着半根斧柄的斧头向阿波逼近。阿波又假装摔倒在了地上，他及时伸出三根指头撞上了园长的鼻尖。

“你这个混账！”园长愤怒地挥动着斧头，阿波立即翻身躲开了向他砍来的斧头。

斧头扎在了木地板上，抽出斧头可没那么容易。趁着这个空隙，阿波狠狠地踹了新园长一脚。这一脚踹下去不仅使肉体疼痛，更能伤自尊。

园长也是一个不自量力的人，即使气红了眼，他也依然颤颤巍巍地从地上站了起来继续打斗。“你也会有如此软弱的时候啊！”阿波在心里嘲笑着对方，大步流星地走了出去。

园长想不通不服从自己的人居然有如此令人恼怒的行为，他使出浑身的力气抽出了卡在木地板上的斧头，歇斯底里地大声喊道：“啊！”园长像一个拼了命的人一样向阿波冲了过去。

阿波等的就是这个机会，他装成一副胆战心惊、恐惧无比、嘴角歪斜的模样跑向了大街上。园长则像一个泼妇一般大声喊叫着，疯狂挥动着手里的斧头，向前方比画着。踉踉跄跄逃跑的阿波好几次虎口脱险。不一会儿，聚集在幼儿园门口的三四十个人惊呼："啊呀，快被砍死了！这可怜虫完蛋了！"聚集的人群只是这样叫喊，却没有任何人前来劝架。

阿波也正需要这样的时刻，他装成一副受了重伤的模样，倚靠众人大声质问："你们卖掉了从偏远山村带来的孤儿们，难道这是假的吗？说呀，是假的吗？！"

卡玛尔丁并没有准备好迎接这样的打击。他走到大街正中央后像一个失魂的人一般僵在了那里。他的胸膛就像笨拙的园丁捯饬的花园一样直喘，软绵绵地呼气，又软绵绵地吸气。他为自己没有能很好地利用造物主赐予自己的千钧之力而感到羞愧，都快哭了。

阿波则藏在人群身后再次大声喊道："说呀，你倒是说呀！你这个凶手！你们把从偏远乡村带来的孤儿卖到了国外这事是假的吗？你们将他们放进木箱里，还用钉子钉死，运上飞机送走是假的吗？"阿波为了让众人听得清清楚楚，所以一字一顿地把他们的罪行全都说了出来。

"我知道你们会将我杀死的！你们甚至不会放过我的孩子们！让这些人好好看看，我是怎么样奋不顾身地独自一人与这些混蛋们拼搏的，让人民好好看看！"阿波用颤抖的声音为自己所说的话画上了句号。

那把斧头砍在了仇恨之上。它就像一只独自飞上高空，俯视着地面上即将擒获的猎物，稍稍停留了片刻的猎鹰。在这千钧一发之际，阿波用自己敏锐的洞察力估算出了这柄死神般的猎鹰将要落下来的地方。阿波的左侧站着一位无忧无虑地嗑着瓜子胸部肥胖的老太太。他把那位无忧无虑的老太太猛地推到了一边，自己则稍稍后退了几步。

那柄死神一般的斧头划过了估摸好的地方，落在了黑色的柏油路上，溅出了火花，又翻滚了五六下，落在街对面的小渠里。

那个胸部肥胖的老太太竟然没有发现自己刚刚与死神擦肩而过，喘着粗气慢腾腾地站起身骂道："混蛋！流氓！"老太太说完就向阿波冲了过来，而阿波也开始了真正的逃跑。

"完蛋了"这词后面隐藏着什么，祖拉这时没有胆量去思考。如果阿波找到了他们的话，他们真的就全部完蛋了，这是显而易见的。

祖拉在车站附近暴跳如雷。在外人看来，这个女人已经疯了，他们只会摇摇头继续赶路。祖拉逢人便问："您不去阔甘吗？"说完便会缠着对方，让一些人惊异不已，也让一些人发笑。

"如果我要去阔甘，你会带我走吗？"甚至有人这样嘲讽地说道。

稀里糊涂的祖拉这才注意到自己缠着一个十三四岁的女孩。

女孩胆怯地向后退去。

就在这时，刚刚那个留着小胡须的大个子男人来到了他们身旁。"你怎么还在这里？我知道没有我，你是走不成的！"男人语气中带着一丝嘲讽。

祖拉紧咬着牙关，差点儿没有把咬在嘴边一个词说出来——"混蛋！"。但她转念一想，觉得自己为什么要害怕眼前这位混蛋呢？他把两个孩子送到阔甘不就行了？这种想法纠缠着祖拉。之后，祖拉又想，他最坏也只能凌辱我吧，只要两个孩子没事……

无法承受这种丑陋想法的祖拉失魂落魄地站在了原地。可能是祖拉的眼睛瞪得太大，那个大个子男人拿出了欺负人的做派，色眯眯地说道："说定了吗？怎么？你的眼睛都快蹦出来了！"

躲在理智背后的恐惧使祖拉下定了决心："好……好的！您要多少钱？"

"我不是给你说了嘛，不要钱！"

这时，这个失魂落魄的女人已经神志不清了。她的心里只有一个念头：如果再迟一会儿，我们就会被阿波找到！无论发生了什么，还是冒险试一试。先离开城市吧，离开城市吧！

“那么，我们上路吧。”

那个笨手笨脚的男人走在前面，祖拉则紧紧拉着孩子们跟着走过去了。

离车站较远的一个地方停着一辆破旧的拉菲克轿车。那个笨手笨脚的男人停在了这辆车前打开了车门，说：“好了，你们上车吧！眨眼的工夫我就会把你们送到阔甘！”

祖拉则困惑地停在了原地，她看了看西边。炎热的七月，平时固执地挂在天空很难挪动的太阳这会儿也鬼使神差地迷失了轨道，像一个脱离了车体独自滚动的轮胎一般向峡谷滚去，急于坠落在山崖那一边。“难道你也要与我们对着干吗？”祖拉看着夕阳感慨万分。祖拉希望夜晚不要这么快就降临，希望阿波还在幼儿园忙碌。祖拉每一天都这样思考着，根本没有理智可言。她自嘲地说了一句：“瞧它落下去的模样！哎！”

两个孩子默不作声地互相对视着，他俩的神情表露出了心中的疑惑：“我们要干什么？我们要去哪里？我们的母亲怎么了？她的头脑还正常吗？”

祖拉知道如果两个孩子联起手来，那自己会在两个孩子面前显得软弱无能，束手无策。所以，祖拉用讨好、祈求的口吻对着两个孩子说道：“好了，快上车吧！”

“上天啊，如果这一天过得慢一些的话，能给我一点思考的时间该多好！我到底看到了什么啊？！”

留着小胡子的男人好不容易上了车。发动汽车以后，他笑着看了看他们说道：“喂，你们傻站着干什么呀？”

他的笑容是那么的灿烂，让一直将他看成是一个混蛋的祖拉心里感到了一点温暖。她想也可能这个人不是我想象中的恶人吧。小小的希望终于战胜了大大的恐惧，她在心里断定——他不是恶人！

“哎呀，我的宝贝们，你们到底傻站着干什么呀？快上车啊！这位叔叔会很快地把你们送到阔甘那个地方的，你们会与常常念叨的小羊羔玩耍！还会去爬山！还会去茂密的森林里看到小狍子，看到小熊！”

平日里，孩子们总是对母亲的话语很快信服，但这次他俩却用一种不信任的眼神看着母亲，他们的脸上写着这么一句话："你在骗我们！"

祖拉被吓得不知所措，她万分焦急："我该怎么办？"

波罗有点天真，阿依娜却聪明伶俐。祖拉心想一定是阿依娜对前往阔甘表现出一副疑惑的神情影响到了波罗，她二话不说就将阿依娜紧紧拥进怀里说道："我的宝贝！波列克拜舅舅会送给你一头小山羊羔，给波罗送一头小绵羊羔！"

阿依娜被母亲的话打动了，但波罗却用怨恨的眼神看着祖拉。祖拉这才体悟到自己想错了，原来所有的问题都在儿子身上呀！祖拉想亲吻波罗的额头，便将他拉了一下，但不管怎么拉，波罗都仰着脑袋不肯就范。波罗仰着脸，对母亲表露出了一副厌恶的样子。祖拉心里更焦急了："他们这是怎么了？难道感受不到即将来临的危险吗？"

小轿车已经被发动起来了，像公牛咆哮一般发出了轰鸣声，仿佛在催促他们快上车。

祖拉知道车主现在非常着急，再过一会儿他就会发火，两个孩子也懂了。他们觉得已经没有必要延误时间了，便将脚放在了脚踏板上。

祖拉为轿车顺利开动并驶上了马路而感到欣慰。但是她没有高兴太久，因为当轿车驶离城市，来到郊区的时候，坐在轿车里的波罗突然放声哭了起来："妈妈！"

"怎么了？孩子！"

"尿尿！"

祖拉"噗嗤"一声笑了出来，她这才明白刚才孩子愁眉苦脸的样子就是想撒尿。她想说："哎，我的孩子！如果所有的烦恼都与撒尿有关，那伤痛就会轻很多啊！"

但祖拉没有说出来。祖拉转向司机，用亲切的口吻说道："大哥啊，小波罗想撒尿！”

司机也笑着转过头看了看他们，说：“那就停车吧！”

这之后，祖拉脸上的表情更亲切了。祖拉领着两个孩子来到了一颗枯树底下。此时祖拉的心情平静了许多，她像是完成了一件大事一样说道：“好了，现在……”祖拉还没说完，便张大了嘴巴愣在了原地。因为两个孩子相互看了看，就好像猜透了对方的心思一样，默默无声地迅速从树下跑了出去。

可怜的祖拉张大了嘴巴一动不动地僵在了那里，她并没有想到孩子们会干出这样的事情来。缓过神来的祖拉急忙追了过去，不料一头撞在了树干上，而且撞得她头昏眼花。她颤颤巍巍地站起身看到了尘土飞扬的大路上跑向远处的波罗和阿依娜。

恐惧的祖拉想冲过去追上孩子们，但遗憾的是，她再次将头撞在了树上，虽然被撞得站立不稳，但没有摔倒在地上。她想对着跑在飞扬尘土中又坠入了大雾里的波罗与阿依娜大声呼喊，但喊不出声。祖拉疑惑不解地问自己：“这是哪里来的大雾？”

两个孩子向城里跑去了，这是显而易见的。祖拉在心里呼唤：“他们跑向城市又会去哪里呢？两个可怜的孩子啊，是厄运在召唤你们呀！快停下啊！在厄运面前，你们要完蛋了！厄运啊！”

城市上空被滚滚风尘所笼罩，从轿车脏兮兮的挡风玻璃向外望去看到的景象就是如此。这是哪里来的尘土？还是大雾？这是哪里来的大雾？太阳刚刚还从天边缓缓落下呢！大地为什么要这样摇晃？

两个孩子接近了离城最近的一所房子。这是一个有两扇窗户和红色屋顶的白房子。说是白房子，其实看起来也有点脏，外墙满是泥渍。

两个孩子可能跑到那所房子里去了，不一会儿就消失不见了。

一直向地平线滚落的夕阳，这会儿又像重新升起来了一样，光影拉得很长，犹如一扇脏兮兮的窗户镶嵌在天空的一角。

祖拉缓过神来才发现刚刚还笑容灿烂，唤醒了她温暖感觉的男人突然阴着脸慢慢靠近了她。她使出全身的力气想扑过去，想与他搏斗，将对方咬碎，或者干脆死在他手里。但是，心底的念头也随即冒了出来：你不是他的对手！可怜虫！你完蛋了！可怜虫！

阿波真的逃走了，他明白与女人争执是没有好结果的。他明白冲向全副武装的坦克是一种英勇，但与愤怒的女人争执却是懦弱的表现。

阿波虽然逃跑了，但并不是因为恐惧才选择逃跑的。他好像在嘲笑、戏弄某个人，大踏步地走到马路上拦截了一辆正在驶来的轿车。虽然叫停了轿车，但他很快意识到自己的口袋并没有钱，所以又将车门关上了，阿波很是恼火。那辆轿车的司机像被伤到了自尊一样，对阿波破口大骂。阿波心想："随他的便！那可怜的家伙又不知道我是谁！"

阿波走上了柏油路，沿着路边儿径直往车站方向去了。"他又不知道我是谁！"阿波回想起了刚才自己说的最后几句话，而且还配上了《我的家乡》这首乐曲哼了起来。

一个肥胖的男人在拥挤的公交车上对阿波骂了起来："挤什么挤？没有长眼睛吗？"

"我有什么过错呢？我也是被人挤过来的。我有什么过错？"阿波很想这样回敬。但是，紧咬的牙关不允许他这么说："算了，不和这种人胡搅蛮缠，反正这可怜的家伙又不认识我！"

阿波走下了公交车，来到了他们常去的那一家食品店。这家食品店正好在给每一个家庭发放每月要发的菜籽油。阿波心想该为祖拉分担一些家务才好，便开始排队。阿波站在一群说着各种语言的老人中间，消耗了两个小时。当轮到阿波拿菜籽油的时候，食品店的售货员却说："菜籽油已经发完了！已经没货了！"说完就转身离去了。阿波看了看四周才发现这里只剩下了自己一个人站着。

阿波感觉到了眼前这位浓妆艳抹的金发白肤女人行为背后隐藏着什么，便恼怒不堪，热血沸腾，很想一拳将这个女人打倒在地上，还想把这个食品店砸个底朝天。但即便如此，他还是控制住了自己的情绪，心想："这可怜的人儿怎么会知道我是谁？要是在菲律宾丛林里的话，这要是在菲律宾的丛林里的话，我会让她灰飞烟灭！"

阿波好不容易控制住自己以后，就朝着家的方向走去了，但在心里默念："是呀，算了吧！这些可怜的人怎么会认识我呢？"

阿波回到家发现家里没有一个人，这是一件反常的事情。妻儿一般总是会待在家里，他也总能在家里找到他们。在这样的情况之下，阿波应该感到困惑，但他却无动于衷，并没有放在心上。阿波用自己的钥匙打开了房门上的黑锁子，又打开了仅有的一扇朝东的窗户，想让闷热的房间通通气、降降温。

阿波面朝着西部，一动不动地坐在了花毡上。

阿波没有去思考和理会自己要坐一个小时还是要坐一天。如果孩子们回来了，祖拉回来了，他会惊醒的。他会改变的，也许不会改变。如果祖拉不想改变他的状态，会向孩子们解释一番，然后让孩子们踮着脚出去，把他们赶到大街上去的。

但是，今天是怎么了？天色已晚了吗？妻子和孩子们还没有归家吗？他们会去哪里？瞬间，一丝忧虑浮上了心头，但又立即消失了。这时的阿波还是胸有成竹："他们会回来的，会回来的！没有我，他们不会走远的，不会走远的！"阿波挺起胸膛，深深地呼吸了一下，仿佛一缕温暖的阳光照进了心里，还伴随着一丝信念："造物主会助佑我！"

阿波随即又变成了一块黑色石头，一动不动地坐在那里。世界上有一种蛇叫蟒蛇，是这个世界美丽的象征！阿波在心里笑了一下："哦，我的神灵！"

阿波的身体又变得僵硬起来了，温暖的阳光一直不断地涌进了他的心里，但他心里好像容不下那么多温暖的阳光。他居然没有意识到自己已经站了起来。

也没有意识到自己已经走出了门外，已经走完了机场附近的一条公路。在城郊，有一个位于像轮船与海岸一样的城乡结合处的一座丘陵，他找到了这座丘陵，并且爬上了最高处，然后站在了那里。

他站在了那里，随即仰望天空，浩瀚而神秘的天空正向他压过来！像汹涌的洪水向他袭来，像一颗子弹一般向他射来，像一颗颗流星一般向他袭来。他脚底下的大地晃动了一下，便朝着浩瀚的星云那边飞去了。

阿波感觉到了膝盖上有一种压力。他环顾四周，才发现身边没有任何可以抓住的东西。在这座高高的丘陵上，在呼啸、飞驰、旋转、裸露着的大地上，他感觉到自己的处境非常危险。从这个旋转着的地球上滑落下来是很容易的。小时候，他总是跑到铁轨那边，扒上火车，然后欢快地在一节节车厢之间跳跃奔忙。那时候，他总是稍稍弯曲一下膝盖，这是最有成效的方法。现在，他同样稍稍弯曲了一下膝盖，并弯下了腰，这下就不容易摔倒了。

即使黑旋风黑天浑地地卷来，他都没有一丝慌张。在漫天繁星里，他清晰地找到了银河。银河就是一条黑亮亮的蟒蛇，它不是一条龙，它是美丽的象征。阿波遥望着天空，为只有自己知道的秘密笑了笑，并说了一句："银河——我的守护神！"

银河优美蜿蜒，一路延伸，与亮闪闪的尾部相映生辉，展现出了最美的身姿。它向着远方飞去，舒展身躯，然后弯曲，又舒展开来，扭动着美丽的腰肢一路向远方飞去。这是它永恒美丽的身姿。啊，伟大的造物主！

他仰望着天空，寻找北斗七星，这次他没有找到，也可能它们与自己之间的距离太遥远了，一幅美丽的画面已经散落了。现在是它们向太空岔开两条前腿，用剩下的腿稳稳地站立起来的时候，然后双膝跪地面向北冰洋的时候呀。

北冰洋……阿波眺望着北冰洋最遥远的地方——格陵兰岛。这个海岛上空的猎户星群闪烁着光芒，格外动人。"猎户星座……是不洁净的！是不洁净的！"阿波在心里这样想。

阿波的心抽搐了一下，浑身打着寒战，猎户星座的秘密映入了他的脑海。一年半以前，伟大的科学家莫阔塔·米跃斯揭示了猎户星座的邪恶秘密……邪恶的秘密……这是个两条腿枕在头下边，装模作样地睁大一只眼睛，眯缝着一只眼睛，像条狗一样的家伙。它那泪水汪汪的双眼——就是黑洞，宇宙的黑洞！深不见底的嗜血陷阱，嗜血陷阱！比起我们崇敬的太空里最大的星体——耀眼的太阳，这个装模作样、泪眼汪汪、深不见底的黑洞要重三千六百万倍，三千六百万倍！它会吞噬所有靠近身边的星体，还有星群，之后还会装出一副什么也不知道，笨拙无比的模样。

美丽优雅的银河腹部闪闪发光，它昂着头，挺着胸，以一副讨人喜欢的模样慢慢靠近了猎户星座。阿波看了后在心里想 ：“那个肮脏的家伙即便一口吞下银河，也不会被呛住！苍蝇与蚊子之类的昆虫会互相吞噬，动物们会互相猎杀，人类也会互相监视，那些星星……即便隔得非常遥远也会互相吞噬……”

他的脚下震动了一下，大地的腰肢是不是因为承受不了阿波的分量而扭动了一下呀？他的膝盖微微颤抖，双腿麻木无力，渐渐弯曲。阿波将额头轻轻贴在了大地上。“我明白了，我明白了上天赐予我的重任！银河会见证！由千万个星球构成的银河一定会见证！”阿波默念着。

“不！不！不！”他热血沸腾，从跪着的地方跳了起来。“你我之间不需要任何证明！那些成群结队闪亮夺目的星体都是你的玩物而已！你我之间不能有任何东西，不能有任何人！你来指示，我来行事！你我之间不需要任何介质！”

阿波愤怒地咬牙切齿，因为愤怒，紧攥着双手“咔嚓、咔嚓”直响。他昂着头眺望着无边无际的天空。“只要你下令，我就会毫不犹豫地去执行！我会施展自己的才华，啊，我的造物主啊！”

阿波的身体开始疲软起来，他感到疲惫不堪。他拖着疲惫的身体，脚步沉重地向家的方向走去。他脚步沉重地向前走去，没过一会儿转过了身，用一双犀利的眼神眺望着那些星星，毫无差错地估算出了时间已经指向了凌晨一点，他喃喃自语：“今天……今天！今天！”

从那之后，他再也没有感到难受。

火辣辣的日头灼烧着祖拉的额头，她的头发上沾满了汗水。她神志不清又疲惫不堪地躺了很久。“是现实还是梦魇？我躺在哪儿？”话说回来，每一次从梦魇中醒来，她都会问自己：我到底是谁？她嘟囔着说：“啊，太阳刚刚还散发着橘红色的光芒，慢慢回落自己的窝里。为什么现在又从这边出来了呢？真是搞不明白！”

她渐渐地弄明白了自己是一个女人，婀娜的腰肢已被压得麻木，她很想舒展一下身姿，活动一下筋骨，翻身下床。她有着丰满且结实的肥羊尾巴一般的臀部，而且就凭着这丰满结实的臀部吸引了男人们的眼球，令他们垂涎。

随后，她又明白了自己现在处在丢人现眼且危机重重的状态。她轻轻抬起头，惊恐地打量着四周。她的怀疑果然没错，因为她毫不费力看见了在不远处的地上，有自己两件被扯烂的衬衣被丢在了泥泞中，她感到脖子被紧紧地扼住了。“这是什么？”她的两个手指摸到了一根很粗的麻绳，随后一股牛骚味涌进了她的鼻腔。“啊！那个混蛋想用麻绳将我绞死！我大概还没有死去啊！”她愤怒地说了一句，但转念一想，又觉得：“那还不如一死了之！”

她想死，便找到了绕在脖子上的那条麻绳的两个绳头。一股呛鼻的气味又涌进了她的鼻孔。她的手指差点被折弯，好不容易解开了麻绳，她带着愤怒将那个麻绳扔出了老远。扔掉了麻绳后，她顿时感到身心疲惫，一下瘫坐在了地上。

随后，她又想明白了自己还是一位母亲，而自己的两个孩子——阿依娜和波罗突然从她身边跑走了。从自己身边跑走的两个孩子跑向了城边儿的一个红顶房子前，徘徊了很久，随即消失在了那里，消失在了那里……“阿依娜！波罗！是厄运将他们从我的身边带走的！”

她惊恐地从地上跳了起来，双脚的筋骨早已疲软不已，站起身的她又重重地倒在了地上。随后，她又站了起来，又重重地跌倒在了地上。

她再次明白了自己还是一个母亲，一股莫名的感情缠绕着她的全身。她奋力跑了起来，来到了城边的那个红顶房子门前，使出浑身的力量敲了大门。一条狗狂吠着，不一会儿就有一位眼窝凹深的老头出现在了门口：“你想找谁？”

“我的两个孩子！一个儿子，一个女儿……昨天还在这屋……”

眼窝凹深的老头听闻此言“噗嗤”地笑出了声，像是看到了比自己还可怜的人一般幸灾乐祸。院落里还拴着一条狂吠不止的狗。相比眼前的这位可怜的人，自己的命实在是太好了，他终于承认现在的自己是那么地幸福和幸运，便有点自信满满地说道：“你将孩子交给我了吗？怎么不管好自己的孩子呢？”

“昨天……就在夜幕降临之际……我亲眼看见两个孩子就在此地拐弯的……”

“赶快离开吧！要不然我会放狗……它会将你撕碎的！”看得出一股兴高采烈的心情荡满了老人全身。

“为什么会有一些莫名其妙的流浪汉来打扰我！你赶快离开吧！”老人说。

“你怎么不看管好孩子？”老人想到了将自己独自一人留在这里，搬去乌日霍罗德的女儿和女婿。“他们还会搬回来的！”老人的情绪稍稍缓和了下来。

“哎，女人，停下！你是说一个男孩和一个女孩吗？你是说昨天下午吗？”

“是的……”

“我看到过，看到过……那两个孩子啊，朝着那条大马路跑去了！快去找吧！你再也别来打扰我了！看到这只狗了吗？它是会吃人的！”

祖拉渐渐低下了头。她感觉到自己是那么一文不值。眼窝深凹的老人眼中的幸福火焰从她身上掠过，只留下了没人要的灰烬。祖拉脚步轻轻地走出了这个红顶房子的院落。

祖拉脚步轻轻地走上了大马路。她没有想过要乘坐这里来来往往的公交车，而是脚步轻轻地走向了车站，又失魂落魄地走进了警局。

对一个女人来说，又有什么是重要的？

“你这个女人，需要什么？”一位警察问道。

祖拉感到了恐惧，吓得魂飞魄散：“这……这……这不就是昨天那个留着小胡子的混蛋吗！啊，你这个混蛋，我就死在你的手里吧！”

祖拉向前冲去，又立即停下了脚步。从门口走进来两个警察，俩人谈笑风声，满是欢喜，根本没有把祖拉当人看。

“人们真是没有一点羞耻！”其中的一个人说道。

“答应要去拿来一个柠檬，所以我就放了他的孩子。但是只给了半个柠檬，剩下的半个还在拖……那只好将他的儿子再抓回来！懂了吗？”

走进来的两位之一可能就是一位大领导，装模作样地对着她问了一声：“喂，女人！”

那个长着小胡须的黑脸警察则像一个傻猫一样躲在了一边，惊恐地睁大了眼睛，吓得魂儿都没了，随后连忙说：“那个会顺利完成的！先生！”

这两个警察根本没有把她当作人一样看待，一直在谈笑风声，乐此不疲。

“算了！我还是走吧！”她转过了身，同时又感觉到自己被当作是一个放荡的女人，因为三个大男人同时将眼睛放在了她纤细的腰部和丰满的臀部。

其中一位有威望的警察对着她调侃地说：“喂，女人，你停下！”

这个领导的威力压倒了一切，祖拉听到之后便停下脚步站在了原地。

“你是干什么的？”

这时，祖拉感觉到自己还是个母亲，她浑身上下颤抖着说：“昨天下午……我与两个孩子走散了……一个女孩，一个男孩……一个七岁，一个五岁……”

这时，这个女人强硬了起来，瞪着眼睛直视着这些警察，毫无顾忌地盯着他们。这位领导也是一个像猎狗一样灵敏的人，恼怒的眼神瞬间柔和了许多，化解了祖拉的怒火。她冷峻地看着那个长着小胡须的黑脸警察。

“这个长着小胡子的黑脸男人并不是那个长着小胡子的大个子男人。”祖拉在心中这样想到。因为，眼前这个长着小胡子的黑脸男人上排牙齿和下排牙齿都是金牙，个子也很矮。这个长着小胡子的黑脸男人在领导和祖拉的怒视下羞得恨不得找个地洞钻进去，而且浑身颤抖着。这究竟是不是他？

从那一排金牙中蹦出了几句话：“昨天我们确实抓到了一个七岁的女孩和一个五岁的男孩……他俩在车站上百无聊赖地走着……而幼儿部说没有床位了便没有接纳他俩……所以只好将他俩扣留在了这里，直到清晨。因为孩子们总是哭喊着找爸爸，所以在清晨八点我就开车将两个孩子送回了他们自己的家。”

“送回了他们自己的家？为什么要送回他们自己的家？”祖拉惊恐地说道。

长着小胡须的警察疑惑不解地看着眼前的这个女人，说：“你这个女人大概是疯了吧？不送他们回自己的家，那要把你的两个孩子送到哪里？机场路 217 号是吗？”

祖拉点了点头，但是没有在意自己此时的行为。祖拉瞪着双眼，直勾勾地盯着那个长着小胡须的黑脸警察：“为什么要把他们送回家里？我问你为什么要把他们送回家里？我的天哪，为什么要送回家里？”

三个警察都惊恐地看着眼前歇斯底里的女人。这个女人突如其来的发问使他们措手不及，因为这个女人本应该高兴地向他们道谢才对呀。

祖拉的嘴里断断续续的发出了声音：“他们的父亲在家吗？”

那个长着小胡须的黑脸警察对这个女人大为恼火。他本想冲她发火，却冷冰冰地站在那里看着她，没有张口，似乎想让她明白自己仅仅是因为尊重她，才被迫回答问题。随后，他转过头看了看自己的上司。“他们的父亲在家里……”他说着笑了一下，“我以为他也像眼前这位疯女人，他一开口就瓮声瓮气地说：‘我知道你们会把孩子送回来的！’”

此时的祖拉浑身疲软，瘫倒在了地上。她含混不清的思维这时已经变得像一段段陈旧的电影胶片一样模糊。

祖拉知道自己瘫倒在了地上，但不知道自己是什么时候，怎么来到这里的。她知道自己在警局里，但不知道自己是什么时候，怎么从警局里出来的。她知道自己惊恐地跑出来的情景，随后发生了什么则一概不知。后来她好像又摔倒了，又重新爬了起来，还因为心绞痛再次摔倒在了地上。看到她的路人干了什么？同情她还是帮助她？有人扶她站起来给她鼓劲了吗？还是嘲笑了她？或者以为她是一个酒鬼觉得恶心，绕着走掉了？或者有顽皮的孩子跟在身后起哄？就好像不知道是谁朝着一面脏兮兮的镜子扔了一坨牛粪，扔了牛粪又对自己的行为感到懊悔，又开始擦镜子了。“我擦干净了。”——其实那面镜子比之前还要脏。祖拉的意识已经模糊到了这般地步。

那原本就是一个脏兮兮的破镜子，现在也不可能变得完好。祖拉稍稍恢复了一点神志的时候，眼前的世界显得光明璀璨，神秘莫测，但没过一会儿，这一切又消失得无影无踪。这个补丁摞补丁的破旧世界……不知是谁将她的眼睛拨开说道：“这个人还活着呢！这家伙肯定喝多了吧！这种人纯粹是在找死吧？没有信仰的狗东西！”扶着她的人将她提起来，又摇晃了一下。

不知是哪个男人假装扶起了她，将她拖到了墙根，并将手伸进了她的胯下。

眼前的这个男人很猥琐，还是一个秃头，让人恶心。祖拉这时想起来自己还是一个母亲，便弯下腰随手捡起了一块石头，对准那个男人的额头中央打了过去。那个猥琐的男人因为疼痛缩着身子站在了原地。而她是怎么从现场离开的，又去了哪里，她自己也不得而知。

再次回过了神的祖拉发现，自己已经站在了自己家的大门口。眼前的马路像一个天平左右摇摆着，晃动着，终于停了下来。她自责地想到：“我来晚了！我来得实在太晚了！”

现在，她的意识又回到了非常冷漠而又冷静的状态。即便门是开着的，她也没有进去，而是径直来到了鸡舍。即便走进鸡舍，她也没有昏倒，亲眼看到了自己所等待的所预感的恐怖一幕，看得非常清楚。自己的阿依娜和波罗双双躺在了一起，两个孩子的头同时向左稍稍斜着。两个孩子的脖颈都有一道隐约可见的黑道儿，没有鲜血，没有一点血的印记。祖拉非常惊讶：原来女儿阿依娜的四肢很瘦而且弯曲！我以前怎么没发现呢?

她的意识依然处在非常冷漠而又冷静的状态。她赶紧去找那个白斧头，但是没找到，她没有为此慌张。她不慌不忙地走进了屋，发现阿波闭着眼跪坐在正堂中央，像是在默念经文，如痴如醉。一股仇恨涌上了女人的心头，她抄起火炉上放着的捅火棍射箭一般地朝着阿波的额头扔了过去。但阿波即便闭着眼睛也一把抓住了飞过来的捅火棍。祖拉又朝着他扔过去一个铁锅，阿波又一把手接住了铁锅，并轻轻放在了身后。祖拉又朝着他扔过去了一个盘子，阿波照样接住了盘子。阿波微微笑了笑就站起了身。

阿波冷冷地笑了笑，令人感到心寒！那是令人发疯的反常举动。祖拉一步跨上去用双手掐住了阿波的脖子。

阿波则使劲抓住了她的两个胳膊，并将她抱起来放在了床上，用一根提前准备好的白麻绳将她的双手和双脚都捆住了。随后又摆出一副怜悯她的表情说道：“哎哟，你这个苦命的人！你要对我说声谢谢！我将俩孩子从第三百六十六种死法那里拯救了下来了！他们的亡灵会感激我的！懂了吗？明白了吗？”

祖拉没有明白任何事情，也不想明白任何事情。“我的手脚会被松开，我的手脚被松开后，我要毫无怨言地，毫不犹豫地尾随我的阿依娜和波罗而去！”她终于明白了阿依娜的四肢那么瘦那么弯曲的原因了，她为女儿心疼不已，心头在滴着血：“啊！我可怜的孩子！”

从那之后，阿波没有感到任何痛苦。他回到了家，跪坐在正堂中央，一动不动地等着。他预感到阿依娜和波罗会跑回家，不是预感，而是知道一定会这样。他知道一定会这样，所以才一动不动地静坐等待着。他双眼紧闭，脑海中的灯盏吹灭了，就像为节省燃油而停止运行的火箭。

临近中午时分，一辆轿车停在了大门口，传来房主波林娜老太太的哇哇叫喊声。随后，阿依娜和波罗俩人飞快地跑了过来："爸爸！"

随后跟来了警察："这两个是您的孩子吗？"

阿波则瓮声瓮气地说道："我就知道你们会带他们回来！"

那个长着小胡须的黑脸警察走了以后，阿波给两个孩子做了饭，然后换下他们身上的脏衣服，给他们穿上了干净的衣服。阿波抱着他们说道："跟我走吧！我们去动物园逛逛吧！"两个孩子听了，高兴得不得了。

"我们能看到驼羔吗？"波罗小声问道。

"当然能看到啊，我们会看到所有动物！你们能看到所有动物！"阿波轻声回答道。

父亲并没有感到一丝痛苦，心中涌动着一种近乎庄严肃穆的浪潮。从湛蓝天空的某个角落突然涌来铺天盖地的音乐浪潮，随即又消失得无影无踪。他心想："这可能是创世主突然传来的音讯吧！"

他带着两个孩子慢悠悠地逛了一遍动物园，让他俩吃够了冰淇淋和巧克力，宠了他们一天，让他们轮流骑在自己的脖子上撒娇，按照他们的想法和意愿玩了一整天。

在回去的路上，阿波的心情开始低落。他祈求道："啊，造物主啊！让您的光芒照进我空荡荡的胸襟吧！让您的光芒照亮我空虚的思想吧！"突然，他觉得心情豁然开朗起来，一股暖流涌进了他的胸腔。他睁着眼遥望天空，即便是白天，他还是看到了亮闪闪的星星。他在心里做出了决断："我不是一个凡夫俗子！职责！我必须完成自己伟大的职责！"

走出动物园的时候，他看到动物园门口有两个年轻人站着抽烟。看着他们在这样炎热的天气穿着西装打着领带的模样，他便认出了这两位就是警察派来监视他的，便来到他们身边笑着说道："小伙子们，把那两个孩子保护好！"

两个小伙子并没有听懂这句话的含义。其中一个小伙子漫不经心地问道："您这是什么意思？"

"就按照我所说的去做吧！"阿波笑眯眯地接着说道，"今天，他们的父亲会杀掉这两个可怜的孩子！"

那个呆滞的小伙子又漫不经心地问道："他们的父亲是谁？"

"他们的父亲就是我啊！"

阿波怒视着两个小伙子，接着说道："时间还不迟，你们保护好他们吧！"

两个小伙子默不作声，面面相觑，两人不约而同地将手里的烟头扔在了柏油路上，并仔细踩灭了，之后，没有再多停留就走进了果园里。他们的脚步稳稳当当，走远了就显得沉重起来。

阿波站在了车站前，慢慢靠近了站在一边的一位相当富态的老大妈，"大妈！您看到了一个戴着红色蝴蝶结的小姑娘了吗？"

"看到了！"大妈疑惑地看着对方。

"那您看到小姑娘身边玩耍的小男孩了吗？"

"看到了呀！"

"那请您牵着两个孩子的手带他们回家吧！"

"为什么，我要他们干什么？"

"您会救下这两个孩子的！"

"为什么？从谁那里救下两个孩子？"

"从厄运手中！"

"厄运？"

"今天，这两个孩子的亲生父亲会杀了他们的！"

"啊！恶棍！那他是谁呢？"

“那人是我，大妈，是我啊！”

“啊，上苍啊！”那位富态的老大妈用颤抖的手指快速比画着什么，瞪大了眼睛连连后退，并说道：“上苍保佑，上苍啊！”

此时的阿波热血沸腾，落寞地看着车站站台上站着的众人，感慨万分。“一群残废！一群苦命的家伙！把你们全部杀光都不会有人同情你们，不会有人认为你们是无辜的！”阿波在心里这样想着。阿波带着憔悴而又抑郁的神情回到了家。在逛动物园的时候，两个孩子欢天喜地地对他说了很多话，他却没有注意听。他甚至对波罗的某个行为感到厌烦，就斥责到：“安静下来！”阿波拍了波罗一下。对父亲突然表现出来的严厉，波罗快哭了，但他马上又变得勇敢起来，牙关紧闭，站在了原地。

回到家以后，阿波不紧不慢地给两个孩子吃了饭。随后，他将两个孩子抱在自己的双腿上，轻抚着他们的头哼起了歌。然后，轻轻地扼了一下他俩的脖颈，他俩便失去了意识。他知道两个孩子会这样躺四五十分钟的。“让他们就这样躺着吧！不过，也许一会儿他们的妈妈就会到来的。最好是她来，让她自己来！其他人是没有怜悯心的！”

这时，他听到了一阵嗡嗡的声音：“这是什么声音呢？”阿波带着疑惑四处查看寻找。找到了！是一只黑色的甲虫，它仰面躺在地上挣扎着，像灰鹿角一样的四肢胡乱晃动着，还发出一阵阵嗡嗡声。前些日子，祖拉还唠叨着家里有很多蚰蜒，还往家里各个角落撒了驱虫的药。阿波想：“明白了！这只应该就是吃了驱虫药后将死的甲虫了！”

阿波小心翼翼地将朝后仰倒的甲虫重新放正了。这只甲虫像一个直升机，翅膀一会儿打开，一会儿又收回去，发出一阵嗡嗡的声音后，又朝后仰倒在地上。“哎呀，好可怜！应该是疲惫不堪了吧！我还是将你放回干净的空气里吧！”

阿波将甲虫放在了左手掌心，担心吵醒甲虫，便小心翼翼地来到了门外。阿波将甲虫放进了草丛里，又观察了许久。可能是因为来到了干净的空气中，那只昆虫回过神来，不断发出嗡嗡的声音，像是启动了引擎，飞起来，去了只有自己知道的神秘地方。阿波在心里说："一路好运，可怜的虫子！"

突然，阿波又对自己发起了火，"懦夫！胆小鬼！碰到什么都会当成借口！你是在逃避那个伟大的时刻吧！"

他振奋起来了。

他有了精神。

他回到了屋里，将阿依娜抱在了怀里，亲吻了她的额头，然后抱着她走进了鸡舍。他没有舍得将女儿放在脏兮兮的地板上，而是又将阿依娜抱回到了屋里。屋里的火炉旁边放着一张苇席，他将苇席拉进了鸡舍地板上，随后将阿依娜小心翼翼地放在苇席上面。

然后，阿波面带微笑又回到了家中，将波罗抱在了怀里，亲吻了他的额头。阿波双手抱着波罗，将他轻轻地放在了姐姐的身旁。他心想："离他们醒来还有二十分钟！我还来得及！"

他振奋起来了。

他有了精神。

他不紧不慢地打开了帆布袋子，找出了白斧头，并用左手的拇指试了一下斧刃，斧刃还是很锋利的，很锋利！

他喘了几口气。

他为自己的无尽才华打开了施展的道路。

那之后，他就没有感到过痛苦。他租了一辆车前往第二幼儿园，没有让任何人看到自己，悄悄潜入了园长的办公室，又悄悄地将包裹着的白斧头藏在了园长办公桌最下面的抽屉里。

然后，他又租了一辆车回到了家里，跪坐在正堂中央放着的被褥之上。

这个时候，祖拉回到了家。

阿波将妻子绑在了床上，将该说的话全部说完之后就走出了屋。但很快，他又感觉到于心不忍，便又返回了屋里。

阿波怒气冲冲地回到了屋里，然后拍着胸脯，说了一些莫名其妙的话："不消灭那些人，不消灭第三百六十六种方法，我是不会安静下来的！"。

午夜时分，他站在了城郊外的一座小山坡上。凉爽的风吹拂着他身上薄薄的丝绸衬衫，这股风使他的灵魂和肉体都得到了慰藉。

闪着光的黑蓝色蟒蛇，那个被称为"银河"的蟒蛇朝着遥远天际的猎户星座奔去了。它扭动着身躯，举着硕大的头颅钻进了猎户星座一只睁着的眼睛里了。"我可能在清晨时分回家，但是，现在，但现在……"阿波这样想到。

阿波并没有来得及考虑"现在"这个词背后隐藏着什么。只是眼前映入了一张横放着的黄色地毯，黄色地毯上躺着三具尸体。三具尸体的头颅都稍稍斜着，舌头吐露在了口腔之外，三具尸体的脖颈处都有一道依稀可见的黑色印痕，而黄色地毯上只滴溅了很少的浓稠血液——这就是精湛手法的标志。不一会儿，从偏远乡村来的三十个孤儿一起坐在了黄色地毯之上，三十个孤儿纷纷抚摸了拜巴克·玛勒什巴耶夫、安娜·安德烈娃、努尔丁·赛义多夫等人的额头，并用手将他们仍然睁着的眼睛闭上了。然后，卡玛尔丁·赛义多夫来到黄色地毯之上盘腿坐了下来，在三颗头颅面前念诵了送葬的经文。随后，木拉提和他不幸的女儿在黄色地毯的一角儿找到了位置，低着头站了很久。最后，上等兵伊万诺夫从浓重的雾气中走出来说道："这个，就是这个，这就是第三百六十六种方法！"他从自己已经被烟熏黄的两撇小胡须中露出了笑脸，在烟雾缭绕中缓缓说道。他的那些阿富汗战争期间的上司们，即那些司令官们毕恭毕敬地站在他的面前。随后，阿依娜和波罗两人缓缓地爬到了黄色地毯上，放声大哭了起来："我的脚跟呀！我的脚跟！爸爸，爸爸，救救我们！"

"我会救你们！我会救你们的！"阿波被自己的声音吓住了。上等兵伊万诺夫拖着黄色地毯隐入了黑暗之中。

"我会在清晨时分回家的！但是现在……"阿波怒气冲冲地说道。

阿波哀叹着。

阿波准备着。

随后阿波从一颗星星跳到了另一颗星星上，最终跨入了银河。

由蓝黑色的星群构成的银河绵绵延延，漫长遥远。如果用那些将自己称为“人”的甲虫们所理解的那样去计算，确实如此。但是，精确来说，阿波暂居的地球与猎户星座之间相距两千万光年。

只有两千万光年。

阿波踩着千千万万粒沙子和卵石，不慌不忙地向遥远的猎户星座已经盲了的眼睛那边走去。

叶尔克西·巴依朱玛汉译

哈里罕·伊斯卡克

（1935—2014 年）

作家、评论家、编剧、翻译家。毕业于哈萨克斯坦国立大学新闻系。1963 年，他的短篇小说集《深秋》面世以后，以其独特的风格受到评论家的肯定。之后，他创作了《朋友的故事》《我的兄长们》《芳草萋萋》等中短篇小说和《绝境》《莽林》《梦中的阿克苏》等长篇小说。他创作的《大暑之日》《灰雁飞回时》《黎明前的回声》《独木桥》《舍命》等 20 多部歌剧在全国各大剧院多次上演。他将列夫·托尔斯泰等人的作品及一些诺贝尔奖获奖作品翻译成哈萨克语。他的作品被翻译成俄文、乌兹别克文、塔吉克文、乌克兰文、斯洛伐克文、保加利亚文。他还写过大量文学作品和剧本评论。

哈萨克斯坦功勋作家。1992 年获得哈萨克斯坦国家奖。

那是一个秋天

那是一个秋天，毛毛雨淅淅沥沥地下个不停，道路泥泞。这时候是阿勒泰大地最萧条、最伤感的季节。迷雾悄无声息地吞没了山峰，大雾张开翅膀罩住整个山脉，使得群山变矮了。要不是一些零星的树木，人们根本看不出森林的轮廓，群山已被浓雾遮蔽。

我正要走进松树林时，对面小路上传来了叮当声，径直出现了一辆拉草的马车。我注意到握缰绳的车夫是个女人，女人用白色羊毛围巾把自己包得严严实实，只露出白皙的脸庞。她看到我，立刻停住马车，紧紧盯着我。

“咦，你是哈斯木？”女人惊讶地问道，从她浓密睫毛下的黑眼睛和银铃般的声音，我立刻认出她是阿丽腾。

“哎呦，你是不是迷路了？从哪儿来？要去哪儿啊？”她问了一连串的问题，往马车架子上铺了一层干草，示意我坐到她旁边。

“你上来，坐这儿呀。”

我从未想过会在这儿遇到阿丽腾。那个中等个儿，腰身苗条的美丽少女，有着一双水汪汪的黑眼睛，过去常常浮现在我脑海里。而看到眼前这个矮个子，圆脸，像气球一样鼓起来的女人，着实让我心里有些失落和遗憾。

她对我很热情，但我却有些冷漠。

也许故人重逢得有些突然，也许是感情早已冷却，反正，我们之间有些陌生。一时间，我不知该说什么，只蹦出一句:“你怎么会在这儿？”再没说什么。

“这还用问吗？还不是为了生存？你见阿丽腾的那个时候，她还是个孩子，一晃过去了多少个日子，跟那时比，整个世界都变样了。”

阿丽腾没有继续说下去，转而用开玩笑的口气说道：“你这个小伙子，可是一点都没变，脸上一根胡须都没长。”但是，因为我一直不吭声，她脸上的笑容也很快消失了。我注意到，因为胸部丰满，她外搭的毛衣不断往下滑。她尴尬地往上提了提，继续盯着正拉车的黑马发呆。

“怎么这么问呢？我一直呆在托普卡营，在奶牛场干活。”她说道，“你来这儿干什么，有事儿吗？”

“也没什么事儿，也办一些事儿……我刚从萨勒木萨克特过来，没有坐骑，只好走到这里。”

“哦，哦。”她应了两声。

阿丽腾大我两岁，我们曾在同一所学校，同一个班里学习。她可是女生中最出众的那个，歌也唱得好。她唱的那支歌，很久以前就已铭刻在我心里，我童年的美好时光是从那首歌开始的。直到现在，听到那首歌，眼前依旧会浮现我的童年、故乡，美丽的阿丽腾……

当年，我从区里的七年级学校结业，年迈的双亲嘀咕着：“你还是个毛孩子，能干什么活，还是去上学吧。”

在他们的催促下，我来到了离家三十多公里的托普卡营寄宿学校继续求学。

校长是个腆着肚子的中年人，一只眼睛有麦粒大小的白点。他看过我的申请和结业证，仰躺在靠背椅上好一会儿，久久地盯着我脚上的旧皮靴和染过的羊皮裤子。他似乎不太喜欢我，也许他在怀疑：就这小子，还能上学？他抽了抽圆头鼻子，懒懒地歇了一阵，让椅子发出扎扎的声音，又挺直身体坐了起来。

“嗯，嗯，你想上学是吧？那好，可以收你，但是，有个住宿的问题，这个，哎，你应该让当地政府开具一个证明：你是孤儿的证明！嗯，再看看吧。”

校长费劲地挤出这些话，把我的申请书扔在桌上，继续懒懒地靠在椅子上，再次陷入无声。我暗暗下决心，今天无论如何也要得到他的答复，我一声不吭地坐在那儿，心里很清楚，如果我不能住学校的宿舍，就不能继续上学了。

过了好一会儿，他才问道："你有住的地方吗？啊，没有的话，今天暂时到学校宿舍凑合一个晚上，明天再来。"我看出他有些犹豫，心里暗想，校长会安排的，这才放心地走开。

长这么大，我第一次出远门，没有亲戚和熟人，更不敢到陌生人家里请求留宿，只好硬着头皮来到学校宿舍。

学校宿舍长长的，确切地说是个礼堂。礼堂中间立着一个高高的炉子。一排排小床密密麻麻地列在那里，床铺乱糟糟的，五六个孩子坐在床边看书。我进来时，他们立刻收起书，一个个吃惊地看着我。一个有刘海的黑小子，没脱鞋子躺在床上，他跳下床来，把我从头到脚打量了一番，并舔了舔厚嘴唇。

他问道："你是干什么的，入学了吗？"

听他口气，似乎是这里的老大。我有些害怕会被赶走，心慌地点了点头："是的。"

他又问："你哪个班的？"

我回答："八年级。"

"哦，我们一个班啊，来来来，我旁边暂时没人，这里床位紧张，两个学生挤一个。你过来，连你的包也会有地方的，我的柜子很大！"他过来拍着我的肩，让我坐在他的床上。此刻，他俨然是我最亲的人，对我非常温和。他又问："包里装的是什么？鼓鼓的，可能装满了能吃的包尔沙克（油炸的面点）？"

"不是的，包里面都是一些旧衣服。"

听到我的回答，那个刚刚还热情似火的笑脸立刻消失了，黑小子失望地皱了皱眉，变得非常冷漠。他尽量控制自己的情绪，言不由衷地说到："罢了，人是饿不死的。有些人一回家就背来一袋袋的包尔沙克，把衣服也弄油了，让人想吐。”我心里想：可怜的瘦子，如果我这个包里装的都是包尔沙克，我相信你会不顾一切地狼吞虎咽！

之后，黑小子再没理我，他转向一个正在看书的胖男孩儿。

“哎，加热克朱力都孜，你个儿小，和哈斯木一起睡吧，我的床有些挤。”说完，他拿起我的包扔到对面床上。

胖小子睁大眼睛，嘟囔了一句；“为什么是我？”再没说什么。我心想：好啊，这个黑瘦子，真是个善变的家伙！如果在老家那边，我肯定会和你这种人打一架！没办法，毕竟我在这儿一个人，也不好逞强，算了，“强龙压不过地头蛇”，我先忍忍吧。多年后，我听说这个黑瘦子靠卖羊皮来维持生活。我想着见了面一定要吐一吐当年的怨气。

没多久，天色黄昏，来了一个絮絮叨叨的黄发女人。她把孩子们通通训了一遍：“一帮懒鬼，还躺在那儿？也不收拾一下自个儿的床？”她转身看到我：“你，咋没脱外衣坐在床上？办好手续没有？”这时，黑小子挺身站起来：“哎呀，阿姨啊，我每天都和他们说多少遍，都没用啊。”

“谁不听话，哪一个？”

“这个，那个。”黑小子谁的名字也没叫上。

女人对黑小子命令道：“我们家没水了，你派上一两个孩子去打水。”她说完就出门了，踩得鞋跟噔噔响。门被关上的一刹那，黑小子立马穿着外衣继续躺到床上去了，并拿起书，别的孩子也一个个拿起书本。“谁去打水？”黑小子问道。一片静悄悄，好像明天就要考试一样，孩子们都盯着书本。只有我闲着，没事儿干。黑小子“领导”只好向加热克朱力都孜下命令，“哎，加热克朱力都孜，今天不是你值日吗，你去打水。带上哈斯木一起去，反正他也没事干。”加热克朱力都孜勉强站了起来。

我很乐意和他去打水，毕竟，呆在一群陌生的孩子中间，我还有些不自在。

“噢喔，我们解脱了！”孩子们把刚拿到手上的书都撂在一边。

我们俩牵来一匹青马套在有水桶的马车上。“青色马也罢，我们也罢，一天到晚，忙个不停。”加热克朱力都孜拿起皮鞭抽打了几下，把气撒在马身上。本来就瘦得不成样的马儿，突然受到鞭打，干脆甩起尾巴，不走了。鞭子再次打下来时，青马摆出一副踢人的样子，把腿抬了起来。

加热克朱力都孜气嘟嘟地骂道：“老不死的瘦马！就凭它这个样，我们什么时候才能到河边把水打回来。”青马甩了几下尾巴，才从原地动了一下。

加热克朱力都孜很健谈。后来，我才知道他的真名叫库木什拜，不知为什么，也许是从小养成的习惯吧，到现在为止，都爱流鼻涕，孩子们嘲笑他是“坠星星”，他只会一个劲儿抽鼻涕，并用食指来回搓。他从不认为别人在嘲笑他，不生气，也不计较，是个有度量的人。在去河边的路上，他说了不少事儿，第一个就从“黑小子”谈起。

“你可不要什么都听他的，否则，他会不停使唤你，让你没个消停日子。我们都叫他‘跎子’，其实，他真名叫克德尔汗，‘跎子’是我们给他起的外号。再加上，他特会讨好指导员、教课老师、做饭大师傅，到处讲闲话，弄是非，但自己就像鸭子游水，身上不沾水。”

“刚那个女人是谁？”

“哦呦，她最厉害了。如果她吼一声，整个宿舍都会静下来。她身兼数职，不仅是指导员，还是教课老师、校长的老婆，还有什么来着？哦，对了，学校的所有事物，包括校服发放等大小权力都在她手里，如果她不喜欢你，你可能都没衣服穿。一句话，她是整个学校的大总管。当然，如果问她的学历，才七年级毕业，凭这个，她还一直代课。因为她老公是拜木棱校长，校长最听夫人的话，所以，校长夫人才是真正的‘老大’。”

“拜木棱是谁？”

“我不是给你说了吗，他是校长。你没见他？”

“我见过。”

“其实，校长名叫哈勒马太。寄宿学校名下总共有四匹马，三四头牛，一头两岁花牛犊，其余都算是他的个人财产。拜木棱家有三四十只羊，五六头牛，还有一匹公马和一匹母马，一个小马驹。整个夏天，我们打草喂他家的牲畜，我们种地也是为了他，多余的卖给集体农庄和县里。他很精明，他家里所有的体力活都是我们干，连他喝的水，也是我们在打啊。”

“你们又不是他的佣人，不听他的不行吗？”

“你说得简单，你先听听这个。昨天，县里来人检查寄宿学校。也许有人告我，我也是活该，我曾向县里来的领导反映，学校住宿条件差，伙食不好，吃的馕也是生的等情况。结果，等领导检查完走后，拜木棱好好收拾了我一顿：‘你想干什么，不想吃公家饭吗？吃饱撑的，看来，你是不想住在学校宿舍了。我倒要看看，还有谁不想吃学校的馕。’”

加热克朱力都孜再次强调：“从今往后，谁再敢说关于校长的坏话，不是被赶出去，就是历史考试不及格，他有得是办法收拾你。情况就是这样，你想上学，就要乖乖听他的。”说完，他耸了耸肩。

河边距离乡里有一段距离，我和加热克朱力都孜忙活了半天，好不容易把水桶打满，准备返回时。青色马又犯病了，赶也不走，牵它也不动，停在原地一动不动。加热克朱力都孜拿鞭子抽了几下，被吓坏的马儿退了几步，撞到松树上，原本破旧的马车立刻散了架，水桶里的水也全洒了。

“哎呀，该死的畜牲！”加热克朱力都孜开始一顿臭骂，可能因为听惯了这样的呵斥，青色马儿毫不在乎，反而非常威风地抖了抖双耳。加热克朱力都孜左右折腾，也没办法，最后，他失望地把帽子扔在一边，一屁股坐到地上。

“哎，哎，”他叹了口气，“哎，管理员会把我们大骂一顿，好啊，坐下吧，我们也不是故意的。”

黄昏中，阿吾勒（村落）隐藏在松树林里，隐约看见密密麻麻的土房子模糊的轮廓，有些院里的馕坑还闪着残余的火苗，偶尔听到几声狗叫，还有村里人唤牛回家的声音。

突然，村边传来歌声。

“啊，是阿丽腾。”加热克朱力都孜叫出声来，

“你说的是谁啊？”

“我们学校的一个女孩儿。”

我说：“不管是谁家的姑娘，声音还不错。”

静谧的夜空传来阵阵歌声令人陶醉，那么的悠扬动听……偶尔吹来一丝凉风，毛线头似的草在风中摇曳，动一会儿，又停下来。白雪覆盖的山峰，似乎在注视着黑色的山崖。似乎连月亮也静静欣赏夜晚的美丽，享受美妙的歌声，缓缓地落在了山峰的肩膀。歌声越来越近，愈发的美妙动听。

“姑娘的裙摆在风中摇曳，那美丽的腰身。”歌曲的重唱部分一阵阵传来。虽然这是一首经常听到的老歌，但是，或许以前没遇到真正的演唱者。今夜，姑娘唱出了韵味，好听极了。姑娘的歌声仿佛微风般悠扬，一会儿上扬，一会儿像颤抖的草尖一样脆亮。整个阿吾勒，在悠扬的歌声和微风中摇摆。

黄昏中，一个穿白裙子的姑娘赶着一头花白牛犊，走了出来。

加热克朱力都孜突然从地上跳起来：“阿丽腾！”牛犊受到惊吓，竖起尾巴，直接冲进牛棚里去了。姑娘的歌声戛然而止，她一声不吭地站在那儿，过了会儿才出声：“是谁，加热克朱力都孜吗？”

加热克朱力都孜抽了抽鼻涕，低声回答：“是我。”

“你站在这儿干什么？”

“我们是来打水的。”

阿丽腾走过来，把一缕头发撩过去，月光照在她那白皙的面庞上，显得更可爱了。月光下，我可以清楚地看到她脸上的酒窝，她薄薄的红色嘴唇在动，月亮般奇丽的眉毛下有一双漂亮的黑眼睛，仿佛落在叶子上的露珠一样美丽。

阿丽腾看见一旁散架的马车，挑起嘴角嘲笑道：“你们这些家伙，什么也做

不好，还能干成什么？”说完，转身就走了，夜色下，她的小腿一闪一闪的仿佛在跳舞。我心里想：你也不过是一个被宠坏的姑娘。只是，你的歌声在我耳边萦绕。这个被父母宠坏的姑娘，她嘲笑我们的娇媚样子也在我眼前挥之不去。不知我的同伴在想什么，我眼前浮现的是：歌中的美丽少女，讲得就是阿丽腾。

我一直缠着拜木棱，最终还是安排我住进了学校宿舍。不久，学校开课了。在一群陌生孩子中，我感觉最亲切的还是阿丽腾，她独自一人坐在最后一排。她不像别的孩子那般好动，话也不多。她不像别人那样无缘无故地笑和闹。也许她很傲慢，也许性格稳重，反正，她比别人高雅。班里孩子多，凳子不够。我原以为可以和加热克朱力都孜同桌，没想到，被一个黑小子占了他旁边的位子。我也不太敢坐到阿丽腾旁边，这时，那个自以为是的“跎子”，刚想和阿丽腾坐到一起，被阿丽腾一把推开：“怎么不坐你自己的座位？”

上课铃声响了，拜木棱走过来，看见站在门外的我：“你杵在这儿干嘛呢？”

“没位子。”

他给我指了指阿丽腾：“去，和卡布都哈力的女儿坐一起，她不会咬你的，别害怕。”一下子，孩子们笑起来。我穿着的羊皮裤，走起路来，发出刷刷声，让孩子们笑得更欢了。拜木棱腆着大肚子，像母鸭子一样发出咳咳的笑声。我尴尬极了，不知该笑还是哭，阿丽腾倒显得很稳重，全班，只有她没笑话我。或许是可怜我，抑或她心里想：“这家伙，从哪儿冒出来的？”她吃惊地看着我的羊皮裤子，我走到跟前，刚要坐下，那个“跎子”突然来了一句：“真是天生的一对。”

教室里的笑声更响了，我羞得真想找个地缝钻进去。不知是阿丽腾想安慰我，还是她原先就是一个敢做敢为的女汉子：“天生一对又怎么了？有什么好笑的。”她大声回道，朝着“跎子”白了一眼。

待笑声渐渐平息，拜木棱清了清嗓子，开始上课。

他打开历史书，这儿那儿地读了一会儿，后来，他自己也累了，偶尔，跨到下一章。班里没几个人认真听课，只是因为害怕，勉强装出听课的样子。突然，拜木棱合上书："我有个急事要去办，你们继续看书。"还没等打铃，他就出去了。谁会认真看书呢？学生们不可控制地开始闹起来。

我呢，因为身上的羊皮裤子受到大家嘲笑而自卑。大肚子拜木棱也算是帮了我一个忙，他可能把班里发生的事告诉老婆。第二天，拜木棱给我传了管理员的话，让我去她那里领取校服。加热克朱力都孜跑过来告诉我这个好消息。

学校的管理员是个中年人，名叫再努拉。听说他脾气粗暴，哪怕在炎热的七月，他也总是穿那件猫皮领子的褪色大衣。孩子们当面喊他叔叔，背后给他起了个外号"拜力克甫（戴面具的人）"。再努拉是一个小气的人，给我发校服，就像要他把自己衣服脱下来给我一样，他极不情愿地从大木箱子掏出一双40码的皮鞋扔到我面前。

"叔叔，鞋子是不是太大了。"我小心翼翼地说了一句，他用那发红的眼睛瞪着我："没有小的，让我去哪里找？像你这样的穷光蛋多得是，你不想要，就放下。"

加热克朱力都孜做了个手势，点了点头，意思让我不要出声。管理员再努拉又翻出一些裤子和衣服，一副非常舍不得的样子，看我一眼，再把衣服叠起来，放在箱子里。他把那些衣服一件一件地登记完，才把最后一件扔给我。

"哎呀，我的朋友，你干吗要和他顶嘴，他可是拜木棱的大舅哥啊，他给你什么，你拿上就行了。"加热克朱力都孜在我们踏出门槛时说道。

真是"富人的财富，穷人看得紧"。拜木棱的仓库里衣服多得是，但穷亲戚再努拉更乐意藏起来，看看他给我们发的都是什么啊。

加热克朱力都孜让我穿上大皮鞋走走看，观察了一阵后对我命令道："脱下来。"他从棉被里抓出两团棉花塞到鞋子里，基本解决了鞋子大的问题。但是，裤子和衣服的问题就不好解决了。不知道再努拉给了我多大码裤子，我整个人都装进去了，衣服也大得快掉到我的脚上了。

加热克朱力都孜安慰我："没关系的，只要能穿就可以了，好看的不如暖和的"。

虽然衣服不合身，我也不是很愿意脱下，毕竟，比起原先的羊皮裤和旧皮靴，这套衣服舒服多了，感觉也好多了。

总算，我和其他孩子没啥区别了。我渐渐有些自信，毕竟将要开始一个崭新的生活。尽管，这只是一个阿吾勒，有很多不如意的地方。但对我来说，寄宿学校的生活，一切都是快乐的。一大帮孩子挤着睡，一起吃大锅饭，偶尔也会吵架，但我们是一家人，一起住，一起学习，一起长大。不知不觉，我学到了不少东西，也找到了友情。要说交朋友，当时我没有能力分辨好坏，只是，看不惯有些人，就会讨厌他。偶尔，喜欢上一个人，把他当成真心朋友，一切为他着想，这也是人之常情。无论他人善良与否，只要对你好，讨你好的都是朋友。当然，最好的朋友只有两个，一个是加热克朱力都孜，一个是阿丽腾。

加热克朱力都孜是我一开始就很要好的朋友，总是尽力帮助我。我和他挤在一张床上，一天到晚干什么都黏在一起。他擅长文学和俄语，数学也很好。对我这种来自牧区，不懂一句俄语的土包子来说，没有人比他更厉害。说实话，那时的俄语和数学作业，都是我从他那儿抄来的。这些往事，现在说出来也没什么。

我和加热克朱力都孜、阿丽腾经常一起复习功课。当时还没发现阿丽腾擅长什么专业，现在想起来，她那一颗敏感柔软的心，爱的是唱歌和艺术。那会儿我正沉浸在诗歌的世界中，写了一些诗，其中，感觉比较好的是这首：

"我们挤在学校的宿舍，
顿顿都是两百克饭菜。
吃不饱也饿不死，
如果你非要逃学，
也不能把你怎么样"

在一次复习功课时，我给加热克朱力都孜和阿丽腾朗诵了这首打油诗。

阿丽腾听后；“什么啊，你这也叫诗？”

“为什么不叫诗？”

“我从没听过这样的诗歌！你根本不是写诗的材料！”阿丽腾的话重重地打击了我写诗的热情。

之前，无论我说什么也会支持我的加热克朱力都孜，也对我发起了批评：“你写诗歌，可以用哈萨克文写，你的俄语功底还没达到创作诗歌的水平，诗里用的词语既不是俄语，也不是哈萨克语。诗歌内容很消极。你没有权利，也没有资格污蔑学校，学校是我们这些苦孩子的家。”

我回击道：“嗨，你怎么也批评我的诗歌，你说说，我写的不是事实吗？我一来学校，你还给我讲了拜木棱的坏话？”他的回击更厉害了：“你说得对，我对你说过拜木棱的不是。但，我并没有对你说过不利于学校的坏话，是不是？”

“是。”

“有一些不足之处，也不是学校的原因，而是拜木棱造成的。”

说真的，当时我也清楚地意识到自己不是做诗人的料。我的文学创作就这样不了了之。此后，我再也没有拿起笔来写点什么。如今想想，我就会感到无比惭愧和后悔。只是，其中的“骑狗甩皮鞭”四行诗，很快传遍了学校。

第一次，我的指导员，拜木棱的老婆库里帕西严厉地训了我一顿：“找死的孩子爱去坟墓，你真是一个不知好歹的小坏蛋。”她还惩罚我削了一整天的土豆。当然，晚饭我也比别人多吃了两碗汤饭。第二天，阿丽腾修改了我的衣服和裤子，我的校服完全可以穿出样子了。

住校的男孩女孩加起来共有五十多号人，大家都是孤儿，吃饭和穿衣全靠国家提供。阿丽腾也是孤儿，可能习惯了不依赖谁，她很独立也很能干，衣服总是穿得最干净，一双巧手不仅会绣花，还会自己做衣服。她从不向别人倾诉苦衷，也从不求人。我总在琢磨，这个女孩心中肯定有一些不为人知的秘密。

那是战争结束的第二年，再加旱灾，大家都吃不饱，伙食没有油水。从家乡来的人，有的骑马，有的步行，但凡带包裹的人都会来我们学校看望孩子们。从阿吾勒带来最多的是奶酪、奶疙瘩、炒面，最奢侈也就是一块酥油。学校的饭菜足够，孩子们并没有挨饿，只是想念家乡的味道，不管家乡来的人带什么，都会一起享用得干干净净。偶尔会有一两个小气鬼不愿分享，当然，没有哪个孩子故意藏起来。一旦被发现，“跎子”会想方设法找出来消灭掉。他说不稀罕那些吃食，也是假话，他最会抢，为了一点炒面会使出全身力气。

一天，阿吾勒举行了一个婚礼，我的亲戚，我叫他“老头儿”，头戴破帽子，骑着老马来到我们学校。见到亲人，我高兴得跳起来。

“哎，小家伙，你还好吗？”他在说话时，胡子一翘一翘的。小小的蓝眼睛含着泪光，我说的这个“老头儿”，是个特别有趣的人。

“老头儿”真名叫伊布拉依，是我的大伯。我过世父亲的家族曾有过名叫伊布拉依的人，伯母为了避讳直呼祖辈的名字，所以把自家老汉叫做“老头儿”。从此，伯父被称为“老头儿”，家族有二十多户亲戚，老老少少都叫他“老头儿”。“老头儿”快七十多岁了，一辈子无儿无女，所以，他非常疼爱我。而且，哈萨克人注重亲戚间的情感维系，我失去双亲后，“老头儿”更是怜惜我，毕竟我是他弟弟热哈什留下的骨肉。老人当了一辈子的牧人，曾经给巴依老爷放过牛，过得并不富足。“老头儿”把我从头到脚打量了一番：“孩子，你知道的，你离开家乡后，我因为腰疼，没法再放牛。村长说：这个活儿轻，只要骑在马上把守，不让牲畜进麦田就可以了。没法子，我只好同意了村长的安排，当了守田人。哎呀，这个活也烦人，一天到晚闲不住，现在开始割麦子了，活儿多的很，让人离不开半步。你那个伯母，天天惦记你，孩子在外肯定吃苦了，孤儿一个，除了我们，没人惦记他。天天唠叨，催我来看你，我好不容易来一趟。怎么样，没饿肚子吧？有没有人欺负你？”他开始问个不停，也是乡里人的习惯，“老头儿”一直看着我，问这问那，期间，还夹杂着阿吾勒的情况。

“你伯母身体还好，给了这些炒面，让你饿肚子时垫垫。今年不同于往年，伙食没啥油水，那个该死的青牛还没生，连公牛也不理它，不生牛犊的家伙今年看来也没啥希望了。冬天，我就把它当冬宰肉，把最好的肉寄给你，我们还能盯着它多久啊？话说：车到山前必有路，慢慢的，日子会好些吧，只要平安，我们还会有一头牛的。”

“老头儿”讲遍了阿吾勒所有人的故事，一直讲到他堂弟哈布肯才停下来。“老头儿”讲话喜欢用“你知道的”这个词，“你知道的，哈布肯这个家伙以前就爱喝酒，现在喝得更厉害了，活该受诅咒的废物，喝完酒后管不住嘴巴，浪在大街上，尽给家族丢脸，我都没脸见人了。我来之前，专门去了趟他家，那个小气干瘪的黑脸媳妇儿，挤着四头牛，硬是没给你一小块酥油。哎，人心是冰块啊！希望他们做的恶，报应不要落在孩子身上，哈布肯醉醺醺地躺在角落里，我本来准备臭骂他一顿，但又想，走远路前还是别碰这个邪。他简直不是个人！”他骂了一句，好像把憋在肚子里的气撒出来，感觉舒服了些，他拿出手帕擦了擦额头上的汗。“老头儿”是个急性子，刚说完：“好了，孩子，我该走了。”又说道：“你也知道，要是有牛什么的踏进麦田，干部就会来责问，我一大把年纪的人，也丢不起这个脸。我还是走吧，那好吧，孩子。”说完，没走多远，又折回来。

“你也知道的，我也是嘴上说说，实际上，能做什么啊？你在学校，不要惹事，听老师的话，好好学习，看看你穿得多好，这样的衣服，我都没法给你找来，哎，还是政府好，供养着多少个孩子。孩子，你没有可依靠的父母，倘若没有寄宿学校，别说上学，只能当流浪儿。好的，心肝，做个懂事的孩子，那好，再见。”他说完，拿着皮鞭抽了一下他那跑不快的棕色马儿，我还没踏进学校大门，他又折了回来。

“你也知道：一朵花成不了花园，一棵树成不了森林。这是哈萨克俗话，你要把炒面分给那些同学，他们也是和你一样的孤儿，你要想有所作为，也只能靠众人合力才能实现梦想。单枪匹马的，能走到哪儿去？好的，宝贝，不要做小气鬼和糊涂鬼，再见！”他走了几步，又回头说：“哎哟，哈斯木哦，我这个记性，回头来了几遍，都忘了。”他又返回来，“你知道的，你的伯母为你攒了一些东西。”

他立马把鞭子插在马鞍上，开始翻他的靴筒：“嗯，是不是掉到靴底了？我说过多少遍，让你伯母在毛衣内侧缝个口袋，你看现在，多难找，哦，哦，找到了。”

他翻弄了半天，从靴筒里倒腾出50卢布给我。50卢布，对我来说就是一笔财富，我发财了。“老头”转身牵马，拿出了鼻烟套子，翘起大拇指往烟筒里倒了些烟，抬起鼻孔猛地左右吸了几口。

他嘀咕道：“你知不知道，这地方有没有卖草烟的？这个烂东西是玛特林给的，好像还没熟，抽得不过瘾。算了，又不是金子，哪儿不能找？好了，再见！我待的时间够长了，不走不行，哦哦哦，你也知道，阿噻！你也知道，钱不是天上掉的，刚才那些钱，用来买书和本子，节约着用。好了，再见，宝贝。”

一次次的，我和“老头儿”一再道别，终于把他送走了。

那年的秋天，很漫长，雨水也多。“老天下雨，疯了狗和孩子”，说得有些道理，漫长的秋天，这样一个雨季，寄宿学校的孤儿们怎能安静待着。不管周六周日还是节假日，孩子们都跑去邻近的乡村走亲戚，寄宿学校宽敞的宿舍变得空荡荡的，只留下我、加热克朱力都孜和“跎子”三个人。

这样的日子，加热克朱力都孜不会轻易下床，一副快要冻死的样子，拿起毛毯把自己裹起来，抽着鼻涕，算一些不常见的数学难题。“跎子”呢，总在厨房周围转悠，他帮着炊事员卡米拉大姐打水，架炉子，以便混一顿饭。学校给外出孩子发的馕和方糖，都被他收起来藏到小红木箱里，他当着我们的面不停地啃馕，直到睡觉。

而对我来说，最舒服的莫过于躲在被窝里做白日梦，在不受打扰的世界里，展开想象的翅膀飞向远方。听着淅淅沥沥的雨声，感受怦怦的心跳声，最好的享受莫不如此。我在想象的世界里领略世间美好，甚至会忘记自己饿着肚子，身上还盖着单薄的毯子。有时，还没有想够就睡着了，哎呀，最甜蜜的梦啊……

我经常梦见阿丽腾，我们总是在天空飞，看见闪烁的星星，手拉手飞过云朵。但有时，拜木棱突然会从乌云中冲出来，将阿丽腾夺走。我精疲力竭，一直向下掉落……我突然惊醒，睁开眼睛，看见自己躺在床上。真舍不得梦里的美好世界，我躺在床上继续闭上眼睛，也回不到刚才的梦境里。我还会梦见蟒蛇、神龙，还有拜木棱追杀我，醒来后整个人无精打采。

很多人不喜欢阴天，而对我来说，那是一个想象的世界，我喜欢阴天和下雨天，一个人坐在窗边遐思。

加热克朱力都孜在做数学题，“跎子”在吃馕。我坐在窗户边，看着十一月的秋风吹着街上的垃圾纸屑和落叶，一群乌鸦叫嚣着飞来飞去无法停落在一棵老白杨树上。树下飘落了一张纸，上面有蓝墨水写的密密麻麻的字，会不会是我写的那些诗歌？

我写了一些诗歌，都是写给阿丽腾的。加热克朱力都孜，阿丽腾和我经常聚在白桦树下复习功课。在这棵老树下，我为阿丽腾写了第一个小说。不过，除了我自己，没给任何人看，也没让阿丽腾知道。

那一年的秋天，拜木棱的弟弟从阿拉木图学院毕业回来，给高年级上文学课。他名叫阿勒玛泰，三十出头的样子，皮肤黝黑，又瘦又高，高扬的眉毛下，一双幽深的眼睛显得特别忧虑，脖子上是一道一道蜿蜒的伤疤。阿吾勒的人们，尤其是孩子们，都善于给别人起外号，他一来，大家都叫他“伤疤”。不知是因为性格稳重还是孤僻，阿勒玛泰不怎么讲话，对学生从不喊叫，课却讲得很棒。除了一个考勤本，阿勒玛泰从不带什么资料或书本，似乎所有的知识都在他脑子里，他讲起课来娓娓道来，引人入胜。

不知为何，从见到他的那天起，我就很喜欢他。我总是渴望听他讲课，听他讲文学对我来说就是一种享受。我想引起他的注意，课堂上我表现积极，他一提问，我会立刻抢着举手："老师，我来回答。"不过，他从不给我满分，一般不超过 4 分。班里有些耍聪明的孩子，靠着死记硬背，反而会得到满分 5 分。比起他们，我对文学的悟性高得多了。我心里有些埋怨："阿勒玛泰老师，您怎么看不清谁才是真正的人才？"

有一天下午放学后，老师让我留下来。他把教室门关紧，坐在我身边，把手搭在我肩上，久久地注视了我好一会儿，语重心长地说道："孩子，我看你有些早熟！"他说得突然，我一下子没明白他想说什么，我抬头直视他的眼睛，他那苍白的脸上毫无表情，忧伤的眼睛转向脚上的鞋子，他看得那么仔细，像在找一根针那般细心。他用修长的手摸了摸我的头，我感到头顶似乎有冰冷的水滴一样，感觉很不舒服，我推开了他的手。阿勒玛泰也感觉到自己的行为有些唐突，显得很尴尬。

"阿丽腾是你的亲戚吗？"他问道。

"不，不是。"

"我的意思是，你们是老乡吗？"

"不，不是。"

阿勒玛泰站起来，走到讲台前，拿起考勤本子，不停地翻。好像在找什么似的，但又立刻转身走向我。

"你是不是对我有些埋怨？"他问道。

"为什么？"我说。

"因为我没给你满分。"

"没有，"我说。

"一定是因为这样吧！"

"不，不是那样的。"

"那好，我希望你不要让自己和别人比较。谁怎样，我再清楚不过了。有些人上学，是为了拿毕业证，他需要高分。还有些人，比如你，梦想成为文学家？

有梦想就好。我欣赏的就是这类学生。对学生来说，这是最高的评价。老师给你的分数，永远无法衡量你对文学的热爱。其实，最可贵的是你的文学梦，你对文学的热爱，你想过没有？”

“我没想那么多。”

“听说你在写小说，是吧？”

“谁告诉您的？”

“孔木沙拜告诉我的。”

“我没写过。”

“尽管……”他说。

“我从没写过什么。”

“你喜欢哪个作家？读谁的作品多些？”

“能找来的都读。”

“我给你一本很有趣的书，要不要看看？”

“我想看看。”

“那去我家。”

我随着老师第一次去了拜木棱家，房子布置得非常漂亮，从进门的地面到墙上都挂着精美的地毯，我没敢踏进屋来，脚上的破皮鞋让我不禁往后退了一下。

这家人刚用过晚饭，拜木棱像肉墩子一样，枕着两三个枕头，躺在大炕正上方。他身上的衬衣已经油得可以挤出汗水，汗水从胸口流到肚子，像发汗的马肚子一样显得油黑发亮。拜木棱突然转了个身，把头顶的厚毛巾拿过来，压在出汗的腋下不停擦汗。他老婆手拿着盛满包尔沙克的盘子，看到我的刹那，她愣住了。

“你怎么来了？”她盯着我的脸，没等我回答，我已经感到她认为我是来蹭饭的，因为她手抓了一大把包尔沙克给我。我又羞又恨，真想一脚踢翻她的盘子，可惜我还不敢。这时，阿勒玛泰从另一个房间走出来，他朝自个儿嫂子瞪了一眼，有些生气地拉着我的袖子："来，到这儿来。"他几乎是拽着我进了他的房间，并递给我一把椅子。待我们坐好后，他喊了一声："给我们送饭来。"

不一会儿，刚刚那个盛满美食的盘子被端进来，一大盘子香喷喷的羊肉，阿勒玛泰皱着眉头送走他嫂子后，转过身亲切地对我说："好了，孩子，我们边吃边聊吧。"

不过，我没向盘子伸手，因为刚才的侮辱，我一下子没了食欲，摆在眼前的似乎不是美食，而是一堆凝结的血，我身体发冷，像受了刺激一样不好受。阿勒玛泰也不太自在，他胡乱吃了几口包尔沙克，就把盘子推向一边，站起来，推开椅子，弯腰从床底下拉出一个大大的皮箱，翻出一本封面被撕烂的旧书放在桌子上。我注意到书面用拉丁语写着《哈萨克语》。我并不稀罕这本书，眼前这本书，别说是旧的，新版本我也读过。我心想，何必要送这本书？阿勒玛泰似乎看穿了我。

"我要给你的好书就是这个，第一，千万别弄丢，这本书是朋友送我的。第二个请求，不要给任何人看到，哪怕是你亲生父亲也不能，读完后悄悄还给我，听懂了吗？"

"听懂了。"

"听懂就好。"

我把书藏在怀里直奔学校，把书翻了半天也没找到什么有趣的东西。我把书翻了十几页，里面讲了短句结构到复句种类等语法知识，尽是熟悉又枯燥的内容。我心里嘀咕，不就是一本普通的语法书吗，老师为何非要让我看这本书？我继续翻着，突然发现第十页语法知识断了，第十二页开始这样写道："我们从阿吾勒出来的时候，太阳也在往西边下沉。"比起其他页面，这页磨得更破旧，颜色发黄，甚至被胶水粘过。我开始读起来"飘动的黑云，像迁徙的驼队连续不断地往南方移动，太阳渐渐浮上来，开始播撒温暖的阳光。但是，从北方刮起的冷风，用它特有的锋利穿透我们单薄的衣服，冷得发抖，让旅行者感到九月已经来临。我们是两个人……”这些美妙的文字，直到现在我都可以整段地背诵下来，不仅是这一段，整篇小说，我都能背下来。

我一直阅读到深夜，完全沉浸在书中，偶尔感叹：“哦，《曙光美人》！”如果不是管理员来赶我，我可能会读到天亮，我把书藏在怀里跑回宿舍。连加热克朱力都孜都没发觉什么，我把书塞到衬衣里，藏在被窝里读啊读，一周之内，看完了整本书。

这些小说没有题目，也没有作者。一篇小说从哪里开始又从哪里结束的，难以分清。刚刚读到有趣的地方，就会出现一大片的语法概念，直到十几页后才找到接下来的内容。我像刚出生的羊羔啃食春天的嫩草一样，如饥似渴地埋头读书。直到现在，我都清楚地记得这段刻骨铭心的读书时光。

还记得，书中讲述阿吾勒的故事像电影一样令人印象深刻。书中有好人坏人，老的少的，性格各异，或粗暴，或温柔，或调皮，有本分的老实人，也有热情奔放的年轻人。我仿佛和书中的人物一起生活，一起呼吸，我甚至能感受到“曙光姑娘”的绝望和悲痛，我同情“阿布德热合曼”的命运，我喜欢像我家“老头”和奶奶一样的“阿依兰拜”在厨房干活儿，仿佛听到“阿依达尔别克”和“再那甫”的悄悄话，欣赏“阿木尔江哥哥”讲的故事，赞叹“胡尔木拜”的男子汉气概。

读书让我忘了一切，赐予我一对想象的翅膀飞到很远的地方。我仿佛来到另一个世界，一个让人震惊又给人安慰的世界。我还记得自己想象着书中讲述的生活，总是后悔没有早十五年到二十年出生。

我很好奇，究竟是怎样的一个作家，能把一个世纪的历史和生活如此栩栩如生地讲述出来。我对每一篇小说都是再三阅读，读到眼睛发涩，直到熬夜把《曙光姑娘的墓志铭》整篇抄下来。

直到现在，我都感谢这本发黄的书，给我传递了哈萨克语言魅力的《哈萨克语》，无法忘记我整天把书藏在怀里，如痴如醉的那副样子。

阿勒玛泰为什么藏着这本书？封面有什么秘密？这些问题总是困扰着我，当我向阿勒玛泰提出疑问时。老师并没有太吃惊，他拿起这本书，问道："你读过契诃夫的作品吗？"

"读过。"

"那么，这些小说就是哈萨克的'契诃夫'写的。"

"他还活着吗？"

"不太清楚，到时候你自然会知道的。"

阿勒玛泰只给我说了这些。

我回到宿舍，实在找不到藏书的地方，我不敢相信任何人。只好把棉衣里子扯开一些，把书藏进里面，再缝起来。平时，我把棉袄枕在头上。我睡觉时，哪怕听到一点儿动静，都会惊醒过来，似乎害怕有人把棉袄撕开，拿走《曙光姑娘的墓志铭》。为了不让别人看见，我总是会去人少的地方，把手抄书从棉衣里取出来，如饥似渴地阅读。我期盼着有朝一日能见到小说的作者，让他看看我的手抄本，那该多幸福啊！有时，我安慰自己："对了，如果我能去阿拉木图，兴许会见到伟大的作家。"只是，我的这线希望，在十年后彻底破灭了。

有时，人会不知不觉地渴望一些东西，无缘无故地激动和兴奋，无意中期盼一些莫名的感觉，渴望得到安慰。世上，到底有没有一种神秘的力量能够满足人的所有愿望？如果有的话，那是一种怎样的力量和魔力？会是爱情吗？以我看来，这个问题的答案恐怕是最智慧的哲学家和诗人都难以找到准确答案。这是一种人类所特有的情感，不易显露的，只有他自己能够理解和体会，独属于人的精神现象。

我也经历过这种奇妙的感觉，但是，你无法把它写在纸上。人的不足之处在于关乎心灵的秘密不要说让别人体会，恐怕连自己也无法表达。所以，我们心中哪怕存有再美的愿望也无法影响别人，为此，你不能发出"你为什么不理解我"这样的埋怨，怎能怪别人呢？孩童时代，没人给我指明道路，也没有给别人说：哎，这孩子也许将来会大有前途，他会成为一个对社会有用的人。我不过是个孩子，一个为生存而挣扎的孤儿。大家不都是为了生活而奔波吗？有什么可说的？谁不愿意好好生活，谁愿意去死？上天给了我生命，对我来说，这就够了，做什么样的人，那就是我的事了。除了这些，还有什么可求的呢——也许，关于我，阿丽腾或许是这样理解的。也许，她真的把我当做孩子，当成她弟弟。她心疼我，关心我，甚至可怜我，但从没有把我当做同龄人，从未向我诉说她内心的秘密。我为她而跳动的心，她明白吗？她能感觉到吗？谁知道呢，也许，她把这些仅仅当成孩子的心意，当成孩子的天真！

能理解我和开导我，比我年龄大的只有阿勒玛泰。但他也从来不直说什么，不出什么点子，他只是从我眼里读懂我的心罢了。他借书给我以后，也没有和我交流过。就这样，他在我眼里，是最亲切，最孤僻，也是最神秘的人。

阿勒玛泰的确是一个神秘的人，我甚至可以从他眼中看到那神秘的闪光。他那不起眼的身体和长相，只有一处吸引人，那就是他的眼睛。他那显得深邃的有穿透力的炯炯有神的眼睛，这双眼睛在上课时，时刻监督着我和阿丽腾的一举一动；在批改学生作业的时候，也盯着我们；无论在课堂还是其他时候，他那双眼睛总是严厉地监督我们，让人觉得浑身不自在。阿丽腾仿佛也感觉到什么，只要我想和她说话或做些什么，她会暗示我“他在看”，在课桌下碰碰我的脚。

阿勒玛泰平时不合群，总是独来独往。他上完课后，不去其他地方做客或游玩，总是弓着背缩着脖子直接回家，走路时眼睛直勾勾地盯着地面。夜深人静的时候，他会独自一人来到学校，打开空荡荡的教室门，一个接一个看。总会碰到我、阿丽腾和加热克朱力都孜三个人，他也不说话，在我们身旁站一会儿，又默默地走开。

不管怎么说，这个人天黑来学校肯定是为了监督我们。

因为，在寄宿学校里，只要老师或指导员看见男生女生在一起，就会像看到狼和羊在一起似的担心和反感。男生和女生只能在教室里上课时共处一室，老师们却会严格监督学生们的一举一动，也算是一种“过分的保护”。但凡学校里传出“哎哟，哪个男生和女生说悄悄话了，哪个女孩子朝着男生笑了”等传言，学校会立刻召集会议教育和收拾“故事”中的学生。那些令人“尊重”的老师，嘴上赞颂友谊和人性，却生生把男女生划成两个不可交集的世界，这种生硬的教育，给我们幼小的心灵撒下了怀疑和厌恶的种子。很多年后，当我回忆起那学生时代，心里依旧有一些后怕和悔恨的感觉。

当时的男孩子，就算心里有多么爱慕那些女孩子，脸上都会表现出无所谓的样子，甚至无故讽刺和嘲笑女生。男孩子们故意表露出粗暴的样子，故意贬低女孩子们。在男孩子们面前，女孩子们也学会了“害羞”和“胆怯”。孩子们的这些行为，都是为了讨老师和指导员的喜欢，迎合他们的要求，或者是为了不引起他们的怀疑而故意作秀。我们心里都很清楚，这些奇怪的行为背后，有多少火焰被浇灭？那些闪亮的眼睛里，又有多少秘密没有被道出来？多少真挚的情感和梦想就这样被深深藏起来。不敢相信，我们中有多少人就这样失去了纯真的爱情？

人生也分春夏秋冬，美好和坎坷的经历都会铭刻在内心深处。若干年后，当我们回想往事的时候，我们最先想到的还是那些最甜蜜的爱情或是最刻骨的痛苦。无论你是否被爱情灼烧，或为人生的坎坷痛苦过，当那些时光转眼过去后，你再向往和呼唤，它也不会回头，仿佛什么也没发生过。好像一个空白，只是漫长人生的一段回忆罢了。

也许因为年少，我有些记不起那个漫长的冬日。既然这样，这段往事，先搁置一边吧。我讲得乱了，还请读者谅解。当然，我的故事依旧离不开阿丽腾、阿勒玛泰、哈勒马太、加热克朱力都孜和“跎子”。

阿勒泰山的春天来得有些晚。孩子们盼啊盼，春天才姗姗而来。温暖的春天赶走了严酷的寒冬，给大地带来了生机，让大自然变得五颜六色。巍峨的阿勒泰山以独特的风光，吸引着世界的目光。春天，是阿勒泰山最美最吸引人的季节。在春天，你会领略到故乡的美，故乡的亲切，会感到故乡的伟大，从而为生活在这里感到自豪。

我的故乡阿勒泰山，整个冬日都在沉睡，到了春天，它随春风而苏醒。我们脱下皮袄皮裤，走向大自然。春天是最繁忙的季节，我们焦急地等待考完试的那一天，孩子们厌烦了上课，恨不得逃出教室的四面墙，学习让时间变得漫长，一天像一星期，一星期像一个月。

待一个学期的学习和考试结束时，大部分孩子离开学校，校园变得空荡荡的。就像羊群被分开时留下的是一些瘦弱病残的羊，留在学校的还是一小撮“孤儿们”。其他孩子兴高采烈地回家时，我们几个则孤独地留下，无处可去。此刻，你再安慰自己也无济于事。因为你会强烈地意识到在这个世上没有迎接你的亲人，没有拥你入怀的父母。这个时候，你会感到被世界抛弃，周围一片黑暗，仿佛心中燃烧着无名的火。好像谁伤了你的心，一种被侮辱和悲惨的感觉包围着你，总是感觉透不过气来。你会深深的记住自己是“孤儿”的标签，人们常说身为“孤儿”的孩子性格孤僻，爱记仇，也是有原因的。

还记得七月的一天，我们为学校割草。我和加热克朱力都孜骑着青色短尾马拉草，偶尔会去集体农庄的奶牛场捎来酸奶解渴充饥。我每天的生活是和青色短尾马一起劳动。这个不争气的家伙，我赶它去草场，它却喜欢跑进学校的公园或者趴在集体农庄破牛棚的泥地上躺着。这个怪物，跑起来无影无踪，让人追也追不上，马背上也是伤痕累累。

一天天没亮，我还在沉睡中，就有人把我捣醒了。一睁眼看到凶狠的管理员，他把我祖宗八代大骂了一遍，原来青色短尾马闯进了学校的公园。他不听我解释恶狠狠地举起皮鞭。管理员的骂声吵醒了其他正在沉睡的孩子，连邻近房子的女生也起来了。卡米拉大姐为我辩护道：“你一大早喊什么，满嘴脏话，你能拿一个会跑的牲口咋办？难道让孩子白天黑夜跟在马屁股后面不成？哎哟，你咋这么凶？欺负一个可怜的孤儿！”

“我管不了那么多的孤儿和瘦弱病残！”

刻薄的管理员顺带讽刺了所有人，包括卡米拉大姐是瘸腿的寡妇，故意提醒她别管闲事。

受到羞辱的卡米拉大姐被气得掉下眼泪，坐在那儿一句话也说不出来，好一阵，她才发出声来；“上天自会惩罚你的！我还能说什么？”她长叹一口气，转身走过去拿起火钳翻炉子。

管理员再努拉的模样可怕极了，眼睛红红的。他气急败坏地对我说：“下次再让我看到那个牲畜跑到公园里，我就打断你的腿。”他用裂开的皮靴子狠狠踢了一脚正在吃杂食的小黄狗，小狗发出一声尖叫，躲到女孩子们挂衣服的架子底下。

这时，阿丽腾进来了，可能因为匆忙起床，她的衣服扣子还没有扣好，头发也没梳。阿丽腾走过来一把夺过再努拉手中的皮鞭，大声说道：“您这是干什么？怎么像冲进羊圈的恶狼，把所有人都吓坏了。你欺负谁啊？快骑上你的马，离开这里吧。”

面对突然的质问，再努拉有些招架不住：“嘿嘿，哼哼，你这个黄毛丫头，敢对我说教！”不过，他很快反应过来，吼了一声：“你又是哪儿跑来的，你算哪根葱？”阿丽腾气得转身把拴在桩子上的再努拉的马抽了两鞭，马儿往后退了两下，拉断了缰绳，沿着山沟跑去。再努拉气得脸上的汗毛都竖了起来，但他又不能对女孩子动粗，只好紧绷着脸狠狠回了句：“丫头，等着瞧吧。”他气急败坏地走了，没来得及拿走还在阿丽腾手里攥着的鞭子。

我站在那儿，并没有感到解脱，相反却感到侮辱和羞愧，我怪自己的无助和脆弱。身为孤儿被人欺负时伸出援手的不是我的亲戚，也不是一个男子，而是一个弱女子。管理员的一鞭，没有伤到我的身体，而是打痛我的自尊心，唤醒了藏在体内的男子汉意识。

太阳缓缓升起来，早晨的凉风已经没那么冷了。

孩子们在割草，从树林里传来一阵阵割草声，我还蜷缩着躺在毡房里，卡米拉大姐已经来了两趟叫我去吃饭。

我听到卡米拉大姐在屋外说道："哈斯木，俗话说：不要为了小人的愚蠢而停止自己的脚步。赶快起床吃饭，把马车套上到牧场拉奶子去，要不然我没法准备中午的面条。那个库木什拜去打草了，怎么办？不行的话，你和阿丽腾去吧！"

马车在蜿蜒的小路慢慢晃动着，草场的露珠已被太阳晒干了，蚊子开始黑压压地扑过来，青色短尾马不停地用短尾驱赶蚊子。老鼠从干枯的树墩子里不停地穿梭着搬运树叶，受惊的老鼠刚把嘴里的叶子放下，藏在暗处的第二只老鼠立刻把留下的叶子搬走。花白啄木鸟不停地戳着树皮，偶尔用尖尖的嘴在树干上蹭来蹭去。一只黄雀从一棵树跳到另一棵树一路跟着我们，欢快地叫着，也许附近有它的鸟巢。阿丽腾耷拉着双腿坐在马车中间偶尔哼哼歌，沉浸在自己的世界中，她在想什么呢？

最近，阿丽腾的心情也不太好，哈勒马太家族总和她过不去。从上次拜木棱的历史课让她考试不及格，后来在他老婆库里帕西的请求下总算给了及格，那女人就开始不停地要求阿丽腾干这个干那个。现在倒好，一个多星期了，阿勒玛泰经常来这里，他帮阿丽腾打草堆草，想法靠近阿丽腾，不离左右。我注意着他的每个举动，每看到他出现，我就会感到烦躁，不由得嫉妒他："这个坏家伙，干吗总缠着她不放。"我骑着青色短尾马拉草，阿丽腾和阿勒玛泰装草。我以最快的速度拉草，就是为了尽快回到他们身边，阿勒玛泰当然不喜欢我这么快回来，他用责怪的口气对我说："你想把我们累死，你干吗要那么着急呢？慢慢来啊。"我一听这话，更来气了，为了和他作对，我使劲用鞭子抽马，让马跑个不停，从早忙到晚上，自己也不清楚在干什么。直到阿勒玛泰回家，我才算松了一口气。

有一回，阿勒玛泰走后，我看到阿丽腾坐在草堆边流泪。我想过去问她为什么哭，又不敢问，只好默默在她身边站了一会儿。最后，我打算不打扰她，一个人来回装草运草。她好像也没察觉到我，脸上挂着眼泪一动不动，当我再次回来时，她却笑着迎接我，让人丝毫也察觉不到刚刚还流泪的痕迹。女孩子真怪，一会儿愁眉苦脸，一会儿又是欢声笑语，一会儿大发雷霆，一会儿又变得很温柔。那一天，阿丽腾陷入沉思当中，显得很沉重。晚上她召集女孩们唱歌，都是一些忧伤的歌曲。阿丽腾和其他女孩子坐在草地上，歌声不停，我尽量做到不理会，不去想她，但我整个的心都在她身上。

阿勒玛泰自那次走后，再也没来这里。

突然，我听到踏草声，阿丽腾站起来了。我甚至能感觉到她的呼吸声，没错，就是阿丽腾的呼吸。长这么大，我第一次感受到一个人的呼吸会如此温暖，像火一样燃烧，让人全身发热。我感觉到阿丽腾想和我谈谈，她会对我说什么呢?

“哎，哈斯木，为什么不吭声。”

“没什么。”

“把马车缰绳给我。”

“为什么？”

“你休息吧，你不停地抽打，也累了吧。”

她并排和我坐在一起。从我手里拿过缰绳和柳条，说：“听话，你休息吧。”

马车动了，她那温暖的气息好像烧热了我的脸。我感到有些不自在，虽然和她同桌一年，天天在一起，却没有产生过这种感觉。这样也好，我多么渴望和她并排坐在马车上，永远走下去。但是，我不敢对她说出来。她再次劝我：“听话，你好好休息。”她削瘦的面庞有些红润，“草铺好，你把头放在我的膝盖上，躺下。”

我眼前只有她那双温柔的眼睛，全世界好像都在这双眼睛里。我感到有些头晕，一片模糊中，顶天的松树，蓝色的天空，仿佛都是阿丽腾明亮的眼睛。一只雄鹰在高空盘旋，我仰躺在马车上，盯着天空，一动不动，我害怕稍微有些动静，就会惊醒什么，我浑身颤抖，心跳得厉害，似乎要跳出我的胸膛。

马车悠悠地晃动着，松树好像在为我们指路。天空变得更蓝了，雄鹰依旧在高空飞翔。我闭上了双眼。陪伴我的，是那蓝蓝的天，飞翔的雄鹰，阿丽腾的笑脸……突然，我感到额头一股暖流，那是阿丽腾的手。她在抚摸我的头发，我的脸开始发烫。

“哈斯木！”

“嗯。”

“为什么不说话？”

“嗯。”

“想什么呢？”

“没想什么。你呢，为什么不说话？”

“我在想一些事儿。”

“想什么事？”我问。

“我在想，再过五年十年，你会成为什么样的男子汉。”阿丽腾说。

“嗯。”

“将来，你想成为什么样的人呢？”

“没想过。”

“你呀，还是个孩子，怎能不考虑将来？要我说，你高中毕业后会去阿拉木图当老师，或者成为工程师，要不然当个作家。不管怎么说，你总该有个梦想吧。”

“你呢？”我问。

“哎，别提了，女孩子的命运都一样，哪有选择的机会。”阿丽腾叹了口气。

我睁开眼睛，她正盯着我。她的胳膊搭在我胸膛上，两条辫子顺着落在我身上，被太阳晒热的发辫刺得我鼻子有些痒。眼前，是她那双温柔亲切的眼睛，扬起的眉毛，稍稍颤抖的嘴唇，我再次感觉到那种温暖的气息。第一次，我意识到她是最亲的人，我打算向她倾诉我所有的秘密。

“阿丽腾，我想给你说个事儿。”

“嗯，说什么？”

“告诉你，我在想什么。”

“不，不要说，还是不要说出来。”

阿丽腾俯下身子亲了我一下：“对你，这个就够了。”她紧紧抱住我的脖子搂在怀里。我把头埋进她的怀里，无助地哭了。也许，我的眼泪，也算是一种安慰。与此同时，我也感觉到阿丽腾将成为我心中永远无法触碰的梦，离我越来越远。似乎只要我一松手，我就会永远失去她，一辈子陷入遗憾当中。这一刻，也是我一生中再也不会遇到的甜蜜时刻……

阿丽腾被拜木棱的老婆留下帮着干活，我骑着青色短尾马独自一人回去了。我心里总有一种说不出的悲哀，不想吃东西，也不想说话，一时间我对什么都不感兴趣。

到了黄昏，突然变天了，下起了倾盆大雨，还夹杂着冰雹。我们用嫩草盖住了毡房的窟窿，早早钻进了被窝，雨下了一整夜，我也一晚上没合眼，脑子里尽是一些奇怪的东西。一早听到有人喊：“阿勒玛泰带着阿丽腾私奔了！”我还很清醒，我冲出了毡房，加热克朱力都孜也爬了起来。我们两人向着女生宿舍冲过去，是卡米拉大姐叫喊的，她昨晚因为要洗衣服回了趟村里。

卡米拉大姐悲伤地说道：“可怜的姑娘，从小没有父母，够悲惨的，看看她现在的命运。”我被突如其来的打击蒙住了，一下子不知该干什么。我还光着脚，也没戴帽子。我大声喊道：“我要去宰了那个拜木棱。”我一下子拿起了撂在炉子旁卡米拉大姐平时切馕用的长刀，往村里冲过去，我已经失去了理智。当我跑到半路时，加热克朱力都孜和“跎子”骑马赶过来硬是把我拽回去了。若不是他们挡着我，我很有可能真的会跑去把拜木棱给宰了。

回到住的地方，我一直昏睡。当我睁开眼的时候，毡房里很暗，屋外刮着风，还下着毛毛细雨。我似乎听到了洪水的声音，森林的叹息。毡房里开始漏水，滴嗒滴嗒地滴水，直到有人把一捆草放到了滴水处才停下来。加热克朱力都孜枕着胳膊在我身旁睡着了，他身边有一页纸，我拿起一看，上面有一首加热克朱力都孜写的诗：

亲爱的阿丽腾，你是无价的，
却突然飞走了，无影无踪。
你怎么投进了魔鬼的怀抱？！
真爱你的心，只能痛苦。

我曾那么爱你，
如今已毫无意义。
在这个世界上，
我还能追求什么，渴望什么。

啊，希望真的破灭了吗？
生活怎变得如此无味。
多么渴望和你一起，
走向幸福的未来。

但是，残酷的命运，
欺骗和玩弄我。
今天我伤痕累累，
还有什么未来可谈呢。

我所有的期待，
真的被残酷的命运埋没了吗？

也许加热克朱力都孜写的这些不算是真正意义上的诗歌。但在当时，那些诗句说出了我的痛苦，道出了我心中的悲哀。在我眼里，这些诗歌是最棒的，没有比加热克朱力都孜更棒的诗人。原来加热克朱力都孜一直默默地爱着阿丽腾，我把诗歌藏起来，加热克朱力都孜醒来后到处找，我一直没吭声。

那一年，我还是辍学了，加热克朱力都孜死死地拦着我，再后来，他也不勉强了。当我离开学校时，我们俩都难过地哭了。他送我一程又一程，舍不得分开，一次次拥抱。我第一次称呼他的真名：库木什拜。我把诗歌还给他，他没拿："早就知道是你藏的，还是放在你那儿吧。"

回到家乡后，我没待在家里。我让"老头儿"卖了家里的青牛，奔向了阿拉木图。听说阿勒玛泰再没回过家乡，他在达纳仁县当老师，还听说阿丽腾他们俩很和睦。没想隔了十年，突然遇到阿丽腾，不是简单地见面点个头，而是又像当年一样两人并排坐在马车上。她偶尔发出赶马声，再没说什么。马车走在泥路上，她仿佛专心听着雨声，一直沉默着。

一股发酸的草味儿冲进鼻子，马车在坑坑洼洼的泥路上摇晃着，似乎在问我们："你们俩怎么不出声？"马车颠簸起来时，阿丽腾那双长睫毛下的大眼睛猛地会看我一眼，然后，又拘束地离我远去。但是，她越逃避我，糟糕的马车就会再次把她颠到我身边。

命运如此奇妙，人生的道路就像眼前的小路一样蜿蜒曲折。在这条路上，有些人走得很顺，有些人却经历坎坷。有些人迷失方向，倒在地上头破血流。有些人敷衍了事，投机取巧，走得很潇洒。不管是哪一种情况，时间的路，人生的路，对所有人来说，还是很公平的。在这条路上，我遇到的两个人，拜木棱和阿丽腾，一个迷失了方向，另一个命运坎坷。

我们到了，整个阿吾勒看起来还挺亲切的。不知是因为大雾的原因，还是真的没有扩建，感觉和多年前没什么两样，房屋在树木当中稀稀落落。

我问阿丽腾：“阿勒玛泰不在这里的学校吗？”

阿丽腾回答：“不，他留在达纳仁县教书，我们离婚已经一年多了，只有一个儿子，我们俩还有些扯不清的事。我想把孩子带走，也可怜他独自一人。除了孩子，他一无所有。把孩子给他吧，我又舍不得，我也是一个人。”

尽管有些不合适，我还是问道：“你们为什么不和好呢？”

“我也说不清，给你怎么说才好呢？一开始就不是因为相爱而结婚的，心里总有个疙瘩吧。说实话，他也没什么错，他是个好人，都怪我，接下来的事，就顺其自然吧。”

“哎，莎拉，你过来啊。”

阿丽腾叫住了一个头戴毛围巾的少妇，她好一会儿才看到我们。阿丽腾介绍说：“这是卡米拉大姐的二女儿，已是两个孩子的母亲，和我一起放牛。”阿丽腾又说道：“凭这一点，就可以看出时间过得有多么快。莎拉，你把这堆草拉到羊圈卸下来，再把马具马鞍都从马背上拿下来，让马脖子轻松些，我先回家了，毕竟来客人了。”

我们沿着熟悉的小路走过去，当年学校的宿舍，和我们小时候一样好动的孩子们进进出出，跑个不停，一群孩子在灶膛周围玩耍。

“你们把那些木柴搬进屋里，放在外面会潮湿的。”传来了一个女人的声音，没错，是卡米拉大姐的声音。学校周围没什么大变化，只是白桦树不见了，那棵见证过我们童年和初恋时光的老树，只留下被锯过的老树墩。周围长了些小树，挺拔美丽的小树弥补了枯死的和失去的一切。

“雨天要穿胶鞋，鞋子湿了脚会受凉的。”阿丽腾的声音打断了我的思绪。“没关系的，不是快到家了吗？我会烤干的。”她又怜悯地看着我：“你怎么这样憔悴，该不会生病了吧？”

“没有，我身体很好。我这个人，从来就是这个样子，胖不了。”

一瞬间，我忆起了阿丽腾曾经那么呵护我，一股暖流传遍了我的全身。

阿丽腾拉起我的手："我们从这个巷子走过去吧。"突然，我看到胖乎乎的拜木棱朝这边走来。顿时，我心跳加快，浑身激起鸡皮疙瘩。

"这个家伙，怎么还在这里呢？"这句话怎么从我嘴上蹦出来的，我也没意识到。

"他还在这里，是牧场库房的管理员。最开始，在小学部上课，后来，他嫌收入少，就放弃了。"阿丽腾解释说。拜木棱踏着泥水，从我们身边走过。他踩着泥水的声音久久地回荡在我耳边。我总感觉这个家伙走过的地方都是肮脏的，不吉利的。

阿丽腾带我来到了阿吾勒边上一个漂亮的木屋前，打开门就看见桌旁坐着身材魁梧的库木什拜，我眼前一亮。

"啊，哦哦，是你吗？"他大步走过来抱着我，这个家伙，长得够壮的。

"哎，加热克朱力都孜，你啥时候能改掉黑夜闯进离了婚的女人家的坏习惯，我提醒过你多少次？"阿丽腾开着玩笑，加热克朱力都孜这才松开我。

"尊敬的夫人，给我一次机会，不要赶我走。哈斯木来了，我过来打个招呼，好好跟他聊一聊。"库木什拜笑着为自己辩护，"哎呀，我也是没办法，组织了一个文艺团，没人来报名，不要说歌手，连演小品的人也没有，节日快到了呀。"

"你是过来求我演出的吧。"

"那咋办？需要你帮忙啊，算了，别谈这个事儿了。哈斯木来了，快给我们说说这么多年你过得怎样？"。

"我呀，没什么好说的，平安活着就挺好的。我就是出来转转，走走亲戚，想念这里，正好过来看看你们。"

"好的，好的，平安就好。虽然这么多年没见你，但我经常留意你在报纸杂志上发表的小说，我还炫耀地拿给别人看：你们看看，这是我们家乡的作家！"

我不好意思的喊道；"哎哟，好了，别这样夸我，还是说说你吧，写诗歌写出什么没？"

“我本来就没有诗人的天赋，你知道的，我专攻数学。”

阿丽腾插了句：“他现在是一个学校的校长，还写什么诗歌啊。”

库木什拜租住在卡米拉大姐家，这么多年过去了还没结婚，他解释说：“学校事多，太忙了，也没能给你写信。”

说起老朋友写的诗歌，我的眼睛落在阿丽腾身上。她变得有些丰满，但也不胖，而是刚刚好。在树林里，她的脸有些发白，现在她整个人变得面颊红润，很有神采。

我们三人谈了很久，阿丽腾也变得像以前那样开朗起来。晚饭过后，阿丽腾收拾着说道：“哈斯木啊，你是远方的贵客，本该让你住在家里，房子也宽敞，但是，阿吾勒的习俗就是这样，不能不从。离了婚的女人家怎能留男人过夜。这也曾是你的家乡，会有地方让你休息的。”

我对她所做的一切已经心满意足，当我们道别往外走时，她突然叫住了库木什拜，我从半掩的门缝里，听到阿丽腾悦耳的声音：“把身上的脏衣服留下吧。给，这是你的衬衣，我已经把它洗好熨烫好了，你换上吧。”

过了会儿，库木什拜追赶上了我。我那早已熄灭的嫉妒之火，仿佛又开始燃烧起来。

在去卡米拉大姐家的路上，我们聊起了很多往事。我问他为什么还不结婚？两个男人一起聊天好像绕不开这个老话题。库木什拜开始有些为难，但他还是说开了：“上大学的时候呢，没有碰到钟意的人，后来发现同龄人都结婚了，连我的弟弟妹妹都成家了。随着年龄增长，人也变得有些被动，想结婚成家没那么简单。你没经历过，所以你也体会不到我的心境。”

“那阿丽腾呢？”我问。

“阿丽腾还是那个阿丽腾，你知道我一直爱着她。哎，兄弟，我迟迟没结婚也是这个原因，你也别问了。”

“朋友，别怪我问你，我也是好心。你对她谈过关于结婚的事吗？”

“我委婉表达过，阿丽腾的性格你也不是不知道，她就算心里喜欢也不会表露出来。我没敢直接向她表达心意。我只知道，我心疼她，她心疼我。”说完，库木什拜叹了口气……

又是一个秋天，我坐在窗前，天空下着毛毛细雨。十一月了，屋外刮着风吹落了秋叶，浮动的乌云，喧闹的寒鸦，都勾起我对故乡的记忆。整个世界变暗了，天空越来越矮，像极了故乡的天空。传来一阵鸟儿的鸣叫，好像是从阿吾勒传过来的一样，唤回我已经失去的金色童年。故乡浮现在我眼前，还有阿丽腾和库木什拜的模样，一股暖流传遍全身，我内心充满快乐。当你和亲人或朋友在一起时会有些冷淡，但远离他们时你却会分外思念。

此刻，我想念远在故乡的库木什拜和阿丽腾，离那次见面已经一年多了。他们俩过得怎样？我们都有各自的生活，命运给每个人划出了不一样的轨迹，我们都有一些秘密没有道出来。也许，还有别样的生活在等着我们去开启。一切都是未知数，每个人都有自己独特的人生道路。而对我来说，未来是个谜。那么，我那亲爱的两个朋友呢？阿丽腾和库木什拜，他们的生活会发生变化吗，我也不清楚。库木什拜会向阿丽腾表白吗……

哈那提古丽·木哈什译

萨伊·木拉提别阔夫

（1936—2007年）

1963年毕业于哈萨克斯坦国立大学，1971年毕业于高尔基文学院。他于20世纪50年代末开始陆续创作了《我的妹妹》《村落之火》《绿野》《小家庭》《野苹果》《寻觅朋友》《微风》等作品。他的《生命中的伙伴》《曲径》等作品被翻拍成电影、电视剧。他还创作过舞台剧剧本。

他的小说集被翻译成阿拉伯语、俄语、乌兹别克语、塔塔尔语、乌克兰语、格鲁吉亚语、亚米尼亚语、阿塞拜疆语出版。他也将许多俄语作品翻译成哈萨克语。

1990年，他的中篇小说《大雪》获得哈萨克斯坦作家协会颁发的艾维佐夫文学奖；1998年，获得哈萨克斯坦功勋作家称号；2003年，他的中篇小说《野苹果》获得哈萨克斯坦塔尔兰奖；2006年，获得哈萨克斯坦国家奖。

艾草的芬芳

1

那是被我们遗忘在回忆里的童年时光。我记忆里的男孩总是挥之不去，他皮肤黝黑，穿着黄色大衣，因为踝部习惯性脱臼成了跛子，走路一瘸一拐的。我轻闭上眼睛眼前就出现这一幕，阿彦拖着跛腿落在所有小孩的最后，就算腿脚不利落，但也不甘落后紧跟大家的样子。他用孱弱、轻微的声音说，“哎，你们快停下，今天我给你们讲一个比昨天还要有趣的故事。”在我听来，他的语气近乎渴求了。

最开始，我们这群小孩根本不知道他还会讲故事呢。他和他奶奶在 1942 年的夏天搬来我们阿吾勒，他们没什么财产，全部牲畜加起来，不过一头带牛犊的枣红色母牛罢了。阿彦的父亲上了前线，他母亲在那之前两个月离开了人世。我们阿吾勒有他奶奶的娘家亲戚，应该是投奔亲戚来了。

我们这帮小孩兵分两路，纸里包着土扔向彼此玩得不亦乐乎，来来往往的老头老太太骂声一片 :“该死的，我们的亲人在前线遭的罪还少吗，这帮兔崽子居然还想出玩战场斗争的游戏，没有别的游戏了吗? ”说罢便将我们一股脑地轰走。但等他们稍一走远，我们立马又聚集起来，接着玩起来。无风的夜里，扬起的沙土，似浓雾般笼罩在我们周围，需要很久才能够恢复此前的平静。满天飞扬的沙土里，我们艰难地睁开双眼，卖力地呼吸，喊着口号冲向对方阵营。就在我们的游戏进行到高潮时，我们的首领萨德克突然停下说，

“哎，你们看，那是谁啊？”

他指向远处站着的小男孩，穿着白色半袖，齐膝长的黑短裤，留着齐刘海，干干净净的模样。他发现我们在偷看他，神气得不得了，两手插在口袋里装气派。我们停下游戏跑向他，像从来没见过人似的围住他，别提当时那场面了，根本看不出大家谁穿着白衣服，谁又穿了黑衣服，身上都是黑乎乎的一片，不知道的还以为刚跟狗进行了一场恶战。“这是谁啊，他从哪儿来？”我们边用眼神交流着，边从头到脚打量他。他看了一眼我们所有人，仿佛看不上我们这群脏小孩似的，不屑地吸了下鼻子，一刀减齐的刘海被吹了起来。这在我们这些没有刘海的小孩看来太新鲜了，他的模样有一种说不出的可爱和新奇。

“瞧他的刘海哎，也不看看自己什么样子。”叶思科拜说。这句话并没什么可笑，但我们也礼貌对他表示了回应，窸窸窣窣地笑了起来。刚来的小孩脸变得通红，背过身去了。

“我知道了，”萨德克骄傲地说，他慢慢走到小孩面前，“哎，小孩，你们昨天才搬来吗，家里是不是有一头枣红色的牛？”

“对。”呆立着的小孩微微一笑，“有一头枣红色的牛。”

“你叫什么名字？”

“阿彦。”

大家担心自己忘记似的一遍一遍低声重复着：“阿彦，阿彦。”

“来，让我们做朋友吧。”萨德克用脏兮兮的手抓起阿彦白嫩嫩的胳膊，阿彦瞄了一眼萨德克的手，悄悄地抽回了胳膊。

“你们这里好热了，不游泳怎么受得了？”阿彦说。

“我们当然游泳了，村子那头有个水坝。走，我们一起游泳去喽。”萨德克骄傲地领着大家向阿吾勒那头的水坝走去。

阿彦跟了过来，村子里来了新的小伙伴这事对我们来说如同过节，大家争先恐后地让新伙伴发现各自的长处，所以，所有人都卖力地夸耀起自己。

萨德克说：“我能在水下憋气一直数到六十。”

“我也有像你身上这样的白上衣，被奶奶压在箱子里，藏着不让我穿。”不怎么说话的利爪库斯木说。

库斯木打架时总是趁人不备挠脸，因此我们就叫他利爪库斯木，许多小孩都怕他。只有伊斯科拜能制住他，现在也是伊斯科拜出面：“哎，得了吧你，利爪猫。你们家有黄金我们也知道得一清二楚。”说着一把将冲上来的库斯木推开。

伊斯科拜生来个子高，手脚修长，跑起步来没有人能超过他，十分爱打架，是个野孩子，他有个坏毛病，没来由地给周围人一拳，要么就是绊对方一脚，甚至还专弹人脑门，不把其他小孩打到哭着回家找妈妈，他是不会停手的。

这一刻，他也想让阿彦见识一下他的厉害：“让我瞧瞧你的指甲，我在问你话呢？”说着便绊倒了库斯木，库斯木一个踉跄摔倒了地上，膝盖蹭破了皮，他眼里含着泪又站起身来。走了一会儿，伊斯科拜结结实实地在库斯木头上打了几下，库斯木忍无可忍，伸出利爪向伊斯科拜奔去，结果伊斯科拜不慌不忙给他鼻子来了一拳，库斯木捂住流血的鼻子，哭着回家告状了。

那一天，我们直到很晚都在水坝边上嬉戏，阿彦仿佛是旧友似的，一下子便与我们亲近起来。

他是个十分善良、懂事的孩子，一看就是乖孩子，生来一副好脾气，我们很快就成了好朋友，他的过人之处在于从不与人打架，也不跟人斗嘴。有几次，调皮的小孩也试图挑衅他，又或者激怒他逼他动手，但他总是皱起眉头远离这些是非，后来他解释说：“我家里只有我和奶奶相依为命，如果我打架的话，我奶奶会骂我的。”

偶尔和我们一道打闹摔跤时，他赢了我们所有人，仅输给了伊斯科拜。

一开始，大家便知道我们会与阿彦成为好朋友。

三四天以后，闲不住的伊斯科拜也开始对阿彦耍威风了，他很想与阿彦打场架，走着走着突然对阿彦挥一拳头，阿彦战战兢兢地看着他：“别再动我了。”阿彦越是这样小心翼翼，伊斯科拜越是过分起来，一会敲他脑袋，一会绊他的脚。

阿彦忍不下去了，对他吼道，“你要打架吗？”伊斯科拜嘲笑他说：“就你？算了吧。”说着还把自己的口水吐到了阿彦的脸上，这时候，阿彦爆发了。

“我不会在大街上与你打架，走，我们去那边，要打就在别人看不见的地方打。”

“我才不去呢。”伊斯科拜又将口水吐到了阿彦脸上，“走吧，既然想尝尝你伊斯科拜大哥的拳头，那我只好如你所愿。”

他推搡着阿彦向山谷里走去，为了看他们两个人打架，其他人也跟着去了。阿彦脱下自己的上衣挂到树枝上，抓起伊斯科拜的腰部，伊斯科拜个子那么高，没摔两下，阿彦就占了下风。

但无论伊斯科拜怎么费劲，都没能将阿彦撂倒，他突然伸手拽了阿彦的刘海儿，阿彦向后倒去，阿彦倒下之际，伊斯科拜的拳头就噼里啪啦地落到了阿彦的脸上，阿彦一声不吭，只是手脚并用想要挣脱他的束缚，突然就听到伊斯科拜大叫一声，向另一边倒去，原来阿彦将他的手反扭去，阿彦不顾自己满脸血迹，立马将伊斯科拜的脸往刚被他们摔跤弄得尘土飞扬的地面狠狠地撞了几下。

“好了，好了。别再打了。”伊斯科拜大叫起来。阿彦跨过他站起来了，却再一次被伊斯科拜抓住，阿彦不给他抓住自己腰间的机会，一把将他摔倒在地，但阿彦没有打他。这一跤摔得太狠了，伊斯科拜哼哼唧唧好久没能站起来。此刻的阿彦，用泉水洗干净脸，穿上自己崭新的上衣，仿佛什么都没有发生过，潇洒地回家去了。

自此以后，没有人敢对阿彦动手了。

秋天到了，我们开学了，七到十岁间的儿童都被安排进了一年级，我们的老师伊曼江诺夫是个颤颤巍巍的、眼睛红肿的白发老头，他身体不好，从市里搬回村子里教书了。就这样，老师开始教我们识字了。

阿彦和我是同桌，第一天他就表现得智力超群。老师刚教过的字母，他立马能原模原样地写到纸上，开始背诵。后来他开始对每天只教一两个字母不满意起来。

“为什么不能赶紧教完所有的单词呢，我还想给我父亲写信呢。”阿彦嘀咕着。

当然了，给战场上的父亲、兄长写信是我们所有人的梦想，伊曼江诺夫得知我们这个心愿后也加快了课程的进度。不出一个月的时间，我们就学完了所有字母，到了能够简单拼写单词的地步。阿彦呢，他已经能够用“我最亲爱的父亲”开头写信了，他太开心了。每天放学后，他回到家什么也不干立马趴在床上，用舌头润了润钢笔，弄得满脸都是墨水，一封一封地给他父亲写信。每天能写两三封信呢。他奶奶说什么他就写什么，有时他还能自己发挥着写。

而此时，我们其他小孩还不能写完整的句子呢，大家来到阿彦面前，央求他教我们写信。

阿彦笑着说：“给，拿去吧，你们抄我的就行了，但记住一点啊，把名字换成你们自己父亲的名字。”

就这样，我们也学会了写信。每天都有二三十封信从我们的小村子寄往战场，寄到我们亲人的手中，这些信件大部分遣词一致，内容相同，甚至有些连名字都一模一样。

伊曼江诺夫好像就等待着教完我们字母就算完成使命，两个月后便生了一场大病，自此一病不起，半边身子瘫痪在床。没有新的老师代替他教书，我们直到第二年都停课了。

有一次阿彦想好好调教他的小牛犊，跨上牛背骑了上去，牛犊惊得跑了起来，背上的阿彦被甩了出去，导致脚腕脱臼，在家里休养了一个多月。这之后，阿彦的脚腕就习惯性脱臼。稍不小心，或者做弹跳动作时，就能听到他撕心裂肺的叫声：“我的天啊，我的脚腕，我的脚腕啊。”

后来阿彦再也不参与我们的打闹了，总是站在远处看着我们。

后来，他第三次脚腕脱臼时，比往常都休养得久了一些，很久没有出家门。

这时已经入冬了，我们开始了冬日的游戏。

2

我们的村子坐落于叶西科欧勒山脚下，长长的街道自上而下，冬天的时候，村子里的人不停地踩踏积雪，制造我们的天然滑雪道。虽然下了很厚的雪，但是和暖的阳光打在人身上，十分舒适，一点不觉得冷。经过一天的洗礼，傍晚时分就成为绝佳的滑雪赛道了，家里有雪橇的拖着雪橇，有冰刀的踩上冰刀，所有的小孩都跑出来。眨眼的工夫，街道上便满是小孩的身影了，欢声笑语一片。有人风驰电掣地向下滑去，有人拖着雪橇向山顶走……

今天也是滑冰游戏正激烈的时刻。晚霞给雪面罩了一层温柔的霞光，一整天村子里的牲畜没人看管，有灵性的牲畜知晓回家的路，慢慢悠悠地走下山。突然间，一阵声响从静谧的村子里传来，阿彦的家中传来了挽歌的哭声。这种时刻，小孩最是机敏了，我们生怕错过什么，扔下了雪橇就往阿彦家里冲去。还没等到后一批的人追上我们，我们已经打听到发生了什么。“阿彦的奶奶去世了。”我们迅速给彼此转告着。

穿着黄色旧皮袄的阿彦，笑眯眯的眼睛此刻失去了光芒，脸色苍白地站在大门口。邻里间的女人们在屋里哭天喊地的，阿彦硬是一滴眼泪都没有掉。我们自己小声嘀咕着，没有人跟他讲话。阿彦也无声迎接了我们，看了眼我们拖着的雪橇和冰鞋。不知道是因为太冷了还是别的什么缘故，他一直吸着鼻子，时不时地抽动身子。

太阳快下山了，阿彦依旧面无表情地看着村子里闻讯赶来哭丧的大人们，但没有一个大人理会阿彦。我们好奇地站在他周围，迫切想知道他接下来会怎样，我们自顾自地聊天，也刻意让他听到：“他奶奶都死了，他怎么不哭呢。”阿彦装作没听见，没做出任何回应。

过了会，他没头没尾地说了句：“你们想听故事吗？”也不等我们回答，自顾自地走到房子角落。

我们跟在他身后，将雪橇整齐地排列好，等着阿彦要说什么，每个人都焦急地看着他。他平静地掠了我们所有人一眼说："我来讲个有趣的故事吧？"

我们无声地点着头，阿彦将头埋在臂弯里深深地叹了一口气，陷入沉思中，接着便用低沉的声音说："从前，有一个孤儿……"

那一天他的故事直到半夜才讲完。天色越浓，故事有趣的情节越多，阿彦也舒展开身子。大家听得十分认真，甚至忘记了阿彦奶奶去世，笑嘻嘻地接连说："再讲一个故事吧。再讲一个吧。"

"不行，我明天会讲的。今天的故事到此为止。"阿彦用稳重的声音说道，他抬起头望着星空像个大人似的说，"今夜星群密集，明天想必是个晴天。"

我们齐刷刷也望向天空，星星密密麻麻的一片，每一颗都发出细微的光芒。

我们打心底里对阿彦看着星空便判断明日是晴天这个本事感到佩服，站在我旁边的萨德克惊叹地问："他怎么知道的？"

还有一个人低声在我耳边："他说的星群又是什么意思？"

"我不知道。"

但我们谁也没有好意思去问阿彦这句话的含义。

第二天阿彦的奶奶下葬了。大人们忙活完毕回程时，只有阿彦留在奶奶墓前。他今天也没有哭，雪和泥土覆盖在新坟上面，阿彦呆呆地看了一会，捧起一抔土说，奶奶，你安息吧。之后将冻坏了的双手来回在嘴边哈气取暖回了家。

那一天阿彦搬到了他奶奶的亲戚巴帕依老头家里。

我们在街上滑着雪橇，巴帕依将被褥绑在雪橇上，而阿彦赶着他的枣红色小牛向巴帕依老人家里走去。小牛不愿意离开自己熟悉的牛圈，耍着脾气，我们一群小孩跟在他身后一同赶牛。小牛双眼通红，鼻子里大声呼着气，我们都担心它会顶翻阿彦，小牛不情不愿地向前走着。但是它没有顶撞阿彦，只是用鼻子轻轻地嗅了嗅阿彦身上穿着的破旧皮袄的衣角，哞哞地叫了两声。阿彦拖着瘸腿回头对我们说："牲畜是有灵性的，它什么都懂。"

将小牛赶进巴帕依老头家的牛圈以后，我们又转回冰场继续游戏了。过了会儿，阿彦也来了。他没有雪橇，只能眼巴巴地看着别人滑雪橇。他指着我的雪橇说："我的雪橇和这个一模一样，但搬家时留在了家里。"

我不忍心看他在一旁看着大家玩，

"给，阿彦，你玩一回吧。"他掩饰不住自己的喜悦，一屁股坐在雪橇上笑得合不拢嘴，大声说，"谁来和我比一场。"说着就向山下滑去。

在我之后，萨德克、伊斯科拜都将自己的雪橇借给了他，总而言之他将我们所有人的雪橇都滑了一遍，一趟趟下来，他浑身是汗，却没有一点疲惫。

天色渐渐暗了下来，阿彦将帽子抓在手上当风扇使，说："走吧，今天我给你们讲一个比昨天还要有趣的故事。"

我们一伙人跟着阿彦来到巴帕依老头家的院子里，将阿彦围在我们中间，故事正要开始时，门打开了，巴帕依的老伴说："我说这吵吵嚷嚷的是什么声音呢，原来是你们。离远点儿，也不知道你们怎么想的，专挑人家窗户底下叽叽喳喳的，吵得人不得安生。"

我们被赶走了，在街头踌躇着不知该去哪里时，萨德克说："我知道了。我们去那边马圈的屋顶，躺在牧草上，多舒服啊。"

我们接连拍手叫好，兴冲冲地朝马圈的方向跑去。爬上马圈屋顶，将今天新打的牧草铺开，新鲜牧草发出的香味让我们沉醉其中，世界上再也找不到比这更幸福的事儿了，我们嬉笑着打闹，屋顶上传来一片欢声笑语。

就在我们所有人玩疯了的时候，阿彦轻轻吐了一口口水，制造出声响吸引我们的注意，又垫高了屁股下的牧草，坐得比我们所有人都高了点。他微皱眉头，作沉思状望向脚下的黑乎乎的山坡。我们也情不自禁一同望去。

"从前有一个孤儿……"阿彦讲起了他的第二个故事。

他声音里有一种使人信服的力量，我们都安静地听着他讲。过一会儿，马圈里传来马儿们吃草、打响鼻的声音，还有搔痒的声音。阿彦的故事讲到高潮时，传来的声音显得越加神秘。我们周围变得奇妙、魔幻，我们开始忘记自己究竟身在何处。

那天以后，我们每天傍晚都在马圈屋顶集合。第二天萨德克又不老实了，他从家里偷出来半张报纸和一把烟叶，有模有样地将烟卷成细长条，用口袋里唯一的火柴点燃，吞云吐雾地听着故事。

坐在萨德克旁边的库斯木忍不住了："哎，拿来让我也抽一口。"毛手毛脚的库斯木被烟呛得咳嗽个不停，我们都笑话他，他羞得恨不得找个地洞钻进去。

"哎，你这个傻子，不会抽，你装模作样什么呢。"

伊斯科拜说："来，萨德克，让我抽一口。"伊斯科拜没有被呛到，他先是将烟吸进嘴里，又慢慢地从鼻子吐出来，炫耀着如何抽烟才对。之后我也抽了一口烟，最后的结果就是我们每人一口抽光了萨德克的烟。

第二天我们每个人都从家里偷了报纸和烟叶出来。卷好烟以后，竞赛似的比谁抽烟快。边抽烟，边听阿彦的故事，仿佛故事都更加有趣了。家里人知晓了我们抽烟的秘密后，将烟叶藏在了不易发觉的地方，但我们总是能找到办法。

"我说，那个吐达胡力不是总抽晒干的马粪吗？"自此以后，我们每人的口袋里总装着晒好的马粪。就这样，听阿彦讲故事时我们嘴里总是吐着马粪烟。

那都是些神奇的故事……世界上最好的形容词：勇敢、美丽、善良、智慧，总之人身上所有极好的品质都在阿彦讲述的故事之中。当阿彦讲到关于英雄的故事时，我们这群乳臭未干的孩子常常想象自己是冲锋陷阵的大英雄，我们除了双筒枪外哪儿见过什么刀光火影的利刃宝剑呢，但听到阿彦的故事时，什么机关枪、大炮在英雄手中的宝剑面前都显得不值一提。

"我要是有那样的宝剑，就在战场上把法西斯们杀一个片甲不留。"伊斯科拜说。

"要是我的话，我只会砍他们的头。我在战场上正威风呢，我父亲突然出现在我面前，那该多好啊。"萨德克用期盼的语气说道。

我们每个人都梦想着自己在战场上会怎样英勇杀敌，找到父亲兄长与他们团聚。

不知道是不是因为阿彦自己是孤儿的原因，他的故事主人公多是孤儿。刚开始讲述孤儿悲惨命运的故事时，周围山谷里总发出些声响，我们担心周围遍布着巫婆、鬼神和独眼怪兽们。

恐惧席卷我们四周。山口吹来的风会变成好几种不同的声音传到我们耳边。一会儿像是哭声，一会儿又像是凄厉的哀嚎。我们时刻准备着逃走，以防有人发出呼救声时，自己被落在后头。

神奇的故事啊……一夜间我们抽了两三支烟。最后冻得全身发抖，上下牙打起架来，手指冻得都卷不了烟了。但不等阿彦的故事讲完，我们是不会想着离开的。

直到故事结束时，我们才能够长舒一口气，舒展开身子，伸一伸懒腰，为孤儿最后过上了幸福的日子而真心祝福。

有时候阿彦会给我们讲笑话。这时候的我们，全然忘记了冬夜的寒风，被阿彦的笑话逗得捧腹大笑，分不清脸上的到底是眼泪还是鼻涕，在马圈屋顶笑得人仰马翻。这时候的我们，也会忘记这个世界上还有战争，会忘记我们各自的兄长父亲在西方战场上厮杀。

阿彦，求你了，再讲一个这样的故事吧。

但是无论你怎样哀求，阿彦一夜只会讲一个故事。讲完他就起身，拍干净身上的尘土说："夜深了，很晚了，你们以为一夜间想出两个故事来是件容易的事儿吗？"

我们知晓所有的故事都是阿彦一个一个自己想出来的，却总是不以为然。我们只知道，阿彦每天要想几个故事，晚上的时候必须讲给我们听，而我们需要做的仅仅是坐在旁边听他讲故事就足够了，并不在意想故事究竟是简单或者是难。聊起这回事，也会想阿彦每天能想出一个故事来，那想必也不是什么难事吧，只不过我们大家不懂编造一个完整故事的办法罢了，至于编故事需要用什么办法我们就全然不知了。我们一天到晚只知道拖着我们的雪橇从街道的这一头到另一头。到了晚上，满头大汗的各自提溜着浸湿的毡子去马棚房顶。

最开始我们每天都很乐意给阿彦玩我们的雪橇，但后来，我们也小气起来。就算只借他滑一回，也受不了其他小孩玩得那么开心，而我们只能眼巴巴地看着的情况。渐渐地，阿彦每天只能玩一回雪橇了，而这一回也都是游戏接近尾声时，我们其中的一个说："给，阿彦，你玩一次吧。"

阿彦也不再像从前一样开心了。红彤彤的小脸慢慢挪过来小心地接过雪橇，滑完又小心翼翼地还给对方。之后他就将鼻子埋在旧皮袄的臂弯取暖，寒风中他的脸被吹得毫无气色，站在一旁静悄悄地看着我们玩。巴帕依的老伴儿："哎，阿彦哎，你在哪儿呢，把牛拴起来，再把鸭子们关回笼子里，接着给马饮水去。"这时的他总是依依不舍地回头看向我们，无奈地回家去，好长时间后才能再回来。

他每天焦急等待着的，便是日落时分了。那时他脸上熟悉的红晕才会再现。

"走吧，今天我给你们讲一个比昨天还要有趣的故事。"

有时他白天也会邀请我们听故事。

"我不明白滑冰到底有什么好玩的，只会磨破衣服。"他撅起小嘴一副看不起雪橇的表情。这时你央求他玩一回雪橇，他也不会搭理的。一旦这样，滑冰的快乐就不复存在了。"说真的，我的皮窝子都冻僵了，我们快去马棚吧。"我们商量着出发去往马棚。阿彦听罢，变本加厉地嫌弃雪橇。之后又看看我们的脸说："就这也算雪橇吗？如果这世界上有前面亮着灯，能够双手驶舵，上坡下坡都能自如行驶的雪橇就好了。"

"得了吧，哪有那样的雪橇啊。"

"怎么没有，英雄阔布兰德的坐骑还是能飞的骏马呢。那这个世界上也有上坡下坡一点不碍事的雪橇。"

没人能再跟阿彦争辩了。谁知道呢，可能真的有这样的雪橇吧。

那时候的我们每个人都想象着自己能有一个像阿彦所描述的雪橇。

3

阿彦的性格很是有趣，有一次，我入睡前从屋子里出来撒尿，听到有人在大街上滑雪橇的声音，静谧的月夜下街上有一个滑雪橇的身影。禁不住好奇，我跑近一看，多有趣啊，原来是阿彦！月光下一切都更加清晰了，他面色红润，两肩因兴奋微微动着，轻轻呼着气。大衣前襟敞开，衣角随风飘动，正向山顶爬去。他看见我，转身喊道："快来，一起玩吧。"

"算了吧，深更半夜的，哪个正常人会滑雪橇啊？"

"当然有。你不知道在明亮的月夜下滑雪橇是件多么惬意的事情。这时候雪橇可会生出翅膀来呢……"爬到山顶的他，再次如流星一般快速向山脚冲去，发出的声响唤醒了村庄。我站的地方刚好有个小陡坡，阿彦飞速冲过时犹如脚底生风，潇洒得不得了。他大张开手臂："冲啊！"

在我看来，那雪橇真的就像长出了翅膀。我跑回家在漆黑的房子翻箱倒柜找我的雪橇。

"家里这是进贼了吗？"奶奶赶紧跑出来，一看是我，看到我拿着雪橇的样子说，"你又准备干什么好事去？"

"我要去滑雪橇。"

"进屋去，这大半夜的说什么胡话呢，这孩子是不是见鬼了？"

"阿彦就在大街上滑雪橇呢。"

"阿彦 ... 闭嘴吧你。还阿彦呢，赶紧把雪橇放下。"奶奶夺过我手中的雪橇扔向角落，抓着我的衣领就把我提溜进屋里，"赶紧睡觉去，明天也能滑。"

我像受了惊的老鼠似的与爷爷并排躺下，久久不能入睡。那从街头滑向巷尾的风驰电掣的声音仿佛就从我家屋顶传来，无比清晰地传进我耳朵。那一夜我梦里的阿彦和他那自如滑行不受阻碍的雪橇一起。

就这样，阿彦想出了一个完美的方案，他每天早早地将新故事讲完，借走我们其中一个的雪橇，直到深夜都享受着独自滑雪的乐趣。

那是个阴天，冷风肆虐，天早早暗下来了，我们像往常一样，在家家煤油灯刚燃起时集合在了在马棚屋顶。阿彦今天兴致极高。大家齐刷刷地忙活着卷烟叶。

“我给你们讲个有趣的。”阿彦用报喜的语气说道，“我今天梦到我父亲了，我说真的，我是垫着我父亲的大衣睡的，我闻了好一会儿他大衣上的味道。大衣上全是我父亲身上的味道，是一种蒿草的香味，我将鼻子埋在大衣领口闻了好久好久，我奶奶从前总是说：‘我是在蒿草坡放牧时，捡到了你父亲。’我想大概就是因此我父亲身上才留下了蒿草的味道。想着想着我就睡着了，接着在梦里就遇到了他。”

“我也总是穿着我父亲的大衣睡觉，那件衣服上也发散着艾草的味道。”一个小孩说。

接着大家都纷纷回忆起战场上的父亲、兄长留在家里的衣服，讨论起衣服上的味道来。我们一致认为这种味道绝对是我们村子前那一片艾草的香味。过了会儿阿彦说：“我身上也有艾草的味道，我随我父亲！你们快闻闻看。”我们接连伸长鼻子在他胸前闻起来。不知道是因为他说的，还是真的如此，总之，我们看来，阿彦衣服上真的有艾草的味道。

“真的哎，是艾草。”

“艾草的香气多么美妙啊。”接着我们又闻起了身上的味道，像是打开新大陆般，“我身上也有同样的味道。”

“我也！你闻闻看。就像夏日蒿草田上的味道。”讨论的声音从四面八方传来。

大家的声音渐渐低下来，阿彦也预备着开始讲今天的故事时，伊斯科拜说：“按照顺序，今夜该库斯木给阿彦借雪橇了。”

“我雪橇坏了。”库斯木说。

“刚才不是还好好的吗？”

“我说坏了就是坏了，今晚滑不了。要借把你自己的雪橇借给他。”

“我回回都借给他，你怎么不给？”

“我偏不给。”库斯木嘟嘟囔囔的说，“雪橇坏了。”

“好了，你们别再说了。”阿彦开口了。但这时伊斯科拜已经将库斯木的帽子扔出去了。

“赶紧滚吧，你这个利爪猫，不然有你好看。”

“伊斯科拜，别闹了。”阿彦劝他。

“有什么好说的，让他滚，赶紧滚。”顺势伊斯科拜踢了一脚库斯木。

库斯木抬起屁股就跑回家去了，全村都能听到库斯木扯着嗓子哭的声音，边哭边喊：“过会就让吐尔江父亲来收拾你。”

今天阿彦讲了关于独眼巨人的故事，他讲故事时要比从前更加绘声绘色。我们置身于奇幻的神话世界，月光也为故事增色，山谷间的微风吹动我们的发梢，马棚里马匹的嘶鸣声平添神秘色彩。

“走了一段路后，孤儿胯下的老马张口说话了：‘平日里任何鸟也飞不过这座山，太阳灼伤它们的翅膀，只有夜里它们才能逃过一劫飞过高山。因此我们应该等待黑夜降临，夜里我也会生出翅膀，你别怕，紧闭双眼抓住马鬃就行。我让你睁开双眼时再睁开。这时候你会看到山那边还有一座小山坡，那便是独眼巨人的住所。’孤儿听了老马的话。夜深人静时老马生出翅膀带着孤儿飞过了大山。过了会，老马说可以睁开眼睛了，孤儿睁眼时便看见眼前有一座小小的山坡 ...”

这时阿彦双眼睁得大大的，如同第一次看见我们般掠了我们所有人一眼。怕独眼巨人听见我们声音般压低了声音继续说着。而我们缩在一起，警惕地看着周围。我们的小村庄坐落的位置越来越像独眼巨人占据的山头，还能隐隐约约听到巨人睡觉打呼的声音。马棚随着打呼的节奏上下起伏，时而左右摇晃。我们吓坏了，只好盯着阿彦，他的脸颊被夜色衬得更加白皙，眨着眼睛仿佛真的能看见神话故事里的世界一般……

风更大了，天空飘起雪花。天空低沉压得人喘不过气来，远处传来狗吠，与独眼巨人身旁形影不离的狗一模一样。“天哪，独眼巨人该不会要醒过来了吧。”我们吓得魂都没了。

正当故事情节要深入时，坐在边儿上的小孩说：“着火啦！着火啦！”

马棚屋顶上的牧草烧起来了。应该是坐在边上的孩子没有熄灭烟头，烟头点燃了牧草。山风加速了燃烧，不一会儿火苗已经半人高了。我们不知如何是好，接连跳下屋顶溜走了。最后一个跳的是阿彦。“啊，我的脚！”他发出一阵叫声就倒下去了，但我们谁也顾不上管他了。

村子里传来断臂旅长吐尔江的声音：“快，快，救火。”他刚从军队回来，左臂中了子弹，是个十分冷漠无情的人。他回来当日便说：“我见过太多战场的血了，我不再是从前的我了，这世上没有什么能够使我心软。”这番话把前去慰问的父老乡亲们吓个半死。当选旅长以后，他殴打了不少不听他命令的女人和孩子。此时冲到马棚的吐尔江用他的皮靴子狠狠踹了一脚阿彦，把他踹飞了出去，阿彦本就被再次弄伤的脚腕折磨得生不如死，这一下，差点要了他的命。接着他又用手中的马鞭抽了他好几鞭，不仅如此，阿彦身上各处都被吐尔江踢了个遍。起初阿彦还能求饶，后来便发不出任何声音了，如同死物般在皮靴下被来回蹂躏。

村子里其他人赶到将火熄灭了，有人把昏倒的阿彦抱起。一个老人的声音冲吐尔江骂道：“你这狗娘养的，是法西斯夺去了你的手臂，你非要找这个孤苦伶仃无父无母的孤儿撒气吗？”

我们这群小孩在远处，借着树枝的缝隙看到了全部过程，全身止不住的发抖又怕自己哭出声被发现，捂着嘴巴不敢出一点声响，等大家都散了，摸着黑悄悄地回家去了。

回到家，床已经铺好了，但大家都还没睡。爷爷气得双眼发红，奶奶泪流不止，我害怕家里出了什么事，在门槛站着不知如何是好。

“你看看我今天怎么收拾你，你这个兔崽子。你真会躲啊，跟阿彦一起挨吐尔江的踹能要了你的命吗？滚远点儿，别让我再看见你。”爷爷气得要赶我走。

我吓坏了，观察了下情况，爷爷好像情绪平稳了些，我悄悄地脱下外衣上了炕，也不敢说自己没吃饭还饿着，麻溜脱了衣服就钻进了被窝。

“可怜见儿的，你说说这阿彦过得都是什么日子。看他没有人庇护便拿他做了替罪羊啊。”好一会儿后，我母亲长叹一口气。

“吐尔江面相不好，光看着就吓人。”爷爷说。

早晨睁眼就看见奶奶把刚挤好的牛奶倒进罐子里，发觉我醒来后，她说：“快起来吧，这半缸牛奶我放在灶上了，熟了你就能喝了。这罐子里的牛奶我给阿彦送去，可怜的孩子啊，身上青一块紫一块的，到现在动不了还躺着呢。”

穿好衣服囫囵吞枣地喝完牛奶，我也赶到了巴帕依老人家里。阿彦躺在门边火炉旁搭着的皮毡子上，盖着的薄被子早就脏得不成样了。他身上挨过马鞭和皮靴的地方又青又紫，肿得高高的，脸上也没有幸免，没有一处完好的地方。他眼睛肿着，但努力眨巴着眼打量着周围，伸出舌头舔了舔干裂的嘴唇。我坐到了他身旁，我们谁也没有说话，只是不停地来回看彼此。过了会儿我伸长耳朵听到了奶奶和巴帕依老伴儿两人间的对话。

“你们接上这可怜孩子脱臼的脚踝了吗？”

“哪儿啊，我们家老头从早上就找接骨大夫去了，到现在还没找到。”

“阿斯力别克大夫呢？”

“他出远门了。我早就给他说了，大晚上的别瞎跑，他自己不听。我也不知道什么游戏这么好玩，不玩到半夜不着家。你看，这下好了吧。”大娘责怪阿彦起来，剩下的话她是悄悄跟我奶奶说的，“这家里的被褥都被他弄臭了，也好大的人了 ...”

不管巴帕依的老伴儿如何压低声音，她最后那些话都一清二楚地传到了我和阿彦这里。阿彦羞红了脸，咬紧牙关不发一言，翻了身看着墙发呆。

“哎，我这老腰啊，不能坐太久，我回家去了。到阿彦痊愈为止，我们都会来给他送牛奶。”

巴帕依的老伴和我奶奶一道出了门。

“我们应该狠揍库斯木一顿。”家里终于只剩我们两个人了，终于能说话了。

阿彦背对着我：“我死也不会再抽烟了。”

“吐尔江是个没安好心的坏人。”

阿彦没有回答，过了会儿，他抬起头说：“把那个大衣给我。”他指着墙上挂着的黑大衣说。我踩着这家里唯一的板凳够着大衣递给了阿彦。阿彦紧张地将头抬起，两只手颤颤巍巍的捧起大衣将头埋在颈肩处嗅了起来。

“快挂起来吧，不然又该骂人了。”

之后他就仰面盯着天花板躺了很久，感觉在思考着什么，面色苍白，浑身发抖。他用瘦弱的手抚摸自己身上肿胀的部位。好一会儿后：“我父亲会回来的，那时候有吐尔江好看！”

十几天后阿彦可以拖着没接好的脚踝擦着地面慢慢地走了。

“阿斯力别克不是回来了吗？你不去找他接上骨头吗？”

“会疼的，你不知道接骨到底有多疼，太疼了。”

他每晚来到滑雪场边，什么也不做，也不参与大家，直到游戏结束都静静地看着大家。有一两回我和萨德克都想将自己的雪橇借给他，他摇摇头拒绝了我们：

“我脚会疼的。”

4

有时吃完晚饭我会去巴帕依家里，我去时阿彦总是在给炉子添火。战时我们村子里烧的都是麦秆，石磙压过的麦草像芦苇一样粗壮，其中还有没被压实的，还常常能碰上没有被收割的麦穗。一股脑塞进炉子里时麦秆烧得旺，而麦穗则会发出噼噼啪啪的响声。阿彦烧着火不动声色地将麦穗藏进口袋里。当熊熊燃烧的麦秆劈啪作响时，阿彦会猝不及防地将手伸进炉中，将没熟透的麦穗收集起来。

看到我开门进来时阿彦才会展露笑颜。他害怕家里两位老人，因此不敢出声说话，看看两位老人的脸色，再轻轻指一指铁炉下角落处铺着的黑皮毡让我坐下。我坐在角落里一直等他们喝完茶。家里只有巴帕依和他老伴在奶茶里泡炒油茶面喝，他们认为阿彦牙口好，能嚼得动硬物，就只在他面前扔一把炒小麦，这就是阿彦的全部晚饭了。他一言不发地咯吱嚼着面前这一小把炒小麦直到喝完茶，再将茶碗倒扣回到角落里，坐下便悄声说："你要听故事吗？"也不等我回答就开始了："从前有一个孤儿..."

好长一会时间，巴帕依和他的老伴都不会搭理我们，吃饱了油茶面，喝热茶暖了身子后，懒懒地躺下，打一个饱嗝后便开始取笑我们说："这俩小鬼头天天叽叽喳喳个没完，你们不是讨论着抢跑谁家的姑娘吧？"而她老伴皱着眉头："不是都说赖犬才爱吠吗，我看我们这小子有点啰里啰嗦的，爱说闲话。"

两人说到这里便停了。临睡前，老太太嫌费油，将亮着残光的煤油灯掐得更暗了，之后就完全忘记我们的存在，两人背对着打起呼来。

等到他们入睡，阿彦将之前藏起的半熟麦穗磨碎一把塞进嘴里。

"你尝尝，特别甜。"他也会塞给我一两粒麦穗。我学着阿彦的样子把这些没有熟透的谷穗在掌心里磨碎，但是夹生的味道使我无法下咽，嚼啊嚼，咽不下去只好吐掉。

有时我会从家里带馕给他，阿彦看到两眼发光，狼吞虎咽起来，会噎得咳嗽起来。"还有吗，还有馕吗？"他急得将我口袋里的馕渣子都吃干净。

有一天我们准备打雪仗，先选出两位队长，由队长再选队员分成人数相等的两队。阿彦也想参与这场游戏，但是两位队长都没有选阿彦成为他们的队员。

"算了，你一瘸一拐，跑不起来。"对阿彦来说没有比这更狠的惩罚了，他两眼含着泪，拖着瘸腿扬长而去。我不忍心，便跟上了他。

我们并肩走着，阿彦哭了一路。走到阿斯力别克医生家门口时，他擦干了脸上的泪水，进了门。此时，阿斯力别克正在打扫牛圈。

“孩子们，你们做什么来了？”

“爷爷，您帮我把脚踝接上吧。”

阿斯力别克走到阿彦面前，看了看他的脚。

“什么叫接上啊，我看你这脚已经长歪愈合了，再将骨头正回来也不容易，不知道你能不能忍得住。”

“我可以，爷爷，我能忍，您就帮我接上吧。”

阿彦语气接近恳求了，再多说两句他又该哭了。

“好的，孩子，我给你接。你们进屋去吧，老伴啊，给这孩子热点饭，让他暖暖身子。”

我们进了屋。阿斯力别克的老伴给我们端来了包尔沙克和酸奶。阿斯力别克洗干净手换了衣服也进了屋。阿彦躺在了准备好的床铺上。老人用羊尾巴油一遍一遍地按摩阿彦受伤的脚踝，期间他问了阿彦一连串问题，突然就听见“啊”的一声，阿斯力别克让阿彦再忍一会，阿彦痛得吱哇乱叫。接着，阿斯力别克用白布将阿彦的脚踝包扎好。

“可以了，小心点，再不要受伤了。”

但是，有什么办法呢，这之后阿彦的脚踝还是脱臼了。那是春天，春天时我们参与到集体农场的工作当中去了。我们这些小孩每人手里抓一把裹了铁丝的粗鞭子，骑上套了犁具的犍牛，寡妇们和姑娘们在我们身后抓着犁具，日复一日起早贪黑地犁地，地皮像熟过的皮子似的平整起来。需要狠狠抽过好几下鞭子才能赶动耕牛，牛臀部、背上都是血淋淋的伤口，从早到晚骑在牛身上赶牛喊得大家嗓子都哑了，鞭下的牲畜也精疲力尽，所有人都濒临崩溃。到中午时口干舌燥到喊不出声音来，肚子饿得连鞭子都举不起来了，正当我们在牛背上昏昏欲睡时，身后的女人们就喊："孩子，你倒是赶牛啊。"无论如何费力挥鞭，瘦弱的耕牛们除了抖抖背，并不会向前行一步。拼尽全力最后只换来手腕生疼，只想跌下牛背放声痛哭。知晓你艰苦境地的女人们会走过来接过你手中的鞭子狠狠地抽过去："小心点，别摔倒了。"那时你才能发现自己多么量小力微。这时传来一个女人可怜、悲痛的歌声"这山这样高，盼远方回信这么难。"这不是歌啊，这是所有人内心深处的痛。第二犁队上的女人跟着唱起来，接着是第三犁队上的女孩。三人唱着歌痛哭流涕，我们这些牛背上的小孩眼里也满含泪水，却不敢表露自己的心迹，低头藏起自己哭红的双眼。男子气概不允许我们跟着女人们一起歌唱，此前阿彦说过："每个人都会哭，但你应该像个真男人一样不掉一滴眼泪。"我们都卖力隐藏起自己的弱点，不让其他人发现。

晚上我们住在简易木棚里，屋子里黑咕隆咚的，如山洞一般。地上铺着麦秸，唯一一盏煤油灯发着微弱的光，在这种条件下，顾不上自己到底吃了什么饭，总之将粥似的饭一股脑倒进喉咙里，穿着衣服便横七竖八地找个位置沉沉睡下了，狭小的屋子里根本没有翻身的余地，夜里也睡不了多久，就听吐尔江大声喊："哎，你们这帮狗崽子，快起来。"此时睡梦里难以脱身的我们连睁开眼睛的力气都没有。而吐尔江会接着问候我们八代祖宗，抓起我们的脚就往棚子外扔去。只好再骑到已经伤痕累累瘦脱了相的耕牛背上，又是口干舌燥赶牛的一天。临近中午时已经完全没了力气，开始打起盹来。有时连从牛背上摔下也浑然不知，倒在发着热气的耕地上，借女人们的帮助才能再爬回到牛背上，一天要从牛背上倒两三回。

阿彦就是这个时候又扭伤了他的脚腕，他倒在黑土地那一刻发出凄厉的惨叫，蜷缩起身体在地上打滚。大家赶忙跑到他身旁，他忍住不哭，疼到脸色发青。我们试图脱下他脚上的鞋子，我们手刚碰到鞋子他便疼到大喊，一直喊："啊呀，我的脚啊。"我们把他抱回木棚里，但是没有马车能立刻将他送回村子里。

那一夜他发了高烧，一直说着胡话。直到我们第二天要去上工了才渐渐恢复意识。我陪他待了一会，想说点安慰他的话，但踌躇着不知如何开口，反而他自己打破了这个僵局，“昨天我的脚腕实在太疼了。我都想到死了一了百了，但想到我父亲，我又忍住了。”

他沉默着躺了一会，外套敞开着，他将鼻子探进胸脯里嗅了嗅，“你看，艾草的味道。这一次我等到我父亲回来再接骨，父亲把我带到城里，找个最好的大夫，那时候 ...”

他沉浸在想象中，他将他父亲回来后要做什么，要去哪里全给我讲了一遍。我听他的话，坚信他父亲不过多久就会回来的，一定会回来的。

“我真想我父亲啊！”

我又上工去了。在牛背上不停地祈祷，“就让阿彦的父亲早日回来吧，我求你们了。”

阿彦在工棚里躺了四天，第五天晚上才等到牛车将他送回了村子里。这之后阿彦没有再去接骨，拖着跛腿一瘸一拐地走。

可恨的无情的战争啊，我们还在襁褓时就狠狠地折磨着我们，不把我们当人看，那些刻骨铭心的伤口伴随我们一生，永远也不可能忘记。我们本应该无忧嬉笑，享受童年时光时，瘦小的肩膀上也担负了命运所给予的重担，但是比起我们其他人来说，命运对阿彦更是严峻，几乎是下了毒手，命运不曾有一刻对他倦怠，狠狠地伤害着他。

大人们讨论着敌人撤退了，每天都有新的好消息从远方传来，战争快要结束了。陆续有受了伤的男人们从前线回乡，他们失去了健全的身体，瞎了眼，截了肢，带着战争的印迹。

但是，就算他们残疾了，他们的归来对我们村子来说依旧如节日一般。但他们都还是老样子，没有什么大的改变，只有吐尔江从战场回来后变得冷酷无情。

也不时有致哀信寄来。

盛夏时节，闷热的午后又有一封致哀信寄到了我们村庄，但没有人家里传出撕心裂肺的挽歌声来，这封信寄给了整日混迹于街头的我们这帮小孩子中的，总是孤零零落在我们身后，拖着一条跛腿用哀求的声音说“快停下，今天我给你们讲一个比昨天还要有趣的故事”的阿彦。他沉默地接下了这封信。他从头到尾认真读了两三遍，将信叠起来放在了口袋里。又回到我们这些小孩旁边，远远地用羡慕的眼神看着大家嬉戏打闹。当孩子们各自回家时，他独自去了村头的马棚里，我跟在他身后。

马棚里充斥马尿的骚味，熏得人睁不开眼睛。棚里漆黑一片，屋梁上有麻雀筑巢，传来小麻雀们嗷嗷待哺的叫声。我站在门口适应了一会黑暗，接着沿着墙走近阿彦。阿彦缩成一小小的一团蹲坐在角落，脸埋在手间放声大哭，他哭了很久。哭完了他擦干眼泪出了马棚。我看到他双眼通红，他对着我抿嘴一笑："天好热啊，对吧。"

过了一周，我将十几只羊羔送到山上，回来路上看到巴帕依家门口停着一辆板车，孩子们都聚在这里。阿彦要出远门似的将仅有的衣服全穿在了身上，走近时伊斯科拜轻声对我说："阿彦要去孤儿院了。"

这时车夫、巴帕依老头和他老伴也出来了。巴帕依一遍一遍叮嘱车夫要将阿彦平安送到车站，他老伴亲了亲阿彦的脸，眼里含着泪，“孩子啊，希望你一路顺风。你是好人家的孩子啊，无论身在何处，都要平安，将来成人了你还会找回来的 ...”

巴帕依也亲了阿彦的脸。

“平安到达以后给我们来封信。”

“本想着立马卖掉这头牛换成钱给你，但急急忙忙的还没有找到买家。以后得空了，我将牛牵到巴扎去，卖了钱就寄给你。”

“哎，你说什么呢，卖牛做什么呢？到时候阿彦成人回来时不还需要牲畜吗？孩子啊，你别听你这老糊涂的爷爷的胡话。等你将来找回来，我亲手将这牛交还到你手里。”

阿彦和我们一一握手，郑重道别。

“我会给你们所有人写信的。”他勉强憋出一个笑脸。伊斯科拜搭在板车后面，将他送出去好远一段路。他从板车上下来，又看着阿彦离去的背影站了好久，回来时很失落，萨德克邀请他一起玩，他说他头疼早早就回了家。

那时我们所有人都没了兴致，气氛压抑，说不出话。板车车轮扬起的尘土跟了一路，阿彦脱下帽子抓在手中还在向我们招手告别。

过了很久，我们都还记得阿彦，常常提起他。有时晚上聚在一起重复阿彦讲过的故事。那些故事深深印在了我们脑海里，后来我们结婚生子，哄孩子睡觉时的故事还是他曾经讲过的那些。甚至直到今日，就算已经过去了这么多年，我夜间出门时，远远望去还觉得叶西科欧勒山坡下住着独眼巨人，山体还随着他的打呼声上下起伏。那一刻，我会想，这独眼巨人和那个孤苦伶仃的孩子现在身在何处呢？艾草坡吹来阵阵夏夜凉风，传来一阵艾草的味道，这时我又会再次想起阿彦。

阿彦现在在哪里呢？还活着吗？那样的小孩一定活着。那样的小孩一定会实现所有的宏伟志向。可是既然活着，为什么一次也没有回到艾草坡？他不可能不想念艾草的味道啊。

萨木哈尔·吐玛尔别克译

艾斯卡尔·苏莱曼诺夫

（1938—1992年）

作家、文学家、评论家、编剧。1965年毕业于哈萨克斯坦国立师范大学历史文学系。1962年，获得硕士学位。最初的评论文章《启程》于1961年发表在《列宁青年报》。

他摒弃旧的创作思路，将历史进程、民族发展和思想解放作为创作主题，创作了大量作品。在文学评论方面，1963年发表在《星星》杂志上的《关于文学类型的一点看法》在文学界引起了很大的争论和反响。从那时起他别具一格的创作风格开始受到关注。从他的《傍晚》《迷失者》等小说中可以看到二十世纪现代主义小说的特点，他的作品《五响枪》则反映了当时的历史状况。他还将很多作家的作品翻译成哈萨克文。此外，他创作了《仇恨》《七号病房》《望门寡——裁减编制》等歌舞剧、话剧以及《骏马与人》《巴亚尼勒——阔孜库尔佩西与芭艳苏露》等电视剧剧本。2007—2009年，他出版了四部作品选集。曾获得哈萨克斯坦共和国国家奖。

黑 老 头

乌克恩！乌克恩！是的，是乌克恩！是乌克拜！就是乌克拜·乌玛尔耶夫！乌克拜·乌玛尔耶夫同志……”人们都在说。

听到已经到了门栏处的黑老头的尊名大姓后，尼合买提·萨甫英伸展了一下僵硬的腰身，很是高兴。而黑老头只看了他一眼，便始终低着头盯着地板，再也没有移开过眼睛。

可以说，在这个集体农庄，这位看似半截木桩般矮小的黑老头干过所有农活儿。想当年，他耕过地，播过种，守过草料场，养过马。没有记错的话，黑老头已经七十一二了，退休也已经两三年了。老人家自从退休后，就没有露过面，今天是头一次。

“哎，这该死的工作呀，太繁重了，整天只顾着工作，一味地忙碌，忙碌，已经渐渐脱离了人民群众啊。”萨甫英说着话，在心中自责了一番。

这位虎背熊腰的男人自责之余，用双手揉了揉额头，粗长的手指发出了“咔嚓、咔嚓”的声音。萨甫英又伸了个懒腰，再一次看了看乌克拜·乌玛尔耶夫同志，看到老人家脚上穿着一双破旧的靴子，他的黑色棉裤和棉衣上破洞随处可见，甚至露出了棉花。他走进来，坐在了门边的一个破旧红沙发上。

萨甫英用略带惊讶的目光看着他：在他看来，三年前，五年前，甚至十年前，乌克拜还是一位能说会道的人。他常说：“自古砍得了脑袋，但砍不了舌头。”并毫无遮拦地说个不停，并为此吃了不少苦头。不管是谁，在这样一位伶牙俐齿的人面前从来就占不上一点便宜，他是出了名的三寸不烂之舌。在养马场的时候，萨甫英曾经多次保护了因为口舌而吃了苦头的黑老头。但是，他今天无论如何都没有想到自己会看到这样一位像参加丧礼那样老成持重的黑老头。

在萨甫英眼中，昔日的黑老头动不动就大发雷霆，舌战群儒，更别说被什么人劝服了。那一幕一幕历历在目，就像刚刚发生过的一样。不，眼前这黑老头好像发过誓不再胡说八道了一般闭口不言。由于没能喝上中午的驼奶，再加上长时间坐在椅子上，萨甫英有点烦躁，他说道：“我说，乌克恩。”他想引起黑老头的注意，黑老头没有吱声。

“喂，乌克恩，最起码您得听我一句啊。”他紧接着又说了一句。

黑老头依旧没有吱声。

“唉，老人家，瞧您这臭脾气，乌克恩啊。”萨甫英稍稍恼怒地又说了一句。看他的样子是不想跟黑老头闹出什么不愉快，从他那老犍牛一般满是褶子的古铜色脖子，不难看出听了这几句话时他心里有多不爽。原因很简单，这也没什么可掩饰的，就这么一个糟老头儿，哪里是可以到领导办公室来的主儿？黑老头反倒像一个坐在自己小儿子家正堂的老父亲，不管你怎么说话都不予理睬，始终一副高高在上的神情。这当然让萨甫英不爽了，按照萨甫英过去的一贯作风，这个时候，他早就大发雷霆了。他之所以迟迟没有发作的原因，一是前两天刚从他家离去的监察员临走时给他看过一份报纸，上面登载了一篇关于积极分子的文章，他清楚地记得其中的一句话：打！压！尽管萨甫英并没有觉察自己本身的痼疾，但还是忍住了。二是，说真的，他看到了黑老头手中握着的马鞭子。是呀，惹不起，就躲着走呗。万一黑老头突然朝自己身上或办公桌上来那么几鞭，那可就不得了了。这样的事情又不能开批斗大会，何况黑老头现在已经退休了，基本上不是这个集体农庄任何一个组织的成员。尼合买提·萨甫英知道自己多虑了。可是，一贯以严厉苛刻吹毛求疵著称的党委监察部门派来的监察组，这几天来可把他吓得够呛，他们把整个集体农庄里里外外查了个底朝天。特别是后几年，出现了许多以讹传讹被罢官职的现象，这是万万不能忘记的呀。

“这样不行吧，乌玛尔耶夫同志，我尊敬您老人家，这不，您也看到了。”这个时候，他完全可以暴跳如雷，可以带着官架子训斥一顿。但如果被一个好事之徒看到了，写一封添油加醋的举报信递到监察委员会，那……别看萨甫英已经年过半百，但官运并不亨通，他的好运是有了许多磨难之后才迟迟来临的。他仿佛看到了自己像一个孤儿，可怜巴巴地站在自己那个宽大办公桌旁一个角落的模样。所以他很清楚自己现在不能发作，于是用手指摸了摸喉节，然后又将棕色波士顿上衣最上面的扣子解开了，又顺手从墙上的日历中扯了一页下来，这一天是1961年的3月22号。一般情况下，这种日历的每一页都印着不错的诗词、小说箴言或者生活建议什么的。但很明显，萨甫英这个时候不想欣赏诗词、箴言，可能是想留在晚上回家后独自一人享受吧，所以他把扯下来的那一页塞进了封面用铝箔纸包过的安全册里了。然后，把桌子上面杂乱放着的工作报告、信件之类整理了一番，分别放进不同的抽屉，并从黑老头正后方挂着的大衣口袋中拿出钥匙把所有的抽屉锁上了。干完所有的事后，他又看了一眼黑老头，黑老头还是老样子，盯着地板，用手中的马鞭挠着光头坐在那里。萨甫英清了清嗓子，可能是用力过猛，他的嗓音有点发颤。可能是想掩饰一下自己的窘态，便莫名其妙地哼起了一首歌——《在山里》，他想唱得完美一点，但没有唱完，因为连他自己都听不清自己的歌声。于是，他站起来，点了一根江布尔牌香烟，失神地在那里站了一会儿，又回到座位上坐了下来。

我们的这位萨甫英专门为乌克拜量身定做的这些话语，即便用和蔼可亲的语气说出来都一样，对黑老头没有任何作用。因为，黑老头对萨甫英所说的这些话，还有没来得及说的正在酝酿中的话语一点都不感兴趣。他根本没听对方说什么，也没去揣摩他还想说什么。说出来的话，他老人家没在听，更不用说会听没出口的那些话。

萨甫英也没理由生黑老头的气。因为乌克拜所操持的诚实祖业是无可厚非的，要让他们将马匹缴公，并不是萨甫英的政策，这只是偶遇的，偶然被赋予的一种状态，一个谜一般的存在。这种状态，这种存在，这个树墩般的黑老头晌午之前，像头熊一样走进来，在萨甫英身边看到叶斯拜的那个时刻，他就打蔫儿了。

叶斯拜跟他一样，是一个躺在家里就能领到十五卢布退休金的老邻居，可是，这点钱好像满足不了他的胃口，他还在阿吾勒牧放着百余头绵羊赚些外快。所以，当乌克拜刚刚在办公室里看到他有点驼的背影时，心里还嘀咕了一下："哎，这倒霉的家伙怎么没去放羊啊，怎么还爱往领导办公室跑啊？"但他也只是这么想想而已，没什么其他的用意。也不知道该怎么理解萨甫英像一个兴冲冲的马儿一样扬起下颌，显得有些犹豫的模样。当时，萨甫英对叶斯拜说道："老人家，那可就这么定了啊？"

叶斯拜听了，连连摇了摇头。从这个时刻开始，乌克恩便失去了耐心，甚至连叶斯拜临出门时与自己打招呼，自己又如何跌坐在了破旧的红沙发上都没有意识到，只是悻悻地说了一句："你完蛋了！"说完这句话他就想到了铁热斯阿汗泉，以及在那里游牧的棕公马。俗话说：绝望是魔鬼作祟。当他坐在萨甫英墙壁上挂满了公羊头或公牛头照片的办公室，与萨甫英独处的那一刻，乌克恩依然心怀侥幸，觉得自己不会听到叶斯拜刚才听到的那些话。黑老头在心里算了一遍自己可能没有缴纳的税款，然后心中渐渐地有了一种恐惧，恐惧涌满了他那瘦瘪的胸膛。其实勤快的黑老头已经及时地缴纳了所有的税款，他心想也许会有漏交的税款吧，便伸出粗短的手指又算了一遍。这时，耳边传来了萨甫英润喉的声音，乌克恩就像恨不得把自己希望和疑惑参半的脖子扭断一般，猛然转过头来，刚才一直都不怎么灵敏的耳朵这会儿也竖了起来。他那时灵时不灵的耳朵这时突然间变得灵敏起来，甚至还没等萨甫英的话从满嘴金牙缝里说出来，他就听到了。

“乌克恩，您可能也听说了吧，您必须把棕公马交给集体农庄 ......”

仅此而已。黑老头看到萨甫英那片像在吞食熏马肠一样的厚嘴唇更厚更宽了。黑老头听到了像散弹一样的话，他刚才就像一个被宰割的人，这会儿又听到了这样的话，这些话就像火一样炙烤着他的心。听到这番话，黑老头竟然很快就忘记了。满脑子只剩下不久前才去看过的铁热斯阿汗泉和四蹄坚硬、胸部宽阔的棕公马。黑老头想着这些事情，又看到了萨甫英将双手放在马裤的兜里，来来回回踱着步子的模样，然后又像找不到可去的地方似地站在了唯一一扇窗户前。这时，黑老头再次听到了萨甫英的声音：“这难道是个人可以养马的时代吗？你家已经有一头带犊的母牛，以及五只绵羊了。”

“你说个人不能养马吗？”乌克恩紧接着捋了捋胡须问道。他并不是没有听到萨甫英的话，也不是不懂。而且他知道这个孩子不是一个幽默的人，就算他幽默，也不至于特意把自己叫到办公室威逼呀。他之所以用询问来回答询问，是因为此刻他实在不知道说什么好了。开始他也尝试过摆出一副吃饱了的羔羊一般事不关己高高挂起的模样，但是心中的恐惧挥之不去。

“当然。”萨甫英说道。这时，原本有点灰暗的办公室又亮堂起来了，因为萨甫英从窗户那边挪开了，坐在了乌克恩的面前。

“谁不能养马啊？”

“您不能，叶斯拜不能，我也不能养马。”

“那么，执行委员会呢？”

“执行委员会有车，用你的马干什么？”

“我没有车啊。”

“都一样。”

“啥叫什么都一样啊？”

“老人家，我们就不要再多说什么了。”

“要不，你就把我的牛拿走好了。”

“不行。”

“牛犊行不行？”

“这是哪儿跟哪儿呀！”

“怎么？吃牛肉会拉肚子啊，你？”

“乌克恩，我都说了不行了。”

“为什么我不能？”

“什么不能？”

“为什么我不能养马？”

“您比哪个人强呀？”

“不是我，是我的马比别人的强。”

“那又怎么了？”

黑老头儿听懂了萨甫英说的两个俄语单词，这也是常常听得到的词语，但这两个词应该分开来说，而萨甫英让自己脚上的皮靴发出响亮声音往外走的时候，却将这两个词语连在一起说了出来。这使黑老头觉得有点膈应，就像看到狐狸和猎犬在一只碗里吃食一样。

“那……”黑老头说了一句。

“什么——那？”萨甫英问道。

“什么——是什么？”黑老头又说了一句。

“那，是什么？”萨甫英又问道。

“啊，啊。”黑老头儿在心里嘀咕了一下，然后将马鞭子折起来，塞进了靴筒里。如果“那，是什么”这类的话说多了，我又能怎么样呢？这个混蛋！之后，乌克恩对这个孩子讲了从懂事以来，自己家一直都养着马匹，一家人都认为没有马匹，连吃下去的食物都是不清洁的；即便饿着肚子，如果每天不去抚摸一下马匹，那么，每天所做的礼拜就不算数等等道理。但是，当他看到了萨甫英听了这些话之后的眼神，马上就显示出了恍然大悟的神态。他听说萨甫英患有淋病。他曾经想有就有呗，那又有什么呢？这会儿，萨甫英的眼睛就像刚刚怀了胎的母狗的眼睛一样，显得疲惫不堪。

乌克恩听说患了淋病的人一般都很固执，虽然不算威猛，但心比较狠，只要咬住了一个地方，非要撕下一片肉来才善罢甘休。

黑老头对还未缴纳的税款已经不抱侥幸心理了，而且已经知道了萨甫英这次叫自己过来的用意了，他只是想看个究竟，便东拉西扯地说了一些话。但是，萨甫英没有救他，反而当头给了他一棒——“那，是什么。”

这话的意思是——你比别人强又有什么用？到了这个时候，黑老头儿将三耳帽夹在了腋下，走了出去。这次，黑老头儿对自己很是惊讶，身体仿佛像一个风干的套马杆儿一样，变得轻飘飘的。只要丢掉拐棍，双脚踩在地面上就开始发烫的双脚也显得冰冷，常常喘不过气来的肺脏也显得舒畅多了。“他这是干什么？”黑老头儿嘟囔了一句，他觉得自己就像咽下了一大勺汞水一样开始发冷，但眼窝子热辣辣的。乌克恩自己倒没有体会到这一点。

巴掌大的一个小村庄什么时候都不会显得很热闹。乌克恩看到铺着石子儿的灰色街道靠山一侧顶头有一辆车，又看到前面走来了一群挎着书包的小学生。当汽车往这边驶来的时候，他们就像一群小鸡四散开来。不一会儿，汽车从他身边开过去了，但乌克恩没有吱声。

之后，他就用双手扯了扯两只耳朵，又用粗短的手指掏了一下耳朵，除了闻到了一阵汽油味之外，他既没有听到学生们的奔跑声，也没有听到汽车的轰鸣声。乌克恩这时又将三耳帽压在了头上，又嘟囔了一句：“也许是我命该如此吧，但就算死，也想死个明白啊。”

如果乌克恩想找一条捷径，那就应该一直走下去，过了桥之后右拐，但他走到老邮局那儿之后，猛地向左一拐，来到了绿色山岗下的一条小径。到了这个时候，他突然想起自己六点钟要去参加贾合甫别克的葬礼。

这位老人是黑老头的同龄人，是相邻的胡木肯特集体农庄受人尊敬的老人。可怜的人儿，整整三个月都吃得很少，昨天去世了，他患食道癌已经三年了。

这时，乌克恩的脑袋奇痒难忍，他便取下了帽子。这时，天空传来了轰鸣声，但黑老头儿既没有感到高兴，也没有感到奇怪，好像他忘记了自己啥也听不到这档事了。然后，即便天上没有耀眼的日头，他也抬了抬帽子，一直眺望着温暖的蓝天，直到脖子发酸，虽然他没有看到飞机，但从天上留下的两条很长的白色烟雾判断那是飞机留下的尾气，然后又将三耳帽戴在了头上。

绿色山冈的顶上有一棵球形的铃铛刺，树干上挂着黑的白的衣服，有三四个小伙子正在砌砖，他们都是掘墓人。

“光阴啊！”乌克恩又嘟囔了一句，“马镫完好无损，但一同骑马的人却没有了。公山羊很多，但像贾合甫那样的领头羊却很少。以后啊，谁来给棕公马钉马掌啊。你常喊：‘穷人们！快上啊！穷人们！’现在穷人们都在这里，唯独没有了你这个鼓动的人。”

看吧，那是一堆由赭色变成黑色的新鲜土，还有一些只用一峰役驼就能驮来的砖头，大家都来为贾合甫别克送葬。他的老伴儿泪水长淌，孩子们也哭哭啼啼地留在了他的身后。黄骠马马孤零零地留在了那儿，只有萨甫英不会让它感到孤独。现在呀，萨甫英是马匹们的阎王爷。

昨天刚刚下了一场雨，大地之前就像放进茶水里的杰尼特（用奶酪、酥油、砂糖搅拌磨成粉的干粮）一样毫无生气，而现在已经显示出了勃勃的生机，冒着蒸腾的热气。一会儿，乌克恩想起了萨甫英和他的烟，然后又想起了昨天与两三个老人一起为亡人贾合甫别克净身的情景。当时，他为亡灵干瘪的身体感到震惊，那个人再也无法回返人间了。他这么想着，觉得自己今天无法去为亡人送葬，但他没说为什么。他知道自己要去铁热斯阿汗泉一带。从今天开始，阿吾勒的老人们会议论自己为什么没来送葬，并感到奇怪，可能还会指责。但他没有什么办法，只要想起棕公马，他的脚下就会生风。

“愿你安息，老朋友贾合甫别克。”乌克恩在心里默念了几句。他看到有三四个小伙子在墓地那一侧正在拍打整理身上的衣服。

他也看到连狗都不会抬腿撒一泡尿的铃铛刺现在却繁花盛开。老伴儿坐在门前的木床那边的三个孙女中间正在捡羊毛，看来是想给棕公马搓制一根绊马索。

“有包米糙子汤吗？”黑老头儿歪坐在羊毛垫上问了一句。

“你就像做了一件了不起的事情那样躺着吧，那个贾合甫别克的孩子又来了。你又去哪儿流浪啦？”

老伴儿没有坐在那里，而是一边发牢骚一边儿为他端来了掺了酸奶酪的包米糙子汤。然后就传来了黑老头儿“咕咚、咕咚”饮用的声音。

“你啥时去呀？”

“去哪儿？”

“去葬礼呀。”

“你去参加葬礼吧。”

他那个司机弟弟的三个女儿没有听懂“葬礼”这个词，也没注意到两位老人互相审视的表情。

被黑老头称为“我的金子，全州都没有这样的乖乖女”，并引以为骄傲的三岁孙女热娅来到了他面前。

“胡子。”小姑娘开始抓他的下颌了，她的意思是说让祖父咬住自己的胡子，之后她再揪扯玩耍。而乌克恩一下就把孩子推到了一边，孩子倒在了地上，但没有哭。乌克恩从圈里牵出正在吃冬天剩下的苜蓿，总是备着驴鞍的青驴，并取下了驴鞍。

“不要把驴崽子放出来。”他给老伴儿叮嘱了一下，然后骑在驴背上，垂着两腿，向雾气浓重的原野，向铁热斯阿汗泉一带走去。

铁热斯阿汗泉离这里有十五公里路程，除了秋天叼羊，冬天狩猎，是棕公马游牧的绝好草场。这会儿，太阳快要落山了。极目望去，蒙勒吉力山的腰际一片血红，粉色雾霭罩着黑老头与青驴。从四处牧归的牛群吃饱了牧草，无忧无虑地哞哞叫着。黑老头绑紧了三耳帽的带子，离开阿吾勒不久，青驴的步子渐渐放慢了。黑老头忘记带鞭子了，只有挂在腰间的绊马索和插在靴筒里的刀子。让青驴步履缓慢的，是留在圈里的那个像娇嫩花朵一般的白鼻小黑驴。但是黑老头才不会明白这些事情呢。他不断用手中的绊马索抽打着青驴的后臀。夜幕降临的时分，黑老头才从巴扎尔拜围墙那儿经过，自此青驴竟然不肯再往前迈一步了，而且可着嗓子拼命叫起来，驴叫声就像哭丧就像诅咒一样。黑老头情不自禁地叫了一声：“啊，老天爷呀！”便头皮发麻，从驴背上滚了下来。黑老头想起了亡人贾合甫别克，还有孤零零地留在这一带的棕公马。然后，老人眺望着天边沉下去的夕阳，他眺望了很久，心中悠然产生了一种恐惧，仿佛棕公马被他扔掉了，而不是青驴。他立即就像着了魔似的，两片衣襟翻飞着跑了起来。

到了铁热斯阿汗泉，黑老头脱掉外衣，摘掉帽子，把靴子脱下来扔在一边儿，光着脚走进了像营盘那么大的一汪泉水中，他的双腿立即生疼。走到深处时，水底的卵石硌着他的脚板。但这时他不再发抖，不再发颤，也不再喘气了。

银色的月亮就像船儿一样倒扣在幽黑的水面上，乌克恩走到水中央，喝了几口水。由于大口大口地喝水，他甚至被呛住了。然后他用水抹了一把脸，还捧起水从白色衬衣的外边弄湿了两个胳肢窝，然后眺望着棕公马的父亲枣骝马摔死的汗吉汗山峦。那儿长着一棵黛色的大树，不知是因为上弦月的月光惨淡，还是因为眼里的雾气，在傍晚与夜色交替之际，他没有看到那棵树。山峰披上了一层宝蓝色的雾霭，它不像往常那么雄伟。这里万籁寂静，黑老头在三月的夜晚，怀着淡淡的忧伤伫立在水中。

“大地也像人一样。”黑老头说道，“大地也有身体，它也会生气，也会恼火，它也有悔恨万千的时候。不管怎么样，这座山也曾聆听过枣骝马的马驹发出的嘶鸣，它可能已经意识到危险逼近了枣骝马的后代棕公马吧。”

但不管来自哪里，乌克恩在这个夜晚都在寻找一种安慰，而且不仅如此，他还确实安慰了自己。夜月伫立在水中，也有他想让自己安静下来的意愿。但他不知道这种安静就像用沙子托出来的土块一样，很容易就会碎裂。想起从萨甫英身边出来，黑老头感到深深的悲伤。

这时，在他眼前出现了九年前的四月曾经发生的一幕：在坎德尔勒一带的胡木夏吾斯下坡处，枣骝马站在水中久久伫立，甚至在热闹非凡的叼羊活动中，甚至就在现在，它都准备扬起长鬃，奋起前蹄。

“我的马驹！我的豹子！我的马驹！”黑老头的眼睛又混沌起来，就像看见了水的涟漪。这里的人们都熟悉黑老头以及枣骝马的习性，所以在叼羊时，从来不会替他俩喝彩，只是吆喝几声而已。在这种时候，黑老头只在开始和结束时赶来露个脸，他认为不能让观众早早失去兴趣。而且他还会对相邻的波留托铁力集体农庄那些小伙子们的鬼点子多加防范。

那个春天，他们家住在了汗吉汗山脚下，这里只有他们一户人家。叼羊时，黑老头抢到了山羊，压在胯下，挥马扬鞭冲出马阵。他听着一张一弛的枣骝马的响鼻声，也不时地看看后边追来的人群。到了离家不远的地方，枣骝马突然慢了下来。起初，黑老头以为是白兔屡屡出没妨碍了它，便没有在意，但枣骝马更加惶恐不安。黑老头便伸长脖子朝前一看，原来他们已经来到了去年用三台拖拉机挖掘的运河边上了，但这时已经无法转身。枣骝马犹豫不决地跃了过去，而且还够着了对面的河岸，但没有站稳，黑老头与枣骝马连人带马摔了下去。随后，他听到了枣骝马刺耳的嘶鸣声，那是摔断了脊梁绝望的嘶鸣。之后，他还能记得是自己用刀割开了恳求着不住挣扎的枣骝马的咽喉。再往后，他就什么也想不起来了。

后来，老伴儿将枣骝马的肉分给了乡亲们，只留下了一两块马鬃油和鲜肉。过了一些日子，老伴儿将它们煮熟了，但黑老头一口也没有吃。饮用被自己带进劫难的亲人的鲜汤，会让他感到心惊胆战。他很想由着性子把矮脚圆桌踢一脚，却看到了老伴儿侧着身子正用头巾的一角擦着眼睛。

那个夏天，那个秋天，直到初冬季节，乌克恩都显得惴惴不安。

春天来临，那些喜好娱乐活动的老人们聚集在贾玛乃芨芨草滩上。黑老头将枣骝马留下的青母马拴起来饲养，不让那些瘸子拐子来欺负。俗话说：杯弓蛇影。黑老头总是疑惑地看着青母马的乳房，有一天，它的乳房真的鼓胀起来。

黑老头看到汗吉汗山说了一句话："那，是什么？"他的眼里出现了集体农庄的办公室，马裤两侧的兜，还有用胸膛挡住了三月灿烂阳光的萨甫英。他从阿吾勒出来后，第一次想起了办公室、马裤兜儿和萨甫英。但这次黑老头既没有恐惧，也没有恼火，这些都只是印象，对黑老头来说，就像很古以前的一首乐曲。为什么呢？因为今天他们不是已经听到了吗？今天不是已经被这乐曲扼住了咽喉吗？他不知道，他只知道相比之下，这首乐曲的判决要比它的伤害更严重。毫无疑问，听了一次判决，并承认它之后，你还有什么必要逼着自己去回归它，去制造摩擦呢？你要是不承认，那就该另当别论。他事实上已经服从了萨甫英的话，那不就等于认可了吗？但是他有什么办法不认可呢？在他像羊肠一样漫长的一生中，曾经有过不少无法认同的东西，无奈服从的东西也一样多。如果说服从像吞下刀片儿一般难受，那么黑老头早习惯吞下刀片儿了。所以，当黑老头看到萨甫英想用马裤的裤兜遮掩枣骝马远去的山峰时，他没有吱声，悲伤再次涌满了胸膛。当他突然像光一样晃动着面向自己一直眺望的汗吉汗山峦，开步走去的时候，低声喊了一声："那，是什么？"

他没有在意这两个自己刚才一直在琢磨的单词所蕴含的残酷内涵。别说这个，他甚至不知道自己站在铁热斯阿汗泉山脚下哭泣，不是凭借光影，而是通过追逐着自己的每一根胡须而来的这一把年纪，已经把汗吉汗山冲刷得干干净净。所以，乌克恩在像七月原野上的墓地那样显得万籁寂静的那个时刻，心中也会有疑问和惊愕——为什么会有光影？最后，黑老头也没想自己为什么会说，又说给谁听这个问题。他又不由自主地说了一句："那，是什么？"

但是，他没有看到对自己来说是草场，对枣骝马来说既是摇篮，又是墓地的汗吉汗山。

这个仰望之时，头顶上有一弯新月，黑老头儿这会儿足下的浓重黑暗，仿佛既能吞掉汗吉汗山，也能吞掉"那，是什么？"这样的疑问。

黑老头口干舌燥，咽了一口吐沫，但感觉到了泪水的味道。"原来那不是光亮，那是泪水呀。"黑老头在心里说，他用衬衣的袖子擦了一下眼睛，但还是看不见汗吉汗山。他看了看周围，还是每一天都能看得见的景色。前面不远处有一条弯弯曲曲的小径，之后就是窸窸窣窣的芨芨草丛。左侧是阿吾勒时明时暗的灯光，足下是月光。黑老头这才想起自己一直站在水中央，但他无法动弹，仿佛心中的悲伤将他钉在了水里。别说汗吉汗那座山，甚至连它耸立的影子都没有了，仿佛被刀削去了一般，什么也没有了。

这才要了黑老头的命！

这个时刻，沉沉的大地虽然处在了劫难之中，但在生活中看起来就像熟睡了一样。恐惧潜入黑老头的心里，这种恐惧可没老老实实地躺在那里，它用黑夜一样的手紧扯着黑老头的黑皮袄。这是一种什么样的恐惧呀！突如其来，他不知道。可能是枣骝马的灵魂，也可能是枣骝马在春天芨芨草拔节时分，秋天芨芨草成熟的时候，寻找自己的棕公马吧。

哦，为什么要寻找棕公马？黑老头说道。枣骝马的生命已经陨灭，而棕公马还在这里游牧啊，就在这一带啃吃酥油草与蒲公英呢。

黑老头没有觉察到自己竟然当着这里除了鸟儿饥饿的鸣叫声和蛙鸣之外，显得寂静的夜晚与大地开始倾诉。但是恐惧的爪子还没有松开他，黑老头流汗了。冷汗爬满了他的后脊梁和额头，耳边响起了枣骝马的嘶叫声，死去的枣骝马容光焕发，气度非凡。那嘶鸣声从远处，从坎德尔勒那边赭红色山崖一带时断时续地传来，突然又从脚下的泉水涌出来，随即让整个天空，广阔的芨芨草滩，以及这一带所丢失的牲畜、死去的生灵声音都回响起来。刚才流的汗，那不叫汗，黑老头这会儿才是汗流浃背，热气蒸腾。

他又看了看汗吉汗山那一带，那座山还是看不见。“这座山到底怎么了？”黑老头又说了一句。

枣骝马多次出现在了他的梦中。但是，醒着的时候，黑老头从来没有看到过枣骝马，也从来没有听到过它的嘶鸣声。而在眼下，这种声音让黑老头含恨隐痛，这种恨与痛无法在心间容下，便在一块洁净地带，在细雨沙沙的夜晚毫无来由地醒来，并冲着天空嘀咕。这种情形使黑老头的身体颤抖起来，这种颤抖在短短的一会儿工夫，便蔓延到了身体直到膝盖的部位。正在这时，枣骝马突然嘶鸣起来，这匹早已死去了的生灵按照自己觅食的习惯，撑大鼻孔，嘶鸣不停。这时，它的嘶鸣声是从它的后颈处，从很近的地方传来的，但之后便消失了。

这时，从黑老头的头顶上飞过了一群野鸭，它们震动的翅膀就像琴音一样清脆。

“啊，亲爱的，原来棕公马呀。”黑老头说道。虽然它今年已经八周岁了，尽管黑老头每一年都骑着棕公马，但从未听到过棕公马的嘶鸣声，真像啊，虽然父子俩有着不同的命运，但声音却如此相像。“我亲爱的棕公马，愿上苍保佑你，我亲爱的！亲爱的！”他竟然念起了祷文，而且忘记了刚才还怕得要死的情形，两个膝盖也不像刚才那样颤抖了，只是心里像被烫了一样火辣辣的。

乌克恩从水里走了出来，他没有觉察到自己是如何给已经麻木了的双脚裹上裹脚布，又怎么趿着拽着穿上了靴子，然后披上了外衣，踩着湿漉漉的草地，向发出马嚼子响声的地方走去。

夜晚的世界就像黑老头来的时候一样，还像一个不谙世事的孩子纯洁的情感天空一样，空旷，静谧。这个世界就像刚刚生产的女人那样疲惫，沉静。它像在铁热斯阿汗泉山看到阴影而嘶鸣的棕公马，它脚上的绊马索，还有黑老头，以及他像汗吉汗山一样陈旧的身影。它心中倒没有汗吉汗山一样的悲愁和伤痛。

过了一会儿，黑老头碰到了一片芨芨草丛。刚刚从泉水里长出的芨芨草还不太繁茂，芨芨草茎是白色的，所有的芨芨草都仰望着温暖的天空，静静伫立，如痴如醉。

黑老头头顶上戴着浸满了汗水已经褪色的花帽，肩上搭着已经褴褛不堪的棉衣，裤子的裤管甩在靴子外面。他终于来到已被扣上绊马索体会到自由可贵的棕公马身边。

黑老头走着走着，扯起了一簇芨芨草，这簇芨芨草并不结实，竟然被连根扯了起来。“你们还太幼嫩，还是未经风霜的嫩芽。”他对芨芨草说道。黑老头这时正急匆匆地赶路，他用自己短促的步履踢动着不时冒出来的纷乱思绪，原因是他走出泉水后有点儿迟疑，心事越重，脚步就越沉，它怕自己赶不到棕公马要过夜的苜蓿谷。但是，不管是在芨芨草滩，还是从那里走出，那些纷乱的思绪仍然涌满了他的脑海。这种时候，他无力抵御思绪的黑潮，只能由着思绪，不反抗，不恼怒。他像沙狐一样一路疾行，这么一来，好像纷乱的思绪跟不上他的步伐了。到了这时，黑老头为压倒和超越思绪而感到愉悦，而且还怀着要不了多久就会摆脱心中沉重悲伤的希望。他感觉到自己会做出一个决断，他这么想着，继续像沙狐一样一路疾行。

黑老头穿过了三四年前河水就已经干涸的山涧，来到了朱赫山峦，站在那里开始心中默念，然后突然用沙哑的声音说了两句：“亲爱的，亲爱的。”这时，谷底传来马匹的嘶鸣声与嚼铁清脆悦耳的声音，这无疑是棕公马的马嚼子在抖动，而嘶鸣的则是其他的马匹，而且是母马。然后，穿着及膝白衬衣的黑老头连走带跑，滚下了山谷，这是因为他的心儿再次颤抖起来。是呀，五月份要举行牧人大聚会，届时，他要带棕公马去赛马。

棕公马并没有为那个从山崖上往下滚的黑影而感到惊愕，它知道这是黑老头。对黑老头来说，棕公马就像自己的一个还未成熟的兄弟，但他总是骑上青驴，在棕公马向往水源的时候赶来。今天他来晚了，棕公马等了他很久。他总是在自己极度厌烦的时候，取下绊马索，并骑上离去。那样的时候，棕公马总是让他沉浸在傍晚爽风的吹拂中，放慢脚步，徐徐而行。

在这个摆脱了绊马索的时刻，深知个中价值的棕公马在一团黑影滚到眼前时，急躁地嘶鸣起来，但是黑老头并没有向棕公马转身，他在此之前已经在这条山谷外边与棕公马相遇过，之后，便一直在驱赶那匹臀部肥壮的白鬃母马。刚刚发情的白鬃母马会给棕公马带来一种激情和无所顾忌的勇敢，还有乐趣。但已经来迟，而且像一个躲避饿狼的人那样从山崖上滚落下来的黑老头今天显示出了不同于以往的行为，他阻断了棕公马在傍晚时分找到的喜悦，但是兴致正酣的年轻母马并没有将那个气急败坏的黑老头发出的呵斥听进去，它只是退到了一边，愣愣地站在那里观察着。这时，黑老头心里嘀咕：“哎呀呀，哎呀呀！这个欲火旺盛的畜生！它是听不进人话的呀。”一边将棕公马脚上的绊马索取下来，戴在了白鬃母马的脚上。但还嫌不够，便用一直绑在腰间的绳索又将那匹白鬃母马绑住，然后，蹲坐在了一处高地。棕公马闻了闻黑老头，又闻了闻那匹母马，看到在黑老头儿这边得不到什么，母马那边也是如此，便茫然若失地站在那里。棕公马想走，却又舍不得留在这里的母马。留下来吧，整天没有饮水，而且脚上没有绊马索。棕公马只好使劲抖动了一下身子，然后一路小跑，扬起尾鬃，向铁热斯阿汗泉山那边去了。

黑老头仿佛不经意间被人打了一闷棍，跌坐在了地上。因为他刚给白鬃母马戴上了绊马索，便想起了自己为什么到这里来这档事儿。棕公马看来在做一次买卖，虽然黑老头从白鬃母马那里将它挡了回来，但它的命运依然会在这一两天内有所改变，这件事就像插在黑老头心上的一把利箭。黑老头似乎没有看到棕公马翻过山梁找自在去了，也没有听见黑沉沉的大地震动的声音。他踩踏着新鲜的苜蓿，远离周围的一切，独自留在了这里。好在身边有白鬃母马，还有缀满了斑斑点点云朵的月夜，还有鸟儿孤独的鸣叫声。但是，想起了到这里来的原因，黑老头便忘记了其他的一切。

"我明天去哪里？又会回到哪里？"这时，黑老头时断时续地嘟囔着，"可能自己老糊涂了吧，已经失去了宝贵的东西，还想去参加什么赛马。你拿什么去参加赛马！"黑老头突然说出了这些话。他对自己自由自在地咬牙切齿地说出这番话而兴奋。"你自己去参加比赛吧，或者带着那个瘦骨嶙峋的花牛去参加吧，反正萨甫英没有要这头花牛。不管怎么样，反正萨甫英没有要这头花牛。或者让青驴去参加赛马吧。去吧，去吧。"他是怎么了？怎么像一个苍老的鸱鸮一样僵在那里。让他奔跑起来，让他的胡须一颤一颤地抖起来。让花牛去参加比赛，不要担心缰绳，只管往前冲。即便跑不了六圈，也能在第一圈跑第一名吧。

他坐在那里，仿佛看到了在阿吾勒外边满是卵石的平地赛马场上，马匹与牛一起奔跑，观众们拼命喝彩的情形。

黑老头差点儿就要钻进地底下去了。他并没有带来兽夹，但确实掉入了陷阱。但黑老头这会儿没有力气去追究和梳理这些事情的缘由，只想暖暖身子。等到恢复了知觉的腿麻木了以后，他就侧着身子躺下了。

身下的苜蓿像冰一样冷，黑老头缩成一团，躺在那里，他瘦小的身躯里充斥着巨大的愤怒。被这种愤怒扼着脖子，黑老头明显感觉到自己原来像炎热的七月一样漫长的一生，其实就像锛子的柄一样非常短暂。他还知道要不了多久，自己会被上天从孙子阿布莱身边，也从这个凉爽夜晚被带走。黑老头并没有为自己这个想法感到恐惧。早在战争年代，他失去唯一的儿子赛里克之后，就知道生活在这个翻云覆雨、冷酷无比的世界上的人都会有他们自己的命运。是啊，能将一个魁梧高大的小伙子一口吞下去的世界，又会怜悯谁呢？黑老头想，自己也已经走到了生命的末梢。

现在，令黑老头痛苦不堪的，并不是那些藏在这一带灌林丛中，窥视着自己劫难的幽灵，也不是萨甫英终结了他最后的信仰追求，而是萨甫英为什么要终结这个问题。黑老头知道集体农庄没有完成今年的肉食计划任务，所有的积极分子正在通过刀架在脖子上的紧要时期通常做法——收集无中生有、有中生多的各种虚假数据。但他不反对这些人的做法。看吧，头顶上是黑沉沉的天空，还有从没有被挤过奶的年轻母马。要说诅咒吧，也是现成的，他并不反对这些。

因为冬天太冷，羊群大量死亡，所以没有完成肉食计划。是呀，就是没有完成，但谁会责怪你？谁会批评你呢？你这个混蛋？你需要肉吧？好吧，如果需要，就去把花牛牵走吧，我说了牵走啊，你也需要肉食啊。你需要肉吧，萨甫英！告诉你，你需要的不是马，不是役畜，不是牲畜的嘶鸣，而是肉！你可以将肉放在天平上，但你该将我今天的愤怒，还有充斥着已经衰老胸腔的怨恨放在哪一架天平上，交给哪一个神主呢？看吧，子女成群的家伙，萨甫英，你虽然老了，但从来没有想过死亡这档子事情。这就是我愤愤不平的原因，也是我像见到炊烟的狐狸那样心急火燎的原因。如果死亡不惧怕我，那么，我又为什么惧怕死亡呢？我已经活够了，已经七十六岁了。而作为人，活到这把年龄，应该敬畏生命，敬畏生活，因为像我这样已经握不住马鞭的老头哪有与高大魁梧的死神搏斗的力气呢？黑老头拖着哭腔在心里说道。

黑老头整天时时都在克制自己，这会儿爽快地说出了憋在心里的话，感到轻松了许多。但是那个文质彬彬的萨甫英留下的心灵创伤还在隐隐作痛。反而在这个等待前往铁热斯阿汗泉那里饮水的棕公马回来的时候，他松开了不时向自己这边张望的白鬃母马脚上的马绊子。他看了看自己，觉得自己身上也有马绊子，那是因为对棕公马的挚爱而套在颈上的一条套绳。而在刚才那个心灰意冷的时刻，他将自己看得比白鬃母马还可怜，因此他才给白鬃母马松了绑。但是，谁又来给他松绑呢？谁又来给他取掉套绳呢？他不知道。黑老头并没有因为索取了什么，索取得多或者少而恼火，他也没有说自己付出了，付出了太多。他想哪个家庭没有付出呢？但是，在今天看到棕公马爱抚白鬃母马之后，便想到有付出的肯定会得到回报。人啊，不管付出得多还是少，都不会把自己交出去的。因为不说别人，首先自己也需要自己呀。

这个时候，不知是恼怒还是泪水，反正有一条热辣辣的枝条猛地抽打着他干瘪的胸膛。他很想躲开，但一霎那，黑老头便感悟到了棕公马真正存在的价值。

“是呀，是呀，棕公马是谁？我又是谁？”之后，他连吓带哄地解开了白鬃母马蹄子上的马绊子，接着走回来坐了下来，把马绊子放在了身边。然后又说：“是呀，是呀，棕公马是谁？我又是谁？”然后，黑老头什么也没说。他为了抚平心中的疙瘩，彻底轻松下来，还想继续说点什么，但已经说不出什么来了。那些说不出来的话，对黑老头也没有什么用了。因为黑老头的一生都被概括在了刚才说的那些话里了。

之后，一种沉甸甸的悲伤压在了黑老头的心头，那些布满天空的乌云，仿佛纷纷掉落在了地上，愤怒和泪水一次次挤压着他的心灵。

黑老头站了起来，地面上丢着发亮的马绊子，棕公马嘶叫着，用嘴轻轻地咬了一下白鬃母马的臀部，然后昂着头看着它。

月亮不见了，鸟儿也停止了鸣唱，只有白鬃母马嚼着新鲜苜蓿的声音。

这会儿的天空黑得像锅底，仿佛一具尸体，显得高傲、冷漠。

黑老头在寻找汗吉汗山，这次汗吉汗没有跑开，只是显得比刚才还要憔悴，还要矮小了许多，它缩成一团正在酣睡，像一尊雕塑。

之后，黑老头给棕公马戴上了笼头，也没像先前那样找一个高一点儿的地方，便跳起来跃上了马背，并将马绊子放在身前，向阿吾勒策马走去。

棕公马对这一带的山山洼洼非常熟悉，它抖了两下脖颈，觉得主人没有限制自己，便转过身，走出了灌木丛，踏上了一条小径。

阿吾勒那边的灯光已经变得稀疏，夜间的光亮闪闪烁烁，但前边的灯光却显得呆滞沉闷，虽然从远方看起来星星点点地在各处闪动，但每一处灯光都没有变化，仿佛怀着仇恨一般。

棕公马知道黑老头向阿吾勒走去的时候不会放纵自己，但如果停下来了，又会令他烦躁不安。所以，它起初有点儿忐忑不安，在小径上喷了一下响鼻，没有听到黑老头习惯性地发出的“啾”声，便一路小跑，跑着跑着，便飞奔起来。黑老头用手摸了一下脑袋，原来他的花帽掉落了。

刚才下起了雨，黑老头并没有注意，现在也没有觉察。他伏在了棕公马的颈鬃上，这不是在月夜躲避扑面而来的寒气，而是一种习惯。

黑老头听到了一种声音，不知是乐曲的片段，还是挽歌？抑或是棕公马的马驹在嘶鸣？也有点像自己去阿拉木图求学的那个又黑又瘦的孙子压抑的哭声。这究竟是什么声音呢？

黑老头还闻到了从一个奄奄一息的身体中喷洒出来的鲜血的腥味儿。到了这儿，黑老头又听到了马踏泥土的声音。最初听到这个声音时，整个晚上时隐时现的决断突然变得清晰起来了。他想：我会宰了它！

“我要宰掉它！”黑老头大声喊叫起来，将雨水的哗哗声，还有马踏泥土的声音都冲刷得干干净净。

黑老头听到了一种声音，这是乐曲的片段？还是挽歌？抑或是棕公马的马驹在嘶鸣？反正是一种带血的声音。现在他要杀到哪里去？什么时候，用什么来杀呢？黑老头又闻到了从一个奄奄一息的身体中喷洒出来的鲜血的腥味儿。

突然，他看到了一束刺眼的光亮，惊了一下，原来已经到家了。那个刺眼的光亮是从自己年近五十，唯一的弟弟穆罕的摩托车车灯上发出来的，弟弟正在捣弄摩托车。见到他后，弟弟跑过来牵住了马缰绳。

“你跑到哪里去了？”弟弟问了一声，但黑老头没听见，他觉得摩托车的灯光太刺眼，举起手中的马绊子刚想扔过去，就看见拄着拐棍，身体瘦弱，脸颊煞白的老伴儿从那边走了过来，她的头上盖着一件衣服，身边有几个调皮的孙女儿，一边躲着雨，一边缠着她，让她无法行走。

“苦命的家伙，深更半夜骑着马到阿吾勒，你糊涂了吗？”说着接过了他手中的马绊子。

“拿刀子来！”黑老头的这句话不是说给弟弟的，而是说给老伴儿的。

“这苦命的家伙，你在说什么呢？”老伴儿大惊失色地说道。

“拿刀子来！”黑老头又说了一句，然后跳下马背，踩着泥巴，走过去把摩托车的车灯踢了一下，车灯碎成了片，他还在踢。

黑老头的性格就是这样，只要话说三遍，家里的任何人都不会好过。弟弟急忙跑去拿来了刀子。黑老头便从闻着自己的手找料吃的棕公马的颈鬃上割下了一簇鬃毛，然后，先沾了一下自己口中的吐沫，然后又凑在棕公马的嘴边沾了一下它的口水，接着交给了老伴儿。身体虚弱，脸色煞白的老伴儿好像刚刚看出了老伴儿的心思，她立即甩开了缠在身边的孙子们，扔掉了马绊子和拐棍，喊叫了起来：“苦命的家伙呀，苦命的家伙，棕公马又有什么错呀？你先把我宰了吧！作为一个男人，与其在阿布莱面前丢尽脸面，还不如把我宰了吧！”她说着走过来争抢老伴儿手里的那把刀。那就是之前饱饮枣骝公马鲜血的刀子！黑老头没有争抢，但也没有松开刀子。他看着在深夜戴着洁白的头巾，脸色煞白，身体瘦弱的老伴儿，说道：“你喊吧，你想让我怎么样啊？”

雨下个不停，而且越下越大。当天上第一道雷电闪过的时候，三个孙女儿中最小的一个——热娅，她是黑老头的掌上明珠，突然浑身发抖，尖叫了起来。她突然看到了一直找不到的祖母，她还拉着父亲的手。那匹棕公马若无其事地站在他们身边。尽管站在身边，但它没有看到穆罕，也没有看到搭在他肩上的马绊子。

哈依夏·塔巴热克译

艾比什·科克里巴依

（1939—2015 年）

1962 年毕业于哈萨克斯坦国立大学语言文学系。1994 年—1995 年，担任哈萨克斯坦议会上院议长；1996 年，担任哈萨克斯坦下院议员；1996 年—2002 年，担任哈萨克斯坦国务秘书，参与了大量国家级重大决策的制定。2002 年，当选为哈萨克斯坦国会议员。

1962 年，从诗集《金色的曙光》开始，陆续出版了中篇小说集《一朵云》《原野上的孩子们》《雁鸣》《一把黄土》《鸟翼》《较量》《达丽雅王妃》《悬崖》《赛马》《传说中的结尾》《巢与弓箭》《醒来的睡美人》《与时代面对面》《对话此刻》《文学的世界，艺术的领域》等作品。他的作品语言功底扎实，关注人类的精神世界，具有很高的可读性。他还创作了剧本《阿布莱汗》等。他的作品被翻译成俄罗斯、保加利亚、德国、波兰、捷克等国的语言出版。他也将列夫·托尔斯泰的《战争与和平》、莫泊桑的《一生》《皮埃尔与若望》、莎士比亚的《李尔王》《罗密欧与朱丽叶》及契诃夫的《万尼亚舅舅》等作品翻译成哈萨克语。

1996 年，长篇小说《朦胧间》获得了哈萨克斯坦阿拜文学奖。2003 年，获得哈萨克斯坦塔尔兰奖。曾获得哈萨克斯坦和平与精神振兴奖。

旱龟衔着一棵草

事情要顺，想挡都挡不住，一切都会水到渠成。萨荷莆磕磕绊绊，行动笨拙迟缓，平时烧一壶茶能急死人，即便是迁徙者拆分毡房上路，安营扎寨支好了毡房都不见她的茶壶有声响。可今天，她的茶壶开得出奇的快。就连那个吃夜草一晚上能翻过几座山冈的黄骠马，好像被人拴在牧村上方那片锦鸡草丛里，转了一夜都没走远。哈拉巴拉一边抬脚认镫，一边想："今天可能是我的吉日"。当他上马抓住缰绳时又想，"但愿我的愿望不要落空"。他对自己先前的想法产生了些许怀疑。于是又在心里默念祷词，双腿一夹催马上路。

两三天来，他都没有睡过一个安稳觉。对他来说，世上没有比求人更难的事情，因为你只能低三下四。有时候，即使跑断了腿，诉尽苦衷，也得灰溜溜地回来。你说，还有比这更窝火的事吗？感谢上苍，托黑砧子和黑榔头的福，虽然别人时时求他，他却很少求过他人。他一辈子都是天一亮就进村边上的铁匠铺，天黑之后才从那里走出来。他不像其他的那些老汉们那样，既不去吃喜宴，也不去祭奠之类的聚会。除非他人专门请他，否则他连丧葬仪式都很少出席。

就是这样大门不出二门不迈，沉默寡语的哈拉巴拉今天却骑马出行了。他不去别处，目的地是县城，县府的几个办公室。

差他去干他最不愿意干的事情的是那个好惹事的翁拜。那个可怜的倒霉鬼每逢会议都会一屁股坐在主席台上敲打着桌子声嘶力竭，或者撸起袖子忙着往花花绿绿的纸上签字。无论每次选上的村长是谁，第一个与之翻脸的人也是他翁拜。如果村办公室附近有什么吵闹争斗之事，其中必有他。每次见他，他都在骂着他人的祖宗八代匆匆赶路。要论惹是生非，在他面前，谁都得甘拜下风。无论是哈萨克语，还是俄罗斯语，没有他不会的难听话。朝鲜族裁缝老汉搬迁到本村还不到一年，秋天的时候就看到翁拜与那老汉用朝鲜语在对骂。

前几天，翁拜派儿子来叫他。他还没踏进门槛，翁拜就开骂了："到底不是亲生的兄弟呀！你从来都不知道来看看我，我翁拜在为你们忙碌的时候是个红人，现在病倒卧床都半年了，你们哪个人进过我的家门？他娘的，现在拄着这两根拐杖也走不动了。政府要给我们这样的人配一辆车子，你去县里替我把这事办了。到了那里，你得进一个又一个的办公室，不跑断腿办不了事，就是跑断了腿，诉尽了苦，也不一定能办成事。你看，我的髋关节很疼，根本就走不了那么多的路。我们的祖辈同吃一个奶长大，我们是兄弟，我不求你求谁？你那烂铁锤消停上一天，死不了人，你去一趟。如果你不把这事办了，明天我死后就别来我尸前哭嚎抹泪，否则我会用这根拐杖把你的脑袋砸扁。"

哈拉巴拉的胡须向上翘了一下。你听听，他能耐多大，死了还要打人。不过，他已经皮包骨头让人怜悯了。他们同宗也是真的，所以两家至今还没有联姻。再说，他们是同年生的同龄人。翁拜从小就好惹事，刚到十五岁就老是去有姑娘的人家，像两岁公马驹一样往人家毡房蹭个不停。为此，他不知挨过多少老汉的拐棍。老汉们的拐棍没伤过他的一根汗毛，可是战争却让他的右腿连根断了。独腿的他也不曾闲着，不分昼夜在村里转来转去。他家里已经有了六个孩子还嫌不够似的，村里的三四个寡妇所生的几个孩子都像一个模子里出来的一样，一个比一个像翁拜。

儿时摔跤，被翁拜摔倒之后，他爬起来，一边拍打身上的土，一边会想："不管干什么，翁拜就是比我强"。

正如那时的想法，到昨天为止，翁拜从没比别人弱过，只不过从今年入冬以来因为身体原因出不了门了。年迈以后，原有的创伤似乎战胜了他的意志，病魔占了上风。翁拜卧床之后，村办公室连同周围都宁静了。但是，禀性难移的他可能在家也没有闲着，“翁拜说这个了”“翁拜说那个了”之类的话还是不绝于耳。有人骂道：“要死的人了，这个瘸子还管那么多闲事干吗呀？”也有人怜悯他：“可怜的人，临了还得罪人干啥呀！”当然，骂他的人要比怜悯者多得多。他原本艰难，却与他人一样生活着，与病魔搏斗耗尽了体力，正从他人的视线中逐渐消失。而他的后人却没有一个像他，就像他们的娘一样，一个比一个窝囊。只有给人开车的大儿子还能在人前说几句话，可惜他去年就死了。所以，翁拜咬着牙对他说：“都怪我这不争气的身体呀！要不然，我就是拄着这可恶的拐杖，也会走到那些官僚面前，让他们睁开狗眼见识见识老祖宗的厉害。”然后又对着儿子说，“我不是这么说了吗”“我不是那么说了吗”，臭骂他一通。而那个儿子只是用小得不能再小的声音回答他：“爸爸，别生气！”这个儿子这两天去牧场给别人当助理羊倌了。

正因为孩子们办不了事，翁拜才把他叫去的。因为他们是同龄人，又沾亲带故，所以总不拿他当外人。他说：“你再怎么卖力，也比不上那个游手好闲整天打牌的哈里。他让老婆孩子替他放羊，却收获荣誉，咧着大嘴摆姿势拍照上报纸，他哪一点比你强？他倒成了阿拉木图和莫斯科的常客，每次回来都背着地毯和印度茶炫耀，还能亲耳听到高级领导人的赞美言辞。而你从早到晚听到的只有锤子和砧子的拼杀声。”

都这个年龄了，他这是第二次去县城。早年，也就是大战开始那年，他和村里的小伙子们一起去了兵役局。他们说他膝盖骨脱臼了还是脚踝是崴的，反正体检没有通过。此后，他只是到邻村的丈人家去过两三回。从那以后，他这是第一次走出自己的村子。走是走出来了，可是心里却没底。因为，他每次与他人说到翁拜时，很少有人给过他好脸色。或许是这个原因，抑或是像翁拜所说的那样，那些坐在办公室的真的是一个赛一个的官僚主义，一个赛一个的冷血。依了翁拜的说法，他要去找的其中一个人，就像扑向猎物的猎狗一样贪婪，会盯着你的随身物品。第二个，你要是不在他们的办公室门前等上两个小时，即便是亲爹亲娘也见不着人，是个十足的官僚。第三个，是个除了“没有”，什么都不会说的人。他能眼睁睁地把眼前的东西藏进七层地底下，把你带去的纸片上的每一个字母都要盯上半天，然后能给你讲一通法规条款。按翁拜的说法，到了县城，有一家只需要闭着眼睛从指缝里夹上票子递过去，就会在你面前摆满食物和酒水的饭馆。而那家馆子里除了一个开朗的婆娘外，没有一个像样的人。翁拜自己都说到这个份儿上了，还要让他去从那些恶人手里要来一辆汽车，他哪有逢山劈山逢水越水的本领呢？但是，他毕竟是亲人，总不能因此而怜惜自己坐骑的那点汗水，让他生气不是？所以，今天的出门实属无奈之举。

胯下的这匹黄骠马是骑着不走，撒开却像流水一样不见踪影的驽马，现在就像在数地上的茵陈一样，不肯迈开大步。但是，哈拉巴拉的马鞭暂时还没有从他的长袖筒里露出头。

村边的墨色漫坡上的积雪已经融化，露出了本色。不管是哪里，都有石缝和水洼，哪儿都能见到扭动屁股爬行的旱龟。可能是昨天那场疾风和天上的淡云，把它们从冬眠中唤醒。这些笨拙的家伙听到马蹄声，就把头缩进去趴着不动，当你刚走开时它们又向前爬行。哎呦，太可爱了！就在这时，他看到一只像盛肉的大盘那么大的乌龟四脚朝天，因翻不过身来正在挣扎着。他想它可能是从高处石缝爬出时不慎摔下来的。它缓慢地扭动着满是皱褶的短脖子，嘴上还衔着一棵细细的干草。这只活了数世纪的旱龟王，似乎在探察这个头戴双耳皮帽的哈萨克人会对自己怎么样，用麦粒大的两只眼睛死死地盯着他。

哈拉巴拉原本想靠过去用鞭杆帮这只受困的可怜家伙翻身，但当伸出鞭杆弯下腰时，他却想起了“谁要是能得到冬眠后出洞旱龟口中衔着的草，他就会事事顺利，心想事成”的传说。于是，他下马走过去，口中小声说着“以上苍的名义”，把那棵小草取了下来。那是一棵只有缝衣针粗细的干草，像沙土地上常见的野生胡萝卜秧似的。他拿到手上看了看，才把仰面朝天的老旱龟翻过身来。他上马走了几步，又回过头看了看，看到那只吉祥的老旱龟已经向一丛茵陈草爬去，就再也没有回头。“嘿呦，真的那么灵吗？这难道是造物主向我伸援手的兆头？我有何德何能得到这样的福报呢……”突然降临的惊喜让他的心怦怦跳个不停。一路上，“假如这趟县城之行一事无成，回去翁拜肯定饶不了我”的担心也烟消云散。他把手掌上的那棵草夹在出门时老伴叮嘱“去了县城，别忘了把这药买来”塞给他的药方中间，小心翼翼地揣进衬衣兜里。然后，甩出马鞭不停地抽打着驽马，加快了步伐。

他走着走着耳边响起“哎，红犍牛……姑娘和小伙去挖煤……”这首歌谣，嘴唇也不由地动了起来。每逢喜事他都会这样。从翁拜那里听来的这首歌词，虽然没有记全，但是在他独处时常常会不由自主地哼上几句。每逢聚会或婚宴场合，翁拜总会无事生非找借口与身边的人吵一架。然后把袖子撸得高高的，放开大喝一通。刚倒满的一大杯酒，只要一挨着他的胡须就会见底。要是先前斗嘴时没占到便宜，此时便会再一次吹胡子瞪眼。假如他占到了便宜，他就会用粗大的手握住酒杯站起来，用一只拐杖撑着身体，用刺耳的声音唱：“哎，红犍牛……”

在场的女人们只要听到她唱歌，就会咯咯咯笑个不停。那头红犍牛到底是干什么用的，它与那个小伙子和姑娘又有什么关系，而那两个年轻人为什么不去干体面一点的活儿，要去挖煤，哈拉巴拉到现在也没搞明白。这歌那么好笑吗？她们没完没了地笑，笑什么呢？不管怎么说，这首歌的这两三句不搭边的词，却被他牢牢地印在了脑海里。所以，虽然他不用像翁拜那样惹众人捧腹大笑，哗众取宠，但是，在独自一人时也能表达一时的兴奋心情。而此时，他的歌声就像胯下黄骠马懒洋洋的小跑蹄声一样很不入耳，但是他自己的感觉却一点也不差。唱歌就像炎热天喝冰镇水一样，能抖擞人的精神，有驱散血液里的污垢之功效……

哈拉巴拉的父亲是个牧驼人，他们的家总在无人的荒野居住。所以，他从小很少见人，养成了怕生的习惯，每次见到生人都会往父母身后躲。就是此时此刻，他还是怕被人听到他在唱歌，不停地观看左右是否有人，生怕别人听到后说：“嘿，我们还真不知道哈拉巴拉也会唱歌，他独自在路上，还会唱民歌哩。”

乍暖还寒的初春，灰色大地看不出一点生机，天空似乎还没有完全散去严冬的冷酷，胯下的黄骠驽马似乎对在这辽阔大地上只有它一个四条腿的在行走而沾沾自喜，不停地打着响鼻。

哈拉巴拉不知不觉中笑了，因为他无缘无故想起了很多往事。乡苏维埃一位精干的秘书不顾他父亲的反对，强行把他接走，送进了学校。那学校原是一位虔诚信徒给孩子们教经文的清真寺，是用白色石头砌成的四方形的两间小屋。所以，原来人们称其为白寺，后来改称白色学校了。而现在人们不再叫它白寺，也不叫白色学校了，而是用哈萨克语和俄语混称其为“阿克西库勒”。就是这所“阿克西库勒”从四面八方招来了二十多个农牧民的孩子，其中最大的是十二岁的翁拜和哈拉巴拉。翁拜成绩优秀，而哈拉巴拉的成绩却一塌糊涂。在算术课上，如果是有关骆驼、牛、马、羊的加减法，他计算得清清楚楚；如果是书中写的有关落在电线上的鸟，成包和散装的苹果，两地间对骑自行车的速度和距离等方面的计算题，他就晕头转向。而翁拜自打会走路就玩自行车，从小帮家里收苹果，不厌其烦地数成箱的果子，或者拿弹弓打电线杆上的鸟。所以，不管让他“加”还是“减”，不论让他“乘”还是“除”，他都能随口说出答案。翁拜没几年就从“阿克西库勒”毕业，去了临近一个集体农庄的学校，并在那里读完了七年级。而他哈拉巴拉不要说去那个集体农庄的学校，就连“阿克西库勒”的那点课程都没能学完，就被学问噎住，学不下去了。翁拜很快成了一个梳着一边倒发型，身着黑色翻领新式套装和白衬衣的俊小伙。他的梳向一边的头发，洁白的牙齿，透着笑意的目光，还有每天都要擦油的黑皮鞋，都像刚被母羊舔舐过的小羊羔一样，总是鲜亮鲜亮的。哈拉巴拉依旧穿着老式旧长靴，平领袷袢。这一带青春期的俏姑娘很少有没收到翁拜情诗的，而翁拜每个衣兜都装满了姑娘们赠送的丝手绢。每逢会议或其他聚会，翁拜就会精神焕发，喜笑颜开，每次都要慷慨激昂地发表演说。那集会或会议究竟是节日集会，还是生产总结报告会议，或剪羊毛，打草，接羔，摘种羊避孕毡等生产专题安排会议，对他来说都没什么区别。每次会议的主要议题结束之后，主持人就会主动叫翁拜的名字，听众也会自发地热烈鼓掌。主席台上的领导以及大厅和走廊里的听众还会不时地点头或发出啧啧的称赞声。就连上级派来的代表也会对这个青年积极分子另眼相看，紧紧握住他的手表示赞赏，拍他的肩膀表示鼓励。要不是突发战争，翁拜或许早就成大人物了。想到这些，哈拉巴拉至今惋惜不已。在当他的这位同龄人红极一时时，他从没有嫉妒过。“不赞扬翁拜还赞扬谁，还有比他更好的小伙吗？”他总是这么想。哈拉巴拉小时候总往父亲身后躲，长大后总跟在翁拜身边，把他当成自己的保护人。当人们称赞朋友时，他会站在远处沾沾自喜。当体检医生取消了他上战场的资格后，他与站在队伍最前面的脸色有些灰暗的翁拜告别时，豌豆般滚落的眼泪打湿了衣领。而翁拜只是动了动嘴唇，使劲握了握他的手，又使劲甩开他的双手走进了队伍。那天哈拉巴拉拖着疲惫的身体，很晚才回到家。这一路，朋友那灰暗的脸色一直浮现在他的眼前，一个眉清目秀的青年，一个无所不能前途无量的才子要被送上枪林弹雨的战场，让他感到无比惋惜，无比难过。在哈拉巴拉的眼里把翁拜和其他众人区别看待惯了，此刻成排笔直站着的那些入伍青年似乎都不存在，只有翁拜才是他值得惋惜的人。翁拜踏上死亡之路了，自己却留在了家乡，他因此而感到无比耻辱。他怕别人说：“你们看，数千青年去浴血奋战了，他却捡了一个大便宜！”所以，他不再出门，不再见人了。

从那以后，连续四年，他每天只与炉火和砧子为伍，与铁锤为伴。战争结束前一年，翁拜回来了。就在那一天，哈拉巴拉第一次白天走出炭灰飞扬的铁匠铺。当他看到背上垫着鹅绒枕头斜躺着的朋友，和身边立着的两个拐棍，门口放着的单只歪底靴子，不由地浑身颤抖起来，跑过去紧紧握住了身着军装，脸色更显灰暗的朋友之手。

“哎呀，你还好吗？”翁拜强颜微笑用手捻着胡须问道。他这话似乎被在座的其他人理解成了“你在和平的家乡不会有敌人伤着你的”，因此引起了众人的交头接耳。但是，哈拉巴拉却没有听出那样的意思。他好像读懂了朋友脸上的愠色，心里想：昨日活蹦乱跳的家乡百姓的骄子，今日拄着双拐回来，还能和颜悦色吗？昔日散发着果敢而坚强火焰的一对大眼睛里，现在只剩下了刺人的冷峻和严厉。无论谁说话，他都当即予以严厉的反击，言语极具攻击性。

当年秋天，翁拜被任命为集体农庄管委会主任。从此，他一只脚踏在马镫上，两根拐杖拴在后捎绳上，常常像从天而降一样突然出现在各种场合。他能看到别人还没看到的，也能想到别人未曾想到的事情。原先见到他时只知道嘻嘻哈哈的人，现在见到他都开始畏惧他了。拿镰刀的女人们唯恐主任突然驾到，不再像过去那样坐在草堆上相互捉头上的虱子了；打麦场里的老汉们也不敢像过去那样，一旦打完一场麦子就口中念着“丰收吉祥”，一人分一把麦子了；办公室里的人也踮着脚尖走路，小心行事了。从那年起，县里的年终评比中，牲畜出栏评比第一的是翁拜的农庄；第一个完成储肉计划的是翁拜的农庄；甚至连母畜受孕率也从翁拜回来后一直名列前茅。翁拜在任期间，一年四季从没牧放过牲畜的闲置着的处女地被开辟成了草场；除了盘羊和黄羊外没人踏足的荒原成了储备草料的基地；每条山沟口的开阔地都挖渠引了水，种上了大麦、小麦和粟子。同样，翁拜在任期间，他们农庄出了一匹无与伦比的红鬃快马；率先实行了按劳分红的制度；黑板报、板报之类的宣传栏都能按时看到；哈拉巴拉也成了会议积极分子，还听人说他是什么管委会委员，反正三天两头有个黑小伙来叫他去办公室开会。但是，誉满全县的“瘸子管委会”时代却没有延续多少年。

虽然翁拜是“兼并小型农庄发挥规模经营效益”的倡导者之一，但是，当相邻的三个集体农庄合并成一个的时候，管委会主任位置没有给翁拜，而给了另一个农庄的原主任，翁拜成了副主任。而这两个主任一开始就只用眼神说话，很少使用语言交流，背地里却相互告状。后来，两个人都撕破脸当面吵个不停。最终，第一把手被调到了另一个农庄，而副手翁拜被降级安排到一个牧场任职。但是，翁拜赌气不去。过了几个月之后，他被叫到县里，安排他去肉食收购站任职，但翁拜却拒绝说：“我不会为你们成天盯着秤杆念数字！”第二次又派他去收税站，他又说：“我没工夫成天数钱！”从那以后，县里再也不找他了。他就在家里躺啊躺，躺了一段时间之后，他后悔、气愤，也有了给上级领导写信反映自己情况的想法。但是，最终他还是自行找了一份工作。或许是天无绝人之路，那年家乡来了一帮带着很多现代化机械的人，他们不知是找石油的还是打井的，反正是干钻地活儿的，人们都叫他们是钻探队。也不知人家看上了他的哪一点，让翁拜当了他们的仓库保管员。那时的集体农庄最缺汽油、钢材，还有汽车拖拉机的配件，而翁拜手头上却保管着汽油、钢材，还有汽车配件。农庄的人去求他时，如果他在兴头上，就用俄语骂上一句之后，便会满足他们的需求，如果不高兴，就会说“小犊子，快滚，去给你们当官的说！”然后再说上一堆难听话，让来人空手而归。于是，翁拜成了农庄的机械手和驾驶员们最难拜的神仙。他们对翁拜唯命是从，只要他让说的话，都会被一字不落地带给农庄领导。一时间，农庄里“翁拜这么说了，翁拜那么说了”之类的话就传开了。最初有人说：“我们那小子哪有不敢说的话？”之后有人说：“我们的独脚主任说了，那肯定错不了！”再后来有人说：“翁拜既然开口了，就不会给任何人面子！”这个时候，钻探队库管员手中出来的一桶汽油或者是几块钢材究竟能解决农庄多大难处已经不重要了，重要的是农庄里交口相传的那些不堪入耳的流言蜚语。翁拜的话像一把火一样，烧得集体农庄头儿们坐卧不宁了。

管委会的头儿们怎么办了呢？他们听了司机们一字不落的传话，气得火冒三丈。但是他们知道，生气和愤怒都无济于事，所以心里暗暗骂说：“你等着，有你好看的！”最初的那个红了眼的主任寻思着：“我要设狼夹把这独腿怪物的另一条腿也给他夹断。”他从农庄商店提了一箱酒，又从县城里买来了一箱白兰地，宰了一只大羔羊，把钻探队的头儿请到了家里，又请了几个手下作陪客。没想到客人却是一个老滑头，一进门，就从主任的房屋如何如何宽敞，装修及家具如何如何精致开始夸赞，之后不停地赞美饭菜可口香甜，连煮熟端来的那只龇着牙、煮烂后脱了皮露着鼻梁骨的羊头也大加赞美了一番：什么肉煮得软硬合适，鲜嫩味美，点心入口即化；什么马奶和驼奶酸甜稀稠恰到好处，可与琼浆玉液媲美，就连那些再平常不过的酒水他都不惜口水，赞美不止。一直到半夜回去之前，也不忘拍主人的背，摸门口卧着的黑狗的头表示欣赏，吻着主人家男女老少的额头一一告别。但是，有关哈萨克库管员翁拜，他除了笑，啧啧咂舌之外不表示任何态度。主人先是暗示，可是他以傻笑作答。然后主人又不点名地说翁拜的不是，他也只是以笑作答。再后来，主人破口大骂翁拜，他却摇摇头，笑一笑，不说话。忍无可忍的主人索性张口把客人大骂了一通，可是他却说着“好，好”哈哈大笑，之后又搂住主人的脖子亲吻几口。一直到回去，一旦提到翁拜，他都会说着“翁拜是个狡猾的家伙”，然后哈哈大笑。他分明是在向主人暗示“你那一套，在我这里不管用”。集体农庄主任要夺走翁拜嘴里肥肉的目的没达成。但是，领导毕竟还得干下去，饲草还得按时割，地里麦子也一样要割，还得运到场院里……简而言之，生产计划必须得完成。为此，机动车必须得不停地运转，而这需要汽油、柴油、钢材，还有零配件。就像当年需要镰刀、犁铧、割草机、耙草机等生产工具一样，令村官们经常念叨“愿哈拉巴拉健康长寿！”领导们无论怎么恨翁拜，也得忍气吞声去求他。因为，这些必需品上帝也不一定有，而翁拜手中却从不缺货。翁拜也知道怎样运用手中的紧缺货向他们扬鼻甩脸。每到月底，季末，年底，不论是司机还是工长，技术员还是机械师，翁拜一个都不接待。一直到集体农庄主任亲自拜倒在他面前，他才会满足他们的需要。而当他们直接去求钻探队领导时，得到的答复很简单："仓库里的事情，库管员翁拜同志最清楚。"管委会主任无奈，每次都要带着几个人亲自去求翁拜。这种情形下，翁拜一般都会慷慨解囊，不说二话。假如他们再谦虚地说上一句："我们的翁拜前辈知道我们农庄的困难，也知道农庄当前的工作情况。"他不仅会给他们汽油和钢材什么的，就连哪个地方应该建畜圈，哪里应该打口井，在什么地方打草，羊、骆驼和马匹应该分别在哪里过冬之类的建议也会一并相送。如此这般，管委会主任因满载而归高兴不已，翁拜也因满足了虚荣而踌躇满志。但是这种令大家都满意的场面，不久就终结了。因为，奋斗一年完成了各项生产指标任务之后，那个管委会主任听人说，老百姓都在说："要不是翁拜，我们的计划任务早就黄了。"于是，主任再一次咬牙切齿发起了狠："呸，我非灭了他不可！"

那个主任心想事成，钻探队这个天上掉下来的肥肉，在这一片牧场经过三四年的勘探，圆满完成预定任务撤走了，翁拜也失业了。这满足了个别人想报复翁拜的私心，因为他们觉得不仅断了秉性怪异的翁拜的财路，也割掉了他尖酸刻薄的舌头。但是，翁拜的财路虽然断了，可是舌头依旧还在。说实话，可怜的翁拜也确确实实受到了很大的打击。为了生计，他只好去求县上的"有水平的"领导和"有干劲的年轻的"领导。于是，翁拜原先不屑一顾的"数钱""盯秤杆读数"的活儿，便成了他的出路。那还是好的，原先一闻到牛羊的膻味就捂鼻子的骄子翁拜，也干起了收购臭烘烘的牛羊皮和羊毛的活儿。人们经常看到他在收购站宽大的库房里，靠着拐棍站在大座秤旁打算盘。要知道，现在百姓手上应收的牛羊皮太多，再加上翁拜口袋里总是装着世界上最辣的鼻烟，墙角旮旯有他时不时抿一口的烈酒，还有他总是讲不完的稀奇古怪或者惊险的故事和俏皮话，他的收购店里来往的人很多。所以，他每天都要疲惫不堪地回到家里。当然，下班途中若遇到聚在一起的几个人，他自然也要凑凑热闹。不过，在这种场合，他也决不会只甘于做观众或听众。因此，原来的"能言善辩”的翁拜，便成了“刻薄的”“惹是生非的”“好斗的”翁拜。原来见到他会凑过去巴结他的人，此时都躲避他。可怜的翁拜因寂寞难耐而经常拄着双拐独自行走在街上，时而唱歌，时而大喊大叫。这种情形下，他一般都会光顾哈拉巴拉的家，进门把双拐往门两边各放一个，然后跳三两步过去侧躺在正堂上。只要翁拜一来，萨荷莆就会拿出最好的被褥给他当坐垫，拿出最新的枕头给他当背垫。他独自坐在正堂上吃饱了炒肉，喝足了奶茶还不行，还得给他摆上半瓶酒。他拿起酒，会给主人也倒上一点。哈拉巴拉天生不能喝酒，只要抿那么一口，就会傻乎乎笑个不停，只要再沾一次酒杯就会倒头打呼噜。所以，翁拜给他倒酒时会掌握分寸，因为他需要听他说话的人。他每次来这里喝酒时，只给朋友倒那么一小口，而且只是一点，也不劝酒。他每次来都很开心，一边喝着酒，一边给朋友讲往事或者笑话，不时地大笑几声。

“哎，大头！”每次见面都好像很久没见一样，翁拜总要这样说，“整个集体农庄的重担都压在你肩上了吗，为啥总是愁眉不展？要力气有力气，要模样有模样，你比任何人都不差。你看你高鼻梁，两撇漂亮的八字胡，大圆脸，大高个，是个标准的哈萨克美男子。你的照片会给任何一张报纸增光添彩，但是他们却不拿你当明星宣传，却要把丑陋的矮子哈里捧上天。这就是命啊！我看幸福也是一个独眼怪兽，不到天上掉下的石头砸到自己脑袋上时，根本就不知道自己背的是什么人，只有当他看清自己背错了时才会甩掉。我看哈里那个坏屃被甩的日子也为时不远了。”

每每说到这里，他总会喝一大口酒。所喝的酒，所吃的辛辣的洋葱、炒肉，还有奶茶都似乎不能驱散他心中的积怨和怒火。只有这样的言语，这样的倾诉才能让他的心获得一时的平静。

他还说：“当年我红极一时的时候，就应该助你一臂之力，帮你改变命运的。”

听到这话，一直坐在那里倒茶的萨荷莆也会嘟囔说：“哦，他叔，现在说这话晚了吧？”

“还能说什么呢？都怪我自己。”翁拜像在撒气一样把垫在腋下的枕头使劲按几遍之后，才慢腾腾地又说，“兼并集体农庄的时候，听说原本是要我当第一把手，是我自己没事找事得罪了县里的书记。在召开积极分子会议时，是我自己多嘴批评了‘纸上谈兵’的工作方法，不曾想反被人打了一闷棍。从那以后，我就处处遭冷眼了。我的命运就像发过劲的酸奶一样，每况愈下了。我何必拿鸡蛋碰石头，自找苦吃呢？现在呀，做人既不能太老实，也不能太聪明太有能耐。财多或许不压身，但是智多则会要人命，会断了自己的幸运之路。这世界上，上苍赐予了你的东西算不了什么，赐予了之后再收回去了也没什么，怕的是即将要赐予的时候又收走了，这才是最闹心的！让你时时刻刻都记在心里，遗憾终生啊！我的朋友。”

翁拜每次感慨完之后，都要左右看上几遍，然后把剩下的酒咕咚咕咚倒进大杯子里，一只手端着酒杯，另一只手搭在朋友的肩膀上站起来。这时，萨荷莆就会赶忙从门口拿来拐杖塞在他的腋下。家里人都知道这时他该唱歌了。他唱的第一支歌一定都是俄罗斯歌，在听众看来，那歌声是声嘶力竭的，而且也听不懂歌词，但是忧伤又动人。他越唱越激动，越唱越有精神，就连平时总沾在嘴唇上，没有一点活力的胡须，此刻都会发亮，也会挺起来。平时灰暗无光的眼睛也会闪烁烈焰般的光芒。被才喝过的烈酒灼裂的、几乎合不拢的嘴唇也有了血色。由两把拐杖支撑着的身体也像四肢健全的人一样昂首挺胸，精神抖擞。唱完俄罗斯歌，开始唱哈萨克歌的时候，原本只是被他精神所打动的萨荷莆流出了眼泪，哈拉巴拉的眼睛也被眼泪润湿。翁拜见两人都如此激动，越发精神，唱得越有劲了。两位好心肠人的眼泪，似乎刷去了他那烧心的遗憾，还有肚中翻腾的酒水，大脑中腾云驾雾的醉意，一股清凉气流从郁闷的胸口吹到懵懂的头上，让他感到爽快无比。

他把两只手搭在他们两人的肩上感慨地说：“哦，我可怜的兄弟！我们家族十几户人中，除了我，再没有仗义执言之人，假如明天我倒下了，又有谁敢为家族挺身而出呢？”

听了这话哈拉巴拉更加伤心，嗓子冒烟。他会哽咽着说：“我的靠山，我们的顶梁柱啊！”

这是他发自内心的话，是他悲伤的表白。不过这时，翁拜已经拄着双拐，发出有节奏的咚咚声走出了门，矮小土房窗户外传来双拐着地的强劲有力的声音。

这样的时候，哈拉巴拉常常会因此而失眠。但是，身材魁梧的男子汉生来不怎么关心世事，平时很少生气。感谢上苍，给了他一双勤劳的手。感谢上苍，他的老伴儿萨荷莆虽然手脚不太麻利却温顺贤惠，为他生了一儿一女。儿子已经另立门户，是个牧马人。女儿也嫁到邻村一个不错的人家了，衣食无愁。这一辈子只要有人来说“哈拉巴拉你帮我把这事做一下”，他从不说“不”字。如果有人说“哈拉巴拉，你去帮我把这事办了”，他也会愉快地去办。感谢上苍，至今还没人对他有过“你没有把这事做好”之类的抱怨。或许也正是这个原因，他从不烦恼，也不自怨自艾。偶尔有人像翁拜那样让他悲伤之时，就会有一点脚下纹丝不动的大地似乎有些松动的感觉，那些他根本就不明白的事由也会让他感到恐慌。他也想不通自己那么崇拜的发小为什么这么背运。所以，有时就想，翁拜说的世上那些乱七八糟的事或许是真的。但是，本村却没有那种惹是生非的人，都是和自己一样本分的人。尽管这样，翁拜却受到了那样的不公正。或许，生活本身不一定像他的弯弯的砧子和黑榔头所锤炼出的物件那样，都有用处。假如都有用的话，翁拜也就不该那样了。太可惜了，他身上那使不完的劲，用不尽的智慧，超人的本领都白白浪费了……“怪我自己，当时我本不应该那样。”翁拜常这么说，这话或许有道理。但是，说句良心话，他根本就不认为那是朋友的错，错就错在那颗该死的希特勒的铅弹。那颗铅弹夺走的不仅仅是他的一条腿，还夺走了他奋发向上，奔向远大前程的翅膀。否则，聪明过人的翁拜会继续上学，如果上了学，他现在会是什么样呢？那颗铅弹，把一个出类拔萃的青年抛进了像他哈拉巴拉这种毫无进取心的庸人堆里，现在变成了人见人躲的可怜虫。想到这些，哈拉巴拉就像被火燎过一样难受。

就他自己来说，从懂事到这个年龄，一直是有什么穿什么，有什么吃什么，从不知烦恼和忧伤。他的父亲也一样，在他出生时都没像别人那样，觉得是什么了不起的大事。看他皮肤发黑就随口起了这个“哈拉巴拉”（黑娃）的名字。当年的“黑娃”现在已经是“黑老汉”了，可是乡亲们不论老少都称他为“哈拉巴拉”，至今没有一个人称呼过“哈拉开”（黑老）。他所听到的只是“这是哈拉巴拉打的”“这是哈拉巴拉做的”“让哈拉巴拉给修一下……”偶尔有外村人来找他说一声“哈拉开”，他反而觉得不习惯，不顺耳，身上起鸡皮疙瘩。凡是会议，或是红白喜事，他都是进门便坐在不起眼的位置，从不坐上座。他知道，任何东西都有它自己的作用和位置。比如，不会有人用铁皮打制犁铧，也不会用圆钢打制水桶。所以，他总觉得翁拜的位置好像摆得很不合适。

他想到这里心里不由地说了句：“上苍也真是的！”刚说完又后悔得连忙默念道：“罪过，真是罪过！”你想想，多少有鼻子有脸的人求之不得的旱龟口中那棵不起眼的草，今天偏偏让自己撞上了，这绝非一般的运气。四十年前，好不容易学完三年级课程，如今在工资表上签名时，连父名都写不全的一个铁匠，何德何能得此宝物？如果给了翁拜多好，那样他就可以恢复到初露锋芒的年轻时代，再一次成为姑娘们过目难忘的英俊少年了。那么，别说是从县里的初中毕业了，就是从州上、阿拉木图，甚至莫斯科的那些高等学校毕业也不是什么难事呀！或许他现在不定在国家的某个部委工作，但凡从这里去的孩子们都沾他的光，一个一个地进高等院校了呢！甚至，翁拜当上我们只能从收音机里听到他讲话，在电影里看到他影子的大领导的可能性也不是没有。那样的话，他的故乡——我们这片兔子不拉屎的干旱戈壁里，说不定也会像报纸上说的那样引来某个大河的水呢。假如真是那样，他每次去他那里的时候，就会理直气壮地说：“哎，你这老狗，当了大官别忘了我们这些一起长大的人，趁你手中有权，为乡亲们办点好事呀！我的那个儿子胡瓦特别克是个牧马人，他像我一样是个不说话的人，手中有不少闲着的蓝色红色的钞票，想买一辆汽车，就是排不上号。听人说要买车除了要有钞票，还得有面子，还得有认识人。你知道我和我儿子都没什么面子，所以你得帮我们忙。当年你见过的女儿嘉凌已经嫁出去了，也有了孩子，就是住的房子差了一些，你能帮她改善一下住房条件吗？别的村住宅都很气派，可是我们村的住宅大都是窗户像老鼠洞口那么小的矮小的土房子，你也得关照关照不是？对我们来说，这些都是难以逾越的雪山冰大坂，可是对你来说，算不了什么，只是摇一摇电话机的事。”哎呦呦，仅仅说上这么几句话，也是值得高兴的呀！说一千道一万，假如当年翁拜要有运气的话，至少不会像现在这样受苦受难……

想到这里，他的眼前不由地浮现出了三天前他看到的翁拜骨瘦如柴的形象。当年白里透红的面容如今变得灰暗且道道皱纹，当年的浓眉已经变得凌乱稀疏，凹陷的眼窝像陶碗一样深，看人的目光都有些恍惚，只有那个刻薄的舌头依旧能证明裹着被子坐着的人是翁拜。

哈拉巴拉双腿使劲蹬了几下胯下的黄骠马。他满怀信心，相信那棵旱龟口中的草会给自己带来运气。可怜的翁拜只剩一把骨头，他的愿望一旦达到，说不定一高兴还能站起来，还能开那车子呢！半晌刚过，他就来到了县城。他一边问，一边走，找到了翁拜要他先去的那个办公室。坐在办公室外间一位动作缓慢，声音尖细，有些傲慢的女士接待了他之后，进了里间领导办公室，很快就出来说：“领导请您进去！”里间办公室正堂上的大桌子前坐着一位肩披大衣，络腮胡瘦脸男子。那人闪烁着白色金属牙平淡地问了几句，然后用手指轻轻敲着桌子边上金属网筐中的报纸听着他的叙述，还不时看着天花板。当他刚把自己的事由说完时，白金牙好像要扭断自己的长脖子一样，使劲转过头又向前伸过来，对着他的脸上下左右打量了半天，然后又露出白金牙，笑了起来。他心想：“果不其然，他就像一条守着铁夹准备出猎的猎犬！”

“知道了兄弟。”瘦脸说道，“你说的人不就是那个好骂人的翁拜嘛。他曾在我们这里把我们几个的祖宗八代都骂过来了，他还写过骂我们所有人的信。就为那封信，我也应该让他多跑几趟，但是，没想到今天是您来。给他一辆车的批文已经下来了。但是，在年中前能不能拿到车子，我说了不算，那得要看另一个部门怎么说。只要他们同意，我会立马帮您办。您和您那个好惹事的朋友不一样，我不能不给您面子。您先到刚才我说的那个单位看看吧。”

那人似乎在问“我的答复你满意吗”，低着头以探寻的目光看了看哈拉巴拉，接着又说：“‘星火’今年冬天的情况还好吧，现在的接羔工作怎么样？”

“很好，一切如故。”

哈拉巴拉觉得好像在哪儿见过这个长脖瘦脸，所以，在出门之时又回头看了一眼，但是，没能想起来。

这第二个单位却没那么顺利，办公室里有很多人在排队。办公室两边靠墙放着给来访者排队用的长条凳。他看到，除了他以外的人都不是空手来的，都拿着鼓鼓的公文包或者什么的。或许领导还没上班，正在打字的年轻的白脸颊姑娘在接一个又一个的电话，她的答复熟练而干脆：“还没来，人很多！”每接一次电话，她都要把排队的人扫视一遍。那些提着公文包的年轻男子们的眼睛直勾勾地看着年轻美貌的女秘书。不久，领导来了。他是个两眼炯炯有神的黑脸瘦男子，瘦削的腮帮像磨刀石一样发青。但是，走起路来却像个大腹便便的胖子一样步履缓慢。他没有左顾右盼，像进了无人之地一样径直向正堂中央的那个包着黑皮革的门走去。当他开门要进去的时候，扭过头看了一眼女秘书。在他给秘书交代什么的时候，眼睛正好对上了哈拉巴拉的眼。他抖动着稀疏的眉毛露出了有些吃惊的表情，然后，微笑着点头表示了问候。

他赶忙站起来问候了一句：“你好啊，老弟！”身下的旧板凳也随他起身吱吱嘎嘎响了几下。话刚说完，他的脸颊却像被火燎了一下一样，顿时红了起来。刹那间，屋里的人都把目光转向了他，领导却进了自己的办公室。很快，铃声响了，女秘书打开里屋的门，然后又回过头看着他说：“老人家，领导要您进去。”

哈拉巴拉似乎在向其他人道歉一样，左顾右盼地走向了那个门。

像赛马场一样宽大的办公室的墙上贴满了各种颜色的亮光纸，像猎隼一样坐在正中央摆着的又宽又大的褐色办公桌前的黑脸汉子看到他进来，赶忙起身迎过来握住了他的手，然后，又扶他走到大桌子旁边的中间有细长茶几的两个单人沙发前，让他坐在了其中的一个上。除了光板凳外，从没做过任何软椅子的哈拉巴拉不小心陷进柔软的沙发里，费了很大劲才正过身来。他随手把皮帽子摘下来，放在了茶几上。猎隼一样瘦小的男子没有说话，认真地听着他的叙述，不时地用笔在纸上记着什么。当他说完之后，黑脸领导按了一下旁边的蓝色按钮，秘书就开门进来了。

“先给我接叶森霍罗夫，然后接居兹巴耶夫。”

“好的。”

秘书刚走出去，电话铃就响了。黑脸领导拿起耳机说道：“你好啊！啊，是吗，那你把有关手续给准备一下。想法办一下，好嘞，好。”

瘦削脸庞的他说起话来干脆利落。他刚把耳机放下，铃声又响了起来。

“啊，你好啊！那三辆车还在吧。这就对了，其中的一辆要调给残疾人。你说……决议呀……没关系。模范们哪，到时候我们也不会让他们空手回的。你不用为他们操心。”

看样子，对方也不是个善茬，瘦脸汉子的脑门都皱起来了。

“一方面，现在确实也没有货。到货之后我会说的。你就说是我说的就行了。”

这个领导较上劲了，眼睛有些发直，看来他是个说一不二的人。他用一只手的几个指头一下又一下地用力敲着桌子，每敲一下，桌子上的烟灰缸就跳一下。这动作似乎是他惯用的一种宣泄方式。翁拜说这人官僚主义，可能就是因为这黑脸汉子说话不管别人脸面直来直去的缘故吧。他把事情安排完之后，把脸转过来对他说：“老哥，您再去一趟刚才的那个办公室，把批文拿上。然后再去找居兹巴耶夫同志。他会办妥您的事。您还有其他事要说吗？”

“没有了，好兄弟。谢谢你，愿你健康，一切顺利！”

“也谢谢您了！去年您给我们帮了大忙，建烈士纪念碑是我负责的。要不是您帮忙，恐怕工期就延误了，那我可就丢人了。”

哈拉巴拉这才明白了。去年春天，集体农庄的党委书记曾找他打制过很多发亮铁制品，说是要建什么碑，没想到是这么回事。

黑脸领导站起来与他握手道别。

那个居兹巴耶夫原来是商业部门的领导。在他的想象中，搞商业的人都是一个赛一个精明的滑头，没想到这人却是一个骆驼一样的大块头，而且很憨厚，鼻孔朝天，满头的卷发，说话时不停地用被子弹削去小拇指的手掌摩擦桌面，这似乎是他的习惯。

“老哥，这车是你自己用吗？”

“不，是我一个残疾朋友要用，我是为他而来的。”

“哎呀，哎！您刚才在主席办公室，是吗？”

“是的。”

“今年的残疾人基金会名下的汽车还没到。市场上是有三辆车，可那是县党委已经分配过的，是准备给今年接羔最多的劳动模范发的奖品。还专门发过决议文件。可是现在，却要我给残疾人。明天要是第一书记知道了，我怎么说呢！当然，这与你无关。可是这，我咋办呢？”

“我也不知道，刚才的小伙子好像说是可以办的。”

“当然，我也想办好事不是？但是，法律毕竟是法律，不遵守法律是不行的。嗨，这咋办呢？”

“如果违法的话……”

“不，不！和你一点关系也没有。”

“哪，那咋办呢？”

居兹巴耶夫很为难。他把桌子上的纸张翻了一遍，然后低下头翻起了抽屉。他拿出了一份印有章子的纸片，戴上镜框老大的一副眼镜，读了一遍，然后，用笨拙的大手敲着桌子说道："合法倒是合法，但是，县党委的决议也不能熟视无睹……这么说，你是从'星火'来的吗？"

"是的。"

"你是牧工吗？"

"不，我是铁匠。"

"哦，是吗，你叫什么名字？"

"哈拉巴拉。"

"什么，你从什么时候开始是铁匠？"

"我是那里出生的，从能干活儿开始就打铁了。"

"五三年的雪灾您还记得吗？"

"当然。"

"三月份，就在你们村前面的坡上有很多车被冻住的事你知道吗？"

"太知道了！那些车一直到化冻才出来不是吗？有很多车的钢板断了，我都为他们忙了差不多一个月呢！"

"唉呦唉，都说'星火'有一位巧手铁匠，原来是你呀！"

哈拉巴拉脸红了。看到他有些不自在，居兹巴耶夫赶忙说道："那一月，我也在那里。我们把车上的饲料都卸下来，用你们村的骆驼驮着，送到了你们和临近集体农庄受灾的羊圈里了。"

"哦，您就是那个居兹巴耶夫县长啊！"

"那时我在县政府工作。"

两个人都沉默了。哈拉巴拉这才把眼前的这位与那时的那位急性子黑脸男子对上了号。那年冬天天气异常，开春季节又下了一场暴雪。原本瘦弱的牲畜开始大面积饿死。当时他们都听说县里集中所有车辆，带着救灾的食物和饲料，还有其他生活必需品，由居兹巴耶夫同志亲自带队救灾来了。有一天夜里，村西面的黑山坡上马达轰鸣，灯光闪烁，原来那个光秃的山坡上有很多汽车陷进了雪窝里，所有车都堵在山坡上了。居兹巴耶夫同志到村里让翁拜把村里能用的畜力都集中起来，挨家挨户讨要驮鞍和绳索，亲自骑着一匹白鬃马在村子与黑山坡之间奔走了两天。他自己辛苦不说，乡亲们也跟着他忙了两天。他身穿羊毛织的厚外套，用马绊绳系着腰，不顾劳累和寒冷与其他群众一起将救灾物品用牲畜驮着，自己骑在一峰大黑驼的背上，带着驼队向各受灾点运去。急性子县长挽起袖子与群众同甘共苦的事迹，成了乡亲们多年茶余饭后的佳话。那次，他对翁拜不很满意，据说曾对翁拜说过“你虽然很能干，但是心胸狭窄，没有怜悯心，对邻居对其他农庄表现得很小气”之类的话。

关于这位纪律严明、能干，说话不讲情面的人，社会上有很多传闻。据说，后来他被降职了，原来降到这里来了！

灰白头发，肩宽胸廓，鼻孔朝天的黑脸汉子看着窗外陷入了沉思。

“嗨，好了！既然是您来了，我还能说什么呢？你带了开车的人吗？”

“那个残疾人的儿子是司机。”

“那就让他来，把车开走好了。”

两人都站起来，握手要告别了。

“‘星火’今年的情况怎么样？”

“冬天的雪还是不小。”

“那好啊，今年的收成肯定不会差喽！”

办完这些与办公室有关的事情之后，哈拉巴拉向城外拴马处走去了。当他走过一个传出叮当洗盘子声的房间门口时，想起还没吃午饭。心想着“哦，翁拜赞不绝口的茶馆在这里呀”，上去推了一下饭馆的门。从屋内传出了一个女人的声音：“午休时间到了，下午五点您再来！”

“五点？五点钟我都能看到我们村了。”

从屋里传来了另一个声音："让他进来吧，他是远道来的人。"

他进门坐在了门口的一张桌子上。一个瘦脸瘪胸女子走到他跟前问："大哥，你吃什么呀？"

"无所谓，能吃饱肚子就……"

"您可能还需要一点开胃的东西吧。"

"孩子，谢谢你。你说的是酒吗？我不喜欢喝那东西。"

瘦脸女子嘴角上露出了一丝笑容。她很快就为他端来了一大碗莲花白汤，一盘上面盖有不知是炒肺还是炒肝的米饭，然后，扭着屁股走到正在用餐的一群穿白褂的女同事们的桌前，与那些女子一起嘻嘻哈哈，边说边吃饭。

哈拉巴拉看不惯这些，狼吞虎咽地吃着，恨不能一口吃完快点离开。虽然他吃的是已经凉透了的饭，却出了一头汗，后脖也奇痒不止。一两只被饭馆养肥的大苍蝇似乎在取笑他一样，从这边耳朵飞到那边的耳朵上，撵也撵不走。

哈拉巴拉最讨厌的就是苍蝇，其次是当着男人面笑个不停的女人。当年去兵役局体检的时候，他受够了一只腿上长毛的绿苍蝇和一名女医生的气。兵役局虽然是个好地方，可是让一帮大男人脱光衣服，像从母胎里刚出来时一样站着可不是一件好事情。赤身裸体的青年们都羞于相互看，而那些穿白大褂的女医生们却旁若无人，在那间闷得让人窒息的屋里从他们面前走过来走过去，好像这些青年都是她们生的婴儿一样，没有一点羞色。

有个像小马驹一样身材匀称而美丽的年轻女子进门后，就坐在离他们不远的一张旧桌子旁不再走了。哈拉巴拉暗暗叫苦说："我的天哪，与其让我们这样站在一个年轻女人面前，还不如直接把我们送进那个枪林弹雨的战壕里呢！"

同伴们一个接一个地走到那个女医生面前，接受着她的检查。快要轮到他时，哈拉巴拉紧张得连气都喘不过来了，突然，点到他的姓名时，他就像被雷击了一样懵了，无意识地走了过去。

女医生露着白牙笑着说："大哥，把您的手拿开。"

他的嗓子干得几乎发不出声来："小妹，太羞人哪！"

他还没说完，面前的女医生瞪了她一眼。就在这时，一只硕大的绿苍蝇飞过来落在了他的后脖颈上，使劲叮了他几口。他不停地晃动脖子，那苍蝇却死死叮着不放。实在难以忍受的他不由地松开手狠狠地拍了一下脖子。

聪明的女医生乘机伸着脖子仔细查看了他的命根，而他的心却蹦跳个不停。女医生又坐回座位后，抿着嘴笑个不停。见她笑了，他身后排队等候的小子们也都笑了起来。

就在这时，哈拉巴拉面前的那位年轻美貌的女医生，原本白衣天使形象仿佛瞬间变成了白发魔女。

而现在，他感觉那个女医生就在这群无缘由笑个不停的女人中间。他急急忙忙吃了饭之后，快步到挂衣架旁，把皮帽子夹在一只胳膊下，另一只胳膊上挂着棉外套，向外走去了。当木板门"当"一声关上之时，饭馆里再一次传出了她们的大笑声。

从嗡嗡的苍蝇和嘻嘻哈哈的女人窝走远之后，他才感到轻松了许多。他匆匆来到专门的拴马围栏里，骑上黄骠马走出县城，心中的愉悦之情油然而生，那首歌也自然而然地涌到了喉咙。

"哎，红犍牛……

姑娘和小伙一起去挖煤……"

他刚开口唱起来，就不由地猛张大嘴"阿嚏"一声打了一个喷嚏，于是就念叨了一句"啊，上苍"不再唱了。

或许是要回家的缘故，胯下的黄骠马摇头晃脑，步子迈得很轻快。哈拉巴拉稍稍后仰的坐姿在马背上想着心事：这事办得这么顺利，啊！那三个人哪有翁拜说的那么不近情理，他们很耐心地听了他的叙述，满足了他的要求。其中两人还都是曾经打过交道的人，就连那个白金牙男子也似曾相识。嗯，等等……究竟在哪儿见过呢？丈母娘出殡时好像没见过这么个人。要么是老丈人续弦的时候见过？不，不，没有。或者是常来检察工作的上级代表中的一位？也不可能，他不认识他们中的任何一个，除非他们的汽车需要他打制什么临时配件，否则他们才不会见他呢。对……对，前年秋天一个雨夜，不是有两个穿着帆布雨衣的人找过自己吗？进门后连坐都不坐，说是汽车钢板断了，希望得到帮助。他们天黑时来的，汽车修好天亮前走的。是那种带车箱的小车，好像是打猎回来的过路人，车厢上有血迹，还覆盖有青草。来人中有一个豁牙人说话最多，一直在给自己打下手。上午的那人就是他，只是豁牙补了，而且补了一颗闪亮的白色金属牙。不管怎么说，翁拜的事情办得很顺利，几年都没办成的事，一上午功夫就成了。能说会道的翁拜拖着残疾身体不知跑了多少回，与多少人吵架，得罪了多少人都没办成的事情，让我这个不会说话，在人前还没说一句完整话就会汗流浃背的人轻而易举办成了。这一切都是早上的那个旱龟口中那棵只有缝衣针那么一点的细草给我带来的运气。我们的祖先不会无缘无故说这话，他们太英明了！这棵草给我带来运气，受益者是翁拜。现在当我把提车单递给他时，他不高兴死才怪呢。

“哎呀，你这榆木疙瘩，没想到你也能办成事呀！”他一定会这么说，然后大声笑。

笑就笑吧，六个月的冬天都没出过门，每天都心急如焚，度日如年的可怜人也该笑一笑了。当他真的开门进到翁拜家时，阴暗的屋内静悄悄的。正堂上翁拜裹着被子坐着，身体两边放着两个支撑身体的枕头。屋里的其他人就像喘着气的僵尸一样，无声地小心翼翼地干着各自的事情。

正在喝着奶茶的翁拜眼睛一亮，说了声“上坐”，又用下巴指了指身边的空位。当哈拉巴拉刚坐下准备要说话时，翁拜抢先说道：“你不说我也知道结果，你先喝口茶吧。”

说完又晃动着胡须喝起了茶。可是，哈拉巴拉喝了一口茶却没能咽下去。

翁拜把空茶碗倒扣在餐布上，用手把裹着的缎被往肩上拉了拉。

“嗯，说吧，你去了吗？领导们都安好吗？”看来他的情绪有所好转。

“好像都很不错。”

“他们敞开怀抱欢迎你了吧？”

“还好。”

他刚把纳斯烟送到嘴边，又恢复了常态：“那个豁牙狗贼说什么了？”

“他把提车单都准备好了。”

翁拜嘴角上讥笑的表情顿时消失了，不过眉宇间的怀疑依旧没有散去。

“那个傲慢的领导那里也去了吗？”

“是的。”

“像生羔的母羊那样哼唧了吗，他？”

“没有。”

翁拜这才重新整了整身子，不无惊讶地看了看他，似乎在说“你呀，你！你知道自己究竟在说什么吗！”

“那个假善人都说什么了？叫穷了吗？”

“他说现在还有三辆车，让你去开一辆回家。”

翁拜小心翼翼地打开那张提车单，从枕头下面拿出老花镜，不慌不忙地念了上面的内容。然后，他翻来覆去看了几遍，摇了摇头，又深深地叹了几次气。最后才从嘴角上露出了微笑。

“那几个一毛不拔的吝啬鬼，见你就变成大方人了，啊！”

哈拉巴拉却感到有座山压在身上了一样很不自在，浑身冒气了汗。他刚要把去时拿到龟口草的事讲给他听，却见翁拜原本发青的脸，就像被荨麻草蛰过一样在不停地颤抖，就没敢再张口。

屋里的其他人对他带来的好消息似乎毫不关心，只是睁大眼睛看翁拜的脸色。

翁拜不知是感到胸口疼痛还是怎么了，两只手捂住了胸口，然后仰身靠在了身后的花布枕头上。脸上好像贴了一层黑膜一样发青发亮。过了片刻，他说道："好样的，谢谢你！快回家吧。"

哈拉巴拉站起来，戴上帽子，拿起马鞭，走到门口又回头看了看翁拜。翁拜依旧脸色发青，只不过嘴角上又有了难以察觉的讥笑表情。

走到外边后，他想看看衣兜里的那棵草是不是还在，顺手摸了摸前胸。这才想起那张处方纸。他无奈地牵着黄骠马往家里走去。心里却埋怨说："到了晚上路会变长的说法一点也不假，怎么走了这么长时间还到不了呢？"

哈拉巴拉心里急，因为忘了给老伴儿买药。他为此懊恼不已。

韩阿里译

赛比特·多斯塔诺夫

（1940— ）

哈萨克斯坦著名作家，2012 年获得哈萨克斯坦国家奖。1940 年 1 月 12 日，出生在科斯塔奈州。毕业于哈萨克斯坦国立大学。

1985—1989 年间，任苏联文学基金会哈萨克斯坦分部主任；1991—1995 年间，任职哈萨克斯坦共和国人民文学创作与研究中心主编；1996—1997 年间，在哈萨克斯坦源泉出版社担任主编；任居热格诺夫艺术院教授。

赛比特·多斯塔诺夫是非洲国家顿度市、哈萨克斯坦科斯塔奈州的荣誉公民。他创作过多部小说，有《早安》《八十五岁的春天》《不要迷失啊，人类》等。此外，他还创作了《最后的足迹》《警惕的夜鹰》《山路》《重生》《心火永不灭》《二十世纪》《白骆驼》《星期八》《苏联作家》等作品。

《风暴》《明日的政治局》等舞台剧在以 M. 艾维佐夫命名的大剧院以及在阿特劳、塞米、塔拉兹、吉尔吉斯斯坦比什凯克市等地的剧院舞台上演。

他是哈萨克斯坦人民功勋作家，以 M. 肖洛霍夫命名的国际奖的获得者，吉尔吉斯斯坦共和国金笔文学奖获得者。

哀鸣孤飞的白天鹅

一个多月没下雨了。从天上直射的阳光让地上的所有生物都难以透气，几乎要烤焦了。南面环山的城中没有一丝微风，从已经晒黄的树叶缝隙中透过的阳光，把百年古树下的湿气晒干，土地上的水分都抽光了。就连柏油路面的沥青也难以忍受灼热阳光的烘烤，变得软绵绵的了。

今夏，阿拉木图正经历着无雨的酷热……

阿拉套山脚下的美丽城市因为无法抖掉身上的尘埃而苦恼，四周热浪灼人。他翻身起床后没吃早餐就出了门，向不远处的圆形报刊亭走去。这已成了他近一段时间来的习惯。可以清楚地看到，小亭子玻璃窗内有一个中等个子，白皮肤的俄罗斯老太太在看着他。她认识他，尽管她是一个已经六十多岁的退休者，但是记性非常好。她知道他喜欢读哪些报纸，每次见到他时都会把他的报纸提前准备好。当他拿着报纸在报亭不远处浏览报纸目录时，背后突然传来一声：“阿依登！”

他猛回头一看，简直有点不相信自己的眼睛。在他片刻发愣之时，那人走过来，不无疑虑地看着他说道：“阿依登，你不认识我了吗？”那人中等身高，将军肚子，脸庞黑中透红。

“怎么能不认识你呢，你不是哈甫尔吗？”

二人这才像久别的亲人一样相互拥抱，重新开始了相互的问候。

“你怎么变得拘束了？”哈甫尔话中带着一丝讥讽。

“很久没见了，”阿依登辩解说，“没想到，在这里能碰上你这个多年不见的好朋友啊！”

“你当是我愿意失散啊？是生活的洪流把我们冲散了，让我远离了朋友。”

“好哇，你现在在哪里？”

“在阿斯塔纳。”

“一切都还好，家里人都平安吗？”

“还好，你当年介绍给我的伴侣祖拉，也很健康。她在阿斯塔纳的一所学校里为学生做饭。当年你我二人从妇产医院抱出来的老大莱札蒂，今年进了欧亚大学。”

“祝贺你！我很高兴。儿子阿扎马提呢，也长大了吧？”

“他正在上十一年级。”

“他还有弟弟妹妹吗？”

“阿扎马提之后，我们就没再生育了。他是我们家的老幺了。”

“那可惜了。”

“力不从心呐！别说是我，就连当年的那些强人们不是也一样过得很不顺吗？我们东奔西颠找活儿干，哪里有活儿就在哪里安家，哪能顾得上生孩子呀！”

“哦，我们为什么在这里站着？走，到我家里去。”

他们一边说话一边走，很快进了家门，刚倒上一碗茶，又开始聊了起来。阿依登说：“当年，你是一个大建筑公司的领导，现在还在那里工作吗？”

哈甫尔回答说：“什么领导？那公司早就散了。”

“怎么，你失业了吗？”

“现在我是一个大人物的司机。”

“你那大人物是干什么的？”

“哦，他可是个名利双赢的真正的能人。”

“怎么说？”

“他既是国家机关一个部门的领导，又像水蛭一样在吸一个大集团的血。”

“法律不是明文规定公务员不能办企业吗？”

“那个联合企业不在他名下，在他一个亲戚的名下。”

“还有这样的事？”

“现在大家都那样。好了，这话扯起来太长了。现在，该你说说你的情况了。娥热姆江和艾巴提呢？为啥你一个人在家？”

“我同时失去了妻子和儿子。”阿依登费力地止住了眼里的泪水。

“什么时候？”

“哦，你没听说？”

“没听说呀，要听说了最起码要吊唁一下不是？对不起，阿依登，坚强些！但愿他们的亡灵护佑你。”

“报纸上发过一些朋友的悼念文章，可能你没注意。”

“你知道，我从小就不爱读书。再说了，在这树倒猢狲散的艰难岁月里，哪有时间读报啊。是什么时间发生的事？”

“四年前。”

“怎么回事，什么原因？”

“车祸。娥热姆江和艾巴提去奇姆肯特探亲，大班车在霍尔代大坂翻车，两个人都没能幸免。”

“太不幸，太惨了！”

“是啊，天大的不幸！”

“那么，你至今是单身了？”

“是的，我独身一个。”

“你不再续一个吗？”

“我不想。”

“为什么？”

“我是怎么爱上娥热姆江的，我们又是怎样结为夫妇的，你是知道的。还记得你曾是我们婚礼上的伴郎的事吗？”

“哪能忘掉呢，就连艾巴提的摇床礼以及入学庆典都历历在目啊！”

“是啊，那可是一个幸福时光。”阿依登深深地叹了一口气，“人就是不知道何时是自己的幸福时光。一旦失去，才懊悔莫及，思念不止。对我来说，在这世界上再也不会有娥热姆江那样的女人了，任何人也不可能再给我那样的幸福。”

“是啊，她可是女人中高贵的白天鹅呀！”哈甫尔也深深地叹了一口气。

“我的娥热姆江不仅貌美，而且心灵也美。她只有一丁点的缺陷。”

“噢？”

“她在任何时候都想不到自己。对她来说，家庭和工作高于一切。”

“她的死，给大家留下了沉重的遗憾。”

“娥热姆江的死亡就同她的心灵一样美。”

“怎么讲？”

“发生车祸时，艾巴提当场死了。而娥热姆江是在送到格奥尔基耶夫卡的县医院之后才咽气的。即将要告别阳世之际，她的唯一一句话是‘阿依登要受罪了，他太依赖我了……’。”

“哦，可怜的人，临死之前还在想身后伴侣的事呢。”

“你知道吗，哈甫尔，天下再也没有那样的女人了。”

“我们原来就认定娥热姆江非你不配。”

“为什么？”

“你就像白天鹅的保护神一样。你们的爱情也证明了你们是一对天鹅一样的伴侣。”哈甫尔话锋一转，又说道，“哎，工作方面呢，还在干以前的工作嘛？”

“不，我没有工作。”

“为什么？”

“我下岗了。”

“噢？谁下岗也不应该是你下岗啊！”

“为什么？”

“不说别的，你自拿着红皮的大学毕业证书到那个单位报到以后，就踏踏实实地工作了那么多年都没有动过。假如是我的话，另当别论，而你的能力和你头上的那些光环……还有，不说别的，你在苏联时期因为有所发明创造而曾出席过全苏维埃莫斯科会议。你这样的天才工程师，难道在今天的哈萨克斯坦就成了多余的人了？”

“后来的人留下了，我们走了。”

“哎，世道不公啊！离退休还有几年吧？”

“我可能连退休待遇也享受不了啦。”

“为什么？”

“据说退休金要以退休前两年的工资来确定，我失业已经两年了，论年龄还得十二年才可以拿到退休金。”

“你应该放下身段，不管什么活儿都干才是。”

“现在是挑肥拣瘦的年代吗？我找到了一个值班的岗位，可是干了不到三个月，又下岗了。”

“为什么？”

“可能另外一个人更需要那个岗位。”

“好了，你千万不要灰心。我们都会帮你，我要是给你找到了合适的工作，你会去阿斯塔纳吗？你的这间三间套房子，也可以置换到那里。”

“我怎么能丢下娥热姆江和艾巴提不管呢。每周我都得去他们的墓地祭奠，以寄托我的哀思。”

“你还是想一想吧，我在阿斯塔纳给你找份工作。实在不行我还可以求一求我的领导。”

“好吧，我再考虑考虑。”

“有时间就去阿斯塔纳做客。这是我的名片。”

“哎哟！”阿依登看了看他递过来的名片后不无惊喜，“你连手机都有了。”

“嗨，什么名片，什么手机，对我来说没什么用处。我的领导非要给我配，所以就有了。哦，对了，你那时的论文答辩有什么结果吗？答辩通过了吗？”

“没有答辩。”

“为什么，你不是早就写好了吗？”

“你知道，我是个远离荣誉和烦恼的人。”

“当然知道。但是我听很多能人说你的知识和能力远高于当时的很多院士。我要是像你那样有知识，早就掌控世界了。”

“现在不是知识，而是金钱掌控一切的时代。”

“是的，一点不错。”

“你在阿拉木图待几天？”

“我和我的领导今晚就坐俄航飞机去莫斯科。他要从莫斯科再去另一个国家疗养，我要从那里开回一辆新吉普车。好了，我要走了，领导会找我的。”

阿依登把哈甫尔一直送到了公交车站。早上的时候天气还是蛮热，晴空万里，可这会儿就变天了，阿拉木图的天气就像暴躁女人的脸一样，会瞬间变化。这不，这会儿黑压压的乌云已经遮住了天空。呼啸的疾风带着夏季少有的寒气。

阿依登不知天气的这种突变究竟是何兆头，心事重重地久久站在车站没有动……

午夜已过，但是他辗转反侧，无法入眠——是饥饿原因，还是乌云一样压在心头的忧愁所致，他自己也搞不明白。身下破旧不堪的木床随着他的不断翻身，发出一声一声的呻吟，使得他更加烦躁不安，直到黎明时分才打了会儿盹儿，很快又疲倦地起了床。太阳升起有半杆高了，从已经老旧的窗帘诸多麻雀大的窟窿里透进来的阳光，照射在水泥墙面和地面上，已经把原本就狭小而闷热的室内温度提升了许多，屋内充满了让人窒息的热气。

他费力地稳住发抖的各关节，摇摇晃晃走到窗前打开了窗扇。室外的阳光灼人，从窗外扑面而来的热风让他难以喘气，心烦意乱，两眼发黑。他心里想："自己已经两天没吃一口饭了，几天前就想在饿得难耐之时再吃而留下的那一点肉汤该派上用场了。或许还能找到一口可以咀嚼的干粮。"他边想，边用颤抖的手扶着墙，向厨房走去。

打开冰箱之后，他的心凉了半截。冰箱所有格子都空空如也，只有一个格子的角上有半块面包和外表发黑的小铝锅。他打开炉子，把那小铝锅支上，那里面有上个礼拜没舍得喝完的半碗骨头汤。喝了热汤之后，他拔掉了冰箱电源插头，心想："我把它清洗干净算了。今后还会有往这里面储存的奶油吗？现在连可以储存的一口牛奶都没有，今后还会有煮肉喝汤的日子吗？家里值钱的东西都已经卖完了，明天或许有人会把它买了去……"

喝了半碗肉汤，吃了两片面包之后，阿依登身上似乎恢复了元气。过度饥饿后吃了半饱的他，很快就觉得有些口渴。他舍不得用最后一撮茶叶，用前些日子喝过后舍不得倒掉已经晒干的茶梗烧了一壶茶。当然，很久前就没有往茶水里放的糖了。用茶梗烧出来的茶水很苦涩，难以入口，于是，他用盐替代了糖，茶水有了发酵的面羹的味道。

这片被称作九区的住宅区是赫鲁晓夫时代的产物。阿依登的家就在九区边缘的一座破旧的五层楼的顶层。他来到客厅之后，眼睛落在了供暖热水管离屋顶约一米处的墙上的一块钮扣大的污点上。今年春季，就在那个高度上，热水管开了一个米粒大小的眼，那就是从那个小眼儿中滋出的水在墙上留下的痕迹。他走过去摸了摸铸铁管，发现那个小眼已经自动堵死了。他心想："原来破屋也有苍天保佑的时候啊”。

阿依登来到沙发上斜躺之后，心里想着今后的日子和糊口的生计。“今天就这样了，明天怎么过？昨天把自己视为最珍贵财富的书拿到自由市场上卖了，一天的收获只有三百坚戈。其中十坚戈作了路费，剩下的二百九十坚戈能维持几天生计？在苏联时期价钱不菲的那些书，现在打一折都没人要。现在的希望就在那套三十卷本的医药百科全书了，如果能卖出去，还能维持几天生活……”

电视报废已经很久了，收音机也似乎有意与他过不去，前几天就不出声了。也没有每天买报纸的钱了。阿依登犹如困在无人岛上，只好通过邻居和小区内遇到的熟人了解一些近期的新闻。被春季融雪灌满的大渠里的死水，到了这阵子已经变得臭不可闻，向四周散发着令人作呕的气味。人也和水一样，一旦长时间不与人交往，就会孤独难耐。假如数周或数月很少与他人交流的话，不仅会变得缄口不语，而且性格也会变得孤僻暴躁，所以人一定要与人交流。阿依登备受贫穷和孤独感折磨，因此深知这一点，他一有机会就想和邻居尽可能多交谈一会儿。但是，现在愿意与他交谈的人却越来越少了。就是一句问候也变得越来越珍贵了，人们似乎把一般的礼貌话语也与交易的金钱画上了等号，没钱就没有了被问候的资格。到目前为止，愿意与阿依登无条件谈话的人只有两个，一个是对门的退休上校，另一个是第一单元的不到退休年龄却已待业在家的某杂志编辑。

当人影拉长，热浪稍退之时，他走出了家门，可是院子里不见什么人。他独自站着也不是，回家也不是，正在考虑干点什么的时候，邻居金发青年男子来了。小伙子平时只是点头示意，从不与他说话，可现在却主动走过来向他问好说：“您好！”他伸过手来握住了他的手，很热情地说：“好久不见您了，出远门了吗？”

“我还能去哪里，就在家里。”

“我正找您呢。”

“有什么事吗？”

“您说您已经失业了，我有意帮您，所以托了我的一些朋友给您找活儿干。”

阿依登不由得出口说到：“好哇！”

“找到了一个非常好的活儿，只不过有些重，但是工钱也非常可观。”

“好了，可爱的拉菲克，是什么活儿，你就快说吧。”

“你的开车技术非常娴熟，是吧？”

“是的，还算可以。”

“您，明天早上就在这里等着。要带着驾照和护照。”

“然后呢？”

“然后，我会让你与几个小伙子相识。”

“他们是谁？”

“他们是六个兄弟，加上你就成了七兄弟。”

“然后干什么？”

“然后你们要飞到阿拉伯联合酋长国。”

“为什么？”

“他们是干汽车买卖的商人，要从那里开来几辆名牌车，你和他们一起，将其中的一辆开回国内。”

“要去多长时间？”

“每次的旅途都是一个星期，最多十天。”

“报酬是多少？”

“每天一百美元。机票、住宿票，甚至饮食都由他们来买单。”

阿依登高兴得心跳都加快了，不由地脱口说道：“哟，这么好的活儿可是很难找啊！”

“不是说远亲不如近邻吗？我可是为了您费了不少口舌呀！”

“可爱的拉菲克兄弟，到死我也不会忘了你的这个恩情的，谢谢你，好兄弟！”

“您可不能空口说白话，回来以后您得好好谢一谢才是。”

“一定，一定会好好答谢你的。”

“好的，那明天要准时到啊！”

拉菲克的蓝眼睛里透着诡秘的微笑，黄色的脸上泛着红光向自家单元门走去了。阿依登心想这就叫天无绝人之路啊。不过，他还是有点半信半疑：“自己是在梦中还是醒着？”他揉了揉自己的眼睛。

当他证实了一切都是现实之后，兴奋得差点晕过去，久久站在原地没有挪步。

他们从迪拜买到汽车之后，直接送到港口，用船运到了伊朗。第二天清晨，他们趁着凉爽开着车上了路。他们中的六个人开着六辆小车疾驰在平坦而宽阔的公路上，其中的一名驾驶员是阿依登，而第七个人是他们的领路人，他坐在最前面的那辆车的后座上。

他们从伊朗的班达尔港出来约一百公里之后，停下队伍急急忙忙地吃了一些东西。大家吃饭的时候，领路人向大家介绍要走的路线：“我们再往前大约走一千七百公里之后，就到达伊朗和土库曼斯坦交界处的一个叫谢拉赫德的镇。”他停顿了一下又说：“从那里出发，要经过马雷和雷佩泰克等城市再进入乌兹别克斯坦，我们要在那里的法尔特镇休息。再往前走就是布哈拉、纳沃伊等城市，然后就进入我们的哈萨克斯坦了。现在天气热，路途遥远，但是在到达谢拉赫德镇之前，咱们要连续赶路不休息。如果哪位感觉累了，别硬撑，给我打招呼，我会替换你，让你休息。好了，小伙子们上路吧。”

然后，大家发动车子上路了。

阿依登开的是一辆刚刚开了两年的奥迪牌二手车，但从外表看，还是崭新的，就连车内装潢也像刚出厂的一样没有瑕疵，非常整洁，从声音可以判断引擎也没有任何问题。有人说“开好车也和骑好马一样，不仅凉爽而且不累”，这话一点也不假。尽管天气炎热，可是阿依登却感到很舒适，一点也没感觉累不说，还比过去更精神了。他兴奋地踏着油门，紧紧跟着前面的车。他的思绪飞得比车还快，想着到了阿拉木图后要到手的钞票："我会掀掉压在心头的饥饿和贫穷的压迫，在人前昂首挺胸地走。"美好的想象让他兴奋不已，心脏"怦怦"跳个不停，让他不由的有了唱歌的念头。他有些得意地看着前方，唱起了叶斯泰的歌。这是娥热姆江最爱听的歌。他虽然不是一名歌手，但也有很入耳的男中音。想当年，他和娥热姆江双双出入宴会厅或在朋友家聚会时，都会唱这首歌。那可是丰衣足食，没有后顾之忧的好时光啊。娥热姆江和艾巴提健在时，他们多么幸福呀！哦，这变化多端的世界，转眼间让我失去了一切！他想起那个无比珍贵的，不再属于他的那个幸福时光，感到无比的心酸……

他们在天黑后才来到谢拉赫德镇，下榻在一个乌兹别克人开的家庭旅馆。就寝前，领路人把他们召集在一起，交代说："小伙子们，今天大家都累了。今晚安心睡觉，早上，我不叫你们，你们就安心睡觉。"

听了这话，当天晚上阿依登睡得很死。当他早上醒来起床后，发现那些同伴以及车辆都不见了。他去问那个户主，那个带着黑白花帽的老人像报丧一样，用凄惨的声调大声说："哎呦，他们都是些盗贼，连昨晚吃的抓饭钱和住宿费都没交不说，还顺手拿走了院子里的两包布料。我们是靠那布料缝制衣服，拿到市场上去卖过日子的。他们可把我们害惨了！"

"家里有车吗，汽车？"

"有，有汽车。"

"那我们追他们去吧！"

"不会有任何结果。"

"为什么？"

"我们无法追上他们。"

"我不信追不上他们。"

“根本追不上的。就是追上了，你也拿他们没办法。他们人多势众，会把你杀死在荒郊野外。”

“那我怎么办呢？”

“那还能怎么办，毕竟这里有人不是吗？饿不死人的。”

“我能干什么？”

“还能干什么？想办法回国呗！”

“我身无分文，怎么回呀！”

“那你在这里临时打工挣钱，然后回国。”

“没有身份证明，会有人雇我吗？”

“不会。”

“我没有任何身份证书。”

“为什么？”

“领路人收走了，说是路上统一办理通关手续。”

“真是天要灭你呀！”

“可不是吗？”

中了骗子圈套的阿依登愤怒，后悔，已经辨不清东南西北了。稍事休息，缓过劲之后，才发现面前的乌兹别克老汉已经不见踪影了。他抱着试试看的想法去拉了一下昨晚过夜的那个院子的门把手，门被反锁了。他又敲了一会儿门，却始终没人开门。他不知该去那里，无可奈何地迈着步子，漫无目标地走着。

阿依登跋山涉水，忍饥挨饿，历尽艰难回到阿拉木图，是三个多月后的事了。当他半死不活地来到自己已经住了数年的家时，却遇到了更大的麻烦。他发现自家的木门已经换成了铁门。他惊愕地站在门口，用力按了一下门框上的电子门铃的按钮。门开了，准确说是开了一条缝，门里边还有一条铁链拉着门。

“您找谁？”一个蓬头散发，脸上布满雀斑的高个男青年探出半个身子，勾着头问他。

阿依登说："你先把门打开吧。"

那人问："为什么？"

"这是我的家。"

"快走开，要不然我要叫警察了。"说完，那人"啪"一声将半开着的门关上了。

阿依登感觉又有灾难降临，胸中像突然闯进了千军万马一样惶惶不安，快步来到了那个塔塔尔邻居家。开门的是拉菲克本人。阿依登诉说了自家房子住着一个陌生人的事情。

拉菲克说："是啊，您刚走就有人来装修您的房子。他们搬进来也有一阵子了。我曾问过他们，他们说是他们是从户主那里买的房子。"

"你说我该怎么办呢？"

"你去警察局呀！"

阿依登觉得也只有这个办法，于是就去了派出所。派出所派了一个年轻的警官和阿依登一起回了家。那个警官当着阿依登的面问询那个高个大脑袋年轻人，结果那个人拿出的房产证件齐全，无懈可击。于是，他和那位警官去了房产管理局，那里的相关交易手续也非常齐备，其中有阿依登签过字的通过房产交易中介将房产转卖，并接受三千美金房屋款的诸多文件。

"很抱歉，我再帮不上什么忙了。"年轻警官说完就走了。

阿依登用"好死不如赖活着"来形容着自己的境遇，心中不由得呐喊到："天啊，我所忍受的饥饿还少吗？难道还要狠心夺走我的栖身之地吗？上苍啊！难道我受过的罪还少吗，我有什么罪呀！"他拖着沉重的双腿，缓慢地走出房管办局公室。他两眼发黑，浑身无力，出门就坐在了门口的座椅上。

秋季炙热的风在一天天退去……

早晨醒来后各奔东西，傍晚才聚在一起的这帮人里有各种人。由七人组成的这伙人的头儿，是那个有棒槌大的红鼻子，口中酒气熏人的伊万。伊万的左膀右臂是身体强壮却瞎了左眼的夏夫哈提。中等个子疤瘌脸是托乎塔洪。矮个子眯缝眼是帕克。黄脸的快嘴是尧勒达西。麻秆高个的那个长腿，外号叫“天线杆”是梯莫非。七人中外表还算完整，模样稍俊一些的是一个白皮肤高个儿。

他们现在的居所是郊区被人遗弃的旧库房的狭小地下室。过去分散在各处旧屋顶三角雨棚下或下水管道沟中过夜的这些人，是被夏夫哈提召集在这里的。

伊万当时就对夏夫哈提说：“嘿，你这‘灵鼻狗’。”这是夏夫哈提的外号。“真行啊！没有你找不到地方。要不是你，这些蠢祸哪能找得到这么好的住处。”伊万说到这里使劲咳了几下，然后扬起下巴将咳出的一块黄痰，从对面坐着的阿依登的头顶吐了过去。

“就是，‘太子’说得太对了。”惯于讨好伊万的尧勒达西接着又说，“这么好的住处你们到哪里也找不着。”

“比这好的我们也不要。”

“为什么？”

“比这好的就不属于我们了。”

“一点儿也不错。”

“会被奸商们抢走的。”

“行了，别再瞎嚷嚷了。”伊万皱着眉头说道。

室内瞬间变得鸦雀无声，不再有人出声了。

被人们称作“流浪汉”的这帮人有一条不成文的结帮规矩。最初，各自流浪的一些人发现单独生活困难重重，所以，他们逐渐结成群体一起度日了。他们白天分别走向这座有 150 万人口城市的各个角落觅食，到了晚上就聚集在这个地下室里。对这些无家可归的流浪汉们来说，这个地下室不亚于皇宫。

今天和往常一样，傍晚时分流浪汉们先后来到了他们的那个居所。

“喂，阿列克，把蜡烛点上。”托乎塔洪用他肥粗臃肿的手指捏着短小的鼻子使劲擤了一下，看着最靠里坐着的阿依登喝令道。

“我的名字不是阿列克，是阿依登。”阿依登很不满地嘟囔说。

“嗨，你个混蛋，别再他妈的啰嗦。‘太子’马上到了，他要是看不到亮光，会让我们很难堪的。”托乎塔洪说。

阿依登刚把蜡点着，就看到伊万走进来了。

“大家好！我的猎鹰们，各位都来齐了吗？”伊万进门就问道。阿依登心想：“哦，今天太子的心情不错呀！看来今天喝了两盅，否则他会称呼大家为‘狗’。”

夏夫哈提立刻回答说：“一个都不少。”说完他又伸出嘴里似乎撑不下的那个大舌头，舔了舔嘴唇。

伊万又说：“那好，把各自收获的食物摆出来，都围成圈坐下来吃。今天咱们正式相互介绍一下。好了，说说吧，各自说说怎么成流浪汉的。你，‘天线杆’，你开个头吧。”

“我原来是建筑公司的管道工。”梯莫非开始自我介绍，“因为入不敷出，所以我偷工地的东西拿去卖。于是，就进了铁笼子。四年后出狱了，可是家没了。我老婆把房子卖了，改嫁迁到另一个城市去了。”

托乎塔洪说：“没什么隐瞒的，我是被酒害的。管不住自己的嘴，见酒就馋，没办法。”

“我在老家找不到活干，就到了哈萨克斯坦。”夏夫哈提也开始了自己的介绍，“第一年我受雇开上了‘卡马斯’大货车，往中国运金属物品。可是有一天，他妈的……落在海关手中，失业了。我身上的财物和所有的证照都被他们收走了。”

“我是做生意的，有一次我把自家房产做抵押，借了一些债。因为不走运而亏了本，连家也没有了。”帕克刚说到这里，伊万就把下巴抬了抬。尧勒达西立刻明白那意思是说“轮到你了”，所以像开了闸的水一样开口了：“他们这些牧民说的一点也不错，‘胯下的马，怀里的老婆都不可信’。我从西伯利亚返回来发现老婆正和一个野男人在家里交媾。我在卧室里把他们逮了个正着，两人都是赤裸裸的。”

“哪，然后呢？”梯莫非溅着吐沫星子急不可耐地问道。

“喂，混蛋！别插嘴。”夏夫哈提大声骂道。

“哪个男人能受得了那种侮辱。”尧勒达西接着说道，“我愤怒的热血直往头上冒，顺手拿起刀子想把他们都杀了。那个我再努力也满足不了的淫妇，用尽浑身力气冲出去，跑进了对门家，而那个姘夫却受重伤死了。我被判了刑。”

“你到西伯利亚干什么去了？”帕克问道。

“嘿，你这个笨蛋，你连这都不知道？我去贩蔬菜呀。”

“该轮到谁了？噢，就剩下阿列克了。”伊万用不屑的眼神看着阿依登说，“这个牧民我们已经审问很详细了，够了，不用再说了。”

“太子，你自己还没……”梯莫非说了半截，又小心地咬住舌头停下了。

“什么，你要审问我吗？”伊万立刻反说道。

“太子。”夏夫哈提好像自己比别人更亲近伊万似的，有些放肆地说道，“哈萨克有句谚语说‘只要百姓需要，汗王会宰骆驼满足他们’。”

酒劲已经上头的伊万，听到有人将自己比作汗王，更飘飘欲仙了。

“哦，他娘的……你们想知道的话，我就说了。”他一边用两个手指捏揉着高鼻子，一边说道：“我和这个‘扇风耳’托乎塔洪一个命。酒既是我的朋友，又是我的死敌。”

大家这才明白他为什么经常偏向这个外号叫“扇风耳”的托乎塔洪了。

伊万命令道：“好了，今天就到此为止了，解散！”

一声令下，大家都回到自己的铺位上和衣躺在了干草上。很快，地下室里开始了打呼噜竞赛，流浪汉们进入了又一个梦乡。

阿依登入了这个伙之后，感到像遇到食盆的狗崽那样温暖，与这伙难兄难弟一起生活了两个月。但是，自己总有凤凰落鸡群之感，总是与他们格格不入。所以，尽管他小心翼翼，还是被他们赶出了帮伙。

如果说他在帮伙里的生活是艰难的，那么此后便开始了真正的地狱生活。

一天傍晚，他很幸运，竟然捡到了一个钱包。匆忙打开钱包一看，他有点不相信自己的眼睛。钱包里的一沓崭新的五百面额的坚戈，兴奋得让他眼花缭乱，差点晕了过去。他来到一个僻静处数了数，五千坚戈！他想吃一顿很久没吃过的热饭，满足一下咕噜噜直响的肚子，于是，准备到对街的廉价饭馆去。正在这时，两个手提编织袋的流浪汉追了过来。“喂，混蛋！”其中的一个蓝眼睛流浪汉蛮横地吼道，“拿来，把钱给我。”

“哪有什么钱？”阿依登有些心虚。

“我们看到了，你不是在路上捡到钱了吗？”他们堵住了阿依登的路。

阿依登拔腿跑了起来。两个大汉追上去，抓住了他的衣领。尽管他拼命抵抗，但是阿依登还是没能挣脱两个壮汉。他们把他摔倒在地，用皮靴跟狠狠地踏了几脚，但阿依登还是没有松开那个钱包，两个流浪汉合力掰他的手也没能掰开紧握着钱包的手。这时，其中的一个拔出双刃匕首在阿依登手背上使劲划了一下。阿依登的手松开了，两个流浪汉得意地拿着装满现金的钱包，向对面的饭馆走去了。

阿依登把沾满鲜血的手放入渠水里清洗干净，平复了心中的恐惧之后，躺在了一棵老白杨下。这时，周围一片漆黑，很多人家已经熄灯睡下了。可是，阿依登久久不能入睡，近几个月遭受的耻辱和苦难，一幕一幕地闪现在眼前，挥之不去。尤其是在他加入那个流浪者团伙前后的情景，总在他眼前重复。那次，他去塞弗林大街的一个失业者团伙所在地，没想到那些人不仅没有接纳他，而且放狗咬他，根本不让他靠近。

就在一个月前，他从垃圾箱里的纸盒子里找到了一罐贴着“稀粥”字样的廉价铁皮小罐，不由得高兴了起来。但是很快，铁皮小罐就让他吃尽了苦头。

他匆忙打开喝了以后，虽然解决了一时的饥饿，却因此中毒，差点下了阴间……

那还不算完，那之后的遭遇也让人伤心不已。有天深夜，他睡得正香之时，有个酒足饭饱之后回家的男子踹了他几脚："嘿，你个要饭的流浪汉，快起来，快滚！"一个大腹便便斜眼的哈萨克汉子横眉冷眼盯着阿依登骂道。他用又粗又短的手往后捋了捋遮在眼睛上的灰白色头发，似乎与阿依登有杀父之仇一样怒视着。

"大哥，您就让我睡到天亮吧！"

"滚，让你滚你就滚！你会弄脏了走廊地板。"

阿依登踉踉跄跄向外走时，那人身边的年轻女人说了句："咦，这流浪汉真臭！"

阿依登听到身后的单元铁门"咣"的一声关死了。被瞌睡虫折磨的阿依登铺上随身带的脏兮兮的旧报纸，倒头睡在了院里的一个车库的墙根上。

就在那天中午，阿依登正在翻院里的垃圾铁桶，从诸多废纸盒子里寻找酒瓶子，突然传来了一个熟悉女人的声音。阿依登没敢抬头张望，只是用纸箱子半掩着脸，偷偷地看了一眼。他认出那是娥热姆江的大学同学，要好的女友娜合嫚。阿依登把头深深地埋进散发着恶臭的垃圾桶里不敢抬头，就像把头埋进沙子里的鸵鸟一样，撅着屁股一直等到娜合嫚不见了身影。垃圾桶里的臭味虽然是他熟悉的味道，但这一次却让他恶心得差一点吐了出来。阿依登看着自己破旧且脏兮兮的西装和膝盖上有破洞的裤子心想："可能这就叫'命运的嘲弄'吧。"他用满是裂口的手掌轻轻抚摸着已有数月没见过刮胡刀的脸，深感自己这猪狗不如的生活已经不可逆转，继而对生活产生了敌意，心中诅咒着命运的无情。他本想大声哭喊，可是声音终究还是没能发出来，眼泪却滴在了心里。

已经看透自己发霉的生活不再吐绿，阿依登的内心像被蛀虫啃噬一样疼痛。伤心、绝望已不足以形容他的内心世界，他甚至有了结束生命的念头。

从那一天开始，"哪一天死，怎么个死法"这样的念头已经控制了阿依登的意识。

当秋风瑟瑟之时，阿依登才发现自己成为流浪者已经一年了。老话说‘过上三天，即便是地狱也能习惯’，这话在他身上得到了应验。虽然最初阿依登非常难过，可现在对这猪狗不如的生活已经麻木。那饥饿，那羞辱已经是家常便饭，就是这生命也已经不重要了……

以前，尤其是与娥热姆江成婚后的那些年，阿依登非常怕死。自从同时失去了娥热姆江和艾巴提之后，他却成了向索命鬼挑战的勇士。“与其像狗一样生活，还不如死了的好”这个念头已经在他的脑海里占了上风。

或许是那个念头的原因，娥热姆江总是出现在阿依登的梦里。今夜他又做梦了，梦里他们两人与当年一样，去麦迪奥风景区游玩。阿依登想拥抱亲吻娥热姆江，可是她却拔腿跑了。阿依登随后追了过去，两人在泥泞的浅水里相互追逐。不一会儿就翻过绿草坡来到了大峡谷，刚来到那里的一个墓地坟头上，娥热姆江就累得一头倒下去了。阿依登刚要过去扶她起来就醒了过来。他感觉右小腿火辣辣的，疼得他窜出门一看，小腿肌肉上出现了鸡蛋大小的伤口。他知道自己的那块肉已经被什么动物咬伤了。

阿依登忍着疼痛，一瘸一拐地来到院中坐在休闲椅子上，不知该干什么。他向四处张望着，眼神中流露着求助的神色。他的眼睛却落在了脚下的一张报纸上。他习惯性地拿起报纸不情愿地看了一眼，那是一份2000年5月5日的《阿拉木图晚报》。他瞟了两眼前两页后，眼睛停在了最后一页上的《无家可归的流浪者》上。好奇心促使他读了起来：“目前，因为无房无业而在社会上流浪的流浪者很多。他们都是身强力壮的男子汉，他们不全是嗜酒者或吸食大麻的瘾君子，大都是因为生活的艰难而被社会边缘化的人。他们没有住所，生活没有着落，所以寄住在地下室、屋顶或直接睡在露天大街上，过着流浪狗式的生活。我们不仅没有对他们提供社会救助，甚至没人把他们当做与我们每个人一样的人来帮助他们。鉴于此，俄罗斯雅罗斯拉夫国立大学教授费多尔·扎乌雅罗夫和经济学副博士叶列娜·斯皮丽多诺娃对流浪者进行了调查研究。从他们的研究数据来看，他们中 83% 的人有亲属，27% 的人有父母，64% 的人有兄弟、姐妹或祖奶奶，54% 的人有子女。据此可以得出的结论是，人们正在失去信仰，不愿意供养、照顾亲人。从调查结果看，流浪者大都有知识，他们中的任何一个都有胜任岗位工作的可能，甚至有些曾是领班、技师、钳工、操作员、电工等。他们想就业，但是因为他们没有固定住所而无法向任何部门递交申请。这些失去住所的人大都是被判刑者。那么他们又是怎样生活的呢？有 43% 的人靠偶尔的收入，其余的则是靠捡拾酒瓶子、原材料，夏季靠偷窃苹果、土豆和其他蔬菜来维持生活。流浪者中只有五分之一因为未成年或残疾而领取福利救济金。其中 40 至 55 岁之间的人中只有三分之一接近退休年龄。流浪者通过各种方式所得收获，大部分用于食物、饮酒和吸食大麻。除此之外，医疗、衣物、洗涤用品方面的花费也不少。好在他们将部分收入用于购买报刊。这是多么值得庆幸的事啊！”

阿依登把报纸放在椅子上，望了望四周。虽然天早已大亮，院子里却不见一人。刚才读报纸的时候，伤腿的疼痛似乎有些减缓，但现在却加剧了。

阿依登思索片刻之后，就多日来挥之不去的那个念头做出了决断。

那个决断让他掏出了一直藏在口袋中的钢刀。握着刀柄的刚劲有力的手在空中划了一道弧，钢刀借着初升太阳的光闪了一下，锋利的刀尖透过胸膛扎入了心脏。阿依登闭上眼睛，聚集最后的力气用刀刃划破了肚皮……

阿依登双手捂着流血的伤口，弓着身子稍事挣扎之后，脑袋就耷拉了下来。这时，刚刚还被一片乌云遮着的初升太阳又放出了光芒。阿依登眼前白茫茫的一片，一只雪白的天鹅在眼前飞翔。正在寻找伴侣的那只天鹅展翅向他飘了过来，那只白天鹅的哀鸣让人内心颤抖。眨眼间，白天鹅变成了穿着白裙子的娥热姆江，朝他走来了。她的双臂像展开的天鹅翅膀，还没等阿依登反应过来，就已经到他的面前了。他也展开双臂要拥抱她时，却一头栽倒了。他把悲哀和无尽的黑夜摔在身后，踏进了极乐世界的大门。这世界虽然又把一个人送走了，可是像什么事也没有发生一样，依旧闪烁着五颜六色的光芒。披着虚假金光的生活依然欺骗着众生。让人遗憾不止而眨眼间终结的生活，带着诡秘的微笑依然在继续。

韩阿里译

穆合塔尔·玛哈吾尹

（1940—）

作家、评论家、历史学家。1962年，毕业于哈萨克斯坦国立大学语言文学系。1965年获得了语言学博士学位。处女作小说《暮色》于1964年发表在《星星》杂志上。1969年他的第一部小说集《白雪》出版。1972年他的第一部长篇小说《昏暗的天空》出版。之后他创作了多部作品，如《一个父亲的孩子们》《遥远的冬牧场》《蓝鸽》《蚂蚁大屠杀》《克普夏克美女》等中短篇小说；还有历史题材小说《动荡》等，可以说是现代哈萨克文学的代表作。他的作品，对哈萨克汗国时代（15—18世纪）的部分作家作品起到研究作用。而小说《库不孜的曲调》，则是给哈萨克文学带来时代转折点的代表作。在这些作品基础上，他还有《吟唱五个世纪》等作品出版发行。1995年出版的《哈萨克历史百科》从新的视角诠释了哈萨克民族的命运和历史。

2002年，作者的13套选集出版发行。此外，他还将许多作家的作品翻译成哈萨克文出版发行。他的多部作品也在国外翻译出版。

1984年，获得苏联哈萨克斯坦共和国阿拜文学奖。2002年，获得哈萨克斯坦塔尔兰奖。哈萨克斯坦人民功勋作家。

猎犬之死

这是一座孤零零的弧形坟包，已被洁白初雪覆盖。它拖着瘦弱疲惫的身躯从坟包这一头，又到那一头，在寻找着什么。这座坟包是夏天堆起来，那会儿从地下挖出来的生土尚未干透，有股温馨的气息。至少它是这么认为的。那时候，这条猎犬几乎天天要来这里，围着土包久久不肯离去。每次都要把鼻子拱进带着石子的黄土里，使劲喘气。它从土里能闻出细微的气味，那是令它讨厌的气味，有点像动物腐尸散发的那种气味。对，就是那种爬满蛆虫的狐狸尸体的恶臭味。但是，今天它把鼻子拱进土里闻到味道却是别样的。虽然这气味让它感官难受，但其中却有它熟悉的，让它感到亲切的微弱气味。它很清楚，那个微弱的气味是它主人发出来的。他就在这里，它虽然觉得不可思议，但却是它亲眼所见的事实，不容怀疑。主人的气味让它感到宽慰，因为这说明主人并没有远去，他还在这里睡觉，明天就会醒来，总不会这么睡下去……但是，现在那气味几乎都要消失了，难道他已经起来，回到家里了吗？不，昨夜才下的雪，一路上它没有看到有脚印，因此他肯定还在这里。猎犬用没受伤的脚，开始刨挖这座坟包边沿了。最上面的一层薄雪很松软，很快就扒开，露出了黄土。这不是那个还在冒热气的新鲜泥土，而是经风吹雨淋后的冻土，就像被遗弃的兽穴前的陈土一样瓷实，很硬很硬，爪子都插不进去。猎犬审视着扁长的土坟堆，觉得这冰凉冰凉的土包没有一点生命迹象，与一块大黑石头没什么两样。

当然，区别还是有的，土地下面有主人，有自己的主人！猎犬放眼望了望远处，那里是长满杨柳的一条沟，山沟高处泉眼冒出的冰凉的泉水在向山下流淌。山沟连接着一片开阔地，夏季里那里长满花草能淹没马驹。夏天它主人的营盘就在那里，现在却是一片雪原。而它对面的那个狭窄的山沟与一条峡谷相连。那面坡上有一堵孤零零的墙，虽然已经歪斜，却还没倒下，那可能是很早以前的人类遗址。它记得牧人的营盘要迁徙那天，有一只病羔羊就被遗弃在那堵墙脚下了。那个羊羔从来不知道站起来，也从不咩叫，不吃草也不喝水。现在可能早已成了一堆白骨了吧……突然，猎犬心中有了雷劈电击一般的感觉。它这才豁然开朗——解开了自己多日来一直未解的谜。而这个谜底是那样的可怕，又是那样的残酷。它被自己的判断惊得竖起双耳，直视着远方的眼睛和立着的身姿都定格不动了。须臾，它才回过神来。在那一瞬间，它浑身开始发抖，鬃毛直立，头皮发麻。猎犬一边蹲坐下来，一边仰起鼻子向四周闻了闻之后，下意识地张开嘴，发出了恐怖的叫声，寂静的山坳随之震荡起来。猎犬的哀嚎，一声比一声凄惨。而一逝不再复返的幸福时光，却一幕幕地从它的眼前掠过……

世界是那么的宽广，那样的亮堂，天空又是那样的美丽、清澈、神秘。天上的太阳多迷人，尽管不能直视她，可她又那么慈祥、温暖。小白狗蹲在牛圈墙根晒着太阳，不由得惬意地哼了几声。它身下是软绵绵的干马粪末，还有干草。它面前的一个小凹坑里积满了水。哦，对了，是黄色的水。它走过去用舌头舔了一下，是苦涩的，是那种难闻的牲畜尿臊味。小白狗得出了“不能饮用”的结论。它把世上的东西分为“能吃喝的”和“不能吃喝的”两种，而且发现后者比前者多得多。小白狗用力向前跳了过去，前面是雪堆，是家人扫过来的杂草和雪的混合物。雪堆凹凸不平，上面还有一层杂质。小白狗高抬起陷进雪堆里的右爪，看到踩过的地方渗出了脏水。雪已经开始融化。雪堆里的雪变成了颗粒状的小冰粒儿。“这也是个好东西。”它一边想，一边伸出了舌头，“这东西不能吃，只能舔一舔。没什么味道，还特别凉。”不过小白狗还是没有舔舐冰雪，因为，它在出门前已经在家里喝过一盆牛奶了。所以它不无骄傲地向四周望了望。它发现刚才自己蹲坐的那个干燥又舒服的去处已经被一只带着一群雏鸡的母鸡占据，而且母鸡已经把那里翻了个底朝天，正在不停地咕咕叫着还在刨挖。而那些黄黄的、圆嘟嘟的雏鸡们却在老母鸡翻过的地上跳来跳去，不停地吱吱叫着。它们看起来非常快乐。它们的母亲一旦从下面挖出什么，就会大声叫起来，而它们就会喊着“给我，给我！我吃，我吃，我要吃”全部拥上去，然后又四散开来。很快，它们又听到母亲兴奋的呼唤声：“找到了，又一个，快来，快来！”于是，小鸡们又连滚带爬涌了过去。小白狗看着小鸡们憨萌可爱的动作，萌发了与它们一起玩耍的冲动，便看着它们摇动尾巴轻轻地叫了两声后，从雪堆上跑了下来。这下可好，立刻听到老母鸡的紧急号令：“集合，集合，紧急集合！”那些小鸡跌跌撞撞跑过去钻进母鸡的腹下，瞬间不见了踪影。而母鸡却鼓起全身羽毛看着小狗，不停地咕咕叫着，似乎在说：“走开，走开，狗东西，快滚！”小白狗怎么也不明白母鸡为什么对自己怀有敌意，只好站在原地没有再向前走。这时突然有一只很漂亮的小鸡从老母鸡的羽毛间露出头来，看了看，又把头缩了进去。小白狗忍不住向前走了两步又停下来，展开四肢腹部拖地哼唧了几声，然后收起四肢，又吠叫了几下。这下好像真的激怒了老母鸡，它不仅大声喊着“走开，走开”，而且摆出了要进攻的姿势。小白狗没见过这种阵势心里有些发毛，但是也不想这么认输，就又向前迈了一步。老母鸡保持着羽毛蓬起的进攻架势起身了，小白狗做好了应战准备。不过，老母鸡没有向它冲过来，而是调转头继续喊着“走开，走开”顺墙根撤退了。那些可爱的小鸡们始终没有从母亲的翅膀下走出来，看来他们中没有一个愿意和小白狗玩耍。原本想与它们开心玩耍的小白狗灰心地掉转头，百无聊赖地向村外走去。

大地还没有干，洼地和小坑里还有冒着气的雪水。一丛丛绣线菊根旁还有残雪。但是，大地的面貌已经变了，不再是白茫茫的雪原。周围已经被暖融融的阳光晒得懒洋洋的，万物已经蠢蠢欲动却欲醒不能。空气中充满了香气，小白狗知道这香味正是从自己脚下的一簇簇的草芽散发的。它把鼻子轻轻地触到草芽上，细细地闻了闻之后得出了“不能吃，但是味道很香”的结论。这草踏上去很柔软，长得很密实，现在已经从深处发绿了。小白狗又把开始吐绿的棱狐草嗅了嗅之后，感到很舒心，也很兴奋。这种莫名的兴奋让它就地打了几个滚，展开四肢伸了一个懒腰，最后干脆把肚皮亮向太阳躺在草地上，沐浴着阳光似睡非睡，不肯起来。

阳光晒得它睡意浓浓，不觉睡了过去，还做了一个梦，梦见一只毛茸茸的黄雏鸡在不远处吱吱叫着，对它说：“快来，快来！我们一起玩。”它看着小小可爱的家伙心里发痒，不由地汪汪了两声，然后它们相互追逐起来，没想到那小鸡跑得那么快，小白狗根本就追不上它。但是，小白狗也不放弃，跟在后面紧追不舍，耳根飕飕吹着凉风。这不，它就要追上它了，只要伸出前爪就能抓住了。小白狗又有了新的判断，这小东西，我能一口把它咬进嘴里，它是可以吃的。是的，是可以吃的。小鸡却突然停下来，回过头看着它，似乎一点也不怕它。小白狗看着它轻轻地叫了几下，小鸡却对它说：“我跑完了，该你跑了。”就在这时，小白狗被“唬—唬—唬”的几声叫给吓了一跳，不由地睁开了眼睛。一条高大的黑雄狗正从上方俯视着自己。小白狗不慌不忙地伸出舌头舔了舔嘴唇，又打着哈欠伸了伸懒腰。然后，就像刚才对小鸡叫的那样细声细气地叫了几声，才准备起身。正在犹豫的大黑狗见它要起来了，立刻扑了上来。小狗还没反应过来，就觉得浑身火辣辣的，眼前冒起金星，几乎要昏死过去。

“走开，走开，嗨，走开！”

小白狗听到了可怕的吼声和震动大地的咚咚声，压在它身上的重物消失了。小白狗意识到自己的主人来了，发出了冤屈的哭声。而它的主人连滚带爬从马背上下来，把它抱了起来。当主人的手挨在身上的时候，小白狗全身就像针扎一样疼痛。它在主人的怀里却像再一次落入黑狗嘴里一样，挣扎着哭叫了很长时间。

主人用缰绳牵着马，抱着小白狗一瘸一拐回到家之后，往它的伤口上不知抹了什么，又让它疼痛难耐了。之后，主人又用白纱布裹了多处的伤口，才把它放到了外屋墙角上的那个两头有铁丝网的小铁床上。此后几天，主人不仅亲手喂它吃食，每天还把它牵出去遛几次。其他时间里，小白狗总是躺在铁床上一动也不动。铁床狭小，无法在上面翻滚，它也没有自行爬出铁丝网的能力，再说，它也不敢独自到屋外去。

经过一两周的精心调养，小白狗的伤口痊愈了。但是，它的心灵却留下了另样的伤疤，那就是世上有不公平，有奸诈，有暴力。虽然它不懂当自身遇到危难之时，自己的清白和无辜是不可能解救自己的道理，但是，却学会了怀疑和敌视所有自己不相识者。

小白狗有些发胖，精神也已恢复，这时从远方来了一个小孩。那孩子很调皮，马车还没停稳就从车上跳下来，直接扑向了小白狗。此时小白狗的意识里除了每天喂自己吃食的家人以外，当然还包括人以外的动物，都是不可信的。这个小孩自然也是外人。所以，它本能地躲到了主人的身后。但是，主人连看都没有看它一眼，抱起那个小孩不停地吻着小孩的脸，不肯放开。不过，小孩很快就挣脱主人的怀抱，再一次把双手伸向了小白狗。看到主人那么爱他，它也就没了敌意，所以，这一次它没有躲避他。再说主人也似乎在对它说“拉辛，拉辛快过去”，有所期待地含笑看着自己。小孩的手很柔软，用一只胳膊搂着它前胸，另一只手托着它的大腿根，将它抱起来，一边说着“我的狗狗，我的狗狗”，一边腾出另一只手，抚摸起了它的脑袋和脊背，还与它碰鼻，吻它的脸，高兴得忘乎所以了。就连妈妈从不远处赶着要挤奶的母马回来，亲切地喊着“阿德力，我的宝贝”，小孩似乎也没听见，抱着小白狗一溜小跑进了屋。

当天晚上，家里来了很多人。大家围坐在大圆桌子边上，餐桌上的包尔萨克堆成了山，包尔萨克上面撒着白花花的方块糖，让人眼馋不已。阿德力抱着拉辛，一会儿包尔萨克，一会儿方块糖地喂着小白狗。大家都很开心，时不时喝一口兑了浓浓驼奶的褐黄色奶茶，在不停地说笑着。

“这就叫长大了，”沃玛尔老人不无赞叹地说道，“但愿他让咱们天天高兴啊！”

售货员是去提货顺路带回阿德力的。“老师说了，他是一年级二十五个同学中最优秀的。连二年级和三年级的计算题他都会做，语文课本他也会读。这值得你摆喜宴庆贺呀！”满脸雀斑的叶森卓勒看着主人说到这里停顿了一下，继续说道，“今后，你不用再麻烦别人给你读小说、民谣什么的了。我敢肯定，到秋天开学之前，你那屋里的那些书还不够他读的。”

“这就叫前有车后有辙……”

“这孔落（功劳）应该葵（归）大米（妹）子卡米拉。”叶森卓勒的大舌头妻子阿依苏鲁不顾嘴里填满的包尔萨克，抢过话头一边嚼着一边说，“卡米拉代（太）能干了，义（你）们看，他们家民（门）口堆得油（牛）粪块都像先（山）一样。代（太）能干了，代……”

“老婆，你的那些话先放一边吧，别打断老人的话。”

“义（你）怎么老西葡（欺负）我？义（你）嫌弃我为什么不娶一个好老婆呢？”

“打住，你听不懂我的话吗？”

“义总把我当眼中进（钉），欺负我，义（你）等着，我要回浪（娘）家去，有义（你）好看的。”

“够了，你要是不想更难堪，就快给我闭嘴！”

“好，就栓（算）义厉害。义（你）不认为卡米拉能干吗？好，好我就不说了，不……”

“我说了‘前有车后有辙’，”沃玛尔老人回到刚才被打断的话上，“阿米尔亡人，我是说这个哈兹的父亲。他可曾是个真真的好汉哪！他身边时刻不离猎狗，抓狐狸就像旋风卷蓬草一样轻而易举。哦，哦，不是亲眼所见可能都不相信。现在你们不是在改良牲畜品种吗？要说牲畜，我不太懂，可是我们哈萨克人早在那个时代就已经把猎狗的品种优化了。我们这一带可是出过不少的飞毛腿猎犬哪，那真是……那个叫马麦的老汉家就曾有过一条叫作别斯哈喇的猎犬。那时的一个富家公子想用五匹带驹骒马换那条猎犬，可那个歪脖倔老头就是不换。不过，那时他还是个英俊小伙呢。从此，人们就把那条狗叫作‘别斯哈喇’了，它的原名反而被人们遗忘了。那狗毛色是青白条纹，外表酷似一只老虎，前胸有人的小臂那么宽，你就是用双臂抱它还差那么三指。因为前胸太高，所以它必须侧卧，而不能像正常狗那样平卧。它头大嘴阔，身材超大。咱们不是有个别力大无穷的虎胆英雄吗？上苍造化，畜生中也同样有有别于同类的动物，别斯哈喇就是一条狗中少见的好猎犬。要是听别人说，我也许会不信，可是那时我们两家的冬牧场是挨着的，所以，我经常见那条狗。有一年冬天，它独自猎到了十三条狼，兔、狐狸呀什么的就不计其数。他们还经常去猎盘羊。马麦老人前一段时间还带着一条青色猎犬，他说那是别斯哈喇的后代。听说别斯哈喇是在停战那年春天老死的，那狗预感到自己的大限已到，就从家里出走了。这就叫‘好狗不露尸’。据说，马麦为它哀悼了好几宿呢。人只哀悼死人，哪有哀悼畜生的？可是马麦就那么做了。说实话，别斯哈喇的确是一条好猎犬，现在可是见不到那样的好狗喽！更没有那样的驯狗猎人，再说现在的人也没那个时间哪。”

“要那样的话，谁放政府的牲畜，谁给政府打草……”哈兹说到这里，憋不住咳了起来，连话都没有说完。

“谁喝酒啊！”叶森卓勒的雀斑脸上露出了诡异的笑。

“义（你）就当不成求（售）货员了。”阿依苏鲁忍不住又插嘴说，“箱（商）店没了‘疯子水’还是箱（商）店吗？”

沃玛尔老人说：“那玩意儿没了才好哩，以后永远别进了。”

“不是我不想进，是库房没货了。可见我们这里有多落后啊。哈萨克人毕竟是哈萨克人，不过我们县在文明方面还是有进步的。比如，前年我们这里只要有一箱子酒，就够喝一冬天。除了场长和我，没人喝酒。但是到了去年秋天，我进了三箱酒也没能打住。就连哈兹，最后一次去县城的时候也学会喝酒了，我们留守牧场场部的三户人家中只有做礼拜的老人家例外……”

“上苍保佑！就是不做礼拜也不该迷恋那东西。”

“您没享受过它的味道，所以才这么说。这不，这个哈兹就是一个例子。不管是谁，只要喝那么一次，就会对过去的生活感到懊悔不已的。别人不说，现在我很开心，我有了不少的酒友。有些人为半瓶酒连老婆都卖了也毫不犹豫的。”

“喂，你还有完没有？我也就是喝了那么一次，尝了尝味道而已……”

“好吧，但愿你继续喝下去！”

“他们两个呀，就和过去的同龄人一样，好开玩笑。”沃玛尔老汉的老伴——戴着白盖头的瘦弱老太太努瑞拉，想把话题转移到其他方面。

“有同龄印（人）还是高（好）玩哪。”阿依苏鲁说。

就在这时，已经被包尔萨克和方块糖撑得圆嘟嘟的小狗，似乎赞成阿依苏鲁所言似的，无缘无故地吠了几声。

“嗨，老了，老喽！”沃玛尔老人叹了几声又说道，“我一会儿东，一会儿西地乱说了一通，刚才我说到什么了？”

“您说狗中有比某些人还好的狗了。”叶森卓勒狡黠地回答说。

“是啊，人都会像自己的祖先。这个小小的阿德力迷恋小白狗的架势，就很像阿米尔亡人……”

“再说，您刚才赞不绝口的马麦老汉是我亲舅舅，”哈兹也有些耐不住地说道，“这条狗崽是去年我去巴哈纳思牧场的时候，从他老人家那里讨来的。它是他们家母狗的独胎崽，当时舅舅舍不得给。他说他的孙子已经有了独自狩猎的能力，他会不愿意的。但是，我就给他耍赖说，就当我拿了那四十只羯山羊（哈萨克人有外公家欠外孙（甥）四十只羯山羊的说法。哈萨克族外甥或外孙有求于舅舅或外公时，一般都不会被拒绝。）。就这样，连哄带抢才拿来的。请您评价一下它吧。”

“我虽然见过许多好猎犬，但是我本人却从来没有狩过猎。我还能评价什么呀！”

“不管怎么说，您的见识多，比起我们，您更有资格评价它。阿德力，把狗娃子放到花毡上。好了，老人家，您说说吧。”

“前胸宽，无疑是长途奔跑的料。脖子不长，嘴大唇阔，说明力量也不会差。后腿匀称，脚掌略微外撇，这是速度的标志。我不敢说它能捕狼，但是，我敢肯定今后我们会人人都有狐皮帽戴的。”

听了这话，哈兹非常高兴：“哎哟，太好了！借您吉言，它捕到的第一只狐狸非您莫属啦。”

叶森卓勒插话道：“我说呢，马麦老人绝不是吝啬之人，也不会平白无故那么为难不是？”

不一会儿，满满的一大盘羊肉端上了桌子。大盘子的最上面放着两耳已经煮烂，鼻梁上的皮也裂开的煮得很烂的羊头。但是，小狗和阿德力已经脸对脸躺在上首墙根上睡着了。

从此，拉辛便开始了一生中最无忧无愁的一段生活。

有一次，爸爸对阿德力交代说：“这家伙会自己走出村外乱逛，上一次就是在村外被叶森卓勒的那个叫巴德索科的大狗咬了，差点没咬死。要不是我刚好找牲畜回来碰上，可能早就没命了。我把它放在你小时候的床上，治疗了二十多天才把它的伤养好。今后，你就带着它，别让它单独出去。”

就是爸爸不提醒，阿德力也绝不会让小狗拉辛离开他半步。在这空旷原野里的三户人家中，除了阿德力再没有第二个小孩。所以，阿德力读书外的消遣只有这条小狗。放假回来之后的第二天，他就把一条狐狸尾巴拴在一根长杆头上，逗拉辛玩。拉辛虽然不知道那是什么东西，可就是想咬住那东西尝一尝味道。但是，阿德力却不让它咬住，总是送到它的嘴边，只让它闻到味道，不让它咬到嘴里。逗着逗着，把拉辛逗急了之后，阿德力会突然原地转圈，让拉辛跟着长杆头上的狐狸尾巴转圈追。但是，拉辛总是追不上长杆尖上的狐狸尾巴。当它的鼻尖刚要够上时，狐狸尾巴会一上一下跳跃着，跑得更快。于是，小白狗再一次加快速度，但是狐狸尾巴跑得比原先更快，小白狗也只好再一次加速追。最后，它终于追上了，就要一口咬上了，就在这千钧一发之际，狡猾的尾巴却跳起来躲过了小白狗的嘴。然后，又向相反方向跑了。不服输的小白狗也掉转头，转着圈追了过去。当它感到四条腿有些发软，速度有所减缓时，尾巴也放慢速度与它保持原有距离。狐狸尾巴释放的那种诱人气味，总是激起它的斗志，祖上遗传的好斗本性和狩猎本能驱使它再加一把力，穷追不舍。最终，那条毛茸茸的尾巴被它咬到嘴里了。小白狗解气地狠命咬住尾巴，左右摔打不说，还发出叫声。不过，小白狗原本的泄愤行为很快就转为了玩耍。这时，那条尾巴突然又从它嘴里挣脱跑了。于是，开始了又一轮的追逐。小白狗把那条拴在长杆尖上的尾巴不知追了多少次，抓住后又不知蹂躏了多少回，可总觉得没有过瘾，没有尽兴。

这座山从山腰到山顶都是堆积的白雪和一丛丛的绣线菊，而背风面的山脚下有紧挨着的四五户人家。在离房屋不远处是下坡地。那里是一片在微风中泛着银光的草地，而对面那座高峰下的砾石中冒出的山泉顺坡流下，汇入山沟里的溪流中。山溪两面是密不透风的树林。阿德力每天唯一的家务活是把那匹忘记回家的骒马赶回家里。因为那匹骒马总是因为贪吃牧草而错过挤奶时间，经常造成回奶。小白狗总是在齐腰深的草丛中跳跃着跟在他的后面，在返程路上却不停地吠叫着驱赶骒马快跑。但是，当骒马跑起来，它又跟不上。于是，它张着小嘴哼哼着绕阿德力的腿玩耍。

“你别再带小白狗了，它总是撵着骒马快跑，骒马兴奋后乳房涨得奶都流出来了。”母亲卡米拉总是这么责怪阿德力。但是，阿德力每次都不会不带心爱的小白狗，小白狗也依旧追逐骒马奔跑。忍无可忍的卡米拉一边骂着“小东西，你要跟我对着干吗？”，一边照阿德力的后背锤几下，又拿起木条把小白狗也狠狠地打几下。阿德力这才猛然醒悟，让人给小白狗做了一个镶了花铜片的项圈，用一根细绳牵着它走，不再让它乱跑了。但是，追骒马玩已经成了小白狗的习惯，所以小白狗一看到骒马便要忍不住吠叫几声。而那骒马也好像再也不愿意听到这小家伙的讨厌的叫声，与其让它撵着跑，不如快一点远离它，与往常一样，见到他们来了就一溜小跑着往家里跑。因此，当哈兹往褡裢里塞满书，去夏牧场各牧村和打草点卖书回来之前，阿德力和拉辛挨了卡米拉的好几回揍。

周围是一个接一个的土包和小沟壑，洼地里是能淹没卧驼的长草丛，冰凉的溪水清澈见底，溪水两边是白杨和柳树参杂的密林。在仲夏炎热的一天，阿德力翻过一道又一道山梁，走进了一条条山沟。从未走出自家附近的拉辛感觉进入了另一个世界。它嗅到了上百种从没闻到过的新鲜气味。苔藓的土腥味，茂密而倒伏的百草味，红黄蓝各色野花味，沼泽地的腐土味，腐烂的木头味等等。空气中充斥着的香气让它头晕目眩，不由地哼哼了几声。然后，又倒在地上打了几个滚，还不时地跳向阿德力的头要与他打闹。见他没工夫与它打闹就向前跑几步又跑回来，绊小主人的腿，那架势似乎非要与小主人玩个够才肯罢休。走出家门一段路程后，各种动物遗留的气味多了起来。这是马的气味，这是牛的气味，曾有人路过这里，而这是那个拴在长杆尖上它每天都要追逐玩耍的长尾巴的气味。这里，就在这里，那家伙还挖了一个洞。然后，那家伙又绕过一丛刺梅，向山顶走去。拉辛想顺着这个气味追过去，可是阿德力命令它回来，于是它不得不掉头回到小主人身边。不过，这里的陌生气味够多了。无论是哪一种，都让拉辛感到好奇，心里发痒。

山沟密林里凉爽极了。这里的黑土湿润，草地柔软，耳边传来悦耳的潺潺流水声。刺梅果、山楂果、牵牛花的味道诱人，不过最强烈的还是黑醋栗的味道。在杨柳树荫凉下生长的矮小黑醋栗结满了一串一串的果实。不一会儿工夫，小主人阿德力便往小桶里采满了光溜溜的黑醋栗果，然后，选了一处青草茂密的去处，头枕树墩仰面躺下。他顺着从树叶缝隙里投下的缕缕阳光望去，看到的是一枚枚铜币大小的天空。但是，天空与往常不同，似乎更近，更美丽，只要他起身扔块石头就可以够得上。他又把目光投向四周，这才发现各种野果比站着看时多了许多。在视线不再被树叶遮挡后，看到的果粒就像串串念珠一样密密匝匝。阿德力跷着二郎腿躺着，顺手捋下一把黑醋栗，美滋滋地大口吃起来。吃完手臂所及之处的黑醋栗，他用胳膊肘把身子挪上一点。不过，这时他不再大口大口吃了，而是选最好的，一颗一颗地慢慢品尝。最后，他干脆把双手交叉在脑后，两眼望着白云飘飘的蓝天，久久没有动弹。拉辛好像模仿着主人，寻一处荫凉草地，伸展开四肢，下巴点在两条前腿上趴着，一动也不动。不过，讨厌的蚊蝇却让它烦恼不已，否则它可能早已进入梦乡。阿德力与他的猎犬就这样享受着大自然，休息了一会儿，好像想起了什么似的，说了声“起”，便翻身站了起来。拉辛也立马站起来，抖了抖身子，甩打着尾巴看着主人。他们跳过朽木和溪水，拨开茂密的树枝和灌木，扯断缠腿的草藤，走出溪边小树林。山沟里空气闷热，阳光灼人，阿德力只好用毛巾裹住剃得铮亮的光头。然后，他们像进行爬山比赛一样，你追我赶地爬上山梁，山梁上凉风习习，山梁下便是他们的家。

拉辛已经六个月了，身体发育基本成熟，它才知道自己的主人，不，整个两条腿行走的人的生活，有太多让它不明白的东西。在过去，它看什么都是对的，合理的。但是，现在想想，却没有一样是合理的，或者说都是让它想不通的。比如说，马是四条腿的稳健的动物，绝不会像阿德力那样跌跌撞撞，常常摔倒，而且跑得也快，一旦跑起来，两条腿的人绝对追不上。再说马也很有力气，刚才不知为什么生气尥蹶子的时候，青骒马把柳条篱笆都踢翻了，假如那个蹄子踢在人头上会怎么样呢？不踢个稀巴烂才怪呢。但是，它却对人唯命是从，让它干什么就老老实实干什么，就是小小的阿德力也是马的主子。真想不明白这是为什么。再比如说牛，它有硕大尖利的一对犄角。那一天，它与牛犊玩了一会儿，没想到母牛哞了一声，低头以两个锋利的犄角向它顶来，要不是它反应敏捷，一步跳出栅栏，弄不好早就粉身碎骨了。而这些牛也在为人服务。还有那个长着双峰个子老高的骆驼，它能独自把十个人背不动的货物轻轻松松地驮走。而它为人干起活来比谁都卖力。它也有怨言，干活的时候总是哀嚎不止，尽管这样，也没见它表露不满情绪。再比如春天咬了它的那个黑土狗。那家伙的嘴可是大得吓人，它要是发怒的话，谁都不是它的对手。但是，它也是人的奴隶。可怜的黑狗甚至不能像拉辛那样进屋睡，总在外面挨冻。生活的源泉，生命的必需品——食物，也都由他们这些两条腿走路的人在掌握。他们吃最甜最好吃的，而且想吃多少就吃多少。是的，它拉辛虽然从没缺少过食物，但是，黑土狗却一天到晚去了这家又去那家，嗅嗅这里又闻闻那里地寻找食物。尽管那样，黑土狗的肚子也总是扁扁的，可以肯定它每天都吃不饱肚子。

随着时间的推移，拉辛想不明白的疑惑也在不断增多。比如，牧村里经常来一些人，他们坐的是一辆无需牲畜拉就能自己走动的神奇车子。那车还能发出连续的而且不是很大的轰鸣声。还有，有一次他们去牧村不远处山沟口的那块开阔地时，有一只硕大无比的银色铁大鹏鸟落在了那里。人们都骑着马往那里跑，拉辛也跟着去了。看到有不少人从那个银色铁大鹏鸟的肚子里走了出来，与人们说了一会儿话，似乎在询问什么。之后，他们又钻进了银色铁大鹏鸟的肚子。那个银色铁大鹏鸟发出的声音可真够吓人的，起飞时扬起了强烈的旋风，要不是拉辛跟着提前跑离的马匹走远，不知道会发生什么意外呢。

这种疑惑越多，拉辛对人类的强大力量越是顶礼膜拜。后来发生的一件大事，让拉辛不再对所有动物听命于人的现象有任何疑惑，对于人类较之于其他动物强大之处也深信不疑。有一次，阿德力和它按惯例去采摘黑醋栗，在回来的路上，他们看到黑土狗巴德索科就在面前，只有马缰绳那么点儿距离。总是挨饿的巴德索科没有看见他们，因为它已经把一个鼠洞挖成了大坑，老鼠储备的饲料撒了一地，似乎已经挖到了鼠洞底部，而且还在不遗余力地刨着松软的沙土。很快，它又把鼻子探进沙土里狠命嗅了嗅，之后又刨起了沙土。意外碰到巴德索科，让阿德力吃惊地停下了脚步，而拉辛却被吓得心头一颤，浑身发抖，往阿德力身后躲了起来。或许阿德力想起了黑土狗曾经咬伤拉辛的事，所以弯腰从地上拿起了一块石头。黑土狗听到动静后，立刻抬起了头，可是太迟了。还没等它转身逃窜，一颗飞石结结实实地砸在了它的肋骨上。瞬间，宁静的山坡上回荡起了黑土狗的惨叫声。黑土狗歪斜着身子向山坡下跑去了。很快发出的较前一块小一点的第二块石子，擦着黑土狗的脊梁飞过去砸在了一团绣线菊上，没打在它身上。阿德力“嗨”了一声，拍了一下大腿。他似乎对自己没能命中正在跑动的目标感到遗憾。拉辛没料到结局会是这样，愣在那里一动也没动。当听到小主人的叹气声才回过神。这才激起了它的愤恨，发狠地对着黑土狗跑去的身影吠了几声，向不时回头张望狼狈逃去的黑土狗追了过去。不过，小主人一边喊着要它回来，一边随后追了过来。拉辛这才有些遗憾地停下来，对着远去的黑土狗发出了胜利者的吠叫声。从这次事件之后，拉辛彻底否定了自己关于生活中强大与弱小的认识。这么小的阿德力都这么强大，还有人类们办不到的事吗？

自己从哪儿来，又是怎样诞生的，这世上有造物主吗？拉辛从来也没有想过这样的问题。但是，从这次事件之后，它深信世界上的确有强大的上帝，而且他无所不能，而这个上帝就是人。

哈兹不停地咳嗽着，费力地打开了门栓。抢先窜出门的拉辛被耀眼的白光刺得睁不开眼。昨天还是无雪的大地，一夜间变了样，对面的山梁、院子和牲畜圈棚，已披上了雪被。拉辛被冷飕飕的空气突然侵袭不由得打了个寒战，向前走了两三步，感觉脚下在咯吱咯吱作响。它回过头看到自己的脚印是那么的清晰。这不，主人已经向畜圈走去，他身后也留下了一串脚印。拉辛对自己无意间的发现感到好奇。来到畜圈外面后，拉辛发现了与自己足迹一样的脚印。于是，它低下头闻了闻那个足迹，才知道这是黑土狗巴德索科留下的脚印。它可能天不亮就出来觅食，来过这里了。

空气中没有任何异味，清新而略带寒气，很是提神。拉辛兴奋地呼吸着新鲜空气，在院子里踏着初雪跑了几圈。它很想到山泉旁和那个驼峰般起伏的山梁上遛一遛。只是，看到周围都是黑土狗巴德索科的新鲜脚印之后，它心里有些发毛，所以打消了这个念头。再说，主人已经把坐骑牵出马厩在备鞍，他在做着出门的准备。他出门一般都会带着它的，这正是它巴不得的事。

那个春季里短腿、秃尾巴、大肚皮又呆头呆脑的小白狗，如今俨然成了一条大猎犬。它的上腹粗壮，前胸宽大，腰身细长，个头已经有牛犊高了。那双宽大而且边缘上长有长长茸毛的耳朵，为它的大脑袋增色不少。而它排列整齐却长短不一的洁白又锋利的牙齿，咬碎骆驼大腿骨似乎也不在话下。

初秋之时，阿德力回学校了，驯养已经长大的拉辛的活儿，自然落在了哈兹的肩上了。哈兹没再给拉辛喂油腻的食物，为冬季初雪落地时的狩猎做着准备。但是，上天似乎有意刁难他似的，今秋时间特别长，不是下毛毛雨，就是刮满是沙尘的大风，就是不见下雪。哈兹着急的是，拉辛在第一次交配前如果不练习狩猎，颈椎骨发育成熟后就会僵硬不灵活，自然就不会成为敏捷的好猎犬。也正是这个原因，他没有让它在无雪的砾石沙土地上进行狩猎练习，唯恐伤了它的脚爪。久盼的初雪终于来了，他一夜都未能入眠，天刚亮就急忙出来备马，给拉辛喂了少许肉汤，便上路了。

哈兹沿礁尔塔格山脚前行，时而发出惊扰动物的响声，雪地里到处是野兽足迹。猎犬看到这些大小不一，步距长短不同的足印就想寻踪而去，只是主人不允许它乱跑。在他们的前面出现了与刚才遇到的黑狗足迹差不多，但略微小一点的一溜足印时，拉辛探着鼻子嗅了嗅，发现气味与小时候常追逐玩耍的那个长杆上拴着的长尾巴相似。于是，猎犬没有抬头，顺着脚印一边嗅着，一边碎步向着对面的卵石坡跑去。可是，主人不仅没有跟过来，而且用低沉的声音命令它回来。然后，又用马鞭指了指相反的方向，并把马头转向了那里。意识到自己搞错了方向，拉辛也掉头顺着脚印追了过去，很快与主人拉开了距离。

那条长尾巴的足迹在这片沟壑纵横的原野上，一会儿在一丛丛锦鸡草里转圈，一会儿在一簇簇绣线菊下钻出钻进，不时还可看看这里那里的刨痕。在一丛锦鸡草下面还有挖开老鼠洞的新鲜黄土，撒落在雪上的黄土还没有冻住。那足迹一会儿翻过山坡，一会儿又下到山沟里，似乎每遇到一簇灌木都要停留下来寻找食物，在原野上留下了纵横交错的足印。拉辛顺着足迹不停嗅着长尾巴的气味，不舍不弃，觅踪而行。拉辛在一片只能容下几户人家的开阔地里，顺着足迹转了十来圈，也没能找到那个长尾巴。就在它恼怒不已不知所从时，主人也出现在了它的身后。主人的到来，激发了它本能的狩猎欲望，促使它再一次寻踪追击。它顺着足迹刚翻过山梁，就看到下面锦鸡草丛里窜出来一只动物，正是它追寻了一早上的那个长尾巴猎物。原来这东西不仅尾巴长，而且很像一条土狗，只不过比土狗小一些，绒毛多一些而已。这家伙真令它眼馋，你看它奔跑在洁白的雪地上，有多么诱惑。在眼前的景象前走神片刻之后，它就猛蹬强健有力的后腿，一路扬起松软的雪沫飞速追了过去。它们之间的距离很快就缩短，拉辛已经闻到了强烈的狐臊味。它能清楚地看到狐狸的五官了，年少的拉辛在给自己鼓劲，心想我比它跑得快，谁也跑不过我。因为它看到狐狸的腿比自己短，步幅也小很多。但是，它发现狐狸的步频非常快，要追上它还真不容易，开始追的时候它已经把距离缩短到一缰索远了，可是现在却在逐渐拉大。只见狐狸速度越来越快，斜插着向山上跑去，它一旦跑到满是砾石的山上，就有藏身之地了。但是，该着狐狸倒霉，在它的前方出现了拉辛的主人。他骑着马，在它上方一边呐喊一边迎头奔驰而来，已经挡住了它的去路。狐狸没有勇气直闯由人占据的山头，只好改变方向横插斜坡，准备绕过那人跑进大山。不一会儿，它把马蹄声和人的喊声甩在身后了。而身后的猎狗还有一段距离，暂时还是安全的。它对自己逃离险境深信不疑，可是很不幸，前面出现了一片开阔洼地，狐狸这才意识到自己慌不择路，犯了一个致命的错误。这片洼地是从没被人割过也没被牲畜啃食过的茂密的干草丛，倒伏的干草对逃命奔跑的矮小狐狸会造成很大的麻烦，但是它别无选择，生生闯进了洼地。倒伏后成波浪状的干草迫使短腿的狐狸跳跃着向前奔跑，影响了它的速度。但是，对腿长有力的猎狗却没有造成多大的阻碍，它仍旧保持着原有的奔跑速度。所以，尽管狐狸使出浑身的力气，猎狗却离它越来越近。猎狗信心十足，想着追上了，这就追上了，狐狸拖在新鲜雪地上的尾巴却已经湿透，成了累赘。猎狗心里念叨着追上了，终于追上了，眼看就要咬住那条长尾巴了，不料这时它们跑出了那片洼地。狐狸的脚爪挨着只有一层薄雪的坚硬地面后，积聚最后的力气拼命向前跑着，逃过了已经张开猎犬的嘴，并再一次拉开了与拉辛的距离。但是，还没能脱离险境，它们之间只有马缰绳那么一点的距离。加之前面跑下坡路时用力过多，导致狐狸的四条腿已经有些僵硬，不再像以前那样灵活了。所以它对自己能否脱离险境没有足够的信心，脚步也就自然慌乱。当它发现身后的脚步声依旧那么强健有力，且越来越近，甚至能听到喘气声，预感到那张大嘴锋利的牙齿随时都会咬住自己孱弱的身体，它心慌意乱，似乎掉进了恐怖的无底深渊，眼前一片漆黑，只有金花闪烁。于是，它本能地翘起尾巴，遮挡狗的视线。这是它最简单，也是最后的防御措施。但是涉世不深、毫无经验的猎狗却中了套。猎狗原本费这么大力气，就不是要逮住狐狸咬死它，而是好奇心和好胜的本能驱使它只想追上狐狸，与它撕咬打闹玩耍。所以，当它看到长尾巴在眼前晃动，就以为是一种新的追逐游戏，一门心思想咬住那个尾巴玩个痛快。可是，那条尾巴却不是那么容易抓住的，当它即将要咬住时，狐狸一个右转弯就把它甩掉。当它再一次追上去咬它时，它又跳起来，让猎狗扑空，来不及收腿的猎狗再一次被那条尾巴甩开一绳索远。猎狗再一次回头追过去时，狐狸却来一个左转弯，又把即将咬住的猎狗甩开几大步。这种追逐游戏在继续，但是猎狗已经疲惫不堪。这时，追逐转向坡地，狐狸绕着前方一蓬毡房大的绣线菊跑了一圈，只见依旧拖着长长的尾巴快速向山上跑去，把猎狗甩了老远，而且它们之间的距离逐渐加大。狐狸拼命向前跑着，穿过山梁上并列的两座山峰交汇处，便不见了踪影。猎狗紧随其后翻过驼峰式的山凹，看着空荡荡的前方停下了脚步。精疲力竭的它吐着长长的舌头，喘着粗气向四处张望着，它的四肢已经有些麻木，头脑发涨，眼前的雪原似乎在旋转不停。突然，猎狗眼前一亮，不过它还是不太相信自己的眼睛，因为那个失踪的狐狸竟然越过一座秃山梁，正向这边跑来。狡猾的狐狸不知道身后高大勇猛的猎犬是一个没有任何狩猎经验的小猎狗，更没想到猎狗没有跟踪追击，却停在了山凹。它逃离猎狗的视线之后，绕过那个秃顶山梁又跑过一片砾石，想消去自己的足迹，然后为了进一步迷惑追踪者，想返回来路，这样就能让身后猎狗彻底失去方向。但是，它聪明反被聪明误，本以为被甩开的劲敌却迎面出现。狐狸这才意识到，阎王殿的大门已经向自己打开，但是，在保命的本能驱使下，又急忙掉头跑去。已少顷歇息的猎狗，只用了三两步就追上它，张开大嘴咬住了那条长尾巴。狐狸也不是等闲之辈，它调转身体对着狗的脑袋咬了过去。原本没有伤害如此美貌玩伴的拉辛，被狐狸咬伤之后愤怒不已，向前猛扑过去，一口咬住正在逃窜的狐狸大腿，将它摔倒在地上，然后骑在背上噼里啪啦咬断了几根骨头。狐狸很快就不再动弹，咽气了。

须臾，主人也赶了过来。他翻身下马，一边喊着“我的大力士，快松口”，一边从狗嘴里抢下来正被蹂躏的狐狸，抓住狐狸尾巴在雪地里拍了几下，口中念道：“愿你带来无尽的财富！”

拉辛不明白主人为什么那么做，也没有听懂说的是什么，但是，他知道主人对自己很满意，而且很骄傲。

从此，拉辛学会了杀戮并知道这样会得到主人的欢心。它进入了生命中最辉煌的崭新阶段，雄心勃勃，斗志昂扬。从此，沙场杀戮主导了它的生活。

自第一次杀戮之后，拉辛抓狐狸就像老鹰抓小鸡一样容易了。于是，邻里的男人们都戴上了新狐皮帽子。大家对拉辛满意至极，赞不绝口，尤其是沃玛尔老人每次到哈兹家总要说："羔羊皮帽让我挨了几年冻，全托小阿德力的福啊！但愿我的那个小宝贝健康成长，年年考五分，在同辈中出类拔萃，将来出人头地！"附近村里的人，或者是冬牧场里的牧工经常连夜赶来或带口信向他们家索要狐狸皮。牧场场长别克哈利甚至定做了两顶狐皮帽子，他说在家时戴一顶，另一顶平时放在家里，去集体农庄和县里开会时戴。但是，唯独售货员叶森卓勒没有得到狐皮，据说哈兹曾放话："除非他不再缺斤少两，不再诬陷别人，否则甭想！"

初雪后不久，哈兹曾和要去汇报年度工作的别克哈利一起去县成，待了近两个星期才回来。当天傍晚，被牧民们戏称为"牧场四首领"的四户人家都聚集在哈兹家。与以往聚会不同的是，圆餐桌中央摆着几瓶透明的玻璃酒瓶。但是，气氛却没有上次阿德力放假回来那么热烈，说话较多的是沃玛尔老人。而其他的人，也就是还没到三十就大腹便便一脸赘肉的别克哈利，和赤狐一般察言观色的雀斑脸叶森卓勒，还有那个大舌头阿依苏鲁，只是一声不吭地喝着难闻的白酒。就连别克哈利的年轻媳妇和卡米拉也饮了好几杯。看到那两人被辣得又吐舌头，脸上的肉又是抽动，拉辛心想："她们喝的肯定不是什么好东西，要不她们不会那么难受。"但是，它发现自己的主人哈兹却没有任何难受的表情，反而一杯接一杯，喝得越来越频繁了不说，每次还要把别人拉上，而且一点也没有节制，"咳咳"地咳上半天之后，一口喝完一大杯酒。最后，还没等客人散去，他就手撑着脑袋打起了呼噜。拉辛完全不明白主人性格上的这种变化究竟是怎么一回事，只是觉得主人的人生发生了某种变化。

哈兹出猎越来越频繁了，每逢雪后必出猎追踪狐狸，有时甚至根本不择日，因为他相信拉辛的追踪能力和奔跑速度。而且，每次出猎都会有丰厚的收获，最差也能捉几只兔子回来。此时，拉辛已经成熟，身材高大，身体各部位的肌肉瓷实，威武英俊，不相识的人见了它都会心里发怵。但是，它反而不再像以前那样独自在牧村里自由自在地游荡，即便是在自家门口也不敢那么放肆。因为，小时候被黑土狗咬伤后留在心里的阴影，至今还没有消散。

这天傍晚，总是咳嗽不止的哈兹喝了酒以后说是要发汗，蒙头睡下了。拉辛想出去遛一圈，便迈开大步跨出了房门，但是，出了门就钉在门口不动了。原来，黑土狗巴德索科就在他们家门口垃圾堆上觅食。它也看到了拉辛。它当即把头转向拉辛龇牙咧嘴低沉吼着，发出了警告。拉辛发现它虽然在发威，可是明显底气不足，是自己在给自己壮胆。拉辛对这种变化很纳闷，同时也稳住了自己的心跳。拉辛不再恐惧，瞪着双眼仔细看了看黑狗，却发现它比以前小了许多，浑身污垢，丑陋不堪。黑狗似乎感觉到这次的邂逅不可能以相互耍威风而终结，一场搏斗不可避免，所以也在估摸对方的气势。感到没有胜算的黑狗一边继续呜呜地示威，一边夹起尾巴向自家方向退去。拉辛怒火中烧，想要复仇，三步并作两步就追上逃跑的黑土狗，像抓狐狸那样一口咬住后腿，将它摔在地上骑了上去。但是，它的力气显然比狐狸大多了，一边哀叫着，一边张口反咬了起来，直到被拉辛咬住喉咙，撕咬反抗变成了嘶哑的叫声和四腿乱蹬。

拉辛的脸已经被鲜血遮住，视线也模糊了，可是它不但没有松开咬住黑狗喉咙的嘴，而且越咬越紧了。就在这时，突然有人从身后重重地打击了它。这重击反倒让它清醒了，它感到自己的脊梁似乎被打断了一样沉重，疼痛难耐。原来是黑土狗的主人叶森卓勒，用他钉有铁掌的皮鞋狠狠地踢了它的脊梁。当他再一次抬脚踢的时候，拉辛松开黑土狗跳到一边去了，但是没有跑，反而对着叶森卓勒龇着牙发出了威胁的吠声。这时，在屋里睡觉的哈兹听到狗咬架声，也开门出来了。他一瘸一拐地跑了过来，大声喊道：“喂，你为什么打我的狗？”

“打是轻的，我还要扒它的皮呢。”

“哦呵，你是谁呀？”

叶森卓勒用嘲讽的语气说道：“你还不认识呀！”然后带着威胁的口吻继续说道：“既然你不认识，我会让你认识的。你等着。”

哈兹的语气有些软了：“你不能把我怎么着。我是流过血的人，谁人不知？你看，这是什么？”他弯下腰撩开了裤脚，用手敲了敲木制假肢。

“哦，我的乖乖，原来你比神仙还要清白呀！”叶森卓勒的声音一声比一声高，还有些颤抖，“你以为谁都不知道啊，我知道，我亲眼看到了！”

“闭嘴，你这阴险的畜生！”哈兹一把抓住了叶森卓勒的衣领。这时，邻居们已经赶来了。

“乡亲们，你们都看到了吧！”叶森卓勒大声嚷着，摊开双手做了个无辜的手势，“看吧，乡亲们，他的猎狗咬了我家的黑狗，而他却要打我，请大家评评理……”

“奸贼！我要把你的嘴撕成稀巴烂！”哈兹愤怒之极。

“哎，快松开你的手，走开你！”叶森卓勒没费多大力气就把抓着衣领的手掰开，用力将哈兹推了一把。又看着已经倒在雪堆上的哈兹说了句：“酒鬼！”然后转过身做着恶心的动作，心里却笑着离开了。

拉辛听不懂骂架中说的那些话。不过，它知道这场仗是由自己咬黑土狗引发的。在当哈兹抓叶森卓勒衣领的时候，它也气愤不已，脊背上的鬃毛都已立起，刚要扑上去帮主人一把之时，乡亲们赶来了。先前，它深信自己的主人对付那个瘦小的售货员还是绰绰有余的，最后才知道其实并不是它想象的那样。

拉辛从来没有关注过人与人之间的关系，但是，它却知道每个两条腿站立行走的人都有所不同。比如，卡米拉经常因为身强力壮而在背人处打弱小的阿德力，然后，阿德力就乖乖地去赶青骒马回家，去河边打水。反过来，这个身强力壮的卡米拉，有一次大喊大叫着刚要打阿德力的时候，哈兹把刚脱下来的一只靴子向卡米拉掷了过去，把她赶出了家门。以前拉辛从来没有在意过这些现象，自从这次事件之后，它才发现，人之中也有强弱之分，也有千差万别。但是，却丝毫也没有减弱它对主人的崇敬，反而因为知道主人可以解救自己于危难之中，而更加热爱自己的主人了。

死里逃生的黑土狗不再敢踏近哈兹家了，甚至在牧村周围也不敢像以前那样自由自在地游荡了。只要看到拉辛的影子它就会提前溜之大吉。哈兹那天虽然在面对面的较量中吃了亏，但是他不但不怵叶森卓勒，反而隔三岔五去他的小卖部，用哗哗响的新钞票换得一玻璃瓶酒，揣进怀里直接回家。

拉辛也喜欢跟着主人去售货员的家。而从来就睡室外的黑土狗看到他们就慌神，在自家大门前一进一出惶惶不安。当它确认拉辛和它主人向自家走过来，就会夹着尾巴钻进院子不再露面。但是，拉辛从不进它家的大门，因为小商店是贴着它们家主屋建的一间狭小的房屋，门是单独开的，所以拉辛总是走过去守在小商店的门口，不用进它家的院子。

对拉辛来讲，去程是它之所爱，但返程却使它厌恶。因为，当它随一瘸一拐急急往家走着的主人返回时，可恶的黑狗会站在家门口的垃圾堆上，对着他们的背影用它那沙哑而烦人的声音吠叫，似乎在说："你们怕我，胆小鬼！快滚，快滚！"可是，当拉辛回过头时，它又会装聋作哑，甚至夹着尾巴返回院子。当拉辛追上主人后，巴德索科会再一次发声。对此，最初那几天拉辛非常愤怒，现在却习以为常，根本就不再理会它了。但是，拉辛却又有了新的烦恼。主人每次回到家就急不可耐地往瓶底拍一巴掌，把瓶塞拍开就往那个有棱的大玻璃杯里倒酒，一口气喝干，然后，就会变成另一个暴躁的人。不过，他从不对拉辛发火，也不惹小心翼翼伺候他的卡米拉，只是一声不吭地双手抱头坐下来一动也不动。尽管这样，拉辛却最怕此时的主人。

为方圆十几公里总共二十几户牧工供应日用品、服装和食品的小商店，每天也只有两三个顾客光临。但是，叶森卓勒却每天要从早上十点到下午六点守在那里，从不离开，不是噼里啪啦打算盘，就是擦擦这个，摸摸那个，捆绑和清点货物，只是在中午关门一个小时，星期日关门休息。尽管这里人烟稀少，没有顾客，但他从没有改变他自己定的这个作息制度。如果有谁在他关店休息时间里来买东西，无论多着急，无论从多远地方赶来，无论怎么求他，他都会拒绝。他只有一条理由："我已经拿封条把店门封了，我没有权力改变政府的规定！"于是，顾客只好等他上班，或者改日等他上班再来。那些从没有休息日，三百六十五天都在牧放牲畜的牧民，最终还是适应了他的这个规矩。至于他的缺斤少两和加价出售问题，他们也睁一只眼闭一只眼。因为他们知道，一旦这个商店关了门，他们的损失会更大，与他多占的那一点便宜，这损失相比大了去了。所以，以大气著称的草原牧民也就不计较了。

有一天，哈兹从商店空手回来了——商店里断酒了。开始时，哈兹有些不相信，售货员给他看了空酒箱子。无可奈何的他只好不太情愿而慢腾腾地往回走了。不过，拉辛欢喜不已，一会儿左边一会儿右边地绕着主人，踩着被风和寒冷夯实的雪地，发出咔嚓咔嚓的声响，欢快地跑着，还不时打几个滚。它知道明天他们会出猎，因为天上飘着细小的雪粒，地上刮着小风，是追踪猎物新足迹的好日子。

主人似乎猜透了拉辛的心思，把马牵去饮了泉水，关进栅栏里，给马添了一些饲草，又备好了狩猎用品和鞍具，直到太阳西沉，才回到屋里。

屋内昏暗，哈兹脱下单只靴子放在门口，又把假肢卸下来，与往常一样，扔到木床下面，然后一只手垫在后脑勺上，躺在火墙根下毡子上双层褥子的铺位上，猎狗则卧在主人脚下空地上。室内逐渐暗了下来，有生铁炉板的炉子里填满了干牛粪块，炉子发出呼呼声，炉火的光从炉圈缝隙里透出来，给室内带来了几道光线。当室外旋风灌进烟囱把炉腔里的火焰喷出来时，室内会瞬间亮堂一下。炉门给对面墙上送去的不断闪烁的波浪式白光，使室内有了忽明忽暗的亮光。拉辛一直看着主人，他躺在铺上，眼睛出神地盯着黑暗的屋角，一动不动，让它无所适从。此时拉着窗帘的单层玻璃窗上微弱白光已经暗淡的不能再暗淡了，炉膛里的干牛粪块也不再呼呼响，已经变成了外有一层暗红色灰的火炭，炉内散出的光线也明显减弱了。室内渐渐被黑暗笼罩，只有架在炉子上面的茶壶和锅，锅里的肉汤在咕咚咕咚地滚沸着，肉香味惹得拉辛直流口水，那是马肉的味道。突然，哈兹起身，用单脚一跳一跳地冲进内屋，拿来了一样东西。原来是一把冬不拉。他重新回到火墙边的铺上，坐了一会儿，弹起了一首从未弹奏过的陌生曲子。他的手指在轻轻拨动琴弦，力道和节奏都恰到好处。拉辛的心随着琴声波动，身上的肌肉也不时地抽动。琴声把它带入了一个神秘的忧伤境地，它似乎在渴望着什么，眼前出现了一片花草茂盛的宽广草原，微风吹拂着一道道绿油油的山脊，还有在阳光照射下的黄色原野。它和主人一起走在能没过骆驼的草地，翻过一道道山梁，在微风中行走。主人的骏马一路小跑着，蹄下扬起的一缕尘烟在微风中消散。原野上野兽的足迹纵横交错，但是没有一个引起他们的注意。他们只顾向前走。它的鼻子嗅到了各种气味，野花的香味，茵陈、碱蒿、白茅等牧草的浓烈气味，已知和未知野兽的气味，一只野兔从那丛灌木下一闪而过，又有一只赤狐的尾巴在这片绣线菊丛里晃了一下。但是，此时拉辛的狩猎本能和欲望似乎都已经消失，它不仅没有像以往那样扑过去三两下就撂倒它们，就连追两步或者起码的狩猎姿态都没有拿出来，仅有的只是情感和崇高的理想。而这个情感和理想究竟是什么，它自己也不知道。那些由无数山梁和沟壑交织的原野无边无际，它和它的主人在向前匆匆走着……

突然，奇妙的景象消失了，琴声也戛然而止，它的主人剧烈地咳嗽着，有些喘不过气来。外门开了，卡米拉带着一团寒气走了进来。她刚安顿完家畜回来，一进门就不无怨气地嘟囔着，哈兹咳嗽刚缓过劲来，却没有吱声。卡米拉不停地叨叨着脱下外衣，双手伸向炉子暖了暖手，便走过去把挂在墙上的煤油灯点着了，在哈兹面前摆上小圆桌，铺上餐布，又把煤油灯放在桌子边上，这才拿起大搪瓷盘和铁笊篱，开始捞起锅里的肉了。

哈兹一边削肉，一边给身旁的拉辛一块骨头，那上面还带着巴掌大的肥肉皮。卡米拉有些不愿意，小声嘀咕了几句，哈兹依旧没有吱声，只是把还未削净的棒骨丢给了妻子。但是，卡米拉似乎不满意，打开话匣子说了很多话。她精巧的樱桃小嘴不断闭合着，水汪汪的黑眼睛瞪得老大，白皙的脸也变成了灰色。拉辛很难为情，连面前美味的骨头也无心啃了，一股无名的恐慌笼罩在它心头。直到卡米拉不再吱声，它的心绪才渐渐平静下来。主人，还有主人身边暴躁的女人不再吭声，都在吃肉，但是，两人的脸色都很难看。拉辛也低头啃起了丢在面前的骨头。

哦，尽管如此，那也是它一生中快乐的时光。

翌日，拉辛和它的主人摸黑起来，东方发白时已经上路了。昨夜下的小雪被风刮到了低洼处，地平线上极目所及之处是旧雪和新雪混杂的斑驳原野，构成一片残破不全的凄凉景象。雪后的寒气与清晨的冷风交织在一起，格外的寒冷。白茫茫的原野上，有些地方的积雪被风吹拂成波纹状，而有些地方的积雪呈一条一条大小不一的沙丘状，除了偶尔看到一蓬蓬的绣线菊外，没有任何吸引眼球的东西。不知是寒冷的缘故，还是急于准备投入新的战斗兴奋的缘故，拉辛自出门开始就感到身体在不停颤抖。他们走出牧村很远之后，拉辛才感觉找回了自我，步伐也顺畅矫健了。它拉开主人一绳索远，走在前面，忽左忽右跳跃着查看野兽足迹。哈兹知道这样的天气下追踪猎物，捕捉狐狸比较困难，但是，他相信自己不会空手而归。

太阳驱散淡淡的云霭，追随着猎人从地平线升起来了，没有一丝温暖，反倒是在撒着冷气似的。但是，死气沉沉的原野似乎恢复了活力。一堆堆的积雪背面投下了阴影，阳面却像流动的金粉一样发出了变幻莫测的五光十色，昨夜才落的新雪堆积的地方却像银子一样闪烁着。

他们已经走出很远，太阳已经开始爬升，这时前面出现了一只雪兔，有相当距离。兔子发现了他们向山坡跑去，拉辛早已按捺不住尾随其后追了过去，须臾就接近了兔子。哈兹见状，确信自己唾手可得，打算将雪兔拴在鞍子稍绳上。拉辛自然也是这样想的。但是，这时却发生了意想不到的事情。雪兔看到拉辛追上来，顺下两只长耳朵，飞快地跑了起来。拉辛也加快了速度，但是它们之间的距离却没有缩短半步。随后它们翻过土坡来到了开阔地。积雪已经被风吹硬，能支撑住兔子的重量，但拉辛的四肢总是陷进雪里。所以，兔子与拉辛的距离越拉越大了。自拉辛开始出猎以来，不管是狐狸还是兔子，还没有一个能够逃脱的。它知道猎物中有行动缓慢的，也有脚下生风的，追击的成功与否不仅仅与最初的距离有关。它前面的这只尾巴略黑，后半身已经开始脱毛的雪兔，是兔类中善于奔跑的一种。兔子一缩一展，像流星一样飞奔，看起来似乎谁也无法追上它。不过，从没尝到过失败滋味的拉辛还是信心满满，相信自己用不了多久就能把它咬住。天生的奔跑速度和耐力，使得它保持住了一定的距离，始终没有让兔子离开它的视线。它们翻过了一道又一道山梁和沟壑，猎犬感到四肢有些乏力，但是它没有松懈。最终，它们跑出了那片积雪松软的半坡地，再一次跑向了上坡时，它们之间的距离只有一绳之遥了。而此时，兔子的步履不再那么矫健了，两扇大耳朵也耷拉下来了。拉辛知道猎物即将要落入自己的嘴中，所以它积聚浑身之力追了过去。它们之间的距离在不断缩短，但是亡命的兔子还是先于它翻过了前面的土梁子。土梁子的那一面是锦鸡儿草丛，当拉辛就要咬住的时候，兔子钻进了灌木丛中。就在身高马大的拉辛些许迟疑之际，兔子钻进去瞬间消失了。这片望不到边的锦鸡儿丛里，野兔足迹纵横交错，拉辛吐着长舌，喘着粗气，在灌木丛里寻觅了半天，也没能找到那只野兔的足印。拉辛知道再也无法找到兔子，只好走出灌木丛，顺着来路向回走去。

哈兹正顺着拉辛的脚印扬鞭策马赶来，一看到猎犬就高抬假肢从马上跳了下来。他先看了看拉辛的口腔和鼻孔，还有胸脯。没有发现粘着的血迹之后，口中不由地喊出了“哎呦”的一声惊叹，声音中不无埋怨和惊奇。他自认为没有拉辛捕不到的猎物，可是现在也只能怪这支撑不了拉辛重量的积雪。猎捕兔子的季节早已过去。但是，这里的猎人有个说法：不能放过出猎后遇到的第一只兔子。否则，这一天将会一无所获，甚至近一段时间内都可能没有什么收获。今天的意外挫折，让他后悔不已。但是，他没有因此而无所适从，立刻弯下腰查看了爱犬的四蹄，见完好无损才松了一口气。不过爱犬有些萎靡不振，两只耳朵无力地耷拉着，两排肋骨凸显，两肋呼扇，喘着粗气，身上已开始结霜。哈兹心痛不已，立马脱下身上的羔羊皮袄铺在地上，把爱犬裹了起来。然后，不知从哪里摸出了一块巴掌大的羊尾巴油，塞进了拉辛嘴里。

哈兹和他的爱犬休息了一会儿，上马回家。他相信今天终将一无所获。但是，拉辛却不这么想，它感觉自己的体力已经恢复，甚至像没有发生任何事情一样充沛。所以，这时它与以往狩猎时一样，一会儿左侧一会儿右侧地跑在主人的前面，不停地嗅着遇到的足迹，不过一直没有碰到新鲜的足印。他们一直保持着慢跑的速度，来到了积雪较薄，曾散放过羊群的小土坡上。这里的积雪表面被羊群踩踏后，露出了硬雪层下的颗粒状雪，雪面上到处是羊粪蛋。经多日日晒后的羊粪蛋已经嵌入了雪中，只有半截露在外面，雪地里还有稀稀拉拉草在微风中摇摆。

到了这里，拉辛再也无法施展它用视觉辨别兽迹的本领，只好拿出它灵敏的嗅觉，这里嗅嗅，那里闻闻，埋头向前走着。还没走多远，它就闻到了异味，而且在雪地找到了像狗的爪痕一样模糊的足迹，但是其味道却是另样的。既不是兔子，也不是狐狸，足印也足够大。肯定是敌人，而且是强大的敌人！这一切再一次激发了拉辛的狩猎本能，先前被兔子羞辱之后的强烈报复心理也油然而生。它的身体不由地微微颤了一下，脊梁上的鬃毛也立了起来。抬起头稍微向前审视了一会儿，拉辛便顺着那个足迹跑了起来。

那个不知名的敌人是顺着羊群的足迹走的，拉辛竭力追寻着它匆匆向前走着。当它翻过一座小山梁后，看到前方不远处有一群散开觅食的羊，最前面的羊已经到了四周积雪开始融化，有稀稀拉拉绣线菊的坡地，牧羊人为打发时间正在对面山梁上玩耍。他的绊着马绊子的坐骑却在山梁下方悠闲地食草。拉辛突然看到下方有一条黄狗，正在放低身体，时而快步走，时而趴着不动，在前方小山包的掩护下向羊群靠近。拉辛当即吠叫两声，震醒了寂静的雪原，随即向山坡下飞快地跑去，身后传来主人为它加油助威的喊声。

发觉身后有危险的秃尾雄狼收住脚看了一眼，便掉头向大山方向跑去了。或许它不仅惧怕追来的骑马人，而且更怕身后追来的高大勇猛的猎犬，所以不时地回头张望，影响了奔跑的速度。拉辛只追了一两座小山梁就追上了它。身后主人的呐喊助威，对手的惊慌失措，让拉辛变得更加勇猛，它就像以往猎取狐狸一样，一个箭步扑过去咬住了狼的后腿，想乘势将对手掀翻。但是，对手异常结实，很有分量，它估摸很难把它撂翻在地。于是，拉辛左右甩头试了试，对手也只是晃了晃，没有倒下。说时迟那时快，恶狼张开大嘴，反身咬了一口，拉辛感到耳根像被利刃划了一样火辣辣的，幸运的是被咬住后腿的狼没咬着它，只是那锋利的牙齿划破了它的耳根。此时饿狼瞪着血红的眼睛，龇着交错的匕首般的牙齿，发出呜呜的叫声，一边跳跃挣扎，一边在寻找反击的时机。当狼再一次回头咬它时，拉辛以闪电般的速度跳起来，躲过了它的血口。饿狼扑了空，但是它的后腿也摆脱了猎狗钢钳般的大嘴。这时传来了哈兹的喊声和马蹄声，狼趁机转身跑了，受伤后大腿上流出的血在它身后的雪地里留下了滴滴血印。拉辛异常气愤，它对自己没能一招制敌感到懊悔。不过，它通过这一回合的较量意识到自己遇到了真正的强敌，刚才有些轻敌。万幸的是凭自己灵敏的反应，迅捷的动作，躲过了重创。然而，它没有丝毫胆怯，已经卯足了浑身的力量，准备再一次向强敌发起攻击。

那次与黑土狗的一仗，激发了拉辛的好斗本性。过往牧民家的狗路过他们家时都成了它的攻击对象，只要对方表示出一点顺从，它就毫无缘由地扑上去咬。这就是狗的本性。它凭借自己的机灵、迅猛和撕咬技巧不仅战胜过比自己弱小或旗鼓相当的牧羊土狗，也打败过不少比自己高大强壮的猛犬。当然，它也曾被咬，也曾受过伤，不过，它凭自己顽强的毅力最终战胜了所有的对手，而且每次都是速战速决，从不打持久战。但凡尝过拉辛强劲有力牙齿的狗，都不会再一次靠近它的村庄。

拉辛认识到要想战胜这匹狼，就必须拿出战胜诸多强壮雄狗时采用的战法。它想改变刚才的战法，准备直接攻击狼的耳根或者是喉咙。此时的狼知道自己再怎么奔跑也无法逃脱猎狗，只有找准时机迅速重创猎狗，才能保住自己的性命。拉辛从对手烈焰般的眼睛看出，它已经无所顾忌要孤注一掷拼命了。它们在对峙，在急不可耐地寻找对方的空档。它们肩并肩、嘴对嘴推搡对方向前跑着，把身后追来的哈兹甩了老远的距离。这是秃尾巴狼所期盼的契机，所以它突然停下了脚步，拉辛没收住脚向前超出几步，露出了破绽。狼从它身后扑了过去，不过拉辛又一次凭自己的敏捷，躲过了致命的狼口。狼虽然没能结结实实地咬住它的要害，但是拉辛的肋部被锋利的狼牙撕开了一条口子，从伤口流出了一道血流。看到劲敌流血，狼稍微迟疑了一下，而拉辛却不知道自己已经受伤，只是感到肋部火辣辣的。这反而激发了拉辛的斗志，不过，现在它处于守势，进攻者还是急于速战的狼。它们各自眼中喷发着凶狠的烈焰，一攻一守，互不相让，然而拉辛再也没有让恶狼占到任何便宜。它们无声地对峙着，狼的大口喘气声和獠牙的摩擦声十分瘆人。深知遇到顽敌的拉辛，为了一招制敌一直直视着对手，寻找有利时机。对峙片刻之后，机会果然来了。自认为强于对手的恶狼失去耐心，睁着充血的双眼，放弃防御，不顾一切地向猎狗扑过来了。拉辛向一侧一闪，跳起来抱住狼的脑袋，一口咬了过去。它的目标是喉咙，不过还是偏了一点，咬住了狼的脖子。但是，它咬得很结实。狼拼命挣扎，也张开大嘴反咬了拉辛的肩部和胸口，但是始终无法大口咬住，只能咬住皮毛。而拉辛却死死咬住狼的脖子，晃动着脑袋，把锋利的牙齿不断地往深里扎着，试图把狼掀翻在地。它的努力虽然减弱了狼的疯狂反击，却没能把狼撂倒。有厚实肌肉的狼脖子特别瓷实，像石头一样硬。但是，拉辛知道这种僵持局面对狼不利，对自己却意味着胜利。所以，它一边死死咬住敌人的脖子，一边不断发出沉闷的示威声。就在这时，身后又传来了人的叫声和马蹄声，叉开四腿龇牙咧嘴顽强反抗的恶狼听到后走了神，在主人喊声鼓舞下，拉辛趁机使出全身力气使劲向一个方向拧着狼的脖子，把它摔了个四脚朝天。但是，恶狼哪能就此罢休，用四蹄胡乱蹬着雪地，试图站起来。可是一切都晚了。哈兹高呼着赶来，连滚带爬地从马上跳下来，从靴筒抽出刀子扎进了狼的肚子。

拉辛的嘴已经僵硬，哈兹费了很大力气用鞭杆撬开爱犬的嘴，松开了血肉模糊的狼脖子。查看了爱犬肋上的伤口后，哈兹觉得无大碍，只是被咬掉了一小块皮肉，而胸口和肩上只有一些齿痕划伤，只需三五天就会自愈。让他欣慰的是，拉辛肋部的伤口不再流血了。

正如哈兹所料，拉辛的伤没过多久就痊愈了，只是在肋骨处留下了巴掌大的疤，不过也很快就好了。只是哈兹本人由于过度疲劳和受冻而病倒了，很长时间都没能治愈。

冰雪消融，大地披绿。哈兹把藏在牛圈旮旯里的破旧毡房装上牛车，与饲草生产小组员工一起搬到了夏牧场。而他那个书房的钥匙早已移交给了叶森卓勒的老婆大舌头阿依苏鲁。对此，哈兹并没有生气，也没有抱怨。自从身体每况愈下，他只想每天喝点马奶子养养身体，过一段安静日子。

饲草生产小组也不过就是五六户人家，他们在接羊羔期间都要被派到各户牧羊人家里帮忙，到了打草季节要去准备牲畜的冬季饲草，其实他们也是牧工，所以各家都有两三条牧羊犬，大都是当地的土种狗，也有个别杂交品种。其中有些认识拉辛，它们都知道拉辛的厉害，剩下的那几只也在不长时间内被拉辛一一制服，而一些护狗的主人也因此与哈兹有过不愉快。但是，没有任何一户人家重演冬天叶森卓勒那样的闹剧，也没有人恶语相伤。

到夏牧场不久后的一天，三个穿着一色服装的人坐着机动车来到他们家。他们表情严肃，匆匆赶来，也没有停留就带走了哈兹。对这事，拉辛根本就没有在意。近一段时间，高大勇猛的雄猎狗刚刚打开了一个自己也不明白的很有趣的生活大门，原因是刚到这里不久它就发现，这里的所有公狗都在围着一条杂交母狗转。

好奇的拉辛也加入其中，发现这里才是真正的沙场，是力量的交锋之所。在大多数情况下，拉辛总是成为群起而攻之的对象，但是，拉辛凭超群的力量，天生的敏捷和撕咬技巧，总能化险为夷。有不少长毛土公狗的耳朵被它撕烂，还有一些被它咬得头破血流，被迫灰溜溜地退出角斗场。当然，拉辛也未能幸免，也是遍体鳞伤，不过都是轻伤而已。连续两三天厮杀之后，它打败了所有对手，独自占有那条杂种母狗，而其他的同类只能远远地眼睁睁地看它享受胜利的果实，却不敢靠近半步。不过，拉辛也没能享乐几天。暑假归来的阿德力跳下牛车一路小跑，把书包扔进屋里就跑来，操着木棍赶跑其他的狗，抓住拉辛，握着项圈，把它牵回家，用一条长绳把它拴住。拉辛见到小主人自然很兴奋，但是对他的行为却很不满意。不过，阿德力却没有理会，对它不停哼哼着要挣脱拴绳的要求视而不见，一直到那场聚会散去那天才松开了拴绳。

与去年相比，阿德力的变化很大，不仅长高了，头上留了小刘海，而且性格成熟了许多，有点与年龄不太相符的稳重。他话很少，做事有点像大人，很少与村里的孩子们玩。家里的厚薄不同的十几本书，几乎成了他唯一的消遣。他看了这本，又翻翻那一本，对其中一本更是情有独钟，总是抱在手上，有时还要大声朗诵一会儿。阿德力一开始朗诵，沃玛尔老人就会拄着拐棍掀开他们家的毡门帘进来。老人的家也随哈兹家来夏牧场了，原因是今年场里给他的分工是磨镰刀，所以他跟饲草小组一起迁到了这里。

两人都沉默不语了。少顷，沃玛尔老人又说："好了，阿德力宝贝，读史诗吧，让我过一过耳瘾。"

这种场面，几乎每天都会出现。

有的时候，阿德力会像去年一样，带拉辛外出。但是，他不再像过去那样见一丛灌木或一个小坑就一个箭步跳过去，也不会高举柳条自顾自大喊大叫猛跑，见高一点的蒿草什么的就乱砍一通，更不会在山里大喊，欣赏自己的回声，或在草地打滚。他只是喜欢爬上附近的高山，或者爬上一块大石头，让微风吹拂着刘海，无声地眺望远处弯弯曲曲山路的尽头，久久坐着，纹丝不动。这时，拉辛也会迎着微风，让温暖的阳光照在背上，在长满苔藓的石头上趴着，乐悠悠地陪伴在他身旁。

在草尖开始枯萎发黄之际，有一天，哈兹在去县城办事的别克哈利的陪伴下回来了。这天，阿德力与平时一样，正在给沃玛尔老人读史诗。听到外面有马蹄声，就放下书匆忙蹦了出去。看到爸爸正在下马，阿德力马上扑过去抱着爸爸，哭了很长时间才被哄住。

那天傍晚，全牧村的人都来到了哈兹的四张栅格的毡房里，大家很开心，尤其是沃玛尔老人，兴奋得手舞足蹈，像只骄傲的公鸡一样看看左边又看看右边，见有人开门进来，便说："你能够甩掉诬陷，洗清冤屈回到家里，全仰仗阿德力和侄媳妇的祈祷。"说罢，他一边回忆往事，一边久久地抽着旱烟。

哈兹却没有说多少话说。他一直搂着阿德力，不停地抚摸着儿子的刘海，时不时地喘着气咳嗽几下。他的模样有了很大变化，瘦了很多，面容也很憔悴，又留了胡须。两撇黑胡须虽说很漂亮，却让他干瘪的脸庞显得更为瘦削了。看来，他的旧病有所加重了。

事实上，哈兹的健康状况越来越差了。在牧村搬迁途中住苏克布拉克的那天，他倒下后再也没有起来，第二天深夜就咽了气。那天因为下雨，大家都在家里，等待天晴后搬家，所以村里的男人都没外出。乡亲们在山泉下方一个土坡上挖了个墓穴，翌日清晨便下葬了他。乡亲们无一人不落泪，沃玛尔老人颤抖着诵经，还因哽咽中断了几次。只有两眼无神的阿德力一声不吭地站着，也没有流泪。当人们把遗体往墓穴里送时，他的眼眶里才有了少许的泪水。在大人的引导下，他将一把黄土撒在父亲的墓上，什么也不顾地转身离开。

当主人卧床不起最终闭上了双眼的时候，拉辛并没有感到不安，在主人被抬出家门埋到远处的墓穴时，也没太在意。因为人类有很多让它无法理解的事情，今天的这一切可能就是其中之一罢了。主人明天就会醒来，依旧会回到家里，以往多次出远门，不是都回来了吗？何况这次并没有走远，就在村外不远处，今天不回来不要紧，早晚会回来的。从第二天开始，它每天都要去小山包，想看看主人是否醒来。但是，它每次去坟墓回来，心里就多了一些疑问，添了一份忧虑。它担心主人像夏天连续消失三个月那样，久久不回家。所以，当沃玛尔老人赶着牛车，送阿德力和其他的几个孩子去学校时，它也跟了上来。出村后，阿德力一再命令它回家，但是它不愿意回去。最终，阿德力跳下牛车，掷石子赶它，它才无奈地回家了。但是，它不理解小主人为何无缘无故生气，感到很委屈。当然，它更无法理解阿德力此时的心情。

哈兹一直长眠在山坡上，没有醒来，也没有回家，哪怕是一次也没有。最终，树叶枯了，天气也一天比一天冷了。饲草小组的人们也四散开来，各自回到了自己的冬牧场，拉辛和卡米拉也回到了牧场场部的家里。而哈兹依旧长眠在被埋的地方，独自留在了无人的营盘附近。

一明两暗的三套间房屋空荡荡的，拉辛总想跑出去散散心，可是外面也没有什么可让它开心的。没完没了的绵绵细雨，每天从早到晚淅淅沥沥地下个不停，即便偶尔雨停下来，刺骨的寒风又起，令人窒息。

拉辛不再像过去那样吃喝不愁了，有时卡米拉甚至根本就想不起来它的存在。有一次，为了讨食，它盘住卡米拉的腿撒娇，没想到被她踢了一脚。从那以后，知道自己再讨好也讨不到食之后，它干脆卧在火墙边上原来的位置，再也不起来了。它唯一的希望是主人的归来，所以每当有人来到门口，它就会站起身要迎过去，但是每次开门进来的都不是主人。而当听到外面有男人的说话声时，它就会开门走出去，但是，说话的人之中同样也没有主人。猎狗被思念和饥饿折磨得无法忍受，而它活着的唯一支撑是主人会回来的希望。

有一天傍晚，叶森卓勒到家里来了，一直愁眉不展的卡米拉露出了微笑。锅里正煮着肉。叶森卓勒踏进门槛之后，微笑着说了几句话就毫无顾忌地走过去，坐在了上位上。卡米拉也大大方方地为他摊开了餐桌布，又忙着下锅里的肉了。叶森卓勒从怀里掏出一瓶白酒，放到了餐桌上。脸上露出的诡秘微笑，使他的那张雀斑脸变得奇丑无比。肉盘端上来后，他在拉辛的面前堆了一大堆骨头，都是没剔干净的带肉的软骨。今天是自搬到冬牧场以来拉辛第一次吃饱肚子，所以，积蓄在心中的那次仇恨也散去了，拉辛第一次对售货员有了好感。多日来没进食的肚子里填满了软骨和肉之后，它感到疲乏，昏昏欲睡，很快就睡了过去。

它不知道自己睡了多久，是急促的呻吟声吵醒了它。屋里的灯亮着，餐桌上的食物也没有收，盘子里还剩有一块肉，那个酒瓶已经空了。当拉辛再一次迷糊过去的时候，它又听到了哼哼声。那是卡米拉的声音，是从内屋传来的，听声音好像有人掐住了她的脖子。警觉的拉辛立刻清醒过来，跳过餐桌闯进了内屋。它借助外屋照来的灯光，看清了内屋的床。床上的卡米拉已经被叶森卓勒死死捂住，而且正在被他碾压。救主心切的拉辛一个箭步跳上去，咬开了他们身上的被子，然后用锋利的牙齿一口咬住了叶森卓勒的光屁股。只听见“哎哟”一声之后，两个人都站了起来。当拉辛要再一次扑向叶森卓勒的时候，赤裸裸的卡米拉不仅没有帮助它，反而向拉辛扑了过来，好在她手上没有任何武器，两眼充血的拉辛连躲都没有躲，只是站着不动。气急败坏的卡米拉从床底下拿出哈兹的拐杖，把拉辛赶出了门。就这样，那天拉辛有生以来第一次在屋外过了夜。

从那以后，拉辛的生活变得异常艰难。卡米拉不再给它喂食，它只能从门口垃圾里寻找被人遗弃的骨头充饥，有时连续两三天都吃不上一口食物。尽管这样，它也没有像黑土狗那样到处乱窜，在别人房前屋后的垃圾堆里寻找食物，而是在附近野外捕食老鼠充饥度日，有一次还捕到了一只野兔。最难的是深秋夜晚的寒冷，拉辛虽然在牛圈旁找到了一个干草堆睡觉，但是，对生来就在温室里长大的它来说，还是寒冷难耐。尤其是黎明前，满地结霜冷风刺骨之时，它被冻得发抖却找不到容身之处。遇到下雨之夜更加难熬，它只能到畜圈背风一面，蹲坐着等到天明。尽管这样，它也从没有回到家门口请求开门进屋，因为它知道卡米拉绝不会怜悯它。整个村里只有一个人同情它，他就是沃玛尔老人。老人发现它在外面睡觉之后，有天晚上特意跑来把它领到家里，给拉辛喂了很多食物，原本想留住它，可是拉辛却不领情。它在老人开门外出之时，跟着他出门后跑回了自家，依旧睡在了牛圈旁的干草堆里。沃玛尔老人几次抓住项圈把它牵到家里，给它喂食物，并示意让它睡在他家。但每次吃饱之后，它都要瞅准时机溜回自家，因为它还要在家等待主人的归来。它暗暗发誓，只要主人回来，以后再也不离他半步，无论他去哪里，它都要跟着他。但是，主人一直没有回来。不过，它发现隔三岔五就有人在半夜或天亮之前来敲他们家的窗户，卡米拉也很快为那人开门。第一次有人敲窗户的时候，拉辛从睡梦中醒来还以为是主人回来了，忙不迭地赶过去后，才发现溜进自家的人是叶森卓勒。从那以后，它对半夜三更的轻轻敲窗声和开门声习以为常，不再抬头探望了。它虽然对售货员厌恶至极，但是一般不咬人的猎狗本性，却让它忍气吞声，任由他进出自家的门。

这一天半夜，天上飘起了鹅毛大雪，空气沉闷，气温和平时一样没有寒意。瘦弱的拉辛钻进干草堆里蜷成一团，半睡半醒地挨到天亮，雪停之后才爬了出来。它看到空气清新，天空晴朗，满世界已经变成洁白一片。在它眼里，周围的那些土梁子都变矮了，似乎比以前远了许多。它四肢用力，弓腰伸了一个懒腰，又用力抖了抖身子之后，不由得在原地跳了几跳，又似乎在给谁撒娇一样，围着院子跑了起来。它看到家里昨夜有人来过，那人来时的脚印上有薄雪已经模糊了，而去时的脚印很新鲜，连鞋掌上的纹路都清晰可辨，无疑是叶森卓勒的足迹。而自己的主人还是没有回来，它遥望着远处大山一道道弯弯的山脊，犹豫不决地走出了牧村，回过头又看着自家方向稍事停留之后，面朝苏克布拉克慢步跑去。

雪地里到处是野兽足迹，那是动物世界的文字，一目了然。熟知此道的猎犬能读懂它，谁经过了这里，是什么时间，要去哪里，会路过那个地方，它一读就懂。这个只有三只脚印的足迹是黄鼠狼的，它在那一蓬绣线菊旁钻进了雪下，十二三步之后它又会钻出来。这不，它就在这里钻出来了，又往右去了。拉辛没有继续追踪那个足迹，因为那东西是个小不点，没什么价值。而这个斜插过去的足迹是雪貂的，它虽然个头很小却很有力量，很灵敏，也很暴力。主人很喜欢抓它。每当它们追踪狐狸时，只要碰上它的足印，主人就会先去捉它。但是，今天自己没有时间，以后跟主人一起狩猎时多抓它几个便是了。这个足印是狐狸的，从蹦蹦跳跳的走路架势来看它的心情很好。但是，拉辛同样没有理睬它。因为今天有更重要的事情。又是一个，这是一只小狐狸的足印，让它去吧。可是，又是狐狸，是刚刚经过这里的狐狸，是一只足够大的公狐狸，可能就在不远处，正在阳光照耀下炫耀着美丽的毛色，在皑皑雪地里摆动长尾巴晃悠着呢。也许它刚翻过那个小山梁。嘿！拉辛按捺不住了，不由地顺着脚印追了过去，翻过面前的小山包，向四处瞭望，就看到狐狸在下方一片矮小的锦鸡草丛里。于是它从山包顶上的隐蔽处向那里包抄，靠了过去。它迂回到离狐狸只有几步远的地方时，狐狸也发现了它。可是已经晚了，没跑几步，它就被拉辛按住了。

拉辛对自己现在的行为感到奇怪，原有那种强烈的欲望早已不复存在，但是又为什么要捕猎呢？为了谁呀？有必要杀生吗？当然，它自己也不知道如何作答。狐狸仰面八叉躺着，一动也不动，雪上有一小滩脏兮兮的血。拉辛向四处张望，想看看是否会有人出现。没有。哦，有一个人，那是自己的主人，就在不远处。想起一大早出门的目的，拉辛撇下狐狸尸体，向苏克布拉克方向跑去。它知道近路，要从长有野刺梅、山楂树、野杏的狭小山沟走下去就可以了。

它走进大山后，总感觉到有一双眼睛在盯着自己。它回头张望却看不到任何人，也不见有什么可怕的生灵。于是，它毫无顾忌地向前走了。但是，一种莫名的恐惧感又油然而生，它浑身有些战栗，不由地又向四处张望，仍然不见任何可疑的东西。不过，它感到似乎有一股无名的恐怖而神秘的力量，从它的前后左右向它袭来，而且越来越近，此时此刻已经扑了过来。它感到一头陌生的巨兽呼出的寒气向自己袭来，使它颤抖不止。它加快了步伐，只要穿过前面的那个两块石头间的夹缝，就能看到自己的主人的墓冢。突然，拉辛感到脑袋轰的一声，四蹄也不由地钉在了地上。前方有一个人，胳膊肘子靠在岩石上，手托着下巴站着。他的面容和身姿都很模糊，不过拉辛确定是自己的主人哈兹无疑，因为他头戴狐皮帽，身穿貂皮大衣，而且正对拉辛微笑着，似乎在无声地召唤着它。拉辛激动得叫出声，向主人跃了过去。咔嚓！不知什么东西在脚下发出了声音，哈兹的身影立马消失了。那个神秘而恐怖的力量用铁牙咬住了拉辛的右前腿，紧紧地夹住了桡骨的下端。原来是深秋季节里在这里放牧的牧工遗忘的狼夹，夹住了它的腿。

被恐怖掌控的拉辛拼命跳跃、甩腿，想甩掉铁夹，铁夹却牢牢地抓住它不放。当它第二次用力跳跃之时，铁夹上拴着的一庹长的铁链从雪下带出了鹰爪似的锚爪。沉重的铁锚让它摔了一个跟头，它的桡骨也折断了。猎狗瞪着血红的眼睛，起身后一口咬住了铁夹，生有浅浅铁锈的铁夹被它咬得发出咯吱咯吱的响声，却不肯松开，依旧夹得紧紧的。拉辛依然不灰心，继续咯哧咯哧地咬着铁夹，很快就溅了一地的鲜血。然而，铁夹不仅没有松开血口，反而夹得更紧了。最终，拉辛昏倒在雪地里，昏昏沉沉，躺了很长时间。

当拉辛睁开眼睛的时候，无名的恐怖已经消失。它意识到夹断自己腿的那玩意儿是人类制造出来的某个恐怖武器，因为它想起自家牛圈角落里也有几副类似的锈迹斑斑的旧铁器。

拉辛清醒后觉得腹中的饥饿比脚伤还难以忍受，它已经有两三天没有进一口食物了。这回它才想起先前抓的那只狐狸，后悔自己在匆忙中没有从狐狸尸体上撕一块肉填填肚子。虽然它从没吃过狐狸肉，可毕竟那也是肉啊。忽然，它的眼神落在了眼前的块块凝血上。不仅在铁夹的旁边，就连两三步以内的雪地也是红红的鲜血。于是，它站起来大口大口地吞起了那些血块，雪面上的红色很快就被它一扫而光了。

空腹中填了一些东西之后，它稍恢复了体力。它知道想从腿上的铁夹挣脱出来是不可能了，要解开它，只有主人才有这个本事，自己却没有这个能力。那么，必须要尽快赶到主人那里，好在已经不远了，近在咫尺，马上就到了。

拴在铁夹另一头的铁锚死沉死沉，猎狗每前进一步都要拿出吃奶的力气，忍受撕心裂肺的疼痛，折断的腿骨相互摩擦，咯吱咯吱地响着。与其这样，还不如断了这条腿，但是它偏偏没有断开，筋和皮还连着。每当用力之时，它就眼冒金花，天旋地转。不过它还是顽强地一寸一寸地向前挪动着。有的时候，身后的铁锚会挂住石头或草棵什么的，为此拉辛要耗费更多体力忍受疼痛。一次，铁锚钩住了一蓬绣线菊，它费尽气力也没能挣脱。它挣扎了约煮一锅肉的功夫也没能脱身，只好回过头来反向用力之后，才把它拉开。从那以后，它尽量选择没有石头、草丛、灌木的地方走。但是，也没能远离其它的障碍物。由于体力透支，感觉铁夹在不断增加着重量似的，每前进一步都比先前费力多了。虽然走上了平坦的雪地上，但是在雪下隐藏着很多障碍物。最困难的就是爬上主人长眠的那个小土梁的路程。过去只需要跨上几步就能到达的坡顶，现在似乎长高了一样。好在这时的伤腿已经冻成了冰棍，似乎已经不是它身体的一部分一样，没有知觉了。拉辛聚集最后的力气，向坡上爬去，在梦想的召唤中，完成了艰难的历程，到达了主人的墓地……

拉辛哀嚎了很长时间。不过，是一声接一声简短无力的悲惨哭叫声，就像母驼那样拉长声音的哀鸣，在山峦中久久回荡。它无法不嚎叫，不能不哭号。因为它第一次发现了迄今最悲哀最可怕的秘密：神圣的主人竟然也会死亡！在可怕的死亡面前，人也同样无能。它相信无所不能的主人已经长眠于地下，不再起来了。而它却不再有襄助之人，眼下更没有救助者。它知道脚上的恶魔般的铁夹在索自己的命，失血过多再加上饥饿难耐，自己的生命大限也所剩无几了。无力对抗死神的拉辛只能用哀嚎对黄土下的主人表达自己的哀悼和悲痛，表达自己接受死亡，向光明的现世告别的心意。

但是，死神的来临却比拉辛想象得还要快，而且出乎它的意料。带着三只狼崽的母狼，近几天来寻遍了这一带的沟沟坎坎，垂涎三尺地觊觎了炊烟袅袅的冬牧场和在外散养的羊群，一直没有得手。今天凌晨，它们又趁初雪出来打算捕猎兔子、狐狸之类的动物来充饥，可是到现在也一无所获。四只饿狼忽然听到了狗的哀嚎声，母狼立即带领三只个头与自己一般大小的崽子向这边飞奔而来了。它们寻着拉辛的叫声，毫不费力地找到了小土坡，然后猫着腰悄悄靠了过去。母狼看到这里没有人影，只有形单影只的拉辛。为了避免节外生枝，让到嘴的肉溜走，它们自动分散开来，从四个方向包抄，爬上坡顶，露出匕首般的长牙同时扑向了拉辛。

拉辛虽然一天之内遭了那么多罪，对生存已经不再抱幻想，但是，在这明枪暗箭一并显现之时，它没有胆怯，也没有一丝惊慌。生存法则依然有效，面对死神，拉辛不仅没有退缩，还为生存而奋起反抗，与群狼展开了搏斗。以为可以一举拿下势单力薄的拉辛的狼群第一波攻击，就由于轻敌无功而终。只有母狼在拉辛的大腿上咬了一口，而那些没有经验的狼崽们的攻击，却被龇牙吼叫着左右回击的拉辛抵挡回去。意外遭到强烈反抗后，狼群愣怔了片刻，随后发起了第二波更为凶猛的攻击。四匹狼对一只猎狗，何况猎狗是被夹住腿的受伤者，力量的天平早已失衡，进攻者的力量四倍于防守者，甚至更多。这一点，拉辛心里明白，狼也很清楚。见多识广的母狼毫不怀疑自己很快就能喝到热腾腾的狗血，吃到香喷喷的狗肉，所以，它放弃防御，不顾一切地扑了过去。三条狼崽也同时冲了上去，你死我活的搏斗很快结束，群狼把拉辛压在了身下。但是，直到自己的身体被群狼肢解，拉辛一直没有放弃反抗，它以锋利的牙齿划破了母狼的肚皮。

吞噬了猎狗的肉之后，狼崽们才发现它们的母亲在不远处咬着自己的肚子在转圈，血淋淋的肠子已经流了一地。瘦狗的那点肉不仅没有填饱三只饥饿狼崽的肚子，反而勾起了它们更加强烈的食欲。它们看着母亲四溅的鲜血，毫不犹豫地扑了过去。不到烧壶茶的功夫，就把给予它们生命，用乳汁哺育它们成长，传授它们弱肉强食之道的母亲吃了个精光。雪地上只剩下了短短的尾巴和四个脚爪。

礁尔塔格山下是开阔的青草坪和茂密的杨树林，一条清澈透底的山溪在那里流淌，不远处的小山包上有一座墓冢。迁往夏牧场的季节，每当人们在这附近落脚扎营，第二天，就会有一位老人牵着一个男孩来到这里，面朝西跪在墓前，诵经念着亡人的名字抚摸墓冢。那墓冢就是哈兹的坟墓，那孩子就是哈兹唯一的后人阿德力。

英勇的猎犬拉辛的鲜血也洒在了这座墓冢旁边，却没有一个人知道这件事。猎犬已经死亡的唯一标志，是牧村里的男人们头上的狐皮帽子开始破旧了，取而代之的是羔羊皮帽，或者是廉价的成品帽子。毕竟，拉辛是这一带唯一的也是最后一只纯种猎犬。

韩阿里译

别克苏里丹·努尔杰克耶夫

（1941—）

1965年，毕业于哈萨克斯坦国立大学语言文学系。1968年，他的首部短篇小说《罪恶的爱》在《星星》杂志上发表。1972年出版《音乐的诞生》《等待中的生命》《唯一的爱情》《陌生女人的秘密》等中短篇小说集。之后陆续出版《一次忏悔、一个希望》《敌人逼近时》《夫妻俩》《啊！这世界！》等长篇小说。

他文学创作的一个特点是赞美爱情，谈论夫妻间交错复杂的生活，用眷恋的情感表达喜怒哀乐，用生活中真实的点点滴滴描述细腻感情。作者对哈萨克历史以及祖国历史方面的题材也深感兴趣。1982年，出版《河流晕染的土地》。历史题材的长篇小说《啊！这世界！》获得哈萨克斯坦国家奖。2016年，他的15部作品选集出版发行，广受读者喜爱。他的作品被翻译成俄语、英语等，在国外出版发行。

破镜难圆

古人说“死了婆娘的男人，如断了柄的马鞭。”这话的出处虽然无法考证，但可以肯定，这句话诞生时，马鞭在日常生活中还起着非常重要的作用。你想想，以骑马牧放为生的人，手中拿的是断了柄的鞭子，那还能叫鞭子吗？死了妻子的男人的生活还能叫生活吗？所以，就有人把死了妻子的男人比作断了柄的鞭子。海冉葬完了妻子的遗体，反复琢磨着这句老话。但是，对海冉来讲，妻子并非今日才亡，早在十七年之前，他的妻子就已经死了。

那一年，海冉随考古队去卡拉干达州挖掘古迹，已经连续工作了两个多月。他非常想念家里的大儿子马赫萨提，二儿子木拉提，九岁的女儿小甜心芮热姆和妻子乌勒德尔更让他日夜牵挂。四十有一的壮年男人，哪有不想念三十八岁娇妻之理？再说，一到了十月份，阿尔哈这鬼地方就会刮起飕飕冷风，更让人思念那暖暖的被窝。天知道，假如是再年轻一些的时候，说不定他早已不顾一切返回了阿拉木图的家。

他们的领导年龄较大。或许是多年的磨炼已经让他忘记了生活的冷热，他平时很少谈及妻子、孩子。他似乎没有海冉那种迫切的思家之念。不过他是个热心肠，关心手下，喜欢聚会，会调动他人情绪的人。大伙在一起聚会时，他时常会唱歌、讲笑话给大家助兴。他是在阿尔哈这个地方长大的，所以有很多熟人和朋友。“好了，孩子们，今天我们再去一个好人家里，放松放松！”就这样，他隔三岔五带着三个门生去朋友家做客。三个学生中年纪稍大一点的是海冉。挖掘工作主要是由卡拉干达州立大学的学生来完成，只有几个当地人。

再有十几天就要结束今年的挖掘工作了。就在他们正加倍工作，盼着早一天回家的时候，他们的领导又把他们带到了他的一个朋友家。这家主人与领导年龄相仿，就连性格也有些相似。他的家在萨尔苏河湾的一片芦苇地旁，离公路很近。这家的四个儿子、儿媳妇，还有独生女儿都很热情，全都为招待客人忙里忙外。看来在私有化期间，他们家占得先机，拥有了这片富地肥水。家里的一群羊由一个儿子管理，一群马由另一个儿子管理，还有一个儿子管着一群牛，而大儿子管理着三个弟弟。四个儿子没有另起炉灶，自立门户。老人凭借着几个儿子的勤劳和不薄的家产成了这一带响当当的大人物。看得出来，这是一年四季都不缺马奶和酸奶的殷实大户人家。海冉在羡慕这家人善于经营的同时，更赞叹四个儿子、儿媳，还有唯一的女儿哈尔勒哈希。他们都是个顶个的歌手。首先，大儿子为客人唱了一首歌，他说这歌是他自己创作的。天哪，这歌的词曲是那样协调，唱功也是无可挑剔，让人赏心悦目。假如这歌是某位音乐人创作的或者是演唱的，那他在各种场合的吹嘘声和歌唱声，以及观众的掌声肯定早就震聋了族人的耳朵。现在，但凡上舞台唱过一两首歌的人，大都会不无骄傲地说：“毕竟我们是歌唱民族的后人，我们天生就是艺术家。”但是海冉总是心里埋怨说，“没有你们不吹的时候，你们就吹吧。”但是，假如那些所谓的艺术家们听了这个年轻牧人的歌，肯定都会无地自容。没想到海冉此刻也有了那种自豪感，心想，“噢，我们真是个不乏艺术细胞，不缺能歌善舞者的民族啊”。这是海冉第一次对自己的否定。

海冉在他人家里做客无数次，可从没有像今天这样尽兴过。不知是主人的热情感染了还是怎么了，竟也为大家唱了一首歌。兄长和嫂子们都唱了歌之后，哈尔勒哈希也唱了两首歌。其中一首是流行歌，大家都比较熟；另一首歌的伤感之音多于思念之情，是海冉没听过的。天知道，二十五岁都没结婚的姑娘为什么那么伤感。不过，那姑娘似乎通过那首歌在暗示着什么。因为，她唱完之后眯缝着眼睛把客人扫视了一遍，眼神中似乎有“你们听懂了吗”的疑问。她是在观察客人的反应，还是有其他用意，谁也不清楚。海冉觉得这姑娘心里确实有伤感，但是，她为什么伤感？是她少女时被人欺骗，心里受过伤，还是因为至今还没有遇到值得她爱的人而悲伤？抑或是她虽然深爱着一个人，可那人并不爱她，海冉百思不得其解。

“我们家宽敞，有足够的床铺，今晚就别回去了。”傍晚，主人热情地邀他们留宿，他们不得不同意在这里住下了。于是，主人又开始为他们准备丰盛的晚餐了。海冉想趁这个空档，走出屋子放松放松。没想到一出门就撞上了正在烧水的哈尔勒哈希。

“哎哟，对不起，小妹妹！天太黑没看清楚。”他轻轻说道。

哈尔勒哈希笑着对他说：“没关系，大哥。您就是故意撞我，我也不会生气的。”

“不，小妹妹。也许是从屋里一出来，眼睛有些不适应，两眼一抹黑。我哪敢故意撞你这样能歌善舞的妹妹呀，那不是找死吗？”

“大哥呀，您才是一个好歌手咧！”

“不，不。我只是给大家助助兴罢了……不，不，只能说盛情难却。我不想坏大家的兴致，所以不得不献丑啊。请不要取笑我，权当我表达了一个心意就好。”

“不，我绝没有取笑您的意思，大哥。大多数人只用嗓子唱歌，而您却是用心唱的。我很喜欢用心唱歌，用心说话的人。”

“不管你怎么夸我，反正，我知道自己不是一个好歌手。”

“您要这么认为，那就大错特错了。歌曲不是为个别歌手而创造的，归根结底，是为广大的听众而创作的。所以，真正懂音乐的人都是听众。我从您的话语中知道您是一个很有水准的听众。”

“哈尔勒哈希，你又在笑话我了。谈不上水准，只是一般听众而已。”

“好嘞，就算是一般听众。但是，您不能否认自己是一个理解歌曲，又有多方面知识的听众吧？”

“哦，可爱的哈尔勒哈希，别那样说！我只是一个和其他人一样的，与他们没有任何区别的人。别再让我无地自容了，有什么话就说好了。”

“您真是个怪人！我这是第一次见不喜欢听夸赞之语的哈萨克人。您这种不喜欢夸耀的个性，很适合于您。看起来也不是虚伪，很自然。怪不得我一见到您，我就有了好感，看来是这个原因啦。”

“哈尔勒哈希，你怎么又取笑我了？”

“大哥，我绝没有要取笑您的想法。我真的很喜欢您。遗憾的是，为什么没有早一点认识您，您为什么要窝在那个热锅一样闷热的城里不早一点出来呢？”

他们二人绕到了屋后，远离了烧水炉子的烟火。海冉感到哈尔勒哈希开朗得有些过头，想说什么就说什么，想问什么也丝毫不顾及，不吞吞吐吐，也不装作腼腆。他虽然一来就注意到了她的高挑苗条的身材，以及姣好的面容，但是，眼下在微弱的星光下，抑或在两种光线的撞击下，她的颜容尤其是前额显得洁白无瑕。就在这时，他不由得想起了自己的爱人乌勒德尔，或许这可能正是他冷静克制的原因所在。乌勒德尔的前额也是这样洁白，就是熄了灯也会发出诱人的白光。

“大哥，您在想什么？是在想家人么？你们这些人长期不着家门，您的爱人也太可怜了，孩子们也是很不容易呀！”

“是的，是有那样的难处。我尤其想念女儿，十一月份她就满九岁了。我每每想到她，她头发上的香味就会扑面而来。还有那‘爸爸、爸爸’的甜蜜叫声也萦绕在耳边。我的两个儿子很调皮，我为了让他们养成勇往直前的气质，一般都不对他们加以限制。我们哈萨克人有一句名言说‘智者有一个名号叫警醒，愚者也有一个名号叫窝囊’，你听说过吗？”

“没有，从来没听说过，现在我也不太明白其中的意思。”

“最初听到这句话时，我也没搞懂，‘警醒’与‘智者’怎么能扯到一起呢？仔细一想，智者会推想原因，预知结果，善用计谋，那不就是警醒吗！他们能想在别人前面，所以是智者。而愚蠢的人，善恶不辨，废人一个。这就是哈萨克的哲学，你说这话妙不妙啊？”

“大哥，您不像城里的哈萨克人，城里的哈萨克人说话不是您这样的。”

“可别这么说，别对城里的哈萨克人有偏见。我虽然身在城里，心却在乡下。因为，我的父亲、母亲都在乡下。我时常想念他们，可是很少有时间去看他们。每每想他们，我总是怀抱孩子抚摸他们的发辫。只有这样，我才能减轻自己的思念之情。也只有那样，才能自己哄自己，给自己一个理由。当我看着两个儿子打闹时，我会感到无比的欣慰。他们即便是把家闹腾得底朝天，我也从不怪罪。总而言之，人的真正的幸福是孩子，其他的都不重要，都是过眼云烟。唯一不变的永恒之爱是父母对孩子的爱。”

“大哥呀，这么说的话，您心里还有养育了那些孩子的妻子的位置吗？”

“妻子的位置，就在应有的地方呀。对孩子的爱和对孩子母亲的爱是相辅相成的，它们之间没有缝隙，不是吗？”

“我想问一个问题，您不会生气吧？”

“我不生气。”

“您说了很多有关孩子的话，却一口也不提孩子们的妈妈，您不想她吗？”

“哪能不想？当着别人面说想妻子，对哈萨克人来说是羞于启齿的话题。想念孩子之语隐含着想念他们的母亲之意，这是众所周知的，无需说明。”

“大哥，很一般的话语出自您的口，就变得很文雅很有哲理。所以，我不得不小心说话，都不敢随口言语了。总怕自己出言不慎，让您笑话。”

“哈尔勒哈希，我可没发觉你谨慎小心的言语。”

“我呀，从来不是那种隐瞒自己想法，不敢言语的人。但是，现在不知出于尊敬，还是因为您精确而文雅地表达想法的言语影响了我，反正，在您面前，我不得不小心翼翼地开口了。”

“是吗？我还真不知道自己对别人有那样的影响力呢。”

“或许，您只是对我有那样的魅力吧？”

“怎么会呢？”

“要不然，您又怎么解释这事呢？”

“哈尔勒哈希，你怎么还在取笑我？”

“大哥，我不是在取笑您，而是在取笑我自己。”

“怎么讲？”

“我自己也无法解释。”

“这就是你的小心翼翼的言语？”

“是呀，大哥！我现在才发现自己是个很糟糕的人，很坏的人。”

“别那样说，哈尔勒哈希，你怎么了？为啥要那样说？算了，走吧，咱们回去。他们会找我们的。”

“要找，只会找您。没人找我。”

就在这时，海冉脑海里闪过了一个怀疑。不过，很快又被自己否定：“不会吧，莫非……她知道我是一个拖家带口之人。莫非她曾嫁过人？”海冉对自己有这种想法而有些心虚，趁着夜色转过头看了看哈尔勒哈希。哈尔勒哈希好像发现了他的想法一样，也正好抬头看了他一眼。

“哈尔勒哈希，为啥不言语了？刚才我们不是谈得很热烈吗？”

“大哥，我累了。我虽然生活在二十多人的大家庭里，有父母有兄长和侄儿们陪伴我，但是孤独感还是让我疲惫不堪。我都二十五岁了，至今未曾有一个小伙儿挽过我的臂膀，不管是青春期的恋情，还是少女的爱情，都不曾拥有过。你说，我这还叫生活吗？大哥！”

“或许，你眼光太高了。这怨不得别人。”

“不，我可不是那种目中无人的高傲之人。只是没有遇到值得我爱或被爱的男人。假如我要是遇到您这样的人，我就不会错过了，可惜没有那福气啊！大哥，也许这辈子再也调不到了。”

“别那样说，哈尔勒哈希，你的人生还在前方，前方的幸福还在等着你呢。”

“这种哄人的话，很不适合您，大哥。前方的人生不可能是幸福如意的，我怕到时候不得不嫁给一个死了老婆的男人，或是嫁给一个离了婚的男人，苟活下半生。”

“那也是一种生活，有个男人疼你，总比没有要好。”

“要找一个‘比没有要好’的人，我早就嫁一个好男人了。只是我拗不过感情呀！大哥，您是真不理解，还是不愿意理解我呀？”

“感情或许只允许你嫁一个你所爱的人，哪有什么不理解的？”

“感情就是不知好歹。我就怕不定哪一天它让我爱上一个既有老婆，又有孩子的人。您说说，那样的话我又该怎么办呢？您说一句实话，给我指一条路，比方说我现在爱上了您，您能抛弃老婆孩子娶我吗？”

“当然不会。”

“为什么？”

“因为，我是因为爱才娶了妻子，她也因为爱我才嫁给了我。再说，我们两个都深爱自己的孩子。因此，现在我们原有的爱已经翻倍了。”

“不是说，随着时间的推移，夫妻之间的感情会越来越淡薄吗？”

“也有感情越来越深的。我刚才不是说了吗，我们的感情是因为孩子而加倍的。”

“这么说，感情会越来越淡薄是谎话喽？”

“我也不知道，生活中或许有那样的个别情况。”

“您就用这样毫无感情的话来回应我吗？”

海冉不知如何应对姑娘，愣了一会儿之际，哈尔勒哈希无声地转身向家里走去了。究竟为什么，或许只有她自己知道。要说她生海冉的气吧，他们之间只是一面之交，没有恋恋不舍之交往经历。但是，她的这些举动又怎么解释呢？海冉不得其解。他越想越感到忐忑不安，总感到自己有那么一点负罪感，但究竟是什么罪，自己也想不明白。他像要从天上得到答案一样，抬头遥望了一下夜空。夜空中的几颗星星只是对他眨了眨眼睛，显得很神秘。

十一月中旬，海冉返回了阿拉木图。清晨下了火车，匆匆忙忙来到家门口时，想起自己走时就没带钥匙。他叹了一声，拍着大腿懊悔地坐在了地上。他离开时没有想到，这个时候正是孩子们正在上学，妻子上班的时间。来到不远处的商店，他给妻子乌勒德尔的单位打了个电话，单位里的人说她今天请假了。他心里暗暗想，我没打招呼她都知道我今天要回来，所以请假准备迎接我了。一股暖流涌上了他的心头。海冉想到离家最近最要好的朋友迭戈达尔家先坐一会儿，本想先打电话给朋友打个招呼，但是心里想："离那么近，没必要，他要不在家我就回来，若在家就坐一会儿，乌勒德尔可能就回来了。"于是，把手提箱放到对门邻居家，直接去了那里。

迭戈达尔是国家独立之初就做生意，最先在阿拉木图的各处开了商铺的人。现在是他们这代人中的佼佼者。海冉也想用自己不多的积蓄开一个商铺，为此原本就打算要向他请教有关的事情，今天也正好顺便一并办了。

他来到迭戈达尔家按了门铃，听到屋内有响动，似乎还有一声"咚"的重物掉落地板的响声。但是，却不见有人来为他开门。于是，他又长按了门铃。这时他听到了走来的脚步声，大声喊道："迭戈达尔，是我。"

这时传来一声女人的急促而小声的声音："别开！"

"海冉？"迭戈达尔走近房门说道，"不好意思！家里有陌生女人，真是的！你啥时候来的？让你见笑了。都是男人，你能理解的。"

"哦，那好。早上下的火车。我没带钥匙，乌勒德尔不在单位，也不在家。估计这会儿也该到家了，我也该回去了。对不起，打扰你了！"

当他转身要离开时，似乎又听到了女人的嘀咕声。这声音有点熟，准确一点讲就是这小声的嘀咕他很熟。当他从三楼走到二楼时，两耳轰的一声响，脊背上也冒出了汗：这声音毫无疑问是乌勒德尔的，是的，毫无疑问！他四肢发抖，双腿一软，差点跪在了楼梯上，浑浑噩噩地走出了楼房，知觉出现了麻木。走出单元门不由自主地望了望三楼的窗户，才猛然刹住了脚步。他意识到，上面的人也正在看着他。"但愿上面的女人不是乌勒德尔，不是乌勒德尔！"他不知道自己为什么会有这种不切实际的心愿。“他妈的，我把门砸了，把他们的丑事暴露在众人面前！”他一边想，一边向单元门冲了过去，又突然止步不前了：如果真不是她，那不更丢人吗？“可能真不是她，他们不至于这样的。说不定乌勒德尔已经在家了呢。我还是回家吧。”想到这里海冉扭头向回走了。来到楼背后又回过头向四周探望了起来。又想：“他们肯定看到我往回走了，假若那女人是乌勒德尔，她肯定很快就会跑出来。与其一辈子怀疑，不如现在就搞个明白。”于是他绕到对面楼房的背面，来到能清楚看到迭戈达尔家单元门的地方躲了起来。

过了十二分钟之后，迭戈达尔从门里出来看了看周围之后，又望了望三楼。也许是那里的人给他暗示了什么，迭戈达尔转身顺着海冉走过的路走来了。海冉心里明白他这是在侦察，这是他不想得到的坏结果。海冉嗓子发干，浑身发抖，但还是稳住了自己。究竟是愤怒，还是智慧，还是下意识或是计谋控制着自己，海冉自己也不清楚。海冉为了不让迭戈达尔看到自己，钻进了近旁的单元门里。

没多久，迭戈达尔又返回来了。不过他钻进自家的单元门之后又贼头贼脑地观察了一会儿。这时海冉更确信了自己的怀疑，他认定迭戈达尔是在找自己。那个单元门不再露出迭戈达尔脑袋了，只过了一会儿就看到乌勒德尔急匆匆地走出来了。海冉像僵尸一样原地站着不会动弹了。他既不能动弹，也合不拢已张开的双颌，浑身僵硬，似乎谁要是动一指头就会直挺挺地倒下去。她没有像海冉和迭戈达尔那样走近路，而是斜插着向海冉躲身的那个楼走来了。对女人的奸诈气愤不已的海冉走出藏身的单元门，迎了过去。

只见乌勒德尔喊了一声“哎哟”就倒下去了。

海冉本想用世界上最肮脏的话来骂她一句，但是，他想不起来那是什么话。不过，他用世界上最鄙夷的眼神看了一眼，又往地上吐了一口唾沫，就从她身边走开了。他来到三楼脚踹着迭戈达尔家的房门，大声喊着“滚出来，你这不要脸的狗崽子！我要杀了你，你个没良心的混蛋！”把所有的气都撒在了那个门上。最后，在被惊扰到的邻居们的劝说下，甚至威胁要叫警察，他不得已拖着沉重的双腿下了楼。他估计乌勒德尔已经回到了家里，所以他想，自己无论如何也不能进她所在的那个家。他也没有脸面进那个家，给孩子们怎么说？与那无耻的女人又说什么？与其与她在同一个屋檐下，还不如死了。不是说“好狗不露尸（意思是不在他人面前暴露自己的短处和丑陋面）”吗？难道自己还不如一条狗吗？

不远处的家就像吃人魔洞一样恐怖，海冉不敢向那里走。他把脸转向西面，漫无目标地向城郊走着。“怎么办？该干什么？”他心中的愤怒和耻辱之火还在燃烧。尽管他也想稳住自己，想理智一点，冷静地处置。但是，脑海里总是萦绕着：“他们已经惯于在迭戈达尔家干那勾当了，看来这绿帽子我已经戴了很长时间了。”这一想法让他不能平静。

阿拜路西头的一个角落里有个小餐厅，海冉走进去独自喝了一瓶酒，胡乱吃了几口饭。那几口饭是他强迫自己咽下去的，但是那瓶酒和那几口饭似乎没有产生反应。既没有喝醉也没有饥饿感，饭和酒似乎也没有刺激到神经。有的，还是被羞辱后的耻辱感和愤怒。

他开始往回走了，但是没有坐车，仍旧一步一步慢慢地走着。“去哪里，哪里是我的家？”他非常失望，甚至绝望到了极点，“找一个地方，做一个吊死鬼算了！”

“要么，干脆离婚。那孩子们怎么办？没有他们我可受不了，没了他们，我的日子算什么呀？”

“哦，我的孩子们，你们是我的生命！上天赐给我就是要你们受罪的吗？失去了你们，我的生命也毫无意义。我又怎么向你们诉说你们母亲的所作所为，说你们母亲的丑事呢？让我怎么开口啊，宝贝们！如果不说，又怎么解释一切呢？既然情断，我不可能与她同床，既然不同床又怎么能称之为夫妻。别说与她同床，现在我看到她都恶心。可怜的我如何是好？孩子们怎么办？她怎么办？我又怎么办？家怎么办？今后的日子怎么过？”

他在街上来回踱步，午夜了还在想着这些，一直到累得走不动了。不仅两腿麻木，头也有些发涨。乱哄哄的头脑，已经无法正常思维了。这时，他似乎做出了决断。“索性！”他咬着牙又默默说道，“我要对祖宗英灵发誓：为了自己的孩子们就这样了！”

为了实现自己的想法，他最终回到了家门口。他在门口停顿了一会儿，压住了胸中的怒火。他看着门铃伸了两次手都收了回来，没有按下去。最终还是鼓起勇气按了一下，紧接着又按了一下。“是爸爸！”屋内传出了大儿子的声音，然后是小儿子和女儿的声音。海冉泪流满面，就连门是怎么开的，自己是怎么进的门都不知道了。开门声，拉灯声，被大儿子一把搂住脖子，两个小的因为没有第一时间赶到爸爸身边而哭喊的叫声，差点让他晕过去。可是刚跨进门就有个东西绊了他的脚，这才注意到是自己的手提箱放在了门内侧。不知是邻居送过来的，还是孩子们提来的，反正它向他表示了孩子们已经知道他今早回来的消息了。正是这个原因，孩子们才一直在等他回家，没有睡觉！

他轻轻地把搂着自己不肯松手的两个儿子推开，抱起了刚九岁因为够不着爸爸的脖子而急得哇哇叫着的女儿，吻了她的额头。他也哭了，止不住的两行眼泪不停地流到了女儿的头发和面颊。

“哦，我的小马驹莴热姆！”他把孩子紧紧地搂在怀里，“我的小马驹，小驼崽！”

“爸爸，你为啥哭了？”女儿用小手给他擦着眼泪说，“谁让你生气了？”

“没有，宝贝。是因为爸爸想你们了。”

“我要睡爸爸旁边！”大儿子马赫萨提抢先宣布说。

“我也要。”二儿子也跟着喊道。

“爸爸，我要睡你旁边。”女儿急得哭了起来。

四个人无法睡一张床，所以，父子四人打地铺睡成了一排。

“我要睡爸爸的右边。”这回女儿抢了先。

“我要睡左边。”二儿子说。

“好吧，我就睡在边上好了。”这一回，大儿子在弟弟妹妹面前显得很大气。

海冉虽然躺下了，可是一夜没有合眼。这是他第一次在自己的家里没有和自己的女人睡一张床。第二天，他有意识地很晚才回了家，连一口水也没喝，一一抚摸了孩子们之后，径直进了卧室。乌勒德尔也随后进来了，但是他连看都没有看她一眼。

“给我单独铺床。”他指了指墙角一方的地板，又说道，“任何时候也不要让孩子们看见，或者知道我们分床睡的事。这是我对你提的最后一个要求。”

这种状况延续了一个星期。或许，乌勒德尔可能确信要不了一个星期就会有所改变吧。一周以来，她一直默默地重复着第一天的状况，没有开口说话。此后，海冉却和以往一样按时上下班，与孩子们一起吃了晚饭后，向他们问这问那，在孩子们面前没有表现出任何异常。

这种状况延续了一个多月之后，一天夜里，乌勒德尔按捺不住地说道：“怎么，难道要一辈子这么过吗？”

海冉连看都没有看她一眼，用吓人的声调斩钉截铁地回答说：“从此，我不再为自己而活着，孩子们是我生活的全部。你要是需要其他的生活方式，其他的男人，随你的便。你不是我的女人了，是一个自由人。我不再需要你，或是其他女人。”

乌勒德尔无声地坐着，连动都没有动一下。海冉的语气把她给吓住了。她不知道那语气究竟像墓穴里吹出的阴风，还是更像僵尸的寒气，反正像一股难以言表的寒风，冷却了她的身体。

海冉即将从历史系毕业的那一年结婚，毕业后被分配到阿拉木图古迹和历史学院工作。当时甭提有多高兴了，因为自己不仅成了家，而且有了养家糊口的工作。他的妻子乌勒德尔还是一个在校大学生。那时，他们的凌乱而狭小的家，黑暗的街道，一眼看去让人想到的是乡下人家，而不是城市居民。他们在城市边缘的被称之为“贫民窟”的地方，租住了一个单间房。因为夜间出门很可怕，所以，太阳落山后乌勒德尔很少出门，既不去影剧院，也不去看其他演出，也不让海冉出门，还开玩笑说："我的影剧是你，你的影剧是我。"她说话总是直来直去，他却把她性格上的差异，归咎于她从小上俄语学校，而从不怪罪。再说，当时的条件也就那样，怨不得人。体态婀娜的乌勒德尔，从不让青春焕发的海冉离开自己的怀抱，当然海冉也没有要离开的意愿。他们都感到，他们的幸福无边无际，他们的亲密无缝无隙。

就在那间小房子里，他们的儿子马赫萨提和木拉提先后来到了人世。当乌勒德尔生女儿芮热姆时，学院给他们分配了三间套的住房。那正是他们喜上加喜的光景，不久海冉就通过了硕士论文，紧接着他的导师升任为学院考古发掘方面的负责人。于是，热爱科学事业的海冉接受导师的建议，选择文物为主攻方向，开始了博士生生涯。开始时，一切都还算顺利，不过正赶上苏联解体，所以科学研究成了无人问津的冷门。各种研究机构千疮百孔基本瘫痪，他的工资时有时无。目前他们的状况有所好转，他的博士论文已经写完，准备在明年春季进行答辩。可就在这节骨眼上，乌勒德尔的背叛打垮了他。他虽然心如刀绞，却竭力对外掩盖。他能做到的也只有这个。

初春时，海冉完成论文答辩，不到一个月时间就拿到了学位证书。春末之时，他以考古队负责人的身份去了新阿尔哈。没多久，哈尔勒哈希亲自来到他们的住处，请他们去家里做客。主人的热情，饭菜的丰盛依然如故。姑娘去年说过的话，去年的想法一点也没有变。海冉心想："为了孩子们，我能把乌勒德尔的丑事埋在心里。同样为了孩子们，我一定要把自己的情感深埋在心里，决不向哈尔勒哈希透露半点。我不能让孩子们离开母亲。我要不动声色地把他们养大，只有这样，我才能算尽到了父亲的责任。"他心中暗暗下了决心。

"您心里好像有一眼很难看透的秘密。您说说看，是您身体不适吗？"喝完头遍茶水，出门休息之际，哈尔勒哈希问道。

"你凭什么这么说？"

“您无缘无故走神，笑的时候两只眼睛还向四处张望。”

“你怎么了。你为啥要观察那么细？”

“那是自然的啦。”

“为什么？”

“还能为什么？我喜欢您，您是我合意的人。而您喜欢的不是我，而是您的孩子，又骗我说您喜欢您的妻子。”她停顿了一下又说，“我从您的言行中看出您在撒谎。或许，您真的爱她，但是她不喜欢您，您也知道这一点。正因为这样才导致您总是想心事，总是担心着什么。因为，您舍不得孩子。这就是我对您的判断，假如说的不对，还望您原谅。”

海冉脑海里闪过了向姑娘坦白的念头，但是很快又否定了：“说妻子的坏话，等同于说自己的坏话。”想到这里，他脱口说了一句比较可信的谎话：“我妻子有病，所以我总担心她。”

“是吗？哎，上苍给每个人都设下了难以逾越的某个难处，真是的！”哈尔勒哈希似乎在自言自语一样嘀咕着。

和往年一样，海冉在天冷以后才回到阿拉木图。回来后，他依然重复着走之前的那种早去晚归的习惯。随着时间的推移，在他的眼中，乌勒德尔只是一个影子，或是一个概念，而不是一个有血有肉的人。刚开始那段时间，他还担心自己坚守不了，所以处处设防。到了后来，他每每见到乌勒德尔就像见到避之不及的污垢之物一样反胃不止。之后不久，又有了千万别当着孩子们的面做出自己讨厌他们的妈妈的举动，那样会给孩子们造成心理阴影的担心。或许乌勒德尔发现了他的这些弱点，有天晚上她既不铺自己的铺，也不给海冉铺床，只是背过身坐着不动。海冉刚要自己动手铺床时，她却跳起来一把把被子抢了过去：“够了！我受够了你的折磨，再也忍受不了了！”

“忍受不了啦？谁也没有强迫你，爱去哪儿去哪儿好了。”

“我为什么要去？该去的人是你。”

“那好，你把孩子们都叫来。你自己向他们解释所发生的一切，然后由他们来定究竟谁去谁留。”

“你这个恶棍！”她说了这么一句之后，又无言无语地分别给海冉和自己铺了床。从那一天开始，她也彻底断了对海冉的幻想，除了默默地做家务外，不再言语。海冉也是除非不得已时才会蹦出一两句话，说话时却从不看乌勒德尔的脸。只有和孩子们在一起时，才和以前一样又说又笑，让他们尽情地撒娇欢乐。这种日子延续了十年，他们的大儿子马赫萨提结婚了，那年他二十四岁。乌勒德尔可能觉得这是一个难得的机会，在操办儿子婚礼有关事宜时，当着其他人的面向他献殷勤，总是乐呵呵地向海冉问这问那，表现出非常亲密的样子。但是，婚礼之后他们二人又恢复了冷战状态。两年后，他们的大孙子来到了人世。在起名仪式上，海冉很兴奋，给孙子起名叫“满侃”。他向来道贺的宾客们解释说：“阿布赉汗王有一个由托列王起的名字就是‘满侃’。图吉祥我就借用了。”这个名字赢得了亲家们的一致赞同。海冉像个真正幸福的人一样春风满面。但是，他是真幸福或是似乎幸福他自己也不清楚。当然，乌勒德尔也无法判断。进一步讲，海冉原本就不想知道答案。他的头脑中除了“孩子们的幸福就是我的幸福”外，再没有其他概念了。转眼二儿子木拉提二十五岁，也结婚了。两个儿子成婚并喜得孙子的两人，仍然保持着微笑瞒过了亲家方的人，对外一直没有暴露两人之间的秘密。海冉逐渐变得冷漠寡言，差一点就要变成他自己研究的那种化石人了。

有一天，已是大学生的女儿在吃饭时对爸爸说：“爸爸，您是哪里不舒服，还是工作上压力太大？怎么那么心事重重。”

“不，孩子，一切都很正常。”

“不，爸爸。你有时候走神，我说的话你都听不见。你人在我身边，魂却在其他地方。”

“也许，这正是爸爸想看到的，你像现在这样关心爸爸啊！宝贝，你的两个哥哥已经成家，你也成了大姑娘，所以我为你们操心更多了一些。能为孩子们着想，也是老人的一种幸福，当然，你现在还不明白，只有轮到头上的时候人们才能明白一些事情。我有你这样的女儿，马赫萨提和木拉提那样的儿子，我不幸福谁幸福？对吧？”

“还有妈妈那样的妻子。”

“是的，孩子。”

“妈妈，你也来坐吧。你不想听听，爸爸讲幸福的理由吗？”

“马上过去。”

乌勒德尔的声音中有些哽咽，不仅海冉听出来了，女儿莴热姆也听出来了。“妈妈在哭。”她不无伤心地说道，“我也想哭，爸爸。有您这样的爸爸，有妈妈这样母亲的孩子们都是幸福的，我和两个哥哥都是幸福的人。来呀，爸爸，我要吻您的脸颊。哎哟，这又怎么了，怎么您也流泪了？我也流泪了，不过这是幸福的泪水，对吗，爸爸！”

“是的，宝贝。为了让你们的幸福恒久不变，爸爸可以舍弃自己的一切，包括生命！”

他话中有话的言语，只有刚从厨房出来的乌勒德尔理解，而还在抹眼泪的莴热姆，根本就没有听出父亲的话中话。

第二年，海冉和乌勒德尔把二十三岁的女儿也嫁出去了。儿女都成家，各奔东西之时，海冉已经到了五十五岁，乌勒德尔五十二岁了。嫁女儿后的第二天，乌勒德尔因高血压突发住了院。从那以后，海冉没到医院看望过乌勒德尔，他觉得若去看她，就是违背了自己的誓言。

自那以后，乌勒德尔的病反复发作，不断加重。开始时一两个月犯一次，后来一个星期左右就又犯病住院。最后，为了照顾妈妈，木拉提两口子又搬回父母家里，照料母亲。但是，乌勒德尔的病却在不断加重。今年年初，她的病情更加不稳，甚至言语都有些模糊了。元月底又住进了医院。或许她有什么临终遗言吧，托女儿给海冉带来了“今天一定要来”的话。女儿催促又要亲自送去，海冉无法拒绝，只好硬着头皮去了。

乌勒德尔住在一个单人病房。他们到来后，她给女儿使了一个眼色，她想单独与海冉说话，希望她出去。女儿出去以后，把海冉叫到身边。“你……惩罚……惩罚了我一辈子，”她似乎在哭，“但是……你没有让……孩子们知道……谢谢你，真心的谢谢！我死后……也不要告诉他们……下辈子我也会感谢你。”

“我不说就是了。但是，你应该清楚：你也惩罚了我。我过了十七年有家无妻的生活。”

“是的……是的……”

“你要记住，错是你一个人犯的，而惩戒是你我两人共同承担的。我的一切，都是为了孩子，请你不要怪我！”

“不，不……”乌勒德尔痛苦地摇摇头。之后，轻轻地点了点头，把眼睛闭上，不再言语了。海冉一直在等她说话，无声地坐着没动，可是左等右等也不见她说话，就站起来走了。

过了两天之后，也就是到了 2011 年 2 月 27 日，乌勒德尔走尽人世的路，踏入了来世的界。我们这里至今流传着一个古老的传说，说火星爸爸有一个叫“阿赫”和“盼”的两个孩子，他们在二月双双生在汗腾格里山脚下广袤大地上，也是在二月份死在那里。从那以后人们把二月称作“兄弟月”或者我们阳历的“阿赫盼”。也许，这个月的另一个现象也不能忽视。那就是二月的过去，标志着冬季的结束。乌勒德尔的生命在这个月结束了。海冉心中的死结在她活着时未能解开，死亡后能解开吗？只有时间可以回答。

韩阿里译

索甫·司马塔耶夫
(1941—)

作家、编剧。1959年在哈萨克斯坦国立大学语言文学系上了一年后，转到莫斯科钢铁和金属工程学院，1965年毕业并获得金属工程师资格。他的文学创作之路是从诗歌开始的。《阿斯塔纳之火》收录了他创作的诗歌。他创作了《我的故乡》《白头巾》《泉》《永恒的开始》《我们是奴隶吗？》等长篇小说，《圣火》《最初的跨越》《怀念青春》等中短篇小说。此外，他还创作了《神秘的女孩》《江布尔》《佳依赦·穆沙》《艾比比——那尔波塔》《单身汉》等舞台剧本及《我的星星高高挂》《命运》《金托》《悲惨的世界》《原野是我的家》《出租车》《婚礼上的争端》《我的遭遇》《希望和疑惑》等歌词。他还写过《光洁的额头》《比尔江的最后一颗星星》《莹乐克——克拜克》等电视剧本。他将莎士比亚等人的作品翻译成哈萨克文。2008年，他的作品集结成17册出版。

她的歌声是那么忧伤

她的歌声总是那么忧伤……

每到那时，她的睫毛上总是凝结了珍珠一样晶莹的泪水。奇怪的是：珍珠一样的泪水却既不掉落，又不消融，而是在长长的棕色睫毛上长久地颤抖着，久久地闪烁着。

女孩那双蓝色的眼睛，就像别在衣服上的珍珠，带着与生俱来的吸引力，吸引着我们陷了进去。

哪怕能够听懂其中一句，该有多好啊！但因为女孩是德国人，即使一句也不明白，我们也在心里猜测那是德语歌。我们将自己熟悉的哈萨克歌和进陌生的旋律里，随着女孩的歌声，轻轻地哼唱着。

平时难得一张的樱桃小口，也终于开始唱起了歌。她刚刚才战栗着蹚过沟渠里的冰一样的水，那双冻得通红的脚更加红了。她怯生生地来到我们身边，用一种近乎委屈的神情看了我们一眼，然后放开她细长、响亮的嗓子，唱完了一首歌。颤抖的歌声，刺痛了我们的心。

那是1948年初秋，我们是刚刚五六岁的孩子。每天，我们光着脚踩着水、踏着雪，在屋子之间喧闹着四处奔跑的时候，对于这样的欢乐，我们可曾有过一丁点的厌倦？争着抢着将悬挂在屋檐的冰锥握在手中，从大清早到天黑透了，我们可曾坐下休息过哪怕一秒?

就是在这样的时刻，我们遇到了她。

——哇!

——下雪了！雪!

——这么大的雪啊!

对于那些童真的孩子来说，落雪、下雨都如同节日一样充满乐趣。我们总是窜到门口，接着兴奋地拍着大腿，迫不及待地踏着台阶冲出去。

细软的初雪，像初次的怦然心动。缓缓飞舞的白色蝴蝶——像散落的阳光一样，四处散落着。对于雪，我们总能找到无数的乐趣。我们弯腰，双手捧起地上的雪。我们攥拳，把雪攥得粉碎。我们急切地伸手接住雪——雪却在碰到手掌的那一刻就化了。我们张开嘴——凛冽的空气撞在脸上，无味的潮湿空气则停留在舌尖上。

下雪是喜悦，是节日，雪是童年专属的乐趣。

我们互相扔雪团，无忧无虑地玩了起来。

突然，远处传来了歌声。

歌声非常干净，却是从未听过的。

歌声是那么忧伤，那首歌也是忧伤的。

我们完全忘记了雪，玩耍的乐趣被扔在了一边，我们敏感的心为这突然传来的忧伤的歌声轻轻一颤。仿佛担心错过什么，我们一哄而起，争先恐后地朝着歌声跑去。

正对面站着的，是一个瘦弱的小女孩。我们冲上去，围住了她。她的肩膀上背着行囊。她身上穿着的是一条破旧的短裙子。她光着脚。在那个时候，没有人会对一双光着的脚感到惊奇。就连我们，也会光着脚在结了霜的地面跑来跑去。直到雪下得厚了，才穿上鞋子。

让我们最为惊奇的是她的歌声，忧伤的旋律里仿佛藏着无尽的哀痛。细长的女声中有熟悉的旋律和陌生的语词。女孩的歌声好像刺痛了我们，吸引了我们全部的注意力。忽然，女孩的眼睛里盈了两滴晶莹的泪，眼泪像珍珠一样闪着光。忧伤的旋律，也许触碰到了女孩心里那些海浪一样奔涌的心事，使她流出了泪。那双大大的眼睛里蓄满了泪水，仿佛藏着无尽的思念。

歌声突然开始，又戛然而止。流畅的歌声突然停止，我们意犹未尽。如同刀割。

是顽劣的特留霍尔制止了歌声——他攥起一把雪，捏成雪团，塞进女孩的后脖颈！雪沿着后脖颈流到了女孩的后背。

歌声虽然停止了，女孩却纹丝未动。她蓦地转向特留霍尔，凄凉地看了他一眼，然后，重重地叹了口气。不知道是被女孩与孩童不符的忧伤震慑，还是被陌生的歌声里的秘密吸引了，我们全都极不赞赏地皱着眉头看了特留霍尔一眼。特留霍尔一贯脾气大，此刻却默不作声，把双手藏在了身后。

女孩却一动不动，她将光着的双腿一会儿伸直，一会儿又蜷缩起来，唯有蓝色的眼睛一眨不眨地盯着雪后的乌云。

歌声还会响起来吗？

听到那满怀着忧伤的歌声时，我们曾对孤女有了一丝同情。此刻，在这无声的对峙之中，我们却好像在这小小的倔强身躯里找到了巨大的恨意和坚强，又开始喧闹起来。

——看她盯着我们的眼神！

——哎，你是谁啊？

——你是哪儿来的啊？

——你怎么不说话啊？

——真想一拳把她打倒！

——我知道，她是——德国人！昨天，我在安德鲁家里见过她。

——嗯，是的！这时特留霍尔又冲了出来。比起我们，特留霍尔年纪大，见识也广。

——德国人?

——真的吗?

当时，一提起“德国”，在我们孩童的心里，总会想起童话故事里张着血盆大口的独眼怪。眼前这位两颊消瘦、眼窝深陷的瘦女孩，两鬓的头发乱糟糟的，立刻让人联想到这莫不是独眼怪的女儿吧?

女孩的手指早已冻得红肿，她握拳的时候，手指就会因为天气的极度寒冷而发出咯吱咯吱的声音来。

也许是因为战争、死亡、德国这样的概念，从我们睁开眼睛来到这个世界的那天起，就随着一声声的哭泣、诉说灌进了我们的心里，住在了我们的稚嫩的心里。我们在那双圆睁着的蓝色眼睛里，看到的并不是无声的哀求，而仿佛是让人疏离的邪恶。我们围成了一个圈，逼近了无声站立的女孩……

女孩悄无声息，眼中也没有泪水，饱含着忧郁的两滴露水仿佛随着她的歌声一起消失了。如果没有在女孩的眼中看到泪水，我们的仇恨又怎么可能消失呢?

有一天，我们钻进了春天时为筑砖而堆满了泥土的打谷场。化成了泡沫的雪漫过了脚踝。雪是白的，脚却是鲜红的，踩在白雪上像滴了鲜血一样。但鲜红的不是血，而是脚。但就算是这样，瘦小的女孩却看起来绝没有一点胆怯。但凡女孩表现出一点胆怯，我们那愤愤不平的仇恨也会瞬间瓦解。冷气钻过我们的脚心，也冲过我们的脑门儿。我们一边仇恨地吼着：“德国人！可恶的德国人！”另一边却赞赏地说着：“多么勇敢啊。”

“我们走！”特留霍尔说道。特留霍尔是我们的小头目，他没带头挥舞起拳头，我们也找不出借口来发作。

就在这时候，女孩嫣然一笑，她把额前的刘海抚了一下，然而放声歌唱起来。先前忧伤的歌声，此刻却更加嘹亮；之前她的歌声里饱含着忧郁，现在却添了一抹微弱的思念，歌声像微风一阵阵扫过我们的心弦。我们全都张大了嘴巴，呆呆地立在那里。

听到了这样满怀忧郁的歌声，我们的心中也确乎燃起了对未知的某个人的思念。我们仿佛在找寻着什么人。就在刚才，我们还觉得要把女孩生吞活剥，对她充满了仇恨，现在却觉得跟她亲近起来。

愤怒和仇恨占据孩子们的心有多快，感恩和慈悲回到孩子们心中的时间就有多快。

特留霍尔一言不发地在我的右侧站立着，我想从他那里对这份感动找到共鸣，于是转头看向他……看向他的的那一刻，我却呆住了。

特留霍尔那张满是雀斑的左边脸颊上，正缓缓流过一滴泪……那是硕大的一滴，与融化的雪水迥然不同。那滴泪像水银一样缓缓滑下，最终骤然坠落。

特留霍尔从来不会流泪，也从未露出生气的样子。看到特留霍尔的泪水，我忘记了歌声，四处流窜的不明情绪包裹了我的全身，让我感觉全身发麻。再过一会儿，我想我也要颤抖着——哭出声来。我拉了特留霍尔一下，不知是由于不耐烦，还是别的什么原因，他甩开了我的手。特留霍尔虽然对别人很严格，对我却一向很不错。我对他的行动不敢置信，又拉住了他的胳膊，还未抓到袖子……他就一拳挥在了我的面颊上。

我眼前一黑，只觉得自己昏了过去。

过了好一会儿，等我醒来，摸了摸发烫的面颊，只见身边除了女孩，再也没有别人了。

女孩微微笑着，靠近了我。我却突然间产生了一种迷惑——她是可怜我，还是关心我。她冻得发青的面颊，仿佛藏着我过去未曾发觉的秘密。

我没有哭。那一刻，我只记得我没有哭出来。

只有对伙伴们的怨恨在不停地撕扯着我的胸腔。

女孩什么也没说，可那无声的微笑也在刺痛着我。

她会幸灾乐祸吗?

会嘲笑我吗?

我全身战栗着。

我用尽全身的力气，冲着女孩的脸颊就是狠狠的一耳光。我的手像是打到了石头上一样生疼。那一瞬间发生的一切，到现在为止，永远留在了我心里……

女孩的鼻孔里鲜血直流。那双圆睁的眼睛里，没有惊慌、仇恨和悔恨——只有惊讶和短暂的失神。连那流着血的鼻子，和撅起来将哭未哭的嘴巴，与那双毫无仇恨、愤怒和惊慌的眼睛相比，都仿佛不值一提。在这样悲伤和委屈的一瞥之后，我想——我再也听不到那样的歌声了。

我忍不住哭出声来。人生第一次，我觉得自己就是一个禽兽。我的肩膀不住地抖动着，我把女孩留在了原地，踏着化成了泡沫的肮脏的雪，独自一个人一步一步走远了。

就在那天，我火气攻心，病倒了。

从那天起，一整个冬天，我都卧病在床。

村庄里的人觉得我是因为天气寒冷才病倒的，另一些讲究迷信的老人则觉得我是中了邪。一整个冬天，除了偶尔来抚摸我的额头、询问我的近况的大人，没有一个来探望我的同龄人。谁会注意到躲在门外的他们，并请他们进屋来呢?只有在屋后的积雪所铸成的白色城堡里，孩子们肆意地滑雪的玩闹声会传进昏暗的屋子里。就是在那个冬天，我才知道奶奶是一个多么会讲故事的人。对于这个意外的发现，我至今兴奋不已。冬天，在把羊群归置到羊圈里，在炉子上架好火，放好了茶壶之后，奶奶就会笑着坐在我身边。她把白色的盖头重新扎好，就会用生动的女中音开始讲起一个新的童话故事来。

当我在奶奶的童话故事里，跟着阿山海戈骑着纯白色的骆驼在世间奔波，寻找极乐之地，随着胡喇神箭手外出行猎时，又或者为孤儿玛雅的悲情身世伤痛不已时，没有人知道，在我的内心深处究竟在渴望着什么。我所渴望的，是那首忧郁的歌，是陌生的女孩用陌生的语词唱出的歌，是蓝色的眼睛里那凝在睫毛上的思念。

伴随着窗外呼啸的各种声音，最终，我最挂念和找寻的，都只有那首歌。可是，无论我如何苦苦等待，那首歌都没有再响起。孤女再也没有跨过台阶，出现在我身边。

歌声会进入我的梦里，在梦里为我郁结的心口带来清晰的震动。有时，那双蓝色的眼睛会盯着我。每到这样的时候，我总会惊醒，大喊大叫着从床上一跃而起。

村庄里的医生用尽了一切的方法来治疗我，却始终没有疗效。后来，医生也渐渐不再出现在我家门前。

对于我即将离开这个世界的论断，开始在亲戚朋友之间流传起来。就在这样的氛围里，春天的脚步也近了。

我独自睡在外间屋子锅台边那张咯吱作响的床上，眼前所见仅在于那个四扇玻璃的小窗户。东拼西凑的玻璃像蓝色的眼睛一样，吸引了我所有的注意力。突然……忧伤的歌声又一次传到了我的耳边。一开始，声音的主人似乎无法控制声音的颤抖，稍稍有些战栗。很快，她就开始好像远飞的鸟儿一样，唱出了高亢的歌声。

我泪如雨下。

泪水遮住了我的眼睛，而我的胸口荡着一口热气。

——奶奶！

我用尽全身的力气大声喊道："奶奶——"

家里没有任何人进来。我不知怎么抓住了床头的支架，用尽了全身的力气坐了起来。全身的骨骼好像都在咯吱作响。在这天之前，我都无法独立坐起来。对于身体的恢复，我却根本无心留意。我踉踉跄跄地穿上了衣服，找到了父亲晾在锅台边的极沉的人造革鞋底的厚毡靴，套在我的光脚上，就歪歪斜斜地走出门去。

我第一眼看到的是正午的骄阳。对于一直生活在灰暗的屋子里的我来说，外面的世界闪烁着光和热，我紧闭着眼睛，久久无法动弹。

歌声还在流淌……

我松开握住门把手的手，全身的骨骼咯吱作响，许久，我终于踏出了第一步。我在心里祈祷着千万不要摔倒。我一路走着，拉扯着我向前行走的唯一动力——是那首歌。

刚刚转过被雨水冲刷的泥泞的矮小平房，我看到的是卧床六个月来念念不忘的画面——被围绕在伙伴们中间的那个瘦弱的孤女。

当我像行尸走肉一样拖拉着沉重的毡靴，喘着粗气走到他们身边时，孩子们全都静下来，一声不响地悄悄看向了我。

歌声也戛然而止。

我一动不动，我找寻的是那个女孩，而我思念的，是女孩的歌。

我举起颤抖的手，爱惜地握上了女孩纤弱的手。

一向充满戒备的女孩也许被我惊到了，她举起纤弱的手，用力打在了我瘦削的脸上。我被突如其来的力道打到仰面摔倒在地。

特留霍尔立刻回过神来，冲上前来，仿佛要把女孩撕碎。

“别动她！”我说。

我的声音几乎细不可闻。

不知道为什么，我觉得自己很想笑。我一个一个地看着扶我起来的伙伴们的面颊，自顾自地笑了起来。对于散发着光和热的新生的春天，我像在碧色的春天里新生的婴儿一样，为自己的平安重生高兴不已。又或者，我是为自己重新回到了伙伴们中间而满怀感恩。或者是因为挨了拳头，对于吞噬着我生命的那份歉疚随着这一拳而消解而感到如释重负。总之，我自顾自舒展地笑了。

“歌！歌！唱歌吧！”

特留霍尔非常机敏，不用多说就知道我心中所想。女孩却比特留霍尔还要敏感，听懂了我的想法，就放声大唱起来。

歌的曲调缓缓升高，变得愈发高亢。夹杂着思念和忧伤的熟悉旋律，让我心中不由一颤。我盯着她的眼睛，两颗晶莹的泪水陡然落在睫毛上，像过去一样，泪水像珍珠一样颤动着。

脆弱、善良的女孩，也许是想起了父亲曾经将她高高举起的黝黑的双臂，也许想起了母亲满是皱纹的温柔的脸，在闪烁着的泪珠上，又加入了新的泪水，好像在诉说着无声的秘密，牵引着我们去了很远很远的地方。

从那天起，我能够独立行走了。半个月之后，我就能跟着小伙伴，自由自在地参与到那些喧闹、欢乐的玩耍中去。

没有人知道是什么打败了我的病痛，但家里人还是用一顿丰富的宴席表达了对上天的感激之情。

就这样，舒适的夏天来了，天空开始洒落粉红的光。孩子们的玩乐哪里会有尽头？我们还是光着脚，肆意地享受着那些童年的快乐。

这些欢乐里，最动人的风景，最鲜艳的花朵，都是那个有着动人歌声的女孩——艾玛。

后来我们知道，她的父亲作为加入苏联红军参战，在斯大林格勒战役英勇牺牲。而她的母亲则在1946年的冬天赶着一群羊在寒风中冻死了。

对于不幸的人，总会有人雪中送炭。对于艾玛，村庄里大大小小的人都有一份特别的疼爱。总会看到有人疼爱地抚摸她的头发，帮她洗干净头发，又把她的长发编成长辫。有人则把家里的食物分给她。就这样，艾玛成为了村庄里的一分子。

无论在什么年代，哈萨克人都是善良的。即使在这样物质匮乏的时期，为了帮助身处困难之中的人，他们也会将自己的需求暂时搁置。在平凡的生活里以身作则坚守着那份善良和慷慨的乡亲们，让我的心永远为之感动。

深受整个村庄喜爱的艾玛也受到了我们的欢迎，我们把艾玛当成了自己的小妹妹，甚至有时还会为了艾玛相互嫉妒，忍不住争执起来。这样的时候，艾玛白皙的脸庞上总是盈满了笑容，用哈萨克语和德语劝说我们和好如初。艾玛那懂事善良的样子，永远留在了我们心中。

在孩童纯洁的心中，仇恨总会被轻易放下。和艾玛熟识起来以后，德语也没有那么刺耳了。

我们谁都没有意识到孤儿身上的千斤重担，因为在那个艰苦的年代，身边的同龄人中有一半人都没有父亲，他们虽然缺少父亲关爱，生活上却看起来却与我们没有多少差别。也是因此，我们忘记了艾玛是个无依无靠的孤女。

每当艾玛独自一人时，我总是看到她脸色发青，蓝色的眼睛里有着挥之不去的忧伤。在得到乡亲们热心的呵护以后，艾玛才像夏日里的青草一样重新有了生命力。她的脸色不再发白，眼睛里也有了光泽。她的笑声里，是银铃一样动人的声响。

她的哈萨克语也越说越好，有时候还能演唱哈萨克语歌曲。

比起别人，艾玛对我和特留霍尔比较亲近。

有一天，我们在黑河边游完泳，正在太阳下晾晒棕红色的身体，特留霍尔突然捅了我一下，说：“你看，你爸来了。”

我一跃而起，只来得及把长裤穿在身上，就飞奔而去。

父亲是火车司机，有时随火车外出工作两三天，然后才在我们的思念中回家来。

我一跃而起，挂在了父亲的脖子上。我把鼻子钻进父亲的制服领子里，把煤炭和燃油味道享受地吸进胸腔里。

“行啦，儿子，行啦。你看你的鼻子全都是油。”父亲总是这么说。他闻着我被阳光晒过的头发，把我紧紧抱在怀里，棕色眼睛里总是遮掩不住的爱意。

“你知道自己秋天就要去入学吗？”

“是的，爸爸，我知道。”

“给你，别弄丢了。”父亲塞给我两只铅笔，铅笔一头是蓝色，另一头是红色。别说是彩色铅笔，那个年代连普通铅笔都找不到。我高兴地跳了起来，仿佛获得了这个世界上所有的财富。

“去吧，孩子，去吧。”最让孩子高兴的莫过于父亲的宠爱。我跳起来冲父亲胸前撒娇地一撞，就朝着伙伴们奋力跑去。

“看啊，铅笔，彩色铅笔。”

一直在默默看着我和父亲交谈的伙伴们并没有表现得特别兴奋，有些人翻了个身，转了过去，另一些人则爬起来，冲着河水一猛子扎了进去。只有特留霍尔无声地伸出手来，用指尖摸了摸那两只彩色铅笔，说了一声：“好好学习。”

我转身看向艾玛，她金发飘扬着，一直盯着我的父亲。直到这时，我才看懂了孩子们的沉默。不，虽然我们忘记了身边的朋友是失去父母的孤儿，可孤儿自己却永远不会忘记。使人无法遗忘的创口，总会一次又一次提醒着那些失去父母的孤儿。我呆呆地坐了下来，轻轻地碰了碰艾玛的肩膀。

“你要去上学了吧？”艾玛问我。

“是啊，你也要去上学，对吧，我们要坐一起，是的吧？艾玛？”

“我没有纸和笔。”艾玛流露出无助凄然的神情。

“给，艾玛，铅笔给你一个。”

艾玛立刻高兴起来，她紧紧攥着一支铅笔，甩了甩头发。她微微一笑，唱起了歌。

听着熟悉的歌声、熟悉的旋律，我们静静地等待着那令人心碎的歌声。

然而，陌生的语言唱出的歌与往日不同，听起来柔和、亲切的歌声脱离了往日的忧伤，使人感到的并不是忧伤，而是一种喜悦和享受。像往日里一样，我又抬头去看她的眼睛。

这一次，就在我坚信这一次不会在她的眼睛里看到颤抖的泪珠时，她的眼睛里却又有了珍珠的光泽。你们看到过心满意足的泪水吗？

蓝色的眼睛闪着光，像两颗珍珠，吸引着我们。

我们终于明白，当胸口汹涌的情绪改变时，喉咙里唱出的歌声也会不同。我们一动也不敢动，只是在天空中找寻着歌声。

夜晚回去之前，艾玛无声地来到我身边，把铅笔交给了我。

“为什么把铅笔还给我啊？”

“先留在你这儿，以后我再去拿，不然我也许会弄丢。”

“好啊，艾玛，那我把两支铅笔藏起来。”

“嗯，藏起来。”

又过了十几天，我们把外间屋子的圆桌搬到屋子中间，刚刚开始喝早茶，特留霍尔喘着气走了进来，他还没来得及跨进门槛，就向我扬了扬下巴，示意我跟出来，就又转身出了门。

我知道特留霍尔不会无缘无故地叫我。我把刚端到嘴边的茶碗放在桌上，就向外面跑去。

特留霍尔的眼睛一闪一闪。

“艾玛准备走。”

“她去哪儿？”

“据说城里来了工作人员，要把孩子接到孤儿院里去。”

“现在……我……马上……”我的喉咙里仿佛塞住了什么。

我跑进家里，我把手伸进被褥之间摸来摸去，想要找出那两支铅笔。着急起来，却找不到了，我只好将被褥翻得到处都是。

“找什么？怎么了？没什么大事吧，孩子？”我却没有心思回答父亲和母亲的问话，我将一支铅笔紧紧攥到手里，就朝着车站飞奔而来。

“快，别拖拖拉拉，我们要赶不上了。”

特留霍尔的腿很长，修长的身体跑得飞快。他等到我，又一次重复了之前的话。我真希望自己有一双翅膀，能够飞过去。一整个冬天的病痛把我折磨得浑身无力，我全身冷汗，几乎要瘫倒在地。

过了一会儿，火车从山边一闪而过。绿色的车厢越来越近。经过的火车在我们这个车站只停留两分钟。

两分钟……

那珍贵的两分钟，第一次让我明白了相逢的可贵，也让我心酸不已。火车稍稍停留，随即一闪而过，只留下火车燃煤之后的黑烟。

我蜷缩着，摔在地上，一边挣扎一边嚎啕大哭。耳边是特留霍尔夹杂着哭声的安慰，火车凄厉的鸣笛声、我压抑的哭声，都在空气里久久地回荡着。这时，好像传来了断断续续的歌声——是艾玛的歌声。这歌声仿佛带着永远无法弥补的遗憾，思念仿佛永无止境，孩童之间的告别也似乎让人无法释怀。歌声远远地传来。

我再也没有听到过艾玛的歌声。

我什么时候能唱一首属于自己的歌呢？我会把这首歌献给艾玛。

其中一支彩色铅笔一直在我的抽屉里。

阿依努尔·吐马尔别克译

托列尼·艾比迪克

（1942— ）

著名作家。1965年毕业于哈萨克斯坦国立大学。在《哈萨克斯坦少先队》《火焰》《哈萨克文学》等报刊担任编辑，历任编辑部主任、副主编、主编。1979—1990年在哈萨克斯坦总统办公厅工作。

他的小说《绿色原野》《秋天的树叶》《事实》《未曾说出的事实》《过渡》《阿克绰克峰上的寒冷》《智慧的战场》等出版。他曾把希腊神话翻译成哈萨克文。他在坚持现实主义创作时，又以夹杂现代派风格著称。

2004年，获得哈萨克斯坦国家奖；2003年，获得卡夫卡文学奖。

智慧的较量

问题在哪里——

或出生，或死亡

然而

是否依然被命运捉弄

或者与之较量

无穷无尽的困难

我们是否应该消灭

相互厮杀是否正确

然后闭眼去永生世界

白昼变黑夜

远离人间

连接灵与肉无尽的痛苦

就这样连在一起的锁链

用心去领会别人

威廉·莎士比亚

你要从恶中创造善

因为没有其他东西

能创造出来

——罗伯特·勃朗宁

我是从一位医生那里得到这本日记的，最让人惊奇的是——我竟然认识这本日记的主人。无论世界有多大，但是人生道路的交集也是无穷尽的。

年轻时，生命就像热闹的集市，朋友多，志同道合的人也多。那时，朋友的朋友会成为你的朋友，在那样一个时期我们相互交往过一段时间。他的模样我还记得：高个子，瘦瘦的，皮肤白皙的小伙子。可能是因为腼腆吧，一听到玩笑，他就会脸色发红。我们对他经常是小心翼翼地、察言观色地说话。

多数时间我们在会议、婚礼、聚会上相遇，从他的言行中可以看出他是一个在有学问的家庭出生，并且读过很多书的人。他性格腼腆，虽然他的这种性格别人觉得挺好，可是对他自己而言好像是迫不得已的。你要是不专门邀他说话，他会一言不发地坐上好几个小时。

所以我没有与他有过更亲密的谈话，就像坐上了同一条船的人一样只是认识而已，后来我就再也没见过他……

现在我读完了这个用好几个本子合订的文字，发现我对那个皮肤白皙的小伙子一点都不了解。

我没有办法撰写、恢复这个人的生平。日记里面大部分都是自己的内心感受和观点。只有在最后一本里，我看出他对自己命运的伟大计划。从日记里按照顺序多角度的陈述中，到他工整地写下的字体可以看出，作者没有认为将来会有人拜读他的这本日记。我为读者献上了这本日记的最后一部分。也许对正在徘徊于两种感情——希望与怀疑、真实与虚假之间的人会有所启发吧。

我认为公布这本日记是一件错误的事情，那就请读者当他是许多陌生人中的一个吧。

1

3 月 13 日

我的人生好像有了很大的变化。我也不清楚这种变化是什么，也许，它已经发生，只是我现在才发现而已吧，都有可能……我知道的是——我疲惫不堪。就因为这个原因，我变得很健忘。例如，在我的日记中，我写过 3 月 3 日的日记，而 3 月 4 日、5 日、6 日的根本没有，然后从 3 月 7 日开始继续。在我没写日记的那些天，我不知道自己做过什么，我在哪里——我根本不记得。我以前听说过人会因为妖术而失去记忆，但是为什么想到了妖术，我却一无所知。

的确，随着生命的延长，从妖术中冒出的物体数量也会随之增多。当初在你生命中占有位置的一些事情会被遗忘，而很有可能一些并不起眼的、没有任何意义的事情则会留在你的记忆中。一起学习过、一起生活过的人的姓名会记不起来，即便你苦思冥想，也不记得。以前生命中的友谊、相遇的日子不会留下任何痕迹。你的人生就像灌进水井的河流一样，没有了痕迹。

如果你问医生其中的原因，医生会说是因为疲惫。也许是对的吧，来到阳界的人有什么事没经历过？想起这些，你的思绪会衍生出思绪，你不知道这么多的思路你要走哪条路，就像一个迷茫的过客。世界的秘密是未知的，你不知道会怪罪上天，还是怪罪人。乍一看，上天是对的——因为创造了人，让人成长，教人仁慈、相信善意。除了这些我们还有什么可求的？然而，你还会怜悯那些根据上天的安排行事，独自一人承担不幸的可怜的人。

是好事还是坏事，证据很多，不可能让某人的眼睛看到了什么，因此，每个人在自己的房子里搭起毡窝，以毡窝的法则生存，除了自己满足自己的愿望之外，与他人无任何关系。

在毡窝里生活的人哪可能振奋精神？

我就像行走在折磨与压迫中。

没有对周围发生的事情的感知——我不像以前那样感知阳光、自然、春天的微风，可能是因为我多倾向于内心世界的缘故吧。

2

3 月 15 日

有人说过“在地狱待过三天后，人也会适应地狱。”适应困难、苦难，也许对生存来说是一种需求吧，可是适应罪过、无耻行为和不公正——最不利、最危险的习惯。

在出版物中公布的各种消息中，可发现某一个令人毛骨悚然的精神毁灭的目的。而对此，人们早已习惯，不会感到害怕、无动于衷，好像什么事情都没有发生一样悠闲自在会让我感到更加恐怖。我感觉他们就像把别人的尸首无动于衷地戳来戳去，像感到好玩的样子。

我都不敢读报纸了，只要一打开报纸，就会看到可怕的事件，好像你就是一个没血没肉的骷髅一样。

我就像吃了变质的东西一样想要呕吐。由于感到恶心，我的血管僵硬，肠肚痉挛，开始猛烈地呕吐。

我身边的人轻松自在，他们好像对这些让人无法忍受的肮脏以稳重的态度来“理解”，想让它变得看起来合理。

在古代传说中，有龙给人类带来危险，按照时节夺取人的生命。人们没有其他办法，于是从中选出一位美丽的少女献祭，以保得其他人的安全，人们对此感到满足。无情、冷酷的力量使整个世界时不时地发生战争、流血，刮起飓风，发生地震，流行疾病，就像那条龙一样索取自己想要的献祭似的。好像这些还不够，那条龙开始向你索取人性的特点作为献祭。

巴尔扎克说 :“地面上除了不幸，没有其他任何东西。”

报纸杂志上还有其他让人毛骨悚然的新闻 : 核、环境污染、陨石雨等灾害，世界性水灾等。而且这一切不是某人的主观预测，而是经过科学推断预测。当然，可能谁也没办法弄清这些将在什么时候，以什么样的形式发生，但是无论在哪个世纪都可能会发生，只要有这样的想法，人们就无法轻松地摆脱这些困扰。

存在了成千上万年的发光发热的太阳早晚都会有陨落的一天，我们也可以理解，人类不是永恒的。但是想到我们所经历的生活、精神世界、历史、人类的欢乐与悲伤、上千年以来的智慧结晶还有仁慈、怜悯、珍惜、爱心、善意等品质都会永远消失，真让人难以接受。

当然，无论怎样不舍，也无法改变什么。

人类的寿限只有上天才知道吧。也许，还会重蹈先知的历史吧，也许什么都不会重蹈，全都会陷入永久的黑暗中。生命从头开始，从微生物和细菌开始，下一次人类的降世需要上亿年时间吧。这件事谁也没办法确切预测。

然而，如果针对这些灾难是否发生，征求我的意见，人类的腐败，丧失人性，对生存的世界无任何意义，或者以危险的现象丧失精神特性，对人来说早晚都得死，那就让那些灾难夺走他们的生命，在心中保存自己的良心与羞耻心，对自己的一丝尊重而死才好。

3

3 月 25 日

都说肉体的疼痛来自食物，而陷入思想的困境则会让你的生命感到疼痛。这个的结果就是：我在这个被石墙围起来的医院已经躺了七天了。就像很多人都穿过的旧衣服一样，我憔悴不堪，心情也很糟糕。对着街面的窗户被对面的大厦遮掩着，只从右边两栋楼房之间的缝隙里可以看到远处高峰小小的一部分。将我与外界连接起来的除了这个，再没有什么了。

想到来到这里的人可能突然之间会消失，为了不让自己感到害怕，除非偶尔发生某些事件，我本来不打算拿起笔的，最后我重新返回到写日记，因为我看到了一件让人无法理解的事情。

吃早餐之前，我正准备伸手去拿桌子上的水杯子，准备吃药，我突然（直到那之前我都没发现）发现杯子底下放着一封信。

我任何时候都不会忘记这一刻。发黄的纸叠成了四片，在外面乱七八糟地写了自己的名字。看着字迹，我感觉有些熟悉，但是我自己都不知道是什么。我就像抓着炸药包似的提防什么，小心翼翼地掀开这张纸，读起里面的内容：

陌生的同龄人！我读了您的日记，深思很久。没有经过您的同意就读了日记，我向您道歉。您在寻找生存的意义这样一个很难的事情。对此而言，其实就是向精神这个伟大世界的启程。我认为这件事归根结底不是那么危险的事情，所以希望你的旅程顺利。

我认为，人生——还需要考虑善与恶永远相互交替的这个结论。原因是我们不可能将刚才说的善与恶各个分离开来。你在路上随便找一个人，根本无法分辨这个人的善恶。因为，对有些人他是善的，对有些人他是恶的；对他的敌人可恶，对他的伴侣珍贵，对朋友可爱，等等，人的喜欢与厌恶这种感情与刚才的那两种认知没有直接的关系。也就是说，人不会一直喜欢好人，讨厌坏人。难道人生中，善与恶的友谊，或者善与善之间的厌恶还少吗？所以，人生——不仅仅善意与凶暴、善与恶相关，而且善与善、恶与恶相关。善人与善人之间也会有起争执的时候，也能相互消灭对方。那么，善、恶这些是有条件的认知。这些只能通过状况来看待，可这个也是问题之一。

最有趣的是——无论善与恶有多相悖，相互之间是休戚与共，相互相连，是不能独立生存的双胞胎现象。

例如，中国哲学上所说的“阳”与自己相反的“阴”相互交替而存在。这相互之间的紧密联系，确切地说，“阴”在某个时期慢慢变成“阳”，而在另一个时期“阳”到了一定的极限变成“阴”。地面上的生物也与平衡这两种力量有关。如果将这种哲学运用到生命逻辑中，就会得出这样的结论。

值得一提的是，河流是生命的源泉，会让花园、草场生长，为了浇地，人们会挖渠蓄水。用于做善事的这些河流将成为象征财富或者仁慈的力量“阳”。

但是这些河流在春季涨潮的时候，会冲毁房屋，淹死牲畜，破坏水渠和山坡，超过它所具有的范围，转换成灾难、无情的力量——“阴”。

然后，一步一步回到原来的样子，又成为为人们工作的力量，但是它的生命力也不长，到了第二年，“阳”再次会转变成“阴”。就会这样交替着，其主体是水。

我从这里得出的结论是——我们所说的善、恶，在各种情况下会变成不同性质的一个现象。

那么，我们有没有必要分得那么清楚？您仔细想想吧。

陌生的同龄人，我发现这只是故事的开始。我们之间谈论的话题好像不止这些。如果您不反对，我们更进一步认识一下。如果您回信，可放走廊的桌子底下。

您陌生的同龄人

我感到莫名其妙，不知道为什么，我把这封神秘的信从头到尾读了一遍，突然，我感到了害怕。这封信是怎么来的？我在病房是一个人啊，谁会进来呢？为什么会趁我不在的时候进来？为什么没有经过我的允许就读了我的日记？如果需要，他为什么不通过写信的方式而直接和我认识呢？

有一种恐惧占据了我的身体，过了一阵，我才把心放平了。好了，既然如此，难道现在的社会上无法让人理解的人的性格和行为还少吗？难道谁没有陷入痛苦的时候？

我就这样安慰自己，尽量不让自己再在意这件事情。十一点钟，我去参加了一个俱乐部活动，这个俱乐部是由一个皮肤白皙的年轻少女主持的。她说话时翘起的嘴唇稍微张开，露出珍珠般的白牙，微笑着。当两人的目光相遇，她会用她的光芒撩拨你，你会因此感到浑身舒畅，与你的灵魂一起沐浴。在光芒里她好像感知到了这些。“您浑身酥软，感到了舒畅。”那些嘴唇发出诱人的声音，“您正在昏昏陷入睡梦中，沉入睡梦中……”

从远处传来昏昏沉沉的乐声，从音乐盒里发出一种让人惊叹的声音！不像地面上人类的生命乐曲，像是哄睡婴儿摇篮曲似的向伟大的空间——向阴界无限渗入。内心深处的思念从人的意识中得到释放，向解放的世界——升华到永久，向人类的目的——无限希望的天堂上升，无限的……

这感觉就像明亮的阳光，青草扑鼻，在湖边吹着微风……绿油油的夏牧场……

极远处好像有人在向你招手……

突然，我清楚地听到了一个声音：“醒一醒！”

“您的意识清醒，身体轻松，身上有了力量，生命变得坚强，醒一醒！”

当我昏昏沉沉睁开眼睛时，看见护士姑娘像看一个婴儿似的微笑着。

“很好！”她对我说，不清楚她是对自己或者对某人感到满意。我起初像被揭开秘密的人一样慌里慌张地向四周望了望，看到与我一样躺在那里的人正在醒来，这才放了心。

4

3 月 26 日

原本有个祸患总是纠缠着我。晚上我做了一个不舒服的梦，梦见自己走在昏暗的过道，不知道路上是一个物体还是托架，我绕过一些障碍物，为了不摔下去，我用手摸着墙壁往前走，好像在为一个什么事情而匆忙走去。过了一阵，一个东西，好像钉在墙面上的匕首把我的脖子割了过去，因为自己没有感到疼痛，所以继续往前走着，忽然发现自己的脑袋在晃动，赶紧用手扶起来，一手摸着墙壁，一手扶了脑袋往前走，如果我一摔倒，脑袋就会掉下来似的。暗黑的走廊没有尽头，犹如自己面临的磨难没有尽头……过了一些时间，我进了一间大楼的客房，我坐在一个椅子上，然后把挂在脖子上的脑袋拽了出来，然后放到第二个椅子上，路过的人好像转过身在看我的样子，我感觉有些不自在，于是我把脑袋用报纸盖起来。“这可真丢人。”我心想，“这怎么可能隐瞒呢？”

我不知道要去哪里，悄悄掀开报纸向外看一眼，看到我的脑袋还在那里，然后赶紧盖上，就像如何摆脱这个脑袋似的……就这样我醒了过来。

我感到很害怕，心跳加速躺了好一阵，我感到害怕的事情是——我怎么把头放在旁看而自己却能思考、窥见。虽然不可思议，但是我感到这种感觉真实存在。

我长时间睡不着觉，从窗外散出的幽暗光芒与房间的黑暗交织在一起，像发酵的什么东西，既不是光芒，也不是黑暗，眼帘出现黑色的阴影，吹着一种莫名的风。

这场梦就像赶不走的苍蝇似的，我一闭上眼睛就会看到脖子被割处的血肉，不时地看到自己的脑袋在椅子上仰躺着。

5

3 月 27 日

世界上最可怕的事情就是自己害怕自己。在这种情况下，内心世界的危险就像茂密的森林，只要迷失方向，就没办法走出来。迷失了方向，恐惧就会陡增，恐惧越大你就会感到自己是陌生人。

最终就像害怕自己窝的胆怯的老鼠一样，我也从内心世界逃向外面的世界，即便这个现实的世界有多残酷，即便有黑暗，有欺骗，有川流不息的人群，有阳光，有不停的行动，有无休止的声音。当你的神经意识到与外界相连时，你最初的天然感知又重新返回，与此同时，还有希望、目标也随之产生。我现在的第一个目标就是找到那位给我写信的神秘人，停止这种捉迷藏。我就像在前线的巡逻兵一样认真地看每一个在院子里出现的人，只要一看他们的脸，我就能认出来似的。

我在寻找那个陌生的同龄人时发现，我们从某种真实意义来说，对待人生都是走马观花，是如此的潦草，以至于我们都不知道身边的人都是谁。在我不在意他们的存在时，我看院子里的每个人都没什么区别，现在我才发现，他们各不相同。从外表看起来，那个说话笨拙、性格稳重、头发稀疏、皮肤米黄的人真是个话多的人。他为了介绍自己，从他的祖辈说起，介绍每一个英雄的事迹，说起一个祖辈见过皇帝，一个祖辈是著名科学家，抓着我的袖子不放，真让人厌倦。

用长发盖住秃顶的一个小伙子说："喂，我的兄弟，哈萨克人中没有不认识我的，你是什么人？"他就这样直截了当地问起我来。

而另一人更有病："我从上天来，因为他们都害怕我，所以把我隐藏在了这里。组织这些的是——联合民族组织。"他就这样说了些让人匪夷所思的话。

天气转暖了，可是阴凉处还是那么的冷。春天湿润的气息就像病人的气息一般，就像针扎一般的风吹过时，会让整个人浑身刺痛。

快到中午时，院子里有人打架了。一个有胡子的男人殴打一个头发蓬乱的小伙子，人们好不容易将他们拉开。对于他们打架的原因，大家各抒己见。护士说，由于某种原因，走进院子里的主治医生和这个小伙子打了招呼。为此，那个大胡子说："他为什么没有和我打招呼，而和你打了招呼。"于是两个人打了起来。

显然，医院院子里的生活与外界的生活没有多大区别。

下午，医生约见了我，是一个挺直身板坐在凳子上的戴眼镜的小伙子，好像哪里不舒服似的用一种很困难的表情看着我。从话语中，我可以看出他是一个很有经验且有学问的人。他给我测量了血压，用听诊器听了我的心肺之后，开始询问我的情况，了解我的生平。他好像是为了摆脱自己的忧愁，急需要和人交流。他还是说了些天气，以及前段时间热水的问题等琐碎事情，最后话题转移到医学。尤其说了很长时间的心理学，提到现象可一分为二……即一个在人身上，另一个是现象的产生。例如，一个是关心孩子、有文化的工作者，晚上 12 点之后，可能是危险的犯人：也许会强奸女人，甚至会杀人。最近因为强奸空姐并导致伤害而入狱，而且好几年都从事这样的罪行。谁也没有想到在人们眼中是个很体面，很受尊敬的这么一个人，竟然过着充满罪恶的另一种隐秘生活。这种例子也不少，也就是说，人的性格不同，看到世界的观点不同，出现这两种现象——这就是心理病理学。

而我在想：现如今，平常情况与脱离实际的现象相互混杂的时期，不可能在疾病与健康之间划分界线。也就是说：你的牙痛了，这叫病理学，而昨日相濡以沫的情侣或者朋友突然之间反目为仇——这不是病理学，这是属于生活的正常情况，对这样的认知，这样的规律我们习以为常。还有什么比你出卖人性更病态的?

如今的社会中出现的品德：除了自己以外讨厌其他人，非常自私的人，令人厌恶的自夸之人，没有一点同情心的冷酷、无情、吝啬之人难道不是疾病吗?

即便自身的缺点多如牛毛，可从来不见一个与自己较量的人。你在路上拦住一百个人，与他们交谈，可以发现这一百个人都被别人背信弃义，那么，那些背信弃义的人都在哪里?

6

3 月 31 日

今天我又收到了信，也许我这是自作自受吧。虽然我发誓再也不看走廊桌子上的缝隙，我还是控制不住自己。这几天我一直控制着自己不去想，中午我来到桌前向下面的缝隙将手伸过去时，我的手触碰到那封信，我就像被兽夹夹住的猎物一样呆住了。真的，是有一种莫名的意识驱使我这样做。如果这一次没有信，那我会深吸一口气，觉得浑身有力量。看来，我的这个无法见到的敌人比我想像的更胜一筹了。

我陌生的同龄人，像以前一样，我没有得到你的答复，于是我写了第二封信。我对再次阅读你的日记表示道歉。

据我所知，你相信善意，不相信罪恶。我认为，两者都应该相信。形成世界的就是这两种力量啊。如果人生是带拖车的两个辕木，那其中的一个就是罪恶，当然它不是你想象的只对人带来坏处的有害的东西。如果我们没有杀人的那种无情，我们怎样从那些杀人犯那里保全我们的生命？我们既害怕蛇，又害怕它的毒，可是人们会利用蛇制造多少能够保全生命的药物？那么，我们不能对任何力量提前带上“善”或者“恶”的标签，只有我们与那些力量相遇时，对我们有利还是有害，我们从这方面才说是善还是恶而已。

你在日记中写的最多的是卫生，我给你讲在这里从一个人那里听到的故事。

一个出生在有文化家庭的女人出轨了。你不要问为什么，这都是我们每天能够看到、听说过的事情。可是，最让人感到可惜的是——那个女人患上了性病。如果她能够理智一些，也可以通过治疗治好这个病。然而，非常悔恨的她认为自己配不上丈夫，无法忍受痛苦而上吊自杀了。留在身后的是她的丈夫和孩子。她的丈夫为此非常痛苦，他最痛苦的是——认为他是最干净的，而觉得她配不上他而自杀是非常错误的，她的丈夫舍不得把她推向死亡，绝对会原谅她的，因为他也没有她说的那么干净。人可以不那么干净，而像奴隶一样幸福地活在世上。现在她不可能再挽回幸福了，这是一个多大的错误认知！毁灭世界的这种错误认知，只存在于意识中。我们用生命中无法办到的干净来毒害我们自己，有什么用？多么愚蠢！她丈夫感到特别痛苦。这就是故事的全部。

人类为了幸福，首先要清楚自己是谁，也就是说，要知道自己不是圣人，应该承认自己是带罪的奴隶。如果不承认这个，那谁也不会永远摆脱精神的枷锁。

想到这些，我就觉得我一伸手就能得到幸福，我希望你也能够得到这种幸福。

我不会对你失去信心，我还会等待你的回信，你陌生的同龄人。

我的手颤抖着，好不容易读完了这封信的最后一部分。我心里默念着“安静，安静”，尽量安慰自己，可是我的恐惧就像被吓跑的猎物一样，根本不听我的使唤，最后我还是唤回了那些猎物，让我的内心世界平静下来。可是恐惧的阴霾无法散去。哎呀，这是什么东西？难道是一个嘲笑我的人？还是另有秘密？

等我平静下来之后，我深思了这封信的内容。我起初的那种恐惧，现在变成了我精神的不安。因为信的内容也并不是没有道理，危险也在这里。世界上最恶的东西并不是清一色的恶，是混杂着真理的半个恶。最危险的恶人并不都是看着就令人生厌，而是身上具有一点善性的恶人。与这样有“善意”的恶人斗争用上十倍气力还艰难。

然而，我深知这个人的主方向不对。如果这个人想去的地方是东方，那么与这个人向西奔去有什么区别，无论有多少创造性、耐性、计谋，这个人绝不会到达目的地，如果想找到方向，必须停止所去的方向才行。

谁也无法漠视一个人既存在善念，也存在恶意，世界上被称为善恶的两种力量。

如果一匹马的毛色既白又黑，那这种颜色叫花色。难道我们否定这是黑与白的合成？不能否定，因为这两种颜色在同一匹马的身上。那么，即便有这种很多人将善与恶集中在一个人身上的现象，但是这两种认知不能变成同一种认知。

这封信中还有一些有趣的让人深思的思想，可是这些有趣的思想只对那些看着有趣的人才觉得有趣，真正意义上，距离真理还真远。

对人生的真理和意义而言，厮杀的斗争中不存在所谓的艺术。我们需要的——只有真理，严酷而清楚的真理。真理的一个敌人——美貌。不理智的美人，不忠诚的美丽女人，骗人的漂亮话……虚假大多数情况下披着美言而到达胜利的。多少美丽的谎言、编造出来的复杂思想就像一个轻浮的引路人一样将人引向歧途。

有人说："果戈理、达尔文、尼采——是什么导致上亿人的死亡，就是他们。语言的罪行比杀人更严重，只有男人和人群承受说出来的思想痛苦。"

7

4月1日

心里的疑问随着时间的推移更加强烈了，这种疑问更强烈，某种焦虑和无力占据上风。

我的这个"陌生的同龄人"是个非常机灵的人，他每时每刻都在监视着我。甚至我在读信的时候，好像从某个洞里窥视着我。因为我看到他写的，别说是我写的字，对他来说，就连我的想法他似乎也非常熟悉。

我对我自己无论如何都要找到他的这种思想慢慢消散了。对一个比你还机智的人来说，你想超过他的机智——简直是天方夜谭。现在他也在附近。他可能与进出房间的护士，打扫病房的女人，甚至医生保持着密切联系，这也不奇怪。他不知道的只有在地底下。

我现在不分昼夜都在想他。前段时间我在梦里见到了他，穿的衣服与我穿的一样，也是一件灰色的外套，鞋子也和我的一样，背对着我说："这不，我们终于见面了。"

"是啊，见面了。"我讽刺地说。

我看不到他的脸庞，可是我想把他当作以前就认识的一个人。所以，转过去看他的正脸时，我还是想着他能转过来看我，耐心地默默无语地站着。感觉只要我不说话的时间长一点，他就会恼羞成怒地转过身来。可是他并没有转过身来的意思，像雕像一样一动不动。

最后我忍不住说："现在没必要再玩捉迷藏了吧。"我准备拉过他的肩膀，没想到我的手脚好像被绑起来似的动弹不得，无论我多努力还是使不出浑身的力气，我感到特别痛苦，于是醒了过来，我感觉被压得喘不过气来，浑身是汗。

我闭上眼睛回忆刚才的梦，想知道"陌生同龄人"的一个特征，可是我没抓住任何线索，即便我抓住了有什么好处？以为在梦中见过，怎样赖死赖活地缠住其他陌生人？

8

4 月 2 日

我如同寻找猎物的踪迹而迷失方向，站在悬崖峭壁上，我不知道该做什么。每天夜里都不合眼，早晨起床时我的脑袋会昏昏沉沉、筋疲力尽，我身上的某些顺从和对成功的愿望慢慢在升华。

不，我对这样的斗争实在难以忍受。最终，我准备给他写回信了。

陌生的同龄人，我没有及时给您回信，请您原谅。因为我很清楚您提出的话题，为此我们没有必要争得面红耳赤。可是我发现，不是那样的。您其实是不同方向、不同理解方式的人。当然，希望地面上所有生存的人都考虑一个问题，这有些不合逻辑。但是也不能想着原来是这样啊，于是光眼睁睁地看着你的信任和感情受到伤害是不可能的。

人生就是斗争。人类首先使用力量而进行斗争。然后创造出各种武器，开战，让人们遭受了杀戮。现在，来到了与之不相上下的智慧战场。如果在这个战场上善得不到成功，那么人类就会开始精神毁灭，没有能够拯救的力量。

您就在这里开辟了一个小小的战场，我无奈接受了……现在我们转入问题吧。

您对我说你如何信任善，就如何信任恶。我的同龄人啊，承认它们存在于人生中，这不是信任啊，要承认信任他们两个对人而言是珍贵的，是多余的。陀思妥耶夫斯基说："没有信任的地方——没有善。"那么这是怎样的信任？难道相信善只存在于现象？不，这是对善能成功的信任。对善不抱任何希望的人不会做出善事。

您还说不可能对任何东西带上"善""恶"的标志。人类能够区别于动物不正是能够区分"善""恶"的智慧吗？如果我们对这两种认知扣不上合适的标志，人性也就不会产生。

人性是人相互交往的规律，没有人性，人就无法生存。（对了，经常破坏这种善与羞耻的人层出不穷，但是我们不能因为这个而将人类的整个现象归于不存在。）

我认为您对于死亡的哲学不是一种伟大的创造。首先，死亡并不都是一样的。如果人就像上天给了他所拥有的生活，完成了自己作为人的使命，然后自然死亡，那么人早就学会了对这种死亡的满足。可是，也有不公平的死亡，杀死一个人，使一个人失去伴侣，一个杀人不眨眼的匪徒在昧着良心过活，一纸不公的判决书使多少无辜的人走向了断头台。我不可能像您一样只从哲学的角度看待死亡。这些不是为了让地面上的生命转变成永恒，而是对地面上与善相对的死亡。因此，为了不让这种死亡发生而斗争。

您还说到关于谎言这样让人感到惊讶的观点。是的，背着谎言过日子的时代也很多，直到现在还用谎言度日的人也不少，这是因为建立在谎言基础上的社会的过错。如果取而代之的是一个以真实为基础建立的公平的社会，那么谎言就在那一刻会被拆穿，就像您所说的，不会傲慢地俯看着我们说话。

在信的最后，您举例说了一个出轨的女人认为她的丈夫对她是忠诚的，于是自杀身亡的女人的故事。这只是古怪观点智慧游戏而已。也有很多因为妻子的不忠而导致丈夫上吊自杀的例子。因此，就这样认为毁灭世界的世界没有什么干净的东西是根本不合理的。

因为引起了争执，所以我才说了这些。要不然，我没有将您的想法变成现实的意愿。您的世界观存在很多折磨我的生命、感情的东西。别说与您交往，就连交流思想都让我觉得有负担。因此，希望您能找到其他与您志同道合的人吧，陌生人。

9

4月3日

我没想到这个陌生的同龄人会像祸害一样紧追不舍，如同我的情人一样让我日夜无法忘记。我能感觉到他的呼吸就在附近徘徊，就连心跳声我都能感知到。

走在院子里的某一个人就像他，我还是为了监视他们而浪费了自己所有的时间。每天睡眠不足，早晨起床时我都精疲力竭。

夜里我因为听到某种声音而醒来，听了好长时间的动静以后，走到了暗黑的窗户边。听到大街上有人说话的声音，于是从窗户望向外面，谁也看不到。奇怪的是，当我离开窗户边时，就能听到脚步声，偶尔因为车的声音而掩盖脚步的声音，过一会儿我又听到脚步声，有时我都分不清楚自己听到了脚步声还是没有听到脚步声，于是我的心脏因某种害怕而跳个不停。本想着到外面看看，没想到房门是锁着的。

我走回到自己床上躺了下来。可是直到天亮都没合眼。刚准备合上眼睛，听到走近的脚步声，我又醒过来。

10

4月7日

早晨我忐忑不安，好像错过了一件大事的人，或者耽误了火车或者飞机的旅客一样焦虑不安地醒来。

当我醒来抬头看到的是柜子上面的一封信。我的心颤了一下。恐惧传遍了我的每一个毛细血管，最后危机感传到了我的内心世界。我快速地打开这封信——就是他。开始读信时，除了恐惧以外，我还想着：会写什么呢？饶有兴趣地想到我不会空手而归。

我陌生的同龄人！感谢你的回信，一切正如我所料。您是一个形成固定观点的人。

现象就像没有棱角的市场一样，每一个人都在这个市场上购买属于自己的东西。按照形成的观点，不需要的物品没有价值。但是您购买一次您不需要的物品试试，所有的兴趣都会从中开始。这是破坏已经形成的习惯，需要创新。您对生活依靠创新认知而发展这句话没有异议吧。

横贯历史的人决不会认为人类是幸福的。地面上的血腥战争，饥饿，灾难，瘟疫，人类身上存在的恶行，乞讨，如果觉得这些是极少的话，那看看如今的环境问题：空气污染，水资源和土地的污染——就是证据。

不提这些，我们来说一下个人的命运——我们两个人的命运。我们幸福吗？我自己不敢说自己是幸福的。看到人生中如此多的伤害与不公，明明也知道自己是无法摆脱的，哪儿来的幸福？几千年来，你寄托了善行与忠诚的希望，就是这个希望因为生命的现实像孩子的玩具一样变得支离破碎的历史证明了多少次，我们还是像没发生任何事情一样固执不变。俗话说：盲人摸到就不会忘记，也许这就是精神的盲人吧。

我们都在为相信而存活。我们相信了火，相信了水，没有不崇拜的东西，我们相信了上苍，相信了先贤圣人，相信了领袖、雄辩家，可是人类的痛苦因此而减轻过吗？人类生存多少世纪，就被欺骗了多少世纪。诗人作家说：你们相信善行能成功。那个成功什么时候实现？善行到了哪个世纪才能成功？有确切的证据吗？或许只是希望这样的愿望而已。

尼采说：当我们有勇气将恶的东西称为善的时候，我们的生命就会开始伟大的阶段。

旧认知、旧规律、旧习惯桎梏着我们的思想，不让我们看清真实与真理的面目。曾经有多少历史形象当初被排挤，被火烧死，被绞刑架绞死，脱离民众——后来加入了圣人的行列。文学与技术领域有多少优美的作品在最发达的国家被称之为与时代思想不符的作品，限制他们，新时代来临时才在最尖端的作品中占得一席之地。这一切都是旧观念的后果。于是当我们从中降生时，我们的思想才有了希望之光，我们才会有清楚而明确的另一种人生开始。那么我们的意识要自由，需要思想的解放。没有任何障碍成为阻止这一切，只有思想的无限解放才能使人类得到幸福。

陌生的同龄人

善与恶首先以思想的方式来到世界，然后成为现实，成为你的意识。而在这封信中的思想只能看作精神世界扔向世界的核导弹，所导致的痛苦是我们无法预测的……

我没法再往下想象，我的中枢神经好像在紧缩，快要断裂一般，为了放松绷紧的神经，我在走廊里喊出了声：这是多么的荒唐！这个人究竟是干什么的？为什么没经过我的允许进我的房间？

护士跑了过来，是一个最近才来工作的女人。

“您是干什么的？”我控制不住自己的情绪向她喊叫，“为什么让陌生人进我的房间？”

护士好不容易让我冷静下来，问我事情的经过。我并没能向她解释清楚任何事情，只是给她看了那封信，说：“看啊，看啊，除了这个还需要什么证据？”我重复着这句话。

最后，护士终于明白发生了什么事情。

她惊讶地对我说：“我在的时候，没有任何人进过您的房间。”

“怎么没进？这个，这个。”我再次让她看着信。

“很好，”她好像发现了一个秘密似的，“您现在躺下休息吧，冷静下来，然后我们再说。”

护士让我进了房间，给了能够让我安静下来的药片，建议道：“您今天就不要出门了，如果到了傍晚您还是没法安静下来，就要求值班医生在您睡觉前打上一针吧。”

“请您原谅，”我用陌生的语言抓着护士的手说，“因为生气，我的声音大了一些，我没有胡说，您相信吗？我好像被挤到了角落里，来到这里以后，我收到了某人给我写的信，最后收到的就是这个。可是我不知道是谁，好像捉弄我似的，有时候会将信放到我的房间里。”我再次把信给她看了看，“我跟踪一段时间了，让我不安的东西就是这个。”

护士认真想了想，问：“您什么时候看到这封信的？”

“就在刚才。”

“刚才？”她重复了一句，吓得用一个奇怪的调子说了句“好”，准备出去，

“我是最近才来的，很多人我都不认识，可是我会留意的，您先躺着休息吧。”从外面把门关上出去了。

我烦躁不安地睡不着觉，11点我来到了俱乐部，可是我的一些想法使我不得安宁，即便是女医生漂亮的嘴唇、整洁的牙齿、温柔的声音以及让人舒畅的语言，让人浮想联翩的音乐——这一切都没打动我。

傍晚，我还是坐下来写了回信。

尊敬的陌生人！您与我们玩捉迷藏，一起理论也有一段时间了，这是因为我们各抒己见，每一个人为了证明自己，把我们所有的积累全都摆上来，用有利于我们的证据证明自己的观点。如果我们要把自己的想法和承认的证据进行理论，那么我们可能一辈子都会在理论中度过。

11

4月8日

关于孤独我想了很多。看来，困难、不公平、暴力都是可以忍受的，诬陷和祸患也是能够忍受的，唯独让人无法忍受的就是孤独。

都说比起生活在贫困地区的人，在生活富足的国家，人们自杀的行为更多一些。原因很多：心腹之患、被欺骗的爱情、迷失的愿望、无法改变的生活等等。这一切都可以归结到孤独这个概念上。显然，并不是患有无声伤痛的人都会自杀。如果周围有与你分享痛苦的人，生活的每一个瞬间都有很多人为你而感到快乐，那你绝不会对自己下手。命运中还有很多其他的打击，如果有与你分享的人，那绝不可能打击到你。人无法承受悲痛是因为没有一个亲人和你分担痛苦。这个时候，你的主人就是孤独。它就像你的情人，夜里在你的梦境中，白天在你所做的每一件事情中与你相伴，你的另一半就是孤独——这将是你的命运。那你就抓着孤独的衣角，游向另一个世界冰冷而多雾的天空吧。

据科学家所述，在很远的太空中有一个让人匪夷所思的“黑洞”，没有不被吸走的东西，所有的物质，甚至被它逮住的光芒再也不会出来。

孤独也像这个黑洞一样，将你身上的光芒、力量、勇气、希望、信任都会吸进去。你因为孤独而失去的勇气的百分之一，你都可以做出很多有勇气的事情来。有多少人因为孤独而只剩下皮包骨头，别说是创造勇气，只剩苟延残喘。

我从自己的身体上、心脏的沉痛中感知到孤独距离自己很近。

我疯狂地寻找同伴，经过走廊的每一个人，拦住打扫房间的卫生员和护士，询问他们最近的状况，很希望她们与自己交谈。她们会呆立着看我，以为我在开玩笑或者以为我是个傻子，于是不予作答便扬长而去。

我去了俱乐部。女医生好像总是想对我说些什么似的，看到她微凸的婴儿般的嘴唇我的心情会舒畅很多。但是我的内心世界并不平静。我躺在沙发上装作睡着的样子，甚至等大家都走散了我还是一动不动地躺在那里。最后，当我睁开眼睛的时候，看见在我的对面，那个女医生正在微笑地看着我。从她面孔散发的暖流，让我的身心和肉体都感到了舒适。啊，世间除了人还有什么更神秘的东西！谁能想到这一瞬间的眼神就给人如此巨大的力量？

可是，她对我说：“您还没睡啊？”这句用玩笑的方式说出的话，让我感到了一丝不快。

我还以为我用这种“酣甜”的睡姿让其他人信以为真……可是，女孩温柔的面孔好像把所有的东西都洗刷干净了似的。“对人而言不需要太多的东西，甚至不需要任何东西。只要就像这样用温暖的眼神看一眼就够了。”我这样想着。“您能把让自己感到不安的思想给我吗？”突然她抓住我的手。

不安的感觉又回到了。“怎么了？怎么样？”我的手心出汗了，我收回了我的手。她好像对我说：“您这是干什么？我并没有说让您难过的话呀。”她有些生气地看着我。她那深邃的目光就像整个宇宙，那里的温情吸引你所有的生命，让你不安的心得到很大的安慰。那双眼睛好像在无声地安慰着我。

“如果我对您做了让您感到压抑的行为，请您原谅！您的身心如此脆弱？我本想治愈您内心的痛苦，除了人是没法治愈的，您看我的眼神，眼神在任何时候都不会说谎。”

“当我第一次见到你的时候，我就发现从你那边扑面而来的一个让人舒适的暖流。”我无声道，“可是我不知道其方向是谁。我有很多烦恼，如果我都给你了，我怕会伤害到你。”

“如果我能让你脱离思想的痛苦，那对我来说也是幸福。”

我震了一下，因为那句话不太像是内心的交谈，我听得很真切。“什么？”我出声道。为了明确我听到还是没听到，她重复着刚才的话：“如果我能让你脱离思想的痛苦，那对我来说也是幸福。”

内心的对话现在转换成了真正的对话。对我而言，她用眼神与我的对话反而更加真实、易懂。语言大多数情况下让人觉得隐隐约约、模棱两可……我不想说话，因为我想用无声来继续我们的对话。“我若把痛苦的思想给你，就相当于我把整个命运都交给你。”我在心里说道。当然，把在人生中只能说一次的这样决策性的思想说出来，对我来说确实困难。

“我接受这一切。”她的眼神好像对某件事已经做出了抉择似的，我的心狂跳不止。

“真的吗？”我不知道自己是怎么说出声的。

“真的。”她用稳重的声音回答。

就像决堤的河水一样，有一股强大的情感洪流冲向我的心灵。一片荒凉的心，顿时变成一片碧绿的绿洲。原来这个世界上竟然存在生命中最强大的力量，如果让我们相识的话……我意识到我的手掌很干燥，于是就抓住了她的手。她像受了委屈的人一样，无奈地低垂着眼帘。她准备摆脱我的手心，可是我没有放开。因为我拥有的力量和信心是强大的。我感觉自己有一种胜利的气息。这当然是人之常情。因为直到此前，孤独的怒火才使这个可怜的人产生了这种力量。现在看来，正是凭借那股力量，好像凭借自己的这个力量，给自己的造物主施压似的。

我拉着她的手让她更靠近我，我闻到了让人感到心旷神怡的香气。她发汗的手传来身体的颤抖。啊，真是奇怪！她身上传来的颤抖越强，我身上的傲慢、固执就像闻到血腥的鲨鱼一样急躁不安、威风凛凛。我不知道自己怎么了，好像见到了一个陌生的自己而感到惊讶。最后，我认出了那个陌生的自己，这竟然是利用我人性的弱点，利用感情而上升的动物性。“不！任何时候都不！”我把动物性赶回自己的巢穴，好不容易关上，吸了一口气，抬起了头。她好像因为什么感到尴尬的婴儿似的脸色发红，惊恐地望着我，很紧张。“不是您，我不是在对您说。对我，对我自己。”我用手指着自己说道。

她微笑了一下。脸部的微红是纯洁的象征，知道脸红心软的人会散发出无与伦比的美，散发良知和真实的气息。

她坐在我对面的椅子上，正准备对我说点什么，我用我的手轻轻地堵住了她的嘴唇。她那软软的嘴唇让我的手心感到发痒。“不需要，”我悄悄告诉她，“除了这种奇特的无语的对话以后，其他的一切都是多余的，您什么都不要说。”

她发出银铃般地笑声，好像要给这个无声的对话加上一个句号，用她霞光般的眼神看着我，让我的周围骤然照亮，我再次陷入神话世界。

真正的神话——真实的人生。

12

4月9日

我长时间坐在这个阴暗而不通风的楼道里，然后才走到外面，看看自然，看看外面的世界，就像自娱自乐的某个人一样。

我开始对想从医院的院子里找到那个嘲笑我的不见踪影的同龄人感到反悔。除了一个头发盖着眼睛的瘦小的小伙子见到我的时候，总会不知所措地钻进自己的房间，从其他人的行为中根本没有发现任何可疑迹象。瘦瘦的小伙子，不只我一个，他原来是一个只要有人直视着他的眼睛，就会一个人躲进自己房间的患有恐惧症的人。

可是，我的想法又变了。当我的身体凝聚力量的时候，我还会与我的那个陌生的同龄人一决高下。我开始考虑如何将他抓获的新的办法。

谁知道呢，也许，想着可能会遇见我出了门。院子里的人变了，那个爱打架的大个儿小伙子，挨打的毛头，一直说个不停的那个黄皮肤的人都不在，那个皮肤黝黑的小伙子，坐在院子的一个角落里最内侧的一个椅子上自言自语。新来的大部分人像野人一样不靠近任何一个人。因此，我吸引别人的行为根本没有出任何成绩。我从任何一个人疑惑的眼神中好像开始明白了自己。

最后我放弃了，完全疲惫不堪。到了夜里的某个时辰，我到床上躺了下来。

13

4 月 13 日

我心不在焉，好几天没办法写日记。

陌生的同龄人好像消失了，没有音讯，可是他可怕的想法还在我心中。现在他存在与否，对我来说都一样似的，我在心里与那些可怕的想法做着斗争。

正如自然界中草原逐渐被沙漠覆盖，变成荒漠之地一样，没有意识到被认为是理想和道德的精神绿洲的宇宙逐渐收缩是不可能的。文学、音乐、歌剧、电影越是充满了感情，越发张扬的时候，越受人欢迎。不听贝多芬的人会对浅陋的庸俗音乐就像成群的蚂蚁一样聚拢在一起。制作真正电影的导演得不到正确的评价，可能在贫困中生活，而制作粗俗电影的却家财万贯。恬不知耻的人才能获得更多。

但是，这个衰落时期并没有彻底的和存在规律相呼应的定义。任何精神现象为了生存就如依靠数学等式的自然现象，都必须遵循某种系统的道理，以便有权利存在。而不停的精神崩溃没有万能的规律，只能走向灭亡。就像喝酒而败坏了身体的酒鬼或者中毒的吸毒者发现自己无法回头的时候，可能会走向自杀一样，人类也将通过自杀而摆脱困境。在智慧的战场善行一旦失败，其结局如何我们不堪设想。

是的，科学与技术因最高的成果武装起来的如今的人是不会因为某个外界祸患的力量而被毁灭。核威胁或宇宙灾难只是传说。人亡物尽，精神退化才会灭亡。

而精神崩溃的主要原因是什么呢？我认为，首先是生命的主人成为生活的支柱，然后遥遥领先，而智慧的人生中成为绊脚石的竟然是自私，其口号是“我”。但是，在明确的生命中，不让这个“我”胡作非为，控制这个的力量到底在人体内存在吗？甚至不提这些，人觉得是否有必要控制自身的“我”？

生物学家对豹子长时间从自己的幼崽口中抢食食物这种行为称为动物性。但是后来又研究出另外的原因，由于豹子的幼崽贪吃，如果没有豹子对幼崽进行制止，不知道什么时候吃饱了，就会撑死。由于豹子自己知道这种规律，因此不让幼崽多吃食物。

在人生的各个领域，包括饮食，还有自得的财富，竞争中对性的欲望正如豹子的幼崽一样，常常处于危险的境地。能够拯救豹子幼崽的力量，自然界早就考虑到了，而能够拯救人类的除了自己，没有其他力量。

生活所需的盲目感情虽然很神奇，可是在高级智慧世界的统治者不可能成为力量。最主要的是不适合。但是人类仍然对自己孤芳自赏，就是这种盲目的意识就像自己走不出自傲的圈子。如果所有的“我”联合起来成为智慧的“我们”，那么任性的规律早就成为事实，当然，总会轻松很多。

阻碍人的精神升华的是残忍、嫉妒、自暴自弃、唯我独尊、愚昧、爱财如命、嗜酒、好色、迷恋权力等特点在任何人的内心深处只有“我自己”，这并不是什么秘密。

历史上大国的垮台，主要是由于管理者之间的分歧。而那些分歧让他们各自成为统治者，非常反对联合起来，这些则是由“我”的自私造成的。

在家庭中夫妻分手，也是由于一方或者双方自身的自私造成的。

两兄弟或者血浓于水的亲朋吵架，显然，也是因为自私自利的结果。在“自私”存在的地方，无论是和谐的爱情、真诚的友谊，还是团结都会烟消云散。“我”在任何时候都是贪婪的——想比一切都要高，比一切都有影响，它无处不在。

1912 年 4 月 14 日夜里，英国制造的“泰坦尼克号”游轮前往纽约航行，在大西洋遭遇灾难。在这艘当时最宏伟的游轮上，乘客主要是知识分子和当时最富有的人。泰坦尼克号撞上浮动的冰山沉入大海。两千多人拼死挣扎。在每个人的脑海里只有“我”，但无济于事，没有时间，也没有可能。这是一种自然现象。但是聪明的人总想用精神世界的高深原理生存。按照规则，你首先要考虑别人，而不是你自己 (这是你自己对“我”的战争)。

船长在非常紧急的情况下，首先把儿童和妇女放入救生艇。救生艇数量很少，对付那些企图坐船的无意识派的洪流，对付那些捐钱坐船的百万富翁，也许真不容易，但都按照规定完成了。全力营救可能救援的人，不幸的一千五百人留在了正在下沉的轮船上。据目击者说，当海水超过船上音乐家的膝盖时，乐队也在不停地演奏。乐队就这样演奏着高昂的乐章走向死亡的怀抱。船长和他的手下完成自己的任务后，与船上的其他乘客一起赴死。

就这样，依靠的不是“我”，而是“我们”的系统，船长在死亡之前实现了崇高的人道主义 (无论完不完美)，通过实践表明了人类的智慧。如果当时人们都只想着自己的安危，就会被“我”所吸引，那么船上的所有人则会以动物的姿态进入死亡世界。

14

4 月 19 日

对于这个在平日里遇到的奇怪情况我已经开始习惯了。当我在走廊桌子的下面发现下一封信的时候，我并没有感到恐惧与惊讶。就如一封家书一样，我很自然地打开，然后读了起来：

尊敬的同龄人！我有一段时间没有工夫写信，我病了。（这时我“扑哧”笑出了声：“你难道和我血脉相通吗，我病的时候你也跟着我一起生病。”我嘲笑地想到。）我很满意地读了你的最后一封信，当然，什么事情都认同那是不可能的。但是合适的证据多着呢。而我不认同的是——你总是把善良的理想提到绝对的高度。任何法律不符合实际，都不能实现。你对善恶的思想从来就不可能实现，因而也就像一个社会上经常发生矛盾的大规律。因此，人与人之间就产生了种种隔阂——未达的愿望、未达的目的、无聊的对立、对生活的不满、对生活的忧虑——各种各样的不和谐。而使生活中许多矛盾得到解决的是协议、和解。首先需要世界认知上的和解。由于所谓善与恶的哲学范畴是由古人的改良和思维产生的，所以无法回答今天对世界观的要求。保证生命发展的两个力量应该叫做正反两个方面（如称电荷的两级为正和负）。那么，把世界分成两个阵营，世世代代无聊斗争，也就会消停。对于邪恶的内涵还有一些人比我们更早了解。正如法国诗人夏尔·波德莱尔在他的著作《恶之花》中写到的歌颂恶之爱情一样辑入诗集。现在，我正如饥似渴地读着这本书。日本著名作家东野圭吾说过：“人的一生不如波德莱尔的一个轮回，如果我们在精神世界上采取了这样一个大胆的步骤，就会改变所谓普遍主义的概念。”你还记得，毕加索博物馆里有一幅被称为‘阿伦娜’的画。阿伦娜伤得很厉害，像一只向天嗥叫的狼，痛苦万分。她的头部是牛，剩下的是人体，在这一类人包围着恐惧的怪物的背后，有一个人可能是被魔鬼吓坏了的年轻人——伸出手，抚摸阿伦娜的额头，表示关爱。这就是同情心。在生命的最后一刻，与所有冷冷清清的严酷的群体比起来，那个人用自己自然的爱心接近于功德，是不难想象的。

由此在不分良莠的情况下，使整个生物产生了一种怜悯思想。你讨厌的哥马塞哥利亚人也是这样的，对他们进行法律修改的不是议会，而是生命。（你现在才意识到，我看了你的日记吧？你长期将日记藏起来，不让任何人看。这次竟然开着，我确实读了。对不起。由于里面也有我写的信，是不是可以说这是我们两个共同的日记？）你最好不要讨厌整个人生。

就正如医生不能讨厌疾病，认为自己是善的人在精神上也不应该讨厌。

影响人类生命的圣人，我们不要忘了。

啊，能有一个与您见面的机会就好了！

等待您的回信。

陌生的同龄人

我不知道这个可怜的人为什么对我如此感兴趣。

我来到自己的房间，坐了一阵，把我的精力都集中起来，毫无疑虑地开始给他写信：

尊敬的陌生同龄人！有的概念需要无尽的干净。例如：爱情、良心、正义、忠诚等等。没有掺和了一点恶的忠诚，掺和了一点不公正的公正，掺和了一点不忠的爱情。它们或者存在，或者不存在。其主要的意思就是这个。而关于善的成功在上次的那封信中已经完整陈述过，我在这里就不重复了。我想说的是，善良的理想不是每天完成其要求的法律，它是正如法律一样根据情况而变化，不会每一阶段都可以完善。理想不是为你指点目的地，而是为你指点方向的北斗星一样的精神星座。因此，人因为自己的缺点而造成的地面上的不和谐，不能归咎于天上的星星。

不是为了让地面上的生活好转而变得成功，要改变人。

第二，改变善与恶的名称，可能只对犯人有利。因为这只能使他们在黑暗得到挽救。费奥多尔·陀思妥耶夫斯基说：“即使你们澄清，即使你们不要惩罚，但是你们把恶当作恶来称呼吧。”这个人说的看来是对的。

而对人无限的喜欢，其实是因为好的思想。然而，能成为自己所说的那种恶的象征吗？抚摸即将死亡的野兽，就是抚摸恶本身吗？而陷入恶之手，对遇到这样命运的生命来说可怜吗？也许那幅画的主要内涵就是这个吧。对生命的关爱在这个意义上是可以让你接受。至于你的判断，对你而言最主要的是企图消灭恶与善的界限，在于你想抚摸恶。

“要同有罪恶的人做斗争，而要同罪恶本身作斗争。”不怀好意的人，从不与恶作斗争。

与人的廉耻相关的概念不被承认罪行，甚至形成相反的性质，这让我沉思很久。最后我好像得出了一个结论……

例如，盗窃在各国的概念中就是可耻的。但是，对于偷鸡摸狗的人，他并不是什么可耻的。对于习惯对自己男人不忠的女人而言，淫荡并不是羞耻的，被抓住才是羞耻。当你走进可耻这座办公大楼后，没有任何规则禁止你。即当你迈过某个门槛后，你就有了某种动物的自由，你不是感到厌恶。一切从学习开始：烟、酒、毒，一旦你果断地迈向罪恶（无论是黑恶势力，还是精神，都一样），再然后就会像自动滑向油锅的刀刃一样越滑越远。因为一旦跨过廉耻的门槛，就会走向罪恶，不会感到任何的羞耻。因为他站在其他领域，也许他可能会因为没有早点做而感到后悔。

然而，最好是不要忘记一个物质。跨过门槛——比不跨过门槛轻便百倍。你想跨过去不需要任何力气，只要你给内心的动物性给予自由就行。而不跨过去需要很大的毅力。酒鬼为了戒酒，吸毒者为了戒毒需要拿出很大的勇气。如果你没有这种勇气，你就会认为：“跨过门槛没有什么了不起的。”以此自欺欺人，除了安慰自己，其他的你都无能为力。

那么，人性并不是你想进就能打开大门让你进来的无人看管的房子，它需要很大的精神勇气、克制，条件苛刻，是很难进入的为生命给予精神意义上的人道，只能通过你的廉耻和生命体会到。

我的同龄人，你说不要厌恶。你向其他人表达厌恶或者不厌恶那是伦理问题，但是无论是医生，还是不是医生，这都是在人体存在的东西。存在良心和廉耻的情况下，不可能不厌恶世界上的污染物。我希望你也不要遗忘了这种品质。

我陌生的同龄人

我写完信以后，为了验证我的回答正确与否，我再次打开陌生同龄人的信看了一遍。

我发现——我好像真的没有意识到这封信的重点。他认为，同性恋是一种合理存在的社会现象，因此不能厌恶它。“哦，与您……”这时突然出现的一个可疑的想法就像电击一样惊醒我。天啊！他自己，如果我没猜错的话，是同性恋！很显然指的是什么。直到现在，他的歪理思想不都是对此辩解吗？把不可告人与忠诚放在一个容器里，将混合的汤汁如何转手给我……

之前的信中让人毛骨悚然的话语全都呈现在我的眼前。越想，越回忆以前就能清楚地证明我所开启的“创新”是事实。我万万没有想到让我如此费神费力，如此伤心欲绝、殊死论战的结局竟然是这样的，这真是我不希望的事情。

陌生同龄人的这个观念让我痛苦不堪。好像因为某种让人厌恶的情感而感到反胃，让我感到呕吐……

越来越优柔寡断、越来越具体起来的陌生的同龄人最终弄醒了我的尊严。“如果希望相见，那为什么不见呢？”我鼓励着自己，“我害怕什么呀，他的目的可疑，就让陌生人对他感到害怕吧，如果害怕的话。”

我在为陌生人写的那封信的最后加了这样的话：“明天晚上我在波德瓦经济部等你。”

我把信藏在了我们约定的地方。

我可能会着急地等待明天的相会，我焦虑地想：“一定要见见。”

没有比没见过面的敌人更危险的了。

15

4 月 20 日

医生给我准备了温热的针，护士打针时反复说：“不要害怕，一会儿您的身上就会出现热浪，只是不要害怕，马上，马上，现在，现在。”她让我感到很害怕，最后让我的血压升高，我呼吸急促，坐立不安。

“我快要死了。”我好不容易说出了这句话。

护士吓坏了，跑出去叫来了一个女人。两个人一起又给我打了两针，然后让我平躺在椅子上。

过了将近半个小时，我恢复了，甚至我的心情很好，我夸大刚才晕倒的事，自嘲一番，开始逗护士们发笑。可是她们对我所说的话并不相信，把我送到房间躺下，并希望我今天不要下床。

快到中午时分医生来了，像吞了擀面杖一样不吭一声，摸了摸我的脉搏，然后稍微沉思了一会儿，一副“好，我还是观察一下吧”的表情，用潮湿的手掌在我的脑门上摸了摸，好像知道了我的体温，“我都知道了，应该这样，还会这样。”说完他并没有问什么，话还没说完就出去了。

午饭过后，我竟然睡着了，做了个梦。梦中我站在人群密集的一个人楼里面。人们好像都在排队等待，我也想站在其中，寻找最后一排位置，让人一眼望不到尾。走到楼外，发现这个长队的最后都排到郊外去了，我想看到最后到达哪里，于是我爬上屋顶，向远处望去，感到惊讶，没想到排队的民众没有边际，这个长队排到了地平线的另一边，渗入一个被云雾笼罩的空间。我害怕极了，下到地面。我问某个人："怎样才能站上队？""喂，谁也没有到达过这个队伍的尽头，大多数人都会把队伍的轮次交给自己孩子的孩子。"那个人回答。我不知道该干什么，再次走进了大楼里。突然，我听到了有人温柔地说："喂，兄弟！"我转过身一看，原来是一个笑眯眯的驼背年迈者。"你放弃吧，这样无济于事，你走这边。"他的面孔好像有些熟悉，可是我认不出来。我们穿过排队的人，来到了接待办公室。看来，进到里面好像还要分类。"我的排次就在这里，你坐在这里等。"说完那个人就出去了。我对不期而至的幸运感到无比高兴。这时我想到："我进去了，可是我要说些什么？"确实，我不知道说些什么，甚至我都不知道为什么要排队。"呀，我可能会丢人。"我不安地想。之前我不知道发生了什么，我看了看时间，竟然看到在入口写着我的名字，我根本不理解，于是："这不是我吗，哎呀！"我看着上面的字对秘书女孩说道。"是您又能怎样？那您进去呗。"那个女孩爱理不理地回答。我胆战心惊地从座位上站起来。里面到底会是谁？我从后面的民众中悄悄听到议论："无论是什么，你就大胆地进去吧。"紧接着又听到："放弃吧，你会破坏里面的东西，小心，哎呀，小心！"当我开门进到里面……天啊！我看到两眼盯着我，向我走来的自己，冷酷。我害怕地向后退缩，他就更靠近我。他的气息碰到了我的脸上……他的手，就像死人的手一样，冰凉冰凉的。我喊叫着，被我自己的声音惊醒了。

我睁开眼看到的是——站在我面前的护士。她想叫我醒来于是抓了我的手，她的手似乎在凉水里洗过，感觉冰凉冰凉的。

"对不起，"她尴尬地说，"我没想到会吓着您，我把茶水放在您的房间里了，还没放凉之前喝了吧。"

“谢谢！”我抓着护士的手不放说道。

我觉得做着这样不太好的梦醒来，生命轮回，那里竟然还有护士为你送上茶水等着你，这是何等的幸福啊。

到了下午天气变了，下起了一点小雨，然后起风，让院子变得乱七八糟。我越想晚上见面的事情越心乱如麻，时间越接近，我越感到坐立不安。

晚饭我只吃了一点就退回去了。无论我如何强迫我自己，还是吃不下。我来回在房间里踱步，然后走到走廊，最后走到了院子，只有我一个人长时间地走着路。我鼓励自己道：“集中力量！拿出勇气！抬起你的头！”我悄悄自言自语。

我不知道自己这样走了多长时间，不知是我习惯了恐惧，还是我找到了自身的一种力量。反正，我好像把跑向某个不固定的目的地马车停下来，找回了自己的意识，发现自己已经准备好与他见面了。

8 点 30 分，我在波德瓦下了车，今天真倒霉。平时，卖衣服、床、生产用具的店铺都会亮着灯，今天就像熄灭的蜡烛一样一片漆黑。这个情况让我更加发愁了。原来这里应该有可坐的长椅，现在鬼才知道它们上哪儿去了。如果我提前知道这些，就不会约定在这里见面了。这不会是他自己做出来的事情吧，我在心里对这个陌生的同龄人感到一丝怀疑。突然，我听到了一点动静，我的心提到了嗓子眼儿。就是他！我屏住呼吸听着动静，我慢慢走向那个有动静的地方。这条路的有些地方有点光亮，可能是从小窗户照射的光。突然，那个动静好像从另一个地方发出。我那个陌生的同龄人好像在嘲笑我，那个动静从各处传来。

最后，我忍无可忍，虽然害怕自己的声音，还是尽量保持冷静，提高声音说：“你说我在这里，我知道，你在这里。”我的声音回响着，让我自己听着很惊慌。“你不是想和我见面吗，这不……”然后，说完“我来了”这句话我有气无力，声音都出不来了。我聚集浑身的力量说道：“我来了！”

我根本没想到我的声音会这么大，我被自己的声音吓到了。没有人回答。

我摸着墙壁向前慢慢走着，没有动静，我从伸手不见五指的地方走到了有些微弱光亮的地方，突然，刚好从我的身边闪过一个人影。我浑身战栗，喊叫着，然后不知道怎么抱着就打起来的，只记得——我的手碰到了一个硬物，然后听到噼里啪啦的玻璃破碎撒落地上的声音。

黑暗中我坐在地上，让自己清醒。原来我打的是墙壁上的镜子，那个人影是我自己。“哦，天啊！如此痛苦，我到底错在哪里？”我不无难受地对自己说道，眼泪涌了上来……

我手上的伤痛似乎传到了心里，我站起了身，被我打碎的玻璃碎片在我脚下发出咯吱声。

我昏昏沉沉一次又一次地撞着墙壁，向返回的路走去。当我走进房间的时候，好像在等待我似的，护士紧跟着走了进来。她看见我，胆怯地问道：“哎呦，怎么了？”

“我在门口摔了一跤。”我用低沉的话语回答，心里好像对另外一个人说话似的。

“您的气色怎么那么差，我现在去叫医生。”

“不用。”我好不容易说出声，因为这时我已经精疲力竭了，我浑身的力量好像只悬在一根绳子上。“不用叫……”我深深吸了一口气，为了说出下一句话我使出浑身的力气，“帮我把手包扎一下……”

护士跑出去了，最后还是把值班医生带了过来。医生给我检查了血压，用听诊器听了一下我的心跳，好像要问我一些问题，护士快速地在我的手上绑纱带。可是我根本没有注意他们，这是因为，这一切与我内心世界发生的事情没有任何关系，是没有任何意义的一些事情。医生给我准备的药水，给我的建议，护士在我的屁股上好像拍打着给我打了一针——这一切好像发生在其他人身上。

我感到特别劳累，医生和护士一走，我就不知道自己是怎么睡着的。

当我醒来时已经是夜里 11 点多了。我因为睡得特别深，好不容易才回想起我去了哪里，我现在在哪里。之前发生的事情和由此引发的煎熬好像与我稍微远离了一些，为我能够平静而冷静地醒来提供了可能。

“什么原因没有来赴约呢？”我首先想到，“他到底收到我的最后一封信了吗？”我突然产生怀疑。我腾地一下站了起来，来到走廊，走廊里没有任何人。我来到桌子前，向下伸过手去，我摸到了信，我心跳加快，把那封信抽出来时，发现那是无字的信。我浑身无力地再次把信放回了原处，瘫坐在椅子上。我的头很疼：“怎么没有拿呀？”我自言自语道。呀，一切都清楚了，我这个莽撞轻率将自己陷入痛苦的可怜人！

16

4 月 21 日

今天我再次回忆昨天的事情，细细琢磨，发现我自己的一些不足之处。首先，还没得到未见面人的一句话：“好的。”在不知道他来不来的情况下，直接跑过去合乎情理吗？我对这次的相遇是如此的期待，对他的许诺我好像还没有时间关注。

第二，不知道这个陌生的同龄人在哪里——在外面，还是在这个医院里。如果在外面，约他在波德瓦见面是否合理？曾经他不经过我的同意就读我的日记，把他写的信放在走廊里，取笑我，无孔不入，没让人抓住，对楼下走廊每一个隐蔽的缝隙比我更清楚。这特别机灵的陌生人，究竟在哪里？

第三，这种见面到底有什么重要？世界观的较量重要吗？谁知道呢……还有精神方面的较量。至此，游戏规则是由他制定的，我一直遵守这个规则。相互写信，把信留在走廊的桌子下面，在我的精神世界里确立行为准则。对于他，我日思夜想，做梦梦到他。这让我不得安宁，让我受到伤害，逼我受到侮辱——这一切都是由他引起的。现在，也该轮到我抬起头，提出自己的要求，为了让他完成这些条件而想办法啊……

12 点左右，医生约见了我。对于这个从来不说，也从来不问的他，我也没有说什么。我们两个默默地坐着。过了一阵，他用一种强调的语调说：“您的心情怎么样？”就如顺便说一句：“你好吗？”正确的说法是“安康吗？”其实意思就是："平安吗？您的身体还好吗？"可是这句话就如同一张明信片，对此谁也不会回答说："我安康。"反而，对方也会说："安康吗？"不等任何结果就会一走了之。简而言之，医生刚才问的类似这样，于是我也没有回答。

坐了一阵子之后，他对我说："您回去休息吧。"

我走出去，来到房间，把陌生同龄人给我写的信再细细读了一遍。

我想了想，发现自从我接受了他的第一封信以来，感觉过了一个完整的人生。我从自己的身上发现了一些变化。当然，我在任何时候都没有放弃过自己的理想，只是我没有想到在善的对立面，恶的力量比我估计的要深得多。

精神世界有两个方向：一是人性的利益，二是崇高的智慧和善的力量。

人性的利益其内涵主要是对生命的享受、舒适与乐趣。享受生命正如品酒，具有高质量、香醇的酒，当你喝它的时候，你的心情会感到舒畅，好像为你的生命照亮了光彩。除此，只有一次的短暂生命还有什么比这个更重要。但是，醇香的酒带来的危险也不少。因为喝酒上瘾，最终走向犯罪——是人生中见得最多的事件之一。过着甜蜜的生活，不节制自己，要时时刻刻去喝，最终必然会导致精神上的堕落、人格上的败坏。为自己铺路，不分死活奔向财富，踩着别人的尸骨夺取权力，厚着脸皮走向犯罪，"为了煮鸡蛋而烧了邻居的家"，这些人性的自私除了恶什么都不是。对于这个危险，群众好像不愿意去知道。别说是对此进行反抗，根本没有反抗的动机。

践踏人性，无论是在饮食和睡眠中，或是在色情和嫉妒中，还是面对自私，都是毫无自制力的艰难人生。是的，艰难人生！没有其他说法。

我的陌生同龄人已经超出了我的预期。不信善，不为此而作斗争，疏忽大意——这是一种对善的恶行；于是当生命感到危机时，也可以求同存异。对暴行的支持，并与恶勾结——这是敌视的形式；与之寻找共同语言几乎是没有可能。而陌生人所持的方向——不仅支持邪恶，而且要提倡邪恶，使之成为理想。没有比这更危险的。

自认为我在读支持邪恶、死亡、黑洞的诗篇。对于“人的一生还不如波德莱尔的一次轮回”，无论是哪个名人说的这句话，根本不会认同。然而，虽然我自己听过很多对波德莱尔不同的意见，但是我好像没有读过他的诗歌。

晌午时分，我在外出时来到了图书馆。摆着书架的房间窗户向阳，里面阴沉。扑鼻而来的是各种涂料和石灰的味道。也许在隔壁房间正在进行装修。图书管理员是一个衣冠楚楚、不看人说话的老女人，刚才好像与人争吵过。她简短地回答着借读者提出的问题，用一种生硬的口吻强调回答。

我没有读桌子上的报纸，只是翻看着里面的图片。写的是什么都很清楚：繁荣国家，各个领域所达到的成果，时事要闻，国外新闻等。我只害怕让人毛骨悚然的厚颜无耻事件的新闻。因为看了之后有一段时间无法摆脱恶心的状态。

过了一阵，我抬起头问道：“你们有波德莱尔的诗集吗？”

图书管理员好像默念似的，稍稍沉默了一会儿，说：“有，但是在别人手里。”她不看我一眼，忙着自己手中的活儿。然后，翻看着一些名片。“已经超出了归还的日期。”她自言自语道，“书在十号那里。”

我吓了一跳，反问道：“第几个？”

“第十号。”她惊讶地看着我。

我好像被什么吓着了而感到窒息。

“怎么会这样？”过了好一阵，我不得其解，“十号房间——那是我的房间呀。我根本没有借过，也没有读过那本书啊。”

“这不，”图书管理员向我亮了亮借书卡，略略生气地说，“您看，如果不相信的话。”

我站起身，来到图书管理员的身边，定睛看着借书卡，可是什么都看不见。我自言自语：“不可能！不可能！”我体会到了极大的危险，可是我没办法辨认那是什么。

“您这是怎么了？”我听到了这个可怕的声音，“您哪里不舒服吗？我们马上叫医生……您先坐下，不要动……”

“为什么不能动，”我惊奇地问道，“动了会怎么样？”

我发现我的周围集中了一些人，过了一阵，护士来了：“您头晕吗？您的心脏有刺痛吗？”我听到了这类问题，都回答：“没有。”其实，我自己都不知道我现在的状态是怎么样的。

护士牵着我来到了我的房间，让我躺了下来。然后值班医生来了，问我发生了什么事情。我直感到恶心，心里堵得慌，感觉气短，没办法说清发生的事情。

“我没借过那本书，”我担心他不相信，气喘吁吁地说，“根本不是我看过的书。”好像我能证明我没有拿那本书一切都可以恢复原状似的。

医生好像理解了我的情况，给护士交代了一些事情就走了。

吃过药，稍微休息了一阵，虽然我好像恢复了神志，但是浑身的悸动没有消退。只是吃过晚饭之后，我打了针，然后像失去了意识一样进入了深沉的睡眠。

17

4 月 22 日

中午的时候，我醒过来一次，他们好像故意没叫醒我。午饭已经被他们送到了我的房间。因为沉睡，我被办法集中精神，昏昏沉沉洗漱、穿衣服最后吃了点饭。我又记起昨天发生的事情。我好像坐在一个陌生神秘的某人手心里。我无论如何也没办法让心情好起来。

护士把我带到了医生身边。医生好像把其他所有的事情都处理好，只等着与我见面，他无所事事地坐在桌旁。我进来坐下之后，他用手弹着桌面，又坐了一阵。最后说：“我想和您当面谈谈，如果您对此已经做好了准备的话。”他好像要对你宣布亲人的死讯似的，十分镇定地说道。

“我需要做什么样的准备？”我没有完全理解其意。

他好像没想到我会提出这样的问题，低着头想着，坐了一阵，过了一会儿说道："那您开始讲吧。"他从眼镜的上方看着我。"那您想问我什么问题？"我好像被自己的话吓到了，沉重地说，"自从我住院以来，是谁给我写的信？"我开始气短，好不容易把话说完。

"您不要着急，"他初次微笑着看着我，"您不想抽烟吗？"他把面前的雪茄烟盒向我推了推。

我摇了摇头。

"不，谢谢，我不抽烟。我想说的是，无论我监视多长时间，也没有找到给我写信的人。有时候实在过分，他会把信放在我的房间里。那种思想就像瘟疫一样扩散很快。因为人性比起责任，动物性的自由为主的人生的条件，需要与更多复杂群体的需求相适应。

"成百上千的致命疾病，首先也是从一个人的生病开始的。另一个人的思想，明天将成为人类的痛苦。我一定要和这个人见面。我有充分的理由反驳他。可是自己却躲开了约会。最糟糕的是，有一封信中写道，我正在阅读一位被称之为恶之诗人的法国诗人波德莱尔的诗集……昨天我去图书馆，说这本书在十号手里。十号是我的房间……我没有拿那本书……说实话，我就在失去意识的边缘……"我的心又发慌了，气喘吁吁，说不出话来。"不过，如果没有别人的帮助，一个人不可能这样胡作非为。"然后我抬起头正面看着医生，"您说，那个人与您有关系吗？"

我们之间产生了沉默。医生好像不知道该说什么，用手轻轻地敲着桌面，低着头，想着，突然回答："有。"

我不知道自己是怎么跳起身的，舌头好像被拴着说不出话来。很多话语叠加起来，似乎都哽在我的喉咙。

医生再次微笑着看着我，用手示意我坐下，我紧盯着医生，慢慢坐了下来。

"我知道您所经历的一切。"他特别稳重地说，"为了正确理解这个情况，请认真地听我说。我现在就开始讲这件事。"

“人的思想在医学领域是最复杂、最神秘，有最多谜团的。因此，在这个领域，比起科学，医学更显一筹。例如，人的形象可分为两种现象。上次我也给您提过这件事，只是还没有找到完整的科学定义。一个人的身上会出现两种不同的形象。”医生好像在说你听懂了吗，看看我，然后继续说，“而有时两种形象相互交替，这不是什么童话，在思想领域常有的现象，我只是将早就载入历史的标志性证据说给你听。1887 年 1 月下旬，一位中年男子来到美国一个名叫诺里斯敦的小城。这个自称是布劳恩的人，一来到这里就开始销售办公用品。自己做饭吃，住在自己购买的商店最里间。每次都不忘记去教堂。为了购买商品，他还多次去过费城。由于性格开朗，他很快就和这座城市的人民熟悉了。可是在 3 月 14 日这天，他表现出了异常性格。他乞求街上遇到的任何一个人，问他们他在哪座城市，并说自己的名字不叫米斯特・布劳恩，而是米斯特・别林，根本不是什么销售员，而是格林城的一名传教士，让人们感到惊讶。最后，在格林的妻子来到这里，认出了在 1 月 17 日丢失的丈夫，并带回了家。这件事还没就此结束。但是问题不是这个，而是在于人体会发生这样未知的神秘的情况。”医生拿起雪茄点上，仰躺在座椅上，好像不至于见人就会将自己想说的最重要的意见说给别人听似的，每一句话都考虑好了再说。于是他又继续着这段故事：“这个问题的社会背景可能很深奥，因为这种现象在医学上基本属于病理学领域，在正常人的心理也有不少类似的情况。那些做出违背自己本性、性格而犯错误的人，往往会认为自己被‘魔鬼’缠身了，是‘魔鬼’唆使自己这样做的。而事实是人体内的第二种性格、形象从你的体内暂时夺权。明确的说，就是我们每一个人都存在双重性格，如果心里想着‘不’，而向外说‘是’，将原本很讨厌的事说成喜欢，这一切难道不是我们性格的双重标志吗？或者一个谦虚、懂礼貌的人在获得财富的时候，或者获得一个巨大成就的时候，变成骄傲自满、粗暴蛮横的另一个人，以及在他的上司面前重新变回那个谦虚、懂礼貌的模样，就是刚才我们所说的现象的一种。我们叫两面性，还是形象的一分为二，都是一成不变的。”医生的脸上显出了对某个人厌恶的表情，板着脸坐着，拍下手里的烟灰，好像想起了自己在和谁交谈，于是看着我，继续讲故事：“您还记得列夫·托尔斯泰的《婚后》这个名著吧。婚礼上以舞蹈技巧、绅士的外表、有文化的知识分子形象让人刮目相看的上校，就在当天在黎明之前以残忍、残暴、凶手的姿态出现。这不就是一个完整的人的双重性吗？”

我忍无可忍，打断了医生的话：“很好，我同意您说的一切。但是，这一切与我的问题有多少关系呢？”“有直接关系。”他像往常一样坐直身体，盯着我看，“我并不是随便说说别人身上的双重性。与您写了近一个月信的陌生人，不是来自哪里，而是来自您的内心。”

“您在说什么？”我不完全理解医生所说的。

“您每三天，有时每四天早晨会变成另外一个人……也就是说你会变成那个陌生的同龄人醒来。您的同龄人看起来比您开朗、和善，爱表现。这个情况他比您先知道。关于与您写信、认识是他自己做的主。我们害怕吓着您，因为这个原因我们也说不出口。现在没有退路了，因此您最好保持冷静、学会克制自己。可是……”

我内心的恐惧又开始了。当我意识到大祸即将临近时，尽管我想如何激励自己，但当我意识到“这些可怕的想法原来都在我心中”的时候，我就再也忍无可忍了。当我醒来的时候，才知道我当时就晕过去了。闻到火燎起发出呛人的熏味，我摇着头逃避着，有人把酒精塞进了我的鼻孔里。

“快打开窗户！”医生对一些人喊道，自己则偶尔在我的脸上打上几巴掌。

最后，我清醒过来，护士把我送到了我的房间。之后的所有事情对我来说就像一场梦。没过多久，医生过来了，他告诉我，让我听到这样的情况对他自己也非常困难，但是危险的事情已经过去了，自己还在考虑催眠的问题。我就像听着另外一个人讲的故事似的。当听到与我展开争论的陌生人很有规律地在早晨出现的特点时，恐惧又开始上升，让我感到窒息。

“他什么时候才会出现？”我艰难地说。

“今天是第四天吗？”医生望着屋顶想着，然后好像得到了确切的消息似的，“那就是明天早晨……”他好像在说，这事说不说都很清楚，欲言又止看着我。

我应该表现出既恐惧又惊讶的样子，并发出“啊？啊！”的惊叹声才对。但是因为气短，我气喘吁吁没有发出声来。我无法接受早晨我会变成完全不同的另外一个人而醒来。

我根本没心思吃饭，半夜里女医生到我房间巡查，原来她今天值班。如果她在其他时候过来，我会感到高兴的。可是我却高兴不起来。我发现，她不像以前那个我所见到的娇嫩、感性、娇媚的女孩，好像是另外一个知人生冷暖的中年女人一样怜悯地看着我。

“我们都知道这件事情……为了完整研究您的身体，从医生的角度我们不得不读取您的日记……”她用一种赎罪的声音说道。

“你说的‘我们’都有谁？”我对“我们”不完全理解。

“在这里的所有人，从主治医生开始，护士也知道……”我的脸上出现了一种不自在的表情，她辩解道，“但是在这种情况下，大家都不知道是不可能的呀。”

我发现自己就像被试验的小兔一样成为这里所有人的消遣品。

“您身上的特点，当然，是很严重的情况。”她忧虑地说，“但是……我自己认为与您的日记相遇的那天是我人生中最重要的事情之一。真正的纯正在这个世界似乎快要坍塌了，而让它不坍塌的是像您这样的极少数人吧。如果您根本不是孤独一人的话……我既相信您，也相信神奇的力量存在，但是在人间上千万人中也存在两头一身的残疾人啊。难道那些违反自然规律的残疾人没有权利来到这个世界吗？”

我并没有太在意她说的话，因为我的脑海里总是想着与她无声对话的场景。

“对我来说，我喜欢的不是现在的您，而是让我摆脱痛苦想法的与我无声对话的您。”我转移话题道，“您现在特别懂事、特别勤快、特别有文化。我对您而言只是研究的对象而已。你们都在欺负我……没有与我谈心的您……所以……”

“那个人在我的内心深处。”她用手指着胸口说道。

我想和她像上次那样无声对话，默默地用眼睛表达：“那我什么时候才能看到呢？”

她并没有理解我的这个提问。

“我会想念她的。”我再次无声地说。

她似乎没有听到。

我感到沮丧，看着地面沉默了。

“我们都成了另外一个人。”她有些哽咽地说，“没有人永远保存着孩童般的样子，我们也是由着人性规律而出卖廉耻的成千上万生命之一。的确，有时我们会想起曾经纯洁的心灵。我们也有很想念那会儿的时候，可是我们不得不很不情愿地承认那个纯洁的孩提时期，在这个世界上没有了立足之地。”

“哎呀……”

“是的……我的天……”我因为她颤抖的声音吓了一跳，正当我抬起头来时，我发现了她眼中的泪水。

“哎呀……”我的周围朦胧一片，看不清了。

她从座位上站了起来，犹豫了一会儿，然后好像将话语留到下次似的，无声无息地走了出去。

她一走，沉重的时刻开始了，我在房间里踱起步来。我从门口旁边的镜子里看到了自己。很长时间没有看过自己的长相了，我的眼圈发黑，在我的眉毛中间居然有一道长长的竖纹。突然，我的身体颤抖了一下，我越盯着自己的眼睛，越觉得从另一边有另外一个人盯着我看似的。我的心跳加快，于是我把镜子反了过去。我害怕关灯。关了灯，房间里走动的另一个人好像要对我说：“现在该轮到我了，给我腾位。”

我好像听到医生对我说：“早晨您会变成另外一个人醒来……”让我的精神

和生命受到痛苦的恶，明天就要从我的身上醒来……

“不！”我痛苦地说道，“不！不！任何时候……任何时候……”

我稍微吸了口气，使呼气平静下来。我拿着搓背巾、毛巾和香皂，来到走廊角落里的澡堂。由于是夜里，浴池是空的。我用搓背巾搓着身体洗澡，把我的身体洗干净了。洗完澡把浴池冲洗干净，调低温度，放了水。

回到房间，我把刮胡刀打开放在我的旁边，我的心情既没有后悔，也没有抱怨。只是想着让我自己想到的目的尽快实现。现在我要坐进浴池，然后用刮胡刀的刀尖轻轻切断我手臂上的大动脉，其他的事情就不会太难，只要水热一些，被切断的动脉就不会感到疼痛，我会慢慢感到疲惫，慢慢感到虚弱，就会慢慢远离这个光明的世界。只是看到血以后，为了不让我感到心悸，我需要把眼睛闭上，就会让想给世界带来灾难的那个陌生人永远沉睡……无奈，我竟然为了你该死的想法而与你同归于尽。谁也不会逃离命运……

“我有理想
我有特别的理想
如果世界上发生
善的洪水
如果需要
我会把罪恶带进坟墓
我背负着人类
所有的罪行
一个人承担
所有的痛苦
用覆盖邪恶的身体
在燃烧的

冰冷的地狱
用罪恶顶罪
全世界的恶
就让我一人承载吧
就当是我
欠下的债务
如果能够让所有的残暴
与我共同灭亡
我今天就会同归于尽
无怨无悔地
盖上我的坟墓吧
世界上还活着的人
不要守着从坟墓带走邪恶
千万不要
敲开我那充满残暴
充满邪恶的地狱之门

日记就在诗人穆哈哈力·马哈泰耶夫最后这一段诗歌中告终。

……我未曾知晓这个没有依靠的生命以后的命运。如果出现奇迹还活着，那就祝愿他好运吧，让他不要失去对善的信念。让这个用孤独光芒照亮希望、用善意继续人生的人类之子无论走到哪里都平安吧。如果他不在这个世界，可惜啊，那就让他入土为安吧！

玛丽古丽·巴拉汗译

卡吉哈里·穆汗别特哈里

（1942—）

1965年，毕业于哈萨克斯坦国立大学语言文学系。他的首部小说《卓吾开老头儿》于1964年发表在《列宁青年报》上。之后的几年里他出版了《星星之夜》《灌木中的细语》《回响》《你在哪里——我的爱》《破碎的窗》《唯一的外甥》等作品。

2012年，他创作了20多年的历史题材长篇小说《艰难的时期》出版，2016年，出版了四册一套作品选集。作家的评论集、散文集和其他作品也作为单册图书出版过。

他的作品曾被翻译成俄语、乌克兰语、乌兹别克语、土库曼斯坦语。他自己也翻译过多部图书，他把莫泊桑、列夫·托尔斯泰等人的作品翻译成哈萨克文。

2014年，他获得哈萨克斯坦国家奖。

老 朋 友

努拉力汗近期才上任边远地区一项重大工程项目总指挥，应集团公司老总之邀来到了首府。这是他大学毕业多年后第一次回母校所在的城市。

他乘坐的飞机下午晚些时候落地，便直奔宾馆开了一个单间。把衣物和洗漱用品都整理归位后，他若有所思地站在了偌大房间的中央。

“嗯……对！”他在自言自语。就在这时，他的眼睛落在了墙壁那面大镜子上。于是，他立马走到镜子前面，左右扭动着脸颊，做着各种表情将自己欣赏了一番。但是，他那黝黑脸上的严肃却没有发生什么改变，只有那双圆圆的大眼睛表达着他此时此刻的愉悦心情。

“小心，我的朋友！这里可不是你随心所欲的那个……”说到这里他把自己所在地的名字一字一字地拉长说了一遍，“可别让首府人说你‘哎哎，你们看，像失踪觅回的小驼羔一样，你看他的落魄相’，那就太不好意思了！”他自言自语地做了一个鬼脸。好像多年不见想念至极的老朋友们立马会出现在面前一样，他心里美滋滋的。“好了，好了！既然那样，你还不快一点洗漱一番。”他看着镜子里的自己又说了句，“你虽然在笑，却没有掩饰住脸上的疲惫。”

他小心翼翼地脱下了蓝色的西装，挂到了衣柜里。解下领带之后，把尼龙白衬衣的袖子挽了挽，走进卫生间往浴缸里加了水。他拧着冷热水阀门，费了很大功夫才把水温调试好，回到卧室后开始脱内衣。

他跑进了卫生间，浴盆的水果然已经满了，再耽误几秒就要溢出来了。他先把手伸进水里打开了底下的放水塞子放了放，然后把冷热水两个龙头拧紧了。之后，又用俄语说了句："混蛋，你这浑浊的污水。"

两三分钟后，他浑身都是肥皂沫了，口中唱着俄语歌：

-Во-да，во-да，（是的，是的，）

Кругом во-да... -（圆的，是圆的…）

他一边反复哼着这两句，一边搓着身体，想起今天是星期五，上班的人此时此刻早已回家，要想见老朋友，还得要去他们的家里才行。他做出了果断决定：打电话!

努拉力汗洗完热水澡感觉浑身轻松，重新穿上正装之后，唯恐哪里不合适，再一次来到镜子前面自言自语道："好好看看，别出什么问题！"他整了整领带，没有发现其他不顺眼的什么地方之后，像骑着骏马路过姑娘门口的小伙子一样，左右侧脸看着镜子里的自己，脸上露出了得意的微笑。

他又狡黠地对自己说："好了，骏马打了个滚起来了，再一次背上鞍鞯之前，应该吃一点草料！"

当他想到要独自去下面的餐厅用餐时，孤独感油然而生。"给那几个家伙打电话，他们会来吗？这会儿他们到家了吗？算了，都这么晚了，别麻烦他们了。"他斜着眼看了看桌子上的蓝色电话机，可是那电话却依旧没有发声，于是，他迟疑了一会儿走出房间。

一个人吃饭一点也不香，所以也没有胃口。尽管他点了不少饭菜，却只是每样菜都尝了一小口，再也吃不下去了。

"这个时候哪怕是遇到一个面熟的人也好啊。"他向四周瞄了瞄，心里又说道，"这就叫作有备之时敌人不来，等着吧，有你们好看的，明天你们还能不来？"

努拉力汗站起来到吧台上结了账。

“碰不上就碰不上！等一会儿再和你们理论。”走到楼梯上他又念叨了起来，“我非要你们回答我的问话！”

他去值班室拿房间的钥匙，刚进门就想到了一件事。于是，他先把衣兜里的那盒巧克力拿出来放到桌子上：“大姐，这是犒劳您的，您要照顾我一天一夜，您辛苦了……”

“哎呦，您这是哪儿的话，这是我的职责呀，叫别人看见多不好……”

“不，不！”努拉力汗看出值班员口是心非，“我既然送您，您就别客气了。”

“您拿走吧，好弟弟……好像是我安排您住这里一样，真是太不好意思了。”

“没关系，正因为不是您安排的，所以更没什么关系。”

“谢谢啦，恭敬不如从命，我还能说什么，谢谢！”

红色的小笔记本的一页上只记着三个人的姓名，每个人的姓名后还写着他们的外号、电话号码和住址。尽管其他页面密密麻麻记着很多人的联系方式和其它内容，但是这一页非常整洁。在他看来，假如这一页掺杂了其他，那就意味着他们之间的友谊被人为破坏；假如他们的名字参杂在其他联系人的姓名之中，那就意味着生命中最难忘怀的那段珍贵时刻的遗失，意味着对曾经的纯洁而美好青春时刻的背叛。当然，那是绝对不可以的！

这不，小小的红色通讯录上只记有三个人的那一页已经打开了，三个人的绰号、家庭住址、电话号码清清楚楚。

他把蓝色西装上衣脱下来放到叠着的被子上面，把桌子上的电话机拿到茶几上，坐到了沙发上。他要给他们打电话了。

“先给谁打呢？”

他们四人在大学的前四年形影不离，到了第五年的第一学期，这段感情就被白瑟克率先“破坏”。他把寝室里的四张床中的一张架空，迎娶了同年级的女生库莱霞。因先给谁打电话而发愁的努拉力汗自然首先想到了白瑟克。他心想：“不管怎么说，库莱霞也毕竟是兄弟媳妇兼校友。”

“胡鲁姆别托夫·白瑟克，公务员，电话号码：……”他刚念到这里，心跳就加速了。努拉力汗转动着号码盘输进了六位数的号码后，把耳机贴到了耳朵上。

“喂？”

“是胡鲁姆别托夫家吗？”

“是啊！”

“你是库莱霞吗？”

“是呀！”

“你好吗，兄弟媳妇，我的宝贝！”他无意间想起了听说的关于她的一件事情，所以就故意加了“兄弟媳妇”和“宝贝”两个词语。

“您好吗？”库莱霞又问，“您是谁呀？”

努拉力汗不但没有正面回答，反而连珠炮式地问起了毫无意义的问题：“啊，家人、孩子们都好吗？宝贝！老人们的身子骨结实吗？你们都平安无事吗？”

“都很好……您是谁呀？请原谅我没认出来！”库莱霞又问道。听得出她有些不耐烦了。

“这里的兄弟姐妹，亲家家里的情况怎么样？你们的工作顺利吗？同事朋友们……”

“一切都很好！请原谅，我确实没有听出来您是谁。能报一下家门吗？”库莱霞有些气愤，已经失去了耐心，弄不好可能要摔耳机了。

“哎哟，你看我这记性！我从远方来，是你们的一个兄长。我想让我的孩子在这里上学，于是……我们刚下火车，我的宝贝。啊，我出来的时候才把你们的电话号码问到，我找不到你们的家，我们现在在火车站，你们能来接我吗？”

电话那头没人说话了，可能库莱霞不知道该说什么了。她可能有些紧张，所以她与另一人小声商量的话语都可以清楚地听到。

“喂，喂！”努拉力汗仍然用假嗓子不紧不慢地说着，“白瑟克在家吗，宝贝！你让他接一接电话。”

“好的，马上……”她好像正给白瑟克递耳机，“给，你自己说吧。又要来一帮人，真烦人！”她后面的话，努拉力汗在耳机中听得清清楚楚。

努拉力汗不由地“扑哧”一声笑了出来，同时，库莱霞那种稍生一点气就会耷拉下脸的表情，很清晰地浮现在了他的面前。这时，耳机里传来了白瑟克的声音：“哈罗！”依旧是那个诚实的男中音。

听到朋友的声音后，努拉力汗再也忍不住了。或许，白瑟克根本就没有想到是他，所以有那么片刻没有反应了，但很快就传来了他的喊声。

“炮手！”听得出他很兴奋，“哎呀呀，你从哪里来，现在哪里？”

“就在这里，在阿拉木图宾馆，刚住下就给你打电话了。”

“你这是干什么？一点消息都不透，也不打个招呼，擅自住进宾馆，太不够意思了……”

“停，停……我还以为城里人会给我们传授文明礼貌呢，没想到你会这么说话。”

“你想让我省一点钱，是吧？你们这些家伙总是高高在上，末了又收不了场。”

“哈—哈—哈！我不说了，我投降！我有罪，你们什么时候惩罚我，我随时恭候！”

“不，别说什么惩罚了。你很清楚，你想逃跑已经来不及了，所以……”白瑟克似乎在与身边的人说着悄悄话，片刻之后又说道，“所以，快出发，先到我家来！否则，后果很严重。这不是吗，库莱霞说要和你算总账，你听到了吗？”

“你们这是哪儿的话，不是说‘远方来客即便是六岁孩童，白发老者也应去问候’吗？”

他的话白瑟克可能还没听全，话筒就被库莱霞抢走了。话筒里传来了她的声音：“哎，疯子！刚才你那是干什么，啊？”

“哦，我犯了哪条天规了？”努拉力汗忍不住笑了。

“你呀，你！等会有你好果子吃！好了，你还好吗？家里人都好吗？”

“好，好！你们怎么样啊？”

“很好。你不来家里，在哪儿疯着呢？”

“我本想去，又怕一帮人让你烦了不是吗？”他用她刚才那句话，故意逗她说。

“嘿，你这疯子！像个驼虱一样一叮上就不放了，你还！你不知道吗，城里人家里没有现成的肉，我怕来一位尊贵的乡下客人没法招待不是吗？而你却是明白人应该知道我们女人的苦衷，你们男人不下厨，哪知道这些呀……”

“哪，你说说，我现在过去的话，你给我吃什么呀？没肉吃，你还说让我赶快去。”

“哎！”这会儿，库莱霞找回了当年他们都是单身学生时，对他们哥儿几个发号施令的那种友情，“怎么？我要不给你煮肉吃，你就不来了吗？你说的什么话，啊？我要让你吃着清茶淡饭回忆当年，我想你早就忘了本吧！你敢不来？”

“喔！喔！喔！我说这三个‘喔’的意思是：我对您的家庭，对您家的家长，还有您这位主宰我们所有人的女王有了崭新的认识。我都被您吓得两腿发软，站都站不起来了。我错了，我有罪！您说怎么就怎么，我从命就是了。但是，现在也太晚了！明天早上大家都来我这里，如何？我这里有一些家乡土特产什么的……楼下还有餐厅。”

库莱霞不知为什么卡了壳，嘀咕着与旁边的人说起了话。很快又传来了白瑟克的声音：“哎，炮手，你的意思是来不了，是吧？我们想去看你，可是孩子们没人照看呐。”他的声音中不无无奈。

努拉力汗立刻说：“不，不。别那么麻烦，今天太晚了，明早你带着夫人到这里来，按时报到！我现在就和‘唐璜’与‘雏鸟’联系。”

“嗯……也是啊！你是说叶尔哈兹和哈纳提吗？”

“是呀！我们不聚一聚我哪有心思办其他事啊！”

“那么，早上几点去？你在几号房？”

“213 号房，不要晚于十一点。我实在是想你们哪！你听着吗？”

“好的，到时候再说吧。”

“晚安！”

他把耳机放下之后，才想起了白瑟克的最后一句话，“他说的‘到时候再说吧’是什么意思？”他想再打个电话核实一下，刚把手伸到电话机上，又放弃了。“嗨，可能是说惯了的口头禅吧！”他自言自语说，“别再打扰他们了。”

于是，他准备给叶尔哈兹打电话了。

对多年不见的老朋友们的思念之情，不知是因为与白瑟克通了话之后消去了一些，还是因为自始至终的强烈的感叹句让他感到疲倦了。他感到大脑有些空白了，不过他不想再那么无休止的戏谑，说俏皮话了。再说了，叶尔哈兹在读大五最后一个学期的时候回老家，也就是即将要进行毕业论文答辩前夕，在原籍结了婚，然后又单身返校的，所以努拉力汗并没见过他的妻子。其实叶尔哈兹与白瑟克是同乡，他们两人娶的是亲姐妹。因此，他有了“不相识的朋友妻子不免会误会”的顾虑，所以觉得应该收敛一些。再说，时过境迁，朋友当年那种唐璜式的言行是否依旧，还是个问号。话不投机半句多，如果闹出什么笑话，一旦叫哥儿几个抓住了把柄，那就太尴尬了……在这短短的时间里，他的大脑就像电子计算机一样，把各种结果都评估了一遍。

“叮，叮……”响着的耳机，终于有了反应。他清了清嗓子，刚要说话，那头传来了刚睡醒后的那种无精打采的声音：“哈罗！”

“是奥耶斯别阔夫家吗？”努拉力汗的声音中透着一种不自信。不知道为什么，他感觉自己拨错了号。

“是的！”

“你是叶尔哈兹吗？”

“是的。”

“哎哟，你还在呀！你那闲不住的腿，把你拖垮了吗？你咋无精打采的？”

“唉，刚在板床上躺了一会，没想到睡过去了。你是谁呀？”

“天涯海角来的一个哈萨克人……你认识一个叫努拉力汗的人吗？”

“炮手！欢迎，热烈欢迎！哎，你刚到吗？是什么风把你吹到我们这里来的？”

“东风！是东风！你们还好吗？”

“很好！你自己呢？”

“是这样的，集团公司叫我来的，可能要待上四五天。”

“你在啥地方工作，换单位了吗？”

“最近才调到一个工程指挥部任职了……”

“祝贺你了！这么说你从小人物变成了年轻的大人物了，你也不早说，真是的。或许你是不想张扬，抑或你不想伤了干了多年工程师却得不到升迁的老朋友们的自尊，是吧？哈—哈—哈！”

“嘿，要早知道这样，我就不打扰你睡觉了！好了，你夫人呢？我得向她问声好不是吗？”

“她在休息，叫她吗？我去叫……”

“别，别！太阳刚落山，你们这是干什么？不像我们山区那样没电，首府的灯不是昼夜不灭吗？”

“你要说首府呀，老弟，依旧还是那个首府！但是，现在的城里人忙起来连自己怎么睡着的都不知道。整天累得背痛腰酸，晕头转向……”

“好了，好了，别那么阴沉沉的。明天不是星期六嘛，你带着夫人到我这里来。在阿拉木图宾馆 213 房间里我们好好聊！”

“你跟其他人联系了吗？你是什么时候来的？”

“刚到，没多大一会儿。我刚才和你连襟联系了，他们明天早上十一点来。”

“嗯……行吧。你看，我们都数年没见了，夜半三更让你到家里来吧，那是玩虚的了。我只好向你说晚安了。早晚的事，你必须到家里来做客。你想让我们这些首府的穷光蛋们吃顿饱饭，我理解！新上任的老板财大气粗呦！”

“行了，别再说了！我太想你们，知道吗，老人家！我想尽可能快一点见到你们每一个人，早上可别姗姗来迟噢！”

“一定！”

“那好，晚安！我不再打扰孩子们了。”

“晚安！”

努拉力汗看了看表，看到已经十点半了，心想“按照阿拉木图时间，应该是十一点半了”。他有点不相信这么快就深夜了，但是，他还是加快动作准备打第三个电话了。

“这是巴伊博洛夫的家吗？”他刚问完，那头传来了娇柔女声：“是的！”于是，努拉力汗对自己深夜打扰表示了歉意之后，才问道：“哈纳提在家吗？您能叫他接电话吗？”

“他还没回来。”她用细而娇柔的声音表达了歉意。

“嗯，他……”他刚要说“都这么晚了，他去哪里了？”却把话咽了回去，“他在市里，还是出差去了？”说完，对自己没有贸然说出不敬之语而庆幸了。

“在市里！可能和朋友们在一起……或许有什么活动……所以会晚点儿回来。您有什么事吗？我会转告他的。”

“我是外地来的哈纳提的同学，刚到这里。所以，正在跟老朋友们联系。只是问个好，没什么事。”

“哦……您是努拉力汗吗？”

“是呀，我是努拉力汗！您没见过我，怎么知道的？”那头那个娇滴滴的声音，让努拉力汗顿感亲切。他心想，让这样温柔的女子半夜独守空房，自己却在外寻开心，这男人也太不懂事了。不知为什么，努拉力汗忽然对朋友有些生气。他又说声“请原谅！”之后，又说：“我以为您不知道我，所以没有自报姓名，实在是不好意思，希望您原谅！”

“没关系！以前没见过面，你那样当然也没什么错。”她娇柔的声音有些颤抖且有气无力，最后变成了笑声，“您这是干什么，为什么不直接来家里？哈纳提总是把您挂在嘴上，三天两头都要提起您。可是您却只是打电话，朋友可不能这样呦！”

“惭愧惭愧！今天我远道而来有些累，所以就没有麻烦各位，直接住宾馆了。”身上直冒汗的努拉力汗又说，“既然哈纳提不在家……”说到这里，他又迟疑了。

“他不在，我在呀！您就过来吧……您来吧！”她的声音依然那么娇柔，“哈纳提非常想念您，见到您他一定会很高兴的。昨天他还念叨您呢。”

“我可把朋友们都得罪完了！”努拉力汗不无自责，“请原谅！我想我先把大家召集到一块聚一聚，然后我再一一到各位家认认门。刚才，我跟白瑟克和叶尔哈兹联系过了，我让他们早上十一点到宾馆来。现在对您也想说同样的话，请你们明早十点到阿拉木图宾馆来相聚，可以吗？”

“嗯……您既然通知了其他朋友……会不方便吧？”娇柔的细声细语中透出了对他的理解之意，依旧像之前邀请他去家里一样诚恳地接受了他不能前往的理由。“但是，您也不要怪我。”她真诚地说，“明天星期六，我要在病房值班，实在不能从命，希望您谅解！”

“哦，是吗？”努拉力汗不无遗憾，“你看，这怎么办呢？”

“不要紧，”娇柔的细声细语又有些颤抖了，“我去不了，但是哈纳提一定会去的。只要我们两人中的任何一个去了，都代表着我们两人的情谊，不是吗？嗯，太好了，哈纳提见到了老朋友不知道会高兴成什么样子！您来的太好了，太及时了！”

“既然这样，我还能说什么呢？”努拉力汗确实不知道说什么了，想说又说不出来。

“我会完完全全地告诉哈纳提的。”娇柔的声音忽然变兴奋了，“他肯定高兴死了！天亮前，他会回来的。”

“好吧，你就转告他好了，我感激不尽！”

“祝您晚安！”

努拉力汗精疲力竭地一头倒在沙发上，但是，想到给几个老朋友打了电话，又请他们明天来这里聚会，心里又宽慰了许多。就像历经长途跋涉到达了目的地的行者一样，放松了下来。就连平时紧绷的黝黑而严肃的面部也悠然自得灿烂了起来。

当他像一般的年轻人那样还在沉睡之时，不知为什么猛然醒了过来，揉揉眼一看手表，时针正好指在了“9”上。

他自怨自艾说：“真是的，人的大脑可能会逐渐变成钟表。”因为昨晚他才把表调成阿拉木图时间，这个“9”换算成当地时间的话还是八点。他心想这可能就是所谓的“病易去，性难移”吧，脑子这鬼东西就像惯于打鸣的公鸡一样，一大早就让我醒来了！

他自己跟自己赌气，转过身面朝墙壁躺着不动了。

上层房间的人来回走动的踢踏声，隔壁房间的人不住的咳嗽声和其他碰撞声都清晰可闻。他用被子捂上脑袋，想再睡一会儿。就在这时，清洁工开始打扫走廊，轰鸣的吸尘器声从他房间门口缓慢移过去了。

努拉力汗恼怒地说了句，“你们都不要我睡安稳，那就……”翻身起来，他打开了凉台的宽大的玻璃门。这时，他才感到觉还是睡足了。清晨新鲜的空气顷刻间让他浑身都兴奋了起来。

他又自言自语说了句：“我倒要看看‘早起的男人财运不断’之说，究竟灵不灵。”当他叠被子的时候，眼睛又落在了床头柜上的蓝色电话机上。

他洗完澡，站在梳妆镜前一边擦拭身上的水，一边轻松地哼着歌。

不料，忽然有人敲响了他的房门。

“谁呀，哎！”他披着浴巾打开了门。来人竟然是哈纳提！努拉力汗没想到他会这么早来，大声叫了起来：“雏一鸟！”

“炮一手！”哈纳提也大叫着展开了双臂。

两个老朋友抱在了一起。他们相互捶着对方的背，拧着肋肉拥抱着来到屋中央松手之后，又相互对视了片刻。

两人因久别重逢兴奋不已，都在心里想着“一点也没变”。不过，努拉力汗的身材比以前更加壮实，窄小额头上新增了浅线条，脸庞比以前更加圆润；哈纳提稚嫩的相貌中增添了成熟感，滴溜转动不停的眼珠中原有的无忧无虑已经消去，取而代之的是老练而稳重的气质。当然，这些变化他们也并不是没有看到，此时此刻，只是顾不上，是他们脸上的真诚喜悦把逝去的七年时光所带来的变化掩盖了。

“哎呦呦，咱们还真有见面的一天啊！”哈纳提还是没有改变说话极端刻薄的脾气，“我还以为你的脚被钉在哪里了呐！”

“工作，哎，雏鸟！在孩子们没长大之前，”努拉力汗狡黠地笑看着朋友，“家里的顶梁柱哪能顾得上其他的事呢？”

“如果只为孩子着想，那么，要等他们长大，我们还不得流很多年臭汗吗。”

“为什么？学知识就像嗑瓜子一样轻松自如的你，”努拉力汗伸出食指，“我们这些除一身力气之外无一技能的人，只能卖苦力了？哈—哈—哈！难不成我们要一辈子总是无望的生活吗？”

两个人都哈哈大笑了。

当他发现别人提出一个自认为是了不起的新设想的瑕疵之时，或者是有人把过去的天才们提出却没能实现的大胆设想，在如今可实现当作新设想重新提出来，并声称是自己的思想之时，他会愤怒不已，毫不留情地予以讽刺挖苦。让人称奇的是，他的这些话会准确无误地击中所批判的人，以及他认为正确的所谓新思想。而当年的他，或者是他的敏锐、毫不妥协，即便是喝酒场合也会争得脸红脖子粗要去证明的精神，对他们二人来说，成了一种童年天真游戏似的美好回忆。

“那本身就是一个神奇的时期！”哈纳提似乎回到了过去的岁月里一样，甜蜜地微笑着说，“头脑中满是新思想……想法明确。纯洁的心灵，释放不尽的能量让你活力无限。敢于上刀山下火海的勇气和冒险精神！”

“打住，雏鸟！谢尔盖·叶赛宁说‘曾经的过去永不再来’！或许，生活本身就是一个很普通而又很严酷的真实！叽叽喳喳，我们……我们现在似乎不是为了自己的温饱，而是为他人的食物在担心着什么，是不是啊？与其高谈阔论不如填饱肚子，走吧，在他们到来之前我们先开斋，往肚子里垫点儿东西。法国人不是说‘智慧的丝绸通道必须要过咽喉的关卡’吗？其他的事咱们先放一放。”

“正如贤人阿拜所说‘在用餐之前，莫跟饿汉论道’。”在自助餐厅少许吃了一点东西，回到房间后，把两个沙发对摆上，面对面坐下之后，努拉力汗说，“好了，你说吧，我洗耳恭听。”

“你要我说什么？”反应快、说话从不迟疑的哈纳提虽然立刻反问了一句，但是可以看出他似乎有些犹豫，“你说吧，你想知道哪方面的事情，我一定有问必答。”

“什么叫我说什么？你的翅膀硬了没有，羽毛丰满了吗？大学毕业时领取了唯一一本红皮毕业证的那个‘雏鸟’，是否成了东去春归之伟大迁徙鸟群的领头者？都可以呀！”

“你是说‘伟大迁徙的领头者’是吧？当然，你们可以那样取笑我。或许，你那么说也对。因为你们没有离开生产第一线，每个人都达到了……”哈纳提言语有些勉强。

“好了好了，别说我们！”努拉力汗根本没在意朋友勉强微笑，还有他那句没说全的话语所隐含的意思，直截了当地开起了玩笑，“我们哪，老弟，我们是已经远离了复杂范畴的，是被月、季、年度计划和总结磨烂了脖颈的疲惫的犍牛一个，没什么好说的。再说了，我们也干不了什么大事。反正，都在尽最大的努力，以自己的诚实劳动为荣而已。俗话说‘既要有坐上席的上宾，也得有牧羊之人’，既然当不了科学家，钻研不了学问，我们就只好……（这话虽然是说努拉力汗自己的，但是，在哈纳提看来是在说他）能干什么就干点什么了。而你……总想拿五年之中从头到尾都勉强过来的我们与你自己相比。不，不要那样，朋友！别人就另当别论，你的‘铁逻辑’‘计算机’还有‘幻想家’之类的美名可不是徒有虚名，这是大家公认的。所以，你先把其他人放到一边，说说你自己的故事！”

哈纳提从朋友掏心掏肺的言语中，理解了他对他的诸多期待和信任，所以他觉得没有疑虑的必要了。

“我没什么好故事可讲！说实话……就现在实施的有关对原有封闭式管理结构进行改革，以及优化经济模式财务制度方面，我曾提过两三份建议方案。遗憾的是，几年来都一一锁在了部里的文件柜里，无人过问。最初的几次热情不被重视，无人问津之后，人就自然而然地灰心了。现在，我就变得现实多了。”

“哦，为什么？”

“你信不信，炮手，我对我自己调入这个规划学院感到非常后悔。如果我还在原单位干那得心应手的工作，早就成了稍有名气的专家。而现在呢？整天听着‘你先把这个干了’‘你把这份规划审一审’，成了别人的打工仔。把时间都耗在了琐碎的日常事务之中，宝贵的时间都成了蹉跎岁月。没完没了的纸片，纸片，纸片，还是纸片！这种时候，我总是想起你。你每天挺着宽大胸膛，尽管日复一日要扛各种各样的重负，夜晚却照旧乐呵呵地拖着疲惫身体回到家里的形象，总是浮现在我的眼前。我真的羡慕你！天下还有比在一个和睦的集体中使尽浑身力气，完成一件事情，流着一身汗疲惫不堪地回到家中更好的享受吗？太幸福了……”

“看你说的，多惬意啊！是吗？竟然还有人羡慕我那种每天与他人撕破喉咙喊叫、你争我夺拼来拼去的生活！哈哈，生平第一次见因为脖颈没被脖套磨破而抱怨的人！”

“别，你别笑！”哈纳提自己也不由地咧嘴笑了，但是脸有些红了，“我是在说实话……我真想挪一挪窝，炮手！我现在憋得喘不过气了。如果继续这样下去，或许我会成为一个人人羡慕的官员什么的，但是对我自己，对百姓有什么好处吗？你想想，除了整日啃纸片外，没有任何事可做，按时起床，按时上班，到点下班。假如能按时回家，也许是个不错的选择，但是，你想想，现在的应酬太多了。现在又时兴打扑克，通宵达旦地玩，或者今天这一家明天那一家地串门做客，喝酒……不说了，说也说不完！再说了，像我这种执著的人，欲罢不能啊。烦透了！我。”

努拉力汗想说点什么，却欲言又止了。他看着哈纳提圆圆的可爱脸庞，欣赏着他那激扬的言语和表情，同情之心油然而生，有些严肃地问道：“哦，对了。昨晚你在哪儿？我给你打电话的时候都那么晚了，你不在家，又是那个扑克吗？”

“还能是什么吗？”

“看来你还在生气，是输了吗？”努拉力汗诡异地笑着说。

“嗨，真该死！我因为浪费宝贵的时间而生气呢……”哈纳提也笑了，“你说我输了？人生气了不也会笑吗？”

“哎，雏鸟，雏鸟……我看，你情绪不佳呀！本来嘛，首府的空气就不适合你这种热血之人。”努拉力汗有些模棱两可，“你不该这么早就没了锐气。”

“你说得对。除了以往的稳重和冷漠外，‘冷思维’现在又成了我的嗜好。”

“是吗，老弟？你知道就好。”

“什么知道不知道，那有什么好？每年都有当年我们那样成千上万的大学毕业生。什么是毕业生？毕业生就是掌握了最新科学成果的年轻人。新思想，志向，精力和新知识都在他们那里。他们想实现他们的梦想，却被呵斥说‘孩子，还是积累经验去吧！’并在背后取笑他们。这种冷漠之人总是以拉人后腿为能事，而那些青年专家却拼命向上，拼命挣扎……然后某一天，他们也会说‘算了吧，这也不是我一个人能完成的！’然后甩手离开，随大流混日子。那么，为什么要学习，为什么要传授知识呢？不，努拉力汗，对于年轻人的勇于探索和一闪而过的创新精神要睁大眼睛盯着，要有一个清醒的认识。要避免他们过早老化，要防止过早成熟。当然，迟早要到来的东西一旦条件成熟谁也无法幸免，不管你愿意不愿意，它一定会来！而毫无成就开始怠惰的思维，会使人过早成熟。过早成熟只会增加患得患失者，或者说会浇灭年轻人身上的精神力量。我对那些过早磨去了锐气的同行感到非常的惋惜。”

“你说的都对，很有道理。我只是怕热血沸腾之中的你会不留意这些，才提醒你的。”

“不管提醒不提醒，我一直会坚持自己的见解。不，你不要说我热血沸腾！因为我有信心，所以会坚持下去的。”

“好吧，我知道你不会轻易妥协，对认准的东西不弃不离，从不改变自认为正确的观点。好了，我的理想主义者，白瑟克和叶尔哈兹的情况怎么样，你说说吧。”

“关于他们，说什么呢？你还是等他们来了，再听他们自己亲口说不是更好吗？”

“我们俩光顾说话，忘了时间了，已经十一点半了！”努拉力汗看完表说，“他们怎么还不来？”

“你说是十一点半了吗？快到了吧。你给他们说了你请了何人，或者准备请什么人了吗？”

“说了。”

“是你自己说的，还是他们问了？”

“他们问了又怎么样？”努拉力汗有些好奇地看了看朋友表情，他发现他脸上带着讽刺的微笑之后，有些纳闷了。

“有什么好奇怪的？别大惊小怪！现在这也成了摩登习惯，有些人你就是不问，他也会脱口而出。”哈纳提的话中玩笑和真情参半，嘴角上挂着诡异的微笑。

努拉力汗搞不清这话是针对白瑟克和叶尔哈兹的，还是他惯用的从个别现象推出一般结论的逻辑方法泛泛而谈的。

“你怎么有那么多谜语要我猜呀，雏鸟！”他笑了笑说，“但愿你成为谜语大王！”

“任何事情成功与否，与自己有直接关系！欲望要与心灵的纯洁联系起来，原本就是这样……”

“是吗……嗯！不管怎么说，他们已经迟到了。”努拉力汗想转移话题，“昨晚，我给他们说得明明白白呀！”

“好了，我们也不用着急，耐心等吧！”哈纳提有些不满地仰身靠在了沙发靠背上。

开始时，他们还以“可能会来，可能马上到了”来慰藉自己，等的时间长了之后，还想着“该到了，该来了”。可是心里已经有些怀疑了。努拉力汗等到两点钟，白瑟克和叶尔哈兹没有出现，于是，踟蹰不安地走到窗前看看外面。因为他觉得让一个客人坐等另一个客人时间太久了。他心里非常着急，也对哈纳提感到内疚。因此，他此刻的心情完全乱了套。

他突然有了打电话询问他们的想法。但是，他又想，如果出了什么事，他们肯定会主动联系的，就放弃了打电话的念头。

最终，他还是绝望了。

“算了，不等了，可能有什么特殊事情，所以就不来了。我们走吧，雏鸟！”他站了起来。

说句实话，他根本就没有料到会出现这种窘况。他设宴邀请多年不见的几个同窗好友相聚，竟然会有不领情的，实在是让他不能接受。假如没得到通知情有可原，可他是亲自通知的。不过，他不想让哈纳提知道他此刻的心情。所以，当他们二人坐在餐桌上之后，他就提起精神，微笑着拿起杯子说道：

“来吧，雏鸟！为我们七年后的平安相会……”

“为我们在这七年中的所得所获……”

“干了，为我们娶妻添丁……”

“为我们两家未曾谋面的夫人和孩子们的健康……”

就这样，两人以各种美好的祝愿和说词，一杯接一杯地喝了起来。不知是哈纳提理解他的诚意，还是他坦诚直率的本性所致，反正每次都没让努拉力汗劝杯。

或许正是这个原因，喝了几杯之后，努拉力汗就忘却了开始时的不快，又开始了推心置腹的话语：“自从确定要来这里之后，你们每个人的性格特征、言语方式、走路姿势，时时浮现在我的面前，恨不能立刻见到你们呐！我真想你们！”他脸上的血色已经有所加深。

“这都是因为你在偏远边疆的缘故。”虽然烈酒一开始就上了头，但是从不忘旁敲侧击的哈纳提咧嘴笑着，说起了俏皮话，“你们那里的时间走得慢。所以，你离我们的曾经近一些，逝去岁月的痕迹在你身上也就多一些。这是必然的！”

“哎呀，你的歪理真多呀！”努拉力汗舒展硕大的身躯，开心地大笑了起来。

“这不奇怪。你要是在这时间像车轮一样飞转的城市里待一待，我不信你还会那么多愁善感，说什么‘想你们，想你们’！”

“这么说，你们就不想我吗？就连一次都没有回忆过我吗？你们也太绝情了吧！”

“哦，那是另一码事！或许不会说。我们大家都很想你，只不过不说而已。”

“我说嘛，想起你们的时候，我连饭都吃不香，可是你们若要把我忘了……或许我自己也不知道会有什么结果，但是……反正我忘不了你们。”

“哦，你有这样的情谊……太好了！只有那些有情有义的人，而且是很强壮的人，比如像你这样的人（哈纳提不无羡慕地打量着朋友大力士一般的身体）才会一以贯之，从不退缩，才会有正义感，才会保持真诚。”

“谢谢，过奖了！就差两指，我的头就要够着天了。哈哈，来吧，为你的夸奖……”

“不，不！你别以为我在说玩笑话。我们见过的不少了，大多数人的言行都是飘忽不定，脚跟不稳。而你，我相信你这宽大的胸怀没有什么容纳不了的，也没有你撑不住的东西！你言语不多，也从不说多余的话！不是说人都羡慕自己不具备的他人的特长吗？这话也许是对的，反正近一段时间以来我感觉失去了对自己和他人的信心，见到你之后，我似乎又找回来了。你记得吗……刚才我不是说你一点也没有变吗？那是我的心里话！最重要的是你仍然是那个性情中人，豪爽和热情依旧，而我们大多数人恐怕已经缺失了。所以，我提议，为你对朋友的信任，为这信任天长地久而干杯！”

“好！但是，当着面这么吹捧，真让我无地自容。不过……等等，我先把这个碟子腾一下。”努拉力汗弄着桌上的东西，“或许，你刚才说的那些在我们的身体的某个部位隐藏着，但是，我们没有时间把它释放出来，因为我们有从天亮到天黑干不完的活，而你们这些人却闲着没事干。所以，不是说大话，就是怨声载道，都患了疲劳症了，也可以说是抑郁症。它是现代文明带来的压力，是感觉神经突遭加速度所致，你说对吗？”

“嗨……本不想与你妥协，没办法，你说得太好了！患了疲劳症这话太对了。不过，你留意过这种病的病因吗……我认为，那是……”哈纳提有些迟疑了。

“我不知道你是怎么看的。”努拉力汗通红的脸上带着微笑，“但是，我刚说过了我可是没有时间想它的前因后果。”

“别，别，你没有必要躲躲闪闪。你已经说到点子上了，如果你从没想过其前因后果，那你就听我说好了。”

“好啊，我听着呢！”

“你听好了。我认为这‘疲劳症’是人自己害自己造成的……怎么个害自己呢？”哈纳提伸出手掌动了动指尖，“比如说，一个人正在干着一件很有意义的大事，却半途放弃，干起了一件微不足道的过渡性的有趣的事情，也就是说，追随欲望和虚荣造成的，由此产生的对自己所从事的事业的不满和厌倦心理造成的。人有时会有无所事事之感，就是精神不满症。如果你总是想着‘我一事无成！我一事无成’，而不去干任何事情……哪有不累之理？这种累，不是那种使尽浑身力气干得背疼腰酸、体力消耗殆尽之后的疲劳。干活之后的疲劳有给人快乐享受和快感的一面。而这种累，却没有任何补偿。所以，它具备病症的特征。一点也不错，它是一种病！应该称它为‘疲劳症’，你的结论很恰当！我认为，任何人都患有这种病，或重或轻。当然，我说的是城里人……”

“本来呢，你脑子里有能烧开石锅的能量，可惜没有充分利用。”努拉力汗笑了笑，“怪不得你会抱怨脖套没磨烂你的脖子……”

“我自己也是这么想的。我想随便去本地的哪一个基建单位大干一场。假如有人要，我一定会去！科研嘛，在哪里都可以搞的。”

“嗯，是吗？这是你最终的选择，还是……”努拉力汗虽然是玩笑口吻，但是他是在试探。因为，他是新上任的老总，身边也确实需要得力的人。

两人一开始就喝得有些猛，所以酒精在两人的脸上有了反应，都有些面红耳赤，额头光亮，眼圈发暗。但是，努拉力汗却不放过哈纳提脸上的任何变化。

“绝对是，绝对！”哈纳提摇着头说。虽然他依旧和过去一样说话不留余地，但是，从他的语气中可以看出，他的这个决定是深思熟虑的表白。

“他是否已经联系好单位了呢？”努拉力汗心想，“不管是哪个老总，像这样有能力的工程师是求之不得的。你看他，至今还像个孩子一样天真无邪，这种人打着灯笼也难找啊！但是，他或许看不上一般单位吧……”

“那么……你有目标了吗？是不是要去基建管理部门当官哪？”努拉力汗没敢说基层基建单位，怕伤了他的自尊。

“当什么官？还会有人请我去当官吗？你忘了俄罗斯人常说的‘肥职不缺人’的俗语吗？再说了，这里是首府，老人家！能找到一个工程师的职位就不错了，实在不行，有个小单位的负责人职位也是不错的。在工程单位干了两年，调到了规划设计院。你知道，我是不怕困难的人，现在我找的也正是能大展拳脚、发挥自己特长的地方。俗话说得好啊，‘比这还穷的时候，我们也吃过宴席’，在工地当工长我都经历过。说句心里话，只要我的努力不要像沙漠里的水滴那样无声无息，能得到他人的认可，即便是经常挨骂也是能接受的。”

“这些我都赞成。你的意思是，生产第一线毕竟是第一线，每天的成果别人看得见也摸得着，是吧？”

“再加一句‘你自己也看得见’才对！人如果不能首先让自己满意，就不能指望他人为你喝彩。”

“你这番掷地有声的言语真让我感动！这就叫‘雏鸟的羽毛已经丰满，翅膀也硬了’。”努拉力汗又开始调侃起来。

“算了吧，你。”哈纳提有些不满，“我在说心里话，你却……你却像白瑟克和叶尔哈兹一样挖苦我！”

努拉力汗不无惊奇地看了看朋友，发现哈纳提低头用刀叉戳着碟子里的食物发呆。心想，不知是哪句话伤着他了，但是，又不便直接问。因为他知道，不管说什么，他都可能会有激烈反应。

哈纳提不知是猜出了他的心思，还是觉得应该打破沉默，说道：“不是，努拉力汗……”他像打开的香槟一样，把积压在心中已久的话一股脑儿喷了出来：“当一个人在给你说掏心窝子的话的时候，为什么总是要挖苦讥笑他呢？有时候当我对一些看不惯的现象发表自己的看法，我们的白瑟克和叶尔哈兹就那样……东拉西扯地挖苦讽刺我。尤其让人生气的是，他们总是说‘你还是那么学究气，孩子气……你想知道生活的真谛恐怕还早。在你到我们这个年龄之前，还要经历很多事情，那时你就会明白了……’你说……我们几个不是昨天才同时走出大学校门的吗？难道他们……他们从不站在远大理想的高度，从公民应有的责任这一角度考虑问题，衡量自己的言行？这么说也不合适，他们每个人在单位里的地位不比谁差，经常听别人说他们是专家之类的话，我自己也经常因为有他们这样的朋友而感到骄傲。可是，当我们在一起的时候，他们的话总是那样……”

“他们都怎么说？”努拉力汗问。他并不是要听他们所说的话，只是为了不冷场而随口说说而已。

“还能说什么……还不是说‘你那些冠冕堂皇的话呀，雏鸟，只适合在大庭广众的麦克风前说。但是，我们现在没有在集会中。’你说说，这是……”

“嗯……”努拉力汗似是而非地嗯了一声。

两人无声地坐了一会儿。

“哦，对了，哈纳提！”努拉力汗又开口说，“我刚才问他们的情况怎么样的时候，你说等他们来了你听他们自己讲。我没有再说什么，现在话都说开了，干坐也是坐着，不如聊一聊他们俩的情况，你说呢？”

“有什么好聊的？”他依旧用餐刀切着碟子里的肉，“他们怎么不来了，真是的！”似乎此时他才发现白瑟克和叶尔哈兹没有来似的。

“是呀，他们没来……他们这是为什么？”努拉力汗也不由地瞟了一眼门口。

“其实，我知道他们不会来。但是，我想七年没见面的你来了，他们可能会来。没想到我最初的判断还是正确的。”

“我知道他们不会来？为什么？难道他们给你说了吗？”

“没有！对不起！我在这里还得说一个‘但是’。”

“你的‘但是’是什么意思？”努拉力汗眉头都绷紧了。

“你还记得吗……”哈纳提手足无措，言不由衷，“刚才我问你和他们通话时说没说过你都叫了谁，或者准备叫谁了，是吧？”

“我说了，我都给他们讲过了。”

“我又问过你是你主动告诉他们的，还是他们问你的，你记得吗？”

“记得！”

“记得就行……我也搞不大清楚，近来他们总不在一起坐，每次的聚会中只要有其中的一个，另一个就不会出现。今天两人都没来可能是同样的原因吧。前几天，我请几个朋友到家里吃饭，他们俩就没有来。我很生气，可是生气又能怎么样呢？手心手背都是肉啊！”

“他们这是为什么？”

哈纳提耸了耸肩，没出声。

努拉力汗无言地坐了很长时间，才开口说道：“他们之间即便是出了什么问题……”他很不情愿地说着：“也不应该把怨气撒在你我的餐桌上不是吗？真让人尴尬……我们同唱着一首友谊之歌，是即便一片黑面包也分着吃了五年的同窗好友，难道现在却要为鸡毛蒜皮的事分道扬镳不成？”

“分道扬镳？我说，努拉力汗哪……”哈纳提紧皱着眉头说到这里，又放松了下来，“有些人确实把这事看得很重，很在乎。可是有些人根本就不当一回事。咱们也别太较真了。人和人不一样，对有些人，说与不说没什么区别。本来嘛，没什么奇怪的，老人家。你的老朋友疏远你，因为他找到了更好的更值得亲近的人，或者是他认为找到了可依赖的人。难道你要责怪说‘喂，我们不是老朋友有吗，你咋渐行渐远了？’就因为曾经分吃过一片黑面包而阻止他？我觉得我们不应该动不动就拿出曾经的神圣友谊，以免被现在鸡毛蒜皮的小事情玷污了。否则，我们曾经的友谊也就一文不值了。人总会有不便说出，却深埋心底的神圣的情感，对朋友的忠贞不二也应该如此，应该藏在每个人的心底，成为自己最珍贵的宝物。只有这样，她才会成为你最珍惜的东西，否则，一文不值。对于一个躲躲闪闪避而不见的人，你总以‘老朋友’自居，就像粘在胃上的脾脏一样粘着人家就不太……”

“你怎么总是像说谜语一样说话？看来他们之间肯定出了什么事，你也别遮遮掩掩了。直接说吧，究竟是谁在躲躲闪闪？”

“还能说是谁呢？”

“我是说……没必要猜谜语，你也别遮遮掩掩了。”

“不是，我并不想隐瞒什么，只是……就像你说的‘一片黑面包也分着吃了五年的同窗好友，难道现在却要为鸡毛蒜皮的事分道扬镳不成？’一样，所以，我也只好那么说了。”

“那么，真实情况……”

“真实情况是，他们不仅是疏远那么简单。他们现在就像见了面能问声好，没有深交的熟人一样了！别说是像过去那样找理由相聚，就是叫也叫不到一起了。你说，都什么年代了，谁都不缺什么？尽管这样，有些人因为生活轨迹的导引，开始一门心思追求一时的荣华富贵了。正因为如此，他们虽然疏远了我们，比如白瑟克，他却与州行政部门工作的一个人亲密得像亲兄弟一样。哦，对了。那个人你也应该知道，他是比我们晚一两届的校友。在校时他活跃在学生会等组织中，是个积极分子……个儿不高却很壮实，圆脸，一只眼睛偏大，很会来事儿。”

“哦，我想起来了！有点印象，他姓什么来着？每次集会，他都是激情四溢，滔滔不绝。”

“是，是，就是他……至于姓啥名谁，你就别问了！现在这里的疗养，海边最好的疗养别墅之类的审批大权就在他的手上。我们的白瑟克先生可能也就是临时沾他的光，揩一点油水。除此之外，还能图什么呀！那人可能也因为交上了一个基建部门的头捞了不少好处，没有少占白瑟克的便宜，在扩建山上的私人别墅时，从白瑟克那里拉了不少红砖之类的建材。而他又给白瑟克其他好处，所以说是‘公平交易’。当然，这种友情能延续多久，谁都无法预料。我们这些五年的同窗好友，也就是你说的曾经分一片黑面包吃的人，已经不重要了，重要的是那样的人。每逢节假日，总能看到他们坐着那个人的车去山里玩。说句心里话，每当我看到他们那样，我总是有自己的朋友被人连哄带骗抢走了的嫉妒感。另一方面，我们除了真诚的情谊什么也没有，既没有任何靠山，也不能像别人那样给朋友什么好处，也不能满足朋友的一个需要，比如在他的报告上签个字什么的。想起这些，你就不免会觉得朋友是因此而疏远你的，所以，也就很失望。

“我还能说什么呢……我感觉这些不是当年那么单纯。我也不知道我们当年那种不管谁对谁错都能够谅解、不计较的宽大胸怀去了哪里。我们心中的那条清澈透底的山泉究竟什么时候怎么被搅混的……我实在是想不通。这也算不了什么，更让人生气的是我们偶尔去了另一个人的家，哪怕是一杯酒也要计较，都想着法子要少喝一点，嘴还没沾上杯子就你喝你喝地互相推让。有时有个同吃同住的机会，正当几个人放开高兴之时，就会想到是在别人家（你可能会说，那是朋友的家，怎么就成了别人的家呢？这正是我想不通的地方）做客，自己是一家之主，于是立马收敛起来。你说说，这能说我们之间亲密无间吗？既然是朋友的家，你就不应该见外，就应该像在自己家一样撒欢，否则就不是什么好的兆头……"

在哈纳提说话之时，努拉力汗一直在皱着眉头。这时他忽然慢腾腾地说道："好了，本来嘛，雏鸟……朋友之间过去的那些鸡毛蒜皮的事情没有必要说，这不是我们男人应该干的事，不是吗？刚才你自己也说了'每件事情的结果好与否，取决于每一个人，取决于他们心灵的纯洁'。我们并不是不再见面的人，那些话就到此为止了。来吧，我们说一声'为朋友们的健康干杯'，把这杯酒干了！"

哈纳提有些不情愿地碰了杯，然后看着用大手握着玻璃杯一口喝干后的努拉力汗说道："首先是你想知道，要我说的。所以我没有遮遮掩掩，和盘托出了。第二，我觉得没有必要对你隐瞒。"语气中既有亲近，又有叫屈的表白："不管怎么说，当年我们都是亲密无间的好朋友。有关这些朋友的事，我还能跟谁说呢……再说了，这些事一直压在我心头上，让我喘不过气来。我自己也搞不清楚，是我情依旧，所以强求别人也与我一样的缘故，还是我自认为既然是朋友，就应该肝胆相照不分你我的认识有些过时了。反正，近一段时间以来我们之间疏远了，就像曾相互伤害一样。所以，我在讲心里感到不平时，或许说的有些多了。但是，如果我不说，也不是对朋友的忠诚，对朋友的关心。"

努拉力汗默默听着，心里不由地产生了一种孤独感。

"好了……这个故事就让它到此为止吧，可以吗？"他有些为难，"我们再加两个菜吧，看样子不解解酒不行了！”

“好了，好了！吃不动了。还不如出去走走，风一吹就清醒了。”

当他们站起来时，才发现自己虽然没有大醉，却已经飘飘然了。但是，为了不让别人看出自己的醉态，两人都尽可能地迈稳自己的腿，缓步走出走廊，到了外面。

太阳的酷热已经减退，人影拉长了许多，从山上刮来的微风给人以凉爽。先前太阳毒辣之时静悄悄的喷泉，此时此刻才有了活力，吱吱作响拼命喷着水。

“哎呀呀！这里真舒服。”努拉力汗面对着山风和凉爽的喷泉水气，“靠过来呀，这里太爽了。”

“我不就在你身边吗。我又不是第一次见这喷泉，有什么稀罕的？”哈纳提看到朋友像个孩童一样好奇的样子，不由地咧嘴笑了起来，“你可要小心，别受凉了。听说我们那里的一个老兄回到故乡之后，看到清澈透底的河流忍不住叫了声‘啊，我亲爱的故乡’一头跳了下去，结果差一点没淹死。想念这东西，有时会让人不顾一切。你可不要像那位老哥那样，说着‘啊，我亲爱的首府’让冷气伤了身体。因为你还在出汗，汗毛孔都是张开的。”

“怎么了，怎么了？你说什么？很有意思……不管是什么，既然爱了，就应该那样！男人就要不顾一切地爱其所爱，他是真男人。哈纳提，你认识那位老哥吗？”

“不，不认识。他应该是一位老人。是我们家乡的，但是我没见过他。”

“真是太遗憾了！”

“哎，故事就此结束吧！我还有一个重要的事情要做。”哈纳提从衣兜里掏出一把现金翻看了起来。

“你在找什么？”

“两分的钱币。”

“我可能有。”他的脸和额头虽然亮堂堂的，眼圈却有些发暗，一双眼睛像熬过夜一样有些疲倦。他翻了半天才找出一枚两分面值的钱，递给了朋友：“给，你要干什么，能告诉我吗？”

“稍等，我马上回来！”他转身走进了宾馆的门，很快又出来了。

“哎，”他走过来说道，“我妻子已经下班回家了，她命令我们俩立刻回家，她在家里等着我们！”

“这可咋办！你咋不早点说，你看我这狼狈相……在兄弟媳妇面前……”

“没关系！都是自家人，不是吗？”哈纳提不等他表态，一把搂住他的一只胳膊，“走喽！”

“等等，我们先说几句话。”努拉力汗有些急了，“今天还是免了。”

“什么叫今天免了！是我忘了，本来早上出来时，她就一再嘱咐过我，刚才她又说‘不把朋友领来就别回家’。走吧，在自己家里咱们无拘无束尽兴畅谈。”

努拉力汗为了清醒一些，想尽量拖延时间。就在这时，昨夜打电话时听到的那个娇柔女声却又在他耳边响起了，她那亲切的语气，像多年不见的老朋友那样的话语。不说别的，一个从没谋面的陌生人，仅仅从他的话语中准确猜出是谁这一点，让努拉力汗佩服不已。想到这些，努拉力汗就觉得如果拒绝她的邀请，良心过不去。

“好了，别拉拉扯扯的……让我考虑考虑也不行吗？”他还是有些不情愿。

“没什么好考虑的，我不是说了咱们边走边聊吗？这不，出租车来了，别耽误人家的时间。快走！”

“好吧，最终还是拗不过你。”努拉力汗上了车之后又说，“但是我要提醒你，一旦你到了我的地盘上，我也要在你疲惫不堪的时候把你拉到家里。你看着，我会故意那样做！”

“成交！天知道，我绝不会客气。”哈纳提高兴得两只眼睛都要闭上了，他好像在说“那正是我要的”似的，有些合不拢嘴了。

“你这滑头，像喝酒人总觉得还缺那么一杯一样，没完没了了！一会儿我再跟你算账。”

“有什么了不起的，你又不是没见过我的本事。”两人都哈哈大笑了起来。

很快，他们来到了哈纳提的家。黄色伏尔加出租车缓缓地停在了一座灰色五层楼前。

房间门是开着的。一进门哈纳提就喊了一声：“嘉娜！”哈纳提的声音很温柔：“亲爱的，客人来了，你不来迎一迎吗？”

围着围裙的年轻女子微笑着从一个侧门快步走出来，有些腼腆地握住了努拉力汗的手。

“你好！”努拉力汗稍弓着腰问了好。

“您好！一切都好吗？”昨天从电话上听到的那个娇柔的声音，此刻从他面前发出来了，不过还带着一点颤音。这声音真悦耳，“您上座，上座。”

哈纳提满足地说：“这里，就是鄙人的家。你也别把自己当外人，随意一点。”边说便把他引到了里间屋。

这时，另一个房门被打开了，一个卷发男孩伸出头看了看他们。

努拉力汗亲昵地问道：“这是哪位小伙子，你叫什么名字呀？”可是，那孩子却把门关上了。

看到了这一幕的哈纳提赶忙叫道：“宝贝，萨马特，是叔叔来了，快向叔叔问好。快，宝贝！”

可是孩子却不愿意，从那个门出来，又跑进了最里面的一个门。

“这就是我家的调皮鬼萨马特。还有一个大的叫波拉特，今天去他奶奶家了。”哈纳提介绍说。

在明亮的吊灯光下，努拉力汗听着主人热情洋溢的言辞，欣赏着屋内简洁的摆设和布局，感觉到这是一个温馨而和谐的家庭，心里不觉放松了下来。他虽然很不情愿地来了，可是一路上因为自己毫无准备而贸然到从没去过的朋友家，心里有些忐忑。这时，他心想着“很不错”，像到了自己的家一样感到很温馨。

“先吃饭呢，还是先喝茶？”嘉娜一边整理着餐桌一边问道。

“这不是应该问客人的问题，俗话说‘客人比绵羊还老实，即便是肥肉也会吃’，你自己看着办好了。”哈纳提调皮地眨着眼睛，“不过，你看怎样合适呀？”他看着努拉力汗问道。

“你怎么自己否定自己说过的话呢？你前面不是还说‘客人比绵羊还老实’吗？”努拉力汗放声笑了起来。之后又恢复到一本正经的样子说道：“玩笑话，玩笑话，还是先上茶吧。”

“那好，嘉娜，先上茶吧。”说吧，他来到朋友身边，坐在了榻榻米上。

或许客人不只是他一人，因为可伸缩的餐桌拉长了，上面摆满了各种食品。

女主人一进一出忙着，对努拉力汗说道：“努列开呀，请原谅，我们这样互相称呼名字没什么错吧？我们的哈纳提一旦家里来了要好的朋友总是撒娇，有时甚至有些封建气。您看，他都懒得给我搭把手，这就是他昨晚听说您来了之后高兴得忘乎所以的结果……”说到这里她咧嘴笑了笑。

“嗨呦，我的嘉诺什卡！亲爱的，我都忘了，我帮你，帮你……”哈纳提立马站了起来。

努拉力汗心里一直都在纳闷，原本勤快、说话干活都很利索的朋友，今天怎么坐着不动了。看到他现在又那样献着殷勤，不由地笑了起来，心里暗忖：“这就对了，你要是我认识的那个哈纳提，早就该这样了。别说你这个雏鸟，现在就连我都坐不住了。”

哈纳提帮着端了几个碟子和碗勺之类的东西之后，嘉娜说着“好了，好了！剩下的活我自己干行了。”让他回到了朋友身边。

“本来嘛，多年不见的朋友好不容易来咱们家，我真怕你不给我说话的时间呢！”哈纳提笑说着向努拉力汗挤了挤眼睛。

“别怜悯他，嘉娜！你别怜悯他，他在向我挤眼睛做鬼脸呢！”努拉力汗不再拘束，已经完全放开了。

不知是客人的随和感染了她，还是一直都熟悉他的名字的缘故，嘉娜虽没有直呼其名，却也没有拘束。“努列开呀！”她声音依旧那么娇柔，“是我一开始就娇惯了他，今天当着您的面献殷勤是做给你看的。再说了，我也看不惯整天围着锅台转的男人，让他好好陪您聊吧。”

“这么说，你是个很能干的兄弟媳妇啊！”努拉力汗对着走进厨房的嘉娜背影大声说道。

他想说其他更风趣的话，却没能说出来。他没想到柔弱的她能说出这样的话。尽管这样，他还是对她毫无拘束且有分寸的言语感到满意。“很娇柔，又很开朗，也很风趣……”努拉力汗暗暗评价她。

“你看你，还没碰上对手。我夫人会用细声慢语让你哑口无言。”哈纳提呵呵笑着说，“她原来不太会说哈萨克语。因为她是在城里长大的。我费了那么多气力，教她学说哈萨克语。没想到，现在我觉得是我当初自己找了个麻烦。她现在就连炒菜烧茶的事都要引用本民族的谚语或经典名句，有的时候，弄得我都有点尴尬。”

“对你来说，就需要这样。从来都滔滔不绝，不让别人说话，现在可好了。”努拉力汗有些幸灾乐祸地反击说。

“我不是说了吗……这下完了，嘉娜。现在呀，我把所有的话都转给她了。”哈纳提看着努拉力汗向正在整理餐桌上碗筷的嘉娜努了努下巴。

“不转给我又能怎么样？努拉力汗哪，你这朋友啊……”嘉娜微笑着看着两个男人，停顿了片刻。她原本不打算再讲出想说的话，但是又发现有点晚了就索性往下说了：“你的这位朋友啊，努拉力汗，深更半夜不回家，在外面闲逛。一会儿与这个熟人，一会儿又和那个同事……要么就是打牌，打台球，还有下棋……反正，都是些毫无意义的理由。究竟在干什么，只有天知道！你说，我不说他谁说他！我说的如果不是事实，你自己说吧，哈纳提。努拉力汗打电话的时候你不在家不假吧，你自己说，你究竟去了哪里？”

哈纳提只是呵呵笑，不说话。很明显，他找不出反驳她的任何理由。努拉力汗唯恐玩笑引出火花，赶忙打起了圆场。

但是，哈纳提依旧那么放松地咧嘴笑着。而嘉娜原本也只是善意的抱怨，所以再没有继续抱怨。好像他们是从一开始就是这么习惯了的一对冤家，谁也没有把谁的话当一回事。努拉力汗想：“这恐怕就是‘老婆要一开始就要……’吧！你看这个年纪轻轻的雏鸟……假如我要是那么晚回家，那还了得，早不把我吃了！”这时，他想起昨晚他问哈纳提去了哪里的时候，她回答的那句护着哈纳提的话“可能和朋友们在一起……或许有什么活动……所以会晚点儿回来。”她当时没有任何埋怨的语气。最后还很有礼貌地问他说“您有什么事吗？我会转告他的”。想到这里，他有点羡慕哈纳提了。

过去在故乡的时候，努拉力汗听过很多从不过问男人的去向，甚至包揽家里的一切事物的女强人的故事。她们中的大多数他都认识。可是，令人惊奇的是，在这……在这首府的城中心竟然还有这么一个女强人。他心目中的女强人不仅性情剽悍，而且身形滚圆。而她却是一个脸色白皙，稍显稀疏的头发盘在后颈上，鼻梁上有几个淡淡的雀斑，身材匀称的普通年轻女子。努拉力汗心里暗暗称赞说：“好样的，雏鸟！你毕竟是那个小滑头，看你老婆容你这么……好样的，好样的！”

嘉娜的一句“快过来，吃饭了”的柔声，打破了努拉力汗的沉思。

努拉力汗感觉常听人说的，而且也有亲身感受到的“酒量的大小由心情而定”，再一次得到了验证。刚才进门前他们两人已经喝的有些头重脚轻了，可是喝到现在都没见怎么上头。看来不仅酒量因心情而增，而且心情也因酒而高啊……你看，喝到现在了，一点事都没有！

他们说着以往的趣事和各自的家常，不觉时间已经很晚了。在这种欢快的气氛中，面对丰盛的饭菜，即便是坐到天亮可能都不觉累。努拉力汗感觉头脑越来越清醒，筋骨也越来越舒展了。

就寝前，他们到外面透了透风。回来后，哈纳提强拉他进厨房坐下来，又一人喝了一杯白兰地之后，努拉力汗问道：“明天，干什么？你们有什么安排吗？”

“还能干什么，要放松，要休息……”

“停，停！我不是问你，这次我想听听嘉娜的意见。”努拉力汗看着哈纳提笑着说道，“嘉诺什卡，你说，明天我们干什么好？”

“我可说不好。”嘉娜放下正用热水洗着的碗碟，笑着回答，“您自己有什么想法吗？”

“我和哈纳提没什么想法，所以，我们在问你。”

嘉娜可能没想到他会这样说，所以有些迟疑，哈纳提却轻声哼起了歌：

“……让老婆拿主意，
由老婆做决定，
哎，哎……”

“嗨，你这小鬼……”努拉力汗不由地笑了，“别唱了，行吗！”

“啊，是吗？当你说心里话的时候，被人取笑的感受怎么样？哈—哈—哈！”

“哎呀，真是没办法，一比零！你赢了！”

“这就对了！家里每来一个人都像你这样给她打气，我怕到时候她会飘到我的头顶上。嘉诺什卡，你说是不是呀！”

嘉娜知道自己的男人在知心朋友面前总是这样放纵自己，见哈纳提今天这么开心，也不由得高兴了起来：“真的，哈纳提，咱们明天放松放松吧？玩笑归玩笑，还得言归正传……努拉力汗也不是常客。我们去科克托别风景区玩！”她看着努拉力汗又说：“大学毕业后您可能是第一次回首府吧？那里的旅游设施都是新建的，您可能都没见过。”

“你别给我讲，谁问你就给谁……给努拉力汗讲，给努拉力汗讲！”

“她不是正在讲吗，你急什么？”努拉力汗唯恐他又用戏谑打断了她的后话。

“其他方面的事，我也说不好，你和哈纳提……”她又迟疑了一下，然后又说，“你们商量着定好了。”

努拉力汗心里说：“又是哈纳提，她总是把哈纳提挂在嘴上。”他看着身边得意地咧嘴笑着看自己的哈纳提羡慕不已，觉得他是世界上最幸福的人。也不知怎么，心里忽然发酸。

“我也是这么想的，我们想到一块儿去了，嘉娜！我看这样很好，你说呢？”努拉力汗边说边把脸测过去看了看哈纳提。

“我们的嘉娜总是能猜透人的心思，所以嘛，我从来都不会跟她说‘不’字。因此现在也只能说‘好’！”哈纳提像小学生一样高高举起了一只手。

努拉力汗看着活泼可爱的朋友露出了满意的笑容。

第二天，他们一大早出发，去了预定的地方，看了想看的景点之后，下午就回来了。他们下了索道向阿拜纪念碑走去时，哈纳提说：“下一步就是拦个出租车，直接回家，是不是，夫人？”

努拉力汗说：“为什么这么着急？我们两个不停地走，可能累着嘉娜了。反正，已经进城了，不用那么着急。”

“不，不，我一点都不累，相反，我很享受！别看我们成天在阿拉木图，其实我们有很多地方都没去过。”嘉娜打心眼里高兴，所以说话也很轻松。

“只要你高兴就好！但是，好像也应该想到托给邻居的孩子，不是吗？”哈纳提从不忘记幽默诙谐。

努拉力汗很欣赏哈纳提这种像老朋友一样与妻子开玩笑，偷偷乐了。之后，说道：“我看你好像比嘉娜还关心孩子嘛！”

“可不是吗……你这话千真万确！女人哪，放任她们三天，就会像连脊背都不让摸的那个……那个什么来着？就和那个一样。你不是看到了吗，玩了一天都要忘了家。所以，你不随时随地敲打着一点还了得！”

努拉力汗心里想着："嘿，鬼精灵，太会说话了。"与哈纳提一起哈哈大笑起来。

这时，他们正准备要下十字路口的地下通道，嘉娜走在前面或许是没有听清他们的话，只是不解地看了看身后笑着的他们，没有说话。

过了阿拜纪念馆车站十几步之后，她才回过头说道："哈纳提呀，真的，我们快挡个出租车吧！我给阿姨说过半天就回来，回去太晚了多不好意思。"

"好的，夫人，一定！我绝不会让你食言，马上，这就给你挡！"说着话，他真的走下马路挡车去了。就在这时，努拉力汗叫住了他："雏鸟啊，假如你们不反对，我也要回宾馆了。明天是工作日，我得休息一下，明天好见领导……我这是第一次见总公司的人。"

"没什么关系，他们怎么不了你。再说了，现在不是还早吗？过一会儿回去也不晚呐！"

"不了，谢谢！我还要待几天，哈纳提，还有机会喝嘉诺什卡的茶。我看这是最佳选择，你们也该休息了。"

"随你的便好了，反正到时候可别说，'跋山涉水回来，连口水都不给喝就把我给撵走了'就行。"他又恢复了那种俏皮的眼神，还带着诡秘的微笑。

"我回去后再考虑你的请求。"努拉力汗也幽默起来，"而现在！你赶快向那个出租车招手！"

"你也上来，你的住处也不远，我们把你送到后再走也可以。"

"那也可以，走，开路！"

来到宾馆门前，努拉力汗道别朋友匆忙下了车。他如释重负，深深地喘了几口气才迈开步子向宾馆大门走去。他想一回去就躺下，美美地睡一觉。

当他踏上二楼楼梯时，一阵欢呼声让他不觉震了一下。原来，门厅的电视里正在播放意大利歌唱家帕瓦罗蒂和哈萨克男高音歌唱家海拉提在塔什干的汇演。门厅里挤满了人，他们似乎觉得电视里数千人的欢呼声和口哨声还不够大一样，也在呐喊。

“嘿，我也看一会儿吧！”他一边想一边看着电视，把手伸向值班室的门取钥匙。不料有个似曾相识的声音从他身边响了起来：“哎呦，他什么时候进来的！”他回头一看，是库莱霞！她正向他跑来，身后跟着白瑟克。

“你们怎么来了？”努拉力汗感到很惊奇。因为，当着那么多的人拥抱她吧，有些不好意思，不拥抱又觉得不够热情。但他来不及多想只好双手使劲握住他们的手，问了声好之后说道：“站着干什么，咱们进屋，进屋再说！”

“好，去你房间！快带我们走啊！”白瑟克催促说。

刚进房间，库莱霞就打开了话匣子。

“嗯，你终于来了！”白瑟克毫无拘束地取下头上的薄毡帽扔到床上，清了清嗓子，摆出了一副要长谈的架势。

“你也看到了，我还是和以前一样！没多大变化。”不过，努拉力汗惊奇地发现自己的话音里竟然有那么一点不易察觉的平淡和稳重。不知是狭路相逢后短暂间隔的缘故，还是年轻时的那种满腔热血被时间尘埃掩盖，抑或大学时代的激情和亲热已经不适合他们这个年龄了，反正，见面后没有出现想象中的那种场面。预想中的那种无比激动的见面方式，似乎已经不合时宜了。“怎么样，身体还好吗，库列克？你变得更漂亮了！看来，我们的白瑟克很宠你呀！”

“去你的！别让你的眼伤了我（哈萨克人认为羡慕的眼神会伤人和牲畜，一般不直视夸赞人或牲畜，否则认为会给对方造成伤害。），据说你的媳妇也不比任何人差嘛，她还好吗？孩子们都健康吗？”

“托你的福，都很好。你们的孩子也好大了吧，总数达到了多少啊？”努拉力汗一边说，一边轮番看着夫妻俩微微笑着。

“我们是城市标准家庭，一男一女，两个孩子。你们呢，生了几个？”库莱霞很放松很得意。

“好像四五个了……”然后又说道：“要不掀开被子一个一个地数一下，我经常忘了究竟有几个小崽子。”

白瑟克用男人特有的矜持咧了咧嘴。

“去你的！”库莱霞完全是女人那种一成不变的秉性。他看着白瑟克。

“这还用说？”白瑟克还是那么不冷不热地咧嘴笑着说，“对她们只能说‘你就是真理’，你的耳朵才能清静，否则有你受的。”

男人们可能是因为有了共同语言而满足，两人对视着似乎都在等待库莱霞表态似的，沉默了片刻。

这才发现自己成了男人们说笑开心目标的库莱霞，本来还想说点什么，又怕再一次被他们取笑，所以想转移话题了：

“哎……”她看着努拉力汗说，昨天你不是说带了家乡味儿嘛，怎么不拿出来啊？”

“噢，可不是嘛！光顾说话，什么都忘了。”努拉力汗慌忙站了起来，又不知为什么看了看表说，“走，到下面去！”

“不，不！你先等等，别那么麻烦。”白瑟克又清了清嗓子，“昨天我们没来成，你别放在心上，家里来了几个客人，脱不了身了。今天只是来看看你，说一会儿话我们就走。”

“那，我们……好多年没见了，这怎么行！别那样！”

“哎呀！”虽然是他自己不愿意久留，却也没忘怪罪朋友，“在餐厅的青少年面前说个话都得左顾右盼，我们那个不顾一切的青年时代已经过去喽！只是一个曾经了。”

努拉力汗看着朋友比以前稍丰满了一些的白俊面容，总挂着讥笑表情的嘴角，明晃晃的宽大额头和黑中透蓝的卷发，发现他比以前更加英姿焕发了，原本稚嫩的神态，现在变得成熟而自信。他相信，仅仅凭这幅长相和神态，以及有条不紊居高临下的言语，也能征服不相识的人。不过今天在他人房间做客还这么主客不分，对老朋友说话还像对下级讲话那样用掌控者的口吻，着实令他没想到，也不免有了少许的怨气。

努拉力汗强装笑脸说道：“怎么能这么说，谁说餐馆只是青少年的场所？”不过，他的声音却显得有些软弱。

库莱霞好像感觉到了努拉力汗的不满，为了打圆场她娇滴滴地说道：“饭馆里的饭我们吃腻了不是？我们呐，哎！我们就是想尝一尝乡下的味道，难道你舍不得吗？你昨天说过后，馋得我一直在流口水哟！”

“好吧，我也不强求了！既然库列克这么说，我服从就是啦！”努拉力汗完全是顺从的口吻，“但是，话要说在前面，如果你们不满意，别怪我哟！”说罢，他下楼，先后从餐厅端来了切好的马肠子，一罐黑色的鱼子酱，一只切开的蒸鸡，还有两罐白兰地，摆在了沙发前的茶几上。

“我就说嘛，我是有先见之明的人。刚才从家里出来时干呛了一下，原来那不是平白无故的。”库莱霞咯咯笑着站起来，帮努拉力汗摆起了餐桌。

“是呀，你天生就是一个有福之人，今天的口福自然也不会浅啦！”白瑟克也打起了诨。

听到这话，努拉力汗不由得想起了往事：

当急性子哈纳提听说他们俩要结婚之后说：“嘿，这姑娘真有福，竟然要娶走这么好的小伙子！”那时，可怜的大学生不顾半饱半饥的肚子，竟然搬到出租屋结婚了。后来，每当几个朋友去他们家时，库莱霞总是乐呵呵地欢迎他们，为他们烧茶做饭，尽其所有，招待他们。而几个朋友也不吝啬，只要手头上有了一点余款，就会说声，“走，把白瑟克和库莱霞叫上”。然后，他们一起去那个叫卵石滩的地方……嗨，年轻时真是激情四射啊！听了哈纳提的话，睡在宿舍四个角上的人在黑暗中放声笑了起来。哈纳提很不愿意：“有什么好笑的？我们的白瑟克从那个姑娘那里能得到什么好处，我是搞不懂，你们知道吗？那你们说说看！”

叶尔哈兹和努拉力汗笑出了眼泪，笑疼了肚子，最后才求饶说："求求你，别说了！你都要笑死我们了。"然后，他们又开始"开导"哈纳提了。

"小弟，你知道吗，情人眼里出西施。"

"更重要的是，你要想知道他为什么要爱她，他想从她那里得到什么？你看看他看她的眼神，就会有答案了。现在你知道了吧！"

哈纳提更不愿意了："好了，别说了，你们！我说一句，你们却没完没了。我的意思是白瑟克究竟喜欢那女孩的什么，不是吗？她要有什么中看的地方也就罢了，或者有什么过人的才能我也许会考虑……但是，你们说的那个最后的话好像有点道理。不过你们说的情人眼里出西施毫无道理，完全是假话！那是得不到真正的美人，只能满足于到手的女人的那些人自慰的话，所以，以后别再说了！我要说的是，能把我们的白瑟克抓到手的这个库莱霞，是个超有福气的人。你们说对吗？"

听了这话，叶尔哈兹为什么没有说啥，他不知道，但是，努拉力汗自己却因此而陷入了思考，没有再说话。

时过境迁，多少年之后的今天，这话却出自白瑟克之口，着实让努拉力汗为之一怔。这时，库莱霞又说道："是不是？我自己也常说'我是个有口福之人'呀！"说罢又咯咯咯地笑了起来。

努拉力汗看着她敦实的身段，联想到昔日身材苗条的黑姑娘。他为她成为一个成熟的少妇而感到惊奇。她的变化确实太大了，身材丰满了许多，脖颈上也似乎多了一个项链……原本开朗的性格依旧不说，言行比以前更随意了。或许，生活的富裕，丈夫稳重的脾气，熟人圈里所受到的尊重（不管怎么说，白瑟克毕竟是一个部门领导）似乎让她变成了一个贵夫人。语气中也似乎有点"我说了算"的那么一点味道。

再说了，白瑟克也非常宠她。

"好了，我们就任凭我们的夫人表演，显摆吧！"白瑟克说。

“噢，有什么不好？除非上苍要收回赐予我的福气，到目前为止我一直感恩不尽，上天从没亏待过我。你看今天……不是也一样吗？”说罢，库莱霞又笑了起来。

努拉力汗觉得自己也该说点啥了，他说：“很好，命中注定是那样……哎，要我说呀，只要库莱霞愿意，至于她怎么说用不着我们管。你何必说三道四呢，啊？”他站在了库莱霞一边。

“就是嘛！白瑟克是你的同窗，我们不也是校友吗？你早就该这样给我也撑撑腰了，哪怕是一两回也行啊！”她高兴地大笑起来。

“我声明！”努拉力汗用俄语郑重其事地说道，“我们绝不会让唯一的女性受到委屈，否则我们就不是男子汉？要嫁的姑娘们……”他看着白瑟克挤了挤眼睛，“早就嫁给了官员和工人，唯一忠诚于理工科穷学生的是你！所以，你是我们宠爱的小宝贝！好了，女王陛下，我们该入座了吧？”

“别说是入座，你恐怕再也无法从这里赶走她喽！”白瑟克开心地笑了，“好，废话少说，向餐桌靠拢吧！”

他们尽情地说笑着围坐在了茶几旁。

“今天的这个聚会太——好了！”

送走了客人之后，努拉力汗在明亮的路灯下沿着人行道回宾馆的路上，想起了白瑟克刚才说的这句话。

他在想，“为什么是‘太——好了’？有什么‘太——好了’的？”他有些想不通，“好像从来没有过这样的聚会一样……”他又学着白瑟克的强调反复学了几遍，也没能参透这句话的意思。

在家的时候，因为从早忙到晚，他从来没时间想这样的细节，与多年不见的老同学见面时更无意想那么多。只是想回忆着美好青春年代，聊着曾经的友谊，忘掉世俗放松放松。再则，他这次的行程也没什么重要事情，不外乎是以新上任的项目老总身份，向集团公司报告工程进展情况、后续工程和完工预期，以及其他新项目的可行性预判；还有请求上级支持和指导方面的事项。他准备将剩余时间用于会老朋友上，但是，现在……他发现自己不仅没能放松，反而增加了那么多无谓的负担，累得连腿都迈不动了。

"'这个聚会太——好了！'他这么说，是因为很久以来不曾有过这么开心说笑的机会，今天如愿以偿而说的真心话？"努拉力汗又自言自语说了起来，"还是……因为昨天没来而在讨好，在洗刷自己呢？他要是真的因为开心而说的话……真心在企盼好的说话氛围的话，为什么昨天专门请他，他不来。今天来了还要说'不，不！……今天只是来看看你。说一会儿话我们就走'呢？有意思！都这样了还说'这个聚会太——好了！'"

说真的，今天在聚会时有些事他就想不通。现在，他也没有搞明白。

表面上看，一切很好，都很正常，朋友们都又说又笑，似乎都很开心。相互抓把柄，针锋相对找茬，插科打诨说着笑话（让人不由怀疑他们就是这样在互相讥讽中过生活），当一方处于劣势之时向第三人寻求支援，而第三方却力求一碗水端平……反正他们一直说话没有住嘴。喝倒了一大半的白兰地之后，房间里的气氛更加活跃了，但是，依旧是客人们说的多，内容多半是夸赞乡下的土特产和其他食物。"你看，手工做的马肠子，味道就是不一样！"要么就是价格昂贵的黑鱼子酱味道如何如何，然后又说："嘿，看来你和地方上的领导关系很不错呀！"这是白瑟克的原话。自然库莱霞也没有闲着："这玩意五十块钱一公斤，就这还买不上呢，除非……"再往后，又联系这个话题说到本地某某人如何如何会拉关系，本事又是如何如何地强，甚至连单位财务赤字也能搞平什么的。他们说来说去不外乎就是只要自己手头上有东西，只要下工夫，就可以交换任何所需之类的话题，还时不时互相说一句，"刚才不是赞不绝口么，怎么不吃呀？吃啊，快吃"之类的话，再大笑上一通。

一边吃着东西，一边说着笑话打发了时间，然后，他把客人们送走了。临走他们还邀请他去他们家做客，但是，自始至终没人提及有关其他朋友的事情。

"真是的，怎么能说没提到呢？提到了！但是，刚燃起的火很快就被熄灭了……”尽管努拉力汗对这次会面中的一些话题有些不满，但是，还是很不情愿地回想着那个场景……

白瑟克打开凉台的门去抽烟了，餐桌旁就剩下他和库莱霞。这时，她一边不时地扭头看丈夫一边小声神秘地问：“哦，对了，昨天都谁来了？叶尔哈兹和哈纳提他们来了吗？”

努拉力汗答复说：“你们自己都没来，问别人干什么？”

这话本不该这样说，但是话已出口，无法收回。他只好做了一个鬼脸，假假地笑了。不过，心里却自责说：“真是个白痴，明明说了大实话，还强装笑容！”

好在库莱霞似乎没发现什么不对，或许是没有反应过来。“你别再怪我们了！”库莱霞表示着歉意，“有一些原因，努拉力汗！”她尽可能地压了低声音，之后又看了看凉台的玻璃门，然后说道：“他们现在变得一旦坐到一起，就会顶牛了，努拉希。一个说这，另一个说那，喝酒的人你是知道的，尤其是哈纳提……一旦喝高兴了，从不顾他人的感受，专揭人家的一些短处。说话连标点符号都不带，刻薄话连篇。所以，经常伤和气。你说那样的聚会有什么好，有什么意思？”

朋友的性格努拉力汗当然很清楚。所以他无法忍受当着他的面说朋友的不是。

“我没见过他那样！”一边说一边笑了出来。但是，他突然发现自己的脸已经被一种厌恶的笑意所笼罩，不过他没能控制住这种笑。

“算了吧！难道你不知道他的性格原本就那样？”

“我这是第一次听人这么说。”

“你别装傻了！”库莱霞似乎有些憋不住了，一股脑儿往外倒了起来，“不过这也算不了什么，他不好只能怪他自己，好了是他自己的造化。现在，我们和叶尔哈兹也不怎么样了。”

“哦，怎么了？他不是你的亲妹夫，白瑟克的亲连襟吗？”

库莱霞好像有些生气了，吊起了脸：“嗯，亲戚有啥了不起的！”

“好吧，好吧，你继续说。”努拉力汗想尽力控制住笑。

“我刚才说啥来着……嗨！去年，叶尔哈兹有个弟弟要来这里上学。是我们通过白瑟克的一个要好朋友给办的。现在哪有空手套白狼的事，我们让他们给那个老师表示一下心意。人家还反咬我们一口，你说气不气人。当然，白瑟克是有能力安排几个学生的，但是，我们也得有来有往不是吗，我们总不能欠人家的情还得赔钱吧？他们也太不通情理了。好了，说这些没什么用。最后，那个孩子还是被学校清退了。所以，他们至今还为这事儿怪我们，连话都不跟我们说……”

“噢……那又怎么样？”

“不说话就不说话，有什么了不起的。我们也不能向他们低头不是？叶尔哈兹是个男人，他拐不过弯也就算了。你说那个丫头还……也不和我联系了。你说我们都这样了，还能坐在一个餐桌上吗？”

“是这样啊……”努拉力汗这才知道，昨天他们两家都没来的原因竟然在她们姐妹俩，便以审视的目光看着她。

“嘘——”库莱霞似乎被什么吓着了一样，猛转头看了一眼凉台。这时，白瑟克果然走出来了。于是，他们之间的对话就此打住了。

如此一个聚会有什么“太好了”之处？他始终搞不清楚那句“这个聚会太——好了”的意思。努拉力汗因此而在宾馆门前来回走着，想着。

“这么说……他们就因为那些乱七八糟的事而想讨好我，所以就避开叶尔哈兹和哈纳提单独来见我了？”努拉力汗很烦恼，“或者，正当他们因与身边的朋友们搞不到一起而很闹心的时候，把我的到来当做散心解闷的机会了？本来嘛，就因为一些小事，与老朋友闹僵，无论谁都不会轻松……不亚于推翻过去重新开始生活。或许，真是这个原因，在他们因为找不到从前那样倾诉烦闷的知心朋友之际，是我给了他们一个机会。所以，他们单独来尽情地放松了一会？不管怎么说，这一切都是因为老朋友之间的隔阂造成的。真是见鬼了！”

努拉力汗深叹了一口气，心口也似乎颤了一下。

“真是的，我该怎么办呢？”他很伤心，“昨天，哈纳提提到这事的时候，被自己冷处理了，看来是我错了。明天再见他们的时候，我必须得说，不是给某一个而是要给每一个人都讲！”

但是……第二天，直至后来他都没有讲。努拉力汗甚至没有给任何人讲。

努拉力汗原本想着，无论是以朋友身份臭骂，还是以同学身份提醒，一定要表达自己的意见。他还为此做了充分准备，没想到，那天白瑟克还请了几个陪客，所以根本就没有机会。他去了之后就听白瑟克介绍说：“这位是我的邻居，是一个部门的负责人。这一位是基建工会主席。他们都不是外人，是我最要好的朋友。”那两人都是陌生人，所以，他们只是礼貌性地相互恭维着，小心翼翼地说着一些事情，结束了那晚的聚会。

他把最后的希望寄托在了与叶尔哈兹的会面上，可是没想到叶尔哈兹在他们通电话的第二天，因为紧急事情去了邻县的一个基建工地，所以连面都没能见上。

只有哈纳提，白天打电话联系，晚上来身边陪他。但是，他第一次来就把要说的话说完了，所以再也没有提及几个朋友间的那些不愉快的事。

就这样，他在首府的有限时间很快就结束了。努拉力汗在郁闷和不开心中度过了那几天，甚至不想再见人了，只想一个人静一静。所以，不再打电话联系任何人了，但是热心的哈纳提又在最后那天，还是把他拉到了自己的家里，夜里又把他送到了机场。

既然无法独自静下来，努拉力汗只好和哈纳提一起在机场的走廊里踱着步，聊一些无关紧要的事情。但是，两个人都没有了第一次见面时的那种激情。两人都心照不宣，都不想提及朋友们之间不愉快的事，所以，谁也没有提到任何朋友的名字，也没有提及曾经的美好往事。

韩阿里译

杜拉提·伊萨别阔夫

（1942— ）

著名小说家、舞台编剧。1966年，毕业于哈萨克斯坦国立大学语言文学系。历任哈萨克斯坦文化部文学创作部主编、哈萨克斯坦电视台台长、作家出版社社长以及哈萨克斯坦文学研究所所长。现任《文化》杂志社社长、总编辑。

1963年，发表处女作小说《在路上》，从此出版小说集《苦涩的蜂蜜》《活法》《冷漠的旅行者》《我们未见过战争》《伯纳帕瓦尔特的婚礼》《老妇人》《老头儿》等。

他创作了《校长的接待日》《旧屋中的两次会面》《女演员》《天鹅吉别克》《百灵鸟的盛会》等二十多部舞台剧本，《明天的等待》《校长的接待日》等歌舞剧到目前为止还在上演。

他的小说被翻译成德语、捷克语、匈牙利语、保加利亚语、汉语出版发行。

1992年，获得哈萨克斯坦国家奖；2006年，获得了哈萨克斯坦塔尔兰奖。

遗孤成长记

深秋季节，天气说变就变。上午飘荡在天空的暗灰色零星云朵，到了下午就聚集成片，罩住了整个大地。但是，就如何对大地发威，天空似乎还在犹豫，一会儿撒落片片雪花，一会儿又洒下绵绵细雨，很快就把尘土飞扬的街道柏油路面变成了污水四溅的泥路。

为突遭不幸的胡尔玛希和他的妻子阿依素璐过七日祭这一天，恰巧遇到了这样的坏天气。讲究礼俗的乡亲们议论纷纷："两口子同时英年早逝，天都为他们哭泣呢。老天也怜悯他们身后那个年幼的孩子，在为他流泪啊。"他们历来如此，对任何天气都能给出一个对己有利的说法。

当唐阿特恸哭着往墓穴铲土之时，原本已经擦干眼泪、悲伤情绪也有所稳定的亲戚和乡亲们，无不触景生情，随他落泪。唐阿特的恸哭不但唤醒了他们内心深处的往事，也对"朋友"这一概念的崇高性有了新的认识。几天来，唐阿特一直带着遗孤奥列提，并且与亡人在本村的两个堂兄和众多亲戚一起，在悲痛中分担了有关丧葬事宜，一直到七日祭典结束。

头七结束，亲戚们聚在一起共商亡人身后事宜，唐阿特和他的妻子也在他们之中。

"谢谢你！"胡尔玛希的大堂兄图尔荪代表所有亲属对唐阿特说，"你为我们办了许多亲戚都办不到的事，你们不要再耽误自己的事了，到了四十日祭奠之时，我们会提前通知你。”

唐阿特心里有话，但之前他没有贸然开口。一直为此而踌躇不安的他，趁此机会说道：“如果各位不介意，我有一个请求。我一直没有离开，就是想亲口对大家说一句心里话。”这句开场白之后，他继续说道：“大家都知道，我和胡尔玛希不是半路朋友，是上天安排我们从出生开始就成为了朋友。我们俩同一天、同一时间，在同一所妇产医院来到了这个世界。之后，我们又坐在同一课桌上学，同时成长，而且同时毕业于一所驾驶学校。我们同一天结婚，并合办了婚礼。俗话说‘有同生无同死’，一点也不假。成家以后，我们之间来往确实没有以前多，但是，我们两人的心却没有疏远。我有两个孩子，而胡尔玛希却只有这一个。”说到这里，他看了看身边的奥列提。“本来，他也将要成为两个孩子的父亲，却……但愿他的灵魂早升天堂……阿依素璐她……”他哽咽着说不下去了，拿着手绢擦了擦眼泪。这时胡尔玛希的亲戚们劝他别哭，要坚强。于是，他又继续说道：“啊，阿依素璐，愿你安息！……她，她生前怀有身孕……”

他哽咽着刚说到这里，正在给大家倒茶的图尔荪的妻子尖叫了起来：“啊，什么？我的天啊，弟妹怀着孕吗？”她手上拿着的茶碗也掉到了地上。

第一次听说胡尔玛希的妻子腹中怀有孩子的亲戚们也坐不住了，都捂着脸恸哭起来。他们为这一消息不是出自某一个亲戚之口，而是从虽说是朋友却毕竟是外人的口中得知而感到羞耻。图尔荪说：“我们各自都以生计忙为借口，因为身外之物而相互疏远了呀。自从凝聚兄弟情谊的老人们离去之后，他们所担心的‘我们闭了眼之后，你们会各奔东西，老死不相往来’的事情真的出现了。我们不知弟妹怀有身孕（他不无责备地看了看屋里的女人们），是已经开始不相往来的例证。将来不定我们中的哪一位，在某个地方蹬腿走了，可能大家都不知道呢。”说完又深深地叹了一口气。

“我想把朋友的遗孤接到家里，承担培养的责任。”唐阿特接着前面还没说完的话道，“当然，我知道奥列提身后有很多亲人，但是，如果我能替亡人朋友抚养他唯一的传人，从良心上讲，我也算尽了一份朋友应尽的义务。”

亲戚们鸦雀无声，低头坐着，很长时间没人说话。尽管，他的这个请求表达了在哈萨克人中已经开始淡去的朋友之间的真情，却也激起了在座的人数众多却无主心骨的亲戚们的廉耻之心。他们羞于把家族遗孤交给一个外姓人抚养，于是，唐阿特的请求被无情地拒绝了。

唐阿特对这个拒绝，既不能表示不满，也说不出“这是你们的明智选择”之言。就这样，他无奈又遗憾地起身走了。

“是不是不应该拒绝他呀？”当听到门外发动汽车并开走的声音之后，二堂兄艾勒别克说道，“他好像生气了。”

“你胡说什么呀？”他的堂兄非常气愤，“因为怕他生气，就允许他像羔羊一样牵走孩子吗？我们的侄儿是人，不是拴在拴羊绳上的羊羔！”

“别再争了！”图尔荪大声劝道，“他表达自己的心意，有什么错？他提了要求，我们没有答应，这事就算完了，不是吗？”

事实上，这事也到此为止了。屋里又恢复了平静。

奥列提却在众多亲人中感到非常孤独，他并不认识这里的大多数亲戚。

在家族尊严的驱使下，不愿意将奥列提交给外人抚养的众亲戚冷静下来之后，起初的那股强烈的亲情感也逐渐消去了。从一见到孩子就涌上心头的那种怜悯感和浓浓的情谊，就像断了水源的水渠里的水一样很快枯竭了。很快他们都各自全身心地投入了繁忙的日常杂务之中了。权衡利弊之后，亲人们把奥列提交给了他们之中年龄较大，论血缘关系也不算远的图尔荪来抚养，并把他父母的微薄遗产全数搬到了图尔荪的家里。

过了半年之后，奥列提心里对以图尔荪为首的众多亲戚产生了“不是亲生的很难相处”的感受。他虽然从没有在任何场合说过，也不敢这样想，但是心灵深处却在悄悄萌生这种想法。这种感受逐渐像蛋里的雏鸟一样在无形中成长，最终达到了某一天要破壳而出的地步了。

奥列提不仅没有融入这个新家，成为其中的一个成员，反而与他们渐行渐远。有时，尽管早早放学了却找莫名其妙的借口不按时回家，或与其他孩子一起玩到天黑，或独自到处游荡，宁肯闷闷不乐地在河边散步、钻树林爬树也不回来，一直要等到家里的其他孩子们安静下来之后才回家。图尔荪和他的妻子，以及其他孩子们发现了他的这种低落情绪之后，都非常同情，平时说话办事都格外小心谨慎了。而他们的这种改变，不仅没有让奥列提有所转变，反而激发了他幼小心灵的反感和自卑感，成了促使他过早成熟的原动力。奥列提与图尔荪家庭之间的这种看不见的裂缝，就这样在无形中逐渐加大了。

有一天放学后，他又很晚才回家。这时，家里的人已吃完晚饭，都忙各自的事情去了，没有一个人注意到他。他自己铺好被褥，脱了衣服刚要躺下时，似乎有人扎了他一针一样，心里颤了一下。原来，他原本睡的他爸爸妈妈的木床，今天被换成了另一个床。奥列提赶忙跑过去推开了对面卧室门，看到他爸爸妈妈的床换到图尔荪和妻子的房间里了。

奥列提一声不吭，关灯睡下了。

他悄悄哭了一晚上。他梦见了爸爸妈妈，他们正在气愤地腾出原本属于他们的木床，往自己屋里搬。奥列提高兴得合不拢嘴，又激动地流着泪。他不解地问爸爸：“不是说你们已经死了吗，怎么又活过来了？”爸爸微笑着说：“我们为什么要死呢，我们怎么能把你一个人留下去死呢？”他们相互对笑之后又说：“我们出了一趟远门，你还记得吗，我活着的时候曾经给你说过，我去找过打仗去很久没有消息的爷爷，结果还是没有找到任何信息。前段时间，没想到他老人家来信了，他说我不写信你们也不来找我，快带着你媳妇来找我。所以，我们去看你爷爷去了。最近我们还要去看他。”他问：“爸爸，他自己为什么不来呢？”爸爸说：“他来不了。炸弹落在他身边，把他埋在土下了，只露着脑袋在外边。”他又问：“不能把他挖出来吗？”爸爸说：“不，不行。他身上的土已经变成了石头。”他说：“爸爸，妈妈，你们怎么不懂呀！石头也可以挖开呀！”

爸爸说：“不，不行。我爸爸不让我们挖。炸弹爆炸时把他身体炸碎了，之后好不容易才把身体各部位凑到一块的。如果把石头挖开了，他的身体又会碎了。所以，我们没敢挖。我们原本准备把他的身体各部位都粘起来，可是，刚要开始干的时候，就接到了你的这个电报。”爸爸把一张纸递给了他。他拿起那张纸看到上面有电报机打印的文字，上面写着：“你们的床被人占了，速回。奥列提”他惊奇不已，赶忙说：“我没有写过这样的电报。不过，你们能回来就太好了，我太想你们了，你们再也不要去了，好吗？我求你们了！就这样，你们哪里也不要去！妈妈，你为什么不说话？为什么不笑，为什么不宠宠我？说呀，你们不再去了，对吗？”妈妈还是保持着冷冰冰的面孔：“不，我们要去。你看，我们刚刚接到你爷爷，也就是你爸爸的父亲的电报。给你。”她把一张与刚才那张一模一样的纸递给了他，那纸上的字也与刚才的一样是电报打印机打出来的，上面写着“我的身体正在散开，速回。父亲”。

奥列提恐慌不已，他爸爸依旧微笑着说：“是的，事情就是这样，我们也没有办法。我们得去，你不要因此而生气。如果他们还要搬走你的床，你再发电报给我们。”奥列提很害怕，竟大喊了起来：“不，不！你们不要走。哪里也不要去！我想我原来的家，我要回自己的家。我不要你们走，不要！”

他憋得喘不过气来了，被憋醒了。

醒来后，他仰望着灰暗的天花板久久没能入睡。

他非常懊恼、悔恨，因为这一切仅仅是一个常见的梦，而不是真的。

他的开始失眠了。半夜里，或者黎明前醒过来，是他近段时间来的常态。今天，他也和以往一样，为唤来睡眠而努力着。他闭上眼睛，静静地躺了很长时间。但是，他没能如愿以偿。不知是四岁还是五岁的时候，他常常跑去睡在爸爸的身边，闹着要听爸爸讲故事。爸爸讲了一个，两个，三个故事，可是他却不满足。眼看自己的故事就要讲完了，爸爸就会说“好了，咱们睡觉”。而那些故事不仅没给他催眠，而且让他更加清醒，他会再一次演绎那些光怪陆离的情节，一会儿上天，一会儿入地。爸爸催促他："奥列提，快睡觉，明天我还要早早上班呢"。他说："我睡不着。"爸爸说："那你数数，数到一百。"他数啊数，终于数到了一百。睡在邻床上的妈妈听到后不无埋怨地笑着说："奥列提，不要出声，要默默地数。"于是，他又默默地数起了数字，一百，又一个一百，又……他把已经打呼噜的爸爸摇醒说："爸爸，我都数了五个一百了。"爸爸翻过身说："你不要数空数，要结合实物数，先把一千只鸭子赶进栅栏里，然后再一个一个地放它们出来，注意别数错了。"爸爸不会对他表现出丝毫的埋怨。他对这个提议很感兴趣。于是他先修了栅栏，又把一千只鸭子一一赶进了栅栏里，最后又一个一个地放出来。说真的，比起干巴巴的数数，一个一个地数鸭子有趣多了。当他站在窄窄的栅栏门边，看着摇摇晃晃走出来的鸭子，唯恐数错而一个一个地清点的时候，一不小心会重复某个数字，而且重复好几遍都不会发觉。一旦发觉错了，他就会推倒从头再来。当他再一次数到二三十的时候，就会不知不觉地进入睡眠。

这个有趣的催眠游戏，现在却一点也不灵了。他轻轻松松地数了五六百只鸭子，却一点睡意也没有。天已经蒙蒙亮了，于是，他起来去了外面。门口有十几只鸡，懒洋洋地啄着垃圾，很快又慢腾腾地向远处去了。十一月的夜晚有些冷，院子里的一个小坑里的水面上有了一层薄薄的冰。他走出院子，来到了院墙边上的小渠旁，拨开水边上的干枯的薄荷和毛芦，把手伸进了水里。渠里的水清清的，而且很凉很凉。与夏天很冲的水流相比，不仅量少而且显得驯服乖巧，且悄无声息。离他不远的地方是过车浅滩，那里的渠沿和水的交界处结有白白的冰条。

奥列提双手捧起水，用冰凉的水洗了脸。当他漱口的时候，发现水里仍然有淡淡的薄荷香味，于是，他不停地重复起了洗脸漱口的动作，直到手指被冻木了。他起身退了几步，单腿跪坐在渠边，这才发觉出来时穿得有些单薄了，身上冷飕飕的。

就在这时，他感到身后有喘气声，回头一看，是自己的牧羊犬阿克托斯。

它是随奥列提一起来到这个家的。可能是看到小主人在非正常时间里出门，在渠边洗脸，有些好奇，所以就过来了。

奥列提抱住它的脖子，轻轻抚摸了它的额头和冰凉的鼻尖，牧羊犬不仅没有表示不满，而且把鼻尖顶到他的鬓角上，眨巴着眼睛，动都没动。看来它很享受。它似乎不明白自己为何离开温暖的家，寄居他人家，家里的大人们又为何迟迟不来。也就是说，它想乘这个机会向小主人诉说自己对处境的不满。它用长舌头舔了舔嘴唇之后，以一种很不满意的表情，把头转向了别处。当然，可怜的牧羊犬不知道它今后的日子会更惨，它唯一的靠山即将要去城里的寄宿学校了。

为了堵住其他亲戚们的嘴，图尔荪与几个亲人简单地商议之后，就把遗孤侄儿送到了城里的寄宿学校。

奥列提开始了全新、陌生的生活。最初一段时间里，众多亲戚们一个接一个密集地来看他。这一切，只不过持续了短短的一段时间。没多久之后，来看他的亲人越来越少了。再到后来，那些亲戚似乎忘记了他的存在一样，不再有人来看他了。各自忙着自家事务的亲人们的关怀就像冬天的天气一样逐渐凉去了。

往事如烟，不堪回首，奥列提却对那些亲戚们念念不忘，但是，至今还关心他，让他忘却这种因为世上连一个关爱的亲人也没有而孤单的，只有一个人，他是父亲生前的挚友唐阿特。

举目无亲的奥列提最孤单最难熬的时间是假期。这期间他迫切地希望假期快快结束。假期开始的阶段，他觉得日子无边无际，像无时间限制的监狱生活一样艰难。好在人是为适应一切、接受所有磨难而生的，奥列提也不例外。他在不满和焦虑中度过了最初几天之后，同样也适应了这种生活。过了一两周之后，反而变得躲避他人，喜欢安静和独自生活。他从学校图书馆借来一书包书，在寝室里一本一本地挨着啃，有时甚至忘了吃饭时间。

他从早晨到晚上埋头读书，有时还顺着书中的内容产生联想，在幻觉中遨游大自然。有时想起母亲慈祥的面孔，还有父亲高高的大卡车和露着两排大牙的笑容。父母去世后痛苦的生活片段也不断闪现在面前，甚至自家那条孤独的牧羊犬悲伤的眼神和无聊的表情也都会历历在目。在这样的时刻，面前打开的书不会翻到第二页，他会呆呆地坐在那里，忘记时间的流逝。无头无尾又相互交错的那些情节有时会突然中断，然后脑海里又闪现出全新的、别样的色彩。

而这全新的色彩是犹如春天的阳光一样温暖、给周围带来笑声欢娱的达娜的可爱面容。不知道为什么，她总是在湛蓝天空下，从开满粉红色芍药花的原野里向自己飞奔而来，头上扎着的大大的白色发结一闪一闪，很像草地上飞舞的蝴蝶。有关达娜的这些幻觉给他带来快乐，给予他一时的满足。他在这种甜蜜又脆弱的感觉中闭上双眼，微笑着享受获得的愉悦。每当这样的时刻他祈盼不要有其他无关的情节插进来，破坏自己最美好的时刻。他的祈盼有时竟然能够实现，一直到瞌睡虫到来后才终结。

但是，大多数情况下，他都会不由自主地打着寒战从幻觉中清醒过来，回收撒出很远的幻想之绳。达娜一点也不知情，而他却总是让她闪现在自己的眼前，牵着她的手在绿草坪上慢跑。有时甚至想停下脚步，用手轻轻抚摸她头上的大大的白色发结，对她说“达娜，你是一个好姑娘”。达娜毫无邪念的真诚友谊，纯洁的心灵，对任何事物都充满好奇的大眼睛，给奥列提带来了一种微妙的情感和特别亲切的幻觉。他的幻觉虽然是碎片式的，但是每一片都是很清晰的……

他对唐阿特说过的寒假要来接他去他家里的承诺产生了怀疑。按照约定，唐阿特昨天下午就应该来接他，这只能说明他家里发生了什么事情。几天来偶尔能在校园看到的三两个住校生也不见了踪影。或许，他们也和自己一样把自己关在寝室里，不愿意出来吧。放假以后，只要亲人不按时来接，学生就会变得很固执，不愿意见任何人。

指导老师到奥列提寝室来过两回，还说明天要带他去体育场滑冰。老师的笑容和去年寒假时一样，依旧那么灿烂，那么慈祥。

无望的等待很不好受，气愤和自尊交织在一起让他坐立不安。他想站起来，跑出寝室。

半个小时后，他走出寝室来到了门厅下。坐在了写有“四号寝室”牌子正下方的木靠背椅子上。已经是晌午时刻了，清晨的寒气依旧没有散去。再加上这地方背阴，所以，他刚坐下就冻得浑身打战。

没过一会儿，一辆红色的日古力牌汽车开到门厅前刹住了。从车里下来了一位高个儿，身穿崭新羊皮外套，留着黑色八字胡的青年男子。他来到独自坐在板凳上的奥列提跟前，不无关心地问道：“你在等你爸爸吗？”语气中带着一丝了然。

奥列提漫不经心地回答说：“是的。”看得出他对他的问话很不满意。

就在这时，院中出现了那个比奥列提高一年级的学生，他一路猛跑过来，搂住了高个男子的脖子，一边笑着，一边拖着哭腔问道：“爸爸，昨天你怎么没有来？我们放假都两天了。”

高个男子拍了拍孩子的背，又吻了吻儿子的额头，说：“因为接你爷爷和奶奶耽误了一天，他们在家里等你回去呢。”为了讨儿子欢喜，他又说：“我给你买了一辆新自行车。另外……”他又给儿子卖起了关子，伸出食指，倒吸着气说：“为了让你骑自行车，我用推土机把院子里的雪推开。给你开了一个长三百米，宽五十米的场地。”

“哇！好样的，爸爸万岁！”

父子俩拥抱着，他们的说笑声传遍了空旷的校园。

当他们发现身边的奥列提已经不见了之后，相互对视了一下。父亲自问自答地说：“可能他爸爸也是因为忙，脱不开身吧。”

孩子没有吭声，他知道奥列提的情况。父亲又说：“好了，快收拾东西，咱们走。”

儿子说：“我已经收拾好了，两天前我就准备了。”

孩子向自己寝室所在的那栋宿舍跑去了。

“我也得走，要离开这里。”奥列提这么想着回到了寝室。当坐到自己常坐的窗前座位上之后又自问：“走？你去哪里啊？”心中的另一个他却说：“无论哪里，无所谓。”他有些赌气："走到哪儿算那儿。反正要离开这里，只要看不到指导老师关怀的眼神就行。”

他的眼前出现了他们村口不远处的桥头附近的镜头，那里有一台四季不息的花束模样的灯，那正是他父母的陵墓。

“一定要走！”当他刚要站起来时，门被轻轻地推开了，刚才的那个男孩把头伸进来对他说：

“你要一个人留下来吗……跟我们一起走吧。”他小心翼翼，唯恐伤了奥列提的自尊："我们一起溜冰……一起斗狗……”

“不，我要等我叔叔。”

听了“我要等我的叔叔”这句信心满满的话，那男孩的眉宇舒展开了，嘴角上也露出了微笑。

“那好，再见！”男孩声音中不无欣慰和兴奋，关门走了。

寝室又恢复了寂静。奥列提从窗户向外望去，看到指导老师曼苏尔和那个穿羊皮外套的男子正在说话，没多久他们就握手告别了。指导老师向办公室走去了。他刚进门，清洁工拿着扫把从那个门出来，停在门口从自己的脚下开始扫了起来。

奥列提知道，在扫完院里的雪之前，清洁工不会休息，连头都不会抬一下。而他的这种习惯正好给奥列提提供了溜出校门的机会。

奥列提轻手轻脚向大门外走去了。只顾低头扫雪的清洁工，没有发现奥列提从五六步远的地方走出去了。

每天发往他们村的公交车有两趟。奥列提想乘坐头班车去，再坐末班车返回。这样，他就可以骗指导老师说自己在城里逛了一天。

他赶到公交车站的时候，首班车正准备出发。于是，他上车坐在了后排靠窗的座位上，看着窗外上了路。

节假日是他最难挨的日子。他体会到，在这样的时刻即便是呼天唤地，也不会有任何人能给你带来快乐。老师们对你的那份关爱不是“爱”，而是一种

“人人共享的关怀”，是廉价的“爱”。即便是老师们给予自己的那些特别关照，也不是发自内心的关怀，只是在尽某种责任。一旦他们确认自己无需担责任之时，即便是黄金也只是一把黄土，可以不闻不问。也就是说，对他们来说，我是否在寝室，与他们无关。

不知道是什么原因，近几天来他的性格变了，看谁都不顺眼，也不信任任何人。一扫孩童的那种无忧无虑、天真烂漫的天性，变得像萧瑟的秋季一样凝重而敏感。或许已经有一段时间了，他不再凑热闹，而喜欢独处，独自玩耍，独自蜷缩在墙角的床上一声不吭地睡。

在这里度过的两年中，他认识了住校生和学校的老师们，结交了几个好朋友，当然也和个别学生结了“仇”。两年来，他以优异的学习成绩，聪明才智，良好的纪律意识，赢得了很好的声誉，多次受到学校的表扬和嘉奖。

在这期间，他生活得很开心，性格也变得开朗活泼。接受并践行老师们有关正义、人道主义、善行和才华方面的教诲，而且对这方面的说教深信不疑。

但是，现在他奉行的这些教诲似乎顷刻间完全崩塌。

这个崩塌是顷刻间的吗？难道不是从他无家可归住亲戚家时，抑或从他父母的床被他人占去时就开始了吗？他怎么会忘了自己家里的家产被那些亲戚吵吵嚷嚷地瓜分而去，而他这个唯一合法继承者却从没被他们当人看的那些情景。就连随他一起来的可怜的牧羊犬阿克托斯也不是孤苦不堪，每天只能吃到图尔荪家的狗的残羹剩饭吗？

无人看护的父母的陵墓，成了山包砾石堆中不起眼的两堆土。用钢铁支起来的月牙标志断裂，耷拉下来倒挂在钢架上，现出了破败的迹象。

记得在二年级的时候，奥列提第一次去父母的陵墓。他还带去了阿克托斯。那个时候，每逢节假日他都会去亲戚们的家里。每次去，可怜的阿克托斯大老远就能感知到他的到来，并且以最快的速度跑来迎接他。只要见到他，它就无比兴奋，不仅摇头摆尾撒娇，向他诉说自己的思念，还一改此前夹着尾巴小心翼翼的习惯，毫无顾忌地翘起尾巴，扑到小主人的胸前亲热地哼唧不停。然后，回头向家里跑一阵，再回过头哼哧哼哧地跑到他身边。

返回来以后，它会再一次扑到他胸前。而他会抚摸它的脑袋，捋它脖子上的毛，按住它三伏天也不见热的鼻尖当按钮玩。

奥列提返校前，阿克托斯从不离他半步。当他返校时，它会一直跟到公交车站，直到班车门关闭，轰鸣着开出车站，它仍蹲坐在那些送人来的陌生人前面，默默地看着汽车远去。

哈萨克有句老话说“上天要狗同主人一起受罪”，这话不无道理。不过，奥列提长大以后，才懂了这话的含义。

如果从高处俯瞰，山脚下的村庄就像一个正方形的匣子。今年的大雪，把村子覆盖得严严实实的，屋顶和街道都分不清楚。只有从烟筒里冒出的团团烟雾试图在证明这里是有人居住的村庄。

这里的白色居民住房是用一个模型建造的，都像方块糖一样方方正正毫无差别，从各家之间小巷子可以直接到达中心街道。来往的车辆已经把街道上的雪轧实，经无数车轮碾压后已经变成了灰色。村东头一栋宽大平房的门口，停着一辆没有熄火的大卡车，汽车排气管里冒着黑烟。平时不怎么起眼的烟，在这寒冷的天气里却很扎眼。就像那车的缸体出了毛病一样，不停地喷着一团一团的黑烟。

房中一个约四十岁的男子，正在梳妆镜前刮着胡子。他就是奥列提父亲生前的挚友唐阿特。他这是在做进城的准备，原本昨天就应该去把奥列提接来，可是事情太多没能成行，所以耽误了一天。

他从镜中清楚地看到，夫人在厨房里生气，锅碗瓢盆也与她一道发出了叮咚声。

很显然，她在生丈夫的气：“你也不抽时间把孩子们送到奶奶家里，难道要把他们在家关一个寒假不成？”她一边说，一边又让碗筷发出了叮当的响声。

“我不是说了要送去吗？你有完没完呐！”他看着镜中的妻子心平气和地说道。

“什么时间送去？”

“明天，或者后天。”

妻子越发生气了：“那好，我自己坐公交车送他们！你见不到那孩子就心不安，自己都有两个孩子了，还那么喜欢别人的孩子，真是怪事！”

“他是别人的孩子吗？”唐阿特猛回头看了一眼妻子。

妻子从他的眼神中看出丈夫生气了，但还是怄气地说道：“是呀，是你朋友的孩子，不是吗？”语气中不无讽刺。她把手中的盘子放在餐桌上，又说道：“或许……或许他还真是你的孩子哩！”

唐阿特用刺人的眼神看了她片刻。妻子发现自己在气头上，说得有些过火了，所以再也没有吱声。

唐阿特从衣架上取下皮外套，正要出去的时候，从厨房传来了妻子不无愧疚的声音：“不吃饭吗？”回答她的是咣当的关门声。

一辆卡车开到县城寄宿制学校门前停下了，车里下来的人是唐阿特。当他匆匆忙忙走进大门时，戴着眼镜的指导老师曼苏尔向他走来了。曼苏尔老师因为找不着奥列提而着急之时，见到他来就急死忙活地迎了过来。从他们相互微笑、热情问候的架势，可以看出他们是熟人。

唐阿特感觉老师的表情不对，就急忙问道：“奥列提在这里吧？”

曼苏尔焦急地说；“我还以为您知道他的去向呢。他早上还在这里，可是转眼就不见了。到现在还不见人影，这可咋办呐！”

“这都怪我。”唐阿特稍稍停顿之后又说：“按照约定，昨天我就该来接他。或许，他去了乡里的亲戚家了。”

“不，不会去他们那里。”老师摇了摇头又说：“到现在为止，没有一个亲戚来看过他。现代人的亲情感越来越淡薄了。在平时也就罢了，可是到了假期孩子就很不好受啊！节假日期间，只有他一人在寝室，要不是还有您，可怜的孩子……他太敏感了。但愿他别遇到什么麻烦，天这么冷。本来我准备明天带这些留校的寄宿生去体育馆。没想到，只是那么一会儿工夫，他就不见了。”

这时，清洁工老头来到了他们身边。

“老哥，有什么事吗？”指导老师问道。

“是的，我有话要说。刚才我打扫厕所的时候，捡到了四个烟头。这看！多丢人哪！”

“您没有再找一找吗？不定还能找到几个呢。”

“您还挖苦我呀。这说明了什么问题呢？说明孩子们在吸烟，应该加强对他们的教育！”

“厕所里谁都可以进不是吗？再说了，厕所不是我进行教育的场所。但是，您要是抓住了抽烟的学生，就交给我。”

指导老师把唐阿特请进办公室，用力关上了门。

奥列提站在父母陵墓旁，看着并排的两个坟墓前立着的墓碑上的文字：“烈火中抢救儿童的烈士，千古流芳”。

孤独时来父母墓前倾诉，已经成了奥列提的习惯。他的脸上没有任何忧愁和精神崩溃的表情，只有沉思。或许，他开始对父母与众不同的经历，为大众而生的生命历程有所思索，有了新的认识。

他用衣袖抹去父母照片上的雪，退后两步看着正对着自己微笑的父母，没有动弹。

“二老别担心，我已经长大了！”他默默地宽慰着父母。然后，他微笑着向他们摆了摆手，转身向公交车站走去了。

他要为践行自己对父母的誓言而努力，所以，走起路来比过去精神，迈出的步子也坚定了许多。

刚才刮起的寒风，这会儿有些大了。这里没有不知道他父母的人，但是没几个人认识他。这时，末班车也来了。正是早上来时坐的那辆车。

手提皮箱或水桶的人，背着行囊的人，一个接一个地上车了。因为新年很快就要到了，所以还有人扛着圣诞树。

奥列提刚踏上车门踏板，有人从身后拍了他的肩膀。他转过头一看，是一个亲戚。

“奥列提！是你吗？”中等个儿，留着漂亮胡须，手提皮箱的男子看着他笑着问道。

“要么上车，要么走开，别耽误我们上车！”后面的旅客们嚷了起来。

可能要过年了的缘故，那个亲戚有些兴奋。他抓着奥列提的肩膀，把他从车门拉出来，不无兴奋地劈头盖脸亲吻了一通。

“孩子，你这是干什么？连门都不进就要回去？”他连珠炮似的问着，“你咋这么严肃？你不认识我吗？我是图尔荪，是你爸的哥哥。”

“当然认识。您好吗？”

图尔荪听了孩子勉强的答复和冷冰冰的面容，心里不由一震，连忙说道：“走吧，到家里去。我还以为你来看伯伯来了，而你却要回去。现在的孩子们就是不讲亲情啊，你看你。”

孩子不想跟他去，可是图尔荪不等他表态，抓住他的手就往回走了，一路上还没完没了地叨叨着：“原谅我，很久没去看你。没完没了的事情，太忙了。你就别生气了。你已经长大了，应该自己来找我们才是。说说，学习怎么样？”

“很好。”

“我的那些孩子们也以优异的成绩完成了这个学期的学业。今天家里举办老幺的割礼宴，昨天就把两岁马驹宰好了。你来得正是时候，所有亲戚今天都会来家里。”说到这里，他对走在他们前面的男子喊道，“哎，沃塔西，站住！奥列提来了，奥列提！”

那男子回过头站住了。“谁，谁来了？”他高声问道。

“我说，是奥列提，是胡尔玛希的儿子！”

“噢，噢！你们快点走啊，我都要冻坏了！”

“他也是你的亲戚。”图尔荪对奥列提说，“他是你的舅舅，在肉禽公司工作，是一个很能干的养鸡能手。”

“喂，他就是胡尔玛希的孩子吗，啊？”当他们二人走近，沃塔西问道，“已经长成小伙子了呀！你上几年级了？”

“五年级。”奥列提声音很小。

“好样的！对不起，晚上到了图尔荪家之后，我再亲你，现在腾不出手。”他面带微笑，看着图尔荪又说，“我从邻村的专卖店里提了一些汽车配件。你准备了几箱酒？”

“为你准备一箱，其他人两箱。”

“不够再买嘛。”他笑着对图尔荪说了这一句，又说道，“好了，晚上见！”

“好的，晚上见。”

道别之后，他们在岔道上分开朝两个方向走去了。

“寄宿学校！为什么要上寄宿学校？”傍晚，已经喝兴奋了的沃塔西大声嚷道。此刻他们都坐在图尔荪家里。“好像你没有一个亲戚似的。假期结束后，你去把手续办回来，住在我们家上学。”他说。

围桌子坐着的众多亲戚也纷纷表示了赞同。

“图尔荪说得对，我们的后辈们一点亲情意识都没有。将来你们的孩子可能根本就不认识我们了。就是现在，你们都互相不认识。你说说看，图尔荪，我，我们都有几个孩子？”

奥列提低头坐着，没有说话。

“我就说嘛，你根本就不知道。”沃塔西似乎得理不饶人，“你连我的名字都不知道，是吧？”

他的妻子插话说道：“好了好了，孩子都不好意思了。喝了酒就要死要活认亲了，平时连爹都不认，还好意思教导别人。既然你那么热心肠，早干什么去了，晚辈们不相认，原因还在你们。”

“我是在说心里话，说的是该说的……”他没能把话说完。因为，他妻子把一条鸡腿塞进他嘴里，像什么事都没有发生一样，端起碗喝起了茶。

大伙“轰”的一声笑了，笑声余音未落，另一个亲戚艾勒别克站起来说话了。他那一言不发，有点盛气凌人的架势早就让奥列提感到厌烦。这人个儿矮，大背头梳得像牛舔过一样光亮，眼睛贼溜溜的。

“今天是个喜庆的日子。”艾勒别克似乎要别开生面，他清了清嗓子继续说道，“是的，是一个大喜的日子！我首先要表示祝贺！但是，传统嘛，有好的，也有不好的。给孩子割礼嘛……在这个现代社会，同志们……”

“不是同志们，而是亲人们！”沃塔西不无愤慨地纠正道。

“亲戚也是同志。”他的态度依旧，“现在这个社会中那是已经过时的习俗。第一，它会严重影响孩子的健康；第二，孩子们的不少时间会白白地浪费在病床上。而传统这东西嘛……”

“简明扼要一点！”沃塔西一边倒酒，一边插话说。

“从现代医学角度来讲……”

“喂，孩子他叔，别提什么医学不医学了，说说你的贺词吧。”图尔荪的妻子也按捺不住地插了进来。她这么一开头，其他女人们也坐不住了。

“他的孩子不知道办过割礼了没有？”

“问他孩子干什么，你应该问他自己办过没有才对。”

他又重新振作起来说话了：“简而言之，我反对割礼。”

女人们像炸了锅似的大笑了起来，然后又议论纷纷：

“他的身子就那么一点，其他部位还能好到哪里去呀！”

“是呀，哪里还有割那么一刀的东西呀！”

“简而言之，”他有些恼羞成怒，“这都是为了办宴席而找的理由而已！”

“对，就应该这么干脆。何必叽叽咕咕说那么多废话！”沃塔西手中端着酒杯应声说道。

“喂，什么叫废话？”艾勒别克还没坐下就很生气。

“宴席上不说那些反对的话不行吗？既然你有这个想法，早干什么去了，早不说晚不说，偏偏在这个时候说，你什么意思，你？”

“你，你小子，别猖狂！除了喝酒，你还知道什么呀！喝吧，喝呀，你不就是急着多喝两杯吗？”

“不喝酒的你比我强不到哪里，不就是不吃不喝买了一辆奔驰车吗？有什么了不起。”

“各位亲人，”图尔荪出来圆场了，“咱们别比财富，摆阔气。四个轱辘的咱们都有不是吗？两天后就是新年了，咱们都消消气，为即将到来的新年举杯！”

“就该这样，双手赞成！”沃塔西喜上眉梢。

图尔荪又说道：“好，我再补充一点。咱们都不缺什么，我们赶上了好时代，所以，我们应该好好珍惜，相辅相敬。来吧，为亲情干杯！”

图尔荪和妻子在一起商量着什么，走廊里圣诞树上的各种挂物在廊灯照射下闪烁不停。

妻子有些不满地说：“给他钱干什么，吃的、穿的不都不花钱吗？”

“是不用花钱，但毕竟……”

“那天，沃塔西不是要这孩子住他家上学吗？他怎么静悄悄了？让他给钱好了。”

图尔荪拉着脸背过身去说道：“就因为他这么说了，就让孩子空手回去吗？他是我亲兄弟的遗孤啊！他就是不需要花钱，总该给他买件新衣服吧。”

“放暑假的时候再给他买吧，现在他又不穿，放在宿舍里会被人偷去的。”

“在你的眼里，世界总是那么黑暗。好了，就让他空手回去，我们一分钱也不给。行了吧？”他生气地甩了一下手。

“他不是找到了比我们还亲的亲人吗？上次他非要跟着那个来找他的司机，那是他成心要疏远我们的表示。再说了，我手头也……”

“是的，说服你是一件很难的事情，任何事你都可以找到你的理由！我真是服了你了！”他走了出去。

奥列提闷闷不乐地走出图尔荪家，独自来到了公交车站。

孤独感再一次笼罩了他。在他无精打采候车之时，有人来到他身后说道：“噢，小伙子，你好吗？”他回过身一看，唐阿特微笑着站在他身后。他展开双臂跑过去搂住了他的脖子。

“想我了，是吧。”松开手后，唐阿特对他说，“我知道你今天要回去，所以送你来了。你怎么了，为什么一脸的不高兴？”

“唐阿特叔叔，你们家亲戚多吗？”

“有是有，但不是很多。”

“我的亲戚却很多。”

“太好了。走吧，我们上车。”

走到半路上，奥列提冷不丁问道：“唐阿特叔叔，你能告诉我，我的父母是怎么死的吗？”

唐阿特有些诧异地看着他，说道：“你不是知道吗？”

“我还想，还想听一遍。”

“那好。”唐阿特摇了摇头，“我和你爸爸一起上的学，而且是同桌。一直到八年级毕业，我们都没有分开过。我们又同时上了驾驶学校。巧合的是，在部队里我们又成了同一连队的战友。所以，乡亲们都戏谑地说我们是分不开的男孩女孩。我们又是同一天结婚的，所以，我们几天不见就茶饭不香。成了家之后，生活又是另一样了，我们之间的来往比以前少多了。”

“我听说，是您先喜欢上我妈妈的，是吗？”

唐阿特一脚踩住了刹车，卡车打着滑在路边停了下来。

“谁说的？”他瞪着眼睛看着奥列提。

“我听说的。”

“你是听你们村里人说的吧……”他叹了一声，“奥列提，你也不小了，有些事，你也应该知道。我是第一个和你妈妈认识的人，后来……你爸爸也认识了她。我发现你爸爱上了她，而且她也喜欢他。那是显而易见的……我不想成为他们之间的绊脚石。不过，我们还是同时结婚，一起举办了婚礼。你妈妈毕业后，一直在乡里的幼儿园当教师。那个幼儿园是木质结构的旧建筑。有一天，孩子们睡午觉的时候，幼儿园突然起火了。到现在为止，那场火灾的原因仍然是一个谜。那火很快蔓延到了整个建筑。看到幼儿园方向冒烟后，你爸爸胡尔玛希开着车赶了过去。当然，还有很多人。遗憾的是两辆消防车的驾驶员都外出了，一时又找不到代驾之人，所以没能及时赶到火场。当然，我们这里，类似的失误经常会发生。烈火罩住那座建筑和没来得及跑出来的孩子们的时候，在场的人都不敢贸然进去，只能干看着着急。烈火中传来了两三个孩子的哭喊声，这时你的爸爸妈妈都冲进去了，就在这时，屋顶被烧塌了。你的爸爸妈妈从窗户把最后的一男一女两个孩子扔出来了，最后那个是女孩儿。男孩没受什么伤，而那个女孩因为腿部骨折送进了医院。后来那女孩也痊愈了。”说到这里，唐阿特叹着气看着前方，不言语了。

两个人默默地坐着，没有说话。

“噢，对了，听说那女孩儿就在城里上学。”停顿了很长时间之后，唐阿特又开口了，“我要没记错的话，她应该和你同岁。也就是说，她今年上五年级了。他姓……对，是塞利克巴耶夫。是，是塞利克巴耶夫。她父亲曾是我们那里的机械师，后来他们搬到城里去了。”

奥列提目不转睛地看着唐阿特。唐阿特发现他的这个状况之后，反而有些不自在，把目光转向了别处。

“原来……你对我……对我这么好是因为爱我妈妈的缘故啊！”

唐阿特猛然转过脸看了他一眼，控制不住内心的愤怒，挥手挥了奥列提一拳。

奥列提没有哭，还是那样目不转睛地看着唐阿特无声地坐着没有动。见他那样，唐阿特也无语地坐着不动了。

孩子打开副驾驶门，准备要下车了。当他说了声“再见”就要跳下去时，唐阿特拽住了他棉袄的后襟：“不，不能下！”他提高嗓门又说道：“我必须送你去！”说罢，他把头靠在后座背上轻声说：“对不起，奥列提！”

奥列提看着他说道：“好吧，我们走。”

他们又回到了各自的座位上。

教室长长的走廊两边，每个门楣上都挂着班级牌子。还没下课，学生都在教室里。奥列提在五年级（1）班的教室门口不远处站着。

下课铃响了，学生争先恐后地走出了教室。五年级（1）班的门也开了，先走出来的是一位老师，急不可耐的学生也随后出来了。

奥列提两眼盯着每一个出来的学生。四五个女生站在走廊尽头窗台旁，热烈地议论着什么。于是，奥列提向她们走了过去，而那些女生看着陌生的男生走过来，脸上都挂着问号看着他没动。

“你们是五（1）班的吧？”他是在明知故问。

“是。”她们中的一个回答说。

“我想问……你们班……有个姓塞利克巴耶夫的女生吗？”

“是的，有。她是我们班学霸！”那个女生说完，咯咯地笑了起来。

“给我……我是说你们能帮我叫她出来吗？”

“当然可以。”一个女生跑过去，站在教室门口向里喊道：“达娜，有人找你！”

很快，达娜走出了教室。她个子中等偏上，衣服纽扣都是白色蝴蝶结式的。脸上的笑容里挂着疑惑的表情，显得很可爱。奥列提见到她，紧张得不知说什么好，迟疑了片刻。

“是你找我吗？”她看着奥列提问到，声音很轻，却甜甜的。

“是，是我。”

“我好像不认识你？”

“我也不……”

站在他们跟前的女生“哇”的一声都笑起来了。奥列提越发紧张了。

“你爸爸原来是我们乡里的机械师，是吧？”他很快恢复了平静。

“是啊。”姑娘不无惊异。

“我爸爸曾是驾驶员，而我妈妈……我妈曾是幼儿园教师。”

达娜表情中的那种神气和疑惑顿时消失，取而代之的是惊愕。

“然后呢？”她有些急不可耐，似乎也没有完全搞明白他的意思。

“然后……他们……我是奥列提……”

“奥——列——提！你就是奥列提！”姑娘不由地大声叫出声，双手抱住了他的脖子，然后双手捂着脸，跑进了教室。他们跟前的女生不知道发生了什么事情，也跟着她进了教室。达娜却趴在自己的课桌上放声哭了起来。

两个男生跑出教室要为女同学打抱不平，他们来到陌生的奥列提面前站住了。一个带头的男孩大声喝道：“你为什么要欺负女生？”

奥列提没有吭声。

“快说，我在问你呢！”他一把抓住了奥列提的衣领。

“我说了，你也不明白。”他平静地回答说。

“你——说——什——么？啊！就你英明？马拉提，你来教育教育他吧，我今天不想麻烦我的拳头。”

马拉提照奥列提下颚打了一拳。

奥列提动都没有动一下。当第二拳挥来之时，他用一只手挡住，用另一只手抓住对方的手腕一拧，把那个叫马拉提的胳膊拧到了身后，紧接着推了一把，就把他放倒在地了。这些动作一气呵成，没有拖泥带水。

“你是搏击手吗？”那个带头的男孩惊愕地问道。他的语气中既有害怕的成分，也有真诚询问的一面。奥列提冷静而有力的回击，让他冷静了下来。

“管你们什么事，快滚！”他们两人刚走开，奥列提又叫住了他们，“喂，向这边走，快到达娜身边去！”两个男生回了教室。正当奥列提不知该干什么的时候，一个老师来到走廊的那一头，对他喊道："喂，孩子，到这里来！"

学生宿舍门前停着一辆卡车，驾驶室里坐着唐阿特和奥列提。

"哦，这么说，你做了一回男子汉哪。"唐阿特语气中带着讽刺，"打架可不是成熟的标志。你是怎么找到那个女孩儿的？"

"城里的学校就那么几所不是吗？"奥列提的语气有点像成人，"我那不是打架，而是正当防卫。"

"你的命运……我觉得我应该对你的命运负点责任什么的。但是，我办不了任何事情，这一点还希望你谅解……当然，我知道你是理解这一切。"

"上个星期天，我去达娜家玩了。她爸爸妈妈都是个好人，他们说暑假要带我和达娜去安塔利亚度假。"

"是吗？"唐阿特看着奥列提应了一句，听得出语气中忌妒多于疑问，"我也联系了附近的度假场所……当然，与安塔利亚相比差很多了。"

两人沉默了片刻。

"唐阿特叔叔，"奥列提开口说道，"您要说实话……您不喜欢您的夫人吗？"

唐阿特就像上次一样，猛地转过脸看了他一眼。"奥列提，"他说，但是语气却很平和，"我求你了，你再别问这样的问题了，好不好！"

"好吧。"他小声回答说。

这时，有两个男孩来到了驾驶室旁。车里的人从有水蒸气的车窗隐隐约约看到了两人的身影。当奥列提用手揩去玻璃上的雾气之后，才看清他们是上次与自己打架的那两个学生。于是，他按下门玻璃问道："喂，你们去哪里？"

"嘿，奥列提！"那个调皮一些的跑过来跳上了车门踏板，奥列提就把车门打开了。他看着唐阿特说了句"叔叔好"之后，对奥列提说："我们是来找你的，这个星期天……这个星期天达娜要过生日。我们去吧？"

奥列提回答说："去！"

"带什么礼物呢？"

“我也不知道。”

这时马拉提插话说：“有什么难的？我家母猫生了五只小猫，我们一人抱一只送给她，不就行了。”

“我有三张彩票，是村里的亲戚送给我的。”奥列提说。

“太好了！三只小猫，再加三张彩票！”马拉提高兴地拍了拍手。

“好吧，明天见！”

“你们一个班吗？”两人刚走，唐阿特问道。

奥列提狡黠地回答说：“不，我们是一个打架群里的。”

艾勒别克的家，屋内没有一样东西是多余的，室内的布局和家具，透出他们善于算计的个性。女主人独自在厨房里喝着肉汤。这时，男主人艾勒别克也回来了，他轻轻推开了门。他的表情中不无焦急、惊慌和绝望。

“没什么事吧？怎么这么晚才回来？”

“嘉玛丽，你说咋办吧。”

“脸色咋那么难看，出什么事了吗？”

艾勒别克唯恐有人偷听他们谈话一样，向四周瞟了一眼，然后才说道：“过来！”

“说吧，家里没别人。”

他再一次看了看四周后，向她耳语了几句。妻子听完后惊得两只眼睛都快蹦出来了，坐在原地愣了一会儿才僵硬地站起来对丈夫说了句：“快穿衣服！”

“你自己快穿吧……我，我就没脱衣服……”

图尔荪一家都在看电视。看到兄弟带着媳妇进来，深感意外的图尔荪和家人有些猝不及防，慌忙都站起来表示了欢迎。

“哦，贵客临门，欢迎欢迎！上座，上座！”图尔荪乐得合不拢嘴，“孩子们，电视声音调小一点，很好，有什么好事么？”

“一切如故。”艾勒别克看着妻子回答道。

“哎，不对吧，你们怎么那么严肃？”

“我们吗？不，不……或许是春耕大忙季节有些累了。”兄弟媳妇勉强地笑着回答。

“哦，春耕大忙季节也会影响到坐办公室的人哪。莎芙拉！”他对厨房里的妻子喊道，“煮肉！”厨房里传来了“好，马上煮”的应答声和锅碗瓢盆的叮当声。

“哎，就别麻烦了，我们马上要回去，家里还有事。”夫妻俩同时说道。

“那怎么行！马丁快去，去趟商店。”

“爸爸，十分钟后曲棍球赛就开始了……让塞利克去吧，反正他也看不懂。”

“你好意思吗？你是五年级学生，而他才上二年级，还没到去商店采购东西的年龄。快去，时间来得及。”

“来得及。”小塞利克很高兴，“在你回来前我会关掉电视等你，等你回来后再让电视开始比赛。”

马丁在弟弟头上搓了两下才站起来。

“我们确实还有事……”艾勒别克刚说到这儿，妻子却猛地踩了他的脚，他理解了妻子的用意，立刻说道，“那好……我们开车去。这样你就可以赶上曲棍球比赛了。”

“那您自己去就行了呗。”孩子很不情愿。

“嗯……当然……当然行啊……”

“你怎么这么不懂事，哪有让客人去商店买东西的，快去！”父亲严肃地命令道。

从商店回来的路上，艾勒别克停下车说道：“马丁，你记得吗。上次我给你送过一样东西？”

“什么东西呀，是什么时候？”孩子努力思索着。

“冬天，在你割礼的时候。”

孩子耸了耸肩，表示自己不知道。

“你忘了吗？是彩票。”

“嗷，我想起来了。”孩子笑了。

“好样的！”他拍了拍马丁的肩膀，“你很聪明。那它现在哪里？”

“你说谁？”

“谁是什么意思？我是说那个……那个彩票。”

“噢，我给人了。”

“给人了？”他额头上顿时冒出了汗，语气中不无哀求，“快说。给谁了？”

“叔叔，你怎么了？”

“说呀，给谁了！”

“奥列提。当天我就送给他了，因为我也没钱给他买其他礼物。”

“嗨！”他很懊恼，但是也不好给孩子发脾气，所以又看着孩子装出了一副笑脸。

“您为什么要后悔？”

“我吗？不，我不后悔。只是那彩票原本是一组……我后悔当时没有全部给你。”

“啊，是这样呀。走吧，要不然看不上曲棍球赛啦。今天是俄罗斯队和加拿大队的比赛。您喜欢曲棍球比赛吗？”

“是的，我也很喜欢。”尽管他在想彩票的事，却装作在听似的大声回答了孩子的提问。

马丁却一直看着他。

“真是搞不懂！”图尔荪摊开双臂说道，“他们为何而来，又为何而去了？”

妻子也抱怨说：“连饭都不吃，真是的。”

“不知道怎么了，酒瓶子都不让开。”图尔荪看着桌子上的三瓶酒问儿子，“马丁，他给你说什么了吗？”儿子马丁已经进到电视里了，比赛在紧张进行中，吵闹欢呼声震天响。

“马丁，他在路上问你什么了吗？”他妈妈拉了拉儿子的肩膀。儿子连头都没抬，回答说：“问了。”

“问什么了？”

“彩票。妈妈，你走开！好样的，好样的！嘿，你个窝囊废！”

“彩票？”夫妻俩对视了起来。

“是什么样的彩票？啊——嗯……”妻子似乎明白了什么，“这里头肯定有名堂，他从不干亏本的买卖，等等，等等……马丁，你是怎么回答他的？”

“妈妈，你不要挡住我呀！”

“不，你快说，你是怎么回答他的。”

“我说我把彩票送给奥列提了。”

“给奥列提了？真的吗？”

“是的。快，快！”

妻子向丈夫努了努嘴之后，两人进了卧室。妻子问：“你听出什么名堂了没有？”

“什么都没有。”

“我可是明白了。”

商店一角有几个人聊得很起劲：

“听说彩票不在他们手里。”

“说是给了在城里上学的侄子。”

“他还不是舍不得给几个钱，活该！”

“这下好了，看他怎么要回来。”

“好运气怎么都落他们家呀！本来就有一辆好车，这回天上又掉下来个奔驰。可是我长这么大，连一分钱都没捡到过，真是奇了怪了！”

就在这时，沃塔西肩上挂着车内胎走了过来。

“喂，沃塔西！你不庆贺一下吗？”

“为什么？”

“内胎呀！”那人用手摸着车内胎，又说道，“补得很好！”

“是呀，补得太好了呀！”另一个人，连看都没看他的内胎，就起哄说。

“那我们还站着干什么！”沃塔西知道他们想要什么。

“那好，说吧，什么时候庆贺你们的那辆奔驰呀？”

“那又不是我的，那是奥列提的。彩票送给他了，就应该归他所有，他中奖了，车自然也是他的。但是，即便是那样，我也可以给大家表示表示呀！”

“这不过是你的说法，送彩票的人是什么态度，还是一个问题呢！”

“看来，中奖之说是真的啦？”刚才有些悲观的那个人问完又自叹道，“可是我，不管是路上，还是在公交车上从来就没有捡到过一分钱。真是奇了怪了……这是为什么？”

“因为你从来没有丢过任何东西。要想捡到东西，就得先丢东西。懂吗，小弟？先要丢！”

沃塔西进了商店，其他的几个人也随后跟了进去。那个悲观的小伙什么也不明白，愣在那里口中叨叨着：“奇了怪了……我应该丢什么东西呢……啊？我哪有可以丢的东西呢？”

寄宿学校校长曼苏尔的办公室里坐着艾勒别克和他的妻子。校长看到奥列提的亲人来找他，心里非常高兴。

“我理解，非常理解。”校长点着头，“现在是时间支配一切的时代。事务繁杂，腾不出手，但是你们还是来了，我谢谢你们！孩子小的时候关怀不够，长大以后就指望不上他们。”

“当然。”艾勒别克笑着说道，“我们是奥列提很近的亲人，我和他爸爸是堂兄弟，我们不来看他，谁来看他呀！只是太忙了，总是抽不出时间……”

“他爸爸妈妈活着的时候，我们两家比其他亲戚走得近一些。”他的妻子也插了进来，“有什么好吃的总要一起吃，可惜他们英年早逝。他们两个都是我们当中出类拔萃的人，奥列提很像他们，很聪明。”

“是的。”曼苏尔校长很赞成她对奥列提的评价，“他很诚实，也很有正义感。上一次，他为了保护一个女生，还打了一架。”

“打架？为什么要打架？”艾勒别克和妻子同时瞪大眼睛问道。

“没什么，别担心！”校长很平静地笑着安慰说，“事后，我们了解到是对方先动手打了他。总而言之，他是他们班最守纪律的学生。”

“是的，这一点，从他的言行就可以看出来。上个假期，他在我们家住了一段时间。”说完，他瞄了一眼妻子。

“他还辅导我们的孩子复习功课呢。口中不离‘叔叔，婶婶’，嘴可甜了，也很懂事，总要问‘有什么事要我干吗，我可以干吗？’可勤快了。可以看出，学校的教育工作确实做得很好啊！”

“谢谢！”校长掩饰不住内心的喜悦，“家长对我们的工作满意，就是对我们的鼓励。放假时，你们可要及时来接他，别再像以前那样让他一个人留在学校。”

“你这是什么话？绝不会的。”艾勒别克装作很不解的样子，耸了耸肩。他的妻子也做出了一副生气的表情，咧了咧嘴说道：“放假前我们还会来几次的。谢天谢地，现在我们各方面的条件都很不错，不是吗？”

“请原谅！”曼苏尔校长很真诚，“有时，我们这些老师也会说错话。”他又用微笑表示了歉意。

“对，您说得很对！”妻子想扩大自己的优势，“老师也会犯错。我们那里有个老师，把课上到半截子发现不对就问学生‘孩子们，这是哪个班？’孩子们回答说‘七年级’。那老师这才说着‘什么，你们咋不早说’，夹着书慌忙跑出教室，进了另一个教室。你说好笑不好笑！”妻子以为其他人也会跟着她笑，就放声笑了起来。她发现校长很严肃，丈夫正在向自己瞪眼睛，就尴尬地止住了笑声。

丈夫为了转移话题，说道：“嗯，校长啊，我们今天能见到奥列提吗？”

“当然，当然。”校长看了看表又说，“一个小时以后，他们就放学了。走，我带你们去看他们的寝室。”

沃塔西脖子上挂着旧内胎，唱着小曲，走在泥泞的路上。他所唱的曲和歌词只有那么一句，只是在反复不断地唱着：

我的情人，我的宝贝……

我的情人，我的宝贝……

他的前方出现了他妻子。看样子是来找他的，似乎有什么急事，步履匆匆。

“酒鬼！”她看到步履蹒跚的丈夫，就大声说道，“到谁家喝喜酒去了？”听到这雷霆般的叱责声，他震了一下。他强作镇静，想掩饰自己的醉态。不过，那也只是自欺欺人而已。

“是我们哥几个，他们让我庆贺一下。”他立正站着回答说。

“庆贺什么？”

“这个……这个车胎……”

“去你的破车胎！你该和你的车胎一起淹死在酒桶里。”

“车内胎不会被水淹。”

“我能让它淹！”她非常愤怒，“你不能找一个更好的理由吗？”

“当然还有其他理由。还有奥列提的汽车！”

她看着丈夫，迟疑了一会儿才说道：“你还能开车么？”

“嗯，当然可以！车呢？”

“走吧。”她领着丈夫来到路边上的车旁，说道，“算了吧，还是我自己开吧，你会出事的。”

她坐到驾驶座上，发动了车子。她看着丈夫吼道：“你盯着我干什么？看着点儿，看看后面有没有汽车。”

“没有汽车。”

车刚要起步时，车后面发出了咣当的碰撞声和人的喊声。当他们要回头看时，从后面盖过来一堆干草遮住了他们的车，车内顷刻间变成了黑暗的洞穴。

他们二人走出去一看，原来是一辆装满干草的马车。

妻子暴跳如雷：“该死的酒鬼！我怎么给你说的，我问你车后有没有汽车，你不是说没有吗？啊？”

他不无冤屈地说："是啊，是没有汽车。这不是汽车，这是马车……"

妻子瞪着大眼睛，不知说什么好。

就在这时，与高高的干草一起被甩到他们车顶上，然后又从前面滑下来的马车夫也从草堆中钻了出来。瘦得跟麻秆一样的马车夫大声嚷道："我要去法院告你们！"

"告吧，你干脆把他抓到法院去得了！"她指着丈夫，"我问他后面有没有汽车，他说没有。他骗了我，也害了你！"

"他说得对呀！"马车夫指着自己的马车说，"这不是汽车，是马车！再说，开车的不是你丈夫，是你！你应该负全责。哦，对了，你去年还撞死了我的一只种公羊，不错，也是这辆汽车！现在全乡都没有一只种公羊了，是你造成的，那还是我从外地买来的呢。那次我原谅了你，这次不能再原谅了。"

沃塔西也迎合他说道："是的，没有种公羊了。"

妻子看着丈夫，瞪着眼睛说道："你咧咧什么？你想我被法办了是吧？"他又转过脸对马车夫说："好吧，法办就法办吧，快去告啊！"

马车夫从马车上解下马，骑到马背上说道："你要是赔偿我的损失……我就不去叫警察了，否则……"

"你要多少？"

"五千坚戈。"

"去你的！"她拒绝了。马车夫刚要催马上路时，她又伸出一个指头说："一千，怎么样？"

"五千，一个子儿也不能少！"马车夫坚持说。

"一千五！"

"你要这样的话，少了一万我都不干了。"

沃塔西对马车夫说："哎，哎，来，到这边来！"看到马车夫走了过来，他又说着："这边，这边。"把他引到了马车的背面。没多久，两人走了出来，可是马车夫已经变得满脸笑容，眼睛却混沌无光了。

“好吧，”他边说边走到妻子的身边说，“两千！”

她当场给了他两千坚戈。

之后，他们就上了去县城的柏油路，而他们车的左屁股已经凹进去了一大块。

沃塔西的妻子很纳闷，问道：“我没有搞明白，你究竟给他说了什么？他这么快就改变了态度，而且那么高兴。”

“话要说到点子上！”沃塔西有点沾沾自喜，妻子却用怀疑的目光看了看丈夫。沃塔西这时才清醒了一些，他问道：“哎，我们这是要去哪里？”

“去找奥列提！”

“为什么？”

“安静一点，到了我再解释，你会惹祸的。”

沃塔西看到里程表的指针已经指向了一百四十，不再吭声，闭上了眼睛，心里却默默地念着：“愿上天保佑我们平安”。

艾勒别克的妻子带着宠爱的语气对奥列提说：“今天，你就和我们住在一起。我们已经向你的校长请好了假，明天我们一起逛街。然后，我们会送你去学校。”

“谢谢！”奥列提很高兴。

“为了你，我们进了城里最好的宾馆，订了最好的客房。”

“你们在度假吗？”

“不，我们为了来看你，请了一天的假。艾勒别克，你去柜台上再给孩子买点儿吃的吧。”

“不要，婶子。我们不是刚吃了饭吗？”

“哦，时间还早哩，睡觉前你会饿的。我去了。”艾勒别克走出了房间。

“嘉玛丽婶婶，明天我们去公园吗？”

“去呀，只要你愿意，哪里都可以去！”

“这里有个女孩，她在另一所学校，名叫达娜。或许您不知道，她是我爸爸和妈妈从火里救出来的那个孩子。”

“哦，是的，是的。我记得这事。”

“我们把她也叫上吧。”

“当然可以，这不是什么问题。只要是你的朋友，我们都答应，明天早上去她家接上就行了。你学习怎么样？”

“很好。”

“你很棒！你们校长也向我们夸奖了你。”

艾勒别克提着很多纸包着的东西，回来了。

“哎哟，那么快就回来了，都买了些啥呀？我看看，鸡大腿，鱼子酱，芒果汁，还有猕猴桃，你在哪儿买的？”

“有钱能使鬼推磨不是吗？”艾勒别克呵呵地笑了起来。

“这都是我们的奥列提爱吃的……哦，对了，还有一位姑娘，她是奥列提的好朋友，明天我们要带她一起玩。”

“很好，太好了！”

“艾勒别克叔叔，您以前为什么不常来呀，我可想你们啦！”

“原谅我们吧，奥列提。”艾勒别克显出惭愧的样子，“以后再不会那样了，以前你怎么生我们的气，都是应该的。”

“不，不，我没有生气。”他的语气很像大人。

“以后，我们会常来看你。夏天暑假的时候，你想去伊塞克湖风景区玩吗？”

“当然想！真的吗？”

“不。”艾勒别克用指头轻轻磕着桌子，不无高高在上地说，“我们怎么能让奥列提一个人去呢？我们要一起去，这是必须的。”

“你同意你叔叔的提议吗？”

“一言为定！”奥列提伸出手掌，与婶婶拍了一下巴掌。

稍后，艾勒别克打开了电视机。就在这时，沃塔西的车也开进了宾馆院子。

艾勒别克和妻子进了里间卧室。妻子对丈夫说：“我认为，到现在为止，彩票中奖的事他好像什么都不知道。”

“也许吧。你看，我这里记着每张的号码呢。”他打开笔记本给妻子看了看，然后又说，“或许，他现在还不知道。”

“那就太好了！我就趁他什么都不知道，要回彩票。”

“我们怎么开口呢？”

“你看着办吧。”

“不，还是你说吧。”艾勒别克有些担忧。

“好吧，我知道你心律不齐，我说也行。”

“哎哟，是若扎·热木巴耶娃在唱歌呢，太好了！”嘉玛丽来到奥列提身旁大声说道。

奥列提没有吱声，全心贯注地看着电视。

一曲终了，嘉玛丽甜蜜蜜地叫了声。“奥列提，宝贝，假如你……你突然……”她假惺惺地笑了起来，“假如你买的彩票中了一辆奔驰车，你会怎么样？”

“你是说我吗？”奥列提露出天真的笑脸说道，“那样的话，我就送给您。”

听了他的答复，嘉玛丽双手摁着胸口倒了下去。

奥列提吓得一边扶着嘉玛丽，一边大声喊道：“叔叔，艾勒别克叔叔！”

在门内正偷听他们两谈话的艾勒别克，一个箭步从里间窜了出来。

“她心脏不太好，老毛病了，别怕，别怕！”艾勒别克一边扶妻子上床，一边安慰着奥列提。

“叔叔，我叫医生吧！”

“不用，不用。我这就给她吃药，倒杯水来！”奥列提去倒水后，他俯下身厉声对妻子说道，“你不是本事大吗？早知道这样，还不如我自己问呢。快点儿醒来！”

“叔叔，水来了。”

艾勒别克抿了一大口水，照着妻子的脸喷了几下。

很快，嘉玛丽的睫毛开始动了。

沃塔西和妻子在一楼吧台开了票，向房间走去。他们的房间正好在艾勒别克房间的楼下。

妻子对沃塔西说：“快把那东西拿下来，难道它粘在你脖子上了不成？”

“有个小眼，现在我要补上它。”沃塔西说完又补充说，“你看，我把胶和工具都带来了。”

“在家你都不干，带这里来干什么？就因为你，到嘴的肉要被别人叼走了。”他们边说边走进了与艾勒别克他们的户型一模一样的套间里。

丈夫有些不满地说：“有必要开这么好的房间吗？”

“要么多丢人哪？”

“他是我们的亲人吗？是的。是亲人就不存在丢不丢人问题。也不知道他们把孩子带到哪儿去了，怪就怪你平时总疏远他们！你看着，我不会让他们占到任何便宜的。我们去餐厅吧，我有点饿。”

“你坐着吧，我给你拿来。要不然你又要喝酒，耽误正事。”

沃塔西从脖子上取下车内胎，把气嘴的螺丝紧了紧之后，放到床下了。

“晚上好！”图尔荪和妻子走进了他们的房间，沃塔西慌忙站起来，不知所措了。而他的妻子却回话说：“好啊。你们怎么也来了？”

“给孩子们买些衣服。”图尔荪的妻子回完话，问道，“你们干什么来了？”

“修车。昨天晚上我们的车被人撞了。”

“是停着的时候吗？”

“是啊，而且是当着我们对面。”

“现在的人咋都变成这样了，真是的！”图尔荪的妻子边说边叹了一口气。

少时无语之后，沃塔西的妻子看着图尔荪妻子说道：“说实话，你们仅仅是因为要给孩子买衣服才来的吗？”

“是呀。”莎芙拉还是不想说实话。但是，她的眼神和面部表情却难掩心中的虚伪。

沃塔西的妻子话锋一转，说道：“艾勒别克他们也在这里。他们把奥列提也接来了。财迷心窍的两口子，太狡猾了！”

莎芙拉说：“我们也知道了。”

“知道什么？”

“艾勒别克接走奥列提，还有，你们为什么来这里的事。”

沃塔西的妻子说道：“事实上，从血缘上讲，我们才是奥列提最亲的人。”

“是呀！”莎芙拉语气中带着讥讽，“每逢假期奥列提总在你们家度假不是吗？你们为了看望奥列提，把学校宿舍的门槛都磨破了呀！”

“那，那你们呢？”

“上次的整个寒假，他就在我们家。你说说，你让他喝过你们家一口水吗？现在你却成了最亲的亲人，你还好意思说？是我们把他安排在寄宿制学校的，是我们！”

“我们正准备把他接到家里上学呢，十一月一到我们就要接他走。”

“去年十一月为什么不接？”

“当时太忙，没时间。”

“没时间！你怎么不说是你们没想到会有今日呢？怎么样，我说到点子上了吧？”莎芙拉停顿了一下，又说道，“我们俩在这里争论不休的时候，艾勒别克的女人早把孩子哄好了。你不想知道她怎么会先下手的吗？”

“他们俩都是善于算计的人，这院子里没有他们的车，不知道他们把孩子接到哪里去了。没有他们想不到的。”

莎芙拉说：“既然话已经挑明了，我们的目标又一致，那么，我们就应该截住嘉玛丽！”

“对，应该！”

她们二人说着话，来到了刚才把男人们关在里面的房间门口。沃塔西的女人把手中拿着的包着食物的纸包递给莎芙拉，掏出房间钥匙打开了房门。这时，从里间房传出了沃塔西的声音 :“挤，使劲挤！”而当她们进去之后，安静了片刻。

从开门声知道她们回来了的男人们一个跟着一个走出了里间屋。

两个女人不敢相信自己眼睛，都站着不动了。图尔荪和沃塔西都醉了，摇摇晃晃，站都站不稳了！

沃塔西的妻子好像怀疑是不是还有另一道门一样，向四周看了又看。这里是三楼，不可能翻窗出去！她非常惊讶 :“喂，你从哪儿买的？”

“什么东西？”

“还能是什么？你们怎么醉了？”

沃塔西打着嗝否认说 :“没有的事，我们没有喝酒。”

他妻子跑进里屋，一只手拖着内胎，另一只手拿着玻璃茶杯走了出来。

“我知道是咋回事了！”她暴跳如雷，“我说，他怎么老挂在脖子上不肯放下，他说要补一下，可怜的我还信以为真了！莎芙拉，抓住这杯子！”

莎芙拉接过杯子，放到桌子上了。沃塔西的妻子把内胎举起来，用一只手捋过来从气嘴往茶杯里倒了起来，倒了整整两满杯。

“话要说到点子上，原来这就是你跟人说话的点子呀！那好，我倒要看看你还有什么点子！”她端起两杯酒倒到了窗外。

图尔荪闭上了双眼，而沃塔西却伸着脖子看了看窗外。

艾勒别克和妻子，带着奥列提和达娜开着车在城中林荫道上奔驰。早春温暖的阳光透过茂密的树枝在他们车上闪烁。几个人满脸都挂着笑容。拐过一个十字路口之后，他们的车停在了童装商店门口。

唐阿特在家门口用千斤顶顶起车厢一侧，正在换轮胎，身边一个十二三岁的男孩在给他当下手。

他的妻子从屋里出来，站在了他们身旁。

他头也没抬地问她 :“你站这儿干什么？”

“没事，看看。”她又笑了笑说，“有一段时间了，你也不去寄宿学校看看那孩子。”

他抬头不无惊奇地看了看妻子，问道：“你说什么？难道你做了什么梦吗？”

她说：“昨天，我去奥列提亲戚们的村庄，见了我的同学。”

他说：“好哇，那又怎么样？”

她说：“我怕那孩子被人害了，听说他的彩票中了头等奖，是一辆奔驰牌轿车。”

他猛回头看着妻子说道：“你说什么？”

她说：“孩子不是小吗，他还不知道财产的珍贵不是？”

“你究竟在说什么？”

“他的彩票中了一辆奔驰车！”

身边的儿子瞪大眼睛问道：“是吗？真的？”

她装出一副很关心奥列提的样子，回答说：“是真的。我们应该尽快到他身边，和他在一起，或者把他接到家里来。谁知道呢，说不定会有人害他呀。”

“真说不定呢！”唐阿特真的为孩子的安全有所担心，说道，“他的那些亲戚也不去看他，真是的，今天我偏偏又腾不出手！”

儿子高兴地喊道：“好样的，奥列提！这下好了，我可以坐着他的车呜——呜，去想去的地方喽！”

唐阿特有些不满地看了看儿子，儿子看到父亲的表情后，不再说话了。

妻子看着丈夫说:“我们不去不行吧，他还是个小孩子，恐怕会上别人当啊！”

唐阿特不无怀疑地看了看妻子，他从妻子看着他的眼神中似乎看到了她的真诚。

校长办公室里。校长看着面前坐着的四个人微笑说：“奥列提的亲人还是挺多的嘛！而我们却误以为他没有什么亲人呢……是呀，是，凡是人都很容易犯错。”

“当然，会犯错。”沃塔西的妻子说。

校长想起昨天艾勒别克妻子所说的例子，就主动发话堵她的嘴了：“这不仅仅是老师的错，而是所有人都有可能出现的误判。”他挥着手继续说道：“比如，各位不是也在纠正过去的不足之处吗？”

图尔荪说：“是的，错在我们。”

“哎哟，难道今天是奥列提的生日吗？”校长掩饰不住心中的惊疑说道，“昨天开始，你们一个接一个地……”

图尔荪的妻子赶忙说道：“春耕大忙季节就要开始了，大家都想在春耕前来看看他。”

“你们都是奥列提的什么人啊？”

图尔荪说：“我是奥列提父亲的堂兄。”

他妻子补充说：“他最亲的亲人就是我们。”

图尔荪进一步介绍说：“这位是奥列提的舅舅，他身边的就是他的夫人。”

“好，很好。”校长停顿了一下说道：“那么，昨天来的那两位又是什么亲戚呢？”

沃塔西妻子说：“他们是远亲，再没有比我们几个更亲的人了。”

“各位昨天下午就来了，很抱歉我当时不在校。既然来了，就应该见一面。上课之前，昨天的两个人可能会把他送来的。你们就耐心等一会儿，你们就可以在课间见到他。”

沃塔西的妻子说：“不，校长。我们想带着他玩一天。”

“那太好了，明天正好是休息日，你们一整天都可以在一起。”

“谢谢，回头见！”

四个人谢过校长，走出了办公室。沃塔西出门后说：“我再也受不了了，回去吧。过两天再来。”

图尔荪也说：“我也是，咱们回去吧。”

沃塔西的妻子说：“我知道你们为什么受不了的，忍一忍吧！”说着话，两个女人与男人们拉开了一些距离。

莎芙拉对同伴说：“看样子，校长好像什么也不知道。如果中奔驰车奖的话属实，他还能不知道？那还不轰动整个寄宿学校？”

沃塔西妻子说：“可能他什么奖也没中。或许，或许他把彩票弄丢了。”

莎芙拉又说："彩票出自艾勒别克的手，而他从来都是无利不起早的人，也就是说，中奖之说并不是传言。"

沃塔西妻子说："如果最初赠送彩票的人是艾勒别克……真无耻！这么说，他是要把自己赠予别人的东西再要回来吗？"

"谁说不是呢？现在的人早把道德丢到脑后了。他把票赠送给我们家孩子了，也就是说，那东西应该属于我们，这是有法律依据的。"

沃塔西妻子冷眼看着莎芙拉，说道："那票现在奥列提手上。你的孩子把它赠予了奥列提，而奥列提与我们最亲。也就是说，比起堂叔，亲舅舅要近多了不是吗？这也是有法可依的！"

"那是什么法？"

"自古以来的传统。"

"看你说的！我原本想和你平分奖品，没想到你却心怀鬼胎，想独吞吗？"

"怎么叫心怀鬼胎？你说，你凭什么要平分，要分也得是由我们来分！"

她们吵吵着走出了院子，但是门口却没有男人们的影子。

"哎，他们两人可能又喝醉了！"沃塔西妻子很生气。

"你看，我说你无情你还不愿意。你连自己的男人都不心疼啊？"

"喂，我们在这里！"沃塔西从她们身旁的树后面闪出来说，"回去吧，我们还得修车呀。"

妻子用仇视的目光看了他一眼，沃塔西却钻进车里坐在了后排座上。

艾勒别克和妻子带着两个孩子正坐在公园餐厅里吃饭。

"这衣服很合身。"嘉玛丽看着奥列提身上的新衣服说，"达娜，你觉得呢？"

小女孩点着头说："很好看！"

艾勒别克想套奥列提的话，说道："奥列提，你们学校最近有什么新鲜事吗？"

"没什么，就是最近学校要组织我们去卡兹胡特风景区游玩。"

"噢，噢。"他对这一消息根本就没有兴趣，"再没其他的好事？"

奥列提有些不解地回答说："没有啊。"

"嘉玛丽阿姨！"达娜露着洁白的两排牙齿微笑着说，"我们班有个很可笑的同学，有一天他放学回到家里，爸爸问他'今天老师给你什么评价了？'他毫不掩饰地回答说'给我评了两分'，他爸爸生气地说'怎么才得两分呢？'他却说'两分是你得的，不是我。昨天晚上是你给我做的数学题。'您说好笑吗？"

奥列提开心的大笑了一阵，艾勒别克和妻子只是咧嘴勉强笑了一声。

达娜问："阿姨，不好笑吗？"

艾勒别克点着头回答说："好笑，好笑，太好笑了！"

达娜又笑着说："上次，唐阿特叔叔来了。他带着我和奥列提去山里滑雪，奥列提总是摔跤。太搞笑了！"

"我不就摔了那么四次嘛！"奥列提很不高兴。

"不，是七次！"

"下次去，我再也不会摔倒了。"

"当然，到那时你也会长成大人了。"

几个人不再说话，都在吃着各自的饭。艾勒别克一边啃着鸡腿一边说："我们乡里的一个学生买彩票中奖，赢了一辆自行车。"他想把话题引到正题上。

两个孩子都没有回应他。艾勒别克和妻子面面相觑，又耸了耸肩。

"我该回家了！"达娜突然说道："妈妈只准了我两个小时的假。"

艾勒别克看了看表，说道："好吧，那咱们回吧！"

车内有艾勒别克和妻子，还有奥列提三人。他们沉默了一会儿之后，艾勒别克说道："奥列提，你还记得吗？"然后换了一种听起来轻描淡写的语气："你，你有彩票吗？"

"彩票？"奥列提看看他又看看她。

"是啊，彩票。"嘉玛丽也开口说道，"上次你去村里的时候，马丁给你的。"

奥列提笑着回答说："噢，噢，是的，是的！他是给过我。"

“你还没忘，真棒！”艾勒别克很兴奋，“那票现在哪里？”

奥列提沉默了，似乎有什么难言之隐。

“怎么，丢了吗？”嘉玛丽有些惊慌。

“没有，没有丢！”

嘉玛丽拍着他的背说道：“好孩子，我想你也不会丢。”

“你们问它干吗？”

“你知道吗？”艾勒别克语气严肃，“我犯了一个大错误，那彩票是公司的，我不小心给了马丁，他却给了你。”

奥列提沉默了。

“你想一想可以吗？”艾勒别克又说，“只要你愿意，我可以给你买一百张彩票。”

“那你把公司的彩票补齐不就行了嘛？”

“那不行！因为都记有号码。”

嘉玛丽也说：“是的，那不行。公司正要起诉你叔叔呢！”

“起诉？”奥列提吓了一跳。

嘉玛丽想利用孩子担心之际，扩大战果：“是的，要起诉。要不然，三张彩票有必要问你吗？”

奥列提很不情愿地回答说：“我把它，我把它送给达娜了，在她过生日的时候。”

“给达娜了？”嘉玛丽嘴张老大，“那我们去吧。”她用指头捅了捅艾勒别克。

“嘉玛丽婶，咱们还是别去吧！我怎么好意思再问她要呢？”

就在这时，图尔荪和沃塔西的车来到他们车后停了下来。艾勒别克和嘉玛丽恨不得杀了他们，满脸的仇视。

“哦，原来你们在这里呀！”图尔荪从车上下来，向他们走了过来。其他的人也先后下车靠了过来。

“为了找你们，我们跑遍了县城的每一个角落。”沃塔西妻子说道，“你们把奥列提抢去，藏哪儿了呀？”

艾勒别克和妻子也下了车。嘉玛丽看着他们说道：“你们咋都来了？”

“你们呢？”莎芙拉没有正面回答。

“我们带着奥列提玩呢。”

沃塔西妻子说：“我们啥都知道了，别再耍狐狸的那一套了！”

艾勒别克说：“你们要不信，就问他本人好了。”

“当着孩子的面，你们这是干啥呀？”沃塔西很不高兴，“你们都过来。我说我们回去，你偏偏要来。”他又埋怨起了妻子。

他们都走到离汽车远一些的地方停下了。

嘉玛丽开口说道：“事实上，这彩票是我们买的，是我们赠送的。”

莎芙拉说：“那就应该是我们的呀？你咋好意思要呢？你脸皮怎么那么厚呢？”

沃塔西妻子却说：“比起你们，我们才是奥列提最亲的亲人。所以法律是在我们这一边。”

“你想得美！”嘉玛丽也不依不饶，“奥列提知道你家的门是朝哪开的吗？”

沃塔西大声说道：“喂，各位亲人！你们都怎么了？你们都不害臊吗？”

“你害臊，你站一边去！他们都不害臊我们还怕什么？”他的妻子把他顶了回去。

沃塔西无奈地看着图尔荪说道：“图尔荪，你劝劝她们哪！”

图尔荪看着他不知该说什么，迟疑了一下之后，才不太情愿地说了句：“我支持沃塔西！”

这时，奥列提来到了他们身边。不知道发生了什么事的他笑眯眯地看着图尔荪说：“图尔荪伯伯，您好吗？”

图尔荪立刻说：“哦，我的奥列提，长这么高了？过来，让我亲亲你。”

“过来，孩子，我也要亲你。”沃塔西想起冬天的那次见面，真诚地说道，“这次舅舅的手空着，来吧！”说罢，吻了吻他的额头。

沃塔西妻子搂着奥列提说道：“哎哟哟，我们为了找你，都跑断腿了。好了，现在你跟着我们逛街，好吗？”

“我要去上课。”他对亲戚们都突然来到自己身边，而且都那么热情感到惊诧，同时也有几分怀疑。

艾勒别克和妻子对了一下眼神，便离开众人向一边溜去了。

“没关系，就一天嘛，亲人们又不能天天来看你。明天又是休息日。”莎芙拉用宠他的语气说到。

“你们……你们怎么都凑到一起了？”奥列提似乎有无名的担心。

图尔荪回答说：“春耕大忙季节就要开始了，那时我们都没空了。所以，大家都来看你了。”

奥列提转身向马路中间走了两步之后，又转过身大声喊道：“图尔荪大伯，图尔荪大伯！他们要去哪里？您让他们停下来！您要挡住他们！”他一边喊着，一边向艾勒别克他们去的方向追了过去。

“怎么了？他们去了哪里？”女人们嚷了起来，她们根本没有明白究竟出了什么事。

图尔荪和沃塔西去追奥列提了。

“奥列提！奥列提！你怎么了？”

“他们要去达娜家，因为我把彩票送给了她，就在她过生日的那天。”

听到这话，女人们这才张大嘴恍然大悟。图尔荪说：“奥列提！沉住气，咱们开车追，保证一会儿就能追上。走，上车！”

她们分坐两辆车，尾随艾勒别克而去了。前车上坐着图尔荪和妻子，还有奥列提。奥列提抹泪哭着。

莎芙拉咬牙切齿。“你看他们有多狡猾！”她又问，“你知道达娜家吗？”

“当然，大伯您快一点！”

两辆车轰鸣着一前一后来到独门独户的一户人家篱笆院墙前，停了下来。

奥列提跳下车就径直向院内跑去了。

艾勒别克他们正在和达娜的母亲说话。嘉玛丽说：“从道理上讲我们确实不应该。但是，我们也没有办法，我们必须得要回彩票。请您谅解。”

当他们看到奥列提急冲冲进来，都瞪大眼睛愣住了。

奥列提含着泪问道：“达娜在哪里？”

“奥列提，你……你怎么了？”达娜的母亲不知道究竟发生了什么事情。

胸前戴着蝴蝶结的达娜从自己的卧室笑眯眯地走了出来。她正准备要去上学，所以穿戴很漂亮。当她看到哭着的奥列提，和刚刚还乐呵呵的带他们去公园，一起用餐的艾勒别克夫妇的严肃表情后，愣在那里不知说什么了。

就在这时，图尔荪一行也进来了。

达娜和她的母亲不由地紧张了起来。达娜有些颤抖地问道：“奥列提，你怎么了？”

“达娜，你把那票还给我！快！”

“是你送我的生日礼物吗？”

“是的，是的，快！”

女孩瞪大眼睛看了他片刻，忽然放声哭了起来。之后，拿起书包把书都拿出来，一本一本地翻了起来。艾勒别克夫妇屏住呼吸，四只眼盯着她翻书的每一个动作。

“这不是吗，给你！”她把彩票扔给奥列提，哭着跑进了自己的卧室。

“丢人哪，真丢人！”达娜的母亲手抓着自己的衣领，自言自语道。

奥列提拿起彩票撕成四瓣，扔到艾勒别克和嘉玛丽的面前之后，坐到地上大声哭了起来。

艾勒别克颤抖着双手，捡起地上彩票的碎片装进了衣兜里。

“走啊，你们出去！”奥列提愤怒地大声喊着，“给，把这东西也拿走，我不稀罕！”他边说边脱下新上衣和裤子，扔到门口，一头倒在床上。达娜的母亲流出了眼泪。

艾勒别克夫妇刚要向外走，图尔荪和沃塔西挡住了他们。

“各位！”达娜的母亲用冷峻的眼目光看着他们，“我刚才还在纳闷，你们怎么突然变得这么热情，这么有亲情感！原来你们以为彩票中奖了，是吧？我给你们讲，根本就没有中奖！达娜之所以没有扔掉，是因为那是奥列提送她的生日礼物。”

屋内顿时变得鸦雀无声，几个人像木头人一样定在原地不动了。

艾勒别克颤抖的双手不由地塞进了衣兜，他妻子的目光也定格在了丈夫的衣兜上。

“你们不相信的话，你们自己看吧！”女主人从抽屉里拿出一张报纸，放在了桌面上。

艾勒别克夫妇把彩票碎片拼在一起，与报纸上公布的中将号码核对着。其他的人忍着急切的欲望，看着他们。艾勒别克反复确认了三张票的号码之后，打开了自己的笔记本。看了又看之后才很不情愿地抬起了头。豆大的汗珠已经布满了他的额头。他小声说到：“是我记错了号码。”

嘉玛丽也泪流满面了。沃塔西走过去拍着奥列提的脊背说：“奥列提，起来吧，宝贝！”

奥列提却甩胳膊挡住了她的手，大声喊道：“出去，请你们出去！我谁也不需要，再也不想看到你们了！”他又抬起头说道：“图尔荪大伯，你们都走吧，你们都出去吧！”说罢又哽咽了起来。

莎芙拉和沃塔西妻子也流泪了。

校长办公室的沙发上坐着指导老师，而校长却背着双手在踱方步：“真是的，要是听别人说，我可能不会相信，可偏偏是我亲眼所见。丢人哪，丢人！”说罢又摇了摇头。

“他们来道歉了吗？”

“道歉了，那有什么用。我们还真看不透这样的人。我们今天培养的这些孩子，明天就要成人了，而他们今天的所见所闻都是些什么呀？难道这些都要怪我们教育工作者吗？”

“关键是孩子的天资，教育只起一个引导作用。”指导教师说。

“不！”他的口气很坚定，“教育不仅仅在教室，在宿舍，而应该在家庭，在室外场所，在走廊，在飞机上，在车厢里，在社会的每一个角落，应该无处不在。不仅仅是言传，更重要的是身教。实际上每一个成人都应该是教师，我们每一个人的日常生活，诚实的言行，都应该是孩子们仿效的典范。”

就在这时门开了，打扫院子的清洁工老汉进来了。他不无神秘地小声说道：“校长先生，我从厕所里捡到了三个新鲜的烟头！”

“您就装在您的衣兜里！请把门关上！”正在气头上的校长已经失去了耐心。

清洁工无声地关门走了。

校长又说：“好了，你说说，奥列提的情况怎么样？”

“他还躺在寝室里，不肯出来。”

“不要打扰他，让他静一静。别说他一个孩子，我都受不了啦。”

“后来的那两个亲戚，好像不是那种人。”

校长轻轻耸了耸肩，没有说话。

学校宿舍区静悄悄的，院中夏天学生看书的长条桌边上的靠背长椅上坐着一个人，他是奥列提。他已不再哭泣，却在痛苦地思考。一生中第一次遇到的面对面的伤害，使他晕头转向，痛苦万分。

校门前来了一辆大卡车，唐阿特从车上跳下来，直接走进了宿舍区大门。他径直走进奥列提寝室所在的那栋宿舍，很快又走了出来。院中长条桌上方成排的灯泡中有一盏还在亮着，而且在凉飕飕的春风中摆动着，灯光时不时地照在奥列提身上。

唐阿特看到有个孩子独自坐着，就加快步伐走了过去。他认出那是奥列提，

高兴得轻轻喊了声 :“奥列提！”

奥列提没有应答。唐阿特不知道发生了什么，心中不免迟疑了一会儿。他又喊了一声 :“奥列提！” 不过这次的声音中有一些惊慌。他又说道 :“你没认出我吗？你怎么不抬头看我？”

“您来干什么？”

“什么叫干什么来了？奥列提，你病了吗？”

“我在问你干什么来了，请您回答！”

唐阿特微微挺了挺弓着的腰，惊愕地看着他不知说什么了。

“我玩彩票中奖，赢了一辆奔驰车！”语气中不无辛辣和讽刺。

“我听说了。”他又补了一句，“原来是真的呀。”

“是呀，是真的！我想把它送给您，所以我在这里等你呢。”

“算了，别那么说，奥列提！”

“为什么，您不高兴吗？”

“我可要生你的气了。”

“假话！”孩子说完猛地转过来大声说道，“假话，骗人！你们都喜欢装腔作势，都是骗人的伪君子！”

“我什么都不需要！怎么，出了什么事？是我来晚了吗？家里的事，脱不开身不是吗？原谅我。”唐阿特想拥抱他，可是他纵身跳出了很远。

“走，您走开，我再也不要任何人了！不要，不要！”

“奥—列—提！”唐阿特大声叫着靠了过去。可孩子向后退了。

“别过来！别靠近我！”

“就冲着你的这话，我不但要靠近你，我还要打碎你的下颚！”唐阿特边说边走了过去。奥列提向后退的时候被一根树干绊倒了。唐阿特把他拉起来，向有亮灯的地方拖了过去，然后抓住他的衣领说道 :“说吧，究竟发生了什么事？”

回寝室的两三个学生路过他们身边，看到有一个大人正抓着奥列提的衣领就吹起了口哨。很快，从宿舍里冲出了一帮学生围住唐阿特，上去就一顿乱打，把唐阿特摁在了地上。待奥列提反应过来要拉他们，却已经晚了。

这时，清洁工手里拿着大扫把从一个墙角走出来，口中嘟囔着："抽烟，打架，这就是你们的教育。"他一方面似乎在埋怨老师，另一方面却是因为校长办公室的门是开着的，他是故意说给校长听的。就在这时，有一个孩子叫了起来。

打人的那帮孩子瞬间消失了。

唐阿特摸着头坐了起来。

街边小饭馆的一角上，坐着图尔荪夫妇和沃塔西夫妇。他们每个人似乎都在沉思中。

"嘿，我们做得太过分了！"沃塔西忍不住自责说。

图尔荪也说道："给孩子的心灵打上了抹之不去的阴影。"

沃塔西的妻子用手绢抹着眼泪说："我们都鬼迷心窍了呀！"

莎芙拉也含着眼泪说："我们算是留下了洗不清的恶名啊。"

四个人再一次沉默了。

"亲人们！"沃塔西说出了发自肺腑的话，"我做梦也没想到我们会惹出这么大的丑事。没有争执，心平气和过日子的时候，我们都是好人一个。可是一旦遇到了金钱，每个人心灵深处的那个恶魔就被唤醒了。而这样的时候，像不是同窝狗一样相互撕咬事件的发生，也不是什么难事了。要不是这件丑事，或许我们永远也不会明白这个道理。事已至此，后悔无济于事，无论我们还是奥列提，都会一辈子铭记在心的。"

"那我们该怎么办呢？"莎芙拉再一次含着眼泪说道，"我们如何治愈孩子心灵上的创伤呢？我们都有孩子，假如他们也像奥列提一样被亲人们……"她再也说不下去了。她哭出了声。沃塔西妻子也跟着她哭了。

"打住，打住！人家都在看呢。"图尔荪看着馆子里的其他人，对两位夫人说，"他们不知道你们为什么要哭，所以会笑话的。"

沃塔西妻子吸溜着鼻涕说："管他呢，看就看吧。"

城外公路边上停着艾勒别克的车，坐在副驾驶位上的妻子说："都是你惹的祸，你额头上是眼睛，还是两个结子？"

"万一是真的，你也会这么说吗？又会怎么办？"

"我也不知道，或许会理智一些吧。今后，我们怎么见人呀？"

"或许，我们应该迁到别处去。"

"迁出去也不一定能清净……"

唐阿特和奥列提开着车行驶在公路上，唐阿特头上缠着绷带，看样子先前那些孩子们没有对他手软。

"这么说，你玩彩票给我赢了这缠头的白布了！"唐阿特笑着看了看孩子。

奥列提也看着他笑了笑："还疼吗？"

"右耳朵有点响。"

"只要是被我那些同学打了，右耳朵响是必然的。"

唐阿特也咧嘴笑了："我们正在建一座大水坝。一旦建成了，什么黑海、波罗的海，我们都不屑一顾了。因为我们要在那里养各种各样的鱼，一到夏天，你和我们家的孩子们一起，可以在那里捕鱼玩，每到周末我都会送你们去那里玩……"

奥列提迷迷糊糊打起了瞌睡，他基本没听到唐阿特后面的话。当他双眼紧闭之后，眼前朦朦胧胧出现了一片白光，那白光逐渐清晰，最后变成与白蝴蝶翅膀一模一样的无数光斑。

过了一会儿，他又看到达娜从粉红色花丛中向自己跑来。但是，不知道为什么，她是哭着跑过来的。而她的身后跟着的是他的那条阿克托斯狗，它却张着嘴，伸着舌头欢快地跑着。

韩阿里译

欧热里汗·博凯

（1943—1993年）

著名作家、编剧、记者。1968年毕业于哈萨克斯坦国立大学。1970年出版处女作《鞭策者》，通过这部中短篇小说集被广大读者认识。之后，出版了《昴星》《你在哪——我的白鼻小马驹》《冰山》《高唱的沙石》《消失的昴星》《我们的冬天很漫长》《无法入睡》等中短篇小说，用抒情浪漫的描写方式，对哈萨克斯坦阿勒泰地区艰苦的社会生活、美丽的风景和人们的命运以独有的风格进行了描绘，在哈萨克斯坦文学界开辟了独树一帜的写作风格。他的舞台剧剧本有《我的宝贝》《博弈》《雪之女》《奔跑的火车》《怕您》等，这些歌舞剧在哈萨克斯坦国家剧院和地方剧院上演过。他的电视剧本《野人》《魔鬼之桥》被拍成电视作品。

其作品被翻译成俄语、英语、法语、德语、日语、阿拉伯语、汉语、斯洛伐克语、保加利亚语、匈牙利语等。

1976年，他的舞台剧《我的宝贝》获得哈萨克斯坦列宁文学奖；1978年，他的《闪电的印迹》一书获得奥斯特洛夫斯基文学奖；1986年，他的中短篇小说集《我们的冬天很漫长》，获得哈萨克斯坦阿拜文学奖。

棕　鹿

啊呜!

棕鹿今天也没有喝水。棕鹿并不是不想喝水，但只要两颊碰到了泉水结成的尖锐的冰，就浑身颤抖，全身没力，几乎倒在地上，只好无奈地往后退去。它三次冲向了泉水，却三次都面临同样的情形，只好退回原地。即使被悔恨之火烧得心中烦闷，它还是无法接近脚下这汩汩流淌的泉水。这就是真的老去了……不，它离真正的老迈还很远，属于棕鹿最好的生命还在前头。它现在的虚弱并不是因为屈服于年华的老去，而是因为连续三天的交配。可要是这样，去年棕鹿怎么就没有累？前年，它还能独自利落地完成一整群母鹿的交配而精神奕奕。今年是怎么了？也许是 9 月就开始的刺骨寒风使它受凉了？可棕鹿别说是山上的秋天，就连长达六个月的寒冬，也能毫不在意地轻松度过。是的，今年的秋天来得很早，层层叠叠的云雾早就遮蔽了太阳。从早到晚，断断续续的雨水从低矮的天空滴落下来，把人畜都搅得心烦意乱。有时候寒风一吹，就把那些虚弱无力如同孤儿的雨滴吹得歪斜而去。对于冷风早已俯首称臣的森林在呼吼的寒风中，也许在思念着夏日的喧闹，伴随着茫然的忧伤和希望、不值一提的梦想，唱着一首微弱的歌。棕鹿背对着寒风，长久地呼唤着鹿群。

啊呜!

棕鹿孤独的声音已经没有当年震慑四方的威严，却还是能够听出曾经的洪亮。过去，这片茂密的森林、高大的山峦还有山间和河谷里，都曾长久地回响着棕鹿的声音，传到很远很远的地方去。喝不到泉水退去的鹿群，暗藏着不为我们所知的秘密。但是，从棕鹿喑哑的嗓子里发出的微弱声音却不曾被任何人、任何动物甚至有知觉的生命听见。并不是万物都失去了听觉，而是棕鹿越发虚弱了。唉，早些年啊……一切都不如从前了……那些悠然远去的青春，都化作某种回忆，流露在棕鹿的眼睛里。就算这样，棕鹿也不愿意承认自己已经老去。年轻的母鹿放肆的挑逗，还有今年冬天的寒冷，都让它力不从心。棕鹿离开泉边以后，就开始呼唤鹿群（它的声音不像发情期的呼唤，倒仿佛是一种孤独困惑的叹息），迈着无力的步伐，棕鹿朝着山顶走去。但是山路也仿佛与往日不同，山顶好像突然变得比往日更高更远，它再也无法踏出一步，像是有什么扼住了它的喉咙！棕鹿俯身卧在地上，停了下来。棕鹿低垂着的头，仿佛是在命运面前首次屈服，曾经的骄傲一扫而光，而那种洒脱的童趣也终于远去。每年让人割去犄角不说，在刚才那场决斗中受到顶撞的腹部现在才开始疼痛起来，折磨着它虚弱的身体。它现在才从迷雾一样的现实中看清了——它再也无法见到那个飞奔而来的年轻漂亮的母鹿，再也无法拥有那个温柔可爱的中年母鹿。那些再也无法看见、听见的事物，让它悚然一惊，它猛地昂起头，又一次发出呼唤。

啊呜！

昨天天蒙蒙亮时，棕鹿像往常一样，驱赶着母鹿们朝着山顶走去。怀着不战不休的决心的其他雄鹿包围了母鹿，不让它们离开。棕鹿早已习惯于每年在决战中取胜，它充满信心。它预感到今年的交配不会像往年那样轻松，就示意母鹿散去。它迎风抬头，又是一声——啊呜……它的吼声仿佛是一个信号，刚才还等待着的雄鹿群立刻分成整齐的两列，仇恨地看着棕鹿。它们的心都怦怦直跳，眼里放射出仇恨的火焰。它们的鼻尖发痒，都在觊觎着交配期最初的美妙。也许是慑于棕鹿往昔的气魄，正对面的雄鹿无法正视它，也无法隐藏身体里那隐隐的惊慌，笔直站立着的双腿微微颤抖起来。同样的情形也发生在棕鹿身上。

今年的交配将会极为艰难，棕鹿对此早有预感。随着年岁渐长，棕鹿的精力也不如从前，逐渐步入了老年。也许就是因为这样，棕鹿一早就躲开了可能会有的激战，径自驱赶着鹿群离去。情欲的萌动早就让雄鹿群忘记了长幼，年轻的雄鹿都挑衅着接近棕鹿。棕鹿那受到挑战的尊严驱使它加入了战斗。眼前这个顶着巨大鹿角的大家伙让它不敢靠近。如果它加入了真正的战斗，最后只剩下两个大家伙，那又会怎么样？棕鹿又一次看着对手。它们两个都藏起心中对彼此的忌惮，直瞪着对方，后退了几步，就径直冲了上去。只听到咔嚓一声，紧接着就听到此起彼伏的“咔嚓”声填满了耳膜。分成两列面对面的鹿群加入到了这场从未见过的大战中。年轻雄鹿顶着刚刚长起来的犄角划破空气，白桦树皮一样坚硬的额头撞击在一起时，仿佛有火光窜起。为了情欲而开始的生死之战，是真正的雄性之间的战斗。当雄鹿们顶着坚硬的犄角像子弹一样向对方射去时，仿佛镶着金边的鹿角在这场情欲之战中显得那么美丽，又那么壮烈。在阿勒泰早秋浓重的雾霭中，这场战斗延续了将近 3 个小时，才渐渐接近尾声。到了浓雾散去时，战斗方才停止。在秋日雾霭中若隐若现的褐色山丘上，只留下棕鹿和那个刚刚嗅到一丝情欲气息的年轻雄鹿。棕鹿知道真正的王者都将在这场决斗中诞生。这样的战斗不仅属于鹿群，在自诩智慧的人群中也从未消失过，人群之间的战斗比鹿群之间的战斗更加血腥。人群并不会像鹿群一样经过一期一会的战斗之后就回归和睦，而是不达目的誓不罢休。是的，棕鹿并不知道野兽为什么总是被人群包围，它不知道人们为什么喜欢鹿角，因此，它对人们一直怀着仇恨。哪儿有决斗，哪儿就有公正。棕鹿感到视线开始模糊，才知道自己真的累了。年轻雄鹿的进攻，却让棕鹿重新清醒过来。它强迫自己将在重创中眩晕的头抬起，睁开眼睛，看到对面站立的年轻雄鹿。雄鹿正龇牙瞪着自己。棕鹿只要须臾放松紧绷的神经，沉重的头颅就会滚落在脚下乌黑的土地上。眼前的现实提醒了它，它决定保住过去的尊严。就算是这样，它还是在年轻雄鹿的身上看到自己永不复返的青春。它又闭上了眼睛。刨地的年轻雄鹿如果不发出挑衅的声音，棕鹿很想即刻死去。年轻雄鹿知道棕鹿已经虚弱到了极点，却并不一头将棕鹿撞死，而是挑衅地要棕鹿继续决斗。不知道是对面年轻雄鹿正式的挑战让它感到屈辱，抑或是过去辉煌的战绩激起了它的斗志，它将朦胧的眼睛重新睁开，高高昂起了头。但是，棕鹿的眼睛还是流露出祈求的眼神：原谅我一次，我知道我会输给你。你的人生还有生命中的那些快乐，都还有很多。难以割舍的情欲，我不知道还能不能活到明年的秋天……年轻雄鹿圆睁着血红的眼睛一步步后退着，为下一次的进攻做着准备。下一回合，棕鹿好像不再是长着犄角的雄鹿，而是长着雪白胡须的老者。那个老汉摩拳擦掌，仿佛要举着锯子割下那十八枝杈的漂亮犄角，然后将犄角割下时汩汩流下的鹿血大口大口喝下，复而胡须沾满了鲜血的棕鹿会一脚把雄鹿踹开。逐年积累的仇恨和愤怒像不灭的火焰瞬间点燃，然后燃烧了鹿的全身。雄鹿不仅被火焰吞噬了，还好像被烧红的铁块烙过了全身。不远处站着的，是永远无法和解的死敌。它看了一眼加入浴血奋战的鹿群，然后用子弹一样锐利的眼神扫了一眼那群对于这次决斗漠不关心的悠闲的母鹿，用蹄子奋力地刨了几下地面，嘶吼了一声，后退几步，瞄准年轻雄鹿的额心撞去。“咔嚓”！等棕鹿回过神来，发现自己正在摇晃着不肯倒下，而年轻雄鹿则歪歪斜斜地挣扎着远去了。直到这时，棕鹿的眼睛里才流出了泪水，它用尽全身的力气，向年轻力壮时那样，呼唤着鹿群。这是棕鹿最后的呼唤。

啊呜！

棕鹿回想着发生的一切，走上前去嚼着白桦树已经开始泛黄的叶子，这是棕鹿今天第一次进食。雾气还未消散，稀疏的雨滴穿过雾气，依旧在滴落。空气非常潮湿，地面全都湿淋淋的。棕鹿的身体一碰到白桦，积聚在叶片上的雨水立刻“哗”地滑落下来。在林中穿行的棕鹿碰到哪里，哪里都会落泪。获得了优先交配的权力之后，棕鹿听不到年轻雄鹿交配的声音。在这片莽林间，仿佛只有棕鹿吃了苦头。四周万物了无踪迹，棕鹿脱离了鹿群。棕鹿已经没有力气找寻母鹿。早已老迈的棕鹿获胜，让年轻的母鹿们极为不满。她们脱离了鹿群，正四散而去，棕鹿驱赶着她们，又将鹿群归置在了一起。刚才就已经饱受情欲之苦的年轻雄鹿此时更加痛苦了，几经踌躇，还是跟着鹿群一起走去。棕鹿一向它冲去，年轻雄鹿总会躲开，等鹿群走远了，就又跟在后面。而母鹿们的心思都在雄鹿身上，棕鹿一不注意，母鹿和年轻雄鹿就会靠在一起嗅个没完。要不是因为决斗获胜的老传统，棕鹿对于这一年的交配既没有精力，也没有兴趣。棕鹿老去的心还是向往着年轻的气息，它费尽了气力，绕着鹿群中最美丽乖巧的母鹿转来转去。一整天的战斗让棕鹿的全身酸痛。多年以前，棕鹿还精力旺盛，总是将母鹿围在一个角落，然后迅速完成十几只母鹿的交配。那样的黄金年代，早已经过去。今天它在母鹿身边蹭来蹭去，三次冲向母鹿，最终却一无所获。母鹿心烦意乱，眼睛里闪着泪光，用哀求的眼神看着远处的年轻雄鹿。从生为雄性开始，就处于一种虚妄的自信之中，想要掌控世界的雄心，并不是只存在于直立行走的人类，也存在于世界上所有的动物之中。棕鹿不顾自己的老迈和虚弱，几次向母鹿发起进攻。被情欲冲昏了头脑的母鹿，对着身边的糟老头不知道嗅了多少遍，可惜，棕鹿已经累坏了。看到棕鹿几次冲向母鹿，最后却屈膝倒地，年轻雄鹿终于想着：“这个老不死的东西”，向着棕鹿冲去。雄鹿嗖地冲过来，朝着棕鹿的肋骨就是用力地一撞。十余年来稳坐王位的棕鹿滚落在地，再也爬不起来。舞动着身体飞奔而来的母鹿吻了吻年轻雄鹿的鼻子，年轻雄鹿一跃而上……然后驱赶着鹿群翻山而去。棕鹿毋须征服年轻母鹿，只需守着那些已经做过母亲的年长母鹿也可。曾经喜欢年轻气息的老迈的心何曾知道自己会倒下。如果知道，它又怎么会不顾自己的身体。唉，可惜已经老迈。年轻的肉体所能带来的欢愉只有一刻，痛苦却会延续一生。棕鹿爬不起来，躺了很久。一开始它正血热，还不知道疼痛，走了一会儿以后，才觉得五脏六腑都在燃烧，脚也迈不稳。它好像被抽去了魂灵，变成了一具行尸走肉。棕鹿拖着疲惫的身躯，悄无声息地走进森林，直到天亮都不能动弹。刚刚天亮时，它拖着身子走到泉水边。它几次俯下身体，都无法喝到水。它又挣扎着朝山顶走去，早先吃过的白桦叶子好像粘在它的喉咙里，刮着它的喉咙。几天来，因为进入交配期，它缩进去的肋骨几乎粘在了身上。它的犄角也酸痛不已。曾为它带来荣光的犄角，却让它对冷酷的世界彻底绝望了。

它今后的生命都将充斥着对过去的回忆，它找到一片松树林，黯然地躺下了。它试图在寂然无声的阴凉里找到年轻时喧闹的回忆……就在这时，大山的另一边传来年轻雄鹿满足的吟唱。早些年棕鹿也曾唱出这支满怀欢乐和满足的歌。世界是不断轮回的……

啊呜……

也许，年轻雄鹿是棕鹿所孕育的后代吧。但是年轻雄鹿的犄角却不是十八枝杈，而是十五枝杈——比棕鹿少了三枝杈。也许，拥有十八枝杈犄角的珍贵动物已经走向了最后一代，而这最后一代——正是自己吧。也许，在层峦叠翠间呼啸山林的年轻一代雄鹿，将逐渐拥有 18 枝杈、11 枝杈、8 枝杈……然后，就剩下没有犄角的鹿群。一切都有可能。

年轻雄鹿不曾尊重它无法拥有的 18 枝杈神奇的犄角，反而抢走了母鹿。母鹿们又有什么智慧呢？谁获得了胜利，谁获得了更高的名望，它们就会向其屈服。是的，母鹿们脑袋空空，因为它们没有犄角。棕鹿的母亲也躲避着周围熟悉的鹿群，躲在无人的角落生下了棕鹿。之后，任何人和动物都没有见到棕鹿，只是在棕鹿学会走路之后，才将它带到鹿群。从那以后，鹿群不知道经历了多少欢喜，多少苦难。棕鹿生命中最初的苦难，再也没有游离它的记忆。那一天，在山谷自在漫步的棕鹿突然听见了四处传来的呼喊声，然后在树林间被举着套杆骑着马的人群包围了。棕鹿一时不知道发生了什么，刚刚把头抬起来，就看到对面胡乱抽打着黑马飞奔而来的大胡子。瞪眼龇牙的大胡子还未等棕鹿回过神来，就用套杆套向了棕鹿的犄角。之后，鹿群朝着山下四散而去，棕鹿也躲过了套杆。那之后，手里拿着套杆的人们骑着马四处包抄，将鹿群关进了大的包围圈。鹿群又被围入了下一个包围圈，就在一次又一次的包围中，鹿群的包围圈越来越小。过去从未见过这样阵势的棕鹿，开始找寻突破口。终于，在仅容它通过的突破口中，棕鹿“嗖”地蹿了出去。这时，不知是谁将门闩一关。就像那个口很窄的框子，然后将棕鹿关在木笼子里，就拉上了门栓。这样，棕鹿就在仅能容身的空间里转个不停。它不知道自己怎么来到这里，为什么来到这里。湛蓝的天空好像倒转到了地面。那个困住了自己的人和远处的森林，还有山丘，都好像刺痛了它。在它那双发亮的眼里，整个世界浮现。那个世界的主宰——人类也浮现在眼前。因为人类的贪婪而即将失去犄角的年轻雄鹿也濒于崩溃。当电锯参差的钢牙随着“嗡嗡”的声音切割棕鹿犄角的根部时，棕鹿脑袋里好像有数以万计的蚂蚁在吞噬，棕鹿的牙齿都在疼痛。从来到这个世上就在山野间自由自在生活的棕鹿，第一次品尝到生活的个中滋味。让它品尝到这种滋味的是人类。动物身上全都是宝贝。它认为只有人类才能享有自由。是的，棕鹿一直热爱着人类。但有时，棕鹿也会为自己的这种感情感到恐惧。人类身上的残酷、贪婪，总能衍生出无法化解的仇恨。此刻，棕鹿就像脚板钉进了铁钉的孩子一样痛苦难耐。棕鹿为自己生有犄角而后悔不已。人类总是想要把美丽的事物摧毁，把高大的东西推倒，把洁白的事物污染，把完整无暇的东西破坏，把忠诚变为不忠。

当棕鹿巡历过整座山头，又回到方才的位置，才发现它们已经陷入了包围圈。原来，人类会在包围圈内点火、喝水。等温暖的夏天过去，严冬来临时，人类会驱赶着鹿群，又来到一个小的包围圈。整个冬天，棕鹿会从那条恰好流过包围圈的河流里饮水，尽情享用散落在地面的食物。等到了春天，鹿群以为自己终于获得了自由时，人类会将他们赶到另一个圈舍，割下它们的犄角。对于鹿群来说，真正的自由永远不会真的到来。当躲在松树林下的棕鹿第一次被人割下犄角，他是多么渴望自由啊。从那时起，不知道度过了多少个春夏秋冬，又有多少次被人类割下犄角。最有趣的是，从那天起，见到它的犄角的人，总会哈哈大笑着把犄角运到工厂去。上天恩赐的十八枝杈鹿角，从来没有一次到了时节自然脱落过。上天恩赐的十八枝杈犄角，是只属于棕鹿的光荣和悲哀。它像个癞皮狗一样，孤零零地躺在地板上，没有谁来找它。无论是那群一到六月就蜂拥而至的人类，还有那群一到交配期就情不自禁的母鹿，还是那群总是追随着自己的雄鹿群，都在自己落难之后，消失得无影无踪。没有谁对棕鹿伸出援助之手。

最残忍的是，这个了不起的生命即将面临无人问津的死亡。棕鹿身边，还有谁呢？年轻雄鹿真的头也不回地去完成了交配，棕鹿知道自己已经失去了价值。棕鹿对母鹿们尤为不满。在棕鹿最好的年华，那群母鹿一直把它奉若神明。每到交配期，母鹿总是围着棕鹿不停地撒娇。如果遇到了什么，这群母鹿总是围成一个圈，把棕鹿护在里边。遇到狭窄、湿滑的道路，棕鹿总是被母鹿们护在最为安全的中间位置。母鹿们还会将棕鹿引到水草最为丰茂的地方去吃草饮水。一直被精心呵护的棕鹿落了难时，谁会帮它一把呢？它们全都是骗子，只有在棕鹿处于优势时，才上赶着讨好它。棕鹿觉得喉咙发干，连一口水也喝不到，发干的喉咙让它无法下咽。浓重的迷雾终于散去，森林间有阳光洒落。山脚下河流汩汩流淌的声音，让山上渴求生命的棕鹿有了些许力量。幸运的是，自然不会忘记它的每一个成员。棕鹿从松树林中钻了出来，朝着阳光走去。然后，它用尽全力想要发出声音，然而它的声音喑哑，带着一丝可怖久久回响。

啊呜！

随着棕鹿的衰弱，它的声音也变得喑哑起来。它抬起头，望着远处白雪覆盖的山峰。山峰在棕鹿还是幼崽的时候总是很高，在它长大之后就越来越低了。现在，却又像变高了。那个白雪覆盖的山峰是棕鹿梦寐以求的去处，包含着思念、向往、梦想，总之，它相信总有一天能够踏足这个地方。每遇艰难时刻，只要棕鹿闭上眼睛，总觉得云雾之间那个白雪覆盖的梦想之地——阿赫乔克就浮现在眼前。长久的鹿鸣声，总是回响在山林里。有时候，那模糊的影像会变成恶狼，或者白胡子的驯鹿人，棕鹿总会惊醒，再也不敢闭上眼睛。

棕鹿不知道自己一直居住的地方就是阿赫乔克山麓。千百年来，鹿群的先祖自由自在地生活在这个山麓。鹿群曾在这片自然恩赐的山林里，觅食最嫩绿的草，饮用最清澈的水源，自由自在地迁徙，夜晚枕着美好的六月入睡。后来，鹿群离开了故土，才知道它们失去了自由。当锯子锯在毛茸茸的犄角上，它们终于知道它们自由也被锯走了，而且再也不会回来了。是的，使鹿群失去了故土，带它们到这片狭小土地的人类，也是这里的外来者——他们赶走了马群。他们给沙皇写信，获得了这一片土地，而养马人则被赶到了寸草不生的戈壁。

棕鹿被迫离开了自己曾经生活的地方——洒落了脐血的土地并没能护佑它。鹿群从那一年起越来越少。棕鹿感觉到周身的血液又重新流动起来，便缓缓朝着护栏走去。棕鹿走到水边，常年浸在水里的护栏还是那么冷冰冰的。今年是这样，去年是，以后也会是这样……年年如此……棕鹿谨慎地伸长鼻子，在护栏上蹭了蹭，鼻尖传来了死亡的气息。它喷着响鼻，摇了摇头，后退了几步。它又看了看阿赫乔克山峰，此时山峰躲在云中，像一个缥缈的梦。能够死在阿赫乔克的野兽，感觉都会在天堂吧，想到这些，棕鹿感到全身充满了力量。阿赫乔克好像传来了鹿群先祖的鸣声，让它看到了鹿群的勇猛和永远的骄傲。似乎只有在那里，在阿赫乔克山峰才有真正的自由。如果没有这充斥着死亡气息的护栏，棕鹿早就逃到阿赫乔克山峰吞食白雪，把燃烧在内心的所有忧伤、未尽的梦想、还有对人和只有他们能够制造的子弹的痛恨都尽情地表达出来。自然！自由！美丽！我是多么爱你们！它一定会长久的鸣叫，随之放声痛哭，接着，在那哭声中倒地身亡……它一定不会对自己的死亡感到遗憾……护栏的另一侧白雪皑皑，阿赫乔克山峰在受了伤的棕鹿眼里好像模模糊糊地远去了……棕鹿的胸口发干，但它还是再一次呼唤了鹿群，过去那宏亮的声音再一次在山林间响起。

啊呜！

群山之间没有回响，山上的每一块石头都纹丝不动。天气开始热了起来。晶莹的露珠像泪水从秋天的叶子上一颗颗滑落，渗入到贪婪的土地。从高耸的地方，传来鸟鸣的声音；极远极远的地方，传来年轻雄鹿呼唤鹿群的声音。峡谷里传来双筒猎枪的射击声——那是充满死亡气息的声音。交配、新生、死亡，生命就是这样延续的。而能够延续生命薪火拥有神秘力量的人类，正乘着轰鸣的直升机飞来。对这所有的一切绝望的棕鹿，不再热爱世界上所有美好的事物，而是屈服于老迈，承认自己的倔强造成了现在的困境。它痛恨全世界的生命。它忘记了自己年轻时也曾热爱过这一切。在告别这个世界的最后时刻，它把悲伤和哭泣侵蚀的躯体遗留在护栏这边，第一次也是最后一次望见那令人魂牵梦萦、难以把握的自由。之后，便踏上幸福的旅途——无尽的自由——死亡。它打起精神，在此前从未来过的地方，献上了自己伤痕累累的生命。它生为雄性，就要以雄性特有的勇敢去迎接死亡。棕鹿想要以鹿群的传统，在展示过自己的自信、顽强、勇敢之后，再去迎接死亡。它想要挣脱人类的圈养、母鹿和年轻雄鹿的轻视，以无法逆转的老迈，跨过多年来禁锢自己的那道围栏。棕鹿眼睛里喷射出火焰，它后退了一步，然后用尽了全身的力气向前撞去。它在雨后泥泞的土地上，留下了深深的后蹄印，像闪电一样，飞越高高的围栏。在一阵恍惚之中，棕鹿呆呆地站了一会儿，对于自己的勇猛难以置信，于是，向着阿赫乔克山峰头也不回地走去。仿佛只要一回头，就会失去刚刚获得的自由。他如愿到达了阿赫乔克山峰，闻着面前的柱子，舒缓了奔跑过后的疲倦。它的眼睛里盈满了泪水，然后，以它年轻时那样清澈、嘹亮的声音呼唤了鹿群。

啊呜！

鹿鸣在群山之间长久地回响着，回响着……棕鹿觉得鹿鸣声像空气一样。对于鹿群来说，并不是这样：棕鹿刚刚长出的两只柔软的犄角之间，砰然射中了两颗子弹，棕鹿应声倒在地上。棕鹿再也没能站立起来。棕鹿在屈辱中死去，刚刚品尝到自由滋味的躯体就这样变得冰凉。棕鹿的躯体就这样永远地冷却了，但它终于走上了一条自由之路。子弹是从两边同时射来，但是两边都没有人走上前来，谁也不知道子弹是从谁的枪膛射出的。棕鹿倒在那个蓝白相间的柱子底下，在自由和禁锢的正中间……而木围栏内，传来年轻雄鹿幸福的呻吟。

啊呜！

有人说，向往自由的棕鹿从来没有死去。

也有人说，棕鹿的自由只在另一个世界。

阿依努尔·吐马尔别克译

玛尔哈巴特·拜胡特

(1945—)

毕业于哈萨克斯坦国立大学语言系。1967年，在报纸上发表了处女作《太阳底下的库尼凯》。之后，陆续出版了《7月》《空中的猫》《乡村故事》《教学礼堂》《变幻的世界》《细流》《我姐姐的村落》多部短篇小说集及《寄宿生》《没有防守的心》《坎坷的爱情》等长篇小说。此外，还出版了优秀作品精选集3册。作者擅长写作短篇小说，他认为短篇小说是神圣的体裁，能够见微知著。读者和文学评论家们对他的作品给予了很高的评价。

作家作品被翻译成俄语、乌兹别克语、吉尔吉斯语、乌克兰语。他在翻译工作方面也颇有成绩，将钦吉斯·艾特玛托夫等人的作品翻译成哈萨克文。

他的短篇小说《阿勒玛斯的树》被纳入小学课本。还曾多次获得文学奖项。

干布尔哥特的哈萨克人

1995 年的冬季就像胡闹的女人中了邪似的肆虐。雪下了好几次，然后就出现了弱不禁风的春天。阔克铁莱克村的村民们依靠山梁，对这里稀疏的牧草开始不屑一顾起来。棚圈里的牛和羊原本将头埋进了干草大快朵颐，可是没多久它们也厌倦了整日啃食干草。

牲畜吃剩的草茎渐渐多了起来。

阔克铁莱克与干布尔哥特的距离只有 6.6 公里。那年村里为吊桥挖渠时，住在阔克铁莱克第一间房子的那提别克像德国人一样严谨地丈量过这里。

这不，在这个叫干布尔哥特的村庄又有四五家德国兄弟要搬走了。这消息正是那提别克从自己的老婆帕提玛那里听到的。

四月下旬的一天，那提别克与帕提玛做完了早晨院落里所有的活儿以后，正在喝早茶。然而，今天茶淡得比往日更快，餐桌上往日常见的糖果也不见了踪影。那提别克疑惑地向帕提玛看去，发现她正在倾斜着身体望向她娘家的方向。

帕提玛说 :“聂麦热拜和雪白热拜在奇姆肯特州各买了一栋房子。”

刚才说到在干布尔哥特有四五家德国人要搬走时，他未置一词。“买就买了。”这次他无法再沉默，“他们都是在担任出纳期间存了点家底的人啊。”

“就在干布尔哥特那些房子的生意，他们也在做。”帕提玛紧接着说。

那提别克刚送到嘴边的小碗差点滑落下来，他端紧了碗狠狠地喝了一口。即便感觉到舌头被烫着了，他也不想让老婆这个不时站到对立面的仇敌察觉到。这口索然无味的热茶顺着他的喉咙一路灼烧着进了肚子，烫得他眼泪都流了出来。

帕提玛好像看清了图尔克特山脉那边的娘亲家似的，盯着遥远的一处地方一动不动。

那提别克所在的村庄被称之为阔克铁莱克，已经有 1500 年历史。这是高中年级的历史老师在哈萨克斯坦独立之后的第二年证实的。而大家都知道干布尔哥特村庄是在 1942 年才成立的。

德国人是在 1941 年深秋搬来的。与当时哈萨克斯坦的其他地方一样，干布尔哥特村庄的人将他们称之为“迁徙者”。就在那个寒秋的一天，刚过晌午，火车站挤满了箱式马车和叠式马车。马车上拉满了德国人和他们的孩子。根据县里的安排，他们被分配到各个村落，他们正是按照安排前往各个村庄。直到现在，这一带的哈萨克人都会啧啧称奇：无论是下火车，还是进入马车，即便有那么多的人、那么多的孩子，但所有的德国人都寂静无声，没有留下任何痕迹。

当然，哈萨克人也会对所见的事实进行添油加醋、稍许加工。可是，当时那提别克的父亲亡人聂斯普拜却就在当场管理其中一辆马车，他总不会骗人吧。

聂斯普拜提到当时的场景，也是啧啧称奇。据他所述，火车进站，德国人向着各个村落散去时，都只听到了驱赶马匹的声影和瘦弱的马匹发出微弱的响鼻声，除此之外，就只有车轮的吱嘎声。

这些迁徙者被分配在哈萨克人家里居住。由于阔克铁莱克是个条件稍好，景色又优美的村庄，这里的德国人更多一些。在那一年的春季来临之前，他们与哈萨克人一起杂居。直到 1942 年，他们在阔克铁莱克村庄上游的一块洼地划分了地界，开始单独居住了。

当时，阔克铁莱克几乎家家户户都收到过来自战场的丧信。收到了丧信以后，人们总是痛哭失声。即便战争结束了，村里的人们还是神志不清，无法集中精神从事生产。干布尔哥特村庄的原名是比尔力克，但德国人搬去之后，这里就被称为了干布尔哥特。阔克铁莱克的人几乎没有察觉到，干布尔哥特村庄是怎样突然发展繁荣起来的。

实际上，德国人的定居，对阔克铁莱克的哈萨克人来说并不是什么坏事。牛奶、猪、鸡等的技术问题，最难解决的部分都是由德国人解决的。与其他地方一样，干布尔哥特的德国人从来不说流言蜚语，也不说谎，更不会狂妄自大、蛮横无理。无论是邻居的事情，还是自家的生活，他们都做得井井有条、利利落落。

德国人搬来以后，阔克铁莱克也发生了很大的变化。即使是今天，也能看到当时取得的成效，这是无法磨灭的。阔克铁莱克虽然不愿意承认，却也不知不觉间模仿着勤劳、聪明的德国人。

那年，居住在干布尔哥特的两三户德国人搬到了遥远的阿勒玛尼亚。他们的房子卖给了其他的德国人。那提别克是后来才知道，我们常说的德国，其真实名字是阿勒玛尼亚。有些人将阿勒玛尼亚与阿尔巴尼亚混淆，实际上阿尔巴尼亚是另一个国家。

把所有这些往事都快速梳理了一遍的那提别克，用被淡茶烫了舌头的嘴结巴着问道："这的吗？（真的吗）甘尼斯·瓦里斯列尔要搬走了？去阿勒玛尼亚？"

"千真万确，你的朋友瓦里斯列尔要搬家了。到底是搬德国还是阿尔巴尼亚，我怎么知道。"帕提玛是一个经常不小心站到丈夫的对立面去的女人，这会儿她板着脸。

甘尼斯·瓦里斯列尔居住在干布尔哥特地势最低的地方，地势较低的地方总是比别处更繁花似锦，景色宜人。

去年夏天，一个怡人的下午，那提别克坐在大儿子新买的往返村里和县中心的轿车路过时，在干布尔哥特停留，问候了甘尼斯。跟那提别克印象中一样，甘尼斯脸色稍显苍白。而他那位手脚像铁锤一样健壮，身姿像白杨一样挺拔的夫人科依勒达，也走过来热情地迎接了那提别克。怎么会不高兴呢？早在1941年的深秋，聂斯普拜老人用箱式马车载来的德国人当中，就有这个科依勒达的父亲和母亲。此后，她的父母正是在聂斯普拜家里度过了一个寒冬。后来，亡人聂斯普拜在世时，还打算与科依勒达的父母成为亲家。那提别克也并没有反对，只是科依勒达的那个细长的高鼻子经常脱皮，显出一丝酡红，就这点让那提别克稍有点下不定决心。就在举棋不定之时，他看中了从吉尔吉斯斯坦翻越图尔克特山脉来看望姐姐的帕提玛。帕提玛当时确实看着非常漂亮，谁又会多想什么呢？当时，她总是说个不停，而且显得特别勤快。科依勒达姑娘也并不抗拒那提别克，但在某次舞会后，她开始倾心于甘尼斯。科依勒达怎么能忘记那提别克与帕提玛那一场又一场的交谊舞，更何况那提别克还总是含情脉脉地看着帕提玛……

当那提别克带着大儿子走进来时，甘尼斯与科依勒达正坐在漂亮如画的椅子上喝着茶。那场景，就像电影画面一样赏心悦目。他们两人从座位上站起来，高兴地迎接了那提别克和他的儿子。他们也喝了茶，当然不是淡而无味的茶水和寒酸的白砂糖。那提别克喝着喝着就出了汗。他喝了很长时间，他的大儿子则感到害羞，很快喝完了。他还记得当时有过这样的想法："如果这个科依勒达当时成为了我的妻子，那么我这个大儿子的长相、行为又会是怎样的呢？"

"我们最近买了辆新轿车，"喝足了茶的那提别克说，"请给我们的车子见面礼，亲爱的科依勒达！"

"在哪儿，在哪儿，你说吧，想要什么？"科依勒达用围裙擦了擦手说，"你想要什么就给什么。"

"想要的是甘尼斯的手艺。"那提别克说，"你们的礼物就是这个吧，只要能够经常诊断一下'吉普古丽'的心脏，看一看她的内脏，就够啦。"

"你为什么不直接跟他说，还要让我传个话呀？"科依勒达用很流利的哈萨克语说道。

"甘尼斯不是属于你吗？难道他已经反悔了？"

"唉，你的这个同庚好友也想要小妾了。"

“天啊，我们家帕提玛有两个未嫁的妹妹，就让我和甘尼斯成为连襟吧！”那提别克说道。

“你是为了你的车才说的，还是真的有这个想法？”科依勒达问道。

“现如今干什么都得精打细算呀。”

“以前那提别克差点就娶了你，这是真的吗？”甘尼斯·瓦力斯列尔大笑着，加入到他们的话题之中。

“不是现在的社会，那提别克学会精打细算了。”科依勒达说，“他当年正是为了自己的如意算盘，才娶了帕提玛。”

“甘尼斯胸襟如海，但我们就别再乱开玩笑啦。”那提别克哈哈一笑，连忙求饶。

“你是不是担心帕提玛听到了啊？”科依勒达根本没有停止的意思。

然后，他们一起走到院落里，欣赏了那台新买的轿车。甘尼斯和科依勒达真心为他感到高兴。那提别克一次又一次深呼吸，很享受地吞咽着轿车的味道。

“走，今天这样高兴的日子，我们怎么能不喝个‘100 克’呢？”甘尼斯说。

甘尼斯家的院子里整洁如新，几乎没有什么多余的东西。他们的门也像古典时期一样考究，窗户也镶着金边，更别提如梦幻般舒适的澡堂，还有那地窖、仓库、库房、棚圈……就连棚圈墙壁和房间墙壁之间架起的葡萄架上，葡萄叶都井然有序地向上生长，果实不疏不密，好像都是精心安排的。

据那提别克的观察，德国人的棚圈构造比起房间构造更紧凑一些。阔克铁莱克的人们经常讲起一些传说——德国人的牛圈、羊圈、猪圈，还有其他圈舍的墙壁都干净光滑，让人不得不惊叹。德国人养牛，更是精细。他们喂水、喂草、喂饲料都有定量。水和饲料通过一些管子和木槽，按时按量供给。甚至，只要轻轻按一下一个棕色的按钮，就会无声无息地输出饲料来。再按一个绿色的按钮，一个稍长的容器中就会倒出清澈干净的水来。按了第三个红色按钮，就会将牛刚拉出来还在冒着热气的粪便都收起来。牛的毛发根根分明，闪闪发亮。他们所有的牲畜都纤尘不染，羊、山羊、猪，甚至鹅和鸭子都很听话，也许因为都是优良品种。

除了这些牲畜的饲养，就连这个甘尼斯也很与众不同。

就是那次，为了庆祝新买的车，他们重回院子喝了一瓶很不错的酒。德国人，尤其是干布尔哥特的德国人都很少沾酒，即使是亲手酿造的美酒，他们也会偶尔抿上一口。那提别克则倒满了酒，无拘无束地喝了下去，然后羡慕地看着周围。

“喂，你怎么第一次看到似的？你的眼睛太毒，快吐口唾沫（哈萨克族的习俗，辟邪之意）。”科依勒达说道。

“你们叫牛什么来着？啊……叫什么来着？”

“叶尔阿。”

“都说你们的这些叶尔阿懂语言，是真的吗？”

“怎么才叫懂语言，我们家生了三个小叶尔阿都懂三种语言。”科依勒达回答。

“唉，你这个不正经的，问不出什么来。”他一边说，一边作势要走。

“你自己问的，我回答了，你还生气。”科依勒达笑着说，“如果追源，叶尔阿就是哈萨克人的白额头花牛啊，因此它知道哈萨克语。它的母亲是从俄罗斯人那里买来的，它怎么会不知道俄语。你说我说的有没有道理？叶尔阿出生以后受到了德国式培养。你算算，这不是三种语言吗？如果你算不清楚，还有帕提玛呢。”

“你这是想让我回到帕提玛身边去吗？”

“没有，你如果不回，就睡在这里。我是想提醒你身边这位兄弟喂牲畜的时间到了。”

“不，我们回去吧。”那提别克说，“在你这个大嘴婆还没有吃了我们之前，我们赶紧消失吧，谢谢你，我的朋友甘尼斯！”

“走，走，和叶尔阿打声招呼，不然会失礼的。”科依勒达开玩笑说，“我们得消了你的嫉妒之心，不能让你的邪火烧到我们家里来呀。”

“看就看吧。”那提别克脚下发出蹬蹬的声音，向甘尼斯家的圈墙那边走去。到了门口，他根据科依勒达的要求把鞋底在一块布上擦了又擦。然后，甘尼斯给那提别克穿上了白大褂，这才允许他进入牛舍。那提别克眯缝着眼看着，惊讶地呆在了原地。

那不是牛，而是一幅画。

像这样毛色发亮、根根分明的牲畜只有在电视广告、杂志内页上才能看到。而在阔克铁莱克，他们从来没见过这样的牲畜，从没有。

“这就是叶尔阿，这是我们的朋友那提别克，我们经常提到他，”科依勒达说，“他住在阔克铁莱克。来，你们认识一下！”

叶尔阿真的转过头来，好像真的点了头。不仅如此，好像很满意地叫了一声。

“明白了吗？它向你用哈萨克的方式打了招呼。”科依勒达更爱开玩笑了。那提别克再也不想继续呆在那里，也不好意思多看一眼……

等那提别克从回忆中回过神来，帕提玛正在收拾完餐具，到厨房那边忙乎。

“甘尼斯这是在干什么？为什么聂麦热拜和雪白热拜比我们先知道他们搬家的消息？为什么会在我之前与他们做买卖呢？”他自言自语道。他想大声说出来，可是又担心帕提玛说出什么尖酸刻薄的话。

那提别克回想了一下，这段时间他确实没见到甘尼斯，也没见过科依勒达。他们也不再出现在奶制品农场。如今很多权利都在别人手里，以前的机关秘书聂麦热拜和总会计雪白热拜也放弃了工作，打算搬到城里去。以前的经济师那提别克也蜻蜓点水地在奶制品农场走动。以后的孩子们绝不会参与到农场的具体工作中去，整个世界变得错综复杂。

在那动荡不安中，努力寻找一条可行之道，增加收入，提高生活质量，如今已经比周围的人富裕起来的人是那提别克、聂麦热拜和雪白热拜。当然，如果从帕提玛的角度来说，聂麦热拜和雪白热拜如今在奇姆肯特州各有一套房子，这说明他们两个已经超过了那提别克。这都无所谓，最重要的是他不甘心这个甘尼斯·瓦力斯列尔把房子卖给了聂麦热拜和雪白热拜。不管怎么说，帕提玛也有理由板着脸。她有些好面子。他喃喃自语，吞咽着口水想要缓解烫伤的疼痛。

他赶在傍晚的时候，来到了干布尔哥特。

这是甘尼斯出远门回家的第二天，科依勒达患病了。

“我们搬家是真的，”甘尼斯叹气说，“你知道我女儿在莫斯科工作。就是这个女儿说服我们搬家的，那提别克兄弟。我们没有时间犹豫不决了，我们准备在这周末之前搬走。你来得正好，让我们好好叙上一两个小时的旧吧。从明天开始我连一分钟的时间都抽不出来。”

那提别克的心情糟透了。

没有甘尼斯的干布尔哥特还能叫干布尔哥特吗？真的再也见不到科依勒达了吗？

这些年，他们已经比兄弟、亲戚更亲近了，多可惜啊！

没有他们，奶制品牧场的情况会怎么样？

还记得当初，几个德国家庭搬离这里时，有多少收割机停运了？

他心里乱糟糟地盘算着，但他随后停止了这些想法，单刀直入地问到：“你说实话，甘尼斯，最终这些德国人都会搬走吗？”

“谁知道呢，”甘尼斯说，“难道我对你说过一句假话？如果我猜测的话，我们搬走之后，弗拉特斯和叶尔依合家准备搬走，安德瑞和达吾德准备明年搬走，特斯依合勒他们俩准备和我们一起搬走。半条街的人可能会留下来，你还需要我给你数一下哪些人根本不会搬家吗？”

“不，不用了，我只是随便问问而已，那年走了两三家德国家庭，我们这里的很多收割机就废了。别提那些收割机了，只是我们心里会感到难过。”

甘尼斯又叹了一口气。

风起夜冷了，清冷的夜里好像有了一点湿气。他们两个向天空望去，好像期盼着下雨似的，不知是在哈孜胡尔特的上方还是再往这边一点的地方，好像有一团黑雾出现了。

“我必须快点卖了房子。”甘尼斯说。

“啊！”那提别克惊了一下，愣了一会儿才缓过神来，勉强笑了笑。

“聂麦热拜来过了，雪白热拜也来了。”甘尼斯说。

那提别克更加坐立不安了，就像突然跳进空气的鱼一样，深吸着晚间的凉气，胸口像被什么东西堵着似的，后背忽冷忽热。

甘尼斯实话实说，很显然，他是借聂麦热拜的名声，再加上雪白热拜故意抬高房价的。啊，德国人的学问啊！德国人可以成为好朋友，他们不会夸大其词，也不会奉承。无论怎么说，甘尼斯还是对他敞开了心扉，他说：“如果有办法，你就把这里买下来。”

科依勒达那温柔的眉宇间好像多了一点忧愁，虽然不想被人看出，但是她的动作也比以前放缓了。晚一些时候，她送来了茶水，还放了一些东西——那是一些酒。甘尼斯没有等多久，就咕咚、咕咚地倒满了酒，那提别克毫不迟疑地一杯接一杯喝了下去。

“我的甘尼斯兄弟！”过了一阵，借着好酒的酒劲儿，浑身感到舒适后，那提别克说，“你是自家兄弟，我们已经相知甚深。我活到现在，都很少见到你这样的好房子。我没有嫉妒过谁，你知道吗？但是，我真不希望像聂麦热拜这样的人拥有这样的房子，你知道吗？如果像聂麦热拜这样没良心的人占有你们的房子，我会很伤心……”

甘尼斯有点不自在地笑了笑，挠了挠后脑勺。

“你明白了吗？”那提别克说，“你明白我的意思了吗？你明白了吧……你就像哈萨克人一样挠了自己后脑勺啊。”

“你们三个是兄弟。”甘尼斯说，“总的来说，我不喜欢任何人说别人的闲话。”

“我也不太喜欢，我只是把你当自己亲兄弟才说的。”

“对我来说，你们三个都是一样的。但是，你和帕提玛拥有这个房子，那我会更加高兴的，我到了那边也会过得舒坦一些。”

“哦，亲爱的！”那提别克·聂斯普拜在甘尼斯脸上来回亲了几口，“来吧，可爱的科依勒达！让我在你的脸上痛痛快快地亲一下吧，过不了多久你们就要走了……”

“夏天的感冒会传染，”科依勒达坐在那里，“你看，我感冒了。要不然我也亲亲你的面颊，五十年以来我还从没见过你这么激动过。”

“我和你家这位宝贝说话，可从来没讨过便宜。”那提别克说，“那么，我的朋友甘尼斯，你就直说吧，你这房子准备卖多少钱？”

“你知道我们不会乱要价。”甘尼斯一边切洋葱，一边说，“我们既考虑了我们今后的生活，也考虑到了买家的能力。直接说吧，我们就定七千美元。”

那提别克震了一下，他快速在脑海中将这些换算成坚戈，这个房子根本不贵。

甘尼斯继续说道：“哈萨克族的谚语都很好，尤其我最喜欢这一句：知足是福分。时间紧，要不然是个发财的好营生……”

他知道甘尼斯是说一不二，不多费嘴皮的人。他静静地想了很长时间。灰色锦鸡儿已经开始打苞了，但还是散发出令人眩晕的味道。他想到了自己的大儿子，想到了经营着一家小型企业的小儿子，想到岳父母家。他面向吉尔吉斯山脉，再让思绪飞扬了一会儿，紧接着他的思维又飘到了遥远的塔什干。最终，他决定不给自己后悔的机会，现在为时不晚。看到他默不做声，甘尼斯感到一丝不安，唱起夏米西·哈勒达耶夫的《献给母亲》这首歌。那提别克这才回过神来。

“甘尼斯！”他大声地说道，“三天，你能等三天吗？你能等吧？”

“我可以等，只要你下定决心了，我为什么不能等呢。”甘尼斯说。

“喂，那提别克，如果你们真的买我们的房子，那我不会将这个叶尔阿卖给其他人，我会把它送给帕提玛。”科依勒达站在远处咳嗽着说道。

“好，好，我非常满意，谢谢你们！三天之后，我如果筹不到款，买不到这个房子，那我自认后悔。第四天，我会告知你们我还活着，我发誓！不能让聂麦热拜、雪白热拜改变了你的心意，你发誓，甘尼斯！”

说完这句，那提别克就消失在夜幕里。

那天夜里下了雨，更让人发愁的是，吉尔吉斯山脉那边下着倾盆大雨。帕提玛顾不得这些，义无反顾地去找在塔拉斯山工作的弟弟寻求帮助。

在县城工作的大儿子叶格叶曼启程去找位于锡尔河流域什纳兹城开工厂的女婿。

长话短说，三天过去，到了第四天，那提别克凑齐七千美元急匆匆走向甘尼斯家。

送走这些德国亲戚，对于这些哈萨克人多少有些难。没有人不为他们感动、流泪、不舍的。早在1941年寒秋，火车站到处挤满马车那阵子，当时比现在多很多倍的德国人，大人、小孩都没有出过哪怕一丁点吵闹声。现在你看，只有三四家准备搬走，他们却像哈萨克人一样吵吵闹闹，哭个不停。

“看到了吗，你们好像也沾染了哈萨克人的习俗，看到了吗？”那提别克抽泣着。帕提玛和科依勒达相互拥抱着，依依不舍地告别。

这次告别之后，过了三四天，那提别克与帕提玛和他们的孙子一起从阔克铁莱克搬到了干布尔哥特。那提别克搬家之后，聂麦热拜和雪白热拜也相继搬到了干布尔哥特。很明显，那提别克买的是甘尼斯的房子。聂麦热拜的也不差，他买的是阿朵乐福·提斯赫力尔的房子，雪白热拜买的是安德烈·提斯赫力尔的房子。

那头美丽的奶牛叶尔阿，周围的德国人、哈萨克人、俄罗斯人，甚至吉尔吉斯人都想买下来，可是科依勒达说到做到，将这头奶水丰盈，皮毛像宝石一样发光的牛作为礼物送给了帕提玛。可能叶尔阿比起其他人更早得知了科依勒达要搬走的消息吧，它闪着黑白相间的睫毛，哞哞叫着，流着泪水。即便是有些铁石心肠的帕提玛也为此落了泪。

搬到干布尔哥特之后，聂麦热拜和雪白热拜一改过去的脾气，开始有了去那提别克家的愿望。

“向那提别克请安了！”聂麦热拜走进院子里说道。

“向那提别克请安！”雪白热拜说。

帕提玛一直都在模仿她的朋友科依勒达之前的生活方式，她没有将聂麦热拜和雪白热拜请进家里，而是在院子里的漂亮桌子上摆上了茶点和酒。三个人没有大吃大喝，而是像德国人一样浅尝辄止。

起初，他们聚在一起，讨论如何珍惜新买的房子，如何使用棚圈。

第二次，聂麦热拜和雪白热拜急急忙忙、有些忧虑地来到了他家。聂麦热拜说出自家的三棵苹果树正在枯萎，雪白热拜则说他家的葡萄树正在变霉。

不用那提别克说，就一目了然，他家院落的景色也大不如前了。他深深地叹了一口气。

“昨天，我的小儿子把具有先进技术的棚圈的某个地方破坏了。”雪白热拜火冒三丈地说，“如果电视机冒雪花不显示，他就会一拳砸过去。那个棚圈的割草机不动了，他用斧头柄砸了过去，把割草机弄得七零八落。他妈的！这就是俗话所说的：上辈人的财富不会传给下一代啊！”

“对了，我突然想起了十几年前的一件事。”聂麦热拜说道。

“德国人一向话少实干，你的话不会说的太长吧？”雪白热拜提醒道。那提别克则急忙说：“说，说。”

“这本来就是一句短话，是你们自己想得太多。”聂麦热拜说，“如果没记错的话，距离现在整整十年前，努尔乐苏阿吾勒来过现在已经成为知名作家的杜拉提·依萨别阔夫，他就是在那里出生的。战争时期，他们搬迁到努尔乐苏，杜拉提出生之后没多久，他们家再次搬回了莫恩泰塔斯。这个人曾做客酿制马奶的哈斯木别克家，县领导来时我也帮忙招待过。”

“你说的是谁？”雪白热拜问道。

“杜拉提·依萨别阔夫，作家、话剧家，现今最著名的作家之一。”那提别克说，“难道你不知道？”

“谁说我不知道！我认识达吾列提·依萨别克主编。”雪白热拜说。

“不，不是，杜拉提·依萨别阔夫不是他，和达吾列提·依萨别克根本不是一个人！”聂麦热拜很生气。

“难道他们不是同一个人吗？”

“呸，原来你根本不读书啊！你怎么会把杜拉提·依萨别阔夫同其他人混淆呢？”

“停，停！你可别说他是随便什么其他人？达吾列提·依萨别克也是很棒的人，哪儿是随便的人！你知道不？”

“我知道，他名字的写法是——达吾列提·依萨别克。他办过很多刊物，是个大忙人。也许是个好人。但是我们讲的故事不是关于这个人的，而是关于很棒的作家、剧作家杜拉提·依萨别阔夫啊！”

看到聂麦热拜与雪白热拜争执不休，那提别克忍无可忍，问道：“聂麦热拜，你到底想说什么？”

“我想说的是来到努尔乐苏村时，杜拉提·依萨别阔夫曾口头说过一句讽刺语，我想作为例子说说而已，你们就根本不给我解释的机会。”

“那就说吧。雪白热拜已经住嘴了，你就说说你的杜拉提吧。”

“话说，”聂麦热拜说，“杜拉提·依萨别阔夫在80年代的一个夏天来到酿制马奶的哈斯木别克家，说：‘德国人是个很特殊的民族。前些年，在阿拉木图附近，我们买了一个德国人的房子，三年不管不顾，好不容易变成了哈萨克式。’你看，人家就是这样说的，我想说的就是这个。”

“哈哈哈……”雪白热拜就这样哈哈大笑起来。那提别克也浑身发颤地笑起来。

“三年不管不顾，好不容易变成了哈萨克式，哈哈哈……”雪白热拜重复着，也开怀大笑起来。

“对不起，我确实没读过这个人的作品，我觉得应该读读。你们知道吗，这句话想说出什么？”

搬来三个星期以后，帕提玛将阔克铁莱克的女人们分三批请到家里做客。之后，她才感到心里舒坦了很多。三批女人每批都在十五人到二十人左右，这些人对这个新家感到好奇，看着、摸着，看起来兴高采烈。女人们看到叶尔阿后，差点当场晕倒。完整应用先进技术的棚圈没有按照那提别克的要求那样禁止靠近，帕提玛破除了这个规定。再说，家里没有五六十个人同时可穿的白大衣。长话短说，三批女人来过之后，以前属于甘尼斯，现在属于那提别克·聂斯普拜的大院终于被搞得像哈萨克式了。

第四个星期，那提别克一家过得很安静。但他们在第五个星期遇到了麻烦。叶尔阿突然病了，拉不出屎来，不知请了多少个医生，用了多少种药物，可根本不顶用。漂亮的奶牛好像吃下了擀面杖似的，一动不动，慢慢地变成了阔克铁莱克的牛的样子。人们看到了，都说：“是不是中了邪？”“还是想念以前的主人，思念成疾了？”“是不是吃了不该吃的？”

“是你的错！”那提别克对帕提玛说，“是你自己没有像甘尼斯那样照看它！”

“要叶尔阿的命，还不如要了我的命啊！”帕提玛哭哭啼啼地说，“千万不要让亲者痛仇者快！救救它吧！”

第五天，刚过晌午，叶尔阿死了。

它没有眨一下那黑白相间、根根分明的睫毛，一动不动地死了。

这条噩耗传到了阔克铁莱克，女人们纷纷过来悼念。帕提玛在偏房里手扶着腰，突然唱起了这样的挽歌：

哎呀，唉……呀……
是什么毒舌吹来的风，
把你从我手里夺走了。

本是一个毛色钻石般的牲畜，
是哪个人的毒眼夺走了你？
干布尔哥特，
是个花朵盛开的地方。
科依勒达送我的叶尔阿，
哪个仇家的毒眼夺走的？
犹如萨热姆河畔的磨石，
我的叶尔阿盛产牛奶。
懂三种语言的叶尔阿，
哪个仇家把你夺走了。
唉呀，唉……呀……

从阔克铁莱克来的女人们听到这首挽歌都不知所措，一个掐着一个，相互窃窃私语起来。

“哎呀妈呀，我们真不应该啊！嫂子在唱挽歌，刚才我们进门的时候怎么没有出声哭一哭？”

“就是。”

“我们越来越没人性了……”女人们有些讽刺地说。

“这个女人到底在说什么？”那提别克从门口走过去，不无惊讶道。他本来想说：“死就让牲畜死去，就让这个牲畜把所有的阴晦都带走吧。”可是没说出口来。

叶尔阿的尸体在这个技术非常齐全的棚圈里留了一晚以后，第二天被送往山谷里的柳树林埋葬了。

玛丽古丽·巴拉汗译

司马谷勒·耶鲁拜

（1947—）

1947年，出生于土库曼斯坦共和国。1961年，移居哈萨克斯坦。1971年，毕业于哈萨克斯坦国立大学新闻专业，1974—1975年在莫斯科进修，学习剧本创作。1976—1991年间，在哈萨克斯坦电影中心做编辑工作。1992—1995年，在哈萨克斯坦《智慧》杂志社担任总编；1995—2004年，在电台做记者工作；2004—2008年，在哈萨克斯坦PEN-俱乐部担任主席；2008—2010年，在哈萨克斯坦电影中心担任总编；2010年至今，任居热格诺夫国立艺术社科院教授。

出版中短篇小说集《骆驼》《油灯的光》《光明的世界》，长篇小说《白毡房》《祝福》《失真的世界》和哲理性小说《世界末日来临时》等。《白毡房》一书于2016年被翻译成英文，在纽约出版；2018年翻译成西班牙文，在马德里出版发行。

他在近10部电视连续剧中担任编剧，2018年完成《卡斯木汗》等剧本的写作。

一袋髀石

火车刚刚开过沃塔尔车站，乔哈乃老人就开始烦躁起来，他把自己的东西装进包里，穿上衣服，来到窗户边，捋着胡须坐了下来。他伸长了瘦长的脖子一直张望着，仿佛看到阿拉木图就在眼前。他的旅伴是一个叫艾依木江的女孩子，是村庄里沃勒曼老人在阿拉木图上学的女儿。她是个知书达理的好女孩。一路上，乔哈乃犯了奶茶瘾，她总是及时倒上一碗奶茶。这会儿，她正在前面的车厢里随着火车的晃动看着书。

乔哈乃是个身形高大、骨骼粗壮的老人。他身上穿了个长外套，腰上缠着布腰带。这是他从邻居的卡拉卡尔帕克、乌兹别克、土耳其老汉那里学来的习惯。他虽然在家乡出生，但记事以后，一直在卡拉卡尔帕克的科戈罗特、舒蒙纳伊地区成长。这次他也是从那里出发前往阿拉木图。他要去在阿拉木图生活的儿子家里，但他最挂念的却是 7 岁的孙子叶德盖。想到这个臭小子可能正在前方招手等着自己，老人就着急起来，伸长了脖子朝窗外看去。想到孙子可爱的模样，他忍不住在心里说了句 :“这个小狗崽子呀。”夏天，他正要回到村庄，看到孙子把什么东西藏到了自己的衣服口袋里。“这是什么呀？”他问。孙子说 :“这是布袋，下次您装些髀石来。”他的脸颊鼓起来，嘴唇却嘟了起来。“哎，这个小狗崽子啊……”整个夏天，乔哈乃在亲朋好友家里参加宴会时，都会细心地收起髀石装进孙子给的布袋里。夏天快要结束的时候，布袋装满了髀石。

这会儿，这袋髀石就放在包里最深的地方。孙子如果拿到那袋满是髀石的布袋，一定会高兴得一蹦三尺高。离阿拉木图越近，火车走得就越发缓慢起来。

乔哈乃搬到阿拉木图的独子托合塔森家里和他们一起生活还没多久。两年前，老伴儿因为食道癌去世了。村庄那套有四个房间的屋子里，就只剩下了乔哈乃孤零零一个人。就这样，乔哈乃开始了一段艰难的日子。儿子和儿媳妇在老伴儿的四十祭日还没过时，就提出把乔哈乃接到阿拉木图去。

乔哈乃坚持不肯走。他舍不得离开和老伴一起燕子衔泥一般辛辛苦苦筑起的这个家。不管儿子怎么说，他都坚决不同意。只是，当儿子和儿媳妇牵着小叶德盖的手离开村庄时，他才说出了心里话。他眼眶里噙满泪水，终于明白自己的这个家已经破碎。叶德盖这个臭小子是他和老伴一手带大的。火车开走的时候，他感觉自己的心都碎了，眼泪扑簌簌地掉下来。他三天没有下床。知道乔哈乃在生气，邻里乡亲都没有闲着，有的帮他烧好奶茶，有的帮他架好炉火，有的帮他打扫房屋，总之都在帮着照顾他。谁家做了饭，总是先请乔哈乃来家里。然而，不管怎么说，总是比不上自己家锅碗瓢盆响动的声音。老伴儿是63岁时去世的。想着自己的心肝宝贝叶德盖，老汉的身心都越发虚弱起来了。老朋友们都在劝说：“娶个老伴儿吧，再怎么说，也需要一个帮你烧个热水、递碗热茶的人啊。不管怎么思念，你的老伴儿也不会复生了。活着的人还是应该向前看。”虽然大家都这么说，可乔哈乃从没想过老了以后，老伴儿先走一步，自己会孤零零地留在世上。从成家开始，一直与他一起承担着家里一切的老伴儿，怎么就这么离开了呢？也许，这就是命运吧。

就这样，乔哈乃血压一高，病倒了。有一天早晨，他在冰凉的房间里，正准备起床，就忽然晕倒了。他这才明白，独居生活是这么艰难。明白了这一点之后，他心里隐隐有点慌。家里唯一的一匹马，还有产了犊的母牛和几只羊都无人照料。与此同时，严冬的脚步也逼近了。邻居们立刻给远在阿拉木图的儿子发了电报，把他叫了回来。托合塔森一来，就把家里的房子、牛羊都承包给了邻居，托合塔森还不舍得把这些完全卖掉。时间紧，乔哈乃就这样来到了从未踏足过的阿拉木图。托合塔森家住五楼，上下楼也不方便。陪伴他的是叶德盖，从早到晚，老人家就跟叶德盖聊天。老人家讲故事讲得兴致勃勃，叶德盖百听不厌。儿子和儿媳妇都忙着工作，天不亮出了家门，大晚上才能聚到家里。没有别的办法只能忍耐，这样的生活也就比在监狱强点。熬过了寒冬，温暖的春天终于要来了。老人家耐住了性子，才熬到了积雪融化。到了五月中旬，他就立刻启程回到了村庄。村庄里的人都期盼着乔哈乃回去，看到他很多心慈的妇女们都流泪了。大家都轮流请他吃饭，整个夏天，乔哈乃都忙着做客。

夜晚降临的时候，火车也到了阿拉木图的郊区。“姑娘，我们到阿拉木图了么？”乔哈乃迫不及待地问道。艾依木江噗嗤一声笑了出来。她是个美丽的姑娘，一路上有不少小伙子都缠着她，扰得她不胜其烦。可一路上，她没对任何一个男孩流露出一点儿笑意。乔哈乃对艾依木江的父母充满了赞赏——培养出这么知书达礼的女儿。从火车站出来，他们就坐上了出租车，就朝着阿拉木图第二大街开去。乔哈乃把一张纸条递到出租车司机手里。

“这是什么啊？”出租车司机问道。

“地址。”乔哈乃回道。

乔哈乃在村庄里做客的时候，阿拉木图发来了电报，儿子和儿媳妇说打算把房子置换到一个安静的县城里。也许是这个计划已经实现了，儿子告诉他，他们已经搬家了，并把新家的地址发了过来。乔哈乃交给司机的就是那张写有地址的电报。乔哈乃心情很好，看到街道上走过的孩子，就盯上看一会儿。叶德盖应该读一年级了，那臭小子仿佛就走在这些孩子堆里。虽然在学校里念了几天文化知识，叶德盖应该也不会忘记村庄里的髀石吧。

“姑娘，你到家里喝点茶，晚点再去学校吧。”乔哈乃对一路上的旅伴发出邀请。艾依木江是个好姑娘。

“谢谢您，爷爷，已经太晚了。”姑娘不好意思，一路婉拒着。

难道因为是托合塔森的学生，才会不好意思来家里么？老人家不能确定。托合塔森也真是的，前两年对这个孩子管得太严。不仅没有因为是老乡而善待她，反而对她要求非常严格。他说：“她得好好学习，艾依木江一年才来阿拉木图旁听一次，又是个小姑娘，能学出什么学问来。”听到这句话，乔哈乃简直气疯了。艾依木江的父亲沃勒曼住在邻村，他联系了乔哈乃之后，乔哈乃给阿拉木图的儿子打了电话。对于已经远离村庄的儿子，他只能斥责：“艾依木江的父亲也是抬头不见低头见的邻居，你一定得给这孩子一个好的评价。”这点恩情这个小姑娘还没忘记。三天来，艾依木江一路热心服侍乔哈乃，这让他十分感动。

“我们到了。”司机说完，把车停在阿拉木图西边的一溜像鸽笼一样排列的房前。乔哈乃再一次邀请了艾依木江，希望她不要到了家门口，却不进屋去。

懂事善良的艾依木江却婉拒道：“不了，爷爷，我就坐着这辆车去学校吧。”

乔哈乃觉得艾依木江不肯进家门全是因为托合塔森，不然三天来朝夕相处的旅伴怎么也应该进家门喝碗热茶啊。

出租车开走之后，乔哈乃展了展腰，在屋前的阴影里，站了好一会儿。坐在屋前休息的老人和玩耍的孩子们，对他来说都很陌生。他想看看人群里有没有叶德盖，却怎么也看不清，乔哈乃想着这个小狗崽子不知道去哪儿了。

乔哈乃把手提包背在背上，朝着坐在屋前的俄罗斯老太太走去。

“我找乔哈乃家。”乔哈乃说。

“是几号？”最边上的老太太说。

“47 号。”老人说道。

老太太抬起头，指着三楼的一个房间，说：“就是那间。”

乔哈乃是个高个子，他弯着腰，费力地走上了楼梯。托合塔森以前的屋子是砖房，这次却好像是石头屋子，想着这些，老人已经走到了 47 号公寓。还没走到门口，乔哈乃就仿佛听到了孩子的声音。想到叶德盖可能马上要跑出来搂着他的脖子，乔哈乃的心就怦怦直跳。

门开着，乔哈乃跨进门槛，就把手提包放在了地板上。“叶德盖？”

“是谁啊？”客厅传来了托合塔森的声音。

“是我。”

“哎呀，是爸爸。”托合塔森头发乱糟糟的，身上穿着睡衣。

“叶德盖哪儿去了？祝贺你们搬进新家，就是楼层有点高。”说着，乔哈乃翻起了手提袋，想找出那袋髀石。

“叶德盖不在家里，请您上座。”托合塔森说道。

“叶德盖去哪儿了？儿媳妇呢？”

“一会儿……叶德盖在他妈妈身边。”托合塔森挠着脖子，好像藏着什么秘密似的，躲躲闪闪的。

乔哈乃一路上兴奋的心情，此时却像是泼了冷水，布满了皱纹的黝黑长脸已经变了神色。他仔细看了看客厅，发现这是一套一居室的房子，乔哈乃的心又嗖地凉了。他陷入了沉思，只有野草一样的胡子不断地颤抖。儿子跟他长得很像，可没有他那么壮。他拉着乔哈乃的手提包，准备放进厨房去。乔哈乃苍老的心已经察觉到了什么，心不住地颤抖。他脱下靴子外面的套鞋，走到客厅中央站着，看着这间充满了烟味儿的客厅。老人的眼睛惊慌地四处打量着，屋里除了一张床和一张桌子，几乎没有什么家具。屋子角落的书架里有几本书。厨房那边传来托合塔森准备茶水的声音，乔哈乃径直朝着厨房走去。“狗崽子，这个房子是遭劫了么？别躲躲闪闪的，有什么事情，都给我说出来。”

托合塔森又捋了捋一头乱发，点燃了一支烟，猛吸了几口，然后坐在了那把破椅子上。

“爸爸，一切如你所见，您还问什么呢？”

“我看到什么了？他妈的！你给我说清楚，你这个狗娘养的，孩子呢？孩子的妈妈呢？”

“爸爸，您小点声，别吓坏邻居了。说实话，我们离婚了。”

“什么叫离婚了？”

“说来话长。”

“叶德盖在哪儿？你们敢离婚，怎么不互相打一架。孩子呢，究竟在哪儿？”乔哈乃瞪大了眼睛，挥舞着拳头朝着儿子奔去。

“孩子归妈妈了，孩子懂事前得在妈妈身边，法律这么规定的。”迫于乔哈乃的压力，托合塔森往后躲了躲。

“去他妈的法律。”乔哈乃挥起了拳头，朝着托合塔森的面颊就是一拳。托合塔森连忙躲闪起来。“你这个猪头，我临老了，还要受你这个气。”

乔哈乃终于疲倦地停了下来，将旧帽子和红色绸外套脱下来，挂在了床头。他盘腿坐在床上，生气地说：“快把叶德盖找来，不然有你受的。”托合塔森又把烟点燃了，沮丧地说：“孩子的妈妈连面都不让见。”

“你这个狗崽子。”乔哈乃瞪大了眼睛，又冲着托合塔森说道：“别说什么法律，把叶德盖给我找来，最重要的就是这个。”

“别说是孩子的面了，她说连孩子的影子也别想见到。”托合塔森垂着头说。

“连我都不让见么？”老人家问道：“真是个没良心的东西，她恨的是你，关我和叶德盖什么事儿，快带我去见孩子。”

“不行，爸爸，她会对你也发脾气，伤了你的心。”

“哎，你这个狗崽子。难道我们就这样平白无故失去孩子么？你不是说叶德盖盼着见爷爷吗？我都说了，管你们是离婚，还是决裂，你们没法把我和叶德盖分开。”托合塔森沉默地吸着烟，一口接着一口。“你们不是关系很不错吗？怎么就这样把自己的家毁了。”“我都说了，说来话长。”“我也是傻子，居然认为你已经长大成人，来到你身边，把你作为依靠，认为你出息了，以你为傲，还有乡亲们，也全都是傻子。”乔哈乃把外套一披，就转身躺下，连托合塔森倒好的茶也没有喝一口。乔哈乃的血压越升越高，托合塔森连夜请来了医生。打了一针之后，乔哈乃才逐渐缓了过来，之后一直睡到了晌午才醒过来。他是被一声响动吵醒的，睁开眼睛，发现托合塔森早已经叠好被褥，上班去了。

门口传来声响，是一个细长的女人的声音。紧接着，又是一声响，却见不到声音的主人。“是谁啊。”老人家喊了一嗓子。门口出现了一个穿着长裤的陌生女孩的身影。背着书包，留着刘海的漂亮女孩，看到乔哈乃也大吃一惊。“你好啊，姑娘，请上座。”乔哈乃说着，披上了外套。“您好啊，托合塔森不在吗？”姑娘说着，脸却红透了。“他可能是去上班了。”老人家回答说。“真遗憾，再见。”姑娘说着，就从门口溜了出去。乔哈乃看着姑娘的背影，不解地呆望着。“这是怎么回事，怎么溜走了。也许是来问功课的学生？还是这个兔崽子刚离婚就准备再婚了？”老头不禁想了各种可能性。乔哈乃想到这一切，头都疼了，他不禁想到昨天和他一起来阿拉木图的那位漂亮可爱的姑娘艾依木江。如果儿子要再婚，和这位姑娘结婚该多好啊。眼前这位长腿长手的女人，会是一个好妻子吗？

儿子中午才回来。“有个腿长得像土库曼羚羊的姑娘来找过你。”老人家对儿子说。“哦。”儿子平淡地回应了一声，就围上围裙走进厨房准备做饭。老汉清了清嗓子，又问道：“那个姑娘，是干什么的？”“是我的学生，可能来问点事。”托合塔森说着，把厨房弄得烟熏火燎，做着什么饭菜。“你说句实话，听说离婚也有各种各样，你会是哪种？是恩断义绝那种？”“法院已经判决了，这件事已经结束了。”托合塔森说着。听了这句话，乔哈乃陷入了沉思。托合塔森第一次看到乔哈乃这种孤独无助的神态，也觉得难过极了。可是事已至此，妻子的脾气很倔，无论怎么都不听劝。他们在婚姻里仗着年轻任性妄为，终于到了不可挽回的地步。“那就算了，既然已经过去了，早点解脱也好。”老人家说。过了一会儿，他又说：“昨天我和沃勒曼老汉的女儿一起来的，是个很好的姑娘。”托合塔森什么也没说，黝黑的皮肤越发地发黑了。乔哈乃越发头疼，一言不发地端起奶茶，喝了一碗又一碗。托合塔森将一把钥匙交给了乔哈乃，就出门上班去了。乔哈乃打开手提袋，将那袋髀石拿出来装在胸前的衣兜里，就关上门走了出去。只要付了钱，出租车就会把他送到自己想去的任何地方——这一点他是知道的。乔哈乃走到出租车停靠点，在一排出租车里选了靠前的一辆，就开门坐了上去。

“去哪儿啊？”出租车司机打着哈欠问到。

“孩子，请你把我送到哈萨克学校去。”

“爷爷，这个城市里的哈萨克学校不止一所。”

“我要去有一年级的哈萨克学校。”

“唔……您坐好。”司机想了想，对老汉说道。

儿子没说儿媳妇搬到了哪里，所以乔哈乃决定到学校找找孙子。在这座城市里绕了两圈，出租车停在了一座学校门口。“8 块。”司机说。想到司机的辛劳，乔哈乃留下了 10 块钱。天已经有些晚了，学校里到处是踢球乱窜的黑胖小子。乔哈乃就呆站在这些孩子中间，有些塌鼻梁的小子们经过他身边时，笑着说声“爷爷”。乔哈乃高兴极了，也对他们说：“好好，愿你平安啊，孩子。”乔哈乃转身打量这些孩子，意识到这不是叶德盖后，他叫住了孩子，问到：“孩子，这里有叫叶德盖的一年级学生吗？”“有！”孩子转身停住，说道。“你知道叶德盖·乔哈乃耶夫吗？”乔哈乃极力地弯了腰，凑到孩子身边问道。“不，不知道。”小家伙摇了摇头，转身跟上了孩子们，也跑远了。有一个大一点的女孩子领着乔哈乃来到了老师身边。刚刚过了上课时间，上课的老师是一个年龄稍大、两鬓斑白的女人。她不紧不慢地说：“老人家，我们这里没有这样的孩子。”“那，这附近有其他的哈萨克学校吗？”“有，老人家，沿着这条街，不远的地方有一所哈萨克学校。”乔哈乃一路问着路人，找到了那所学校。那所学校的规模很大，一年级学生非常多。

“您的孩子在 A 班还是 B 班，这里还有 C 班、D 班和 F 班。”

“孩子，我的孙子今年刚进一年级，他的姓氏是乔哈乃，名字叫作叶德盖。他啊，长得像妈妈那边的亲戚，是个黄皮肤的胖小子。”乔哈乃急忙解释道。

忙着要去上课的老师并没有认真回答，就把乔哈乃敷衍到了下一个班级。同样的问答在下一个班级又重复了一遍。乔哈乃一着急，有时候就冲进了教室里。正在课堂上百无聊赖的孩子们，一看到拎着外套冲进教室的个头高大的老爷爷，都惊讶地睁大了眼睛。他们像一群咩咩叫的小羊羔一样，争先恐后地喊着："爷爷！爷爷！您好吗？"乔哈乃一时顾不上跟老师打招呼，就被孩子们围上来了。然而，叶德盖并不在这里。阿拉木图的哈萨克学校不多，这也为寻找孙子的乔哈乃提供了不少方便。乔哈乃觉得天黑之前，他就能找完所有的哈萨克学校。乔哈乃又伸手拦了一辆出租车。天黑之前，他将拜扎霍夫大街和哈布多林大街的哈萨克学校都跑了一遍。可惜，叶德盖也不在这两所学校。他蹒跚着脚步，一直到天黑才回到家里。托合塔森没有问老人家这一天都忙了什么，他自己也没提起。然而，疲倦的人总是更容易生气，乔哈乃生气地瞪着儿子，一直到睡前，都没停下责骂儿子。

无论如何，只要交了钱，出租车就会把你送到你想去的地方。第二天，出租车径直开到了阿拉木图第一大街，那里有一所为铁路工作人员的子女开办的哈萨克学校。寻找孙子心切的乔哈乃老人家把这所学校也找了个底朝天，眼下，只剩下了一所学校。那所学校是新开办的，在第六大街。好，就去那所学校也看看，乔哈乃拦了辆出租车就直奔阿拉木图另一头。乔哈乃下了决心，只要孩子还在这座城市，就一定要找到他。出租车在城市里转来转去，总算找到了那所学校。出租车司机是个善良的好小伙子，拿到了可观的车费之后，就更加殷勤起来。他领着乔哈乃，走进了学校。学生们正在上课，走廊上空无一人，教室门关着，里边传来孩子们像绵羊一样咩咩的声音。出租车司机来到教室门口，站在门缝边看了一会儿，才轻轻敲了敲门。门打开了，一个稍显丰满的黄皮肤女人露出了身影。她用哈萨克语问了好。"不好意思，这位老人家正在找他的孙子。孩子的名字叫乔哈乃·叶德盖。他读一年级，今年有这样的孩子入学吗？"出租车司机说。"嗯，有过这样的孩子。"听到这句话，乔哈乃的心跳到了嗓子眼，“啊”地一声就俯身向着老师看去。“有过这样的孩子，不过一个月前他妈妈把孩子接走了。”老人刚刚舒展起来的脸又皱了起来。“哎呦，天啊。”像是岔了气一样，老人歪倒在长椅上。女人惊讶地看了小伙子一眼，又看了老人家一眼。“老人家，您哪儿不舒服？”出租车司机弯腰看着老人问道。乔哈乃弯着身子，揉着额头，一言不发。就在这时，下课铃响了，乔哈乃稍稍缓过神来。他抬起头，看到小伙子正对着女人，在解释发生的一切。女人听了，也不禁皱起了眉头。孩子们也走到了楼道里。

“您跟我来，老人家。”女人扶着乔哈乃的一只胳膊，司机立刻走上来，扶起了他的另一边肩膀。

“老人家，您在这个学校找孙子是白费工夫。”了解了情况的女人解释说：“孩子的妈妈说要将孩子送到俄罗斯学校，已经把孩子接走了。这孩子很聪明，我舍不得他，劝了好久，可他母亲坚持把孩子带走了。”

“哎哟，天啊。我的天啊。”老人不住地摇着头。

走到校园里，老人说：“孩子，请你告诉我怎么能找到那孩子。他的父母遭了厄运，已经离婚了。我这个可怜的老人，正在找孙子呢。”老人家说。

“老人家，我哪儿知道孩子妈妈把孩子送到哪个学校了呀。不过我猜就会送到附近的学校，叶德盖总是步行上学，我想他们就住在附近。”女人说道。

善良的出租车司机说：“老人家，您上车，我再带您去一个学校。”

开了两条街的距离，他们又来到了一所学校。出租车司机对老汉说：“您等一等。”就朝着校门跑了进去。过了一会儿，他摇着头，失望地走了出来。

“孩子也不在这所学校，我查了花名册。”乔哈乃让司机小伙儿回去，抱着能在街上碰到叶德盖的一线希望，就步行而去。一路上问了过往的行人，乔哈乃甚至记住了街道的名字。他想着，既然叶德盖住在附近，他又能躲到哪儿呢？总有一天，孩子会走出房间，会被他找到。他相信自己能找到叶德盖，便筋疲力尽地回到家里。一到家，就躺倒在床上。“爸爸，这一整天您都去哪儿了？”

乔哈乃却无暇理会儿子，披了外套就翻身睡倒了。歇了一会儿，缓过神后，他才告诉儿子他一直在学校里找叶德盖。托合塔森吓坏了，忙说：“哎哟，爸爸，您怎么不先问我呀。我们离婚的第二天，她就把叶德盖的姓氏改了。她是不想让咱们接近孩子。孩子在以前的学校时，我还常常去看他。但是我很为难，孩子也不容易。看到孩子比我还难，我想着，还是别见孩子了。能怎么办呢？爸爸。”老人家说：“别说改了姓氏，就算烧成了灰，我也要找到孩子。”说着，乔哈乃把手里的碗向着儿子扔了过去。碗擦过托合塔森的头顶，撞到了墙上，摔了个粉碎。从这天起，乔哈乃不再跟儿子分享自己的行程。寒秋不久便下了雪。到最后的一个月，乔哈乃已经走遍了这个城市的角角落落。方便的时候，他还会坐出租车，不方便时，他干脆步行。早些年，日子还艰苦的时候，乔哈乃曾步行穿越五个城市，所以走过这么一个城市对他来说不在话下。乔哈乃拖拉着鞋子，在阿拉木图的大街小巷不断地寻找着。他拦住路上的行人，向他们问路。世界上总是好人多，很多行人都会放下自己的行程，把乔哈乃带到要去的地方。如果你对出租车付费慷慨一些，出租车也会十分耐心。乔哈乃来阿拉木图时，身上装了一万块钱，他把其中的五千块拿出来给儿子和儿媳妇买了些礼物，又把三千块钱存起来作应急的钱。现在他花的就是这笔钱。乔哈乃觉得孩子一定就住在这附近。乔哈乃已经把这附近的每间屋子、每个角落都问遍了。他把那袋髀石时刻装在口袋里，心怀着总有一天能够见到叶德盖的希望，一天天走在大街上。他总觉得叶德盖会从某个角落里探出头来，大喊着“爷爷”冲向自己，这么想着他觉得心都要碎了。看到背着书包的孩子，他总是停下来问：“孩子，你认识叶德盖吗？”

可是，这个城市里到处都是孩子。只要看到与叶德盖年龄相仿的孩子，乔哈乃就会问一句，他总觉得无论这些孩子在哪个学校念书，总有可能认识叶德盖的。这些孩子常常无法回答乔哈乃的问题，支支吾吾地说：“我……我不知道……”难为情地躲开了。乔哈乃这次终于明白了古人所说的物是人非是什么意思，只好踉踉跄跄地走在街上。

城市里穿着五彩缤纷的人们让人看花了眼。他终于明白他也将离开这里。与他年龄相仿的老人们也会与他相遇，不过他们全都是熙熙攘攘的陌生人。

夜晚降临的时候，他想着，趁着天色还未太晚回到家里，就开始在路上挥手拦车。他站的地方是公交车站附近，他想，就在这样的时候，居然连艾依木江都没有碰到过，她是个有学问的人啊，如果她在，早就把叶德盖找到了。候车的人争先恐后地跑向了蓝白相间的大公交车，公交车缓缓地开出车站，未能挤上公交车的人又朝前追赶了几步，最终停了下来。公交车开过乔哈乃身边，乔哈乃正看向一辆空出租车。就在这时，“爷爷，爷爷”的叫声突然传进了他的耳朵里。乔哈乃立刻四处寻找声音传来的方向，惊慌之间，他一时没能找到声音是从哪儿传来的。就在这时，他看到公交车里正在用力捶门的叶德盖。公交车却像个怪兽一样载着孩子越开越远。“快停下！快停下！”乔哈乃一边大声呼喊，一边朝着公交车追去，对那些匆忙为他让出路来的行人视而不见。他祈祷着，朝着公交车疯狂地跑去。他发现公交车似乎停在了下一个路口。他咬紧牙关，加快速度向着公交车跑去，一边赌咒发誓——一旦抓住这个大铁怪物，就绝对不会让它逃出自己的手心。

“叶德盖！叶德盖！”他大喊着，冲着公交车追去。听到小叶德盖“爷爷！爷爷！”地叫着，他疯了一样跑去。路上的行人都转过头诧异地看着这一切，纷纷把路让开来，呆立在一边。乔哈乃目不转睛地看着公交车，公交车却又加速开去，距离越来越远。乔哈乃的心都快要跳出来了，他一边喊着“快停下”，一边把拐杖举起来挥舞起来。就在这时，他在雪地上一滑，大高个子失去平衡，摔倒在地。他的右边胯骨重重磕了一下，拐棍也不知道去了哪里，髀石也散落了一地。他却无暇顾及这些，心中只想着早已远去的公交车，他用尽全身的力气想要起来，却又崴了一下，摔倒在地。这次他没有滑倒，他的胯骨失去了知觉，他身上一痛，眼中迸出泪来。他眼睛一花，再也看不见公交车了。一个小伙子不知道从哪儿找到了拐杖，拿过来交给了他，另一只手扶起了他。老汉咬着牙想要爬起来，可身子沉得爬不起来。他紧闭着眼睛，咬着牙。

“老人家，您能起来吗？”小伙子问。乔哈乃却紧闭着眼睛，摇了摇头。

“别碰他。”另一个人说道：“可能摔断了胯骨，他刚才摔得很重，我们应该快点叫医生。”

“对，快点叫急救车！快！”围着乔哈乃的行人纷纷说道。乔哈乃眼睛紧闭着，一动不动地躺在路边，嘴巴微微颤抖着。

“听，他在说些什么。”围观的人里有人说。

另一个人弯腰把耳朵凑到乔哈乃的嘴边，听到乔哈乃小声说：“可惜啊。”但是，来来往往的车辆和行人发出的各种声响，早已漫过了老人的声音。

阿依努尔·吐马尔别克译

迪达艾合买提·艾西穆汗

（1950—2015 年）

哈萨克斯坦人民功勋作家。1950 年 6 月 10 日，出生在东哈萨克斯坦州。1975 年，在《共产主义旗帜》报社参加工作。在哈萨克斯坦国立大学新闻专业毕业后，1978 年起在《列宁青年报》担任记者；1978—1980 年，在《哈萨克斯坦少先队报》工作，1980—1992 年，在《哈萨克斯坦文学报》担任部门主任一职；此后，他曾在《时代——哈萨克斯坦》担任副主编一职。2003 年起，担任《我们的家谱》社会基金会主席、奥尔昆出版社社长等职务。1986 年，加入哈萨克斯坦作家协会、哈萨克斯坦记者协会。

他几乎每年都有小说作品在出版社出版，如《白哈巴的波浪》《第十一个秋天》《公驼》《松涛》《不是故事的故事》等。他特别重视用母语创作，文笔细腻、用语精美，广受读者的喜爱。

他的作品被翻译成乌兹别克语、吉尔吉斯语、汉语、蒙古语、俄语、乌克兰语。他也把其他国家杰出作家的优秀作品翻译成哈萨克文。

釉黄茶炊

尽管从老家接回阿依江已经两个多月了，可这个小姑娘压根不像亲骨肉，无论是对视她为掌上明珠的帖力江，还是对无微不至照顾她的古丽桑，都一副冷若冰霜的样子。这两个月家里生活也有些改变，过去吃糠咽菜也无所谓，可现在不能像过去那样粗茶淡饭、得过且过了。在老家，她习惯了吃肉，喝牛奶，这都需要父母去筹措。好在寻觅奔波，终有所得。为了孩子，古丽桑一天到晚忙得焦头烂额。一睁眼就为她洗漱、穿衣、备饭，之后就牵着她一起去上班。傍晚又牵着她一路逛回来，零食甜嘴买到她心满意足为止。“天啊，既没有幼儿园，也没有人能照看，为了拉扯这个孩子，我可真要累死啦！”她有时候会想。每每想到这里，她就要拿帖力江撒气，无非就是那句：“当初非要把襁褓中的孩子送去给你妈妈养，都怪你！”帖力江从不回嘴，他心里很明白，古丽桑不是为开不起来的幼儿园在生气，而是在怨自己十月怀胎、辛辛苦苦生下的心肝儿，竟会对她如此生分。尽管没有表现出来，这事儿也一直都是帖力江的一个心结。起初他想：“应该是还没有适应新环境吧，习惯了就好了，总能亲近起来的，除了我们还能去找谁呢？”可是啊，无论甜言蜜语还是宠着哄着，阿依江并没有任何被他们打动的迹象，依然是那么的疏离冷淡。她在家里小心翼翼的，好像生怕迈错了步子似的。在饭桌上也很拘谨，每样菜只沾沾筷子尝上一口，饿不死就行。然后话也不说站起来就走，低着头进到客厅，在软垫上一坐坐一天。

你若不找她搭话，她是不会主动说一句的。让她站，她就站，让她走，她就走，像个没有思想的人。但谁知道呢，她在没人的时候是不是会尽情地哭上一场，毕竟帖力江也好几次看见她肿着眼眶。说到哭，阿依江还曾为一件不值一提的事儿痛哭流涕，急得帖力江像只热锅上的蚂蚁。

一天晚上，他刚进家门，就听到阿依江在角落里发出的沉闷哭声。进到卧室一看，她正趴在床上，抖动着肩膀大哭。帖力江问她："怎么了呀小心肝儿，谁欺负你啦？"说着摸了摸她的头发。阿依江立马甩开他的手，抽着鼻子，压抑了哭声，幽咽的哭声简直让人心碎。想哄她吧，别说抱了，拿手碰碰她，她都要像刺猬似的蜷缩起来。恰巧，古丽桑也不知到哪儿去了。帖力江束手无策，像只绕着灯泡飞的蛾子一样，在床边来来回回地走。至少能知道阿依江为什么哭也好啊。他隐约听到她在细声念叨："我的梳子！我的梳子啊……"梳子？帖力江正惊讶呢，古丽桑踏着大步从外面走了进来。

"是你吗？！"帖力江一见到她便质问道，"是你把她惹哭的？"

她没有回答，而是从小手包中拿出一把崭新的绿色梳子，塞到了正在哭哭啼啼的阿依江手里。

"宝贝儿啊，给你梳子，新梳子，刚给你买回来的，给你，好了，不要哭了！"

阿依江的哭声稍稍减弱，看了一眼梳子，又一把扔了出去。

"我的梳子，"她又大哭起来，"我的黑色梳子！"

帖力江这才想起来。阿依江从老家回来时有一把随身携带的黑色梳子，是一把牛角梳。谁知道这么一把断了齿的破梳子有什么神通，阿依江晚上枕着它，白天揣着它，简直爱不释手。更搞笑的是，比起拿它梳头发，阿依江似乎更爱把这把破梳子放在鼻子下面闻。每当这时，古丽桑的巴掌脸就皱作一团，一副嫌弃样儿。帖力江全都想起来了。原来孩子是在找那把梳子啊，为了把梳子哭成了这样儿。

"在哪儿呢？"他对着古丽桑提高了声音，"她的黑梳子在哪儿呢？！"

“我给扔垃圾筒里了。”她紧张地说，“拿一把脏兮兮的梳子闻来闻去的，被同事们看到太丢人了。”

“找去！上天入地都给我找到它。”

结婚七年都没有听帖力江说过这样的话。她气冲冲地出门去，过了一会儿拿回来一把黑色梳子扔给了他。

那一晚是他们俩第一次分房睡。

也是在那一晚，他第一次感受到，孩子真是天使一般温暖而甜蜜的存在啊。

阿依江温热的气息，砰砰的心跳声，呼呼的喘息声，对他来说都是无以比拟的享受。想着想着，不知为何，他拿过阿依江手中那把破梳子，闻了起来。梳子闻起来有种说不清的气味，不知是像刚挤的乳汁，还是像酸奶，或者是枯草，总之好闻极了。他越闻越清醒，心中涌上来一股莫名其妙的难过劲儿，很想痛快地大哭一场。他觉得自己有种强烈的渴望，却又不知在渴望什么。感觉像失去了自己最珍贵的宝贝一般，却也想不起丢了啥，失去了什么。不知何时，他睡着了，竟然梦到童年记忆里放在角落里的黑色皮囊，那是一个硕大的神圣的皮囊啊，里面装的马奶子够整个村庄的人一人一碗。梦里奶奶站在皮囊旁，往里面罐乳汁。他刚想尝一口就被人一把夺过皮囊，对他说：“够了！剩下的到别处喝去。”“再让我喝一点吧，再喝一点！”他央求着醒过来。他口渴难耐，嘴唇干燥，喉咙干涩。在昏暗的房间里，他闻到了梦中那个皮囊的气味，那气味仿佛就在他的鼻腔里挠着痒痒，那是在缩进他怀里的阿依江柔软的头发上闻到的。真是奇妙啊！闻起来有乳汁的味道，一天洗八回也去不掉的味道！帖力江轻手轻脚走到厨房，打开水龙头大口喝水，他感到神清气爽。这时他在门口看到了古丽桑，她看起来还在为昨天的事儿生气呢。好像害怕帖力江一大早逃之夭夭似的，她说：“孩子又不是我一个人的，你要想做个父亲的话，也去带一带孩子吧！”说完就转身走了。这意思是说让帖力江带着孩子去上班。

没办法，只好带着了。他也很高兴带着。因为他第一次知道原来阿依江也会甜甜地笑，会说充满童真的话。为什么这么说呢？帖力江有一个为着展览而画了很久的肖像画——《奶奶》。这不就是梦里从黑色皮囊里倒乳汁给他喝的，阿依江魂牵梦绕的奶奶吗。刚踏进工作室，阿依江第一眼就看到了那张画像。

“奶奶！我的奶奶！”她一路跑到肖像画旁，开心地说，“我奶奶！这个，是我的奶奶！”她笑的时候，稚嫩的脸上会出现小小的酒窝。帖力江情不自禁地抱起她闻了闻她的头发，亲吻了她的额头。

“对啊，是你奶奶。”他声音颤抖地说，“她正在从遥远的丛山的另一边，给你找金角狍鹿呢。”

“不，不是的，不是狍鹿。”阿依江争辩道，“她去高高的山岭的另一边，给我找金角山羊去了。”

帖力江咬着唇，小时候听过无数次的童话，原来也快要遗忘了啊。而可怜的孩子又怎会知道，讲述那些童话的奶奶，并没去高高的山岭的另一边，而是去了郊外那小小的山坡上，还一去不复返了呢。

从此以后阿依江的态度多少有些好转了。她每天起得比谁都早，一大早爬起来就急不可耐，但帖力江哄一哄，倒也能好好吃饭了。吃完饭，她就跟着帖力江步行到车站，坐上公交车一起去工作室。当然啦，让阿依江如此魂不守舍的肯定是她奶奶的画像。她把跟自己个头一样高的画像一会儿抱到这儿，一会儿抱到那儿，有时候还对着它自言自语。还有的时候，不知道是不是小小的心灵因为思念而太过煎熬，她忧愁地望着画像。

“叔叔，我们什么时候回老家呢？”她问帖力江。

“秋天。”帖力江回答。

“秋天什么时候到呀？”

“等树叶黄了就到了。”

她忧心忡忡地望着窗前随风飘扬的柳树，心里跟个明镜儿似的，这绿油油的柳叶是不会在短时间内变黄的啊。而帖力江对阿依江的转变欣喜若狂，恨不得她每天能多问几遍呢。心情好的时候她甚至也能跟他滔滔不绝地聊很多。在他习惯了这样的和谐相处时，倔强的丫头却又开始让人担心了。

休息日的中午，他们坐在简陋的房间里喝着午茶，阿依江跟往常一样对着饭菜沾了沾筷子，就一动不动地盯起放在桌上那小小的蓝色茶壶了。

“叔叔……”她向帖力江央求道，“我们什么时候能用茶炊喝茶呀？”

帖力江心头一颤，连“茶炊”这个词儿本身都是怎样的亲切和温馨呀，让他瞬间想起了过去美好的岁月。在他兴致勃勃地转向古丽桑时，看到古丽桑露出金牙似笑非笑。

“怎么啦？壶里的茶不合胃口吗？”她开玩笑。

“壶不是拿来喝水的，”阿依江嘟囔道，“壶是拿来洗漱的。”

“你是在哪儿见着的？”古丽桑吓了一跳。

“在奶奶那儿见的……奶奶说不用壶洗漱的人不讲究。”

尽管阿依江的话也让古丽桑吃了一惊，但很快她又不当回事儿了。生活中的琐事让她淡忘了，但阿依江还记着。翌日早晨，阿依江嫌弃地望着壶，忧心忡忡地问：“叔叔，我们什么时候能用茶炊喝茶呢？"

“孩子啊，茶炊到底比茶壶强在哪儿啦？都是烧水的嘛。”帖力江不耐烦地说。

“不是的，茶炊好。奶奶说茶炊能招客人，客人能招好运的。”

“你就想想办法，去找个茶炊来吧，让我们家也沾沾福分吧。”古丽桑说。

那一天帖力江逛遍了县城的角角落落，好不容易找到个崭新的电热水壶回来。阿依江高兴极了，掀开壶盖儿的一瞬间却又愣在了那儿。

“它的芯呢？”她泪汪汪地问道。

“这是电热的，你看啊孩子。”帖力江说着把插在热水壶中间的电热棒取了出来，用湿抹布擦了一擦。

“你看，现在我们灌上水，再通上电，五分钟水就开了。咱们仨就能享受地喝顿茶了。”他说着便往壶里倒了水，插上电，完成了这一系列“盛举"之后洋洋自得地看向阿依江。

而阿依江却看起来伤心欲绝，像是失去了最后的一点希望似的。

“奶奶……茶炊……”她呜咽着倒在了帖力江的怀抱里。当天晚上，一家三口一夜没合眼。而让他们揪心的，正是那个茶炊。

一说起那釉黄的茶炊，阿依江就会想起奶奶来。

来到县城以来她没有一刻忘记过那个瘦小的老太太。一闭上眼似乎就能感觉到奶奶正喊着“宝贝”来拥抱她。也有时候好像在她耳边轻声细语：“你渴了吧，小心肝儿，走吧，我们去喝茶吧。”一想到茶，她就莫名其妙地口干舌燥。但是就算渴死，她也不要去喝那个破壶里的水！奶奶烧的茶，才能叫做茶呢，真是想念啊！那茶水喝多少也不会腻，喝多久都不会凉，总是喝得阿依江小小的鼻头上冒出细密的汗珠，浑身上下暖烘烘的。哎哟，那是何等的享受啊。最让人难以忘怀的还是奶奶在喝茶时讲的那些故事。奶奶在饭桌上可不会像古丽桑婶婶一样呆坐着，而是会把阿依江当做大人一样聊天，敞开心扉地说些心里话呢。

“哎呀，你咋老跟这六岁的孩子聊那六十岁的天儿呢？”爷爷有时候笑话她们。

“我不跟她聊跟谁聊呢？她爷爷啊，家里除了她哪儿还剩下个能讲话的人啦？不都风行雨散啦。我给她讲故事也不是白讲的，是希望她能够明事理，通情理呢。除了我们，谁知道别人会给她说些什么样的话儿呢。”奶奶说道。

说着给右手边冒着热气儿的茶炊里添了点儿火，重新烧起一壶茶来。添过火的茶炊就像复活了一般，滋儿滋儿地哼起小曲儿，壶盖儿也跳跃着舞动起来。那会儿的松树柴火烧起来多香啊！热气暖烘烘地扑在脸上。那时奶奶烧的砖茶可真甜啊！越喝越暖和，越喝越惬意。

“你看看，不愧是奶奶的孩子！”爷爷说道，“跟奶奶一样健谈，最终能得到茶炊的应该也就是她了吧。”

“哎，谁又能预言这个神物的主人呢？”奶奶感叹，“我也想过趁还活着赶紧把它交给其中一个儿媳吧，可没有信得过的啊。都那么新潮，都想着省事儿，看到这种老东西都得嗤之以鼻。嗨呀，她们怎么就不懂老东西也有它的价值呢？你也知道，照看马群的儿媳妇从去年起就用上电动挤奶机了，那机器简直要吸奶吸到出血为止。牛就不说啦，那通人性的马儿得多可怜啊！我们把家传的黑皮囊也给了他们了，他们却扔掉买了个电动打奶器。打出的马奶尝起来跟铁锈似的，谁又愿意喝呢？问他们是怎么想的，他们就歪一下嘴一副不以为然的样子。这样的人又怎么能保管好茶炊呢？哼！”

总之，奶奶是非常珍视这个茶炊的，从来不让它染一粒尘埃，结成一点水垢。每天用洁白的抹布把它擦了又擦，自然能像金子般闪闪发亮。烙印在上面的那五个花纹，也让它看起来更加庄严了。奶奶虽早已忘记是在什么时候，为了什么买了这个茶炊的，但她总自豪地说：“后来的茶炊可再也没有这种花纹啦……”阿依江从这话领悟道：没有花纹的茶炊是劣质的，劣质的茶炊烧出来的茶又怎么会好喝呢？大家都愿意喝奶奶烧的茶也是这个原因。

他们家的客人也的确是络绎不绝，无论是远亲还是近邻都愿意来家里吃饭、喝茶、借宿。奶奶也从来不嫌烦，无论老少，茶炊永远为他们冒着热气儿。奶奶总说“客人得邀请，不能驱赶，这是祖训”，有时因为想念奶奶烧的茶，叔叔婶婶们也从四面八方聚到一起来。

“喝吧，喝个够……我不在了你们就喝不上啦，孩子们。”奶奶说着把香甜的奶茶倒进碗里。

喝了两碗茶炊里的茶水后，叔叔婶婶们神采奕奕，有说有笑。这时候尤属古丽孜帕婶婶直言不讳，仗着自己是长儿媳，她从不藏着掖着。“婆婆，您总是用‘不在了’来吓唬我们。”她呵呵笑着说，“您要不在了，身后可还有我们呐，您要想让我们还能喝口香甜的奶茶，就把茶炊留给我吧。”

“想得美！”奶奶撇撇嘴说，“你哪有资格继承它呀？家里连个喝茶的人都没有，一点也不好客。这样的人哪里用得上这么大的茶炊呢？你用那个破茶壶就够啦。”

“哎呀，婆婆啊，这不值钱的玩意儿您还真当个宝啦！”古丽孜帕不服气，“这黄茶炊有什么了不起的。”

“哎，孩子，你没有感受过饥渴，又怎么懂这个茶炊的神圣珍贵呢。”奶奶说，“我这耄耋之年，哪还有没吃过的苦呀，那些年没吃没喝的时候，还是这个茶炊让我们枯木逢春的。我那已经过世的奶奶拿全部家当换一把麦子的那些年，也没把这个茶炊给换掉。奶奶总说‘茶炊招客人，客人招福气’。一想起来这话，总能回忆起童年的一件事儿。那是春天里的一个漫长的白日，家里除了两块没肉的羊肋排以外再没有其他吃食了，所有的希望都寄托在冬天就去县城打工的父亲身上，盼着他早日归来。我们三个瘦小的孩子每天坐在门口望眼欲穿，妈妈就在家里忙忙碌碌，釉黄的茶炊里总是咕噜噜烧着热水。盼着盼着，妈妈都要望眼欲穿了，但也从没断了那壶热水。水烧至半，就再次倒满，加点儿松树柴，松树柴的炊烟大老远就能瞧见。在如往常一样的那么一天，从岔路尽头隐约出现一个人影。那是谁呢？无论是谁，我真希望他能走过来啊，总感觉他的怀里似乎揣着一个烤馕似的。正如我希望的，他似乎也见着了那股炊烟，拄着拐棍站了一会儿，就拖着脚步越走越近。那是个胡子拉碴、瘦骨嶙峋的人，眼眶深陷如幽邃的山洞，山洞那头微微闪着一点光芒。看到那光芒妈妈忍不住擦着眼泪备起饭来。说是饭，其实就是两块没肉的羊肋排和冬天啃剩下的一堆骨棒。把它们熬成一锅汤喝到嘴里的那一刻，可怜的人儿脸上似乎有了点儿血色。喝了几口茶叶袋里最后一点茶叶熬成的热茶后，他又拖着脚步离开了，留下了饥肠辘辘，丧失了希望的我们。妈妈忧愁地望着黄茶炊，今后怕是要弹尽粮绝了。不，没完蛋哦。黄昏我们盖着羊皮袄，蜷缩在火炉旁时，一个人匆匆忙忙走进家里，把肩上扛的重物卸在了地上。仔细一看就是之前走了的那个可怜人。‘你们真是好心啊，老乡，快点支起锅架吧！’他热情地说，然后流着热泪一次又一次地亲吻我们。原来在离开我们家后，他路遇一只险入捕猎夹的小鹿。独乐不如众乐，他想了想就返回来了……你看啊，孩子们，这釉黄的茶炊还经历过这些呢。后来我们过上了丰衣足食的好日子啦，在敬畏死者，尊老爱幼，好客热情的优良传统影响下，我们共享着喜怒哀乐。没有人能避免得了悲欢离合啊，那些年我们经历了婚丧嫁娶，有喜有悲，有笑有泪，釉黄的茶炊见证了这一切。它是听过爷爷的教导，见过奶奶的慈容的宝物啊。我又怎么能不珍惜它，敬重它呢？你们要是能够好好保管它，它今后还能派上不少用场呢。”

“每样物品都有属于它的时代呀，婆婆，何必要逢新感旧呢。”古丽孜帕婶婶说。

“就算是银子，日子久了也不再值钱了。但不能对所有古旧的东西都嫌弃啊。旧物中也会有无价之宝，新品也有些一文不值。最重要的是要分清好坏，而非新旧。”奶奶语重心长地说道。语毕，给碗里满上茶水，她接着说：“你们不要觉得我好为人师，没有人能长生不老，总有一天我们也要走啊。将死之人必吐真言。”

奶奶这句“要走”深得阿依江之意，因为她总以为是要坐着每日一发的蓝色小轿车去看望邻村的亲朋好友呢。这种时候她可不会空手而归，有人为她穿新衣，有人送她好玩具，零食甜点，让她盆满钵满。可别说，跟奶奶在一起可真是享受啊。可是有什么办法呢，这样的奶奶一天之内就离她而去了，每每想到这里，她就想哭。临别前的一天，她们俩还坐在村头的小山坡上促膝长谈来着。

碧草蓝天下，村庄的上空飘着袅袅炊烟，坐在山坡上听着潺潺的溪流声。奶奶把那洁白的羊毛捋成一条一条搓成线，阿依江就在旁边帮她清理线头。不远处的山羊悠闲地嚼着青草，那是春天以来为了叔叔的到来喂养的，都已经成为了奶奶的习惯了。

“哎呀，不知今年是不是也不会来了？不，会来的。不想念我们也会想念他的骨肉吧。”奶奶叹气。

“奶奶，你说谁呢？”阿依江问。

“说你叔叔呢，孩子。”

这个“叔叔”指的就是帖力江叔叔。过去，奶奶三句话不离“你的坏叔叔”“你懦弱的叔叔”，今年却不断用“叔叔”这个词儿来给阿依江灌耳。阿依江只见过那个叔叔两面，也有可能比这多一些吧。但她记忆中只有某个冬天他过来住一晚就走了。第二次，也就是前年夏天古丽桑婶婶和他一起回家待了好几天。她还记得跟他们一起睡的那晚，自己哭着喊着找奶奶去了。

“我就不该把你抱回来，真不该啊。”奶奶突然说。阿依江转头看向她，她仿佛在跟谁对话似的，口中念念有词。

“谁啊，奶奶？是我吗？”

奶奶就像没听见似的，继续自言自语。阿依江可听得清清楚楚。

“……有朝一日我若闭眼了，你将何去何从啊，我的孩子？没有感受过父爱母爱的你，要认谁作爸爸，认谁作妈妈呢？懂事前都得这么糊里糊涂地过了吧。”

“奶奶，你在说什么呀？”阿依江抱住她。

“我就说说，孩子，只是说说。我只是在想念你的叔叔啊……来吧，我给你梳个头发吧。”奶奶说着抱起阿依江放在腿上，解开她的辫子，用黑色梳子不慌不忙地重新梳了起来。多希望这种日子能够长长久久，谁知，划过她耳后的黑角梳在接近她脖子的时候，突然间掉落在地上。

“怎么了，奶奶？”阿依江急忙转过头，奶奶正捂着左胸口艰难地吐着气，似乎在说：“没事儿的，一会儿就好了。”她轻轻摇了摇头，片刻之后，缓缓抬头。

“别害怕，宝贝儿，老毛病了呀。”奶奶深吸一口气，说道，“75 岁啦，已经不年轻了，它也该累了吧，有时候跳得太欢像要冲破胸膛跑出来了似的。可能过不了多久我就得去到你见不到的地方了吧，孩子。”

“那是什么地方啊，奶奶？”阿依江问道。奶奶没有回答这个问题，而是捧过她的脸反问：“你还记得金角山羊的故事吗？”

“记得。”

“或早或晚，我可能也得找那金角山羊去了，到时候你的叔叔婶婶也会从县城过来的。他们会给你带来很多糖果，你可别哭着找我好吗？宝贝。”

“我不要他们的糖果！”阿依江呜呜地哭起来。奶奶怀抱着她亲吻、安慰。

次日早上，阿依江在哭喊声中被惊醒，门外吵吵闹闹，家中人来人往，还能听到女人们的抽泣声。她跳下床刚想跑出卧室，“带走这孩子，快带走”，有人挡住道儿喊了起来。此外，她还记得邻居家的胖阿姨从背后抱起她就跑出门外去了……还有那倒在门口的釉黄茶炊。

窗外的月亮像那茶炊一样釉黄，阿依江躺在叔叔身边哭湿了枕头。叔叔似乎也醒着。如果醒着，他在想些什么呢。

天命不可违，帖力江大概没想到会在今年失去硬朗了一辈子的母亲。

一切都历历在目，古丽桑和他在傍晚到达村庄时，屋里坐满了男女老少。当他哭着迈进门槛时，众人让开一条道儿，让他走向了父亲。父亲颤颤巍巍地站起来，抱着他哭了很久，哭毕让他坐在身边。

“天不如愿啊。”他流着泪说道。

“我日夜祈祷可千万别让老婆子先于我归西，可老天不听我的，最终还是留下了我这苦命的人。我就这样失去了你那和我相敬如宾40年的母亲啊。”

众人哭了起来。饭桌旁用黄茶炊倒着茶的古丽孜帕嫂子含着眼泪，而帖力江眼眶中的泪水再也掩不住了。身在福中不知福啊，从前谁又领会得到母亲的好呢。她那“老头子”“帖力江他爸”之类的称呼，有谁在意过呢。现在想想，一辈子没叫过丈夫的名字，是怎样的尊重与爱戴啊。除此之外，奶奶的优点还少吗？她何曾亏待过迈进家门的每一位客人。对一些人来说，这可能是故事，但对这家人来说，却是满满的思念。

“故去的人们各有各的悲伤和遗憾。”在父亲身边席地而坐的努尔哈力大爷说，“这世上，有人英年早逝，也有人得以寿终正寝，但无论如何，谁能舍得让他们永眠于黄土之下呢。悔恨会有的，泪水会流的，但去者不可追。尽管如此，寿终正寝者仍算是有福之人。你母亲在世时儿娶女嫁，子孙满堂，尽享天伦之乐。孩子们中也不曾有人让她颜面扫地。俗话说‘失去什么也不能失去尊严’，你母亲在她有生之年是褒有尊严的，一个一辈子受到尊敬的人又有什么可遗憾的呢。所以啊，你就当做喜丧吧，孩子。”

“对。”

“希望后代们平平安安吧。”

“愿子孙们能够享到她未尽的福分吧。”大爷们附和道。

古丽孜帕嫂子倒了一圈茶。努尔哈力大爷喝了两口，又缓缓地说道：“可惜啊，谁能想到，会在半个小时之内与一个活生生的人永别呢。那天我一大早去找我的棕马，正沿着山脚走着呢，看到一个老太婆坐在那儿，仔细一瞧就是这家的女主人。我跟她开玩笑：‘哟，你是在这儿眼巴巴地等你老伴儿吗？’。‘什么老伴儿呀，我找失物呢。我从春天起为县城的儿子养肥的那只山羊从羊圈里跑丢了，也不知是老了还是怎么的，我简直是举步维艰啊，心就跟要跳出来了似的，好不容易才爬上来的。’她说。之后过了没一会儿，我骑着马又回到那个地儿，这时老太婆已经捂着左胸口倒向一旁了，脸色煞白，嘴唇微微颤抖，费劲儿地说：‘去，去找我家老头子。’这就是脆弱的生命……”

“我的婆婆啊，连句遗言都没能留下啊。”古丽孜帕抽泣着用黑头巾擦了擦眼泪。

在座的人一片沉默。片刻之后，父亲说道：“她留了遗言啊，孩子。最后的日子里她似乎有预感，让死后把她葬在黑鹰嘴的老坟里。我们祖祖辈辈都是埋在那里的。”

“这不难。”努尔哈力大爷捋着长长的白胡须说，“这不，村干部们都在这儿呢，能找到交通工具的话，几公里地儿又算得了什么呢。是不是，苏里坦？”

帖力江看向坐在上席的，黝黑肤色的小伙儿，苏里坦就是他。他俩曾经是同学，几年不见，竟像吹了气的气球一般胖了起来。

“黑鹰嘴吗？”他为难地说，“黑鹰嘴？车可不太好上去吧。”

“车上不去，推土机可以上，拖个车很难吗？”

“明天是工作日，你们还在这儿没事儿找事儿……”

“我明白你的意思，孩子。”努尔哈力大爷说，“你一定是在想，何必要舍近求远呢。说来你这么想也有道理，人都死了，埋在哪儿不一样啊。但我们是敬畏死者，关爱母亲，尊敬老人的民族。那已逝的老太太，是一辈子尊崇传统的人啊，我们有义务完成她的遗愿。这不是守旧，而是对死者的尊重，是给后辈的交代啊。”

“所以需要我做些什么呢？”

“明天 12 点左右借我们一辆推土机用一个小时，再派四五个小伙儿来帮帮忙。没有其他请求了。”

“看情况吧。”苏里坦不情愿地说。

告别宴散席已经是半夜了，家中只剩下几位亲人和五六位长者。在帘子后面躺着帖力江母亲的尸骨，帘子这边是谈天说地的老人们。油尽灯枯，家中昏昏暗暗。老人们的故事也很压抑，说的无非就是生老病死和物是人非，还有忘记了优良传统的那些年轻人。大多数时候大家都在听努尔哈力大爷一个人说，他把“今时不同往日”的话题直接引到了几个世纪前阿布莱可汗的那个年代。

“那时有个无人不知，无人不晓，正直而开明的哈兹别克毕官，他也是在这样一个炎热的夏天去世的。”他讲起了一个久远的故事。

“那个年代，我们的祖先把最出色的毕官和可汗埋葬在了位于遥远北方的城市。遵照这个传统，他们也想要把哈兹别克毕官葬到那个神圣的地方。可怎么才能送达那里呢……哈兹别克去世的萨拉尔哈和那里至少有半个月的路程，在这烈日炎炎的七月，山遥路远，要怎么保存好尸骨，安全送达呢？然而，自古以来就在大草原上东迁西徙的游牧民族，早已从苦难中总结出了解决之道。他们把逝者的身体用羊皮包裹，外层再包上洁白的毡子，放在担架上。让布列克英雄带领着送葬的人群，在黑夜中为他们践了行。这群人在夜里马不停蹄地走，天亮时走到了哪里就停留在那里，挖个深坑将尸骨埋起来，休息到天黑为止。休息的时候，送葬队伍中的青壮年们会不断用清凉的水沾湿包裹尸骨的白毡。唔，现在还有多少人懂得那毡子的神圣呢。从前放马的时候，把水壶用白毡包起来，再把毡子沾湿，壶里的水在炎炎夏日里也能保持清清凉凉。就这样，布列克带领的人群，渐渐远离萨拉尔哈，披荆斩棘地通过了苍茫的沙海，来到一个山谷中。在走走停停中疲惫困顿的他们，把哈兹别克的尸骨埋在地里后，头一沾地就昏睡过去。不知何时，他们被守护人的尖叫声吵醒：‘哎呀，敌人来啦，敌人！’众人一跃而起。

“果然，百十个人骑着马从山上冲下来，青壮年们紧张起来，一个跑去骑马，一个拿起弓箭。‘别动弹！’见多识广的布列克对他们说，‘顶多就是拦路抢劫的土匪吧，盗亦有道，他们不会对死者不敬的。你们坐着别动……’

“正如他所料。土匪下山看到他们一个个安心地坐在那里，非常惊讶。打头阵的一个土匪勒着马问：‘你们是谁啊？哪儿来的一群流浪汉？’他看起来凶神恶煞的。布列克缓缓地站起身，义正词严地说：‘我们是要送哈兹别克毕官的尸骨去圣人身旁的人。’结果那个人板着脸说：‘什么哈兹别克，用毕官来说事儿的可怜人啊，我管他什么哈兹别克呢，就说你是送葬人，我们一定会敬重亡者啊。’说完转头走了。这就是敬畏死者的人们，遵守了一生的训诫。”努尔哈力的故事讲完，天也亮了。

天一亮就去国有农场借推土机的帖力江，中午才一无所获地回到家，说：“苏里坦因急事儿去县城了，没有他的允许别人没法儿做主。别说推土机了，帮忙埋葬的十来人都是好不容易才找到的。计划赶不上变化啊。”

无能为力的父亲，望着黑鹰嘴的方向，泪流满面。那里埋葬着他的祖先们。

到了下午，亲朋好友组成的送葬队伍把母亲的尸骨抬向近在咫尺的那个小山坡。

只留下门口那冒着热气儿的釉黄茶炊。

古丽桑没有注意，那个茶炊已经烧着烧着把水全烧干啦，她只是进进出出，不停地添火加柴。一空下来，她想起了自己那张几天没有保养的脸，就偷偷进到卧室里，照起了那面小的镜子。她对着镜子瞧了又瞧，画了眼影，刷了睫毛，修了眉毛。这会儿功夫就听到古丽孜帕的惊叫："天呐！天呐！完蛋了！我们失去了黄茶炊了。大伙儿啊……把手都化了，壶嘴都融了……弟媳妇儿哪儿去了？那个没见识的可怜人！"

"可笑！"古丽桑从门缝里探出头说，"竟然说我没见识！你呢，除了挤牛奶，你还知道什么呢？可笑！"

黎明的天色，像极了那茶炊的釉黄。帖力江出门从黄色的木桶里取牛奶去了。古丽桑进到卧室，刚想把电热水壶通上电，想了一想，又把破茶壶放在了煤气炉上。

还是要节约能源的嘛。

夏里甫汗·阿布达里译

居马拜·夏西泰

（1950— ）

小说家、新闻记者。毕业于哈萨克斯坦国立大学语言文学系。他最初的中篇小说《悬崖》（之后改名为《黑色的天空》）被收录于《曙光中短篇小说集》中。1987 年，出版小说集《谎言与诉求》；1997 年，出版《我们时代的阿亚孜毕》；2004 年，出版小说集《回声》。他的作品受到了哈萨克斯坦文学界和读者的好评。

除了小说创作以外，他还写了随笔、散文、回忆录和文学评论，这些作品被收录在《诗歌如猛虎》《泛黄的思念》等作品集中。

他曾获江布尔文学奖和哈萨克斯坦总统奖，也是哈萨克斯坦劳动功勋奖获得者。

梦幻与现实

黑市上与阿布赉汗王同名的富翁从睡梦中突然惊醒过来，心提到嗓子眼，呼吸急促，额头直冒冷汗。他起身打开客厅吊灯，随着开灯的强光，似乎有密密麻麻的蚂蚁四散开来，甚至有些都爬到他身上来。他跳起来四处张望寻找一种能够瞬间消灭蚂蚁的东西，却看见墙上被穿过鼻孔挂着的狼皮，狼的眼孔处似乎流出什么东西。以前怎么没注意到这个？他呆呆地看了一会儿，心里骂道："虚伪的家伙！闭上双眼装出一副老实的样子！"要是这头狼睁开眼睛的话，肯定会发出一种暗红的冷光，他的身体抖了一下。他突然感到一种莫名的孤独，身边熟睡的老婆一动不动，盖着的被子滑下去了，露出她光着的身子，乌黑的长发搭在白皙的肩上，他却毫无兴趣地盯了一会儿。实际上，他的一举一动都被躺着的女人尽收眼底。富翁好像过客一样，毫无表情地扫了一圈屋内的摆设，吊灯的饰纹好像要变成尖锐的利剑一样再延伸。老婆那双黑眼睛仿佛在埋怨地盯着他，他的身体又抖了一下。每当女人盯着他时，他都会觉得极度的无奈，此刻熟睡的女人也许更像魔鬼。富翁不由得又看了看那个挂在墙上的狼皮，竟一下分不清是公狼还是母狼。

"哎，无知的人，你分清是公狼还是母狼，又能得到什么？"那头狼似乎在嘲笑他，再过一会儿可能会变为一只狐狸。富翁心里不是个滋味，他无精打采地在屋里转悠，也不想到窗户边看看外面。他很清楚在后院宽阔的院子里停着他的豪车，他那健壮的光头保镖正在车里打呼噜，一副敦实的身材分不清哪是脑袋哪是肩！保镖那张大脸没有一丝笑意，甚至发出一阵寒光的样子让人想起时刻准备扑向猎物的豹子。有时保镖眼睛眨也不眨地盯着他时，那张没有任何表情的面孔都会让富翁不寒而栗。这个家伙简直就是为了这个行业才来到这个世界的，尤其是当保镖紧皱眉头盯着一个地方时，富翁会感觉到什么叫威胁，他突然意识到保镖这种人每时每刻都敢和死神决斗。不对，他怎么会对一个保镖如此上心，他有些不安起来。其实，保镖也就那么回事，没必要看得那么重。这样一想，他的不安情绪顿时减轻了不少。他拿起小巧的日本产电视遥控器开始换频道，电视上正播放一群漂亮女人跳舞的场景，她们婀娜的舞姿，充满魔力的眼神好像在呼唤他进入一个充满诱惑的花花世界。不过，连这样的魔力也没能对他起什么作用。

他轻轻地走到角落边的镜子前，打开灯的刹那突然从镜子里看到一个疲倦的陌生人，乌黑如碳的头发已经露出白发，胡须里掺着白色，深深的眼眶镶着一双可怕的大眼睛，眼神冷漠而沮丧，脸上只有大鼻子很清晰，皮肤还算可以，但眼睛周围已经布满皱纹，标志着衰老已经离他不远了，他感到恐慌，不敢再继续照镜子，快快把灯关了，这时镜子中的黑影显得更神秘了，他的内心世界也变得黑漆漆的。

富翁再次走到电视机前，看着屏幕里那些女人的舞姿，仿佛得到了一丝安慰，女人们跳舞的样子已经不像第一眼看到那样夸张了，她们对他的诱惑力也消失了。他感到百无聊赖，随手转到下一个频道，却好像在电视上看到自己家里的情形：一个女人毫不在乎地裸身趴在床上睡着，屋里的男人似乎要准备外出但又在犹豫什么，他走到门前抓住门把，却停下来转身看了看躺着的女人，他又走回来。富翁饶有兴趣地盯着电视，想看看腆着大肚子的粗脖男人究竟要干什么。电视上的男人回到床边，对着裸体的女人，竟然俯下身子亲了一下，这才心满意足地走出门去。“这个王八蛋！”富翁厌恶地关了电视，屋里一片死静，他听到自己的心跳声像钟表一样有节奏的跳动，他突然联想到电视上那个男人的行为和自己的保镖一样没什么区别，他开始怀疑，也许自己的保镖也会亲吻一个女人，他回想着电视中的男人是否真的得到满足？冷不防一种欲望开始在体内升腾，他一下子拉开了盖在女人身上的被子。女人的身体露了出来，像魔鬼一样在诱惑他。这种欲望总让他感到不耻，虽然他有能力赚大钱，但总是受不住女人的诱惑。这到底是为什么？他总是感到孤独和寂寞。难道他已经沦落到要从女人的身上去寻求安慰的地步了吗？他早就腻了，却无法满足身体的欲望。不管是乡里、县里还是城市里都有他的家产，如果需要在每个住宅里安排个水灵灵的女人，他那些手下肯定会二话不说打理好一切。他也许已经患上一种病——对女人已经没有兴趣的病。当他已经准备放下对女人的欲望时，过去的岁月却渐渐浮现在眼前，那些他曾得到和没得到的，一时间他也说不清。

富翁仰躺在那儿盯着天花板，他想起这些都是从小一起长大的画家朋友帮忙装修的，他怀疑当时给朋友的报酬是不是有些少了？怎么以前从没注意过这些精巧的花纹？是不是钱财来得慢去得快？而这些美丽的花纹一直都会保存下去。没想到他那个爱眨眼的画家朋友竟给他留下了如此美好的纪念。只是自己还有资格来拥有这些艺术品吗？他曾给那些杀人不眨眼的手下发出多少命令，这些家伙可都是什么都能干出来。而我的那个画家朋友，虽然穷，却很执着，他一向有自己的想法，不轻易听从别人的意见。算了，我还是不太喜欢这种固执的性格。

富翁突然叹了口气，回想起当年他嗜酒如命，变成一个酒鬼，抛下妻子儿女来到阿拉木图，至今已经十年了。记得刚来阿拉木图时，他只能开出租车来维持生计，每天为了完成任务早出晚归。出租车公司老板长得粗矮结实，只会不停地榨取员工的血汗钱。老板对公司出租车司机每天上交的收入并不满意，总在半夜通过对讲机命令阿布莱汗开车到什么地方和谁谁联系，再送去另一个地方，也不管他是否在休息。阿布莱汗心里很气：“他妈的，什么东西，这么折腾我！”但还是会服从老板的安排。老板还经常劝他：“兄弟，你听我的，好好干，到时候给你换一辆新车。”他知道老板在说假话，他也不在乎，只能继续开着出租车到处奔波。老板还经常大笑着调侃他：“哎，兄弟，你听说过没有？你家祖辈就受过我们的欺压，你小子不会一直记着等哪天报仇吧！”听到老板的讽刺，阿布莱汗心想：别说祖宗了，连自个儿父亲的模样都没啥记忆，也许这家伙说得有理，自个儿的老祖宗就比人家地位低，不然的话，我们这个家族也没出一个和老板那样有能耐的子孙，老板每回开玩笑都会嘲讽一下我的身世。

此刻，富翁与年轻老婆躺在城里的别墅里，怎么就想起出租车公司老板嘲讽他的话？这么多年过去了，他都难以相信自己曾受过那个“墩子”的嘲弄，记得“墩子”还爱问他：“你们家族是否出过有头有脸的人物？”一想到自己的家族，他耳边就会响起“墩子”的嘲笑声和可怜他的眼神。记得有次开车时，“墩子”似有目的地特意问了一次：“哎，你那个家族为什么连一个人物都没出过？”阿布莱汗一时不知该说什么，只感觉到头晕。“墩子”接着命令道：“你今天跑出租的钱全部交给我，好让你那小嫂子高兴高兴！”阿布莱汗扭头看了看“墩子”，那家伙却稳稳坐着连眼皮都没眨一下，使得他都愣住了。“墩子”冷漠地说道，“看好前面的路，别撞车了！”他只好无奈地回答：“今天没啥生意，恐怕连汽油费都付不起。”“墩子”气急败坏地骂道：“少跟我来那一套，你一天到晚不是白跑的，别给我装可怜，你可别忘了，当初你流落街头，是我这个大哥可怜你照顾你，你才有现在的日子，在阿拉木图像你这样的流浪汉多的是。”受到这样的侮辱，阿布莱汗非常气愤，但又不敢说出来，只好把这口气咽了下去。突然，“墩子”吼了声：“停下，你看看我们公司里不管哪个司机见到我都会跑过来，想办法让我开心，我以为咱俩是亲戚才一直照顾你，你倒好，吃里扒外的家伙，滚！别让我看见你！”……过了这么多年，与阿布赉汗同名的富翁想起“墩子”对他的侮辱，耳边会响起那家伙的喊叫声，他的身体就会不自觉地抖一下。想一想“墩子”怎么骂他都可以，怎么能连祖宗八代都一起辱骂呢？“墩子”做得过了，他也全都承受住了，再看看今天那个“墩子”的身价还不如他身边的一个保镖呢？“墩子”就是一个贪得无厌的家伙，再怎么折腾也富不起来。如果他随便派一个保镖去找“墩子”算账，那家伙会怎样呢？他手下的保镖个个都是杀人不眨眼的杀手，听到他们的名字，连摇篮里的婴儿都会吓哭。“墩子”会吓得磕头求饶还是有骨气地对抗？他会像自己吹的那样有胆量吗？不过，现如今也找不到几个有傲骨的哈萨克人了！他身边围着的尽是一些整天不干正事的家伙，他们大多做过很多坏事，臭名昭著，甚至蹲过大牢。他有时也觉得没法面对社会对他们的评论。就说现在豪车里睡觉的那个保镖曾是有名的盗马贼。倘若哪天他遇到麻烦，他周围的这些家伙肯定会一拥而上，一口气吞掉他的财产。他想到自己曾经山穷水尽也没死，如今拥有荣华富贵却过着提心吊胆的日子，想想真不是个滋味！那些潜在的危险像一片乌云似的笼罩着他，真想放弃一切远走高飞！他有些想不明白的是，普通人的生活是否更自在些，不会有像他这样的烦恼？阿布莱汗想到如今生活富足，但他的母亲和妻子却总是处于一种焦虑当中。也许，她们的这种不安来自对丈夫和儿子的不满吧。憔悴瘦小的母亲偶尔高兴时，她眼中的忧伤会消失。但是，这种快乐的感觉非常短暂。也许是母亲曾当过小学教师的缘故吧，她对自己的孩子就像教育调皮的学生。曾经得天花留下的疤痕让母亲的脸显得愈发憔悴，他一直想不明白，听说父亲是个英俊的男子，怎么就看上其貌不扬的母亲。一切都是命中注定，但他还是止不住地笑出声来，也算是自嘲："哎，可怜的家伙，你自个儿娶的老婆不也那么回事吗？"他想起自己像离群的孤雁离开故乡好多年了。有时他很迷茫，因为他常常从母亲的眼里读到"不满"，虽然母亲从未说出责备的话，但他还是感到一种沉重的压力。似乎母亲总在提醒他："孩子，不要以为自己有多了不起，千万别忘了你的根，祖上有个叫'黄巴依'的老人很有威望，为人谦和，受到众人的爱戴，老人家的灵魂在保佑着你，你可要低调做人。"他觉得好笑，母亲为了遵守哈萨克儿媳不能直呼夫家祖辈名字的传统，才把真名叫"萨尔拜"的老人叫成"黄巴依"。他长大些，发现乡里的老人都不直接称呼萨尔拜爷爷的全名，而是尊称老人家为"萨尔耶克"，还真像母亲说的那样名不虚传。如果说过去非常富有的大人物都算是圣人的话，那么曾拥有几千匹马群的朱拉拜祖辈也算是不一般啊，但他从没听别人说朱拉拜家族的好话。哈萨克是个非常好客的民族，只要家里来人最起码要烧壶香喷喷的奶茶。但在朱拉拜爷爷家里来客人，家里小媳妇们准备接待时，老头就会吼一声："你们这是干什么？我可没有闲心招待所有路过的人。"阿布莱汗不敢相信朱拉拜的爷爷会吝啬到如此地步。他以前不了解朱拉拜的家族有过这样的历史，他和朱拉拜关系也一般，朱拉拜却一直和他较劲。

富翁阿布莱汗有着厚厚的嘴唇，失去光泽的脸上长着一双小眼睛，看人的时候会发出一种寒光。他偶尔也会流露出快乐的样子，但很快就会消失。他最开始抽烟也是享受似的起劲吸几口，就会想到朱拉拜，平日里，朱拉拜吃得好睡得香，生活很惬意，看起来比自己可要懂得享受生活。再看看自己，整夜提心吊胆地睡不着。他想起母亲经常唠叨："你周围尽是些酒肉朋友，一旦你走开，他们会旧病复发开始酗酒，没有一个是真心实意帮你的。你再看看人家朱拉拜，和你算是同龄人，才不会像你一样召集一群不三不四的人到处撒钱，朱拉拜可是个精明的小气鬼。"母亲嘴里的"酒肉朋友"在他的生活当中的确是一个"大笑话"！

现在他是一个富有的人，想不通自己多年前抛下老婆孩子来到阿拉木图时，怎么就落魄到那个地步？那会儿，他每天起早贪黑跑车，除了受到"墩子"的压榨，还被好多人欺负。记得司机们在车站抢位子，都会有个老大模样的"黄毛"小子警告他把车子停到一边儿去，"黄毛"夹着哈萨克语和俄语骂他："嗨，土包子，新来的别想挤走老子，休想占我们的位子。"他又羞又气，担心被什么熟人看见。就算受欺负也不敢吭声，因为他是一个人，而他们是一群人，如果和他们硬拼，吃亏的只能是自己。这些人性格难以琢磨，他们上一秒对你微笑，下一秒就会变得凶巴巴的。那个"黄毛"辱骂他时先用哈萨克语再用俄语，那种流利的方式总能让他这个不懂俄语的"土包子"感到无助。这样的时候，平时强调他们是亲戚的"墩子"就装聋作哑，权当没看见他被欺负……

回忆起那段开出租车的辛酸日子，富翁阿布莱汗感到有些沮丧，哪怕在豪华别墅和美丽女人一起也没能让他感觉好些。特别是今晚，他有些担心自己，面对年轻漂亮的老婆竟然毫无兴趣。此刻他眼前浮现的是饱经爱情痛苦、眼含泪水的卡米拉。“与其饱受爱情痛苦，不如死在初恋的时候！”听到这首歌，他的眼眶湿了，想起他和卡米拉曾经沐浴在甜蜜的爱情中。记得有人祝福他：“你是一个有福之人，遇到了一个好女人，她会为你生很多孩子，你会子孙满堂。愿你们永远平安幸福！”这些话是母亲说的吗？不，不可能，一般来说亲人之间很难说出如此赞美的话语。也许是一个毫无关系的人说的吧。不管是谁，对爱人的赞美着实让他感到欣慰。他如愿和卡米拉结为夫妻，过了三四年。他记得自己竟对妻子开玩笑：“哎呀，怎么等我结婚后，漂亮姑娘变多了？”生性稳重的卡米拉盯了他一会儿才回应：“怪不得，这段时间你总是一副心不在焉的样子，我现在和寡妇有什么区别？你什么都不管，孩子们衣服旧了，家里还欠了那么多钱。与其这样不明不白地过日子，还不如变成一个真正的寡妇算了！”听到妻子的埋怨，他心里也难受，曾经为了他愿意付出一切的卡米拉，如今变得如此陌生！曾经爱他的妻子现在还会为他担心吗？他还记得从小一起长大的姑娘别列根，因为爱他，不记名分和委屈来到他家，不仅服侍他，还要承受卡米拉的种种刁难。卡米拉把别列根当作仆人来使唤，让那个可怜的姑娘从早忙到晚，还不停责备她：“你这个丑女人，给你付那么多工钱也干不好这点活，真是个白痴！”每回听到卡米拉羞辱别列根，他心里除了心疼只能怪自己无能，没法保护那个姑娘。那时，卡米拉真的是很过分。富翁想到这些往事，刚刚拿起遥控器他又放弃了看电视的念头。如果责怪卡米拉的话，他肯定会败下阵来，卡米拉会理直气壮地发话：“哎，大情种，责怪我之前先管好你外面的一大堆老婆吧！哎呀，你可不要不知天高地厚，这样下去不会走太远的！”妻子说出伤害他自尊的话，直到现在还回响在耳边。不止是卡米拉，还有他那可怜的母亲也经常说出如此伤人的话。记得很久以前，他经常和朋友们在外喝酒夜不归宿时，对他失望的母亲常常叹气：“有这样不争气的孩子，还不如没有的好！”好像说这些还不解气，她甚至会骂她过世的丈夫：“看看那个家伙，让我生这么多孩子，自己倒是早早摆脱了，留下我一个人苦苦挣扎，为了让孩子们吃饱肚子，我到处求人，遭别人白眼和欺负，甚至去求过‘塌鼻子加汗’！”每回想起母亲说的类似“我曾求过‘塌鼻子加汗’”这样的话，阿布莱汗就会非常难受：难道母亲曾被‘塌鼻子加汗’欺负过？他感到眼前发黑，世界变得陌生和可怕。

黑夜还是不愿褪去，反而更深了。富翁阿布莱汗想到自己多年来嗜好烟酒的习惯终于把他送进了医院，渐渐变成医院的常客。如今他已经和酒道别，却放不下香烟这个“老朋友”。此刻他站在黑夜里纳闷自己一直没抽烟，他打开灯，注意到桌上摆放的水晶杯里装着各种颜色的果酱，桌边放着一盒骆驼牌香烟，他拿起一根。这时，老婆起身拿着打火机给他点上烟，还叹了口气。他猛吸了几口吐出团团烟雾，抽烟多少会减轻他的痛苦。烟雾缭绕中，他感到虽然和眼前貌美的女人一起生活，甚至销魂地缠绕在一起，但似乎永远有一条看不见的鸿沟挡在他们之间。富翁阿布莱汗根本抵挡不住来自这个女人的诱惑，但他总觉得这种女人早就熟悉社会规则和游戏。也许在他之前这个女人不知和多少男人发生过关系，想到这一点，他就会感到身体被弄脏而后悔。他清晰地记得第一次见面时，女人有着一双水汪汪的大眼睛，白皙娇嫩的皮肤，苗条的身材令他眼前一亮，特别是她表现出胆怯害羞的样子，一副纯洁无助的模样让他觉得自己遇见了天使。他甚至感动得想哭，他深深地相信这个纯洁的女子需要他的保护。女人撒娇地唤他“宝贝儿”的声音会扩散到房间的每个角落。勾起他的欲望后，女人根本顾不上什么了，她就像失了魂一样翻着眼白，欲望像火一样燃烧。他对自己已过 40，快奔 50 的年龄依旧控制不住欲望而感到无奈。女人才不管那么多，她似乎只想得到欲望的满足……直到一切结束，女人只有睫毛动了一下，满足欲望后她筋疲力尽，也许因为刚才的表演太过分透露了自己的真面目而后悔，她只能一动不动地躺在那儿，也没在乎男人那句侮辱的话，女人就像中了性欲的毒。从那以后，过几天他就会止不住想念那个女人，就算他心里不愿意，但身体会拉着他不停地去找那个女人。一段时间后，他觉得自己被那个女人“玷污”了，不止是身体还有整个内心都被那个女人破坏了。他痛苦地感到自己就像从女人身上传染了一种病毒，明知这样不正常，但还像上瘾了一样离不开那个女人。他每次发誓："再也不沾那个女人！"但很快他就忘记誓言，控制不住自己一次次去那个女人那里。当时卡米拉曾恳求过他："你病了，不仅毁自己还要毁了我，快想办法摆脱那个祸害女人吧！"那时候他感觉整个身体似乎变成了虫穴，只要他张嘴就会有虫子落到地上。

富翁阿布莱汗记得他开出租车时，"墩子"在半路上夺走了他那天所有的收入，他气疯了，使劲开着车，也没理会路边招手搭车的顾客。他只想开到没人的地方喝酒再去睡一觉，可是还要换班，他必须把车子送到公司。他只好继续开车，他用力握住方向盘，就像抓住"墩子"的衣领，真想掐住"墩子'的脖子好好揍他一顿。突然，他从车镜里看到自己那双充血的眼睛，咬牙切齿的模样，吓了一跳。他很仔细地看着镜子里的自己，不像坏人，倒像一个聪明人，他渐渐地恢复了理性，感到自己是个有勇气的人，不会一直受人欺负。但他一想到自己抛弃妻儿受到母亲的诅咒，好不容易产生的美好感觉又会消失得无影无踪。他那可怜的母亲经常提醒他："作为一个男子汉，不要因为自我陶醉就迷失方向，凡是那些傲慢的人都不会走太远！"富翁阿布莱汗开始怀疑自己迷失了方向，他回忆起当年抛弃妻儿来到阿拉木图，从车镜里看到自己的模样，他噗哧一声笑了出来，都是他心中始终相信"希望"才走到今天，要不然，他算什么，大不了是一个出租车司机，凭那点收入怎么能发财？也不会成为今天的富翁！他伸手又拿了根烟，香烟这东西烧得也快。

富翁阿布莱汗想起有好一阵子没去看他养的那些猎犬。每次他去，那些皮毛发亮的猎狗都会欢快地跳起来欢迎他，聚在他周围撒娇。猎狗的眼睛都很漂亮，他觉得狗是懂得感恩的动物。其实，养狗没那么难，只要按照方法就会养得很好。但是，负责养狗的是别热根的老婆，她从不按照书上说的那样用牛肉来喂狗，总是将剩菜剩饭和骨头扔给那些狗。富翁也不好意思老强调这一点。特别是那条身价很高的花白猎狗似乎根本没有受到该有的照顾，富翁来了，花白猎狗对他毫无反应，也不跑到他面前撒娇，只是静静地躺在那儿，眼睛也没神，一副冷淡的样子。

富翁阿布莱汗想起开出租车的一天，他很想去喝两杯，去的路上顺便拉一两个乘客。乘客吝啬得要死，只要车子开到人少的地方，那人就会警告他："哎，你不会故意在绕远路吧，绕多远我也只掏两块钱。"阿布莱汗根本没在乎那个人说什么，但那个小气鬼又发话了："你别以为我不认识路，我对阿拉木图所有的街道都很熟悉，我在这个城市上过四年中专，五年学院，那么多年可不是白上的。"阿布莱汗皱了下眉头，从车镜注视那个人琢磨着：上那么多年学，看你也就那么回事儿。乘客留着不合年龄的"小子头"，即周围剃光，只留头顶的头发，那人的头发从额头往后耷拉着，显得又长又乱。他记得小时候村里的年轻小伙子才这样留头发，想到这个熟悉的标志，他觉得这个人还没那么讨厌。他又注意到乘客说话激动，眼白暴突，让人联想到他过去可能是个黑社会的人。乘客凶巴巴的样子让他有些担心，不过，那人声音倒还算温和："兄弟，前面往左拐，离我下车的地方再靠近些，好了，就在前面那辆红色车旁停一下。"阿布莱汗开得非常快，好像要故意冲过停车的地方。乘客喊道："嗨，停车，我叫你快停车！"他才来个急刹车，那人差点撞到车前，再被抛回到软软的座位上，那人转过身狠狠地看了他一眼。他却满不在乎地看也不看，眼睛只盯着前方，那人一看他毫无反应，有些气馁地递给他两块钱。"对了，我们公司老板嘱咐过我，遇到在阿拉木图上过十年学的人，千万别和他要打车钱。"那人吃惊地瞪大眼睛，感到有些不对劲，脸都憋红了："也许，你们老板是个好心人！"他冷冷地回道："管他呢，反正老板警告过我凡是遇到在阿拉木图上过十年学的人，千万要小心，那种人可能脑子有问题。"那人好像有些反应过来："哎，你！你！"他厉声说道："滚下车，别再让我看见你！"那人的脚刚落地，他就"嗡"的一声发动车子，乘客差点摔倒，他从后车镜看到那人踉踉跄跄地好不容易站稳脚跟很是狼狈。他很解气，但很快又感到难受。他为了生存来到阿拉木图只能依靠"墩子"这种人，每天跑车遇到的是这样的乘客，世道成什么了啊？也许，他本身就是一个晦气的人吧！记得有次他回乡下家里，早晨起来无意中听到母亲正对邻居大妈发牢骚：“我说，好的父母不一定会有好孩子，我的丈夫是个正直的人，有自己的想法和立场，从不酗酒，算是好男人！好父亲！”或许母亲以为他在睡着，或者想让他听到。他心里确实不好受。邻居大妈劝道：“哎，巴提玛，孩子还没长大，成为真正的男子汉也不是件容易的事，年轻人总会犯些错误，等他们成熟些就会变好的。”母亲却像个吵架的人一样顶了一句：“他还算年轻吗？老大不小了，还是不争气！”就像有一桶冰水从头顶灌下来一样，母亲的一番话让他眼前发黑，头晕目眩，他真的让母亲如此失望，没有什么前途了吗？母亲继续说着：“早些年，阿斯卡尔刚去世时，加汗‘塌鼻子’追着让我嫁给他，为了这些孩子我没答应，现在看来我真是笨到家了。老话讲得好：养十个孩子还不如一个臭老汉！我再苦也该有个像加汗那样的老伴儿。”母亲开始模仿加汗老头说话，又压低声音不知说了些什么，然后大声笑起来，听到母亲有些过头的笑声，他感到一种侮辱。母亲笑了一会儿，口气又变了：“孩子长大了能靠自己本事该多好啊，这些孩子大的小的都让我头疼，总有一堆烦心事。不能让孩子们总是清茶淡饭吧，我只好去找努尔勒别克管仓库的儿子，也是我家阿布莱汗的朋友。我对那孩子恳求道：‘好孩子，你也听说了吧，你的朋友抛弃妻儿走了，你能不能看情况给我们孤儿寡母一点肉。’那孩子说了句：‘没问题！’第二天就送来了整只羊的肉，我都不知该拿什么还呢？看我不好意思的样子，那孩子还安慰我：‘老妈妈，都是老熟人了，没关系的，就当您付过钱了！’”他听到母亲在夸奖别人的孩子从公家仓库里随手拿过来的一只羊，还整天挂在嘴边，却提都不提亲儿子每次回家给的钱，那可都是他在外奔波的血汗钱，自己也数不清给了多少，怎么母亲一点都不在乎呢？

富翁阿布莱汗一直在回忆往事，整夜没合眼也没想出个结果，过去的回忆只会让人痛苦！他真想远走高飞离开这里！他看着眼前裸身睡着的女人，感到这个世界不过如此！假如此刻把女人翻过身来，估计她都不知遮挡一下吧！

阿布莱汗想起当年来阿拉木图之前他已经变心，卡米拉说过："男人和公狗一样喜欢到处撒尿！"他也想起和妻子感情开始破裂的时候，卡米拉埋怨过："上天怎么会让我遇到你，我应该嫁给羊群满圈的牧民或者是威风的拖拉机手。"想想第一任妻子的话，再看看眼前裸身躺着的年轻老婆，他感到一切都那么荒诞！母亲曾说过他身边只有一群"酒肉朋友"，其中一个就是在他搬新别墅时送整张狼皮的诺海，当时诺海诚恳地说过："阿布哥，我给您送来一张狼皮挂在新别墅的墙上吧！"富翁阿布莱汗知道苍狼是神圣的动物，可以带来好运，高兴地接受了这个礼物，还让诺海到手下的分公司担任仓库报关员。诺海给他第一印象挺麻利的，所以他根本没有留意有人说诺海手脚不干净的话，没过多久听说仓库进贼了，他也没在意。直到仓库着火了，他才意识到事态严重，等他火急火燎地赶去时，长长的仓库已经烧了一半。富翁阿布莱汗眼看着自己的财物刹那间被烧成灰烬，心如刀绞。他看到在来来往往救火的人当中，诺海缩着脖子一副不相干的样子。他火冒三丈，冲过去逮住诺海，才发觉诺海满嘴酒气，醉醺醺地只会嘟囔"阿布！"富翁阿布莱汗才明白自己活该如此，他怎么就没注意到诺海根本不可信。眼前的诺海一副酒鬼模样，额头和鼻子就像被开水烫后白一块儿红一块儿，整个脸像是在酒里泡过一样。他怎么没有问问那个王八蛋，送来的是公狼皮还是母狼皮？

富翁阿布莱汗一直沉浸在回忆中走来走去忘了关掉角落的灯，整个房间散发着微弱的灯光，若明若暗中，挂在墙上的狼皮似乎活了一样。富翁阿布莱汗始终感觉有个熟悉他生活的人影在暗处监视他的一举一动。他感觉到那个目光充满讽刺，一直盯着他……。

渐渐地，富翁阿布莱汗睡着了，还做了一个梦。他梦到自己养的猎狗生崽了，天啊！公狗也能下崽吗？他看到猎狗伸长身子躺在地上，一窝闭眼的小狗相互乱撞着寻觅奶头，曾听人说过好狗最多生四个，现在至少下了五六只。如果叮嘱别热根的丑老婆用牛肉喂狗的话，这些小狗会长大的。但愿那只白色肚皮的小狗是公的。只是，这些嗷嗷待哺的小狗眼睛都紧闭着，显得特别可怜。他实在不忍心继续看下去，就上了车。他开着豪车穿过几栋高楼上了一条宽敞的大路，他开始加速。可是，方才没睁眼的小狗寻找奶头的悲惨情景再三浮现在他眼前。他有些心烦意乱，突然看到一个五六岁大的孩子沿路呼喊着什么，挥着小手使劲跑。他感到疑惑："这是怎么回事？"再看前方，一个挺拔的高个男人快步走在前面。他努力想听清孩子在喊什么，似乎听到孩子呼唤着："爸爸，爸爸！"他心里想："真是个冷血的神经病，这个男人怎么不理自己的孩子呢？"他看到孩子继续追着，遇到一个水渠，刚想跨过去时却摔倒了。那个男人依旧在赶路，根本没停下脚步。孩子哭着喊着，挥着小手央求父亲。目睹孩子的痛苦和脆弱的身影，他感到心里很痛。而那个高个子男人走进了一条小路消失在高楼当中，摔倒的孩子再也没站起来。富翁阿布莱汗遗憾地看着一切继续开车前行……

富翁阿布莱汗迷迷糊糊地醒过来，刚才的梦太奇怪了！他感到头沉沉的，只有去一个凉爽的地方吹吹风，呼吸一些新鲜空气他才能彻底清醒过来。

富翁阿布莱汗在国外待了两三个星期才回来，公司的主要领导正焦急地等他参加一个在南方城市召开的会议。他心里嘀咕："这些人没我就不会做事了！"不过他考虑到公司也许需要商讨一些重要的公务，他按时出发和其他人会面。富翁阿布莱汗同意了大家的一个请求，在会议开始之前先前往圣贤墓碑前祭拜。于是，一行人来到了9—11世纪修建的墓碑前，早已褪色的门朝向各个方向，只有东门可以进出，中间的墓碑被白布盖着，正前方蹲着守灯人，他闭眼陶醉在自己的念经声中。一个全身白色的年轻妇女沐浴在悠扬的经声中。富翁阿布莱汗注意到女人的大眼睛露出纯洁透明的光芒，他的欲望又开始涌动了，但他很快回过神来，为自己在如此神圣的地方还不能控制欲望而感到惭愧。守灯人长着一张胖圆脸，身体方方正正，更像巴扎的商贩。富翁阿布莱汗觉得这样神圣的地方应该让一个长相周正的人来守灯更合适些。这时，守灯人念完了，用疲倦的眼神把人群扫视了一遍。众人争先恐后地向守灯人问安，守灯人没有起身继续跪在那儿一动不动。刚才的漂亮女人把两张50元的坚戈放到白布盖着的盘子上，轻轻地踩着碎步离开了。守灯人又开始叽里咕噜地念起经来，和富翁同行的朋友们开始放美元到盘子里。富翁阿布莱汗想到自己是干干净净来到这里，身心很轻松，他从口袋里随便摸出一张一百欧元轻轻放进盘子里。他注意到守灯人的眼睛盯着那张蓝色的钞票，守灯人贪婪的目光让他刚才的喜悦消失了。守灯人为故去的人念了一会儿经文，抬起眼睛仔细地盯了他们一会儿，邀请道："请各位品尝圣贤宫殿的美食，不是因为你们刚才的施舍，而是为了感谢你们的诚意。请从这里出去后向右拐就到了。"众人来到被邀请的地方，一个女人早已备好食物等着他们，富翁阿布莱汗先向女人问好，然后直接来到上座，他的朋友们也开始陆续入座。没一会儿，守灯人进来坐在女人旁边。守灯人说道："感恩上天赐予的一切！对智者来说懂得感恩是最大的使命！"

富翁阿布莱汗注意到对面的女人正在盯着他，他不由得抖了一下。"请用茶！"女人说道。女人瓜子脸，模样周正，唯一的缺点就是已经年过四十了。忽略年龄的话，无论身材还是长相她都无可挑剔，甚至像个模特。只是，她的脸显得很苍白。忽然，女人摸了一下额头。富翁阿布莱汗敏感地察觉到女人可能知道朋友中有不干净的人。"哦，我都忘了给你们倒茶！"女人醒过来似的说着抱歉的话。"喝好了！喝好了！"男人们异口同声地回答。当他们起身走向外面时，站在门旁的女人突然转身向着富翁说道："先生，请你稍等一下！"富翁阿布莱汗的心一下子跳到了嗓子眼。女人缓缓说着："先生，我的人生经历了很多坎坷，但不知为何见到你的瞬间，我感到非常不安。看得出来，你不是一般的人，出手也很大方。只是，四个月前，你做了一件违背良心的事。当你的狗下崽时，你很高兴；但当你的孩子跑来呼唤你时，你却当没看见。"

"上天啊，那不是我做的梦吗？"富翁阿布莱汗吃惊地说道。

"先生，上天就是这样暗示的！"

阿里别克·阿斯卡若夫

（1951—）

毕业于哈萨克斯坦国立大学新闻系学业。1967 年，发表处女作《捕猎狐狸时》。两年之后，出版《福乐之地》。之后，陆续出版了《早来的雪霜》《社会主义的故事》《昨日的故事》《夕阳的颜色》《激情的心灵》《女人的智慧》《冲入羊群的黑熊》《怪诞的故事》《阿勒泰的金秋》等。2016 年出版了精选小说集 6 册。同时，是运动家、探险家，他曾根据旅行、探险的经历写下《卡兹古尔特——对诺亚方舟的思考》《美丽的好望角——到地球边缘的旅行》等作品。

他的作品被翻译成俄语、拉丁语。部分作品在中国民族出版社出版发行。《迷失的少年（后代）》等作品入选为青少年课外读物。

2001 年，获得了哈萨克斯坦国家奖。

蒙娜丽莎

本科四年之后，大学都要安排为期六个月的实习，托留坚被分配到卡拉干达州报社。他到编辑部报到之后，觉得住六个月的旅馆总不是个办法，就立刻开始张罗起了租房事宜。他和编辑部几个年轻人四处打电话，最终找到了城郊一处建筑工人的单身宿舍。于是，托留坚背着简单行李，手提不多的书籍来到那个狭小的房间安顿了下来。

打扫完满屋的灰尘，简单擦拭过桌椅和木床，铺好被褥整理了自己的东西。最后又按照惯例，把带来的《蒙娜丽莎》画框挂在了床头。那是列昂纳多·达芬奇的名画。当然，它不是原作，也不是赝品或临摹的作品，而是从一本普通画册中撕下来的画，一副只有衣襟那么大的画。不过，他已经为它的四周贴了装饰纸，并且装在了相框里。

托留坚出生于远离城市文明的偏远牧区。进城读大学后，他感到来到了另一个世界，可是并没有沉迷于灯红酒绿，而是如饥似渴地吸吮起知识的营养。课余时间不是去听讲座，就是进选修课堂或图书馆，不分昼夜埋头读书。当身边的同学勉强跟上正常课程时，他却畅游在其他知识的海洋里了。

从欧洲的奴隶时代到现代的历史人物，重要历史事件都成了他的涉猎对象。虽然没有全部掌握，但是重要人物和社会发展的基本脉络却无一遗漏。文学名著以及其他社会科学、世界文明、世界历史也无一不是他茶余饭后的精神食粮，恨不能将它们一一装入自己的大脑里。他深知欧洲优秀文明是他今生不可或缺的必需品，所以，试图把它渗入自己的骨髓里。他知道要想成为一个文化人，就要在大学校园里打下坚实知识和文化基础，否则自己会淹没于强大的文明驼队扬起的尘埃中，被遗弃在迁徙的路上。这种不敢懈怠的紧迫感，始终萦绕于心，挥之不去。在同寝室的朋友们一个个挽着女同学的手臂出入酒吧和舞场的当儿，托留坚总是穿上厚实的衣服，围上围脖去欣赏交响乐。一旦不去图书馆，他就去剧场看经典戏剧演出。无论交响乐，还是歌剧和芭蕾舞，对一个在偏远牧区长大的托留坚来说，不仅陌生而且很难理解。但是，强烈的求知欲和顽强的意志让他坚持观看，努力理解，最后达到了能够欣赏的程度。在他看来，世界文明的源头是欧洲。因为，他看到的所有书籍都把他的思想意识引向了那里，让他像虔诚教徒一般顶礼膜拜，似乎那里有一片神秘莫测的光明，深深地吸引了他。

在一次参观画展期间，他被列昂纳多·达芬奇的一本画册所吸引。画册让他爱不释手，可是其价格也着实让他难为情。不过，最终还是从同学们那里凑钱买了下来。他从画册中看到，天才达芬奇在自己的数千美术作品中偏爱的是《德乔孔多》，这是一幅微笑女子的神秘画像，那女子名叫蒙娜丽莎。所以，那幅画就以《蒙娜丽莎》命名了。从此，蒙娜丽莎成了伟大创作者形影不离的伴侣，当然不是那女人的真身而是自己亲手画的她的肖像。托留坚当时就有了一个想法：既然列昂纳多·达芬奇能那么做，我为什么不能效仿？不是说“即便成不了，亦当仿效”吗。托留坚剪下画册中的《蒙娜丽莎》，边框稍加装饰之后，挂在了自己的床头。四年来，他的宿舍变动了几次，《蒙娜丽莎》也随他的行李变换寝室，始终没有离开过他的床头。每次搬新宿舍，他总是先把画小心翼翼地搬到新的宿舍，认认真真挂在新的床头。放暑假的时候，他总是要去建筑工地打工，只有这个时候他才无奈地与《蒙娜丽莎》暂别一段时间。而这一次下基层实习，时间长达半年，所以他把《蒙娜丽莎》也带来了。于是，这间狭小的建筑工人宿舍床头上有了世界名画《蒙娜丽莎》。

十几天之后的一天，他由于晚上看书时间太长睡过了头，到编辑部时已经迟到了，看得出编辑部主任因为等他而坐立不安，抱怨说："孩子啊，你刚来几天就迟到，怎么回事呀？"又摇摇头说："因为你年轻，文笔也不错，本想派你……算了吧！"

托留坚立马诚恳地向主任道了歉，并表达了无论任何任务都会坚决完成之类的决心。

主任接过托留坚的话说："那好，那个库赞穆巴耶夫矿井今天要创造新的生产纪录。你去一趟，好好写一份报道。可以吗？"哪能有不可以之说。托留坚即刻跟着一名摄影记者，坐上编辑部的车，向库赞穆巴耶夫矿井奔去。他们下到深深的矿井底部又是采访又是拍照，整整忙了一天。托留坚是第一次下矿井，所以井下的一切对他来说都是陌生、新鲜而又神奇的。所以，他收集了很多第一手资料，也带着满满的感受，傍晚才回到了宿舍。

他进到自己的寝室，竟然看到瘦弱的母亲坐在屋里！哎呦，远在别特巴赫故乡的母亲古拉伊姆，怎么会出现在这卡拉干达？又是怎么找到这偌大城市郊区的宿舍的呢?

托留坚怀疑又忐忑不安地再一次看了看母亲。

"我去了你的报社，是他们带我来的。"母亲开口说道。她似乎在和外人说话一样，语气中不无冷漠。

"妈妈，您怎么来了？"托留坚无法掩饰心中疑虑。

"乡亲们说你去了卡拉干达，而且买了房。到报社后才知道那是误传。"

"乡亲们可能听说我去了卡拉干达，就想当然地以为我在这里买了房。"

"说你买了房……我想看看你买的房，就赶来了……"

他这时才看清楚，母亲的眼睛布满了血丝，神情也很疲惫。可以看出她此前大哭过一场。她额头上的皱纹比以前密了也深了……手背上的青筋更突出更显眼了，面容也比去年暑假时暗淡，像秋季的荒野一样黄而干枯。

“妈妈，怎么了……亲人们都好，都平安吗？”

“都很好，我的宝贝。”

“妈妈，您为什么哭了，我外公还好吗？”

“你外公很健康，宝贝。”

“那，那又是怎么回事……阿依夏奶奶呢？”

“你阿依夏奶奶也很好，很健康，宝贝。”

托留坚一时不知所措地看着母亲愣了一会儿，才想起了给母亲准备茶饭的事。他往茶壶里加了水之后，在饭桌上铺了餐布。

“好了，妈妈，您说一说，”他双手给母亲递了一碗热茶之后，有些哀求地说道，“到底怎么了，妈妈，您让我好担心呐！”

母亲古拉伊姆喝了两口热茶，又使劲挤出了眼眶里的泪水。

“我的命根，我的小马驹啊，”她把干瘪的胸脯挺了一下继续说道，“我十七岁就守寡。为养育你，不让你受别人的白眼，我一直没有再嫁。无需隐瞒，那时有很多好男人追求过我，可是我没有答应任何人，守寡到现在。我独自一人一把屎一把尿把你养大，遭多少罪，受多少气，你知道吗，宝贝！”

“妈妈，我哪能不知道这些，我是看在眼里记在心里呀！只要我们平安，我一定会报答您，孝顺您，妈妈！”

“宝贝，我不是要你回报什么，更不是要你报答我的养育之情，你也不欠我什么……我本来不想说什么，可你非要逼我说。”

“妈妈……”

“你爸爸是真正的男子汉。要不是战争，他早已是出人头地的大人物了。有什么办法，他就像一闪即逝的亮光，无声地消失了。万幸的是身后留下了你这颗独苗，你成了我唯一的希望……我和你爸爸虽然一起生活了短短的三个月，但是我为他守了一辈子灵。我为自己能成为你爸爸那样的男子汉的伴侣而感到骄傲，也因此对造物主感激不尽，就是到了阴间也会对他忠贞不渝。为了把你培养成他那样意志坚强、勇往直前的男子汉，我一直顺你惯你，从没有对你说过一个‘不’字。”

“妈妈，您怎么了？这一切我都看到了，我打心眼里感激您。但是，你怎么这么绝望，您以前从不这样说话的，今天为什么？”

“你爸爸要上战场的时候，你在我肚子里已经三个月了。告别时你爸爸交代说，要是生个男孩就叫托留坚，女孩的话你自己起个名字就行了。你的名字就是这样来的。那次你得了伤寒，就以你是独苗为由，祈求上苍保佑你，而且独自步行走了一天，专门去圣人墓地过了一夜，表示了我的虔诚。上苍也遂了我的愿，把你从伤寒病魔口中夺了下来。从那以后，我每时每刻都在祈祷，祈祷你平安成才。感谢上苍，我的这个愿望也似乎实现了。没有缺胳膊短腿，虽没有出人头地，却也不比别人差，进了大学。这不，即将要毕业，就差那么几天了……”

“妈妈，您就直说吧，我究竟做错了什么？让您这么难过？”

“我盼星星盼月亮，盼来的是这个么，我的宝贝！”

“哎呀，妈妈，究竟怎么了嘛？”

“我也就算了，可你不能对不起你父亲英年早逝的亡灵。我的宝贝！”

“妈妈！”

“我盼着你早日成家，传宗接代，延续你父亲的香火，以告慰亡灵。我祈盼我二十岁夭折的夫君的生命一代一代的传下去，盼着孙子绕膝。那样才能解除我几十年的愁容，露出灿烂笑容……”

“妈妈……”

“你等等，宝贝，让我把话说完！我现在感到，你那亡父的遗愿，为娘的期盼，都要付之东流了！”

古拉伊姆妈妈深邃的目光闪了一下，严肃地看着儿子又说道：“这么说……也就是说，你谁也看不上，却要与这个外族的有孕在身的婆娘成家不成？”她不无鄙夷地用下巴指了指床头上挂着的《蒙娜丽莎》。

“妈妈……”

托留坚也一时不知说什么，咬着舌头一屁股坐了下来。

“一个满脸雀斑，比你大三五岁的婆娘有啥好的，我的宝贝，啊？”

托留坚转过身，仔细看了起来。说也怪，或许是路途上弄脏了，画中姑娘的脸上确实出现了不太显眼的雀斑，而且腹部也似乎有些丰满。这……他哭也不是，笑也不是，似乎从没见过这幅画一样，呆呆地看着《蒙娜丽莎》。此时此刻，他对画有了完全不同的认识。

他心里迷惑不解：“让全世界为之倾倒的这个形象，怎么就不能让我的母亲相中呢？”

他又想：“既然给我生命，含辛茹苦抚养我成人的老母亲都看不上眼，我为什么还那么崇拜她呢？”其实，他自己也不是很明白其中的原因。

古菈伊姆妈妈一边擦着眼，一边唠叨着。但是，托留坚却什么也没有听到。他费力地站起来，把画框取下来平放到床上。从玻璃下慢腾腾抽出画像折成两折，再一下两下地撕了起来。然后，看着妈妈说道：“妈妈，原来您在为她而生气呀！”边说边将手中的纸揉成团，扔到了墙角。

古拉伊姆妈妈布满皱纹的灰色脸上顷刻间有了血色，露出了淡淡的喜色。她说：

“话说多了，口有些干，快给我倒茶，宝贝！”说罢，像完成了一件了不起的大事一样微笑着环顾起了宿舍的角角落落。

韩阿里译

塔拉斯别克·叶思木库洛夫

（1955—2014 年）

作家、翻译家、影视编剧、文学研究者。他的第一部小说《爷爷》于 1985 年发表在《火焰》杂志上。他创作了小说《老马》《脱离》《晌午》《演奏家塔特木别克》，电影剧本《小顽童的葬礼》《比尔江》《巫婆》《阿拉木图－阿斯塔纳》《国王图马尔》《库南拜》等。他还用哈萨克文和俄文写了大量关于文化、文学的论文，受到读者的好评。2016 年，他的作品选集 5 册在哈萨克斯坦百科全书出版社出版。

塔拉斯别克·叶思木库洛夫还是冬不拉奇，他为哈萨克斯坦音乐的发展做出了杰出的贡献。17 岁时，他录制了音乐带《永恒的曲调》；2009 年，《哈萨克的一千首乐曲》中收录了他创作的 40 多首乐曲；2010 年，在巴黎出版了 CD《塔提姆别克的遗迹》；2015 年，塔拉斯别克·叶思木库洛夫与他的老师居尼斯拜·斯塔木巴耶夫演唱的 73 首乐曲做成了《晌午》音乐集出版。

老年冬不拉演奏家

他像初次见到军票一样翻来覆去看了好久。

“回来待多长时间？”

“一个月。”阿吉格瑞回答。

政委扬起头噗嗤笑出了声。

“我的生平没有过的事情，就是我来到这个叫巴尔夏塔斯的地方整整二十年了。起初，我还是一个像你一样的年轻小伙子，我的头衔是中尉，现在是政委。”他耸了耸肩显出他的肩章，“在这二十年中，我第一次看到来休息一个月还能算到军队的账本里的。你可真守规矩，你应该是一个很棒的士兵吧。谢谢你，我的兄弟。”他打开桌子的抽屉，拿出四角印章，沾了沾印泥，在文件上“咚”的一声盖上了章子：“你可以回家了，休息吧。回去的时候你再抽个时间过来，如果我不在，女秘书会帮你取出来。”

阿吉格瑞走出门外看了看手表，九点半，距离公交车来的时间还有一个半小时。为了购买嫂子交代的物品，他向中心广场走去。商店开着，当他推开用厚重绿漆刷了颜色的门走进里面时，一个皮肤白皙、丰满健壮的女店主对面前祈求的男人甩了一下手，对他面带笑容地问：“你要买什么？”

阿吉格瑞看向货架：“你们这里有没有胡椒？”

“有。”店主在秤上放了几种，说，“你自己选吧，有乌克兰的，也有吉尔吉斯斯坦的。”

“嘎热木多瑞，”刚才那个男人读着商品的名称，“这是什么意思？”

“是红药的意思。”阿吉格瑞回答，“胡椒就是这样说的，有些哈萨克人也这样说。”

“哎呀，”女店主动了一下嘴唇，“我做了多少年的生意一直没弄懂这句话的意思，你在一分钟之内就解释清楚了。”

发现女店主稍微心软下来，那个男人又开始说：“就给我半杯子吧。”

“不给！”女店主赶紧拉下脸来。

这个男人用双手抓着脑袋痛苦地说：“我的脑袋都要爆炸了。”

“你的脑子爆炸我也不给。”女店主转向阿吉格瑞，“你要吗？要多少？”

阿吉格瑞仔细打量着这个一大早就来商店的男人。中等个子，瘦瘦的，衣服单薄，肤色灰白，络腮胡子，眼角松弛，身穿老旧的蓝色皮夹克，下身穿一条膝盖破洞的裤子，双手颤个不停。阿吉格瑞对这个可怜人产生了莫名的同情心。

“嫂子，您这里没有给他倒的吗？”他对店主说，“我来付钱吧。”

“你想干什么？”女店主看着他。

“喂，这位先生说要给我倒上，你管得着吗？”这个男人眼里有了希望，“你的任务是卖东西。”

“这可不是想喝就喝的宴会厅，”女店主将桌子上的秤砣抓在手中，看着男人的表情生气地说，“用这个打死你都不觉得可惜。”

“好，那就来一瓶红酒。”阿吉格瑞把三块钱放在店主面前，“我来结账。”

女店员蹒跚走过去从纸箱里拿出了一个瓶子，咚的一声放在桌上。

“谢谢你，兄弟！”这个男人将这瓶酒拿到手中向窗户那边走去。商店里一时安静下来，只听到开启瓶盖和倒酒的声音，随后听到了一声：“爽……”

“可怜人。”阿吉格瑞轻声说。

“该死的。”女店主不满地说，“真没办法。”那个男人再次发出一声：“爽。”

“这个人是在高调喝酒。”阿吉格瑞有些憋不住笑道。

“我和这个该死的人一起上的学。”女店主说，“他原来可是男人中的佼佼者，你看看他现在这个样子，可怜人。他的妻子每天都来这里哀求我们千万不要给他卖酒，对命运有什么办法，想让一个人失去自尊心原来是很容易的事情。”

她把阿吉格瑞需要的物品秤好，包装起来。

“六块五角两分。”

阿吉格瑞在桌子上放了七块钱。

“他是做什么工作的？”

女店主甩了甩手。

“什么工作都不做，他的工作就是这个，曾经担任过文化室的主任，是一个冬不拉琴手。”

阿吉格瑞震了一下。

“您说他是冬不拉琴手？叫什么名字？”

“朱曼。”

阿吉格瑞稍微停顿了一下，“等等……他是哪个朱曼？以前的……那个……我的天呐！”他胆怯地向窗户那边望去，没想到他也向这边望着，两个人的视线相遇了，那个男人慈祥地向他点了点头。

“是啊，我就是那个朱曼。”他瘸着右脚走到身边，说，“而你……是阿吉格瑞，一见到你我就认出来了。”

“您好吗？”阿吉格瑞不知所措地打招呼。

“喂，你这个混蛋！”他的脸色突然发红，眼泪涌了出来，“演奏家会这样打招呼吗？”他稍微扬起头张开了双臂，“来吧，孩子，感谢你的爷爷，也感谢你的双手。”当演奏家用消瘦的双手拥抱阿吉格瑞时，阿吉格瑞混杂着慈爱和怜悯的情感涌上心头，像被冻坏的人一样身体发颤。

“不要难过，我的孩子。”朱曼拍着他的肩膀说，“就这样了，你在你大叔最不好的时候相遇了。”

“啊，这个世界！”女店主说。

“跟我走，”朱曼说，“我们好好聊聊，以后还不知道什么时候才能见面。”

当他们走出门外时，太阳已经升了一丈。阿吉格瑞跟着朱曼走在拐弯抹角的小巷里，心想：“今天真让我惊奇。”

“对不起，孩子！”朱曼有所乞求地看着他，“都是我不好，我没办法把你带到我的家里，我不想让你看到我受的罪。请不要生气，我的孩子。”

“大叔，您不用这么拘束，”阿吉格瑞说，“我能理解。”

“这是文化室，”朱曼带着阿吉格瑞来到一个蓝色屋子前说道，“我们在这里坐坐。”

进了屋里，打开一个最里边的一个房间，偌大的房间里乱七八糟地摆放着各种乐器，阿吉格瑞拿起其中的一个冬不拉，翻来覆去地看着。

朱曼将两把椅子对放着说：“在这个阿吾勒，不嫌弃我的只有两个人，一个就是这里的清净，另一个就是刚才那个商店的女人。”

阿吉格瑞又拿起了另一个冬不拉。

“你看的这些弹不出什么来，我选好了一个很特别的冬不拉，”他用钥匙打开了角落里的柜子，拿出一个冬不拉，交给了阿吉格瑞，“这个不错！”

虽然是从工厂做出来的，但可以看出这个冬不拉保养得特好，而且很有分量。上面涂了一层很薄的漆，调音阀是用坚硬的木头做成的。他轻轻地弹了弹，知道这个旋律已调至《阿勒霍恩尔》这个旋律上，用手指按住弦然后放开，再次弹了弹，旋律还是没有改变。

“不会改变的，”朱曼看着他一举一动说，“《阿勒霍恩尔》，也就是，用你们的话来说就是在'L-E'调上。"

"比阿布肯的调稍高一些。"阿吉格瑞说。

"阿布肯用的弦不是山羊的肠弦，用的是绵羊的粗肠弦。"朱曼说，"所以比《阿勒霍恩尔》稍高一些。说实话，我对你很满意，我只从以前的巧手那里看过按住弦左右摇摆试音的。"

"弦是否归位都是这样试音的。"阿吉格瑞再次弹了弹，"还是有些生疏。"

"孩子，"朱曼挺了挺胸，歇口气说，"我的愿望就是听你弹奏乐曲，今天我好像实现了这个愿望，弹吧！"

阿吉格瑞一时不知道弹奏哪首乐曲而停下来，在这个演奏家面前弹什么合适呢？他想。他将冬不拉的调音阀稍微向上调了调，将下面那个易换调定音格解除了，将自由定音格向相反的方向退了一指宽。

"好样的！"朱曼很满意地说，"虽然没见你把手指放在弦上，可是我好像已经听到乐音了。"

"好的，马上！"阿吉格瑞心情激动，之后很快弹奏起来。

朱曼皱起眉头，泪眼汪汪，一动不动地看着冬不拉，他不是用耳朵在听音乐，而是在用全身心去感受音乐。

乐曲弹完了。

"真棒……"朱曼说。他的声音有些嘶哑，"真好，原来痛苦也可以解渴呀，谢谢你，我的孩子，我像长了一对翅膀似的。"

他站起身来，在房间里踱来踱去，然后回到自己的座位上，脸上带着光芒看着阿吉格瑞。

"这是塔特木别克当着库西克拜巴依的面弹奏的安慰曲，继续……继续弹。"

这一次阿吉格瑞弹奏的是《悲伤的霍斯巴萨尔》的前三章，一个接着一个弹奏，他这是平生第一次如此弹奏自如，弦触手指好像成为了身体的一部分，弹奏声好像不是从冬不拉发出来的，而是从指尖流露出来的。

弹完三首曲子之后，本想以《鲜红的霍斯巴萨尔》收尾的，可是觉得还不尽兴，于是又弹奏了《阔凯卡斯特》这首曲子。朱曼从座位上站起来，来到窗前侧过身，坐在窗前的椅子上，即便乐曲弹奏完了，他还是一动不动地坐在窗前继续凝望着。过了好长一段时间，缓过神来，用沉重的声调说道："你弹一下《鲜红的霍斯巴萨尔》的章节。"

阿吉格瑞系紧了有些松动的几个定音格，然后将朱曼想听的那几首曲子一个个地弹奏了出来。

房间里一下安静下来，刚刚才认识的两个人就像一生都相识似的，相互倾诉着，刚才说完他们经历了一生的故事。不，不……好像还没有断开，还在继续……无语而终。

朱曼把他送到棕色公交车上，与他相拥告别。

"是我说错了，"他稍微叹了口气，"乐曲还真存在，没有消亡，上天保佑！即便如此，我还是想说，我的孩子阿吉格瑞，你不要退缩，不要离开你的冬不拉。"

阿吉格瑞真不知道该怎么回答是好，感到了为难。见过生命中太多争论的人总是爱责怪别人，抱怨别人。

最后，他说："我没想到会与您……在这样的场合见面。"

"你不要感到为难，我的孩子，"朱曼说，"我知道你想说什么。"

他点起烟想了一阵。

"现在我有一个请求，"之后他接着说，"不是为了我，甚至不是为了你自己，而是为了大家共享的乐曲，这次你回去之后，去一趟萨热哈木斯，在那个阿吾勒有一个名叫阿特海的演奏家，我听说他还活着，他是一个很出色的冬不拉演奏家。你去拜访这个人，并且把他的冬不拉曲全部记下来。"

"那么，你不要为我没有给你演奏冬不拉而生气。"然后，他伸出手说，"重新弹奏冬不拉……我的心还没痊愈，如果以后有机会，我能过上更好的日子，我们见面了……到那时我再给你看看我的本事。”

公交车显示了指示灯。

“祝你平安，我的孩子！”朱曼说。

“也祝您平安！”阿吉格瑞说，“再见，祝愿我们在美好的日子相遇。”

当公交车行驶到大街上时，他回头看了看，朱曼耷拉着肩膀，一动不动地站在原处。他的心被扎了一下，然后他再也没有回头看。

来到坐落在风口的萨热哈木斯这个地方时，天空阴云密布，开始下起了雨。

“现在我们感到舒服多了！”一位一直流汗感到不舒服的老妇人说。她解开绿色裙子的胸扣，用一个大毛巾一边擦着汗一边抱怨，“没想到秋季也会有这么热的天气，比炽热的七月还厉害。”

“刚才收音机上不是说了吗，气温是三十八摄氏度。”一个小伙子说。

“哦，难道是要变天吗，”阿吉格瑞身边坐着的一个老人说，“以前天气都很有规律的。”

本来这个时期应该是让人感到舒服的秋季，一直会持续到十月中旬。

公交车停在阿吾勒中心广场，当人们纷纷下车时，雨也开始下大了，周围很快变得暗沉起来。过了一会儿，公交车开走了，阿吉格瑞独自一人留在雨中，经不住雨点的拍打，缩着脖子向周围看了看。借着闪电的光，他模糊看到了阿吾勒的房子，周围都是混杂着雨水的泥潭。当再次电闪雷鸣时，他看到距离自己最近的一个房子。他想着无论谁的房子，先躲躲雨再说吧，于是向那房子走去。门楣上用铁皮挂着“餐厅”字样的蓝色帐篷的房子上了锁。

他好像听到有人在叫他，当这个世界再次被雷电照亮时，他看见稍远一点的地方不知是棚圈还是被拆的房子，在那里有一个人正向他招手，他跌跌撞撞地向那边跑了过去。

“来吧，孩子，”一个中年人为正在跑过来的阿吉格瑞让路，说，“啊呀，你都成落汤鸡了。俗话说：人只要走出家门半步都会无依无靠。我们就在这里相互照应吧，大雨过一会儿会停下来的。”小小的棚圈角落里一个年轻人在抽烟，他拍下烟灰，对他开玩笑说：“你不该拉那个餐厅的门，我认为那个门好像是从第二次世界大战就没有打开过。”

“你从哪里来，我的孩子？”那个中年人问道。

“我为了待在军区去了巴尔夏塔斯，”阿吉格瑞说，“现在我正在返回艾合孜。”

他的衣服粘在身上，开始冻得发抖。

“那你为什么下了公交车？”

“我在萨热哈木斯有件事要办，对了，你们是这个阿吾勒的人吧？阿特海老人家的房子在哪里？”

“你问的是阿特海吗？”那个中年人低着头想了一会儿。

“我不知道啊，我住在农场，这位哈德尔江是萨热哈木斯人，也许他知道吧。”

“那个老头是干什么工作的？”小伙子灭了烟站了起来。

“不知道。”

“那我也不知道，”小伙子笑着，“我认识一个叫阿特海的人，他未老先衰，不过不是老头，是这个阿吾勒里的修理工。”

“那个人不弹冬不拉吗？”已经觉得前言不搭后语的中年人噗嗤笑出了声。

“我回去问一下我的姐夫吧，没想到也会有人找他。”哈德尔江哈哈大笑道。

然后他很快止住了笑声，从烟盒里拿出了一支烟点上。

“兄弟，如果你找的人是这个阿特海，那你找错人了，因为他是我的姐夫，我们经常开他的玩笑，可是他从来没有摸过冬不拉，我说的是真的。”

“也许是同名吧。”那个中年人说。

“如果是其他人我就不知道了。”哈德尔江说，“我认识的就是这个人。”

雨变小了，乌云散去太阳露了出来，刚才还阴云密布的世界再次变得明朗起来。

一位老奶奶牵着一头牛出现在棚圈边上。

“这不是巴特汗奶奶吗，”哈德尔江说，“你问的事情她应该知道。”

“奶奶，您好吗？”阿吉格瑞打招呼道。

“什么事，我的孩子？”老奶奶定睛看着他的脸，“我怎么不认识你，你是哪里的孩子？”

“您不认识，他是从艾合孜那边来的。”哈德尔江大声地说，“他在向您问安。”

“哦，他是为了向我问安从艾合孜来的吗？”老奶奶说，“祝你健康，我的孩子。”

“这个阿吾勒的人都爱开玩笑。”那个中年人说。

“奶奶，这个孩子在找一个叫阿特海的人，”哈德尔江大声说道，“说是一个弹奏冬不拉的老头，您认识这样一个人吗？”

“他说的是疯子阿特海吗？”老奶奶将耳朵凑近哈德尔江说，“他在说什么？你好好给我说清楚。他说在艾合孜收集疯子吗，在说什么？对他们做什么？”

阿吉格瑞听着老奶奶的玩笑，忍不住笑出了声。

“他们可能是同龄人。”中年人说，“同龄人的玩笑可不一般啊。”

“谁不认识那个天打雷劈的人，”老奶奶说，“孩子，你来的真是一个吉日，你把阿特海，还有一群和他一起的疯子，全都带走吧。愿上天让你实现愿望。”

“我上哪里去找这个人？”阿吉格瑞问道。

老奶奶正色道：“我是在开玩笑，我的孩子，你不要放在心上。你的阿特海爷爷住得离阿吾勒远了一点，在他父亲留下的旧营盘。你向这边一直走。”她指着西边说，“走一公里路，你就找到阿特海的旧营盘了，祝你一路顺风，我的孩子，替我向他问好。”

眼前是一道长长的低矮的土围墙，与之相连的是棚圈，没有围栏，全部敞开着，门前的炉灶被水淹了。阿吉格瑞还没进房子之前向外看了看，天空还是有些朦胧，一股浓雾正在散开，他心想可能还会下雨。

阿吉格瑞开门进去，因为房间黑暗而一时睁不开眼睛站在那里，然后他沿着墙根向里走，他听到一点声音，他又摸到了一个房门，他摇了两下打开了门，进了另一间昏暗的房子。这间房子里坐着两个人，一个坐在正堂中央，是一个胸膛宽阔面色红润的英俊老人，另一个坐在下方，一个倒茶的老奶奶。两个老人惊奇地看着他。

“您好！”阿吉格瑞打招呼道。

“你好，我的孩子！”老人说，“来吧，上坐，这是正堂。”

阿吉格瑞脱下鞋子，来到老人身旁跪着握手问安。

“您好吗，爷爷？您身体还好吗？”然后转向老奶奶说，“您身体还好吗？”

“好样的，”老人家满意地捋着胡子说，“老婆子，去沏个热茶，客人好像冻坏了。”说着拿起面前的碗喝了一口奶茶。

“你是从哪里来的孩子，说说你的故事。”

喝茶的时间拖得有些长，老人将桌子上的小盘子里的焖肉及堆在一起的酸奶疙瘩、酥油和包尔萨克（油炸果子）不时移到阿吉格瑞的面前。看着客人吃得很香，于是老爷爷也跟着喝了好几碗奶茶。阿吉格瑞吃饱后又多喝了几碗奶茶，从棕色条绒马甲的口袋里拿出毛巾，慢慢地擦着脑门上的汗水。

“孩子，你不会无缘无故来到这个荒郊野外来找阿特海吧，说说你的来意。”

阿吉格瑞看着这个正在等待回话的老人坐了一会儿，然后直接说道：“爷爷，我听说您是冬不拉演奏家，我想从您这里学习乐曲。”

“是谁告诉你的？他怎么知道我是一个冬不拉手？”

“一个叫朱曼的人告诉我的。”

老人的眉毛颤了一下，下一秒他带点嘲笑的意思，看着阿吉格瑞的面庞。

“哎，我的孩子，我们不弹冬不拉很长时间了，朱曼说得对，曾经弹过冬不拉，游览了广阔的草原，但那是曾经。而现在……现在，我们哪儿来的乐曲，我跟你说，我没有接触冬不拉已经有二十年了吧。”

“你在孩子面前还吝啬你的技巧吗？”直到现在都没有说话的老奶奶开口道，“他是专门来找你的。”

“哎，你这个老婆子呀，”老人有些坐立不安道，“我拿起冬不拉，就相当于让死魂灵复活，我已经是半截身子入土的人了，现在大势已去，你叫我怎么弹奏？”

阿吉格瑞向外望去，天已经黑了，他转过脸来向老人看去，老人捋着胡子一直目不转睛地在看着他。阿吉格瑞不好意思地低下了头。

“我不知道，”阿吉格瑞有些局促不安地说，“我不知道，哈萨克人原来就像草原一样，我还在路上走着，我不知道能不能走到尽头，我看不到路的尽头，既然是上天让我获得了弹奏冬不拉的这门技艺，于是希望不断，就是这点希望鼓舞着我一路向前。我因为听了爱听弹奏的大叔的一席话来到这里，说您是一棵挺拔的青松，原来您是一棵烧火的干柴。哈萨克人不再弹奏乐曲，我真傻，乐曲技艺只在我手中。”说着看向窗外。

“算了，”他站起身向门口走去，“趁现在还没糊涂找到回家的路吧。”

“等等，我的孩子！”当他握住门把手时，老人说，“等一下！”

阿吉格瑞向后转过身，阿特海站起了身，迈着沉重的步子走到了他的身边。

“等等，我的孩子，”他抓住阿吉格瑞的胳膊说道，“来，坐下，我们谈谈。”

“哎呀，你言重了，好吧，为了你，为了你的话，我再弹奏一次。”老人坐下来之后说。

老人转向老奶奶说：“萨利哈，早先的那把冬不拉放哪里了？拿过来吧，点一下油灯，天都黑了。”

过了一会儿，老奶奶点了油灯，房间里亮了许多，阿特海解开冬不拉外面的一层裹布，放在面前认真地看着，没有弦，只戴了八个定音格。

“把油灯再点亮一些。”他说着从墙角抽出了一个笨重的东西，原来那是一块磨石。

“我是专门从巴哈纳斯特的河边带来的。”阿特海从刀鞘抽出匕首说道，“这可是真正的磨石，它会使刀刃非常锋利。”

他用水壶在磨石上倒着水磨了很长时间，偶尔在一张纸上用刀刃试试刀锋。

“你看，现在好了，”最后他将刀刃拿到油灯下看了看，“来吧，孩子，我们两个现在清理一下定音格。”

他让老奶奶在桌子上铺了一块白布，把冬不拉放在了上面。

“孩子，我的这双老手不听使唤了，你解开全部的定音格。”

阿吉格瑞一边解开定音格上的线，一边为制作这把冬不拉的那个人感到惊讶，用的是油松的松脂，可是在共鸣箱与盖子之间看不到一丝胶水的痕迹。

“爷爷，这里怎么没有缝儿？”他忍不住问道。

“这个冬不拉不是向上仰放的而是向下扣放的。”老人为阿吉格瑞的细心感到满意，“盖子是从背面粘住的，曾经有过很多技艺超群的人啊。”

“弄好了。”阿吉格瑞挪了挪冬不拉。

阿特海握着冬不拉的长颈，只要摸到凹凸的地方就用刀子削平了，然后微笑地看着阿吉格瑞：“现在你看看，你见过这样的趣事吗？”

他提起黄色大壶从冬不拉的小孔中向里倒进冷水，直到水漫过小孔。

“您这是在做什么？”阿吉格瑞感到惊讶，“难道不会开胶吗？”

“你不知道的事情还很多，孩子。”老人自豪地说，“不会的，我说一下原因，这可不是现在制造的黑胶，是早期哈萨克人使用的石胶。你把这把冬不拉放到锅里烧也不会开胶，这是其一。而我向里倒水是因为冬不拉干燥了，这是第二点。以后你要记住，真正的冬不拉不用带弦都可以发出声音。你连这个空壳都没有弹着试试。”

“刚才我弹过了，冬不拉没有发出叮咚声，而是发出了叽喳声。你没有发现，这里的木头是浸过松胶的，不会多喝一点水，只会吸收所需的水，这就是给你上的第一堂课。”

“那这个水要放多长时间，”阿吉格瑞问道。

“能放多久就放多久。”阿特海说，“我们现在要为它找弦。”

“这些不行吗？”阿吉格瑞从口袋里拿出了一袋子弦。

阿特海将这些弦翻来覆去，抓着半截子绕到手心拉扯着，注意到袋子外面的鱼的图案。

“你这是捕鱼用的弦吧。”阿特海把这些弦全部还给了阿吉格瑞，“你可以把它们放进火里烧了，根本不顶用。”

他看着自己的老伴：“萨利哈，你曾经捻过的弦没有剩下吗？”

过了一阵，他将到手的弦爱惜地交给阿吉格瑞看。

“这才叫真正的弦。孩子，这是六岁母山羊的肠子做的弦。”他像一个雄辩家一样说道。

“看来我们的装备齐全了，”阿吉格瑞将这个弦往冬不拉上量着长度说道，“那我们什么时候开始上课？”

阿特海没有说话，只是当摆上一盘肉时，不紧不慢地切着肉，冷漠地回答：“我来回答你的问题，你也给我一点时间，明天你回自己的阿吾勒吧，大概两个星期以后我也会想通的，到时候你再来一趟。”

秋雨一夜都没有停，老人叹息了一夜。

虽然天刚蒙蒙亮，可是山谷里浓雾弥漫。阿吉格瑞听着鸟叫声，踩着干枯的叶子夹杂着断枝的软绵绵的土地走到了外边。从东边连绵起伏的黛色山峦，吹来让人神清气爽的凉风。一边是一望无际的原野，一边是布满桦树、松树、山楂树、黑沙枣和金银花的茂密的山谷，中间是艾合孜河岸的广袤地域。耷拉着脑袋的红色苜蓿，像蓝矾一样的马兰，被称为哈里马克豆的苦豆子，还有很多叫得上名和叫不上名的草随风摇动。他走到一株被绣线菊覆盖只露出头的山楂树旁，他从小就光顾过这棵树，果实特别甘甜。他顺手摘下一颗山楂放进嘴里，味道还是和以前一样。他把一片枯叶放进手心。

他心想：这是黄铜雕琢一般，没被风火燃烧的可怜的叶子。不，两天以后我会找到很多年来一直寻找的幸福，会从一个真正的冬不拉演奏家那里学习知识。两天……他再看了一眼山楂树，然后向阿吾勒方向走去。为什么秋季的炊烟是直的？看，远处有一个骑马的人向这边驰来，当那个人快到达毕官霍加墓时停下来，沿着山腰向下骑来，被坐骑扬起的尘土留在了原处，真美。如果没记错的话，这里有哈则孜老人的蜂场，那些蜂箱还藏在五棵黑沙枣树的隐蔽处。

一个头戴蜂帽的人在蜂箱上熏烟。听到动静，他转过身来脱下了蜂帽，原来是哈则孜老人。

“您好！”阿吉格瑞伸出双手向老人问安。

“你好！”哈则孜向他微笑着说，“之前我在远处见过你，猜想你会返回来和我打招呼，你在采沙枣吗？”

“想采一些，可是您的蜜蜂不让我靠近啊，有一只还差点蜇了我。”阿吉格瑞说。

哈则孜笑了。

“它们的脾气很坏，经不起玩笑，前段时间有一些淘气鬼想破坏它们的蜂箱取蜜，结果惹得蜂群蜂拥而上，孩子们跳入河水中逃生，被它们叮咬得够呛，一两个孩子还病得住院了，我们泼水才让它们消停。”

哈则孜接着说：“站着干什么，走，到我的简易毡房去做客。”

进入森林边缘的毡房后，哈则孜将炉子上烧开的黑水壶放在了桌子上，将一大盘美味甘甜的蜂蜜端到阿吉格瑞面前。

“这是今年秋季的蜂蜜。”他边说边将冷冻的肉一块一块切下来，把馕切成块放了一盘，全放在了桌子上。

“好，吃吧。你的奶奶早晨将蜂蜜用马车运到阿吾勒去了。”

“以前，我们还是孩子的时候，您会把蜂箱装到马车上直接去夏牧场，您还这样做吗？”

“不，我们老了，累了，孩子们好像对这件事没有兴趣，后来我们就没有搬过地方。坐在这些沙枣树下就能收获蜂蜜了，你现在吃的就是枣花蜜。”

他们两个默默地喝着奶茶坐了很长时间。

“你的爷爷不喜欢我的蜂箱。”哈则孜打破沉默说道，“嘲笑我是养苍蝇的冬不拉琴手，不止一次说我不好好弹奏冬不拉，他的脾气可大了。”

“对了，我想问您一件事，”阿吉格瑞带着希望看着老人，“您认识一个叫阿特海的冬不拉琴手吗？”

“阿特海？”哈则孜想了一会儿，“哦哦，我记得，现在才想起来。早先解散了这个阿布尔艾力的县城把我们并到了阿亚阔孜，1949 年的秋季，在阿亚阔孜举行了一场婚礼。他们在汽车上搭建了一个舞台，很多技艺超群的人献了艺。当时阿特海在那里弹奏了冬不拉曲。他喜欢弹奏冬不拉曲，当时他过了四十岁，快有五十岁了。如果不说他的年龄大了些，那可是燃烧的一团火呀。他身材魁梧，他的冬不拉就像你拿着的勺子形状，他很会弹奏，很会弹奏。”

哈则孜好像为此感到惊奇似的摇了摇头。

“他自己在萨热哈木斯当过铁匠。又一次他来到我们艾合孜，并且在我们家做客。他看见我们家的斧头，开玩笑说：你只会蜜蜂的语言，不懂得铁的语言。于是他拽掉刚才那把斧头的斧柄，带到这个阿吾勒的铁匠那里磨了回来。哎呀，甭提多好用了，我曾用那把斧头都砍过铁呢，斧刃从来没有留过痕迹。劈骨头的时候斧刃都碰过石头，我不知道有什么特殊的，只是一个很普通的斧头。”

“肯定找到了切点吧。”阿吉格瑞说。

“为什么要问？他还活着吗？”哈则孜问道。

“还活着。”

“希望他平安。”哈则孜站起身，拿起凉台上装有蜂蜜的瓶子放在了阿吉格瑞的身边，“你把这个蜂蜜带给你嫂子。”

“不用麻烦。”阿吉格瑞说。

“说什么麻烦？”老人皱起眉头，“就说哈则孜爷爷向您问好。你休假多长时间？”

“一个月。”

“曾经，你是一个皮肤黝黑的小孩子，现在可长成一个小伙子了。听说阿拉木图的空气不好，一年中你可要回来一次，为亡灵们祷告，喝上马奶再走。”他稍微想了想，“我在电视里看到你弹奏冬不拉，你都达到了让你爷爷流泪的程度。你可是不要说学完了，停止了，你要继续努力。我们现在……都已经生疏了，你们超过了我们，你们达到了我们没有达到的高度。”

“那个高度好像还没达到。”阿吉格瑞说。

“你也不要忘记我，”哈则孜开玩笑说，“我也是你的师傅，你至少从我这里学了两三首曲子，无论你走到哪里都别忘了弹奏这些曲子。”

“当然，”阿吉格瑞向老人伸出了手，“我们怎么会忘记自己的师傅呢？”

“再见，”哈则孜拥抱了阿吉格瑞，亲了亲他的脸庞，“下次你来时，你的这个爷爷不知道是否还活着，还是到了那边。”他用下巴颏指了指原野尽头的墓地，“会不会变成那边的一捧土，只有上天知道，祝你平安，希望你能发达……”

“那孩子，你听着。”

阿特海手握冬不拉，摆好了姿势。

“很早以前，有一个叫成吉思汗的可汗，这个可汗有个叫科特布嘎的英雄。有一天，成吉思汗在宫殿里思索着，说：‘我已经征服四方了吧。’当时有一个丞相说：‘陛下，您还有一个敌人没有征服。’成吉思汗说：‘说。’丞相说：‘陛下，您还没有征服一个叫波斯的国家。您现在就向那边发兵吧，让波斯的皇帝自行交出皇权吧。如果不交就砍了他的头。只有征服波斯，您才能国泰民安。’成吉思汗当即向科特布嘎下令，于是军队向西方出征。”

阿特海将冬不拉的琴弦拨动了一下，发出了波浪拍击峭壁的声音。

“他们走啊走，科特布嘎终于到达波斯，可是波斯的国王竟然是个倔脾气，说：‘啊，成吉思汗竟然想和我打仗，那我看看他的本事！’于是叫来自己的士兵，说：‘城门外来了一个叫科特布嘎的英雄，去，对他说：要有自知之明就返回自己的国家，要不然我会派出骑着大象的骑兵。’于是波斯士兵走出城门对科特布嘎说：‘我们不和你们血战，你们还是回到自己的国家去吧。’”

阿特海弹着一章节一章节的短小曲子，奇怪的是，曲中透着当士兵听到白天鹅的哀鸣声时，士兵们都为之倾倒。

阿吉格瑞对在七八种音调中能够容下如此丰富蕴含的冬不拉曲的神圣感到惊讶。

“可是科特布嘎不同意，我的国王威震天下，你们的国王最好自愿把王位交出来。”曲调出现了可怕的魔鬼之音。

“谁也不认输，于是他们打开城门，拉着各种乐器的波斯士兵出来了，他们开始一决高下。这次他们开始合奏，猛一看演奏家们看上去有些笨拙的样子，可是他们的手一碰到冬不拉琴弦就像倾盆暴雨般奏响。”阿吉格瑞倒吸了一口气。

“最终，成吉思汗的士兵获得了胜利，打败了敌人，将国王的脑袋和王冠一起扔到了科特布嘎的脚下，这个故事就告一段落吧。我们讲另外一个故事。科特布嘎有一个叫巴特勒的独子，他也是一个男子汉。有一天，异国来了商队做生意，商队中有一个美若天仙的姑娘，他看见那个姑娘，一见钟情。他们两个对了话，姑娘说：你要是个男人，晚上你到芦苇丛中来，我们在那里见面。天黑之后，巴特勒没有带任何武器，只带了一个叫阿尔根赛依提的朋友来到芦苇丛中。可是没想到他痴情的这个女子原来是个水妖，想把这个小伙子往水的深处拖，他们较量了很长时间。当时，这个妖女说：'你最终还是没有归顺我，既然这样，那我就……'于是，一剑刺了过去。"

阿特海喝了一口奶茶润了润嗓子。

"人生中什么事情都会发生，当父亲征战时，儿子就这样死了。第二天，成吉思汗说：'我的英雄的儿子死了，你们找出杀害他的人带到我面前来。可汗有个叫木华黎的大臣，他让那个阿尔根赛依提把异国的商队追上并带了过来。可汗下令将他们的头全部割下来。这时，商队的头领跪在可汗面前说：'陛下，既然要杀，总得让我们说明理由再杀吧。'于是，成吉思汗说：'说吧。'商队头领说：'陛下，我们是异国的人，我们国王的儿子浮出水面就消失了，我们是为了找他而来的。'可汗问道：'那你们为什么要杀害我的英雄的独子？他又有什么罪过？'商队头领说：'陛下，我们国王的女儿也与我们的商队一起上了路，因为是国王的女儿，她并不听我的话，当我没有注意的时候，她就把那个可怜的孩子拖进水里淹死了，我有什么办法！'成吉思汗说：'那你找个人把她带来。'无奈，商队头领派人将那个女孩带到了国王的面前。这个曲子就是这个姑娘跪在成吉思汗面前哀求的场面。"

冬不拉发出了与斯布孜珂一样的忧伤旋律。

"可是，成吉思汗并不为之所动，还是割下了姑娘的首级。这个故事就告一段落。现在我们转移到科特布嘎这里。这时，正是收复波斯，各地封别克（官衔名）的时候。有一天，听到城里来了一个家乡的商队，其中有四十个披着黑衣的人传递丧讯。这是怎么回事，希望不要有什么灾祸，科特布嘎有些坐立不安。商队进了城，科特布嘎迎接了他们，那四十个人将腰带挂在脖子上跪在了科特布嘎面前。他们向科特布嘎传达了儿子的噩耗。这时，科特布嘎叹道：‘啊，我的巴特勒呀，你为什么招惹水妖的姑娘，我的孩子啊，现在只剩下我一个人了！’这就是他哭着弹奏的曲子。”

以前从未听过的冬不拉曲子弹开了，阿特海沉醉其中弹了很长时间，就像英雄之子刚刚去世一般，正堂上一个演奏家刚把噩耗说出，从岩石上发出了轰鸣声——多么悲伤的曲子啊，好像长眠的尸体复活，好像又听到了尸体的声音。

冬不拉弹奏完了，阿吉格瑞与阿特海以及在下方弯着腰忙乎的老奶奶，三个人默默地一动不动。从另外一个世界活过来的生命好像又浮现在了这三个人面前，思绪随着迁徙的队伍而去。

奶奶打破了这种沉默。“哎呀，老头子，”她声音嘶哑地说，“今天你可又回到原先的样子了。”

阿特海呵呵笑着侧卧下来。

“八十岁的阿特海重新拿起冬不拉，你以为容易吗？”

奶奶点燃干牛粪块烧了壶茶重新倒上。

“爷爷，这是什么冬不拉曲？”阿吉格瑞问道。

“孩子，这是科特布嘎的《夭折的麋鹿》曲。”阿特海将发麻的腿伸直，然后喝起奶茶来，他还真口渴了，喝了几碗，他满意地对奶奶说，“你沏的奶茶怎么那么好喝！”

阿吉格瑞摇着头，说：“我在其他地方也断断续续地听过其中的一部分，可是从来没有见过哪个人这么完整、这么动听地弹完这些曲子。”

这天夜里阿特海接二连三地弹奏了三十多首一个比一个动听的冬不拉曲。这天夜里阿吉格瑞发现冬不拉曲是如此广阔，他以为听得多，知道得多，那都是不正确的，他所不知道的秘密、没有听过的乐曲还很多，很多。老人弹奏了很长时间，到了天黑之后，他说："我的孩子，就到此为止吧。"说着把他的冬不拉靠在墙上放下，在桌边被褥上侧卧着，舒服地伸直了腰腿。

"我累了，"他拍打着自己的双手，躺了一阵说，"我是为你而弹的，为了你的愿望。这不，二十多年了，哈萨克人好像忘记了我这个阿特海。只是有一天一群人说是从阿拉木图来的。他们发动好车，然后和我匆匆聊了几句。那是一个傍晚，像这么匆忙赶路的人哪可能为他们弹奏冬不拉。再加上他们问个不停，问我哪年出生的，父母叫什么名字，你的师傅是谁。于是我把他们赶出去了。"

阿吉格瑞笑了。

"你爷爷就是这样的人，"奶奶笑着说，"话不投机的人他会赶出家门的。"

夜里，他们吃了奶奶煮熟的肉，还喝了奶茶，虽然因为白天的激动而感到疲惫，但阿吉格瑞还是很清醒地走出了阿特海的家门。

他心想：为什么深秋的星星显得那么大，也许这也是大自然的一个秘密吧。他望着夜空，即便是在夏季夜里也会吹来让人发冷的风，而在这个秋季，即便水会结冰，他也会舒坦地将自己的脸和胸膛迎向从原野、河面上吹来一股沁人心扉的清风。

"孩子，小心点儿，"坐在门口的阿特海说，"别受凉了。"然后自己听起了收音机。

这是他战争结束以后养成的习惯，为的是想知道世界怎样了。

阿特海听不清："什么，在说什么？"

"说是取得了一个政治成果。"阿吉格瑞舒服地伸了伸懒腰，说，"可是他们说错了，世界上最引人注目的事件就是今天，发生在托哈勒塔木。这才是当今最引人注目的事件。"

玛丽古丽·巴拉汗译

热合木江·奥塔尔巴耶夫

（1956—2018年）

作家、剧作家。1956年12月出生于哈萨克斯坦阿特劳州。毕业于乌拉尔师范学院，先后在哈萨克斯坦国家电视台、国家广播电台、《火炬》杂志、《哈萨克斯坦文学报》社任编辑、记者，曾任哈萨克斯坦驻吉尔吉斯斯坦大使、《哈萨克斯坦独立报》驻吉尔吉斯斯坦特派记者、芒格斯套广播电视集团总裁、阿特劳州国立剧院“白桦树”基金会董事等职。哈萨克斯坦社会活动家、哈萨克斯坦作家协会会员、艾特玛托夫世界文学院院士。曾获哈萨克斯坦“马罕别特文学奖”。

1976年发表处女作《乌拉尔地域》。之后，出版了小说集《神秘长夜》《星星陨落的地方》《光芒笼罩的人生》《吸毒者》《灰雁飞回时》《聆听你的声音》《飞翔的白蝴蝶》《我们家乡的亚马逊河》《埃梅尔耶》《哈比提》《居尔根诺夫》《我没有背叛你》等。作品被译成俄文、英文、日文等。在中国民族出版社以哈萨克文和汉文出版了小说作品。

飞翔的白蝴蝶

不要动蚂蚁，它们也在寻找生路。

——费尔杜西

他又一次从气喘吁吁、口干舌燥地追逐白蝴蝶的梦中醒来。

他在窄小的小巷里随着熙熙攘攘的人流一直走着。他想去闹市。他每一天都是这样，忍受着难以忍受的焦渴，被匆匆忙忙的人们淹没在一路的尘土中。

早晨，火红的太阳光芒四射，照耀着他的额头。他将帽子推到了发痒的额头，抬起头看了看湛蓝的天空。天上有一片好似迷失了母亲的小驼羔一样的云彩在飘动。城市里那些已经用晨露滋润了歌喉的鸟儿们也叽叽喳喳地飞来飞去。这些小小的生灵也对城市有着一种渴求吧。过了一会儿，传来了一句："哎，达吾然呀！"

他转过头望了望，但没有看到人。一位因风湿病而瘸着一条腿走路的大妈皱着眉头从他身边走过。她唠唠叨叨地向自己领着的一个姑娘说着："我也曾经像你这么大。"

她身边的那个姑娘满不在乎地睁着眼睛笑着，而且一直向街道的另一边张望着。迎面而来的人们都看着她那过短的衣衫无法遮住的肚脐。

"你也会变成我这个样子的……"大妈又说。

一直等那位大妈和那姑娘消失了，他才回过神儿来。像这样陷入回忆之中，忧心忡忡的人，难道只有他一个吗？瞧瞧她们吧，所有人……所有人都在不停地焦虑、发愁着。以前，达吾然曾经在一座大城市做皮裤生意。他在一个窄得只能容得下一个瘦女人屁股那么大点儿的地方摊开五颜六色的裤子。

“贾克，这条裤子您穿着多合适呀……”

“大嫂，太合身了……”

他总是对自己的商品赞不绝口。顾客们也是形形色色的。风风火火的年轻人，步履蹒跚的老人，膀大腰粗的人，身材修长的人，一掷千金的人，一分钱掰两半花的人……都是他的顾客。

当时，装在兜里的钱足够这个有着一头卷发的，肤色白皙的小伙子租房、做祷告日的施舍，赡养远在故乡贾尔拜的母亲。他每个月都会回去一趟，让决心守住亡夫家业的母亲欢喜一场，并给她购置生活所需的物品。

母亲哈提拉总会恋恋不舍地将他送到大路边。她宽大的衣裙在明媚的阳光下摆动着。母亲与他一样感到温暖欣慰，仿佛同时获得了满足，也守住了教义。他完全可以投身于这个喧闹的城市，并融入它的生活，也可以远离这个连自己的生命也拿来出售的地方……是啊，他不是还有艾丽玛吗？就是那个在市场入口处卖饮料的、两道眉毛正中间有一颗痣的姑娘。是的，就是她。他每卖掉一条裤子，都会来这儿喝饮料。

“你是因为俊小伙子的渴望而来的吗？”一次，她羞涩地笑着问道。

“不，我是为那些肥裤腿、瘦裤腿们的不幸来的。”她发出清脆的笑声。那可不是一般的笑声，那是瓷器碎了之后发出的清脆悦耳的声音，它一直弥漫到空气中。从那以后，他总是在寻找破碎的瓷器发出的声音，那是一种清脆的、又令双眸难以捕捉，四散开来的声音。艾丽玛是一个孤儿，与兄嫂在一起生活。她的脸上洋溢着纯洁、天真的神情，有点儿胆怯的眼睛里透着一种期盼。也可能，他每次来喝饮料，只是为了如饥似渴地品饮艾丽玛悦耳的笑声吧。他们准备在秋天成亲，他们还准备将孤零零地生活在乡下的母亲接到城里来。

哎……可惜啊……

“他们将旧坟墓铲平了,在这上面盖起了婚典礼堂。主啊！这些断子绝孙的！”听到这个熟悉的声音，他猛地转过了头。那是拖着一条瘸腿的忧愁的大妈，她身上冒着热汗，喘着粗气。

“今天结婚的人太多了！”那个露着肚脐眼儿的姑娘一字一顿、心满意足地说出了这句话。

“牲畜肥了，树上的果实熟了。人们也该激情荡漾啊！”姑娘刚为这句话感到微妙的快乐，随即又被泼了冷水，“唉，这年头儿的年轻人，他们天一亮就会反悔夜里曾经说过的誓言……这熙熙攘攘的街道啊，竟使我无法走到近在咫尺的摊位。”

瞧瞧老太太，一路上窥视着每个商店，不紧不慢地挡着行人。

哎……真可惜啊……

“市场的老板在叫你，快点儿去！”这天，当他的生意刚刚火起来的时候，他听到了这样的话。听了这句话，他呆若木鸡。他偶尔可以见到这个脸色红润，长着一双蓝眼睛的男人。市场里的大姑娘、小媳妇们经常谈论他的万贯家财，说得大家馋兮兮的。

“别提了，他每天可以换两套西服！”

“提那些衣服裤子干什么呀？他甚至一个礼拜换一辆新车！”

“他会从巴黎给妻子买最昂贵的香水，听说那个女人看不上其他的浴液，只用奶汁沐浴。”

“他的独生女长得像妖精，已经变成了嫁不出去的老丫头！”

“唉，别看嫁不出去，她还要挑三拣四的。不要脸的！她可看不起任何人啊！”

“嘘，我就要看看她究竟是不是能嫁一个外国人，与部落酋长争个高低，再凯旋而归。她嫁不出去！肯定！”人们七嘴八舌地议论着，把这个像蜂窝般大小的地方弄得喧闹不堪。他们甚至互不相让，发生争执。

那个见利忘义的老板难道对他的工作不满了吗？他的生活负担重，唯恐丢掉只有顶针那么大点儿的摊位。他每次回家，母亲也常叮咛："不要相信高高在上的人。"这个做皮裤生意的儿子现在仿佛是占据了贵族家正堂位置的人似的。当他战战兢兢地走进宽大明亮的办公室时，那个脸色红润的蓝眼睛小伙子笑着从座位上站了起来："来吧，兄弟！多日以来，我一直想把你当做自己的兄弟。"

他惊愕地瞅了一眼对方，只见他的双眼搜索着他破旧的衣服，上上下下地打量着他。

"你好！"他问候道。

"很好！请坐，喘口气儿。去它的裤子吧！别卖了！从今天起，你来给我当助手！你会得到一切，我的女儿……汽车……金钱……"

"我还有许多裤子没卖掉……"

老板哈哈大笑着说："唉，我的兄弟，谁也不会落到没裤子穿的境地。不怕，别人会替你卖的。"

达吾然久久都没有回过神儿来。

他淹没在熙熙攘攘的人群中，走了许久许久，打算去市场，他每天都这样。他口渴难忍……支起耳朵聆听着城市里的那些哈萨克人无聊的谈话。一个鼻腔很重的瘦老头儿训斥着自己那个长腿圆脸的儿子："去年，我卖掉了那头犍牛，送你进了学校。但是老师们却叫苦连天，说你啥也不懂。现在，如果需要……你妈妈还不知天高地厚地说，你会成为法官。想当年，我们如饥似渴地读书。你呀，玷污了我斯里克拜的大名，狗东西！"

"哎哟，爸爸，别说了……"

老板的两个助手之一就是那些女人们说的老姑娘——斯尔哈勒。她的脸色也红润，生来娇惯任性。她的眼睛也像父亲的眼睛那样是蔚蓝色的。当她站在你面前，那一对像苹果一样抖动着的乳房就会诱惑着你，仿佛要填进你的嘴里似的。

那一天，艾丽玛微微一笑说："你能喝我们的饮料真不错！"

“我任何时候都渴望你卖的饮料滋润我的喉咙！”他像往常一样将满满一杯饮料一干而尽，“天太热了！明天，咱们去看戏吧，我听说正在上演一部出色的戏剧。”

“好吧，你会让我坐小轿车吗？”她警惕地轻声说道。

“当然！”

一阵清脆的、瓷器碎了似的笑声在院子里荡漾开来。然后，他就走进了老板的办公室。坐在正堂的男人没有抬头，站在他身边的女儿像一只瘦山羊一样，红润的脸色变得煞白，蔚蓝色的眼睛翻着白眼儿。

“怎么回事！怎么回事！”她张口就责问，“你大小也是一个官儿，地位仅次于父亲。你就会站在门口，喝那样像牛尿一样苦涩的水！以后，哪个生意人会尊重你啊？”

他的双肩耷拉着，低下了头。

“你的冰箱是不是装得满满的，快要胀裂了？”

“好了，好了！”看到女儿唠叨不休的父亲抬起了头，“好了！我说达吾然呀，你应该和大家和睦相处，但不要让这些哈萨克人太亲近自己了。他们会扯着你的裤边上头的。别提他们了，斯尔哈勒这也是为了保护你的名誉啊！年轻人的愿望都一样啊！你们就应当这样相互关照才是啊！也让我替你们高兴高兴。”

“请你原谅！”他无意中冒出了一句。

“怎么回事儿？”

“斯尔哈勒，算了！达吾然，我有一个计划，咱们呀，别以为自己开办了市场而趾高气扬了。在邻近的州里，在阿拉木图市和阿斯塔纳市有许多新型的、现代化的商贸中心。我们应当学习他们的经验。这平庸的生意啊，今天不错，明天就垮了。全心全意为人民服务是我们的职责，我将这项任务交给你和斯尔哈勒一道去完成。”

“好啊，老板！”他毕恭毕敬地应道。

“那好，那么，你们今天就上飞机吧！这是飞机票。”

“多长时间啊？”他的女儿又恢复了红润的脸颊和蔚蓝色的眼睛，“爸，我们会慢慢地游历。”

“一个月……两个月……或者三个月……你们自己决定吧！”

他在熙熙攘攘的人群中走了很长的时间，方向还是市场。他每天都是如此，口渴得难以忍受。

那个鼻音很重的瘦老头还在责难孩子：“我那个年代呀，像你这样的小伙子都骑在马背上。可这一切都被你们糟蹋了。不上学，就娶媳妇吧！我说你就与邻居胡达依别尔甘的女儿结亲吧，你又说她太胖了。胖了又怎么了？不知好歹的狗东西！冬天她多暖和，夏天又能挡日头。”

“哎哟，爸爸，快别说了！”

“唉，你这个坏小子，那可是百里挑一的好姑娘啊！”

他和斯尔哈勒在每一个城市停留，并且同床共眠。起初，他还躲躲闪闪的。但是，每当这时，斯尔哈勒就会责问：“怎么回事儿？任何感情都不会从天而降，我的爱人，我爱死你了！”

“好啊，这就……我都，快睡着了。”他漫不经心地应道。

“那么，你一回去就让那个卖饮料的妞儿滚蛋！”

“嗯！”

“怎么回事儿？”

“我不是说‘嗯’了吗？”

然后，他顺着她的双腿一路寻找，不知是在驯服烈马，还是在铁匠铺打铁。总是，当他从索然无味的旅途回来以后，就又鬼使神差地去了艾丽玛那儿。

她勉强地看了他一眼，并淡淡地问了一句：“你回来了？”这回瓷器没有碎，清脆的声音也没有了。不易察觉的悲哀弥漫在四周。她眉心间的那颗痣变成了像蚂蚁脚那样的一条细线。

“你母亲从贾尔拜来了，一直在找你，说是手脚疼痛。她责怪说：这年头儿，当官的孩子会着家吗？她牢骚满腹。”

“嗯……”

“咱们什么时候将她接到城里来呀？咱们也没有去看戏剧。”她沉默了一会儿又说。

“好戏已经演完了……”

他在熙熙攘攘的人群中走了好久，方向是市场。他天天如此，口渴使他难以忍受……

意想不到的是，他又碰上这些人了。

“滚一边儿去！还说在城里找老伴呢！不要说别人，我这瘸腿老婆子也不会上你的当！”那个瘸着一条腿的大妈乐呵呵地将手扬在瘦老头儿的头上。

“别疯了，我会滋润你的！我呀，至今都在喝马奶酒，吃马颈油呢！啊，怎么样？告诉我你家的地址。”

“可别这样，我的天啊！在孩子们面前多丢人！”

而那个长腿圆脸的小伙子和那个花瓶似的姑娘这会儿则眉来眼去地站在那儿吃冰激淋。

那一天，他想着结婚成家，带着打扮入时的斯尔哈勒来到了婚宴厅。

“让这个月快快过去，婚礼快快结束，咱们好出国去。”

“去非洲吗？”

“哎哟哟，瞧瞧在这风和日丽的日子说的话！”他未来的伴侣的脸羞红了，仿佛浸入了夕阳之中。

“不！去贾尔拜，听说很近。”他们俩会心地笑了起来。次日下午，他心神不安地去上班。

“救护车把艾丽玛带走了！”

“她喝了些水就倒下去了！”

“哪儿是水呀，是服了毒！”

“是别人让她喝下去的呀！”

“听说怀着七个月的身孕呢！”那些女人们七嘴八舌地说着。他一阵头晕，马上转身离开了。在医院的门口，他差点儿和斯尔哈勒撞了个满怀。她在这儿干什么？

“怎么回事儿？”她猛地站在那儿，早晨还红润的脸煞白，蔚蓝的眼睛发白。

“别挡道儿！”

“怎么回事儿？”

他急匆匆地赶到了手术台前。身穿白大褂的大夫瞪大了眼，而他身边的两位护士则像看见了魔鬼一样嚷开了。

“请站住！”

“冷静点儿！”

“我们尽了一切努力！”

刚刚才被盖上了白布的尸体这时站了起来——那是真真切切的艾丽玛！她就像水中的影子一样游到了他的身边，愁肠百结而又幽怨地盯着他看了一会儿，然后又化成了一股淡淡的蒸汽，向屋顶散去了。旁边一只只像盛开的苹果花一样的白蝴蝶飞来飞去，与她一道逝去……

他在熙熙攘攘的人群中走了很久，方向是去市场。他天天如此，口渴令他难以忍受……

他们都挤挤挨挨地站着，挡住了他的去路。瘸着一条腿的大妈和瘦老头儿都不见了，街上一片寂静。那个长腿圆脸的小伙子死死地抱着花瓶似的姑娘裸着的腰部，唯恐被别人抢去了似的，他说：“我真想把你吃掉！”瞧瞧这家伙的手吧，它已经越过了腰，开始抚摸起衣服前襟了。

“你能吃饱吗？”那姑娘的双眸闪着光。

“吃不饱还要吃！”这狗东西，去年已经害得家人白白买了犍牛为他交学费。

大字不识一罗筐的家伙，现在的这副模样简直能让父亲昏过去。

结婚的那一天，一道白光横在了达吾然和斯尔哈勒两人中间，除了达吾然，谁也没看到。这次，艾丽玛的眼神里既没有悲哀，也没有幽怨，有的只是一缕希望之火。恐惧和不安一齐向他压了过来。

“不！不！”他咬着嘴唇，恐惧地叫出了声。

像一簇苹果花似的一群白蝴蝶在那道白光和达吾然之间飞来飞去不得闲。达吾然的眼睛变得朦朦胧胧，一道白花遮住了一切。音乐声起，别克波拉提唱着民歌《我的故乡》。

他倒在地上，昏迷不醒。

“那个婚外受孕的婴儿会在阴阳两界寻找父亲的。”有人曾经这样说。川流不息的人们，并没有谁在意他的存在，倒像是出圈的羊群一样鱼贯而行。噢，原来是来参加独生子的婚礼，目睹了混乱不堪的情形之后回到故乡贾尔拜的母亲发出的声音。孩提时听到的声音，这时又在耳边响起了。

尽管市场的老板已经把这儿铲平了，可他还是来到了他的艾丽玛常站着的地方，像一个孩子似地坐了下去。

“给我点儿水喝吧！水！水！”

他这次也没有忘记自己常常说的这句话。不知道他是在向谁讨水喝，他也不指望谁答应他。直到天黑，他就这么一直呆坐着。这是他的习惯。

白蝴蝶……飞来飞去的白蝴蝶……

哈依夏·塔巴热克译

图尔孙江·沙排

（1957—）

1979年毕业于哈萨克斯坦阿拜国立师范大学，后获得语言文学副博士学位。文学评论家、小说家。1989年出版处女作《心灵深处的文字》。之后，他的创作方向转向现代哈萨克斯坦文学研究，出版了研究阿拜作品的评论文章《清晰的阿拜》《阿拜本人》《阿拜的朋友》《阿拜与杜拉提》《爱与恨》等，1999年，集结为《真实的心灵》出版。

2001年，出版《哈萨克的生命》。2015年，出版《笑和泪》。2017年，出版作品选集2册。

他曾把俄国、德国、日本、格鲁吉亚等国的小说翻译成哈萨克文。

1986年获得《火焰》杂志文学奖；1990年获得共青团列宁奖章。哈萨克斯坦劳动功勋奖获得者。

宫 殿

已经忘记这个人是谁，和谁一起来的。从这个老人想要将我带走到现在，不知道已经过了多少个世纪，经过了多少艰难困苦，我们跨过蓝色的海洋，游历了许多国家。有一天，我们看到远处的荒野，在一处银塔之内，好像有一个城堡，或者说是宫殿正在日光下飞舞。

我们越来越近，宫殿也一会儿舒展开来，一会儿又闭合起来，不停地变幻。

通往荒野的土地被太阳晒得发黑，炙烤着我的双脚。太阳的暴晒让我的头顶发烫，太阳穴下的血管几乎爆裂。热浪让我的双眼模糊，我只好拼了命地跟在老人身后。我嗓子发干，舌头发烫——想说些什么，却怎么也发不出声音。老人却像毫无感知似的，披着旧外套大摇大摆、脚底生风。老人脚底的污垢发黑发硬，像穿了一双黑色皮鞋一样，而他的鞋底则像牛皮一样厚。黑色的腿像经过烧灼的羊皮，与黑色的土地连在一起，老人行走时，脚步并不显眼。已经脏污不堪的白色大衣下摆飘荡着，老人在黑色土地上径直前行的样子，就像是在黑色的水面随风飘来那般轻捷。老人像古希腊人物雕塑那样的面部轮廓，泛着青铜雕像的光泽。他越行越远，又似随风飘去。他的眼睛泛着白光。银色的宫殿在太阳的照射下，仿佛涂抹了世界上所有的色彩，幻化出如同仙境的神奇景象。当我们到达那片树林下时，我终于找到了自己找寻的东西，那是一块手掌大小的破镜子。我把镜了弯腰拾起，用袖子擦了擦镜子上的污垢，就凑近了仔细瞧。我越看越感觉到冰冷的战栗袭来，镜面仿佛变成了深不见底的枯井。那像蛇的眼睛一样漆黑发亮的镜子深处反射出的我的脸，就像闪烁着另一个世界的光芒。我知道，使我感到惊慌的是那来自另一个世界的影像。看清楚那个影像的那一刻，我的心仿佛要炸裂了。我越盯越紧，在那越发幽深的枯井深处，那幅景象却越来越清晰，越来越近。我想看个清楚，却没有力气——黑井仿佛诱惑着我。我想不再去看，却无法移开视线，我感觉自己的生命即将耗尽，那极远处的恶魔一定会把我一口吞掉，连个渣滓也不剩，而我的位置就会被他替代！我紧紧握住镜子的两边，不停地摇晃着。

我终于知道这所有的一切——都是一场噩梦。知道这是一场梦的那一刻，我采取了平常做噩梦时会采取的方法，用尽全身的力气发出了惊天动地的喊声。

镜子从我手里掉落下来……

我想我一定大叫了。当我从一种被压迫的感觉中艰难地醒来时，与从前一样，听到了自己微弱的呻吟声。我醒来，看到老人正紧盯着我……他那双穿越千年的已经暗淡的眼睛正像潭水波动的暖流一样，在我睁开眼睛的刹那，浸润着我的全身。这一次银塔出现在了老人的眼睛里，使他的眼睛又像镜面一样闪光。我好像剖开了五脏六腑，笼罩在头顶的镜子下面，正赤身裸体地躺着……老人泛着银光的眼睛盯着我，像不紧不慢地阅读一本翻开的书那样审视着我。

我迅速闭上眼睛，用手盖住自己的脸，好像这样就能遮蔽赤身裸体的自己。

“行了，快起来！”老人说。穿越千年的声音，当我再次眯着眼睛看时，我看到他用鸟爪般乌黑的脚丫子，在干瘦的腿上来回蹭，看着远处光影变幻的镜面。我抬起头，看了看四周……不远处铺着洁白的餐布，上面堆满了琳琅满目的水果、食物。眼前的陶瓷杯里盛满了水……水……我舔着晒得发干的嘴唇，向前爬去。老人大喊了一声：“快停下！”尽管我已经快要失去意识，还是在潜意识里服从威严的声音，停了下来。老人指着宫殿的镜门。我用力爬起来，来到老人身边。镜门上出现了我模糊的身影。但不管我怎么极力观望，都无法看清我的面孔。不过，我担心的不是这个，让我惊讶不已的是——站在我身边的老人。他不在镜门中我那个模糊的身影旁边。“您在哪儿？”“我在上帝身旁。”说完，他牵着我的手，朝着镜门走去。

随着我们越来越近，我的影像也好像挤在了门的另一侧，越来越远。现在我发现了，宫殿的屋顶、墙面和门，也仿佛会无限延伸，一直到目光不及的地方。当我们走到宫殿前，老人用衣袖擦着额头的汗，我终于明白老人的面部轮廓为什么会显得如此熟悉——他是每个人都非常熟悉的苏格拉底式的面庞。

老人正对着镜门，突然将手一挥——门立刻打开了。像闪电一样猛烈的光，刺痛了我的眼睛，我猛地闭上了眼睛。当我再一次睁开眼睛，看到我们身处于一片漆黑之中，眼前出现了一个半圆形的镜面剧场。观众席上闪烁着数千片镜子。当我们跳上光亮的下沉式的舞台，数千片镜子整齐地排列在观众席上，我们翻飞着，最终累了，剧场里满是我的身影。我好像成了演员，正在台上为数千个我的身影表演。

“这个世界上认识你的人，都在这儿了。”老人说。他指着四周的镜子，说：“现在，你来找找自己。”

说完，老人牵着我来到观众席前，然后自己退到后面，在我的身后紧盯着我。我明白了——怎么明白的，我也无法理解。这些观众是我熟悉的人心中我的形象，是我各种各样的版本。我正看着熟悉的眼睛对我的评价。瞧，那个角落的镜子里，是我童年的伙伴正在惊讶地看着我……是我长大以后就从未见过的朋友……老师……还有因为对我的现状失望而想念童年时的我的父母……我在读书时曾经暗恋的女孩的那面镜子里看到了自己，镜面上飘满了迷雾，我什么也看不清。

“她早就把你忘了！”背后传来老人的声音。老人的声音里有种讽刺。

我久久地站在被迷雾笼罩的镜子前，那里是我的初恋。

我沿着观众席一直走去。我到底看到了几种面相的自己？我是懒散的、吝啬的、傲慢的、愚蠢的、固执的、愚笨的、迷茫的，我……

虽然让人无法相信，但我这样的形象真的太多了。

“在很多人心中，你就是这样的形象。”老人一直紧跟着我，“如果你想看到真相，就要承认这些。”

“不知道为什么，不敢回头去看。我害怕……”身后传来老人冰凉的呼吸声。

我沿着那一排排闪光的镜子，越走越高。走到剧场的正中间时，我看到镜面不知道是因为染上了什么，略微发黑。而在那发黑的镜面里，老天保佑，我看到了最混蛋的自己。

“这里都是你的仇人……看清楚！”老人说。尖锐、生硬的声音像冷水一样浇在我的后脖颈上。

“怎么？”

“难道你以为你没有一个敌人吗？嗯？你还有那些连你活着都觉得大不高兴的朋友们呢！你什么也不知道……你啊，什么都不知道！”

老人说的都是真话——我数不清剧院里有多少黑色的镜子。我两眼发黑，说一句：“全都是假的！”

有一面镜子尤其让我惊讶——我凑近去看，镜子里的人好像失去了伪装，脸一下子就红了！镜子中的影像像是不好意思看到我，只好低垂着眼睛。我一时不知道是什么情形。明察秋毫的老人似乎在传达着什么秘密。我看懂了镜子。我想到了在这个世界上遇到的各种罪过。那些曾经比我弱小的被我欺侮的人，会在镜子里看到我后悔不已的样子，或者想看到。而我明白了、看见了，但并没感到尴尬。我理解了，但从没有后悔过！我可怜这些镜子。

“全都是假的！”

“这是你最好的朋友。”可恶的老人在我身后笑着说。

我再也无法忍耐下去，差点气炸了，只好说：“没关系！朋友就是第二个我！”

“这不是那个泽农说的吗……不过，你真的相信这句话吗？你知道吗，曾经我有很多很多朋友，我的羊比朋友还要多。有趣的是，我身边的人比我还清楚我的羊的数量，哈哈，但没有谁知道我有多少朋友，是那种毫无价值的朋友……”

“你的朋友与我毫不相干！我的朋友……”我没有将脸从镜子前转过去，就说道。

“朋友的价值还比不上一只羊。”老人肯定地说：“我在两个世界之间游荡已经超过了两千……两千五百年了！你可以相信我。”老人冰冷的声音让我后背发凉，浑身颤抖。老人提到两千五百年前时，我感到自己落了下风，但还是若无其事地提高了音量说：“这个世界，这些镜子和人……连您……您都是我的想象而已。世界上只有我是真实的，连您也是假的。”

“哈哈哈……看来你对那些邪恶的哲学家有一些模糊的认识。你自己就没有什么可说的吗？好，现在你到那个单独放着的镜子前去。”

我心中升起了微弱的希望，强压着心头所想，朝着老人指着的镜子看去——那里面是未经修饰的真正的我。我站在镜子前，感到无法抑制的惊慌。镜子里，是那个让我厌烦不已的日常的自己！

“这是……我……”

“这不是你。”老人说：“这只是你心目中的自己，你看镜子里，你的右耳朵在哪边？”

“右边……”

“那你的右手呢？你看看！”

“右边……”

老人哈哈大笑。

“你在镜子里正对着你自己，对吗？你右边的器官，不是应该在相反的方向吗？你怎么想？”

我已经没有耐心了，陷入了愤怒之中。

“全都是假的。”老人遥远、冰冷的声音仿佛从两千年前传来：“别说别的，连你自己对于自己的认知都是虚假的。真正的你并不在这里！”

“那你为什么把我带到这里来？你说会帮我找到自己，我才被吸引到这里来。”我说道。

听到我这么说，老人的声音掷地有声。

“既然这样，就看我的吧！”

老人的声音让剧场里的镜子都铮铮作响，镜面上蒙上了雾，不再发亮。

我感到害怕，一动也不敢动。

“向这边，看着我！”

就在这时，我感到了身后不是老人，而是发亮的镜子。在我身后的，不是我的敌人，也不是我的朋友，是跨越了两千五百年的幽深的镜子，用微弱的光线把我的里里外外都梳理得清晰可见，然后未经允许就想拿出来展示的狠心的镜子。那是世界上最伟大的令人惊慌的镜子。就在现在，我那不怎么好也不怎么坏的紧张不安的模样正被镜子深处那双美丽的眼睛注视着。我的敌人是多么仁慈！敌人的镜子里的怪物是活的……我的朋友们是多么公正啊！他们的镜子里那美好的谎言是生机勃勃的！死气沉沉的镜子里的——不是我！我是这个剧场里的数以万计的镜子里分散的活生生的谎言。

“这一切都是假的！”读懂了我心中所想（对此我已经毫不怀疑）的老人这么说道：“真相，就在你的身后，就在一步之遥的地方，你只要转过身去就好了……”

我还是不敢去看老人，不知怎么心中总是有些紧张。

“我不想见到真正的自己……是个不吉利的事儿……”我声音颤抖地说道：“这个虚假的世界，就是我的家！”

“那你何必大老远来找寻真相？”

不知为什么，听到老人这么说，我想到刚才从睡梦中醒来时，看到的银塔和雾气朦胧的镜片。

“这是虚假中的真相——这些镜子。”我的声音变得有力了一些：“这些镜子说了什么，我就是什么。他们都是假的，但那都是我。我不需要其他的真相。”

“你所说的都是从你自己的角度出发……”老人惊讶地说：“但是，你错了，你大错特错！这个世界上真相只有一个。在这个世界上，你所找寻的最早的也是最后的真相——就是你自己。当你看清自己时，你就站在了真理身边。不信的话，你就转过身来，看着我！”

“我不信，我不想看！”

“为什么不信？”老人说：“想想刚才长满了水果的树木，满是美食的餐桌，还有瓶子里的水，那都是为你准备的！”

水，冰凉爽口的纯净的水……

“我不信！我知道，再也不会有人将我从地狱里救出来了。达到目的之后，你就会把我扔下，然后离开……”

“我让你看过来！”老人说：“转过来，看着我的眼睛！失败者！”我头皮发麻。老人在背后紧盯着我。他呼呼喘气的样子，像蛇在嘶嘶吐着信子。

我浑身发抖。我坚持着，绝不回头！

“为什么？”老人说道，他的声音很无力：“为什么……两千五百年……我漂泊了两千五百年……为什么每个人都不愿意看见真正的自己？天啊！你，是我最后的希望……你看向我，就算是看在老天的份上！求你，把我从这份痛苦中解脱出来！你会替代我，游荡在两个世界之间……永远……我累了……累了……”

我对于老人的怀疑终于得到了证实，我愣在了原地。

“我要和这些镜子留在一起。”我指着周围满是我的好友、仇敌的镜子说。

我们站在剧场的正中间，镜面上突然笼罩着光芒，光芒四处飞舞，我的四周被世界上所有斑斓的色彩渲染，变得五彩缤纷。

“别再让我看见你！”我没有回头，对紧逼在我身后的抽泣着的人说。

“愚蠢！”老人用一种绝望无力的声音轻声说。

“愚蠢？老人家，是您说的吗？没有真相，就在我的身后，并没有真相。因为，真相无法为自己发声！而语言中，没有真相。真相不会被解释为愚蠢。真相会被看见，会被感知。”

我正对面的镜子里的老人倒在大理石地板上，摔成了碎片。

这时圆形剧场闪闪发光，数以万计的镜子里，我在这个世界上所有认识的人——他们全都站了起来，热烈鼓掌。我的亲朋好友都在擦眼泪。而我的敌人们，则向我抛来一捧又一捧的鲜花。

老人消失得无影无踪……

阿依努尔·吐马尔别克译

劳尔哈里·欧拉孜

(1960—)

毕业于哈萨克斯坦国立大学新闻系。最初的短篇小说于1979年在《列宁青年报》上发表。1985年出版了小说集《旋风》。之后，出版了《巴克热夏的孩子们》《卡兹古尔特事件》《未曾结尾的传说》《绝美》《神奇的湖泊》《夜的孤独》等，广受读者和评论家的喜爱和肯定。

同时，他还写了大量论文、报告文学、回忆录和短篇散文，后以《从草原来到城市的人们》《骏马的眼泪》为名结集出版。

他创作的舞台剧《迷失的星星》《山上的夜》《圆圆的世界》等在哈萨克斯坦国家少年儿童剧院演出过。他的小说作品还曾被拍成电影。

作品被译成俄语、土耳其语、乌兹别克语。他的小说《奴隶》被列入小学教材。

白鹤的家园

阿克米尔扎突然戒了酒，加入了正常人的行列，这成为了人们茶余饭后不得不说的一件新鲜事儿。

空气中好像也弥漫着欢乐。一段时间以来，天气晴朗，万里碧空，气温回暖。虽然春天的脚步来得稍微迟了一些，但是冰封了长达半年的雪融化得很快，周围一片春意盎然。微风使得果树苏醒，开始发芽了。

他养成了下班回来后独自一人坐在门前板床上的习惯。他将头缩进旧毛衣的领子里，吸着烟，默默地沉思。他在想什么？有什么事使他如此沉静？只有他自己知道。像春天偶然的雷雨一样翻滚而来的思绪，卷着浓云笼罩了他的内心。

有时候，孩子会来到他的身边坐下，眼巴巴地看着父亲的脸庞，看到父亲一副生气的样子，会为了父亲而感到心痛。

阿克米尔扎出生时很瘦小，他眼窝深陷，身上穿的毛衣就像毛织外套一样显得肥大。这么一个瘦小的人陷入忧愁真的让人可怜，但是可惜啊……

温暖而漫长的日子在流逝，他今天在天空看见了像念珠一样排列飞去的白鹤。起初他没发现，即便听到了鹤群的叫声，也没有抬头看一眼，而是呆立在那里。

在门口玩耍的小儿子科叶列斯拜高兴地喊道：“爸爸，你看鹤群！鹤群在飞！”他才望向湛蓝的天空。鹤群在万里碧空翱翔，甚至好像翅膀都不会扇动一下，好像向地面上的生命展示高空的深邃似的，高傲地飞去。

可能是因为长久地望着一尘不染的天空，他的眼睛湿润了。“你们是从哪里飞来的，神鸟？”他在心里默想，“你们又飞到何方？也已经有很长时间没有看见你们了啊……”

“爸爸，您为什么在哭？”科叶列斯拜突然问道。

“没什么，”他的声音有些沙哑，“不为什么，可能是看天空看的时间久了的原因吧……”

“可我看天空多长时间，眼睛都不会流泪。”他的儿子自豪地说，“您让我看多长时间，我就能看多长时间！”

“不要看……眼睛会痛。”

“一点也不痛，我再看看。”科叶列斯拜向已经渗入湛蓝天空的鹤群再次望去。

塔克谢恩拜提正在棚圈那边修理自行车，他提醒道：“爸爸，你对他说‘不行’，他就会偏要去做！”

“啊，真的吗？”随即，他后悔地想，“哎，我怎么不知道他的性格是这样的呢？”

“前天灰鹤从阿吾勒的上空飞过，”科叶列斯拜说，“阿热斯别克说还有白色的鹤，这是真的吗，爸爸？”

“是的，也有白鹤。”

“您亲眼见过吗？”

“我没见过白鹤。”

“那它们的家园会在哪里？”

“不知道，可能会在很远的地方吧……”

刚才飞过的灰鹤像蓝色大海的浪涛一样使他激动不已。他想起了儿时在草原上光着脚丫奔跑的时候。无意间，他看向科叶列斯拜的脚。他的皮鞋底怎么了？好像脱线了，可以看到里面的脚丫。

“你的鞋子快穿不成了，”他对孩子说，“你在学校也穿的是这双鞋吗？”

科叶列斯拜一会儿看看自己的脚，一会儿看看爸爸，陷入了沉默之中。而塔克谢恩拜已经修好了自行车，向路上飞驰而去。

“爸爸，”科叶列斯拜用期待的眼光看着爸爸说，“塔克谢恩拜也没有鞋子，到现在还穿着雨靴。”

阿克米尔扎不知道如何回答，只是愣在那里，轻轻地摸了一下他的头发，然后点起烟，走到板床上坐了下来。“哈玛尔究竟在忙什么？”他内心绝望地想道，“孩子们的衣服都旧了，应该给他们重新换套新的，上个月工资发迟了……这次如果能按时发放，当天我就带他们去商店……”

他心里想着哪天能领工资，还需要等一段时间……

阿克米尔扎在城里是做机械工的，工资也不算太差，但是他不记得以前这些工资哪些是给家人用的，哪些是被自己喝酒喝掉的。反正发工资那天，他会踉踉跄跄地回到家里，刚迈进门槛就倒在地上，每到这时，哈玛尔便生气地想着再也不和他过日子了。唉，哈玛尔啊，哈玛尔……你有什么罪过？五个孩子的苦难好像还不够，丈夫又是个酒鬼，你不生气还能怎么办……

现在，她眉宇紧锁，下班回来，经过孤独地坐在门口板床上的阿克米尔扎面前，尽量不去看他，走来走去忙着家务。他时不时还想着喝酒，想得都口舌干燥。

今天，哈玛尔把家里所有的被褥都晒出来，又收了进去。可能是这个原因，家里就像刚搬进来一样干干净净，透着一丝太阳的气息。孩子们也很开心，都很懂事。相隔不到一岁的两个小儿子——扎达尔亚和莫恩泰相互争抢不休，最终挨了哈玛尔的打，躺在角落里睡着了。科叶列斯拜眯着眼睛看电视，一直看到了夜里十点半。塔克谢恩拜平时不动手拆卸什么东西就不舒服，今天坐在外间打开铁盒子，倒腾着找出了今天从外面寻来的弹壳。

只有大儿子阿热斯别克在里屋复习功课。临睡前阿克米尔扎走到孩子身边看了看他在读什么，原来不是学校的课本，而是一本厚厚的书。阿热斯别克感到不好意思，用手遮住了书面，央求地看着父亲，似乎在说：“您想说什么？”阿克米尔扎还能说什么……他默默地看着儿子，然后转身回到了自己的床上。忙完了今天的家务活，哈玛尔也回到床上躺了下来。关灯以后，黑暗的房间里变得死寂，哈玛尔将躺在身边的孩子们的被子拢了拢，轻轻地叹了一口气。

“哈玛尔，”过了一会儿，阿克米尔扎说，“我……我已经戒酒了，以后再也不会再喝了。”

哈玛尔没有出声，夜更加沉静了。

“你还不相信吗？”

“谁知道……”哈玛尔将信将疑地说。

“我说了不会再喝了。”

“那样对我们也好，你就完全戒了那个祸害吧……”这次，她真诚说道。

“来，躺我身边来。”

“嘘……孩子们会醒来的，我一会儿就过去。”

他们两个就像想念很久的人一样，在温暖的被窝里甜蜜地相遇了。哈玛尔将头放在丈夫的肩膀上，她的头发使阿克米尔扎感到喉咙里发痒，好像还夹杂着一些酸奶的味道……阿克米尔扎搂着她的脖颈，深情地吻了吻她的头发。

“阿汗，”哈玛尔突然抬起头定睛看着丈夫，“你真的戒了？你说，是真的。”

“真的戒了……”

这次哈玛尔紧紧地抱着他的脖子，把脸贴在他的脸上。阿克米尔扎心想：“她竟然叫我‘阿汗’，哈玛尔不提这个名字不知有多长时间了……”

只有当年他们两个刚结婚的时候，她常常说这个昵称。结婚一年半时，阿热斯别克就出生了。那天，阿克米尔扎为了庆祝这个喜事邀请他的好友喝了个够。从那以后，他完全忘记了宠爱身边的女人。她好像也鼓励他——想喝就喝吧，生了一个又一个儿子……可是她有什么过错啊。你以为她是为了让阿克米尔扎喝酒才生的这些孩子吗？而他起初是为了庆祝孩子出生而喝酒的，然后他又抱怨孩子们都是儿子，喝得更多了。对喝酒的人来说，借口多的是……

“哈玛尔，你说实话，你对我都想了些什么？”

哈玛尔一时没有作答，默默地躺了一会儿。“你以为我有想的时间吗？”她模棱两可地回答，“想着等孩子们长大，让孩子们与其他孩子一样长大，于是打扫办公室，帮别人捻线、织线袜挣钱……想着阿热斯别克长大娶个媳妇儿，我就摆脱这个地狱了……”

“啊呀，到那时候都什么年代了？”

“差不多长大了，我这乖孩子今年上完初三，想去上中专。”

“不会吧，初三都快毕业了吗？我还以为他还在上初二。”

“什么初二啊……昨天有人说，她在赶羊进圈时发现，我们的儿子在马汗家门口吹口哨。”

“他在陌生人家门口吹口哨干什么？如果闷得慌，可以站在我们家门口吹口哨啊。”

“难道你还没有理解吗？马汗有一个与他同龄的女儿。”

“哦，哦……”

“就这样，我们以后就会变成老头老太婆了……”

她打了一个哈欠，然后闭上眼睛开始入睡了。阿克米尔扎想起塔克谢恩拜穿着雨鞋的样子。

“哈玛尔啊，哈玛尔，”他用手摇了摇妻子的肩膀，“孩子们身上的衣服都旧了。”

“嗯，嗯……”

“等发了工资，给他们一人买上一套衣服吧。”

“好……”

“谁需要什么，你明天列一个清单给我吧。”

哈玛尔没有作声，靠着阿克米尔扎的肩膀安静地睡着了。

他却失眠了，在漆黑的夜晚睁着眼睛躺着。他的眼前浮现出塔克谢恩拜穿着雨鞋，阿热斯别克快长大的样子，然后想起了马汗的那个中等个子圆脸媳妇，都说女孩子长得像妈妈啊…….

他就这样进入了梦乡。

苹果树都开花了，大自然就像要出嫁的姑娘一样打扮得花枝招展。他们家近几年来从未维修过的旧土围墙在这些白色花朵中也显得漂亮极了。科叶列斯拜每天勤快地打扫，因此院子特别整洁。看到母亲表扬他，他打扫得更加卖力了。家里有一种从来没有过的欢乐氛围。

今天阿克米尔扎一下班，塔克谢恩拜一放学，父子两人就开始挖棚圈里的羊粪。父亲用铁锹挖，孩子用手推车运。儿子不断吸着鼻子搬运羊粪，小弟弟扎达尔亚和莫恩泰眨巴着眼睛笑嘻嘻的站在一旁，塔克谢恩拜干活好像是要默默地表现给他们看，只是，他把羊粪车推出去回来之后，吸了一下鼻子说道："爸爸，阿热斯别克想买条绒裤。"

"哦，那想买就买吧。"

"那可是一百块钱啊。"

"没事，即便是两百块钱也买吧，只要他喜欢，就让他穿着吧。"

"如果钱不够了，我可以穿阿热斯别克的旧皮鞋。"

阿克米尔扎手里的铁锹差点掉到地上，不知为什么，塔克谢恩拜的这句话揪了一下他的心。他惊奇地看着塔克谢恩拜，然后说："够。"阿克米尔扎轻声地说："够，大家都够，谁需要什么，我都给你们买。"

扎达尔亚和莫恩泰好像一直在等这句话，争先恐后地说：

"我要汽车！"

"我也要！"

听到爸爸的答复，他们两个兴高采烈地喊着："冲……啊！"兴冲冲地跑走了。看到他们到别处玩去了，塔克谢恩拜想说点什么，好像有些不好意思，不时地看着他爸爸。

"爸爸，"过了一阵，他说，"我们还了打馕人的面粉吧。"

"哪儿来的面粉？"阿克米尔扎突然想起来——啊！难道他来要了？

"不，他自己没要，只是他的儿子每天嘲笑我们。"

"他说什么？"

“说您……说您是小偷。”

“说我是小偷？他在说谎，我们没有偷过，是欠下的。你就这样说，等发工资那天，我们会还回他的面粉。”

阿克米尔扎边铲着羊粪，边想起了这件冬天发生的事情。打馕店里来了一辆装了近三十袋面粉的有顶棚的车。找不到卸车的人，到处寻人的打馕人伊克拉木遇到了正从酒馆微醉而归的阿克米尔扎，他极力请求阿克米尔扎给他帮个忙。阿克米尔扎记得哈玛尔经常唠叨说家里没面了，他想借上一袋面粉。可是，这个想法是他之后才想起来的，起初，他想着借点那个润润嗓子的东西。于是，他就汗流浃背地将一车面粉都卸下来了。卸完了面粉，他对伊克拉木微笑道：“怎么样？”

“啊呀，好样的，好样的！祝你长命千岁！”

阿克米尔扎等待的不是“长命千岁”，能活个一百岁都很感激上天了。而现在他只要有“一百克”就会更加心满意足。

“去你的好样的和长命千岁，”他心里烦闷，恶狠狠地说，“我们只要一百克就够了！”

最后，他只好暗示说：“我们不润润嗓子吗？”

“喂，阿克米尔扎，商店都已经关门了……我家里没酒。”

“只要想找，总能找到。如果去找哈勒麦恩，去了……你就拿回来了。”乡里有一个私下卖廉价酒的人叫哈勒麦恩。

伊克拉木不无遗憾地说道，“我上哪儿去找那么多钱啊？”

“喂，”阿克米尔扎拍打着手上的面粉末，“那就给我一袋面粉。”故意没有说是赊账。

伊克拉木眨巴着眼睛，站在那里说：“不行啊！”

“那我就自己让它变成事实吧。”阿克米尔扎说着话，将一袋面粉扛在肩膀上弯着腰向家的方向走了。

“喂，阿克米尔扎，停下来！你这是干什么？”伊克拉木喊道，可是没有追过来，也没有争抢。他只是说着：“喂，阿克米尔扎，阿克米尔扎……”然后，摇着头留在了那里。

后来，当这袋面粉还剩半袋的时候，哈玛尔听说了这事，非常生气。眼下，塔克谢恩拜说的就是这件事情。

天气越来越热了，地面干燥，顺着路面过往的车辆总会扬起尘土。有时候科叶列斯拜扫院子也会扬起尘土。苹果树上的花朵陆续凋零。这一次阿克米尔扎的孩子们着急地等待着父亲领工资的那一天。每天晚饭时，他们热烈地讨论着谁想要什么，于是在一张纸上写上了在商店购买物品的清单。写这张清单的人是科叶列斯拜。

他在一张纸上用大大的字写道：

1. 为阿热斯别克——买条绒裤；

2. 为塔克谢恩拜——买双皮鞋（39 尺寸）；

3. 为我——买件衬衣；

4. 为扎达尔亚——买个小汽车；

5. 为莫恩泰也买汽车（要给他们买一样的，要不然就会认为各自的好而争吵）；

6. 为妈妈——

他正说着写到这里时，妈妈说：

“我下个月再买吧，不然下次都不知道买什么了。”妈妈微笑着说。就这样，写到这里，这张清单就没再往下写。

今天正是阿克米尔扎领工资的日子，孩子们比往常更加和气、开心。科叶列斯拜和塔克谢恩拜轮流骑着自行车，飞速骑到马路上游，然后又骑回来，想着爸爸会不会在回家的路上。他们不好意思直接去商店那边，就只好在路上来来回回地等。

不知为什么，早就过了下班时间，阿克米尔扎却迟迟没有回来。最后，塔克谢恩拜失去了耐心，加入到学校后面正在踢球的孩子们中踢球去了。

天快黑了，埋怨过一阵之后，扎达尔亚和莫恩泰两个人等得不耐烦了，就走进了家门。阿热斯别克坐在板床上读起书来，只有科叶列斯拜耐着性子站在大门口，等了很长时间。

不一会儿，他看见塔克谢恩拜向这边跑来，心咚咚地跳着，都没有力气喊出家里的扎达尔亚和莫恩泰。经过漫长的等待，科叶列斯拜已经高兴得不知道说什么了。他跑到塔克谢恩拜的面前，上气不接下气地问 ：“爸爸，爸爸回来了吗？”

他没有出声，仔细一看，塔克谢恩拜正在哭。

“你到底怎么了？是不是打架了？”科叶列斯拜不解地问，“怎么了嘛？爸爸在哪里？”

“爸爸……爸爸喝醉了！”塔克谢恩拜屏住气说，“在那边……在马汗家附近，正靠着栅栏……”

科叶列斯拜激动的心情好像一下子被泼了水一样冷静下来，几天来高兴的心情好像被人偷走了似的。

“为什么？为什么？这是他在欺骗我们吗？”他的嘴唇颤抖着，“爸爸不是说过再也不喝了……他，他不是说过今天带我们去商店的吗？”

科叶列斯拜也眼含泪水，他想离开这个村庄，放弃这个正要倒塌的房子，去一个很远的地方。

阿克米尔扎扶着栅栏踉踉跄跄地到家里时，看见孩子们排在门口，大家沉默、忧愁地盯着他。他摇晃着过来，眼前一片模糊，他又定睛看了看 ：“这些人为什么站着？像灰鹤一样排着队，他妈的……”

忽然，孩子们好像变成了白鹤，向天空飞去……

“喂，”他伸出手去，“喂，你们这是要去哪里？停下，快停下……”

世界在天旋地转。阿克米尔扎的孩子们变成了白鹤，向远处飞去，不，不！它们飞不起来在挣扎，一会儿向天空展翅而去，一会儿无力地撞向地面。“喂，喂，你们这是怎么了？你们飞向……准备飞向哪里而挣扎？你们放弃自己的家园准备飞向什么地方？停下来，停下……”

阿克米尔扎看着他们，伸出了手，然后，“咕咚”一声倒在地上。

玛丽古丽 · 巴拉汗译

朱斯甫别克·廓尔哈斯别克

（1961— ）

小说家、散文家、编剧、记者。1984年，毕业于哈萨克斯坦国立大学新闻系。20世纪80年代中期开始发表作品。1985年发表的《蓝色的驼队》被认为是现代哈萨克斯坦散文的代表作之一。1995年出版小说集《铁人》。

他的作品充满戏剧性和偶然性，经常引起电影制作人的关注，《铁人》《狼人》《塔兰》等剧本被哈萨克电影工作室拍成电影。

朱斯甫别克也是许多社论文章的作者，他的文章涉及与社会、生活和民族文化和文学相关的热门话题。他撰写了一系列关于著名人物和同时代作家的作品的论文，如《传说中的阿拜》《陶人》《木哈哈力与法丽扎》《别克苏里坦的故事》《胡杨林与吐尔森江》等。

1987年获《火焰》杂志社文学奖；2015年获得阿克加依克文学奖。曾获得哈萨克斯坦塔尔兰奖。

艺　术

人不能总会遇到七彩编织的彩虹那般神奇的景象。而这样美丽的景象穿着蓝白相间的裙子，露着白皙的小腿自己走了进来。还没等他反应过来，对方就坐了下来。

你何必非要成为一名作家？他有点生气，略略愤懑地说道。还未走上名利的巅峰，他就开始对生命永不停息的流逝感到愤愤不已。面对散发着青春气息的女孩，他感到自己像老去的鹰一样无力。他注视着女孩那头漆黑的长发，散落在肩上。女孩的眼睛像泉水一样清澈，长长的睫毛和乌黑的眉毛，将她美丽的面庞修饰得愈发动人。他不是阿肯，但那首从年轻时就吟唱过的诗歌却清晰地回到了他的脑海中。

他感到女孩修长的身躯正逐渐靠近自己。一切都要重新开始了吗？他要对女孩认输了吗？从年轻时起，他就没有把注意力放在女人身上过。平常的生活，普通的女人，粗茶淡饭，还有那一张小小的书桌，构筑了他几十年的生活，但他知道自己是一个问心无愧的人。多年来，他一直像贵族所用的器皿那样洁白无瑕，又惜时如金。

“你为什么来找我？”他问。

“我从小读着您的书长大，大哥。”女孩甜美细长的声音清脆悦耳。但不管女孩的声音让他多么受用，他也没有多说一句话。女孩的话音里仿佛隐藏着什么秘密，他等着女孩自己说出来。平常就脾气火爆的作家，此时更是如临大敌。

“所有的哈萨克年轻人，都会读我的书。这有什么新鲜的？”当他说出这些老生常谈的话语时，脑海中浮现的却是对这个女孩的赞美——这真是一个美丽的女孩啊。实际上，他也确实有一种新鲜感。

如果能摸一摸她的胳膊，胳膊应该会像羽毛一样柔软吧。女孩穿着无袖裙子的身体，就像刚刚剥开的鸡蛋一样，被他用眼睛放肆地抚摸着。就连白蓝短裙那稍短的裙摆下露出的笔直的双腿，他也急切地掠夺着。

“我把您当做偶像才来到这里找您，大哥。我喜欢语言艺术，想要成为作家。但我并不是渴望从您这里得到什么。能够见到您这样优秀的人，已经感到心满意足了。”

眼前出现了女孩红唇微微颤抖的样子。他在书里曾多次描绘追随可汗大王女人的脾气。他感到自己表现出的对于她美貌的轻视，已经让她感受到了冒犯。对此，他感到一种舒惬。如果不是门突然开了，他已经想好怎么样委婉地说出让女孩失望而归的那套说辞。而突然推门进来的这个冒失鬼却像突然看见了金马一样，看到女孩就立刻飞奔进来。

“哎呀！这是一幅画吗？还是我正在梦中？是怎样的奇迹啊？是谁画了这幅画像？促成了这样的美景的人是何等天才啊？”对于冒失鬼这一番自说自话的言辞，他就像有人把脏手伸进了饭里一样厌恶不已。看到眼前甜美的女孩脸上因为羞涩染上了红晕，他更加气得要爆炸了。他的眼睛里透出一丝受到威胁的愤怒，原本白皙的皮肤越发失去了颜色。他瞪着眼睛盯着看时，没有任何人能与他对视。出鞘的利剑从来不曾空回，那个冒失鬼也被作家犀利的眼神震住了。

但是，千万不要出现在这样的小人面前。他无法放下不知从何而起的嫉妒之心，开始大口叹息起来。对于冒冒失失来到他身边的冒失鬼，他不小心说出了从来未曾说过的话。对于这样不值一提的平凡人物，他为什么会因为甜美的女孩而产生嫉妒心，他自己也说不明白。如果不是这家伙突然钻进来，他原本并没把女孩放在眼里，还打算将她打发走，但现在他改变主意了。一向稳重的他不知怎么说出的那番话，被冒失鬼到处传播。冒失鬼并不把这些话放在心上，反而四两拨千斤，把话引到了别处。

文学要靠有文艺天分的人创作，而文学环境却往往是小人们把持的。眼前这个冒失鬼不管写了多少大部头，也未曾指望他能说出这么一番话来。如果刚才那番话能被冒失鬼说出来，该有多高兴，而作家却气愤不已。

作家的名字是马泰，他从来不曾落于人下。像利刃一样的口舌，宝剑出鞘，就将冒失鬼扒了皮。“你白白脏了我的嘴，顽固的臭石头。”对于一般的人，他从来不浪费口舌。你不是一般的小人。他第一次见到黑皮肤的人脸色发青，感到非常享受，实在是不一般，像犁过的地一样发亮。他不解地想：“为什么女人都会对此感兴趣呢？”他正要发怒，就看到冒失鬼身体沉重，“哎哟哎哟”地连声大叫，紧接着门也哐当一声关上了。他像是挨了一个耳光那样浑身一震，立刻恢复了神智。

“大哥，您这是怎么了？”

“我没有喜欢过。”

“您在说什么呀？”

“我说我没法喜欢。但是，我非常嫉妒。”

“亲爱的大哥，我不明白啊。”

“我也不明白……我刚刚才第一次见到你啊……但我还是非常嫉妒……”

“你嫉妒谁？嫉妒什么？”

“不是你本身，当然了……是美丽……我嫉妒那些试图掠夺美丽的恶人。他们已经耗尽了世界上一切，污染了一切……”

冒失鬼狠狠关上了门之后，明亮的办公室里，好像不是他们俩在交谈，而仿佛有另一些人在窸窸窣窣地说着什么。不然，他也不可能和女孩这样敞开心扉的交谈。他并不是那种轻易敞开心扉的冲动的人。

想到这里，作家感到自己早已冰凉的热血，感到自己也成为了故事的主人公。当他们走进办公室后面那间稍暗的休息室时，只看见女孩白皙的圆脸。从明亮的办公室换到黑暗的休息室时，他的第一印象不是女孩的圆脸，而是女孩修长的背影。光亮不足的地方，人总会显得更高。当他正准备打开灯时，女孩不见了，摆在他面前的是还未收进封套里的画。他两手抓住画像的两侧，尽可能伸远手臂，远远看着画像。

他带着些许爱抚和些许不屑抚摸着画像。他左看右看，总觉得画像有一些不足。但无论怎样，他也未能找到画像中的不足。他将画像靠在墙上，又仔细看了看画像。看起来一切都很正常，但总觉得少了一些什么。如果让他坐下描绘这幅画像里的女孩，他总能找出一些不足。“唉，为什么不观察看看呢？”这么想着，他又立即地反悔了。除了这个，还有很多很多值得写的东西。他不愿意画像再占据他的心神，就将画像反过来，放在桌上。

等他们重新回到办公室，他看到麻袋里的颜料融化了，滴在地板上。他来不及将脚抬起来，踩到了颜料的一小角，他看到脚底沾上了油污，就抬起脚擦了起来。五颜六色的颜料散了一会儿，就凝固了。颜料染在木地板上，渗不进去。女孩不像之前那样勇敢，带着点羞涩，她静悄悄地走出来，来到了明亮的办公室。她盘起的头发此时散落在肩头，但已经有了一些亲昵，脸上的红晕好像已经退了。

“当作家是这个世界难上加难的事情，就像走过独木桥，一边是熊熊火焰，另一边是深不可测的潭水。很多人溺水而亡，还有人烧成了灰烬。比起肉体的痛苦，精神的疼痛更深。”

“我每天都能听到他们痛苦的声音。”马泰把过长的谈话做了一个简短的总结。女孩像是也听到了那邪恶痛苦的声音，俯身认真地听着。

“我小时候，我们村庄里来了马戏团。当时，团里的一个孩子光脚踩在烧得发红的炭火上表演了绝技。所有人都惊叹不已，而我却没有。我好像没有过童年，就在那时，我就已经明白自己要终生走在烧红的炭火上。我的脚底被一再烫伤，变得僵硬。而始终站在我周围，想要把炭火烧得更旺一些的朋友，则不计其数。”就这样，作家将一直藏在心底的那些话说了出来。

女孩想，他一定在看着我呢。而作家实际上从未看她一眼。在作家眼中，女孩还不如翻飞的海浪中的微生物。

“这个世界上，没有我们这样的民族。但那些试图引导她误入歧途的人，也快要实现心愿了。为人类的命运而书写的人，也失去了价值。他们那帮人，就像我们这个民族并不属于人类那样傲慢。喜欢喧闹的我们这个民族，有时候就像个孩子，追求着花红柳绿的外在事物。”作家愤怒的脸，也仿佛带着无穷的魅力，这份愤怒也仿佛和女孩有了什么联系，让她附和着。作家的愤怒，也让女孩享受着。

“将自己的智者弃之不理的人民，一旦脱离了轨道，就很难找到正途。世界上最糟糕的莫过于好坏不分。这样的人，在我们中间还有很多很多。混入我们之中的野狗，再也不会离开我们民族了。这些野狗会挑拨离间。除了离开这个国家，我别无选择。我可能会做出这样的选择。”说完，作家的眼中盈满了泪水。

女孩无声地哭泣着，想把他的眼泪擦干，她觉得自己有权利这么做，但作家已经把眼泪咽了下去。

“没关系，他们不能明白我的价值，以后的后代也能明白。你们又知道些什么呢？你们民智未开，还需要时间。你现在来见我，所获得的就是这句话。你所坚持的方向是对的，希望你前途光明。”作家说，“只要你没落到那些恶棍手里去就好。”说完，又像解释着什么似的加了一句。

作家残酷的脸此刻却带了一点温情，女孩稍稍有些失望，像被狼啃食之后的食物残渣一样。就在谈话快要接近尾声的时候，画家才急急忙忙地走了进来。好像有什么动了一下，紧接着周围突然安静下来了。图片转换如此之快，以至于没有人发现什么。又过了两三分钟，画家急急忙忙地将画笔组成的架子搬走了。

阿依努尔·吐马尔别克译

若扎·穆哈诺娃

（1964— ）

著名作家、编剧和翻译家。1987年毕业于哈萨克斯坦国立大学新闻系。曾出版《光明的世界》《轮回的世界》《保护神》等小说和舞台剧本。2007年，出版了两本作品集。1996年她的《不老的童颜》剧本在哈萨克斯坦艾维佐夫国家大剧院上演，受到好评。她用细腻的笔韵、真挚的情感、真实的历史事件为题材写出了哈萨克斯坦塞米帕拉金斯克地区受到核武器污染的儿童的悲惨命运。1997年，她把木合塔尔·艾维佐夫的《戴孝的美人》的小说改编成了舞台剧本。

2001年，哈萨克斯坦电影中心把她的《不老的童颜》改名为《哭泣的女孩》，并拍成电影，斩获多项国际大奖。舞台剧《猫的王国》《雨伞下的我》都曾获奖。此外，她还创作了《萨拉》《谁都没有职责》《你》《高峰》等舞台剧。

哈萨克斯坦劳动功勋奖获得者。曾获卡夫卡文学奖。

不老的童颜

傻里傻气、疯疯癫癫的莱拉姑娘在静寂的黑夜看到了一个人影快速走向了深谷。

姑娘感到一丝不安，心想："深更半夜走动的到底是什么人？"

一个陌生而可怕的声音从远处传来："我是人类子孙的精灵。"走向深谷的莱拉姑娘这时别说是虚无缥缈的精神，就是对人性也产生了怀疑。她只是喜欢在这样静寂的夜晚与皎洁的月亮低声交谈，在这个深谷倾诉自己的忧愁和怨恨。洁白、浑圆的月亮散发着奶白的光泽，为暗黑笼罩的大地送去光明。有时候，月亮会怜悯地看着莱拉姑娘和千疮百孔的大地。有时候，它又对这个夜晚和小小的牧村置之不理，轻蔑地转身而去。也许，当时月亮看着这些千疮百孔的大地，会暗忖："哎呀，就连你也没有了灵性吗？怎么像块破布一样不堪忍睹，到底发生了什么事？半夜里来到深谷躲避的姑娘到底是个什么人？这是一个十六岁女孩子的形象吗？可怜啊，她永远都会保持这个孩童的样子。事情怎么变成了这样？这是一种什么样的磨难啊？"不知道是在责怪这些人，抑或是感受到了这块土地的恐怖，月亮仿佛在空中看着、诅咒着？总之，月亮仿佛隐身在那片薄云中，正不停地倾诉着什么。莱拉看着月亮刚闭上眼几乎入睡，吓了一跳，睁开了眼，从她眼里流出来的泪水颤动着滑过她的脸颊。

"啊，天上的明月，请不要同情我。我是一个没有罪过的女孩，我有感情，有智慧，可是对这个世界充满了仇恨。我认真地对待生活，可在别人看来，我是一个被可怜的残疾人。村里的人每次看到我都说：'这女孩就是为了提醒人们对四肢健全、身体健康而感到知足，能够时时谦卑地祈祷和忏悔而创造的。’是这样吗，月亮？我只对你诉说，也只相信你。至少你不会辜负我。可这里的人们到底在说些什么？我究竟是谁？我真的是永远长不大的孩子吗？”

沉默无言的月亮轻轻抚摸着莱拉和广袤的大地，悄无声息地飘然远去。“我想成为与我年龄相符的女孩子。是的……我也想成为漂漂亮亮、健康娇嫩的女孩子。”莱拉从刚才自己隐藏的深谷中跑了出来，飘然远去的月亮在她一动不动地注视下，倒似乎是在惊慌地逃走。永远停留在八岁女孩模样的莱拉挥舞着瘦骨嶙峋的手臂，向极远、极高处伸去。

“喂……不要跑，不要看见我就跑！无论怎样我都会找到你，你胆怯了吗？你也嫌弃我吗？你也会害怕我吗，月亮？”

好像在嫌弃这个残疾女孩和千疮百孔的大地，月亮挽着黑夜的胳膊，毫不迟疑地越走越远。莱拉女孩伸着手更加大声地叫唤着。

“明天你还回来吧，明天我们在山谷见面吧，我在那里等你。明天我在山谷等你，月亮！”说最后几句话时，莱拉抽噎着，心都快碎了。

莱拉女孩这次走向山岗时，青格斯山脉好像正在下沉，她对夜幕中耸立的山峦感到害怕。她的眼前模糊起来。刚走到自己借住的哈提冉阿姨家附近时，她感到呼吸困难，开始颤抖起来。她刚准备伸手抓住门把手，可是又把手缩了回来。她不想见到房子里那些盯着自己的人，也不想看见那些想把自己吞了的那些眼神。她在门口犹豫着：“等人们都睡着之前，我还是坐一会儿吧。”这时，她被突然传来的声音吓坏了，尖叫了一声，原来是哈提冉。

“喂，天都这么黑了，你像着了魔似的要上哪儿去？你想找什么，啊？”

莱拉女孩默默地低下了头，她不想让哈提冉阿姨发现自己疲惫不堪、脸色发红的样子。“哈提冉能是那个为我分担忧愁的人吗？我还是不说话为好。”于是，她一声不吭地站在那里。

“我问你呢，去哪儿了？”

莱拉女孩还是没有说话。“不，不能……我不能告诉任何人我去了深谷，我去那里是为了和月亮见面，与她说悄悄话。除了月亮，再也没有人分享我的痛苦，所以我才会跑向深谷。你们不要找我，不要见我！”

“唉，现在你还学会装傻充愣了吗。你也会到那一步——会被别人称为傻子。”

女孩子的眼睛一下子发亮了。哈提冉“噗嗤“一声笑了，好像已经消气了，紧盯着女孩的手脚。莱拉女孩很在意自己残疾的躯体，气得浑身发抖起来。只要有人看她的手脚，她就会觉得无地自容、不知所措。她真希望别人不要发现这个比身体还要显得大的手和还没有发育完全的脚。哈提冉却故意站在那里，用嫌弃、忧虑的眼光盯着莱拉，好像是要戳她的痛处。每当这时，莱拉女孩会感到十分痛苦，总想钻个地洞消失。

“你去了哪里？牲畜都回圈了，人手不够，我们忙得不可开交，你逃到哪里去了？快说啊！”

莱拉没有抬头，轻声说：“我们不是人吗？”

说时迟那时快，哈提冉跳了下来：“你还会说了，还说什么我们不是人吗，你怎么不看看自己没有人样，啊？”

哈提冉恶毒的话语把莱拉女孩的心割裂得支离破碎。以前听到这样刺痛人心的话语时，她会闹着大哭起来，可是这次除了冷冷地站在那里，脸色苍白，她只是一动不动地盯着哈提冉。“一个没心没肺、吝啬冷漠的人，总会得到家财万贯。你想压迫我，那就压迫吧，压迫吧！上苍赐给我这份痛苦！啊，天啊，你认为这是我希望的命运吗？我为你做牛做马，我到底亏欠了你什么？”

她用宽大的手掌捂住还没有发育好的孩子般的脸庞，蹲坐在地上，开始喘着大气，忍无可忍，开始痛哭出声。在这个时候，谁也不会对缩成一团蹲坐在门口的莱拉女孩说哪怕一句：“她这是怎么了？是谁欺负她了？”也许，他们认为莱拉承受这样的打击，坐在那里哭泣，都是她应得的。也没人会说：“啊，这可怜的孩子，希望上天能看到你的眼泪，而不是我们，你就等着上天的恩赐吧！”人们只会转过身去悄悄议论着走开。敏感的莱拉对此非常清楚，她总会想起夜晚皎洁无声的月亮，因此喜欢跑向深谷。

照在深谷中的月光比以往更加明亮。月亮也在寻找着莱拉女孩。她会询问溪水、大地、山峦莱拉女孩的去向。“你去哪儿了？今天为什么不在深谷中？”月亮好像张开温暖的双手，用慈母般深情的声音在山谷中询问。夜色中的山谷亮堂堂的，好像白昼一般。“我的小马驹，我的宝贝！”慈母般的声音哭诉着，沿着山谷远去。瞬时，世界寂静无声，好像分成了两半儿。

“你在我的肚子时，山脚下咚咚作响，地面仿佛要裂开，这个声音已经停止了吗？你还在摇篮里哭叫时，曾多次被这种爆破声吓醒，手脚不停地乱舞，直到记事都没有改掉这个习惯。当你看到青格斯山脚像红色的蘑菇状火光，就会惊喜地跑向那里。你会说：‘奶奶，我今天又梦见了山那边的天空上漂浮的蘑菇。’这时，奶奶会说：‘哦，我的孩子啊！长大了你也会像那个闪光的蘑菇一样，让人们对你刮目相看，会像火一样发光的。’说着爱抚地亲吻你的额头。现在你在哪里？你去了哪里？”山谷的声音渐渐微弱，最终消失了。月亮渐渐升向高空，就这样，在山谷的每一棵绣线菊下寻找莱拉女孩的踪迹。然而，这一次，那个在深谷中傻傻看着月光的女孩的身影没有出现。

她总是远离人们聚集的地方，尽量不让人看到自己。哈提冉却对她过度热情，总是紧追不舍。

“走，山岗上有一个婚礼，我们去那里吧，你这个可怜人也放松放松。”

莱拉女孩不知道说什么好，咬着干裂的薄嘴唇，嗫嚅着说：“别人的眼睛……人们的闲话……”但随即，她不想显出可怜的模样，就找了个借口说：“我累了。”

“不行，走啊，走！”女人强拽着女孩，看她不愿意，就用手戳戳这里，又戳戳那里，开始没完没了地逗她。女孩从座位上站起来，用宽大的手掌在女人的胸口上推了一把。瞬间，哈提冉的脸色变得煞白。

“不去算了！”她恶狠狠地说。

“我去！”莱拉女孩好像和谁赌气似的说了一句，“我去”。

莱拉女孩惊奇地看着这家办喜事的人们，心想：“多好啊，多好啊！除了我一个人之外，别人都那么幸福快乐。这个世界上最幸福的就是身心健康啊。别人都得到了幸福，而我却得不到，我是多么不幸啊！”莱拉女孩泪如雨下，她偷偷地、默默地擦着眼泪。“我知道，我永远不会再长大，造物主啊，好像这些笑话还不够似的，是否还有其他的痛苦在等待着我？还不如让我一次消失。为什么不让我走？难道我对老天也没有任何用处吗？你会看着我残疾的身体咧嘴嘲笑吗？还是找不到其他有趣的事情，就嘲笑我这个永远长不大的女孩吗？”

“莱拉，莱列克！阿克莱拉（对莱拉的爱称）！”人群中有人说。

女孩听到这个温暖的男声，不由得震了一下。很多人当中好像有人伸出手向她走近。

“哎呀，”女孩惊奇地看着，“你看，是胡玛尔，胡玛尔！你长得多么英俊啊，真让人震惊！你是我的同桌，是我的邻居啊。胡玛尔……你经常叫我莱列克，阿克莱拉，你曾说过莱列克是一种鸟的名字，这种鸟非常柔弱、非常可爱！”

女孩好像失去了意识一样，愣在了那里。

“认出来了吗？”小伙子轻轻一笑，问她。

“认出来了，怎么会不认识呢。你变化很大，长得很英俊，你多么幸福啊……原谅我，请不要生气……”

“你也……你也很幸福呀，莱列克。”

胡玛尔好像没有注意女孩孩童一样的身影，或者是装作没有看见，他不想给那双满含着忧伤的双眼再添新伤。他好像没有看出她内心的孤独，将手搭在她幼小的肩膀上：“莱列克，走，我们跳舞去，我想请你跳支舞。”

这时，他看着那双蒙着水雾的双眼，将女孩从地面上拉起来，轻轻亲吻了她的额头。女孩的心都要碎了。小伙子抱着女孩走到了人群之中，两个人好像忘记了整个世界，旋转着，跳着舞。莱拉女孩闭上了眼睛……她不知道是她感到头晕，还是那早已沉睡的感情和停止生长的身体又苏醒了……她保持着那个姿势，紧紧地抱着胡玛尔的脖子。

小伙子悄悄地在她耳边说："莱列克，阿克莱列克！"女孩这才头昏目眩地睁开了眼睛。

"我们都来参加婚礼，阿吾勒好像没有人了吧？看到你真高兴……"女孩的脸上浮起一层红晕，一时不知所措。她为自己身上那条短短的花裙子，为哈提冉不顾自己的感受而像装饰孩子一样戴在她的头顶上那朵红花，而感到越发脸红。一个与儿时告别，正向小伙子的行列迈进；而另一个与未来永别，永远不再生长，保持残疾模样。难道这就是命运的安排吗？对自己说话的男孩的声音好像失去了原有的生动，又或者她陷入了一个苦涩的想法。她没有注意听胡玛尔说的每一句话，就像一个傻瓜似的愣在那里。女孩赶紧将那个疯长的手藏在身后，如梦初醒地看了看四周，周围只有她一个人。

"胡玛尔，胡玛尔！你在哪里？"

女孩向周围张望着，在人群中寻找胡玛尔，惊恐地看着别人问："胡玛尔，在哪里？你们让他去了哪里，快把他还给我？在哪里……在哪里？"她一直在追问着。从小到大，这是她第一次与外界有了联系，她第一次看到了希望之光，可这希望之光就这样溜走了。刚才，她远离了忧愁，感觉自己在空中飞翔，现在又"咚"地一声掉在了黑土地上。女孩再次拼命叫了一声："胡玛尔！"这时，她好像听到有一些嘲笑她、议论她的声音。

"请把我从痛苦中，从这个痛苦中解救出来吧！"女孩真想大声地说出来，这时她才想到了那个慈母一样温和的月亮。她立即向着长满密密麻麻绣线菊的深谷上气不接下气地跑去。莱拉女孩望着天空，露出那张泪流满面的脸庞，抬起下巴颏，面向夜空中的月亮。

这时的山冈正被丧事的痛苦笼罩着。

老人号啕大哭，拄着棍杖，唉声叹气。披着黑色丧服的女人一个个唱着挽歌相互倾诉，让人听着撕心裂肺，好不容易抬起头说："我们失去他了！我们成了没有未来的不幸的人啊，我们成了没有子孙后代的人。这本是我们祖辈生活的地方，现在只将骨灰抛向天空！"

虚弱的女人们彼此依偎着痛哭失声。不知所措的莱拉找不到哈提冉，不知道山冈出了什么事，也不知道人们为什么会这样嚎啕大哭。她的眼睛瞪得圆圆的，要像要从眼眶中突兀出来。

"哎呀，到底发生了什么事？人们这是怎么了？"女孩的手脚发抖，眼睛慢慢闭上。

山冈上的居民当天看到地面裂成一个巨大的深谷，看到了枯萎的河流和月食。

当天，人们号啕大哭的声音，好像传到了某些人的耳朵里。穿着白衣的陌生人夜里来到这里，将所有发育不全，永远处于孩子状态的人都集中起来，装进封闭的黑色汽车里。毕竟是亲生骨肉，依依不舍的父母亲们痛哭着。这时，唯有莱拉在深谷中，找她的人和帮忙找她的人都没有找到她。像往常一样，莱拉女孩不想让人看见自己来到深谷，与月亮见了面。经过很长时间的沉默之后，她自言自语地诉说了儿时的愿望，对胡玛尔的爱慕……她在深谷中独自一人毫无保留地倾诉着。当时，月亮好像也在被女孩刚刚苏醒的爱情所感动，微微抖动，好像在无声哭泣。那一夜，莱拉女孩忘记了深夜的寒冷，用长得硕大的双手抱着自己的膝盖坐了很长很长时间。准备起身时，她发现自己的身体比往常沉重得多，不知道是深秋的寒气使她受凉了，还是发烧了。她感觉全身无力，好不容易推开了哈提冉的家门。

"不要说我没提醒，你再敢晚回来，别说是秋天，就是冬季，我也会把你赶出家门，知道了吗？"女人喷火的眼睛扎着女孩的心。

哈提冉越说越起劲，那怒吼的声音在女孩听来就像狼嚎声。

"别赶我走！"她乞求地望着，下巴颏抖动，眼睛也模糊起来。

莱拉睁不开眼睛，只要冰凉的手脚碰到什么东西，她就会嘴唇翕动着说：

“胡玛尔，你是胡玛尔吗……你在哪里？那天我找了你很久很久……来，像上次那样把我抱起来，旋转着跳舞，来……胡玛尔！”没有任何人因为莱拉的病情加重而在意她、关心她，连家里人也不知道她在说些什么。当晚，医生来过之后，莱拉虚弱地抬起了头，看见了周围照看着她的人。这两个人好像是邻县的领导。

“我们是来慰问你的。”听到这句话，莱拉高兴起来，原本苍白的脸上多了一点红晕，低下头去。女孩好像从这两个人嘴里要听到好消息似的，等着他们继续说下去。

“我的孩子莱拉，你所受的罪也不少。”刚才开始说话的人吞吞吐吐起来，然后接着说，“明天，在我们县城举行追悼会。上次像你这样的孩子被送到县城，直到现在都没有音讯。现在，只剩下你一个人了。明天追悼会上，我们想把你抱起来游行。”

这时，女孩感到耳鸣头晕。

“是啊，我只能是示威日的标志，是人们受苦受难的证据……或者……反正不是好事的标志，我只与坏事相关。哦，天啊！”

“那么，莱拉，我们在路上集合吧……”女孩感到一阵眩晕，又睁开了眼睛。这次，她没有嚎啕大哭，也没有了平时的眼泪，只是不时地轻轻抽泣。

“我不想成为坏事的标志，你们就怜惜一下我吧，我虽然在人们的眼里是一个孤零零的残疾人，可是我只期待好事，我只是期待好事……”

在座的人显出阴郁的表情，最终沉默无言。谁也没有想到这个女孩即将失去本就柔弱的生命。

“她还死要面子。”哈提冉嘟囔了一句。莱拉女孩再次睁开眼睛，长时间凝视着在座的人，然后，对他们悄悄说道：“胡玛尔也在吗？他也参加那个追悼会吗？”她艰难地吞咽着。在座的人什么都没有听懂。莱拉女孩再次闭上眼睛，躺了很长一段时间，然后，清楚地回答：“不去，我也去不了，不要犹豫了，你们走吧。”

“我迎来了第一个孩子的婚事，谢天谢地，这也值了。”人们告别的时候，传来了哈提冉喋喋不休的声音。卧床不起的莱拉女孩清晰地听到了这一切。

莱拉女孩大声说出来："生命多么低贱啊，为一个令人激动的喜事都乐意牺牲生命。哦，可怜的人，停止吧，停止！"可是她没有出声。哈提冉对一个来家里的人正说着什么。

"办完喜事我就离开山冈。"莱拉女孩想，"这里本是神圣之地，现在已经没有什么值得留恋的了，俗话说：好人不寿。难道痛苦是从阿拜祖先生活过的土地上产生的？"

月光终于照到了卧床不起的女孩脸上。她好像窥探着山冈上的每一扇窗户，久久寻找，终于找到了莱拉女孩似的。皎洁的、圆圆的月亮，用特别的光芒照在莱拉女孩脸庞上。病榻上的女孩第一次看着月光微笑了。看到这个长久以来怜惜自己，与自己窃窃私语的月光从窗外投入，女孩的心碎了。这个夜晚，她对自己的命运，对人们的抱怨都转化成了无尽的眼泪。这时，她好像要永远失去它似的，不安地、温柔地再次望向月亮。

"别忘了，你是所有受苦受难生命的唯一挚友！"

月亮和女孩相互之间依依不舍，长时间相互依偎着。月亮不想让莱拉女孩隐入大地，莱拉也初次舍不得让月光沉进黑夜的怀抱。长久无语之后，莱拉和月亮之间的交流越来越虚弱，最终渐渐远去。

皎洁的月亮照在女孩和大地上，越走越远。莱拉女孩不舍地看着月亮，虽然她极力坚持着，可也感觉到身上的力量正在离她而去，她越来越虚弱了。照在女孩脸上的月光慢慢移动到了她的额头，可以清楚看到两行泪在不停地流淌。不知是不是因为泪水，女孩的眼神显得暗淡起来。她挣扎着本想用宽大的手掌擦去自己的眼泪，但是无法动弹，莱拉女孩忧郁地闭了一下眼睛，准备休息一会儿再睁开，可是……

月亮长久抚慰着这个已经断气的女孩的身躯，然后慢慢升起，离开了。那一天，两个生命离开了……

一个是大地的孩子，另一个是黑夜的孩子。

哈提冉为婚礼准备着，看到莱拉比平时更加修长，闷声不响地躺着，于是冲了过去定睛一看："哎呀！这个可怜人不会是死了吧？天啊，她死了！我该怎么办啊？该死的，谁想到她会在婚礼这天死去。"

哈提冉自言自语，走来走去，不知所措。

"唉，怎么会在婚礼这天断气了，没人性的东西。在婚礼上让我向谁说这个丧事。就让她躺着吧，除了我之外还没有人在意过她。"这个习惯了拨弄是非的女人一下找到解决问题的办法，在一动不动的女孩的脸上盖了一条毛巾。紧接着，哈提冉惊皇失措地跑出家门，她从远处听到了熟悉的哀嚎声，山岗上一群披着黑衣人的痛哭声也掺和在其中。那些挽歌让人头皮发麻，浑身颤抖。

"妈呀，这是要人命吗？晚上再次……再次……爆炸了……"

哈提冉颤抖不已，心里默念："这个爆炸不会影响那个死人吧？"她不想让那些哀嚎的人靠近正准备婚礼的家。

"去！去！你们也不给我唯一的孩子举办婚礼的时间吗？至少让我在死之前过一次我孩子的喜庆婚礼！"

她想起那个还没有入土的莱拉的尸骨，脸色煞白，双腿发软坐在地上。

山岗上奔丧的人群呼号着向这边走来。哈提冉没有出声，一会儿展开双手向上天求救，一会儿将双手举过头顶嚎啕大哭，向家门口那边蹒跚着倒下去。

移动的月光细细地照在哈提冉脸上，她仰躺在地上，在她眼里月亮好像被分成了两半。"哎呀，"她自言自语道，"以后山岗上的月亮会像以前那样圆满，像牛奶一样皎洁，让无尽的黑夜睁不开眼睛啊！"

紧扣的外套挤压着她的胸口，让她透不过气。她颤抖着手，解开扣子……

玛丽古丽·巴拉汗译

阿依古丽·克梅勒巴耶娃

（1965— ）

著名作家、文学评论家、翻译家。1987 年，毕业于哈萨克斯坦国立大学新闻学院。1989 年到 1994 年，在高尔基文学院学习散文创作。创作有儿童文学作品《第七大陆的旅行》和小说《塔》。在全国各级报刊上，发表了 100 多篇文学作品、研究文章和翻译作品。她的文学研究侧重于历史知识、民族智慧和精神资源。

作品集《麻木的心》收录了她有关世界文学和哈萨克文学的论文，具有较高的价值。

曾获得哈萨克斯坦国家达仁奖。2000 年，她的作品入选当代哈萨克诗歌精选。

阔可耐与哈勒克曼

天空中出现了星星。哈勒克曼在梦里见到了他的祖先。梦里，他正骑马淌过河水。他用布包裹了马头，身后还跟着两个骑马的同伴。

沿着锡尔河，哈勒克曼一路和他的同庚伊特巴哈比试。他是在战场上跟父母经历了生离死别的人。伊特巴哈是个把生死置之度外的勇士，随时准备追随哈勒克曼马革裹尸。

哈萨克人的两个儿子哈勒克曼和伊特巴哈早已习惯衣不解带，常常去远处游荡。这次，正当他们在锡尔河畔休息时，有一个流浪汉跌跌撞撞跑来，惊飞了锡尔河畔密密麻麻的飞鸟。把一帮悠闲地躺在草地上休息的年轻人，也惊得抬起头来。

“你们好啊，年轻人！”流浪汉说道：“这熙熙攘攘、永不停息的世界啊！”

流浪汉说完就躺在草地上，把包裹枕在头上，立刻呼呼大睡。他醒得也快，一醒来，就盯着远处的原野发呆。

“卡拉汉山峰上长眠的祖先为证，这是伊特巴哈酋长生活过的土地。”伊特巴哈吓了一跳，不曾想过自己的名字会被这个陌生的哈萨克人提起。

“我衣不蔽体，食不果腹。”流浪汉说，“总是风餐露宿。我也毫不起眼。你们身处危险之中，敌人对你们恨之入骨，一定会诅咒你们。你们总能逢凶化吉。”

接着阿勒哈黛也喊了一句：“无论去了哪儿，死亡的恐惧散不去。但愿你们都像阔尔库特巴巴（古代哈萨克智者）那样坚强！愿你们远离死亡。”

“我要去阔尔库特巴巴的墓地。”流浪汉说：“伟大的路途从锡尔河畔开始。

你们是优秀的孩子，所以不肯听从智者的说法。以后，你们会为此吃苦。”

他将饱经沧桑的脸转向了哈勒克曼，盯着他说：“你是我尊敬的人，你是部落里最优秀的人。希望你的英勇事迹被后代歌颂，请你不要惧怕困难。”

流浪汉要走了，离别的哀愁撞击着每个人的心灵。他说：“我们的母亲河锡尔河曾是一条流着红色河水的河，穿过黑色的沙漠也没有干涸，一直呜咽地流淌。从我们的祖先开始就定居在卡拉汉山峰，我们就在这里饮马饮牛，现在的人已经忘了这是一块福乐之地。听说阔尔库特出生时就是这样的时代。据说，他在锡尔河边得到了上天的启示，获得了永久的自由。上天拯救了这个喜爱彩虹的追随者。五颜六色的河水汇集在一起时，怎么会不汇入蓝色的海洋呢？海天相接的时刻，会有滔天的大浪。汇入河流的两条河——锡尔河和阿姆河的流向会被改变，最终汇入咸海，这是什么样的奇迹？”

一会儿的工夫，这几个年轻人就在地面挖了坑，点燃了火焰，做了一个简易灶台。夕阳把火焰染得更红了。

“从此，我们把锡尔河称为母亲河。这片土地保护了她的人民，没让敌人占了去。这里是一个好地方，飞虫鸟兽也知道这一点。”

他们吃完了饭，就躺在原地上休息。早上醒来，发现流浪汉已经没了踪影。两个小伙子的脑海里一直回响着他的最后那句话。

那些飞越了山峰的飞鸟，终于在锡尔河畔落了脚。一直到天气冷了下来，鸭子和天鹅总会在湖边驻足，绝不离开自己的母亲半步，等待着和母亲一起飞到暖和的地方去。

虽然玛穆尔已经到了婚嫁的年龄，但因为是富裕家庭的掌上明珠，还没有人敢跟她提亲。玛穆尔在这片温暖的地方，背着她的弓箭牧马。拜哈孜的兄弟们虽然在心里爱恋着她，可不敢在嘴里表达出来。

玛穆尔骑着装扮了鬃毛、用红白布辫了马尾的种马往回走。路上碰到了两个骑着马的少年。那是阿依提克的幼子，乌乐江巴特尔的弟弟哈勒克曼。看到端坐马背的女孩，伊特巴哈想要炫耀自己的走马，就小跑到了前面。马儿你追我赶，三个年轻人在宽广的原野上像自由的鸟儿一样飞驰。

大人们去隔壁的村庄做客时，年轻人就会聚在一起。这次玛穆尔不再像个假小子，穿上了女孩的衣服，梳妆打扮了一番，像十五的满月一样，羞涩地出现在大家的视线。她手指上带着鹰头戒指，裙袖有叮当作响的配饰，头上是小花帽，顶上插着祖母给的猫头鹰羽毛。大家第一次看到女孩带着的闪亮银耳环，都很羡慕。她美丽的模样，吸引了人们的目光。玛穆尔第一次开始牧马起，就没有穿过绣花的衣服。在这里哈勒克曼肩头上的猫头鹰羽毛和玛穆尔花帽上的羽毛格外的引人瞩目。

这一天夜里，哈勒克曼对她说："头顶戴羽毛的姑娘，你是那么可爱。可惜，你是我同宗的妹妹，亲爱的玛穆尔。"

玛穆尔微微一笑，说道："我们没有缘分。"听到心爱的女孩这么说，哈勒克曼的心如刀绞。聪明的玛穆尔发现他的失落，想了想，轻轻地说："如果能和你在一起，那我会心怀感恩。但破坏那条同宗之间，在七辈儿之内，就不能婚嫁的规则，我们不是先例。你说呢？哈勒克曼。"

哈勒克曼觉得眼前一亮，世界没有了玛穆尔就黯淡无光。意识到这一点之后，哈勒克曼才知道自己陷得有多深。

一对情人在黄昏时分见了面。此刻，马背上的哈勒克曼顾虑重重，但壮着胆儿把想法说了出来："亲爱的玛穆尔，你是你父亲的掌上明珠。带头种马从马群里会驱赶雄马驹，这一道理你也知道。在这些人群中，我们如何隐藏是同宗的事实呢？"

"哈勒克曼，我不在乎其他人的看法，我只选择了自己喜欢的人。我已经看到了你的男子气概，也很欣赏。我虽然是个女孩子，却被父亲看得比男孩还重要，承欢父亲膝下的日子又怎么会长久呢？我已经十五岁了，而你也没有婚配，我们不能一直躲避婚姻。命运给予我们什么，我们就承受什么吧。"

天空中突然发出轰鸣的响声，发出火光，随即合着雨下起了冰雹。云雾之中的闪电照亮了女孩沉醉在爱情里的笑靥。

在山峦间迁徙的中玉兹（三大哈萨克族部落之一）终于迎来了夏天。山野传来布谷鸟的叫声，那是总在呼唤伴侣的爱情鸟。悬崖上有很多鸟窝，各种各样的鸟叫声让人彻夜难眠。

在乡间的竹林里，他俩再一次相逢。

“我知道你的想法。托布克特的子孙还没有彼此婚嫁过。”玛穆尔低着头说：“托布克特的第四代子孙萨尔爷爷有四个儿子——马木别太、乌木别太、马木别特和科什克。马木别太生下了我的父亲拜哈孜，而科什克生下了你的父亲阿依提克。我们俩的父亲是亲兄弟的儿子。而我们，就有同一个曾祖父。希望你别责怪我一个女流之辈探讨这家谱之事。知道了我们是同一个曾祖父生下的兄妹这件事，我简直生不如死。说实话，哈勒克曼，今天乃蛮部落的人把银马鞭挂在了我们家的上席上。父亲没有拒绝。现在我是订了婚的女子，不能和订了婚的女子谈恋爱，这你知道吧？”

“亲爱的，别让我陷入痛苦，这谁能想到。”哈勒克曼很是憋屈。

阿那提巴巴做了一个噩梦。没过多久，就传来了坏消息：“我们部落里从不在同宗七辈儿内通婚的习俗被你们的两个坏孩子破坏了。我特意来告诉您这个让人丢尽了脸面的坏消息。他说要杀死这两个人。乌乐江和拜博勒哥哥很是忧愁，问您是否要让哈勒克曼带着女孩出去躲一躲？”

“孩子，别着急，把事情的经过说清楚。”

“哈勒克曼和玛穆尔背着众人相好了。阔可耐巴特尔说马木别太和乌木别太会护犊子，科什克说太丢脸了，让他们就这么办。这就是我要说的，我把这事儿说到您这里，请原谅。”

额斯木汗在斩杀了吐尔逊之后，将他的一个女儿扩恩尔送给黄毛做妾。那位妾生下了科什克和马木别特，马木别太和乌木别太是黄毛的正夫人生下的。

年近 80 岁的阿那提巴巴陷入了莫大的忧愁之中。紧闭双眼，坐在毡子上抖个不停。哈勒克曼和玛穆尔手牵手私奔了，对他是最大的打击。他的亲弟弟阿依提克的儿子哈勒克曼才 16 岁。艾依提克的妻子生下了乌丽渐，小妾则生下了拜博勒和哈勒克曼。乌木别太家的阔可耐刚刚 60 岁。他是排名第一位的巴特尔，他的一生，都在跟仇人打交道，过着风餐露宿、刀口舔血的日子。

非良驹不骑的阔可耐，是个极为固执的人。时常教诲人们生活哲理，为从乌孙王宫远道而来的年轻毕官给予祝福的阿那提巴巴是中玉兹的首领。他在塔什干读完了学校，对于自然万物和世界上的种种事物都有所耳闻。像沐浴过马奶一样闪着光泽的老人，这次头一次感到无话可说。“哎呀，都说男子汉一时犯下的罪过就像秋天翻飞的叶子一样，不会被人责怪。我们的哈勒克曼，这下要成为众矢之的了。我该怎么样呢？”巴巴说完，一声叹息。

难得见到一次阔可耐，想要和他促膝长谈的兴致已经被破坏了。他对于阔可耐提出的在取得相应的彩礼之外，还要夺取两个人的性命这一提议，并不赞同。

“我会批评哈勒克曼这放荡的行为，而那个被拜哈孜视为掌上明珠的女儿，我也要亲自惩治。他们死不足惜。族里从来不曾有过这样破坏宗族规矩的行为，这样下去非乱了不可。”

“阔可耐，你要冷静！亲人之间的婚嫁在别的民族并不少见。可是，我们是哈萨克人……只有男人愿意，婚姻才洁净。这我知道。”说着，阿那提巴巴低下了头。

“你将要破坏宗族血统的的纯洁？不超过七代，不能够通婚，这他们是知道的。如果不能守护汗王留下的律法，我也不必成为阔可耐了。”

“不要一语成谶。他们不是牲畜，是你的血亲。”

“你这是不要了！娶自己的堂妹，不是一时任性，而是一种罪过。如果他非要在这个部落里娶妻，也不是没有别的女孩。哈勒克曼玷污了祖宗留下的规矩。”阿那提巴巴知道，对于阔可耐来说，两个年轻人就像两个烂掉的臭鸡蛋，从鸡窝里捡起来扔掉就是了。他决定无论如何，都要保证这两个年轻人的安全。

“他们不是错了一星半点！没有谁比你更懂规矩。”

阔可耐极具分量的话语让这位一直统领人们的阿那提毕官沉默了。他久经磨炼的硬骨头也被刺痛了。阔可耐巴特尔的母亲是卡尔梅克人，一提到阔科耐的硬脾气，大家都说是遗传自母亲。

不到一个月，就传来了噩耗——被阔可耐诅咒的玛穆尔被一箭穿心而死。这个噩耗在乃蛮、克烈这些部落迅速传开。

哈勒克曼去寻找舅舅家了。哈勒克曼的母亲是遵照哈萨克人的习俗嫁到七河之外。她是大玉兹玉孙家的女儿。他母亲一母同胞的哥哥就在那边。

两人烤熟了猎物的肉，蘸着盐吃了起来，又喝了马奶。

“沿着这条路，你会找到你舅舅家。”

哈勒克曼一路上打猎，将猎物的肉烤熟，沿路食用。渴了，就在马背上喝背囊里的水。水流潺潺的阿拉套山上，总有带着双羔的山羊、母鹿和黄羊。天地一色，空气里盈满了花香。哈勒克曼会想，世界上哪儿有天堂，不过是树上水果的清香。

哈勒克曼进入了一片苹果林，野熊啃食着苹果，而鸟儿也加入了进来。星星出来的时候，哈勒克曼终于到达了舅舅家里。

对于攀附舅舅家的孩子，他们并没有因为是女儿的后代，而排挤在外。他们按照哈萨克人的习惯，为哈勒克曼娶了三房妻子：一位在战争中失去了丈夫的寡妇，被阿吾勒的老人们集齐了彩礼，像娶未曾婚假的女子一样娶进了门。

1723 年，中玉兹的五千个士兵在阔可耐的带领下翻山越岭，打了快一个月的仗，压制着敌人。在这场战役中，阔可耐的六个儿子和阿那提巴巴的五个儿子都死去了。

他们很明白，这次的战争并不是为了争抢财富，而是你死我活的喋血之战。母亲们把儿子藏在锅台底下，留下最后的血脉。

后来在这个小村落流传下来一个曲折的故事：像哈勒克曼和玛穆尔的婚事那样……。

1728 年，当阔可耐中弹身亡时，搂着他的脖颈哭泣的玛玛义才 13 岁，托布克特的英雄玛玛义。半个世纪以后，他才将族人带到了福乐之地。早先到达的阿尔根－乃蛮已经占领了风水草地，他们与这些部落友好和睦相处，一代一代相传下去。

阿依努尔·吐马尔别克译

迪达尔·阿曼泰

（1969— ）

著名作家、诗人、编剧、记者和社会活动家，熟练掌握哈萨克语和俄语。1986 年，进入哈萨克斯坦工学院。1994 年，毕业于哈萨克斯坦国立大学哲学与政治系；1997 年，毕业于电影学院戏剧编导专业和编剧写作专业。

1996 年，出版了处女作。随后，创作了《请珍惜我》《花与书》《反监视》《努尔黑沙》等。2010 年，出版了五卷本的第一部《在卡勒哈力》。

作品被翻译成世界上许多语言。《在卡勒哈力》一书被翻译成土耳其语、法语、蒙古语出版。他的作品语言优美，情节曲折。1999 年，获得哈萨克斯坦国家达仁奖。

你的眼眸

在石板路上，一双脚踢踢踏踏地走来，突然停住了。往日总是大开着的门，今天却紧闭着。他走进去，愣了愣。他抬脚接着又继续走下去。空气中传来皮鞋踩地声。他跨了一步，踉跄着屈膝倒下。头上戴的那顶漂亮的帽子也掉在了地上。

他从地上爬起来，迷惑地望着昏暗的墙壁。正对面是粉刷均匀、色彩艳丽的木板——是包了铁板的沉重的大门。远处传来孩子们讨论明天的天气的童稚的声音。他们在谈论古代的地形和现在的一些故事。在过去的时代——天上不停地打雷闪电。而劈头砸来的冰雹把世界上一切声音都掩盖了。汹涌而来的洪水把广阔的平原全部冲毁了。他们说，世界就是这样被洪水淹没的。孩子们的欢声笑语渐渐远去，最终消失了。他打起精神，仔细打量了四周。

用珍贵的宝石装饰的帽子看起来比平时大了一些。他摸了摸脸，然后看向自己的衣服。这时，他的注意力被穿在脚上的旧靴子吸引了。外面天色放晴。一丝微弱的声音清晰地传来。

他转过身，屋后的马尾松正随风摇曳。柔风正在抚摸着周围的一切，扑鼻的香味随风而来。当风改变了方向，那迷人的香味就会四散开去，仿佛直抵云霄。那香味轻盈可爱，迫不及待地四处飘散。酸甜可口的树脂在原野上四处滚落，像一颗颗珠宝，让每个人都心满意足。人们尽情地咀嚼随手拾起的树脂，享受着那份清香。

大街上熙熙攘攘的人群尽情享受着松树的清香，心旷神怡，总会从心底升起那首夏日的乐章。仿佛就在昨天，在春天的夜空里，银月天庭自由地游荡。即将到来的夏日，将身心的疲惫一扫而空。所有的人，都感到欢快。现在正是炎热的七月，大家都在期待深秋。9 月，10 月，然后——等待无声、冷漠的寒冬。

门开了，门口有狗的身影。甚至，一条狗跑了出来。狗的脖子上拴着漂亮的皮绳，在经过切割、编织、固定的皮革绳上装饰了闪亮的铁饰。用皮革织成的网覆盖了狗的全身，拴在网上的铁链随着狗每走一步，都会被太阳反射出耀眼的光泽。那狗低垂着耳朵来到他身旁，无所事事地看着他，冲着他吠了两三声，蹲了下来。然后，它打破了宁静，又吠了几声。它兴奋不已，被自己的吠声吓着了。他突然跟着这个傲慢的、身板有两岁牛一般大的家伙走了。

他注意到门边有一个手里握着瓶子的年轻人。他半路停下，将白兰地缓缓地倒进精致的杯子里，然后一饮而尽。他盯着正前方，好像在找什么，又等待了一小会儿。

秋天开始的时候，阿拉木图自杀的人总会越来越多。去年，福艾德将车开下桥去自杀了。冬天，卡玛利亚在浴室里窒息而死。艾力希尔在天亮以前，将所有的手稿烧毁，在马尔福哈到来之前，趁着天将明未明自缢身亡。而穆合塔尔在蔑迭乌峡谷将朋友缚住之后，在院子里饮弹自尽。福艾德死的时候——在他经常开过的那条街道开着车，刚刚到达时高速撞击了桥的边缘，两边的防护栏被撞得东倒西歪。目击者说，试图自杀的人还未开口说话，就当场死亡了。命中注定的厄运是无法逃脱的。

他弯下膝盖。皮鞋踢踢踏踏地走近了他。

“我累了。生命像一辆单向行驶的车。很多人在中途下了车，他们去了哪里。还停留在那个站台吗？我不知道。但我知道生命的车流再也不会留在那些站台了。我想念他们。只有我想念他们。而别人——总有另一些人想念吧。我必须活着。明天谁会想念他们呢？只有我罢了。”

他生气地看着他纯洁的脸庞。

“急什么？总有一天，我们也会停留在那些公交站台。也许，一起，也许，各自停留。在那些互相亲近却开往不同方向的公交站台。命运的安排、生命的意义、生存的目标，但没有办法，任何人都无法逃脱上天的安排。你不知道吗？根据弗洛伊德学说，世界上有 36 种故事。在博尔赫斯的作品里，他将 36 种减少为 4 种展现在我们面前。依我看，描绘这个复杂多变世界的作品只有两种。遗憾的是，无限的可能都是从孪生的源头出发——一种证明了上帝存在的创世故事。一种是证明由于上帝不存在而饱受苦难的故事。故事的形式多种多样，而内容总是这两种。”

四周静悄悄的。

“我们为了未来的生活而建造城市，但他们会像坟墓一样留在我们身后。城市里没有纯净的空气，只是把文明圈养起来的人造景观。城市，从来都不是人类的本源，而是对人类最初居住的牧场、石屋的简单复制。虚伪的歌唱是毫无价值的，虚假的荣耀、廉价的夸奖，从根本上来说，都是毫无节制的贪婪。”

起风了，他享受着微风，继续说了下去，声音清亮。

提到卡兹图干时，他的声音更加清晰了。

突然，他大喊了一声：“我曾猛扑到太阳的底部。”

他被突如其来的声音惊着了。

“你在哪儿？众多先帝。”

他向前跨了一步，注意到一只小麻雀。麻雀栖息在门廊上。小麻雀的动作非常快。小鸟飞下来，啄食地上的馕渣和散落的葵花籽。他的脸上浮现笑意。突然，他看到了小鸟冰冷的眼神，感到全身冰凉。镜片隐约捕捉到了小小英雄的身影。小麻雀身边出现了一只鸽子。密切关注着一切的眼睛，又将注意力转移到下一个情节上来。鸽子有白色的羽毛，头顶有些许流苏一样的羽毛，长长的尾巴，就像是古代的英雄那样。鸽子后退了几步，注视着一切的镜头上反射出了太阳的光。

屋里走出一个披着漂亮披肩的年轻女人，她悲伤的脸上有一种绝望的神情。她拖着脚上的皮鞋，走了三四步，又迈开脚，用力地走了起来。然而，没走几步，悲伤又一次占据了这张白皙的面庞，她屈下膝盖，跪坐在了地上。他扶起她的双臂，审视地望着她，然后，久久地欣赏她惊恐的表情。

“别怕！”他扶起了她，说：“我心情也很差。”

她想了一会儿，疏离地退了几步，然后脸上又浮现了笑容。

“你说得对！”

女人朝着他走去，不知道说些什么，迟疑了一会儿。然后，她抱了抱他，温柔地看着他。他默默地欣赏着女人的笑容。那一刻，女人看着是那么美。他望着她盈满了泪水的眼睛和消瘦的身体，想要放声大哭。他犹豫了一下，还是克制住了。

“思念和痛苦会让人的生命失去颜色。但时间久了，人们饱受思念之苦，最终，会习以为常。”

眼前贫穷、陌生的女人嚎啕大哭。不是天将黑未黑的时候，而是，原本应该无忧无虑的时光被碾碎了。他肝肠寸断，感到意志力被完全摧毁了，他的羞耻感受到了狠狠的打击。他大喘着气，然后停了下来。

他纯净的目光扫过周围的一切，然后又一次审视地看着她。他那双宝石一样闪光的眼睛此刻像是发射出了火光。他笑了笑，女人也弯了弯嘴角。窗户突然打开了，里边是一个小男孩。

“再丽雅在哪儿？”他问道，“我最珍爱的再丽雅在哪儿？”

“掌上明珠。”

“箱子里吗？”

“是的。”

“我不知道。”

“再见了，我的王。”

“再见了，我的女王。不要忘记我，把我放在你心里。”

“我的王，我会永远记住你。”

男孩一直在哭。木窗又一次关上了。女人靠在墙上，在大门上又找到了一扇门。她打开门，跨上了门外的台阶，站在了另一边：“你不行的。”

他看着心情愉悦的女人，又一次笑了：“不要离开家里。去远离家里的地方做什么呢？我们不了解的那些地方什么也没有。”

她沿着护栏，渐渐走远了。门关上了。

“不过，哪里都有一条生路。你可以去街上，阿克卓力勇士。”女人一边远去，一边说道。

她走了一两步，又回过头来，她改变了心愿。

盛夏已经占据了每一个角落。人们从篱笆、松树和交错的石头分辨出了夏天。夏天无处不在，仿佛刚刚从门探头进来，又从窗口流淌出去了，在林荫道上像羽毛一样轻盈地摇曳着。夏天在街边花坛怒放的花朵里，在发热的电车轨道上，在被太阳暴晒过后的瓦楞纸板里，高高大大的建筑物里。炎热的夏天烧灼着土地，也烧灼着人们的心口。

梦一样的阿拉木图，就这样在一天之内被大雨覆盖。雨后湿润的空气会用彩虹编织锦缎。雨水充足的年份，河水把石头冲出河岸。雨停之后，出门散步的阿拉木图年轻人总会把裸露的石头搬开，试图找出一些什么。

她看到相机镜头正对着她，笑了。装满了七月所有明媚和幸福的笑声一直没有停止。突然，女人洪亮的声音传来：“凯尼萨尔·那吾热孜拜！”

川流不息的人群全部停住了，只留下孩子纯真的脸庞。

阿依努尔·吐马尔别克译

达吾然·胡瓦提

（1973— ）

1997年，毕业于哈萨克国立大学新闻学院。1995年开始发表作品。2015年，出版了短篇小说集《启程》。2018年，出版小说集《狼的足迹》。

达吾然的叙事风格受到当代世界文学中许多创新方法的影响，较为独特，引起了文学界的关注。他的作品被翻译成日语、土耳其语和俄语。

作者在现代社会尖锐的实际问题上，规避了单一的视角，而是与哈萨克古代的传说相联系，试图找出其中的关联，并用历史的视角解说一些现象。他笔下的人物总是怀念过去的美好时代，对现在的生活怀着担忧。他的语言显得轻快有趣，但逻辑很严谨。获得过多项文学大奖。

十元纸币

他并不是没有听说，只是如果传言没有像马鬃一样四处散落，忙于和马群相处，为马群抓膘的马倌对于传言也无暇理会。看，雪蹄棕公马又抵着下巴，朝着白鼻梁黄马的马群里那些正在发情的母马和刚刚长成的三岁母马飞奔而去。

“唉，难道真的是这样吗？”

女人的确有一双勾人的眼睛。他猛地一拽褐色溜蹄马的马缰，站了起来。马儿不安地耸了耸耳朵看向了远处的群山，他当然不会毫无耳闻了。

村庄还在沉睡，村庄里的白杨和所有的物事都仿佛在打鼾。马倌漫不经心地骑着马，靠近了村庄里的家。“如果让我抓住了他们，我一定把他们大卸八块。”他双手颤抖着，勉强把马缰绳拴在了门把上。他抬起右腿，跨在了门廊上，然后，抬起胳膊用力地敲了敲门。

邻居家的狗被惊醒了，吠了几声。然后，屋内传来了女人惊慌询问的声音。他回答：“是我！”也许没回答，他的耳朵似乎已经听不见了……他的心脏怦怦直跳，撞击着胸膛，那声音好像要把村庄的一切都吵醒。他小心地跨过门槛，看到女人穿着薄衬裙的娇柔美丽的模样。即使已经生育了两个孩子，女人的身体也还是那么玲珑有致。

“你真是吓死我了，孩子们也吓坏了。你这是怎么了，喝了酒吗？马群呢？你怎么半夜回来了？”女人边说，边打开电灯，顺手烧火，准备烧水。两个孩子也钻到了母亲身边。屋内明亮温暖。唉，怎么就听信了谗言呢？那样的容貌，那样的双眼，白鸽一样的双乳，丰满美丽的腰身，什么样的男人不会被吸引呢？

那天夜里，他躺在床上，梦到马匹正在交配。

春去秋来，一天中午，兽医沃斯潘来了。“有些人说沃斯潘是个花花公子，但我没发现，总觉得他还算稳重，待人接物也很妥帖。”他从怀里掏出两瓶酒来。

“一年四季跟马群打交道，您一定累坏了吧。你也歇一歇，咱们喝一点。”哎，所有的愤怒、嫉妒，都被酒消融了。沃斯潘此刻深得马倌的心。

沃斯潘说：“大哥，您一定想念嫂子和孩子们，您回家看看，我来看着马群。”

“哎，太好了，那就这样吧，我明天一早就回来。”马倌翻身上马，朝着家里去了。沃斯潘的嘴角露出了嘲讽的笑容。

“他整天跟着马屁股后面，对自己妻子的行为一无所知。”

“她在兽医沃斯潘和校长怀里轮流寻欢。多么贪婪的女人啊。”

“又听说她瞧不起沃斯潘，最终跟校长好上了。”

传言像火焰一样，已经燃烧了很久了。

门闩开着，床前女人的高跟鞋边是一双男人的歪着的皮鞋。屋内睡着的正是校长，他瑟瑟发抖，脸色苍白，眼睛深深地凹了进去。马倌一言不发，而女人裸露的胸前头发一缕缕地粘连着。

屋内陷入了可怕的沉默之中。

屋外鸱鸮长久地呼号着。

马倌微微一笑：“对于真正的男人来说，这样胡子拉碴的来见自己心爱的女人，是多么的失礼啊。女人，你起来，为我们的客人烧一壶热水。”说完，他不紧不慢地伸手，从衣襟里摸出一个布包儿。布包儿里是一把刮胡刀，他把刮胡刀长久地在长筒靴上磨来磨去。这时，女人烧来了热水。

“来，靠近我。”他细致地剃着校长的胡须和头发。而校长则担心着剃须刀会割破他的喉咙。过了好久，马倌一把把校长推开。校长踉踉跄跄地想要走开，却被虎掌一样巨大有力的手掌击中了。空气里弥漫着血的味道。

“我们不应该清算一下吗？先生？”

“当然了，当然……请拿着，红色的钞票，纸钞上的头像正是我的头，是经您剃头、清洁干净后归还的头。哈哈。”校长把他乌黑浓密的头发留在了马倌的炕上，只是顶着露出青皮的脑袋走出门。他已经毫无意识。

他将十元纸币放在了桌上，喝完茶，将茶碗倒扣在桌上之后，他又在桌上放了十元纸币。又是十元纸币。女人正准备将晚餐的饭桌收拾起来，他却又递过来十元纸币，说：“晚饭的手把肉十分美味。”十元纸币上的人像似乎在眨着眼睛。

令整条大街闻风丧胆的是两个疯子：女人和校长总是时而哀嚎，时而大笑着在大街上奔跑。

“就这样，马倌因为故意伤害罪而锒铛入狱。”

罪犯正在对故事进行总结收尾，从胸前的口袋里掏出苏联时期的十元纸币。

“小伙子们，就这该死的钞票就能害了人的一生，但人最重要的是要沉稳。如果我当时气不过来，把那两个混蛋宰了，那我现在已经死了。而现在我过着平静的生活，想着当时的十元钱，看着那两个疯子的好戏。

阿依努尔·吐马尔别克译

尤里·谢列布良斯基

（1975年—）

出生于阿拉木图，俄罗斯族，常用俄罗斯语创作。毕业于哈萨克斯坦国立大学生态化学系，曾在英国学习诗歌写作。杂志主编，美国公馆属哈萨克斯坦文学翻译研究会会员。

著有散文集《我的卡拉瓦乔》《目的地：路上的田园诗》《破碎的俄罗斯》《哈萨克斯坦童话》以及诗集《后脑勺上的手稿》。其作品《目的地：路上的田园诗》荣获俄罗斯2010年度“短篇散文”奖，作品《普拉扎基》荣获俄罗斯2014年度文学奖。在《目的地：路上的田园诗》中，他描写了在全球各地的见闻。《哈萨克斯坦童话》荣获2017年度丝路文学庆典最佳书籍，并被美国波特兰里德学院选作俄罗斯语言文学课程研习对象。

他的作品在《自由》《阿拉木图文学》《藏书家》《民族友谊》等杂志发表，并入选《哈萨克斯坦—俄罗斯》选集。作品被翻译为哈萨克语、波兰语和英语。

骑 乌 龟

我特别希望，如果可能的话，这件事最好发生在八月。因为八月更美丽，而且我的生日是在八月。我的生日总赶上假期，因为所有人都离开了，所以人永远都凑不齐。

我要讲的事情发生在三月底，就是在三月底我沿着人行道来到一个“绿色的集市”。这是一条林荫路，只是树枝刚刚抽芽，还没有形成绿荫，我沿着这条路走过一棵棵大树，我感觉树冠的阴影不仅仅遮盖了人行道和柏油马路的一部分，而且还遮盖了单层的木制房子。

当然了，这是水坑，而不是树影，这些水坑是由雨水混合着草地上的雪水形成的。我像船只一样绕过这些水坑，区别是船只在礁石之间，而我却是在海洋之间曲折穿行。我的鞋子无法到达目的地，它们掉到水里了。我只能往好处想，我是一个旅行者，这双鞋久经考验，终于寿终正寝了。我穿着这双鞋走过许多国家。嗯，好像是已经走过不少国家了。

路面上车辆很少，行车道被修建得很宽敞。我想我应该停下来好好看看。更准确地说，只要停下来就一定能看到。

在行车道上，迎着我的方向，来了一个骑在大乌龟半圆形外壳上的人。好吧，那里确实有一个人。当时，注意力都集中在乌龟上，几乎没有人这样看着它。虽然它努力地移动着，就像在参加某个阅兵仪式。它在移动之前把前爪举得高高的，仿佛在敬军礼。它把爪子放在柏油路上，在举起另一个爪子之前它停顿了一会儿。它的背上坐着一个严肃的长鼻子男人，戴着一顶贝雷帽，穿着一件西装马甲，裤子的裤腿儿很肥大。

他们慢悠悠地走着。路过的人们站着看了一会儿之后，继续向前走。他们怎么想的？或许是把动物园里的乌龟带出来遛遛。

很寻常的一件事——又不是把狮子放出来遛遛。

后面行驶着一辆车，但是没有按喇叭，小心翼翼地超过乌龟之后才加大油门。乌龟是无所谓的，好像它只是要去某个地方，而这个人就是坐在它身上休息着。

我不知道为什么，但我没有离开。我不仅没有离开，还问了一个问题。我心里经常会有一些想法，在我生命中的某个奇怪时刻突然冒出来并让我浑身发痒，甚至我的肩膀也开始发痒。我挠了挠肩膀，其他地方突然开始发痒。我必须立即做一件事情，于是我问了一个问题。

“您要去哪儿？”我甚至认不出来我的声音。原因是我的声音早熟，自从我变声以来我经常辨不出我自己的声音。

“我怎么知道，我骑着这只聪明的老乌龟，它知道得很清楚。但这要么是秘密，要么就是它不知道该怎么说。”戴贝雷帽的男人笑了。

“明白了，”我说，“你有一只好乌龟。”而我说话的腔调和人们说“你有一个好公文包”或“你有一件好雨衣”是一样的。也许这就是为什么戴贝雷帽的男人突然发火的原因。他突然大发脾气：“这不是我的乌龟，它就是一只乌龟！是我带它出来的！”

“怎么回事？”

“乌龟邀请我骑着它，我是它的客人！我在浏览这个城市的名胜古迹。”

我迈着小碎步跟在他们后面，没有踩到水坑里。乌龟虽然爬得很慢，但也在我们谈话期间前行了两米，它根本没有注意到我。

“您怎么知道您是它的客人，它邀请您到某个地方去？”

这个男人特意向我侧着身子方便和我交谈。他和我交谈就像对待一个成年人的态度，说实话，这让我觉得很奇怪。很少有人这样和我说话。

“你可能认为我是一个外星人？我懂的。骑着一只乌龟。是的。但我骑着它是一码事，而如果它自己走，则是另一码事。你想象一下，并好好想想，它能在这里散步吗？在这里，在市中心，在春天！”

“我认为它会被带回动物园的，需要一辆大车。”我说道。

这时，戴贝雷帽的男人灵活地从乌龟身上跳了下来，没让自己被肥大的裤腿儿绊着，他站到了我旁边。真是气人，我才到他的腰部，但他根本没有注意到这一点。

“年轻人，你看，我并不是外星人。”

“我没说您是外星人。”他的身上有股油漆味。

“那么，您是谁呢？”

我们并排走着，乌龟在我们的视线范围内，它好像并没有发现乘客已经从它背上跳下来了。

“您用‘你’和我讲话吧，我还是个孩子。虽然这有些不拘礼节，但我喜欢您以成年人的方式跟我聊天。”

“哦，就用‘你’和你说话！你竟然知道“不拘礼节”这个词的含义！我遇到了一个外星人！人一人一人！”他大声地说出这句词，把词尾拖得很长，要是接下来他没有肆意地大笑，路过的人们就会问他问题了。

“我是阿拉木图中学的学生，但并不是一个优等生，所以……”我突然想到他是一个魔术师，他可以帮助我学习数学。

“我的朋友，你哪些课学得不好呢？”

我没来得及回答哪些课学得不好，警察的哨声就在我耳边响起。乌龟接近了十字路口，没给出任何识别标记。当然，它也没有国家登记号。警察慌乱起来。

“一切正常，警察同志，这只乌龟和我们在一起！”

警察看见我们，眼神严厉地扫了一眼贝雷帽、裤子、十月徽章，点了点头。我们穿过马路，看着乌龟向左转。然后我们又一次穿过我们来时走过的那条路，开始在树下等它。但是乌龟决定不再沿着行车道行进，它直接向我们爬过来。

我们转过身来。背后是一个相当大的公园，里面有长椅和去年的绿草。乌龟向那里爬。当它爬过人行道，看向前方时，我的交谈者向两个路人做了一个手势，要求他们让乌龟过去。他们不需要任何手势就让乌龟过去了。这是一个男人和一个女人，他们手挽着手在散步。今天是星期天，空闲的一天。

乌龟在草地中间，环顾了一下四周，然后开始啃草。

我们坐在长椅上，这样能看到它就在我们身后。我和他已经成为“我们”了，就好像我们成了朋友一样。

他可能不记得刚才我们的谈话停在什么地方了，他说：“我是一名艺术家，我在剧院工作。”

“您在开玩笑吧？艺术家在剧院能做些什么呢？您画演员们的肖像吗？”我想象了一下，演员们在楼梯上排着队，等了整整一天，希望艺术家能给自己画肖像。

“我要布置舞台。每一场戏剧都需要自己的舞台——舞台布景和背景。”

“您有自己的剧院，有贝雷帽和一只大的乌龟，这让我想起了一个故事。”不知道为什么，我觉得如果我也开个小玩笑，他是不会生气的。

“木偶布拉蒂诺的童话故事吗？”他笑了，“剧院不是我的，我在这里工作，我更喜欢故事里的卡洛爸爸。”

“难道艺术家们还要工作吗？画画是一种纯粹的乐趣！而工作是建设者们做的事情！”

“剧院为什么会付给我薪水，你觉得呢？”

我转身看着乌龟，因为我需要思考，这时长椅下吹来一股强劲的风，卷起去年的枯叶和灰尘。它们落到我们的裤子上，灰尘钻进我们的眼睛和鼻子。我们拍打着身上的枯叶和灰尘，看到乌龟从另一个方向爬出了公园。我们在公园的人行道上快步走着。一只中等大小的狗冲着乌龟一顿狂吠，主人试图拽皮带把它拉回林荫路。

乌龟在行车道上爬着，我们跟在它后面。

他给我讲了很多事情，比如说他要为剧院准备哪些画作和舞台布景。他说，当一位艺术家萌生绘画想法时，就如鲠在喉！他甚至非常可笑地向我展示这一点，在展示的过程中弄掉了贝雷帽。

“或许，您累了，您坐到乌龟背上去吧，我还像刚才那样走在旁边？我不累。”

“我们已经到了，”他说，“瞧，这是动物园。”

有轨电车在环形交叉路口转弯时，冲着乌龟友好地鸣笛。它落落大方地、专注地越过每一条铁轨。

在我们商量好之后，我在门口等着，他把乌龟带回给动物园的工作人员。

这个大门特别好！神奇的大门，很像某个城堡的大门，白色的，拱形，有厚墙和结实的栅栏。只有在大门后并不是城堡，而是通向动物园的梯子。乌龟要爬上去是很困难的。

我以为他会带我进去，但他只是出来和我说再见。

“你知道有轨电车站在哪里吗？”

“我当然知道啦！来过一百次啦！”

“嗯，那你快跑吧，已经是晚上了。”他一边走进白色的大门，一边说道。

“你什么时候再和乌龟一起散步啊？”我真的很想和这位艺术家谈谈，所以我问道。

“医生说我四月底之前要住院，五月吧，乌龟要是又想散步了，想看看抽枝的树芽，它想看的东西还挺多的，”他笑着说，“所以五月吧！星期天！”

我坐在有轨电车里，按我喜欢的方式将脸贴在玻璃上。如果向玻璃吹气，水汽会在上面形成不透明的云，可以在上面作画。你们一定知道这个。我喜欢在玻璃上画画。我试着描绘舞台布景，不知道为什么，我画出的是像城堡一样的动物园大门。我还想画一个戴贝雷帽的男人，但我实际上并不擅长画人物画。

在大门前，我画了一只大乌龟，我自己骑在乌龟上面。

刘然译

当代哈萨克斯坦小说精选

受哈萨克斯坦共和国文化与体育部委托翻译出版

参与此书翻译出版工作人员

艾克拜尔·米吉提　张若璞　李有明　牙库甫

彭学云　欧光明　巴克特拜克·吐哈塔西

夏里甫汗·阿布达里　赵明鸣　古丽巴哈尔·毛拉　韩阿里

哈那提古丽·木哈什　玛丽古丽·巴拉汗　阿依努尔·吐马尔别克

图书在版编目 (CIP) 数据

当代哈萨克斯坦小说精选 / 哈萨克斯坦民族翻译中心编；韩阿里，阿依努尔·吐马尔别克等翻译 .—北京：民族出版社，2019.9
ISBN 978-7-105-15858-4

Ⅰ.①当… Ⅱ.①哈… ②韩… ③阿… Ⅲ.①小说集—哈萨克斯坦—现代 Ⅳ.① I361.45

中国版本图书馆 CIP 数据核字 (2019) 第 219350 号

特邀译审：艾克拜尔·米吉提
策划编辑：巴克特拜克·吐哈塔西
责任编辑：古丽巴哈尔·毛拉 阿依努尔·吐马尔别克
出版发行：民族出版社
地 址：北京市和平里北街 14 号
邮 编：100013
网 址：http://www.mzpub.com
印 刷：河北鑫兆源印刷有限公司
经 销：各地新华书店
版 次：2022 年 1 月第 1 版 2022 年 1 月北京第 1 次印刷
开 本：787 毫米 ×1092 毫米 1/16 字数：559 千字
印 张：38
定 价：96.00 元
ISBN 978-7-105-15858-4/I·3010（汉 2862）

该书如有印装质量问题，请与本社发行部联系退换
哈文编辑室电话：010-64228006 发行部电话：010-58130628